SCIENCE FICTION

Herausgegeben
von Wolfgang Jeschke

INTERNATIONALE
SCIENCE FICTION
ERZÄHLUNGEN

Herausgegeben von **WOLFGANG JESCHKE**

WINTERFLIEGEN
06/5970

DAS PROUST-SYNDROM
06/5999

DAS JAHR DER MAUS
06/5632

FERNES LICHT
Die besten Erzählungen aus vierzig Jahren
HEYNE SCIENCE FICTION
06/2100

IKARUS 2001
Best of Science Fiction
06/6370

REPTILIENLIEBE
06/6354

DIE STRASSE NACH OODNADATTA
06/6380

MORD AN DER ZUKUNFT
(in Vorb.)

IKARUS 2002
Best of Science Fiction
(in Vorb.)

Auf der Strasse nach Oodnadatta

Internationale
Science Fiction-Erzählungen

herausgegeben von
Wolfgang Jeschke

Originalausgabe

WILHELM HEYNE VERLAG
MÜNCHEN

HEYNE SCIENCE FICTION & FANTASY
Band 06/6380

Das Umschlagbild ist von Thomas Thiemeyer
Übersetzungen:
Aus dem Amerikanischen und Englischen von Irene Bonhorst,
Ingrid Herrmann-Nytko, Biggy Winter, Martin Gilbert, Chri-
stian Lautenschlag und Franz Rottensteiner
Aus dem Polnischen von Jacek Rzeszotnik

Redaktion: Wolfgang Jeschke
Copyright © 2001 by
Wilhelm Heyne Verlag GmbH & Co. KG, München
http://www.heyne.de
Einzelrechte und Rechte der deutschen Übersetzungen
jeweils am Schluss der Texte
Originalausgabe 1/2002
Printed in Germany 11/2001
Umschlaggestaltung: Nele Schütz Design, München
Technische Betreuung: M. Spinola
Satz: Schaber Satz- und Datentechnik, Wels
Druck und Bindung: Ebner Ulm

ISBN 3-453-18780-6

INHALT

Und nichts davon wächst hier

> *Der Tod ist da des Lebens Nachbar,*
> *und fern von jedem Aug' und Ohr*
> *Wind und Wellen, klamm, sich müh'n;*
> *Schiff wie Geist schwankt ohne Kraft,*
> *preisgegeben dem Verfall,*
> *nicht wissend, wer's nach drüben schafft.*
> *Doch hierher wehen solche Winde nie,*
> *und nichts davon wächst hier.*
>
> Algernon Charles Swinburne,
> »Der Garten Proserpine«

»Dee, ich habe ein Problem«, sagte Perri.

Dee Stavros hielt das Telefon weg von ihrem Ohr und gähnte herzhaft. Wie spät war es eigentlich, zum Geier? Die Uhr war nachts stehen geblieben: schon wieder ein Stromausfall. Doch draußen vor Dees einzigem Fenster war es noch dunkel. Und die Luft war heiß und stickig.

»Dee, bist du noch da?«

»Ich bin noch da«, sagte Dee zu ihrer Schwester. »Und du hast ein Problem. Ganz was Neues.«

»Diesmal ist es anders.«

»Es ist immer anders.« Aber im Grunde stimmte das gar nicht. Kaputte Typen als Liebhaber. Ein gewalttätiger Ex. ›Gestohlene‹ Autos. Eine Abtreibung in letzter Minute. Geplatzte Schecks für die längst fällige Miete... Perris wirres Leben änderte sich nur in den Details. Dee gähnte wieder.

Perri sagte: »Ich wurde verhaftet. Verstoß gegen GVGM«, und Dee war plötzlich hellwach. Sie setzte sich auf die Bettkante.

»Das Gesetz zum Verbot genetischer Manipulationen.« Das neueste Werkzeug der Gerichtsbarkeit, die neueste Reihe drakonischer Strafgesetze, das Neueste an Verbrechen, um die Aufmerksamkeit einer blutrünstigen Öffentlichkeit zu erregen, die einen Prügelknaben brauchte für... alles. Aber Perri? Die hilflos durchs Leben taumelnde, naive, *hirnlose* Perri? Unmöglich.

Der Profi in Dee nahm überhand. »Wo bist du jetzt?«, fragte sie emotionslos.

»Rikers Island«, antwortete Perri mit einer solchen Erleichterung in der Stimme – *alles wird gut gehen, Dee wird wieder einmal hinter mir sauber machen!* –, dass Dee Mühe hatte, ihren Ärger im Zaum zu halten.

»Hast du einen Anwalt?«

»Nein. Ich dachte, du würdest das mit dem Anwalt übernehmen?«

Natürlich. Und jetzt, da sie genauer zuhörte, vernahm Dee hinter Perri die ganze wilde, elende Kakophonie von Rikers Island, diesem chaotischen Abfallhaufen, auf dem der ganze kriminelle Müll des noch größeren Haufens Manhattan landete, wo ihm der Prozess gemacht und wo er miserabel behandelt wurde. Aber Perri lebte nicht in Manhattan. Keiner, der es irgendwie vermeiden konnte, lebte in Manhattan. Das letzte Mal, als Dee von ihrer Schwester gehört hatte, war Perri auf dem Weg zu den Meeresstränden von North Carolina gewesen.

Ausnahmsweise einmal kam Perri Dees Frage zuvor. »Ich glaube, sie haben mich nach Rikers gebracht, weil es sich um ein Delikt auf See handelt. Auf einem Boot. Besser gesagt, einem Schiff... Hau ab, du Schlampe! Ich bin noch nicht fertig!«

»Verzichte aufs Telefon, Perri«, sagte Dee hastig, »bevor du etwas abkriegst! Du hattest deine zwei Minuten Sprechzeit. Ich komme, so bald ich kann.«

»Ach, Dee, ich bin...« Das Telefon verstummte.

Dee stand da und hielt es geistesabwesend in der Hand. Perri war – was? Besorgt? Verzweifelt? Unschuldig? Aber das war Perri jedes Mal, wenigstens in ihrer eigenen Vorstellung. Vielleicht sollte Dee sie einfach dort vergessen und sich ein für alle Mal aus Perris Leben zurückziehen. Perri eine Lektion erteilen. Sie dort allein lassen und zwingen, sich ein einziges Mal selbst durchkämpfen zu müssen...

Aber Dee kannte Rikers zu gut. Vor weniger als einem Jahr war sie aus dem Polizeidienst geschieden. Sie begann sich anzukleiden.

»Warum ich?«, fragte Eliot Kramer, als er kurz nach dem Morgengrauen an der Tür von Dees Einzimmerwohnung auf der dritten Etage auftauchte. Schmutzige Sonnenstrahlen stachen durch das große südseitige Fenster – neben ihrer Lage am äußeren Rand von Queens statt am inneren das einzig Erfreuliche an der Wohnung. Viele Leute fürchteten die Sonne auch im Inneren ihrer Häuser: ultraviolettes Licht, Hautkrebs – obwohl man ihnen immer wieder versichert hatte, dass Glas den gefährlichen Lichtanteil ausfilterte. Manche Leute hörten eben nie auf das, was man ihnen sagte.

»Warum du? Weil du der einzige anständige Anwalt bist, den ich kenne.«

»Zwanzig Jahre bei der New Yorker Polizei, und du kennst nur *einen* anständigen Anwalt? Komm schon, Dee!«

»›Anständig‹ in beiden Bedeutungen, Eliot. Für gewöhnlich sind die ethisch einwandfreien inkompetent und die kompetenten korrupt.«

Er schüttelte den Kopf. »Mensch, bin ich froh, dass ich das Leben nicht mit deinen Augen sehe.«

»Das kommt schon noch. Du bist nur noch nicht alt genug dafür.«

»Und wie alt ist diese Schwester von dir?«, fragte Eliot, als sie die Treppe hinunterliefen. »Wie heißt sie gleich?«

»Perri Stavros. Siebenundzwanzig. Sie ist meine kleine Schwester, ich habe sie aufgezogen, nachdem unsere Eltern bei einem Eisenbahnunglück ums Leben gekommen waren.«

»Und was genau ist jetzt mit ihr passiert?«

»Keine Ahnung«, sagte Dee. »Und wenn sie es uns gesagt hat, werden wir es vermutlich immer noch nicht wissen.«

»Na wunderbar«, bemerkte Eliot unfroh.

Sie traten hinaus auf die Straße, in das blassgrüne Licht unter den Bäumen. Es waren meist junge Bäume, zum Teil noch Schößlinge und kaum größer als Zweige. Dieser Distrikt von Queens wurde erst seit sechs Jahren, seit der Krise, bepflanzt, und es gab keine ausgewachsenen Bäume wie in den wohlhabenderen Stadtteilen, die die ihren umgehend von weiß Gott wo importiert hatten. Die Bäume wurzelten in Löchern, die Pressluftbohrer in den brüchigen Gehsteig geschlagen hatten, in Spalten neben morschen Veranden und in Kübeln, wo sie blieben, bis sie groß genug waren, um sie anderswo einzupflanzen. Eine ganze Reihe kämpfte nun direkt auf der Straße ums Überleben, wo man jetzt, da sich ohnehin kaum jemand mehr ein Auto leisten konnte, die Fahrbahn auf eine Spur verengt hatte. Es handelte sich ausnahmslos um rasch wachsende Bäume – Pappeln, Espen und dreieckblättrige Pappeln –, obwohl heutzutage alle Bäume (und alles sonst, was grün war) schnell wuchs. Und wann immer möglich wählte man Bäume mit großen Blättern für ein Maximum an Photosynthese, um ein Maximum an Kohlendioxid aus der stickigen, überhitzten Luft zu entfernen.

»Heute geht es halbwegs«, bemerkte Eliot, »man kann einigermaßen atmen.«

»Nicht mehr lange, wenn wir keinen Regen bekommen«, sagte Dee. Genug Wasser, das war stets die große Sorge. Wird es heute regnen? Findest du nicht, dass es sich ein wenig eintrübt? Vielleicht könnte es morgen regnen? Wasser bedeutete ein Anwachsen der Biomasse und damit die Chance für die Menschheit, die Kontrolle über den atmosphärischen O_2/CO_2-Kreislauf wiederzuerlangen und über den Wert, der sich so gefährlich 1 Prozent CO_2 näherte – der absoluten Grenze dessen, was für den Menschen noch atembar war.

»Es wird regnen«, erklärte Eliot. »Setz dir die Maske auf, Dee, wir sind gleich bei der U-Bahn. Eine Frage noch: weißt du wenigstens, mit welcher Art von illegalen Gütern deine Schwester erwischt wurde?«

»Nein«, antwortete Dee, »aber es fällt ja alles in die Kategorie Verbrechen, oder?«

»Es gibt solche Verbrechen und solche«, stellte Eliot fest und zog sich die Maske über.

Man hatte Perri mit Schmuggelgut der Klasse zwei ertappt, worauf fünf bis zehn Jahre standen.

»Aber es gibt mildernde Umstände«, sagte Perri und sah Eliot mit einem flehenden Blick an. Eliot nickte nur wie betäubt.

Aber Dee war an Perris Wirkung auf Männer gewöhnt. Selbst in diesem stinkenden, heißen – Gott, war es heiß! Und erst Anfang Juni! –, fensterlosen Vernehmungszimmer und obwohl sie selbst schmutzig war und übel roch, überstrahlte Perris Schönheit alles: der vollkommene Körper, die langen, langen Beine, das dichte honigfarbene Haar und die vollen Lippen. Aber es waren die Augen, die noch jeden geschafft hatten: Blaugrün, größer als alle menschlichen Augen, in die Dee je geblickt hatte, eingerahmt von langen, dunklen Wimpern, funkelten Perris Augen und veränderten sich von einer Sekunde zur nächsten; nur ihr sanftmütiger Ausdruck blieb immerzu der gleiche. Wie konnte Perri nur, mit dem Leben, das sie führte, diesen sanftmütigen Ausdruck beibehalten? Dee verstand es nicht, hatte es nie verstanden.

Eliot sagte – mit nicht ganz sachlich-professioneller Stimme: »Sie sollten mir vielleicht die ganze Geschichte von Anfang an erzählen, Miss Stavros.«

»Nennen Sich mich Perri, bitte.« Sie legte die Hand auf seinen Arm. »Sie werden mir helfen, nicht wahr, Eliot?« Es war eine impulsive, ehrliche Geste. Sie gab Eliot den Rest.

»Es kommt alles wieder in Ordnung, Perri«, sagte er und Dee schnaubte. Nein, kommt es nicht. Diesmal nicht! Diesmal hatte Perri sich wahrscheinlich zu tief eingebuddelt, als dass Dee – oder Eliot – sie wieder hätte herausziehen können. *Nein*, lieber Himmel, nur das nicht! Dee kannte die Sorte von Gefängnissen, in denen diejenigen landeten, die gegen das Genmanipulations-Gesetz verstoßen hatten. Und sie wusste auch, was dort mit ihnen geschah. Im gegenwärtigen politischen Klima waren GVGM-Verbrecher die neuen Kinderschänder.

Perri sagte: »Also, alles fing an, als ich nach Hilton Head in North Carolina kam. Ans Meer. Ich hörte, dass sich die Holo-Firmen manchmal an den Stränden dort nach neuen Schauspielerinnen umsehen. Das stimmt aber nicht, wie sich herausstellte. Doch zu dem Zeitpunkt hatte ich schon Carl kennen gelernt und – na ja, Sie wissen schon.« Sie senkte ihre erstaunlichen Augen, aber nicht bevor Dee den flüchtigen Schmerz darin erblickt hatte.

»Weiter«, sagte Eliot. »Wie hieß Carl noch?«

»Er sagte, Hansen. Aber das kann auch ein falscher Name gewesen sein. Jedenfalls wurde ich schwanger.«

Dee ging hoch. »Wie...?«

»Schrei nicht mit mir, Dee. Ich weiß, es war meine eigene Schuld. Das Implantat war abgelaufen, und ich habe vergessen, mir ein neues zu besorgen. Und dann verschwand Carl. Ich hatte kein Geld für die Abtreibung, und so begann ich rumzufragen, wo man eine billig bekommen könnte.«

Plötzlich fiel Dee auf, wie blass Perri war. Es war nicht

nur das Fehlen von Make-up; ihre Lippen hatten fast dieselbe Farbe wie die Haut, dunkle Ringe lagen unter ihren Augen... »Du dummes Ding! Hast du Blutungen?«

»Aber nein«, sagte Perri, »es ging alles glatt, und außerdem habe ich eine Konstitution wie ein Ochse, das weisst du doch, Dee.«

»Wer hat die Operation durchgeführt, Perri?«, fragte Eliot.

»Also genau das ist der springende Punkt. Ich kannte ihn nur als ›Mike‹. Dieses Mädchen, mit dem ich befreundet war, sagte, bei ihm würde alles völlig sicher ablaufen, er hätte es schon einmal für eine andere Freundin getan, und er würde überhaupt nichts dafür berechnen. Er würde es aus Idealismus tun.« Ihre Lippen kräuselten sich zu einem so zarten, liebevollen Lächeln, dass Dee augenblicklich misstrauisch wurde.

»Und war dieser ›Mike‹ ein echter Doktor?«

»Er hat die Operation nicht selbst durchgeführt. Meine Freundin machte uns in einer Strandbar bekannt, und Mike brachte mich mit dem Powerboot hinaus zu dem großen Schiff mit dem Doktor an Bord.«

Und Perri war mit ihm gegangen. Einfach so. Nicht zu fassen, verdammt noch mal!

»Namen, Perri«, sagte Eliot. »Wie hieß die Freundin, der Arzt, irgendjemand auf dem Schiff – wie hieß das Schiff?«

»Das weiß ich nicht. Nur Betsy Jefferson. Das war meine Freundin.«

»Glauben Sie, dass das ihr echter Name ist?«

»Wahrscheinlich nicht«, antwortete Perri. »Beim Leben auf dem Strand, da wird man einfach zu jemand anderem, wenn man es möchte, wissen Sie.«

»*Ich* weiß«, knurrte Dee. »Perri, ist dir eigentlich klar, was für ein gigantischer Umschlagplatz für Schmuggel und Verbrechen Hilton Head ist?«

»Jetzt ist es mir klar geworden.«

»Fahren Sie fort mit Ihrer Geschichte, Perri«, sagte Eliot geduldig. »Leider ist unsere Zeit beschränkt.«

»Der Arzt führte die Abtreibung durch. Als ich wieder zu mir kam, durfte ich mich eine Weile ausruhen. Alle waren sehr freundlich zu mir. Mike hatte gesagt, er könne mich nicht selbst zurückbringen, das Schiff müsse weiter. Aber er würde mich in einem kleinen ›ferngesteuerten‹ Boot an Land schicken. Das ist ein...«

»Wir wissen, was das ist«, unterbrach Dee sie grob. »Schmuggler verwenden sie andauernd. Computer gesteuert, um von weit draußen auf dem Meer sicher die Küste zu erreichen. Wenn sie abgefangen werden, erwischt die Bundespolizei auf diese Weise zwar die Ware, aber keine Täter. Hat dich das verdammte Ding ins Wasser gekippt?«

»O nein, es brachte mich direkt zu einem öffentlichen Pier in... Long Island, glaube ich. Das Schiff musste eine große Strecke zurückgelegt haben, während ich in Narkose lag. Es war heller Tag, und Mike sagte, dass diese ferngesteuerten Boote durchaus legal seien. Es wäre alles glatt gegangen, wenn...«

»Wenn was?«, fragte Eliot behutsam.

Perri ließ sich mit der Antwort einen Moment lang Zeit, dann sprach sie mit leiser Stimme weiter: »Das große Schiff war randvoll mit Pflanzen. Blumen, kleine Bäume, alles Mögliche wuchs in der Sonne auf Deck. Wunderschön. Ich... ich wollte irgendetwas, das mich an Mike erinnern sollte. Du weißt nicht, wie gut er zu mir gewesen ist, Dee, wie lieb. Ich hatte das Gefühl... na, jedenfalls pflückte ich mir eine Blume, als keiner hinsah, und steckte sie unter mein Hemd. Ich trug dieses lose Männerhemd, denn seit ich schwanger geworden war, passte mir nichts mehr von meinen Sachen. Niemand hat gesehen, dass ich die Blume nahm.«

»Eine Blume?«, vergewisserte sich Dee, »das war alles?«

»Die Blume war nicht groß. Sie hatte hübsche gelbliche Blütenblätter in der gleichen Farbe wie Mikes Haar. Deshalb habe ich sie genommen. Schau mich nicht so an, Dee! Jedenfalls sah ein Polizist, wie das ferngesteuerte Boot landete, und kam runter zum Pier, denn obwohl sie so winzig sind, sollen diese Boote sehr teuer sein, und ich denke, er wollte wohl kontrollieren, ob alles seine Ordnung hatte damit. Ich schwankte ein wenig, als ich aus dem Boot kletterte, denn es war ja nicht mal ein ganzer Tag vergangen seit dem Eingriff. Ich fühlte mich ein bisschen komisch, es war so heiß und einer von diesen Tagen mit miserabler Luft. Jedenfalls fiel mir die Blume aus dem Hemd. Unter den Blütenblättern am Stengel saßen diese harten kleinen Kügelchen, vielleicht zwei Dutzend davon. Eines platzte auf, als die Blume zu Boden fiel, und der Bulle bemerkte es und nahm mich gleich mit. Ich weiß nicht einmal, was das war!«

»Ich schon«, sagte Eliot. »Als Ihr Anwalt hatte ich natürlich Zugriff auf die Anschuldigungen, die man gegen Sie vorbringt, und ich habe sie mir heruntergeladen. Der detaillierte Laborbericht steht zwar noch aus, aber eine erste Überprüfung der Samenkapseln lässt auf eine gentechnische Manipulation schließen; es wurden letale Insektizide eingeschleust. Bei Samen, die durch den Wind verbreitet werden, bedeutet dies das Verbrechen der Genmanipulation, Klasse zwei.«

»Aber ich wusste doch nichts davon!«, rief Perri. »Und ich habe nie verstanden, was so schlimm sein soll an Pflanzen, die Insekten töten! Schau mich nicht so an, Dee, ich bin kein Dummkopf! Ich kenne die Vorgeschichte der Krise ebenso gut wie du! Aber diese Pflanzen, die fast den ganzen Weizen im Mittleren Westen ausgerottet haben, gehörten nur einer einzigen gentechnisch veränderten Sorte an, und wenn Leute wie Mike glauben, dass andere genmanipulierte...«

Dee schnitt ihr das Wort ab. »Leute wie Mike sind Kriminelle, denen es nur um den Profit geht. Außerdem war es nicht nur der genmanipulierte Weizenkiller, der die Krise auslöste. Und du magst vielleicht kein Dummkopf sein, Perri, aber du hast dich zweifellos wie einer benommen!«

Eliot hielt die Hand hoch. »Meine Damen, worum es hier in erster Linie geht...«

»Nein, Dee hat Recht«, sagte Perri. Sie richtete sich kerzengerade auf, und ihre bildschönen, erschöpften Gesichtszüge bekamen mit einem Mal einen seltsam würdevollen Ausdruck. »Ich war töricht, und ich weiß es. Aber ich hatte keine... wie heißt das, Eliot? Kriminellen Absichten? Das muss doch auch berücksichtigt werden!«

»Nicht sehr, fürchte ich«, sagte Eliot mit ruhiger Stimme. »Ich möchte Ihnen nichts vormachen, Perri. Das Gesetz zum Verbot genetischer Manipulationen wurde geschaffen, um illegalen Organisationen das Handwerk zu legen, die die Geschäfte mit der Gentechnik um des Profites willen betreiben und die zu allem fähig sind, um diesen Profit abzusichern. Das Gesetz ist weitreichend und äußerst hart – es orientiert sich an den Gesetzen, die für den Kampf gegen die organisierte Kriminalität geschaffen wurden –, weil die Gentechnik seit der Treibhaus-Krise eine enorme Gefahr für den Planeten darstellt. Zumindest finden das die Politiker. Unglücklicherweise fallen Leute wie Sie auch unter dieses Gesetz, und es wäre eine grobe Vernachlässigung meiner Pflichten, würde ich Ihnen nicht in aller Aufrichtigkeit sagen, dass ich für Ihren Fall vor einem Schwurgericht aus hysterischen Mitbürgern, deren Omas und Babies sämtlich Atemprobleme haben, keine großen Chancen sehe.«

»Aber die Treibhaus-Krise und die Weizenvernichtung hatten doch überhaupt nichts miteinander zu tun!«, rief Perri und überraschte Dee damit.

»Doch die meisten Leute werfen sie in einen Topf, weil sie zur selben Zeit passierten«, sagte Eliot. »Plötzlich war die Luft kaputt, es gab kein Brot, sämtliche Preise schossen in die Höhe, weil die Regierung versuchte, durch eine empfindliche Verteuerung der Energie die industriellen Emissionen einzudämmen – und das alles zum gleichen Zeitpunkt. Und meiner Erfahrung nach sehen es alle Geschworenen ebenso. Perri, ich glaube, Sie wären besser beraten, sich schuldig zu bekennen und es mir zu überlassen, eine möglichst geringe Strafe auszuhandeln.«

Perri schwieg.

Mit belegter Stimme fragte Dee: »Und wo wird sie einsitzen?«, obwohl sie die Antwort bereits kannte.

»Wahrscheinlich in Cotsworth. Das Übliche für die Ostküste.«

Cotsworth. Ein verrufenes Gefängnis. Dee war zwar noch nie in seinem Innern gewesen, aber das war gar nicht nötig. Sie hatte genügend ähnliche Institutionen zu Gesicht bekommen. Es war zwar nicht so schlimm wie die schlimmsten Männergefängnisse - das waren Frauengefängnisse nie -, aber ein Mädchen, das aussah wie Perri... das *so war* wie Perri...

»Na gut, Eliot«, sagte Perri. »Wenn Sie meinen, ich sollte mich schuldig bekennen, dann werde ich es tun.«

Schrankenloses Vertrauen, nachdem sie ihn eine halbe Stunde kannte... Genau so, wie sie in diese ganze Sache hineingeraten war, erst mit »Carl« und dann mit »Mike«. Sie würde niemals dazulernen.

Eliot sagte: »Ich werde alles für Sie tun, was in meiner Macht liegt, Perri.«

Ein schwaches Lächeln, aber die umwerfenden blaugrünen Augen funkelten. »Ich weiß. Ich verlasse mich auf Sie.«

Dee war nicht Perri. Sie sondierte, prüfte, reduzierte auf das Wesentliche. »Und was ist, wenn das FBI ›Mike‹ findet?«

»Sie werden Mike nicht finden«, stellte Eliot fest. Sie standen am U-Bahn-Eingang und machten sich gefasst auf den höllischen Abstieg nach unten. Eliot wollte in sein Büro in Brooklyn, Dee nach Queens. »Herrgott, wenn jemandem klar sein muss, dass sie Mike nicht finden werden, dann bist du es! Die Abteilung für Gentechnik-Delikte beim FBI ist doch mit Arbeit bis obenhin eingedeckt, sie haben zu wenig Personal, und Perri ist ein so kleiner

Fisch, dass sie wahrscheinlich nicht einmal ansatzweise nach Mike suchen werden!«

»Aber das Schiff klingt nicht gerade nach einem kleinen Fisch.«

»Vermutlich ist das FBI nicht einmal davon überzeugt, dass das Schiff überhaupt existiert. Perri wäre nicht die erste Verdächtige, die falsche Angaben macht.«

»Glaubst du, dass sie das tut?«

»Nein«, antwortete Eliot. »Ich glaube, sie sagt die reine Wahrheit. Ich glaube, dass sie eine von der ganz seltenen Sorte ist, ein Mensch, der unfähig ist zu lügen. Was ich nicht glaube, ist, dass das FBI oder der Staatsanwalt ebenso denken. Dafür werden sie schließlich nicht bezahlt.«

»Und du meinst, das Schiff existiert?«, beharrte Dee.

»Ja. Es gibt Dutzende, ja Hunderte davon dort draußen in internationalen Gewässern, wo man schwer etwas gegen sie unternehmen kann. Dort wird einfach alles genmanipuliert, von Insekten vertilgenden superertragreichen Getreidesorten für Idealisten, die die Welt vor dem Hungertod retten wollen, bis hin zu Insekten vertilgenden superertragreichen Getreidesorten für Profitmacher, die die Welt beherrschen wollen. Und die es überhaupt nicht kratzt, wenn sie als Begleiterscheinung die komplette Reisernte irgendeines Entwicklungslandes vernichten. O ja, Perris Schiff ist schon irgendwo da draußen, zusammen mit ›Mike‹ am Ruder. Obwohl mir ein bisschen schleierhaft ist, wieso er nebenher auch noch Abtreibungen durchführt. Aber diesen ganzen Aspekt werde ich beim Staatsanwalt ein wenig herunterspielen. Er lässt Perri irgendwie leichtfertig erscheinen.«

»Sie *ist* leichtfertig.«

»Manchmal ist das, was wie Leichtfertigkeit aussieht, einfach nur kindliche Unschuld.«

Aha, also sind wir wieder einmal soweit, dachte Dee. Aber falls eine lächerliche Verliebtheit Eliots Arbeitseifer für Perri steigerte, dann sollte der arme Narr nur verliebt sein.

Es war eine Ironie. In Perris Kindheit war sie, Dee, stets die einzige ›Mutter‹ gewesen, die ihre Kleine nicht allein im Bus fahren ließ, nicht allein von der Schule heimgehen ließ, nicht allein ins Stadtzentrum ließ, denn im Gegensatz zu den anderen Müttern hatte Dee als Polizistin genau gewusst, was da draußen auf den Straßen lauerte. Und nun, als Erwachsene, setzte Perri sich weitaus öfter in die Nesseln als all ihre Freunde aus der Kindheit...

»Also glaubst du nicht, dass die Behörden nach ›Mike‹ suchen werden«, sagte Dee. »Und du wirst es auch nicht tun, obwohl es helfen könnte, Perri zu entlasten.«

»Eine solche Suche kann ich mir nicht leisten«, sagte Eliot gerade heraus. »Kannst du's?«

»Nein«, sagte Dee.

»Außerdem wird der Fall sicherlich in weniger als einer Woche verhandelt. Diese geringfügigen Sachen wollen sie immerzu so rasch wie möglich loswerden, ob das nun recht und billig ist oder nicht. *Du* musst das doch wissen, Dee.«

»Ja, ich weiß das. Aber wenn das Schiff gefunden wird, würde es Perri bei einer Berufung helfen.«

»Richtig. Doch sie werden es nicht finden, Dee.«

»Nein«, sagte sie. »*Ich* werde es finden.«

DIE KÜSTE VON CAROLINA IST DAS NEUE FLORIDA!, plärrte es von elektronischen Spruchbändern über dem Bahnhof. Dee glaubte es gern: Man ruiniert einen ganzen Landstrich, macht ihn so heiß, dass die Ökologie zum Fürchten Anlass gibt, und schon sehen sich die Leute nach einer anderen Gegend um. Florida bestand jetzt zum Großteil aus echtem Dschungel, in dem es von exotischen Pflanzen und Tieren wimmelte, die irgendwann einmal aus dem internationalen Flughafen Miami – dem Hauptzentrum für derartige Importe – entkommen waren. Affen, Kaimane, tropische Farne, Alligatoren und Insekten, die alles nur Vorstellbare übertrugen, von Dengue-Fieber bis zu Krankheiten, die noch gar keinen Namen hatten (einige davon selbstverständlich aus Gentechnik-Labors stammend). Es waren die Krankheiten, die letzten Endes die Rentner von West Palm Beach, die jugendliche Spaßgesellschaft von South Beach und die Unterwelt von Miami ein Stück weiter nach Norden getrieben hatten.

Dee nahm ein billiges Motelzimmer, weitab vom hektischen Getriebe, und ging einkaufen. Menschen mit einschlägiger Erfahrung erkannten Polizisten auf den ersten Blick. Auch Ex-Polizisten. Also kaufte Dee einen sittsamen Badeanzug, der zumindest die Brustwarzen bedeckte, und dazu einen losen, hauchdünnen Bademantel, um ihren vierundvierzigjährigen Körper darin zu verstecken. Nach einem kurzen Studium der ansässigen Weiblichkeit kaufte sie etwas, das ihr garantierte, auch ihr Haar in eng anliegenden, sorgfältig gemeißelten Ringen an einer Seite ihres Nackens zusammenzukleben. Aber sie hütete sich vor Übertreibungen, einem klassischen Fehler vieler Bullen, die verdeckt arbeiteten: ihr Lippenstift war nicht *zu* golden, das Make-up der Augen nicht *zu* blau. Die Strandtasche, Sandalen und den Musikwürfel kaufte sie in einem Second-Hand-Laden. So sah sie ganz brauchbar aus.

Es stellte sich heraus, dass der lange Strand aus weißem Sand – natürlichem und künstlichem – praktisch in streng getrennte Abschnitte aufgeteilt war: der Schwulenstrand, der Rentnerstrand, der Kinderstrand, der Sex-and-Crime-Strand. »Ich bin auf der Suche nach Betsy Jefferson«, erklärte Dee dem Barkeeper in der ersten Strandbar, an der sie vorbeikam.

Der Mann war gerade dabei, Gläser einzusammeln. Er sah aus, als würde er schon sehr lange hinter der Theke stehen. »Was wollen Sie denn von Betsy?«

»Ich muss mit ihr reden. Wissen Sie, wo sie ist?«

»Nein. Zuletzt hieß es, sie würde für ihren Onkel arbeiten.«

Natürlich. Das war immerzu die Antwort Nummer eins, die Bullen zu hören bekamen: Frag jemanden, wie er –

oder irgendjemand sonst – seinen Lebensunterhalt bestreitet, dann heißt es, er arbeitet für seinen Onkel. Die ganze Unterwelt war ohne Ausnahme bei ihrem Onkel beschäftigt.

»Also«, sagte Dee, »eigentlich suche ich Perri Burr. Ich bin ihre Schwester.« Perri hatte »Burr« als »Strandpseudonym« benutzt.

Der Barkeeper kniff die Augen zusammen und betrachtete Dee. »Mhmmm... Sie sehen ihr sogar ein wenig ähnlich«, sagte er; er war entweder herzensgut oder blind. »Ja, so um die Nase herum. Also gut. Betsy arbeitet im Adams. Drüben in der Surf Street.«

»Vielen Dank.« *Adams. Burr. Jefferson.* VIPs aus dem achtzehnten Jahrhundert als Decknamen für Punks aus dem einundzwanzigsten. Dee fragte sich, ob sie überhaupt wussten, wer die Originale gewesen waren.

Das Adams war ein Cocktailclub mit Sexshows, der überhaupt erst um Mitternacht aufmachte. Dee kehrte in ihr Motel zurück und kaufte auf dem Weg dorthin ein billiges e-Kleid, dessen Schimmereffekte sich auf die strategisch interessanten Stellen des Körpers konzentrierten. Im Motel legte sie sich schlafen.

Um ein Uhr morgens begann Betsy Jefferson mit ihrem Auftritt. Sie war älter als Perri, und als sie da unten auf der Bühne ihr schlaffes Fleisch kreisen ließ – in Szenen, die widerlicher waren als alles, was Dee in ihrer Laufbahn bei der Sittenpolizei untergekommen war –, wirkte sie noch älter. Dee schaltete ihr Kleid auf kompletten Sichtschutz und versuchte, sich Perri auf dieser Bühne vorzustellen. Es gelang ihr nicht. Eliot hatte Recht: Perris Missgeschicke hatten eine kindlich-naive Note, die dem Adams mit seinem falschen Glanz und seinem realen Sadismus völlig fremd war. Perri kam zwar durch eigene Leichtfertigkeit in die Bredouille, aber Grausamkeit war ihr fremd. Als Betsy ihren Auftritt beendete, schmierte sie das Blut eines toten Affen über die Bühne und über ihren nackten Körper.

Dee schickte Betsy eine Nachricht hinter die Bühne, und der Rausschmeißer ließ sie durch. Betsy stand in einem Wasserbecken und spülte das Blut ab. »Hallo! Bin in einer Minute fertig!«

»Danke, dass ich herkommen durfte.«

Hinter der Bühne und angezogen sah Betsy Jefferson noch älter und viel müder aus. »Perri hat viel über Sie gesprochen. Sie waren immer ein Vorbild für sie. Arbeiten Sie immer noch mit obdachlosen Kindern?«

Da hatte Perri doch wahrhaftig einmal Diskretion bewiesen! Dee war ihr zutiefst dankbar dafür. »Ja. Aber ich bin wegen Perri gekommen. Sie wissen sicher, dass sie wegen einer GVGM-Sache verhaftet wurde.«

»Ja.« Betsy wich Dees Blick aus. »Hab' ich gehört.«

»Sie ist verschwunden. Ist einem Vollzugsbeamten der Bundesbehörde ausgerissen. Nachdem sie ihn an sich rangelassen hatte.«

Betsy lächelte. »Ach ja? Tüchtiges Mädchen.«

»Finde ich auch. Aber ich mache mir Sorgen um sie, weil sie völlig pleite ist. Ich möchte ihr Geld zukommen lassen, damit sie gut gerüstet und bei Kasse ist, wenn sie sich in den Untergrund verzieht.«

Betsy nickte. »Sie sagte mir, dass Sie sich immer um sie gekümmert haben.«

»Und das werde ich auch weiterhin tun. Wissen Sie, wo ich sie finden könnte? Ist sie hier irgendwo aufgetaucht? Am Strand?«

»Nicht dass ich wüsste.«

»Dann wissen Sie vielleicht, wo ich ›Mike‹ finden kann? Den Typ, der ihr die Abtreibung auf dem Schiff verschafft hat?«

»Ach, sie hat Ihnen davon erzählt?«

»Perri erzählt mir alles«, erklärte Dee. »Sie weiß, dass ich es nur gut mit ihr meine.«

»Ja, hat sie gesagt. Und eins sehen Sie völlig richtig: Ohne Geld hat sie hier kein langes Leben.«

»Hab ich mir auch gedacht.«

Betsy sah Dee scharf an. Die Sorge um Perri brauchte Dee nicht zu heucheln. Unvermutet sagte Betsy: »Perri hat nie in so 'nem Schuppen gearbeitet, wissen Sie.«

Dee schwieg.

»Brauchte sie auch nicht, so wie sie aussah. Aber sie hätte es wohl in keinem Fall getan. Ich sagte ihr, sie sollte zu Ihnen zurückgehen und zusehen, dass sie zu einem ordentlichen Leben kommt.«

»Danke. Schade, dass sie es sich nicht zu Herzen genommen hat«, sagte Dee. Zum ersten Mal erkannte sie, warum Perri Betsy vertraut hatte, erkannte sie, was in ihrem alternden Gegenüber nicht vollständig abgetötet war. Dee fragte sich, ob Betsy je eigene Kinder gehabt hatte. Für wen war Perri ein Ersatz gewesen?

»Mike werden Sie nicht finden, Dee. Außer *er* will *Sie* finden.«

»Könnten Sie etwas dazu beitragen, Betsy?«

»Möglich.«

»Ich möchte wirklich, dass Perri das Geld bekommt. Es ist ziemlich viel. Mein ganzes Erspartes.«

»Wo wohnen Sie?«

Dee sagte es ihr und Betsy verzog das Gesicht. »Okay. Fahren Sie zurück nach Queens.«

»Zurück nach *Queens?*«

»Hören Sie«, sagte Betsy, »Sie kennen sich nicht aus in diesem Geschäft. Mike ist nicht mehr hier, nicht, nachdem Perri geschnappt wurde. Perri ist auch nicht hier, sonst hätte ich davon gehört. Die Leute wissen, dass ich mich nach ihr umgesehen habe. Aber ich kenne Mike, und Mike kennt viele Leute, und die Leute kommen rum. Geben Sie mir Ihre Adresse in Queens und fahren Sie heim.«

Sie hatte es vermasselt. Der erste Kontakt hier am Strand, und schon hatte sie sich jede Möglichkeit zu weiteren Kontakten verbaut. Und sollte sie nicht zurückfahren nach Queens, würde Betsy es erfahren und sich nach dem Grund fragen. Es würde sich schneller herumsprechen, als man schauen konnte. Und niemand würde mehr mit Dee reden. Niemand.

»Vielen Dank«, sagte sie zum Abschied und lächelte«.

Bei der Urteilsverkündung stand Perri aschfahl, aber ohne zu weinen, vor ihren Richtern. Sie trug einen losen grauen Gefängnis-Overall, der so oft gewaschen worden war, dass das alte Gewebe sich schlapp um ihren Körper legte. Mit ihrem unfrisierten Haar sah sie seltsam jungfräulich aus – eine Unschuld in Bedrängnis. Dee, das einzige Publikum im Saal, krallte die Finger so krampfhaft in das uralte Holz der Barriere, dass sich der weggekratzte fettige Schmutz unter ihren Fingernägeln sammelte. Die Klimaanlage im Verhandlungssaal lief auf halber Kraft; offenbar hatte sich jemand zu der Erkenntnis durchgerungen, dass Bundesrichtern – ungeachtet der enormen Preise für sämtliche Emissionen verursachenden Energieformen – doch etwas Entlastung von der New Yorker Luft zustand. Dennoch konnte Dee kaum atmen.

Eliot hatte sich mit den Richtern auf einen Handel geeinigt, von dem Dee annahm, dass er ihn sein gesamtes Guthaben an Gefallen, die ihm von irgendeiner Seite geschuldet wurden, gekostet hatte. Perri bekannte sich des Besitzes genmanipulierter Güter Klasse drei schuldig.

»Nach eingehenden Beratungen schließt sich das Gericht in diesem Fall den Empfehlungen des Staatsanwaltes an«, erklärte der Vorsitzende mit gelangweilter Stimme. »Sechs Monate Haft ohne Möglichkeit vorzeitiger Entlassung wegen guter Führung und danach sechs Jahre Bewährung. Herr Anwalt, haben Sie dem etwas hinzuzufügen?«

»Nein, Euer Ehren«, sagte Eliot.

»Gerichtsdiener, den Häftling abführen.«

Und das war alles. Wie oft hatte Dee das hier schon miterlebt, wie oft selbst eine Rolle dabei gespielt? Dutzende, vielleicht Hunderte Male. Aber jetzt ging es um Perri.

»Ich hab dich lieb, Dee!«, rief sie, als man sie hinausbrachte, und Perris Versuch eines Lächelns für ihre Schwester brach Dee beinahe das Herz.

»Nächsten Monat kannst du sie besuchen«, sagte Eliot trübsinnig.

»Falls sie nächsten Monat noch lebt.«

Er dachte praktisch. »Hast du ihr Gefängniskonto bis zur erlaubten Höchstsumme gefüllt?«

»Na sicher!«, fuhr Dee ihn an. »Ich weiß schließlich, wie das System funktioniert!«

»Leider«, seufzte Eliot. »Kann ich dich zum Mittagessen einladen?«

»Nein«, antwortete Dee brutal. »Bleib du lieber hier drinnen, die Luft ist heute fürchterlich. Ich gehe heim.«

»Dee... ich habe getan, was ich konnte.«

Das hatte er wirklich. Aber Dee war zu aufgebracht, um ihm das zuzugestehen.

Zu Hause überprüfte sie ihre nicht rückverfolgbaren Geldchips, die sie überall in der Wohnung versteckt hatte, dazu die völlig legale Überwachungseinrichtung und das nicht völlig legale Nervengas. Wenn Mike auftauchte, würde sie sich entweder den Weg zu diesem Schiff und zu Beweismaterial für ein Berufungsverfahren erkaufen oder den Kerl zu einem handlichen Päckchen verschnüren und den Behörden zur weiteren Verfolgung der Angelegenheit übergeben. Wozu sie sich in diesem Fall sogar bequemen könnten, wenn sie schon einen echten, lebendigen Verdächtigen ins Haus geliefert bekamen.

Das Geld war sicher untergebracht. Wie jeden Abend seit einer Woche schluckte sie auch heute die eklige Flüssigkeit, die sie selbst zwölf Stunden lang vor den Auswirkungen des Nervengases schützen würde. Sie stammte aus Militärbeständen, und ihr Besitz war im höchsten Maße ungesetzlich. Es war Dee herzlich egal.

Und dann versuchte sie zu schlafen.

Heute war die Luft ganz besonders übel. Sie war bis zum Ersticken angereichert mit Schadstoffen, und der CO_2-

Wert lag gewiss bei null Komma sieben-fünf. Wann hatte sie sich denn derart verschlechtert? Dee hatte äußerste Mühe zu atmen, *sie konnte nicht mehr atmen...*

Es schnürte ihr die Kehle zu, und sie erwachte.

Ein Strick war um ihren Hals gewickelt, um die Beine, die Arme... nein, ein Arm war noch frei. Verzweifelt arbeitete sie sich mit einem Finger unter den Strick an ihrem Hals; er gab etwas nach, und sie konnte ihn weit genug von der Haut wegziehen, um nach der stinkenden Luft zu schnappen. Aber das würde nur einen Augenblick lang funktionieren, der Angreifer wartete sicher...

Es gab keinen Angreifer. Sie war allein in ihrer Wohnung, umwunden und fast erwürgt von zähen grünen Schlingpflanzen, die sie unter ihrem Blattwerk fast begraben hatten. Dee schrie ein einziges Mal auf, doch dann sprangen ihre Polizistenreflexe an. Sie spannte jeden Muskel an, um festzustellen, wo es lockere Stellen gab, und entdeckte einen Trieb, der sich noch nicht vollständig sowohl um das Bett als auch um ihren Körper gewunden hatte. Sie krümmte sich so lange, bis es ihr gelang, mit ihrer freien Hand das lose Ende des Triebes bis zum Mund zu führen, ohne den Zeigefinger unter der Schlinge um ihren Hals hervorziehen zu müssen. Sie fasste den Trieb mit den Zähnen, ihrer einzigen Waffe, und biss zu.

Der Trieb teilte sich und hatte nun zwei Enden. Hektisch fasste sie nach einer anderen Ranke, an die sie gerade noch herankommen konnte. Die Dinger wuchsen vor ihren Augen... Dee konnte effektiv *sehen,* wie die Triebe mit winzigkleinen, tödlichen Vorwärtsbewegungen um sie herumwuchsen! Sie biss in die zweite Ranke und der bittere Geschmack der Blätter erfüllte ihren Mund. Was, wenn sie giftig waren? Nicht daran denken, nicht jetzt. Sie durchbiss eine dritte Ranke.

Kaum in der Lage, sich zu bewegen, krümmte und wand Dee sich auf dem Bett und kämpfte mit aller Kraft gegen das bornierte Wuchern der Schlingpflanzen an. Es kam der Moment, als sie dachte, sie hätte verloren, weil die Ranken einfach zu zahlreich waren. Aber die Pflanze war tatsächlich borniert. Dee kalkulierte, an welcher Stelle die größte Gefahr drohte, und es gelang ihr, durch kluges Einsetzen der Muskelkraft und mit ein wenig Glück, eine Hand soweit freizubekommen, um das Wasserglas neben dem Bett zerbrechen zu können; mit den Scherben bewaffnet ging sie zum Angriff über, und Blut strömte sogleich über die Laken, über die grünen Blätter, über ihren Körper.

Aber sie war frei. Sie rollte sich vom Bett, rannte weg und sank keuchend zu Boden.

Von hier aus betrachtet, schien die Pflanze weit weniger rasch zu wachsen. Nicht mehr als etwa zwanzig Zentimeter pro Stunde.

Zwanzig Zentimeter pro Stunde! Dee hatte nicht gewusst, dass die Entwicklung der Gentechnik – selbst in den skrupellos arbeitenden Geheimlabors – bereits so weit fortgeschritten war. Vielleicht wenn man die Phototropismus-Gene der Pflanzen direkt mit den Wachstumsgenen koppelte? Dee hatte keine Ahnung. Sie wollte es gar nicht wissen. Sie war soeben fast gestorben.

Der etwa fünfzig mal fünfzig Zentimeter große Behälter mit der Nährflüssigkeit stand unter dem Bett, ein wenig zu dem südseitigen Fenster hin gekippt, das bei der Wohnungssuche den Ausschlag gegeben hatte. Als Dee schlafen gegangen war, hatte der Behälter nicht unter dem Bett gestanden. Wer immer ihn hingestellt hatte, wusste, wie man die Überwachungseinrichtung und das Nervengas umging. Vermutlich waren die Pflanzen die Nacht über nur langsam, wenn überhaupt, gewachsen, ehe das erste Licht des Morgens ihre höchst effiziente Energienutzung dazu getrieben hatte, alles in ihr Wachstum zu investieren, in ein wildes, explosives Wachstum, das die Pflanze in kürzester Zeit völlig erschöpfte. Schon jetzt sahen die Ränder der ältesten Blätter gelb aus. Wachse schnell, lebe intensiv, stirb jung.

Dee suchte nach dem Pflaster, fand es an ihrem Knö-

chel und zog es ab. Was auch immer da in ihren Blutkreislauf gesickert war, es hatte sie den ganzen hellen
Morgen über verschlafen lassen. Es war fast Mittag.

Sie hockte zusammengesunken auf dem Boden und sah
zu, wie die Kamikaze-Pflanze starb.

»Und das Geld war noch da«, sagte Eliot.

»Unberührt.«

»Also wollte man dich nur umbringen.«

»Gut beobachtet, setzen, Herr Rechtsanwalt«, knurrte
Dee. Sie zitterte immer noch ein wenig. Sie saßen in einem
Kaffeehaus in der Nähe von Dees Wohnung. Heute war die
Luft wieder besonders schlecht, und einige Leute trugen
sogar im Lokal Masken. Die Hitze im Raum raubte Dee den
Atem; sie konnte sich noch an die Zeit erinnern, als Klima-
anlagen nicht die Welt gekostet hatten – buchstäblich.

»Ich möchte wissen, wie ich jetzt am besten weiter-
mache, Eliot«, fuhr sie fort. »Wäre es eine Hilfe für Perris
Berufungsverfahren, wenn ich die Polizei kommen lasse
und ihr den Beweis für einen Mordversuch liefere?«

»Kann ich mir eigentlich nicht vorstellen«, sagte Eliot.
Er zog sein klebriges Hemd eine Sekunde lang von der
Brust weg. »Du kannst nicht beweisen, wer es getan hat,
oder auch nur, dass der Mordversuch in irgendeiner
Weise mit Perris Erlebnissen zusammenhängt. Ja, es war
eine Waffe aus dem Arsenal der Gentechnik, aber das allein verbindet sie noch nicht mit irgendeiner spezifischen
illegalen Organisation.«

»Lieber Himmel, denkst du etwa, dass es Legionen von
Leuten gibt, die darauf aus sind, mich umzubringen? Wer
sollte es sonst sein?«

»Du bist ein Ex-Bulle«, sagte Eliot, »und ich muss dich
doch nicht extra darauf hinweisen, dass Ex-Bullen des Öf-
teren von Leuten aufs Korn genommen werden, die sie irgendwann mal festgenommen und in den Knast gebracht
haben. Manchmal Jahre später. Es rennen jede Menge
Verrückte da draußen herum. Dein ›Beweis‹ ist bloß ein

Indizienbeweis, Dee, wenn überhaupt. Es gibt keinen handfesten Hinweis auf eine Verbindung.«

»Und was wäre ein ›handfester Hinweis‹? Meine Leiche?«

»Das nicht gerade, bleib auf dem Teppich, Dee. Aber wenn irgendjemand wissen müsste, dass er in dieser Liga nicht mitmischen kann, dann bist du es, Dee. Du schaffst es nicht.«

»Und das FBI hält sich raus.«

»Außer sie stolpern aus anderen Gründen zufällig über den Fall. Ansonsten ist er ihnen eine Nummer zu klein. Und dir eine Nummer zu groß. *Gib es auf, Dee!* Möchtest du heute Nachmittag mitgehen zu Perri?«

Dee war plötzlich ganz still. »Ich dachte, im ersten Monat darf sie keinen Besuch empfangen?«

»Das gilt nicht für mich. Ich bin ihr Anwalt. Ich könnte dich als Mitglied der Anwaltskanzlei hineinbringen.«

»Ja! O ja!«

Eliot machte den Mund auf, als wollte er noch etwas sagen, ließ es aber sein und trank seinen Kaffee aus.

Im Zug nach Cotsworth saß Dee schweigend neben Eliot und machte sich auf das Schlimmste gefasst. Dennoch war es dann ein Schock.

»Hallo, Dee! Eliot.« Mit Mühe brachte Perri ein Lächeln auf ihre geschwollenen Lippen. Ein Auge war völlig geschlossen und blau geschlagen. Sie hatte an Gewicht verloren, das merkte man selbst bei dem formlosen Gefängnis-Overall.

»Perri... Perri.« Dee riss sich zusammen. »Ich sagte dir doch, du sollst keinen Widerstand leisten! Bei niemandem!«

»Wachen oder Insassen?«, fragte Eliot mit leiser Stimme.

»Beide. Eliot, reichen Sie keine Beschwerde ein, das würde meine Lage nur noch schlimmer machen.«

Er antwortete nicht; er wusste, dass sie Recht hatte. Und auch Dee wusste es, aber trotz allem stieg ihr die Wut wie Salzsäure die Kehle hoch.

»Ich habe die schriftliche Berufung eingereicht, Perri«, sagte Eliot, und sie strahlte.

Doch Dee wusste, der Berufung würde nicht stattgegeben werden, es gab keine Gründe dafür. Aber es war wenigstens ein kleiner Hoffnungsstrahl für ihre Schwester in dieser Hölle.

Und Perri war unglaublich. Sie schnatterte mit Dee und Eliot, fragte sie nach allen Kleinigkeiten ihres täglichen Lebens und bemühte sich in jeder Hinsicht, so zu tun, als wäre sie nicht erfüllt von Schmerzen und ohnmächtiger Verzweiflung.

Als die kurze Besuchszeit um war und sie beide alle Kontrollen auf dem Weg nach draußen passiert hatten, wandte Dee sich an Eliot: »Und sag mir nie wieder, ich soll aufgeben. Nie wieder!«

Sie hatte vor, sich an zwei Stellen umzusehen: bei den Aktivisten und bei den Kriminellen. Sie wollte die Überlappung finden.

Die Umweltaktivisten waren weder so zornig, noch so zahlreich wie vor der Krise, aus dem einfachen Grund, weil sie gesiegt hatten. Dee verstand das. Es war ihr auch klar, in welcher Richtung sich die Bewegung entwickeln würde: zu einer Art halbem Untergrund-Aktivismus.

Die Sache lief folgendermaßen: Dein ganzes Leben treibt dich der Kampf für ein einziges, heiß ersehntes Ziel an, nämlich gentechnische Manipulationen vom Gesetz verbieten zu lassen – und dann sind sie mit einem Mal tatsächlich verboten, und plötzlich bist du emotional arbeitslos. Eine Weile probierst du es mit dem Einsatz für irgendeine andere gute Sache, aber es ist nicht das Gleiche. Also organisierst du – mit der Begründung, die Behörden wären dafür (je nach Belieben): zu faul, zu korrupt, zu dumm oder zu bürokratielastig – Truppen für den Kampf gegen Einrichtungen, bei denen du Verletzungen des Gentechnikverbotes argwöhnst. Und so bist du endlich wieder am Ball und kannst deine Zeit damit verbringen, illegale

Labors und Pflanzungen aufzustöbern und zu zerstören. Natürlich seid ihr alle auch eine Art Speerspitze der Volksjustiz und somit praktisch verpflichtet, neben den Übeltätern auch die Bullen aufs Korn zu nehmen. Doch für einen bestimmten Typus macht das die Sache erst richtig interessant.

Dee begann mit New Greenpeace. Bei ihrem ersten Besuch dort sprach sie mit einer Frau, die so finster und drohend wirkte, dass Dee sie als gute Kandidatin für »subversive Projekte« einstufte. Sie hieß Paula Caradine und war äußerst misstrauisch Dee gegenüber, aber an misstrauische Informanten war Dee gewöhnt.

»Wieso interessieren Sie sich für Subversion?«, fragte Paula. Sie war reizlos, untersetzt und sehr angespannt.

»Meine Schwester sitzt im Gefängnis wegen eines Gentech-Verbrechens, das sie nicht begangen hat. Die Beschuldigungen waren falsch.«

»Ach? Wie heißt sie?«

»Perri Stavros. Mein Name ist Demetria Stavros. Früher mal war ich bei der New Yorker Polizei. Perris Verurteilung hat meine Einstellung geändert. Das FBI hat jetzt zwar ein entsprechendes Gesetz zur Verfügung, ist aber ganz einfach unfähig. Sonst wären Leute wie Perri nicht drinnen und die Genverschmutzer draußen.«

Paula sagte: »Momentan haben wir gar nichts laufen«, was wahrscheinlich gelogen war. Aber Dee war auch ans Angelogenwerden gewöhnt; Bullen wurden von allen angelogen: von den Verdächtigen, von den Zeugen, von den Opfern. Es war eine Realität des Lebens auf der Straße.

Mehr sagte Paula nicht, was ein gutes Zeichen war. Sie würde Dee und Perri überprüfen lassen und herausfinden, dass Dees Geschichte stimmte. Es war ein Anfang. Das Heranzüchten von Informanten war ein langwieriger Prozess.

In Manhattan gab es diese Informanten bereits – zumindest diejenigen, die man in dem einen Jahr, seit Dee sich in den Ruhestand hatte versetzen lassen, weder umgebracht noch eingelocht hatte und die auch nicht an »umweltbedingten Erkrankungen« gestorben waren. Doch auch als Dee eine ganze Woche lang ihr altes Netzwerk abklapperte und zahlreiche Hände schmierte, kam nichts zum Vorschein als Lügen. Und dann traf sie auf Gum, den Zahnlosen.

Niemand wusste, wie alt er war, nicht einmal Gum selbst. Er hatte braunviolette Melanome auf Armen und Glatze. Veranlagung oder zu viel Sonne oder einfach Pech. Er lehnte jede medizinische Behandlung ab, ebenso wie Atemmasken und falsche Zähne. Gum lebte überall und nirgends. Er erinnerte sich an das Leben vor der Krise, vor der fluchtartigen Abwanderung aller Wirtschaftszweige aus Manhattan, erinnerte sich gelegentlich sogar an die Zeit vor der Jahrhundertwende. Er war ein alter, stinkender, sterbender Mann, und schon allein der Umstand, dass es ihm gelungen war, so lange zu überleben, hatte ihm eine Art mythischer Dimension verliehen, fast eine göttliche Aura. Oben im Central Park gab es Punks und Gauner und Hyänen, die zutiefst davon überzeugt waren, dass die ganze schreckliche Rache des Schicksals denjenigen heimsuchen würde, der es wagte, Gum umzubringen. Obwohl Dee sich nichts vorstellen konnte, was schrecklicher sein konnte als das Leben, das sie bereits führten. So wie etliche andere Teile von Manhattan war auch der Park jeglicher polizeilichen Kontrolle total entglitten. Kein Bulle wagte sich dorthin, niemals, unter keinen Umständen.

Dee entdeckte Gum in einem Lokal in der Nähe der faulenden Docks am East River. Die Straße galt inoffiziell als neutrale Zone. »He, Gum!«

Er starrte Dee verständnislos an. Gum weigerte sich auch, irgendjemanden offen wiederzuerkennen. Dee hatte jedoch den Verdacht, dass er über ein ausgezeichnetes Gedächtnis verfügte.

»Dee Stavros, erinnerst du dich? Polizei New York.«

»He!«

»Möchtest du eine Limo?« Gum trank keinen Alkohol.

»He!« Er hievte sich neben Dee auf den Barstuhl.

»Gum, ich bin auf der Suche nach jemandem.«

Mit seiner quengeligen Greisenstimme sagte Gum: »Bin auf der Suche nach Gott seit hunnert Jahr'!«

»Aha, also lass es mich wissen, wenn du Ihn findest, ja? Oder einen Kerl, der sich möglicherweise ›Mike‹ nennt. Oder auch nicht. Er hat 'ne illegale Gentech-Sache laufen, auf einem Schiff. Dort macht er auch Abtreibungen.«

»Abtreibungen?«, wiederholte Gum in zweifelndem Tonfall.

»Ja, du weißt schon, solche Weibersachen. Hast du irgendwas gehört?«

»Hunnert Jahr'«, sagte Gum. »Is' schon lang vermisst.«

Er meinte Gott, nicht Mike. Gum redete erst, wenn er in der Stimmung war.

»Wenn du was hörst, möchte ich es wissen.« Sie schob ihm die Geldchips so unauffällig zu, dass es nicht einmal der Mann hinter der Theke bemerkte.

»Plötzlich vermisst. Hat uns einfach verlassen.«

»Wem sagst du das, Gum.«

»Hunnert Jahr'.«

Sie ging zum nächsten Treffen der Aktivisten, bearbeitete Paula Caradine. Doch bevor sich dort noch irgendetwas tun konnte, rief Eliot an. Er sprach in diesem betont unpersönlichen, monotonen Tonfall, den manche Rechtsanwälte hervorholen, wenn es um etwas wirklich Ernstes geht.

»Dee, ich möchte, dass du dir etwas ansiehst. Wir treffen uns in einer Stunde bei der Zentrale für Gentech-Beweise. Du weißt, wo das ist?«

»Klar weiß ich das! Kannst du mir sagen...?«

»Nein.« Er schaltete ab.

Die Zentralstelle für Beweismaterial im Zusammenhang mit dem Verbrechen der gentechnischen Manipulation, Bezirk Groß-New York, befand sich in Brooklyn. Es war wiederum ein Tag mit schlechter Luft, und Dee trug ihre Maske während der ganzen Fahrt und der fünfzehnminütigen Wartezeit vor dem schwer bewachten Gebäude. Kein Zutritt ohne fünf Millionen Bewilligungen. Endlich tauchte Eliot auf (»Wieder einmal eine U-Bahn-Störung!«), sie wurden eingelassen und zu einem elektronisch verschlossenen Raum geführt. Dee bemerkte den leichten Unterdruck in diesem gesamten Flügel des Gebäudes: nichts, nicht einmal Sporen, konnten von hier nach draußen dringen. Dee und Eliot hatten ihre Kleidung ablegen und Papieroveralls überziehen müssen; vor dem Verlassen des Gebäudes würden sie eine Dekontaminationsschleuse passieren.

Eliot tippte einen elektronischen Code ein, und die Tür öffnete sich.

Erschrocken schnappte Dee nach Luft. Selbst Jahre härtester Ausbildung konnten einen nicht auf so etwas vorbereiten. Die einzelne Pflanze stand in der Mitte des kleinen Raumes, ein schulterhoher Strauch mit großen, sehr hellen grünen Blättern auf holzigen Ästen. Inmitten jedes Blattes saß ein geschlossenes menschliches Auge. Eliot schaltete das Licht ein und die Augen klappten auf.

Perris Augen.

Augen von dieser verblüffenden blaugrünen Farbe, der Dee noch bei keinem anderen Menschen begegnet war. Die Pupillen wandten sich der Lichtquelle zu. Hundert Augen, in ein und derselben blinden, parallelen Bewegung.

»Der hiesige Biologe hat es mir erklärt«, sagte Eliot. »Die Augen sind lichtempfindlich, können aber nicht wirklich sehen. Sie sind mit keinerlei Gehirn verbunden. Der Mensch besitzt ein Gen für die Augen, ›Aniridia‹, das man Tieren einsetzen kann; es wachsen ihnen dann Augen an allen möglichen Stellen, Insekten etwa an den Flügeln oder den Beinen. Niemand wusste bisher, dass das auch bei Pflanzen funktioniert.«

»Aber *wozu*? Was soll das sein?«

»Es ist ein Kunstobjekt«, knurrte Eliot grimmig. »Eine Skulptur. Anscheinend ist der Künstler in den Untergrund-Zirkeln, wo man mit solchen Dingen handelt, kein Unbekannter. Er ist schon in Polizeigewahrsam.«

»Mike...«

»War natürlich der Lieferant. Die Augen wurden aus Stammzellen von Perris abgetriebenem Fötus gezüchtet. Aus Stammzellen geht die Züchtung von Organen am leichtesten. Aber der so genannte Künstler weigert sich zu reden. Auf Rat seines Anwalts.«

»Wie sieht es mit einem Handel aus? Wenn du ihm ein entsprechend großes Angebot machst?«

»Ich kann ihm überhaupt nichts anbieten, Dee. Es ist ja nicht mein Fall. Doch ich bin ohnehin nicht der Meinung, dass er reden würde. Diese illegalen Gentech-Geschäfte werden mehr und mehr von der organisierten Kriminalität übernommen. FBI und das NYPD haben gerade eine gemeinsame Einsatztruppe gegen diese Illegalen gebildet. Doch unser Künstler hier blickt garantiert lieber dem Gericht ins Antlitz als den Gangstern.«

»Aber es ist doch offensichtlich, dass es sich hier um Perris Gene handelt! Sie können ja einen DNA-Test machen!«

»Wozu das Ganze? Du kannst nicht beweisen, dass sie Mike das Gewebe nicht freiwillig überlassen oder verkauft hat. Es entlastet Perri in keiner Weise. Ich dachte nur, es würde dich interessieren, dass die Chancen, Mike auf Umwegen dranzukriegen, gewaltig gestiegen sind. Er hat irgendeine Verbindung zu diesem Künstler, der Verbindungen zum organisierten Verbrechen hat, also wird man Mike von allen Seiten durchleuchten. Sie kriegen ihn, sobald sich etwas ergibt.«

Dee sah ihn an. »Ich will keine Rache! Ich will, dass Perri freikommt!«

»Bist du sicher, dass du keine Rache willst? Perri hat mir ein bisschen von ihrer Kindheit erzählt. Du hast sie zu sehr abgeschirmt und beschützt, Dee. Du hast ihr das Gefühl gegeben, dass die ganze Welt voller Gefahren ist.«

»Das ist sie auch.«

»Aber du hast ihr auch eingeimpft, dass sie ohne dich damit nicht fertig wird. Dass sie es allein einfach nicht schafft. Und als gute Tochter beweist sie dir seitdem immerzu, dass du Recht hast.«

»Sie ist nicht meine Tochter, und...«

»Das könnte man aber fast so sehen. Du bist die einzige Mutter, die sie je hatte.«

»Du verstehst einen Dreck von alldem!«

»Ich weiß aber, was Perri mir erzählt hat.«

»Du besuchst sie?«, fragte Dee. »Oft?«

»So oft ich nur kann. Schau mich nicht so an, Dee, sie ist kein kleines Kind mehr. Und wie du ganz richtig betont hast, du bist nicht ihre Mutter!«

»Du kannst mich mal, Eliot! Du bist nicht mehr Perris Anwalt! Betrachte dich als entlassen!«

»Diese Entscheidung liegt nicht bei dir, Dee«, sagte Eliot.

»Ich bezahle die Rechnung!«

»Diese nicht.« Er sah sie unverwandt an.

Dee stapfte auf die Tür zu, und als sie sich öffnete, schaltete Dee das Licht ab. Die blau-grünen Augen auf den hellen Blättern, Perris Augen, blinzelten einmal und schlossen sich.

»Heute nehmen wir uns eine Farm vor«, sagte Paula kurz angebunden. »Du kannst mitkommen.«

»Hab wohl die Prüfung bestanden, wie?«, bemerkte Dee.

»Warum hast du nicht erwähnt, dass die Mistkerle versucht haben, dich mit einer biologischen Waffe umzubringen?«

»Ich fand, ich sollte eure Nachforschungen ein wenig bereichern«, sagte Dee. Sie verbarg ihre Überraschung, dass »die Gruppe« – arroganterweise führte sie keine nähere Bezeichnung – die Sache mit dem Attentat in ihrer Wohnung herausgefunden hatte. Diese Leute verfügten über bessere Verbindungen als gedacht, denn Dee hatte keine polizeiliche Anzeige erstattet.

»Wir treffen uns hier um zwei Uhr morgens«, sagte Paula. »Zieh dir dunkle Sachen an, sie sollen Arme und Beine mit wenigstens drei Lagen Stoff bedecken, und dazu feste Schuhe. Handschuhe und Maske kriegst du von uns.«

»Wird gemacht. Und, Paula... danke.«

»Ich weiß, wie's ist«, erwiderte Paula kryptisch. Dee fragte nicht, was damit gemeint war.

Sechzehn Personen, hineingezwängt in zwei Lieferwagen mit verdunkelten Fenstern und einer undurchsichtigen Trennscheibe zwischen Fahrer und Passagieren. Keine Namen, Gesichter hinter Masken; Dee würde nicht in der Lage sein, irgendjemanden außer Paula zu identifizieren. Die Fahrt dauerte – bei wechselndem Tempo mindestens vierzig Minuten. Als der Wagen anhielt, konnte das mitten im Irgendwo sein.

»Bleibt immer einer hinter dem anderen«, trug ihnen der »Gruppenleiter« auf. Nur am Schein einer einzelnen Taschenlampe am Kopfende der Reihe erkennbar, führte er die Leute durch die Dunkelheit, weg von der Straße und durch ein kleines Wäldchen, ehe sie drei offene Felder überquerten, die durch niedriges Gestrüpp voneinander getrennt waren. Schließlich hielt die ganze Reihe an.

Die Gentech-Pflanzung bestand aus einem halben Hektar junger Bäume. Sicher zum Verkauf für weitere Züchtungen bestimmt, vermutete Dee. Die Gentech-Illegalen hatten erkannt, dass es besser war, ihre Pflanzungen nicht mit Zäunen oder Mauern zu schützen, denn die erweckten bei der Überwachung aus der Luft prompt Aufmerksamkeit.

Für Dee sah dies hier aus wie eine Baumschule, eine Anpflanzung irgendwelcher beliebigen jungen Bäumchen. Zu welchem Zweck man sie wohl gentechnisch verändert hatte? Es spielte keine Rolle. Ihre Erschaffung fiel in genau jene Kategorie verantwortungsloses Tun, das damals die Krise verursacht hatte, bei der eine Getreidesorte nach der anderen durch schnell wachsende Herbizid-resistente, gentechnisch veränderte »Superpflanzen« ohne natürliche Feinde vernichtet worden war – jene Kategorie Verantwortungslosigkeit, die dazu geführt hatte, dass schließlich fast der ganze Mittlere Westen kontrollierten Flächenbränden ausgesetzt werden musste, jene Kategorie Verantwortungslosigkeit, die den Ruin der gesamten betrieblichen Landwirtschaft, Hamsterkäufe gigantischen Ausmaßes und die weitere Schwächung einer ohnehin bereits ins Trudeln geratenen Wirtschaft bewirkt hatte.

Jene Kategorie von Verantwortungslosigkeit, die letzten Endes Perri ins Gefängnis gebracht hatte.

»Schneidet jeden Baum knapp über dem Boden ab«, instruierte sie der Anführer. »Bearbeitet nur die Pflanzreihe vor euch, sonst verletzt ihr euren Nachbarn. Arbeitet leise und rasch. Das Säureteam ist dicht hinter euch.«

Dee begann mit der Reihe, die ihr zugewiesen wurde. Die Säge durchtrennte mühelos die dünnen Stämmchen, und das hemmungslose, primitive Lustgefühl, das sie bei dieser Tätigkeit empfand, überraschte Dee. Die Luft war erfüllt vom gedämpften (vermutlich großteils irgendwie elektronisch neutralisierten) Summen der Sägen und vom scharfen Geruch der Säure, die über die umgeschnittenen Bäumchen und die Stümpfe gegossen wurde. Dee spürte die Woge von Energie, die sie durchströmte, während sie alles zerstörte, was hier wuchs. Dennoch lauschte sie mit einem Ohr auf das Geräusch von Schusswaffen oder näherkommenden Hubschraubern zur Verteidigung der Farm, aber nichts war zu hören. Plötzlich lachte sie laut auf.

»Was ist so lustig?«, fragte Paula, die sich an der nächsten Reihe Bäumchen zu schaffen machte.

»Mir ist nur etwas eingefallen. Aus einem alten Gedicht. ›Und nur Gott macht einen Baum.‹«

»Zzz«, machte Paula verächtlich. »Vergiss die Dichter und konzentriere dich lieber aufs Sägen.«

Also sägte Dee, und jede Vibration schenkte ihr wilde Freude. Als sie fertig waren, huschten die Aktivisten über die Felder zurück zu den wartenden Wagen. Hinter ihnen breitete sich beißender Gestank über die Reste der sorgfältig angelegten Pflanzung.

»Ich hab ihn gefunden«, sagte Gum.

Dee wartete gespannt. Gum wiederum ausfindig zu machen hatte sie einige Zeit gekostet, doch schließlich war sie an der Brooklyn Bridge auf ihn gestoßen, wo er in der Basis eines Brückenpfeilers bei einer Horde Krimineller lebte, die mit tragbaren Raketenwerfern irgendeines Typs bewaffnet waren. Wo, zum Teufel, hatten sie die her? Die Dinger sahen nach militärischem Ursprung aus... Dee hätte sich nie im Leben auf ein solches Treffen hier eingelassen, wären nicht zwei ihrer Informanten unabhängig voneinander der Meinung gewesen, dass Gum sich dieser Bande angeschlossen hatte. Einer der beiden hatte Dee – selbstverständlich gegen Überlassung einer größeren Summe – sogar die e-mail-Adresse genannt. Also schickte sie Gum eine e-mail, und zum vereinbarten Zeitpunkt tauchte er an der Brückenbasis auf, so dreckig und debil wie immer.

Sie saßen hundert Meter von der Brücke entfernt auf einem unbebauten, mit Glasscherben, Lumpen und nicht identifizierbaren Metalltrümmern übersäten Gelände auf alten Packkisten. Ein Elektrokabel schlängelte sich am Straßenrand entlang bis unter die Brücke; zweifellos zapfte es irgendwo eine Leitung mit sündteurem Strom an – so lange, bis die Elektrizitätsgesellschaft draufkommen und die Sache abstellen würde. Aber das war nicht mehr Dees Problem.

Sie zählte sechs Ratten in zwei Minuten. »Wo ist er?«, fragte sie Gum.

»Überall. Nirgends. Weg. Un' zurück. Hunnert Jahr'.«

»Nicht Gott, Gum! Ich dachte, du hättest Mike gefunden!«

»Weg und wieder da. Hunnert Jahr'.«

Dee beherrschte sich. Dieses Zusammentreffen war zu wichtig und zu gefährlich, um es durch Unbedachtsamkeiten zu ruinieren. Sie wartete schweigend.

Schließlich sagte Gum: »Er sieht Mike. Er sieht mich. Er sieht dich. Er weiß.«

»Was weiß Er, Gum? Wirst du es mir sagen, damit ich es auch weiß?«

»Er weiß, dass Mike es nich' getan hat. Die Pflanzen.«

»Mike hat meine Schwester nicht zu diesem Schiff mit den illegalen Gentech-Pflanzen gebracht?«

»O ja. Preiset den Herrn.«

»Also dann hat Mike Perri doch zu dem Gentech-Schiff gebracht?«

»O ja«, sagte Gum, während ihm das Wasser aus den altersschwachen Augen lief. »Weg. Un' zurück.«

»Er brachte sie zu dem Schiff und schickte sie wieder zurück. Aber wo ist Mike jetzt?«

»Gott sieht alles.«

Dee legte die Hände auf die Knie und beugte sich vor. Wieder lief eine Ratte über den Platz. Bei der Brücke stand ein Mann mit einem Gewehr, die Augen unverwandt auf Dee gerichtet. »Gum, was machst du bei diesen Leuten in der Brücke?«

»Hunnert Jahr'. Gradewegs zu Gott.«

»Du bist ihr Priester«, stellte Dee fest. Es schien ihr nicht sehr wahrscheinlich, aber nicht unmöglich. Seit der Krise waren die seltsamsten Religionen wie Pilze aus dem Boden geschossen: um die neue Unwirtlichkeit der Erde zu erklären, um für die neue Unwirtlichkeit der Erde Buße zu tun, um in der neuen Unwirtlichkeit der Erde Hoffnung zu finden – jede Menge Quatsch. Wie es schien, konnten selbst Kriminelle an Gott glauben. An irgendeine Art von Gott, jedenfalls. Und es konnte durchaus erklären, was Gum – alt, sabbernd und schwach auf den Beinen –

mit diesen bestens ausgerüsteten Gewalttätern aufführte, bei deren Anblick, offen gestanden, Dee sich vor Angst fast in die Hosen machte. Ein priesterlicher Status mochte die Erklärung sein. Oder auch nicht.

Gum sagte: »Er hat's nich' getan.«

»Gott?«

»Mike.«

»Was hat Mike nicht getan, Gum?« Sie bewegten sich im Kreis!

»Er war's nich', der dir die Pflanze in die Wohnung geschickt hat, um dich umzubringen.«

Dee hielt den Atem an. »Weißt du, wer es getan hat?«

»Die anderen. Hunnert Jahr'.«

»Gum, welche anderen? Wer hat mir die Pflanze geschickt, die mich umbringen sollte?«

»Blick auf zu Gott«, sagte Gum und rappelte sich auf die Füße.

Dee stand auf und packte ihn am Arm. »Du kannst jetzt nicht gehen! Du musst doch noch fertig erzählen!«

Der Alte versuchte, sich loszureißen, und die Wache drüben an der Basis des Brückenpfeilers hob das Gewehr. Hastig zog Dee die Hand von Gums Arm weg. Als er davonwatschelte, rief sie ihm nach: »Welche anderen, Gum? Wer hat die Pflanze geschickt?«

»Stand in allen Zeitungen«, krächzte Gum über die Schulter, »dass du tot bist.«

»Gum...!«

Doch ab nun war er taub.

Dee hängte sich an ihre Informanten, brachte das Gehörte in Umlauf und gab ihre ganzen Ersparnisse dafür aus, das Zuträgernetz gut zu schmieren. Sie nahm zusammen mit Paula an einem weiteren Vernichtungsfeldzug teil, diesmal gegen eine ungeschützte Farm in New Jersey. Sie besuchte Perri in Cotsworth, und jedes Mal war Perri dünner und stiller und hatte zusehends Mühe beim Gehen. Dee deckte die Justizverwaltung mit Unmengen von Beschwerden, Vorwürfen und biblischem Zorn ein, doch nichts davon brachte auch nur die geringste Veränderung.

Dann überfiel Paulas Gruppe eine Plantage in Connecticut. Unter dickem Plastik befand sich Beet um Beet mit üppig grünem Blattwerk, das gentechnisch verändert war, um... um was? Völlig egal. Zu diesem Zeitpunkt empfand Dee nicht einmal mehr Neugier. Um in die Plantage eindringen zu können, hatte man das Glas rundum mit Semtex aufsprengen müssen, und augenblicklich war der Alarm losgegangen. Die Aktivisten schleuderten die Flammenwerfer hinein und rannten in alle Windrichtungen davon. Entsprechend ihrer Instruktionen lief Dee in einem weiten Bogen nach links und sprang in einen Durchlass unter der Straße, in dem kniehoch stinkendes Wasser stand. Spinnweben hingen von der Decke und legten sich über ihr Gesicht. Von einem Turm, dessen Existenz Dee erst jetzt wahrnahm, bestrichen Scheinwerfer die ganze Gegend, und sie konnte hören, dass ein Hubschrauber näher kam, aber sie schaffte es zurück zur Straße, zum Wagen und heim in ihre Wohnung.

Erst später erfuhr sie, dass bei dem Einsatz zwei Aktivisten ums Leben gekommen waren. Einer von ihnen war Paula.

Am nächsten Abend rief Eliot an. »Herr im Himmel, Dee, was, zum Geier, *bezweckst* du eigentlich damit?«

Er wusste von dem Überfall auf die Plantage! Nein, unmöglich, wie konnte er das wissen? Dann musste er wohl gehört haben, dass sie ihre alten Straßenspitzel wiederum aktivierte! Sie sagte nichts.

»Wie kannst du Perri besuchen und sie dann endlos damit löchern, was für eine Niete sie ist? ›Du suchst dir immer die miesesten Typen aus, du hast dein ganzes Leben vermurkst, dass du im Knast warst, wird dich verfolgen bis in alle Ewigkeit.‹ Wie kannst du sowas tun, Dee?«

»Das stimmt doch alles.«

»Na und? Sie kämpft sich mit aller Kraft durch diese Hölle dort, und das Letzte, was sie braucht, sind deine...«

»Und wie willst du wissen, was sie braucht, du Scheißkerl? Ich hab für sie gesorgt, seit sie zwei Jahre alt war!«

»Und du hast ihr auch eingeredet, dass sie nicht allein für sich sorgen kann! *Du* hast ihr Leben vermurkst, und sonst niemand! Also hör auf damit...«

Dee schlug mit der Faust auf die AUS-Taste und dann rannte sie wie ein wildes Tier in der kleinen Wohnung herum, bis ihre eigene Wut ihr Angst machte. Daraufhin versuchte sie, sich zu beruhigen: tiefe Atemzüge, eine Weile Gewicht heben, ein Tässchen heißen Tee. Um Mitternacht schlief sie endlich ein.

Um drei Uhr früh fuhr sie hoch, hellwach. Jemand war in der Wohnung.

Dees Hand glitt unter das Kissen auf der Suche nach ihrer Waffe, doch noch ehe sie sie ergreifen konnte, wurden ihre Arme hochgerissen und mit Handschellen gefesselt. Das Licht ging an.

Der Mann nahm den Helm mit dem Nachtsichtgerät ab, zog sich einen Stuhl ans Bett und betrachtete Dee schweigend. Er war von mittlerer Statur, gegen vierzig, braune Augen. Haare von der Farbe gelblicher Blumen. Dee starrte zurück; sie weigerte sich einfach, Furcht zu zeigen. Sie sagte: »Sie sind Mike.«

»Ja. Obwohl mein Name eigentlich Victor ist.«

Sie schniefte verächtlich, und er lächelte. »Nein, Dee, Sie sehen wirklich nicht aus wie Perri. Kommen Sie, wir gehen aus.«

Sie begann zu schreien. Die Wände hier waren dünn, irgendjemand würde sie hören.

Victor klatschte ihr umgehend einen Klebestreifen über den Mund, schlug das Laken zurück, ignorierte ihre Tritte und legte ihr Fußfesseln an. Dann wickelte er sie in die Decke wie eine Kranke, hob sie mühelos hoch und trug sie die drei Treppen hinab. Er war weitaus kräftiger, als er aussah.

Ein privater PKW wartete vor dem Haus. *Wann habe ich das letzte Mal in einem PKW gesessen?*, fuhr es Dee grotekerweise durch den Kopf. Jahre war das her. Privatautos waren abgasspeiende Dämonen, die Menschen zerquetschten wie Küchenschaben. Nur offizielle Einsatzfahrzeuge für alle Notlagen waren davon ausgenommen, aber dieser kraftstrotzende, schnittige Wagen war kein Einsatzfahrzeug.

Sie fuhren durch die leeren, mit Schlaglöchern übersäten Straßen, Victor und Dee auf den Rücksitzen und der Fahrer vorne, auf der anderen Seite der dunklen Scheibe und nicht zu erkennen.

Victor zog ihr das Klebeband vom Mund. »Dee, niemand wird Ihnen etwas tun.« Ach ja, und das würde sie ganz gewiss glauben. »Ich möchte Ihnen nur etwas zeigen.«

»Wozu?«

»Gute Frage. Weil ich Verschwendung hasse, vermutlich. Sie verschwenden Ihre Zeit mit Überfällen auf illegale Gentech-Pflanzungen, mit dem Bombardement unfähiger Behörden und mit der Ausgabe der Parole, dass Ihre Zuträger in ganz Manhattan Ausschau nach mir halten sollen. Sind diese Fußfesseln unangenehm eng für Sie?«

»Nein. Es ist Perris Zeit, die hier verschwendet wird.«

»Was mir aufrichtig Leid tut. Es gab nie die Absicht, sie fälschlich vor Gericht zu bringen. Ich hatte keine Ahnung, dass sie eine Gentech-Pflanze mitnehmen würde.«

»Sie haben nur auf ihren Embryo Wert gelegt«, bemerkte Dee.

»Ja. Es ist das beste Material für gentechnische Arbeiten an menschlichem Gewebe, wissen Sie. Stammzellen sind formbar, die Amnionhöhle bietet die besten Voraussetzungen für das Heranwachsen von Organen, die Plazenta... Aber ich glaube nicht, dass Sie an den wissenschaftlichen Einzelheiten interessiert sind. Es hätte für beide Seiten von Nutzen sein sollen: Perri wollte eine Abtreibung, ich wollte das Gewebe.«

»Um ›Pflanzenkunst‹ zu schaffen, die ihre Augen hat!«

»Nein«, widersprach Victor. »Diese Art von dekorativen Perversitäten gehört nicht zu meinen kreativen Hobbies. Ich verkaufe das Embryonalgewebe nur, und zwar an jeden, der gut dafür bezahlt. Unsere wirkliche Arbeit ist sehr kostenintensiv. Nein, stellen Sie jetzt keine Fragen. Ich möchte, dass Sie es mit eigenen Augen sehen.« Und dann lehnte er sich verblüffenderweise in eine Ecke des Wagens und schlief ein.

Dee probierte die Tür, ihre Fesseln, den Sitzgurt. Nichts davon gab nach. Victor schnarchte leise. Es wäre ihr gewiss gelungen, mit beiden Füßen nach ihm zu treten, aber festgezurrt und eingeengt, wie sie war, hätte sie nicht mehr zustande gebracht als einen völlig sinnlosen, weil viel zu kraftlosen Knuff. Sie sah Victor an. Seine nunmehr schlaffen Gesichtszüge ließen ihn jetzt merkwürdigerweise deutlich älter aussehen. Irgendwo zwischen vierzig und fünfzig. Trotz aller Wut und Angst beschäftigte Dee die Person dieses Mannes. Irgendetwas an ihm wollte nicht recht dem gängigen Bild entsprechen: Er wirkte so gar nicht wie die üblichen Kriminellen, denen Dee in ihrer polizeilichen Laufbahn so zahlreich begegnet war – und auch nicht wie einer dieser glattzüngigen Soziopathen, denen nichts den Schlaf rauben konnte.

Der Wagen hielt an. Victor wachte auf und trug Dee über einen verlassenen Pier, an dessen Ende ein ferngesteuertes Boot lag, das kaum groß genug für sie beide war. Victor machte die Leinen los, drückte die Taste der Fernbedienung, und im nächsten Moment fegte das Boot schon lautlos über das schwarze Wasser.

Der Nachthimmel war bewölkt. Dee konnte einige Lichter in der Ferne sehen, aber sie hatte keine Ahnung, was sie zu bedeuten hatten. Schiffe? Land? Bojen? Es war windig, und die See wurde kabbelig. Wasserspritzer klatschten ins Boot. Dee merkte, dass sie seekrank wurde.

Victor musste die Anzeichen erkannt haben; fachgerecht hielt er ihren Kopf über die Bootswand, als sie sich übergab.

»Beinahe geschafft!«, schrie er, um den Wind zu übertönen. Dee übergab sich noch mal.

Als sie endlich bei einem – wie Dee schien – riesigen, völlig dunklen Schiff angekommen waren und längsseits gingen, sah es so aus, als hätte sich der Sturm nun zum ernsthaften Loslegen entschlossen. Ein Metallkorb wurde herabgelassen und Victor verfrachtete Dee hinein. Wie sie dieses Gefühl des Ausgeliefertseins hasste! Sie hätte es beinahe vorgezogen, eins verpasst zu bekommen und den ganzen Vorgang weggetreten zu überstehen, statt hilflos zappelnd hochgehievt zu werden wie ein fetter Fang Makrelen oder Kabeljau!

Ihr Wunsch ging in Erfüllung. Jemand an Deck beugte sich über den Metallkorb und klatschte Dee ein Pflaster an den Hals. Keine Chance, es wegzureißen. Nach zehn Sekunden verschwand alles rundum.

Dee erwachte in einer engen Kabine; sie verspürte kein Schaukeln, sie fühlte sich wie an Land. Victor saß in einem Sessel neben ihrer Koje.

In ihrem Bedürfnis nach einem Minimum an Würde kämpfte Dee sich in sitzende Stellung hoch. »Wo sind wir?«

»Auf See. Der Sturm ging vorbei, während Sie ohne Bewusstsein waren. Es ist ein herrlicher Tag.« Er hob sie hoch und trug sie hinaus auf einen schmalen Korridor, wo ein Rollstuhl stand. Die Decke glitt zu Boden. Dee sah an sich hinab; ihr Pyjama stank, aber wenigstens hatte sie ihn an. Was, wenn sie nackt gewesen wäre, als er sie entführte? Und wo war ihr teures, sorgfältig installiertes Nervengas abgeblieben? Schon zum zweiten Mal hatte es sich irgendwie umgehen lassen! Anscheinend war plötzlich die ganze New Yorker Unterwelt zu Sicherheitsexperten mutiert!

»Ich muss auf die Toilette.«

»Ja. Einen Augenblick.« Er fuhr sie zu einer Tür, öffnete sie und schob den ganzen Rollstuhl hinein, ehe er die Tür wieder schloss.

Fluchend stand Dee auf, immer noch an Händen und Füßen gefesselt. Irgendwie schaffte sie es, die Pyjamahose hinabzuschieben, ihr Geschäft zu erledigen und die Hose wieder hochzuzerren. Danach blieb ihr nichts anderes übrig, als gegen die Tür zu treten.

»Oben auf Deck ist es nicht so stickig«, bemerkte Victor fröhlich. Dee durchbohrte ihn mit einem finsteren Blick.

Es war nicht so stickig auf Deck. Außerdem so blendend hell, dass es den Augen weh tat. Greller Sonnenschein legte sich auf das blaue Meer, und hätte nicht eine leichte Brise geweht, wäre die Hitze unerträglich gewesen. »Ich kann nicht lange hier heraußen bleiben«, sagte Dee. »Ich nehme an, Sie haben einen Sunblocker aufgetragen.«

»Sie auch. Wurde gemacht, bevor Sie aufwachten. Aber wir sind ohnehin gleich da.«

Wo? Nichts als Wasser in jeder Richtung. Dee verschränkte die Finger und sagte nichts. Sie hatte nicht vor, bei seinem sorgfältig inszenierten Spiel irgendeine Rolle zu übernehmen. Wenn er sie umbringen wollte, dann würde er sie eben umbringen.

Aber sie wusste, dass sie dem Sterben nicht gerade gleichgültig gegenüberstand.

Keine Menschenseele tauchte auf diesem Abschnitt des Decks auf. Und die üppige Vegetation, die Perri beschrieben hatte, war auch nicht in Sicht. Vielleicht fürchtete Victor, dass auch Dee ein Blümchen stehlen könnte.

Das Schiff bewegte sich über die Wellen, doch ohne Bezugspunkte hatte Dee keine Möglichkeit, die Geschwindigkeit abzuschätzen. Nach etwa zwanzig Minuten richtete Victor, der die ganze Zeit, auf die Reling gestützt, über das Wasser geblickt hatte, sich plötzlich auf. »Dort. Halbrechts.«

Erst sah Dee überhaupt nichts. Dann bemerkte sie es: Das Meer änderte die Farbe, von Blau zu einem matten, öligen Schwarz. »Ein Ölfleck?«, fragte sie.

»Wollte Gott.«

Sie kamen näher. Die Schwärze nahm an Tiefe zu, bis Dee sah, dass es eigentlich ein dunkles Violett war, das sich bis zum Horizont zu erstrecken schien. Das Schiff fuhr ein Stück ins Violett hinein und stoppte.

Victor ließ eine Art mehrhakigen Anker hinab. »Wir können nicht weiter hinein, das wäre zu riskant für die Schrauben. Aber die Beobachtungen aus der Luft haben ergeben, dass die Algenblüte bereits mehr als hundertfünfzigtausend Quadratkilometer Ozean bedeckt. Haben Sie eine Vorstellung, wie viel das ist, Dee? Das ist viermal die Größe der Schweiz! Hier, sehen Sie!«

Er zog den Anker hoch und hielt ihn ihr hin. Etwas, das aussah wie Tang – aber Dee war keine Expertin für Meeresbiologie –, hing triefend von den Haken.

»Das sind keine gewöhnlichen Algen«, sagte Victor. »Es ist ein Gentech-Produkt. Geschaffen aus gentechnisch veränderten Bakterien. Die Vermehrungsrate ist eine für Bakterien normale, das bedeutet eine Verdoppelung alle zwanzig Minuten. Keine natürlichen Feinde, niemand frisst es. Aber es blockiert das Sonnenlicht fast vollständig, was heißt, dass alles darunter stirbt. Sie wissen doch um die Bedeutung der Nahrungskette, Dee, nicht wahr? Dann ist Ihnen sicher klar, was passiert, wenn das Meer stirbt.«

»Wer hat das hergestellt?«

»Das ist unbekannt. Am ehesten ist zu vermuten, dass es sich um einen Unfall handelte, ein Missgeschick. Vielleicht war es dazu bestimmt, die Brutgebiete der malariaübertragenden Moskitos in seichten Meeresbuchten der Dritten Welt abzudecken. Vielleicht auch nicht. Jedenfalls ist es außer Kontrolle geraten.« Victor betrachtete die triefende violette Masse an seiner Hand, und Dee betrachtete Victor. Sein Gesichtsausdruck wirkte bekümmert und gedankenverloren – war er wirklich ein so guter Schauspieler?

»Waren Sie es, von dem die Gentech-Pflanze in meiner Wohnung stammte, die mich umbringen sollte?«, fragte sie.

»Nein.«

»Wissen Sie, wer es war?«

»Nein. Aber ich kann es mir denken.«

»Wer?«

Er legte den Algenklumpen auf dem Deck ab. »Was wäre geschehen, wenn diese Gentech-Pflanze Erfolg gehabt und Sie getötet hätte, Dee?«

»Hören Sie auf mit diesen dummen Spielchen«, fuhr Dee ihn an. »Wenn sie mich getötet hätte, dann wäre ich jetzt tot!«

»Richtig. Und was weiter? Früher oder später hätte man Ihre Wohnung aufgebrochen – spätestens dann, wenn Ihr Leichnam zu stinken begonnen hätte. Ein Freund, Ihr Nachbar, der Hausherr, irgendjemand. Dann hätte man die Polizei gerufen. Die Medien verfolgen die Polizeiberichte, und diesmal wäre die Gentech-Hysterie noch schriller gewesen als sonst. Sie wären *die* Sensationsnachricht geworden: ›Expolizistin im Bett von Gentech-Killerliane erwürgt!‹ Realistische Simulation des Verbrechens auf jedem Kanal!«

»*Mike war's nich', der dir die Pflanze in die Wohnung geschickt hat, um dich umzubringen*«, hatte Gum gesagt. »*Die anderen. Stand in allen Zeitungen, dass du tot bist.*«

Victor zog eine Phiole aus der Tasche. »Die ganze öffentliche Aufregung hätte eine neue Woge sowohl von Anti-Gentech-Geldern als auch von Anti-Gentech-Stimmung ausgelöst. Vielleicht stammte die Pflanze von glühenden Anhängern der GVGM, vielleicht von einer besonders fanatischen jener Aktivistengruppen, die Sie so sehr in Ihr Herz geschlossen haben; aber sie hätte ebenso gut von einem Unternehmen stammen können, das daran interessiert ist, Gentech-Produkte in der Illegalität zu belassen, und das daher aus der öffentlichen Hysterie einen Vorteil zieht.«

»Aber der Staat würde doch nicht...«

»Ich glaube auch nicht daran. Sehen Sie her, Dee.« Victor öffnete die Phiole und goss den Inhalt über die violetten Algen auf dem Deck.

»Ich sehe nichts.« Dee war immer noch im Innersten erschüttert über die Liste ihrer potentiellen Mörder.

»Warten Sie kurz.«

Der violette Klumpen begann sich aufzulösen – nur eine Schicht an der Oberfläche, und dann stoppte die Reaktion.

»Es ist eine Gentech-Bakterie, die die Algenblüte frisst«, sagte Victor. »Leider töten die Toxine, die von den absterbenden Algen abgesondert werden, die Fressbakterien. Aber es ist ein Anfang. Jetzt, da wir den richtigen Organismus gefunden haben, müssen wir raschest darangehen, ihn so lange maßzuschneidern, bis er in der Lage ist, die ganze Blüte zu beseitigen.«

Dee starrte den Klumpen an. »Und *Sie* haben ihn geschaffen? Hier?«

»Ja. Wir haben ihn geschaffen. Hier. Weil uns das an Land nicht erlaubt wird.«

»Meine Güte, das ist ja absurd! So etwas wie das hier – das könnte doch beim Säubern der Meere eine große Hilfe sein!«

»Aber es könnte sich seinerseits vermehren und vielleicht eine eigene Krise hervorrufen. Wer weiß schon, wie sich die Freisetzung unbekannter Bakterien ins Meer auswirkt? Das sagen die Aktivisten und sie haben Recht. Bloß denke ich mir, dass es nur eine Hilfe gibt, wenn alle Granatapfelsamen gefressen sind: die Gentechnik, um weitere Granatapfelsamen herzustellen.«

»Wie war das? Granatäpfel?«

»Vergessen Sie's. Was ich damit sagen will, ist, dass es sich hier um eine lebenswichtige Arbeit handelt, die nicht vorangehen kann, wenn ich oder Leute wie ich ihre halbe

Zeit aufwenden müssen, um Leuten wie Ihnen oder dem FBI möglichst weit aus dem Weg zu gehen!«

Dee rutschte in dem Rollstuhl hin und her; die tödlichen Sonnenstrahlen wurden immer heißer. Victor bemerkte es, griff nach dem Rollstuhl und schob ihn über das Deck. »Aber, Victor, selbst wenn die Vereinigten Staaten Sie diese Forschungen nicht durchführen lassen können oder wollen, dann gibt es gewiss andere Länder... die Meere gehen doch jeden an!«

»Ganz recht. Genau wie der Handel auf internationaler Ebene. Und der Keller-Pakt verbietet jeglichen Warenaustausch mit Ländern, die eine Vermarktung gentechnisch hergestellter oder veränderter Organismen zulassen – erinnern Sie sich? Es war ein äußerst populärer Schritt der Gesetzgebung in einem Wahljahr. Trotz allem bekommen wir unter der Hand von einigen ausländischen Unternehmen finanzielle Zuwendungen. Nicht genug.«

»Aber das wird Sie nicht aufhalten?«

»Ich kann nicht zulassen, dass es mich aufhält. So, hier sind wir.«

Sie hatten einen Teil des Decks erreicht, wo ein ferngesteuertes Boot auf gleicher Höhe wie die Reling an einer Seilwinde hing. Victor hob Dee in das winzige Boot und drückte einen Knopf. Das Boot senkte sich auf das Wasser zu.

»Warten Sie!«, schrie Dee in Panik auf. »Auf der langen Fahrt zurück bekomme ich viel zu viel Sonne ab, zu viel ultraviolette...«

»Nein, unser Sunblocker ist gentechnisch verbessert«, rief Victor von der Reling aus hinab. »Adieu, Demetria Stavros. Hören Sie auf damit, jene Fülle zu zerstören, die der Mensch in seinen neuen Gärten und Feldern schafft!«

Das Boot löste sich von der Winde, wendete und fuhr los. Das Wasser war so spiegelglatt, dass Dee nicht einmal seekrank wurde. Sie merkte sich die Position der Sonne; damit und mit der Zeit bis zur Landung würde sie möglicherweise abschätzen können, wo das Schiff vor Anker lag. Doch zu diesem Zeitpunkt würde es sich wohl schon wieder in Bewegung gesetzt haben.

Die unfreiwillige Bootsfahrt war eine lange; Dee hatte reichlich Zeit zum Nachdenken.

Als sie das Besuchszimmer in Cotsworth betrat, saß Eliot bereits mit Perri zusammen.

Dee runzelte ungehalten die Stirn; dies sollte doch *ihre* Besuchszeit bei ihrer Schwester sein und nicht die von Eliot, diesem selbstgerechten Armleuchter. Doch dann sah Dee genauer hin; Perri war immer noch mager, und ihre unglaublichen blaugrünen Augen lagen eingesunken in den Höhlen, aber heute strahlten sie. Irgendetwas war geschehen.

»Dee!«, rief Perri von ihrem Platz auf der anderen Seite des Tisches. »Eliot und ich haben uns verlobt!«

Dee erstarrte.

»Willst du uns nicht gratulieren?«, fragte Eliot.

Dee vernahm den Schlachtruf in seiner Stimme. »Weshalb?«, fragte sie. »Weil Perri schon wieder Mist baut und dich da mit reinzieht? Oder bist du derjenige, der diese Schnapsidee hatte? Mit euch beiden läuft die Sache nie, und wenigstens du, Eliot, solltest so viel Hirn und Weitblick haben, um das zu wissen!«

»Und weshalb läuft die Sache bei uns nicht?«, fragte Eliot mit seiner Anwaltsstimme. Ruhig. Auf der Suche nach Informationen. Trügerisch.

»Ihr beide seid zu verschieden! Lieber Himmel, Eliot, du bist ein aufstrebender Strafverteidiger, und Perri ist...«

»Eine Verbrecherin?«, schnitt Eliot Dee das Wort ab, »eine Niete? So hast du sie doch genannt! Deine eigene Schwester. Wovor hast du Angst, Dee?«

»*Angst?* Dass ich nicht lache. Mit deiner Anwaltsrhetorik kannst du es bei jemand anderem versuchen, aber nicht bei mir!«

»Du hast Angst. Du hast furchtbare Angst. Du denkst, du wirst sie verlieren, und wen wirst du dann regelmäßig und heldenhaft vor dem sicheren Untergang retten, um deine eigene Existenz zu rechtfertigen?«

»Du weißt doch gar nichts von...«

»Ich weiß, dass du es ihr ganzes Leben lang mit Perri so gehalten hast.«

»Du glaubst, du...«

»Hört auf!«, rief Perri so laut, dass die anderen Gefangenen und ihre Besucher mitten im Satz innehielten und herüberstarrten. Die Wache war bereits auf dem Weg zu ihnen.

»Hört auf«, wiederholte Perri, diesmal leiser. »Dee, die Entscheidung liegt nicht bei dir. Sondern bei mir. Und du, Eliot, bist auch ruhig. Meine Beweggründe kann ich meiner Schwester auch selbst klarmachen.«

»Probleme, Herr Anwalt?«, fragte die Wache.

»Nein«, sagte Eliot. »Danke.«

»Dee«, fuhr Perri fort, »ich habe dir etwas aufgeschrieben. Nimm es mit. Und ich werde Eliot heiraten.« Sie hielt Dee ein klein zusammengefaltetes Blatt Papier hin. An ihrer linken Hand funkelte ein Diamantring.

»Und erzähl mir nicht, dass ich hier herinnen einen solchen Ring nicht tragen kann, weil er mir sofort gestohlen wird«, sagte Perri. »Eliot nimmt ihn wieder mit. Aber in drei Monaten komme ich raus, wenn ich mich zusammenreiße und allen Schwierigkeiten aus dem Weg gehe. So lange kann ich es aushalten. Ich schaffe das, Dee.«

Aber ich nicht, dachte Dee und bekam plötzlich Angst, sich zu fragen, was genau dieser Gedanke zu bedeuten hatte. Sie wandte sich ab. »Ich gehe jetzt, Perri. Bis zum nächsten Mal.«

»Gut«, sagte Perri leise. Ohne hektischen Beschwichtigungsversuch angesichts Dees offener Verärgerung, ohne inständige Bitte, doch noch zu bleiben. Ohne jedes Anzeichen dafür, dass sie Dee brauchte.

Nachdem Dee die lästige Serie von versperrten Toren, Kontrollen und Sicherheitszonen hinter sich gelassen hatte, schlug sie den Weg zur Bahnstation ein. Die Luft war heute halbwegs gut, aber es war sehr heiß. Dee dachte an Victor draußen auf dem offenen Meer und an seine Arbeit an dem Organismus, der den Tod der Ozeane verhindern sollte. Und der wiederum Veränderungen bringen würde, jedoch völlig neuartige – mit bekanntem Ziel und Zweck und mit noch unbekannten Konsequenzen. Wie lange würde man dafür brauchen? *Hunnert Jahr'*, hatte Gum gegackert. Aber selbst Dee – weit davon entfernt, Wissenschaftlerin zu sein – begriff, dass hundert Jahre viel zu lange sein würden.

Sie faltete Perris Nachricht auf. Überrascht merkte sie, dass es eine Art Gedicht war.

> *Eine neue Liebe. Ich bin müde*
> *all dieser Anfänge. Zu viele Frühlinge,*
> *zu wenige Winter ergeben ein bittres*
> *immerwährendes Gelbgrün.*
> *Halt. Genug. Lasst die Ernte kommen.*

Dee hatte nicht gewusst, dass Perri zu solchen Gedanken neigte.

Beim Warten auf den Zug legte Dee das Gesicht in die Hände. Sie wusste nicht, wer Recht hatte: Victor, der wie ein kleiner Gott ganze Ökologien verändern wollte; Paulas Freunde, mit ihrer Absicht des Bewahrens unter Einsatz von Zerstörung; das FBI, das blindlings einem populären Gesetz rigoros Geltung verschaffte. Was davon war der bittre Frühling, was der heilende Winter? Dee wusste es nicht. Ebenso wenig wie sie wusste, ob Eliots furchtbare Beschuldigungen gegen sie stimmten. Wann war Liebe in Wahrheit destruktiv? Wie konnte er so sicher sein, dass das nicht auch auf seine Liebe zu Perri zutraf?

Für die kommende Nacht war ein Schlag gegen eine Farm in Pennsylvania geplant, wo Bäume gezüchtet wurden, die gentechnisch verändert waren, um die Photosynthese-Kapazität zu erhöhen. In manchen dieser Baumarten, hatte der Gruppenleiter gesagt, befanden sich neben den pflanzlichen auch menschliche Gene. Auch hier wusste Dee nicht, ob das der Wahrheit entsprach. Sie wusste nur eines ganz sicher: Sie würde nicht teilnehmen an dem Überfall. Nicht heute Nacht, nicht irgendwann.

Lasst die Ernte kommen.

Originaltitel: ›AND NO SUCH
THINGS GROW HERE‹
Copyright © 2001 by Nancy Kress
Erstmals erschienen in ›Asimov's Science Fiction‹,
Juni 2001
Mit freundlicher Genehmigung der Autorin und
Paul und Peter Fritz, Literarische Agentur, Zürich
Copyright © der deutschen Übersetzung
by Wilhelm Heyne Verlag GmbH & Co. KG, München
Aus dem Amerikanischen übersetzt von Biggy Winter

Tendeleo's Geschichte

Ich werde meine Geschichte mit meinem Namen beginnen. Ich heiße Tendeléo. Ich wurde hier, in Gichichi, geboren. Überrascht Sie das? Das Dorf hat sich so sehr verändert, dass niemand, der damals geboren wurde, es heute wiedererkennen würde, aber der Name ist immer noch derselbe. Deshalb sind Namen wichtig. Sie bleiben.

Ich wurde 1995 geboren, kurz nach dem Abendessen und vor dem Einbruch der Dämmerung. Das bedeutet mein Name in meiner Sprache, Kalenjin: früher Abend kurz nach dem Essen. Ich bin die älteste Tochter des Pfarrers der St. John's Church. Meine jüngere Schwester wurde im Jahr 1998 geboren, nachdem meine Mutter zwei Fehlgeburten erlitten und mein Vater die Kongregation gebeten hatte, sich ihrer anzunehmen. Wir nannten das Mädchen Klein-Ei. Mehr sind wir nicht, nur wir beide. Mein Vater hatte das Gefühl, ein Vorbild für seine Gemeinde sein zu müssen, und zu jener Zeit propagierte die Regierung kleinere Familien.

Mein Vater hatte fünf Kirchen in seiner Obhut. Er besuchte sie auf einem roten Geländemotorrad, das er vom Bischof in Nakuru bekommen hatte. Es war ein gutes Motorrad, eine Yamaha. Japanisch. Mein Vater liebte es, damit zu fahren. Er übte das Schlingern und Springen mit der Maschine, allerdings nur auf abgelegenen Straßen, weil er der Meinung war, ein Kirchenmann sollte nicht dabei gesehen werden, wie er sich wie ein Stuntman aufführt. Natürlich sahen ihn die Leute dabei, aber niemand erwähnte ihm gegenüber je etwas darüber. Mein Vater baute St. John's. Zuvor hatten die Leute auf Bänken unter Bäumen gesessen. Die Kirche, die sein Werk war, war ein stämmiges Gebäude aus weißem Beton. Das Dach bestand aus rotem Blech und Ranken von Trompetenblumen kletterten darüber. Zur Blütezeit hingen die Blumen zu den Fenstern herein. Es war, als ob man sich in einem Garten befände. Wenn ich die Geschichte von Adam und Eva höre, dann stelle ich mir das Paradies so vor, als einen Ort inmitten von Blumen. Im Innern standen Bänke für die Leute, ein Pult für die Predigten und eine Kanzel für den Anlass, dass der Bischof kam, um Kinder zu firmen. Hinter dem Altargeländer war der heilige Tisch, bedeckt mit einem weißen Tuch, sowie eine Nische in der Wand, worin der Abendmahlkelch und -teller standen. Wir hatten kein Weihwasserbecken. Wir führten die Gläubigen zum Fluss und tauchten sie unter. Meine Mutter und ich sangen im Chor. Die Gottesdienste zogen sich lange hin und waren – aus meiner heutigen Sicht – ziemlich langweilig, aber die Musik war wundervoll. Die Frauen sangen, die Männer spielten auf Instrumenten. Am besten spielte ein großer Luo, ein Lehrer an der Dorfschule, den wir ziemlich blasphemisch den ›Allerhöchsten‹ nannten. Es war ein schlichtes Instrument: Ein Kolbenring von einem altem alten Peugeot-Motor, den er mit einem schweren Stahlbolzen schlug. Das erzeugte einen großartig klingenden Rhythmus.

Was beim Bau der Kirche übrig geblieben war, wurde für das Haus des Pfarrers verwendet. Es hatte gegossene Betonböden und Fenster mit Jalousien, eine getrennte Küche und einen guten Holzkohleofen, der von einem Gemeindemitglied, das schmieden konnte, aus dem Zylinder eines Dieselmotors hergestellt worden war. Wir hatten elektrisches Licht, zwei Steckdosen und ein Radio mit Kassettenrecorder, aber kein Fernsehgerät. Das wäre einer Einladung des Teufels zum Abendessen gleichgekommen, erklärte uns mein Vater. Küche, Wohnzimmer, unser Schlafzimmer, das Schlafzimmer meiner Mutter, das Arbeitszimmer meines Vaters. Fünf Zimmer. Wir waren ziemlich vornehme Leute in Gichichi, für kalenjinsche Verhältnisse.

Gichichi war ein Dorf von dürftiger Weitläufigkeit: Läden, Schule, Postamt, Matatu-Büro, Tankstelle, Mandazi-Laden an der Hauptstraße. Die meisten Häuser erstreckten sich entlang der Fußwege, die den Terrassenfeldern an den Talhängen folgten. Eines davon war unser Shamba, etwa einen halben Kilometer zum Talboden hin. Der Weg dorthin führte an der Eingangstür der Familie Ukerewe vorbei. Die Ukerewe hatten sieben Kinder, die uns hassten. Sie bewarfen uns mit Kot oder Steinen und riefen uns Beschimpfungen wie ›eingebildete Kalenjin‹ und ›von Gott gehasste Episkopalisten‹ nach. Sie gehörten der Afrikanischen Inlandskirche der Kikuyu an, und sie hatten keine Achtung vor den Glaubenslehren des Bischofs.

Wenn die Kirche für meinen Vater das Paradies darstellte, dann war es das Shamba für meine Mutter. Die Luft im Tal war kühl und man hörte, wie der Fluss unten über die Steine rauschte. Wir bauten Kukuruz und Kürbisse und etwas Zuckerrohr an, das die einheimischen Schwarzbrenner meinem Vater abkauften und er ahnungslos tat. Bohnen und Chilis. Zwiebeln und Kartoffeln. Zwei Bäume mit Fingerbananen, obwohl M'zee Kipchope beharrlich behauptete, sie saugten der Erde das Leben aus. Der Kukuruz wuchs so hoch, dass er meinen Kopf überragte, und ich rannte gern in das Zuckerrohrfeld und redete mir ein, dass zwei Schritte mich aus dieser Welt in eine andere versetzt hätten. Stets erklang Musik; das Solarradio, oder der gemeinschaftliche Gesang der Frauen, wenn sie sich gegenseitig beim Hacken oder beim Heuen halfen. Ich pflegte mit ihnen zu singen, denn ich stand in dem Ruf, gut im Harmonisieren zu sein. Auch im Shamba gab es eine Stelle, wo die heiligen Requisiten aufbewahrt wurden. Zwischen den dichten, verschlungenen Tentakeln eines alten Baums, der von Feigen stranguliert worden war, hinterließen die Frauen kleine hölzerne Statuen, Geldgeschenke, von indischen Händlern erworbenen Schmuck und Bier.

Sie fragen sich, wie es sich mit dem Chaga verhielt? Sicher haben Sie auf Grund der Daten errechnet, dass ich neun Jahre alt war, als die erste Ladung auf den Kilimandscharo herabkam. Wie konnte ein so gewaltiges Ereignis, dieser Vorgang, dass eine andere Welt die unsere übernimmt, so wenig Einfluss auf mein Leben gehabt haben? Das ist einfach, wenn sie einem nicht näher ist als jede andere Welt. Wir sind nicht ganz unwissend in Gichichi. Wir hatten die Bilder vom Kilimandscharo im Fernsehen gesehen, hatten die Artikel in der Zeitung *Die Nation* über das Ding gelesen, das wie ein Korallenriff und ein Regenwald ist und das aus dem Gegenstand am Himmel herauskam. Wir hatten die Diskussionen über die Geschwindigkeit seines Anwachsens im Radio gehört – fünfzig Meter jeden Tag, so hatte es sich unseren Gehirnen eingeprägt – und die Mutmaßungen darüber, was es wohl sein und woher es wohl kommen könnte. Jeden Morgen durchzogen die Kondensstreifen der großen UN-Jets unseren Himmel, die immer mehr Menschen und Maschinen herbeibrachten, um das Phänomen zu untersuchen, aber es war eine andere Welt. Es war nicht unsere Welt. Unsere Welt war die Kirche, unser Zuhause, das Shamba, die Schule. Bibelstunden am Montag. Gesangsunterricht, Hausarbeits-Club. Nähen, Unkraut jäten, Ugali rühren. Mit Klein-Ei und Grace und Ruth vom Nachbargrundstück spielen: nicht zu laut, Vater arbeitet. Einmal in der Woche die Mobilbank. Alle vierzehn Tage die Mobilbücherei. Verrückte kleine Matatus rasten dahin und überholten alles, was ihnen in den Weg kam, Leute hingen aus allen Türen und Fenstern. Große dreckige Überlandbusse schlängelten sich schwer wie Ochsen die steile Straße hoch. Gikombe, der Dorfnarr, falls wir uns einen hätten leisten können, setzte sich, eingehüllt in dung-farbene Tücher, vor den Überlandbussen auf den Boden, um sie am Weiterfahren zu hindern. Regen und Hitze und kalter Nebel. Menschen wurden geboren, Menschen heirateten, Menschen trennten sich oder wurden krank oder starben durch Unfälle. Kilimandscharo, das Chaga? Ein weiteres Bild in einer Welt, in der alle Bilder aus der gleichen Entfernung kommen.

Ich war dreizehn und gerade erst zur Frau geworden, als das Chaga in meine Welt kam und sie zerstörte. An jenem Abend war ich bei Grace Muthiga, mit der ich einen Hausarbeits-Club unterhielt. Das war ein Vorwand, um Radio zu hören. Eine der großen Errungenschaften, die uns die Übernahme unseres Landes durch die Vereinten Nationen beschert hat, ist der Umstand, dass das Radio sehr gut ist. Ich sang gern als Begleitung dazu. Man spielte die Art von Musik, die bei uns zu Hause nicht geschätzt wurde.

Wir hörten uns Trip-hop an. Plötzlich ertönte die Musik in einem abgehackten Laut und Leise, als ob der Empfang ständig von klar auf unklar wechselte. Anfangs dachten wir, die Aufnahme sei defekt oder so etwas, dann stand Grace auf, um am Senderwahlknopf herumzudrehen. Dadurch wurde es nur noch schlimmer. Graces Mutter kam aus dem Nebenraum herein und sagte, sie bekäme kein Bild im Batteriefernseher, auf dem Bildschirm seien nur Wellenlinien. Dann hörten wir den ersten Knall. Er war weit weg und klang hohl und grollend wie Donner. Im Hochland haben wir fast jeden Abend ein Gewitter. Wir wissen sehr gut, wie es sich anhört. Das hier war etwas anderes. Bumm! Noch mal. Jetzt näher. Draußen Stimmen, und Lichter. Wir nahmen Taschenlampen zur Hand und gingen hinaus zu den Stimmen. Auf der Straße wimmelte es von Leuten; Männer, Frauen, Kinder. Überall wurden die Taschenlampenstrahlen geschwenkt. Bumm! Jetzt so nahe, dass die Fenster klirrten. Alle Leute richteten ihre Lampen senkrecht zum Himmel hinauf, wie

Lichtspeere. Jetzt weinten die Kinder, und ich hatte Angst. Der Allerhöchste hatte die Antwort: »Überschallknall! Irgendetwas ist da oben!« Er hatte die Worte noch nicht ganz ausgesprochen, da sahen wir es. Es war sehr langsam. Das war das Erstaunliche daran. Es war, als ob ein Kind einen Kreidestrich über eine Tafel zöge. Es kam von Südosten her, über die Hügel östlich von Kiriani, geradlinig wie ein Pfeil, ein wenig südlich von uns. Die Nacht war so, wie wir sie oft gegen Ende Mai haben: klar nach abendlichem Regen und voller Sterne. Wir alle sahen einen leuchtenden Fleck, der den Sternenhimmel durchschnitt. Er schien zu schweben und zu tanzen, wie die Sinnestäuschungen des Auges, wenn man in die Sonne blickt. Er ließ einen Schweif hinter sich wie die Kondensstreifen der großen UN-Jets, jedoch von einem reinen, leuchtenden Blau, auf die Nacht gezeichnet. Jetzt ein Doppelknall, so laut und nah, dass er in den Ohren weh tat. Daraufhin begann eine alte Frau zu wehklagen. Die Angst sprang auf die anderen über, und bald blickten ganze Familien hinauf zu dem Lichtstreifen am Himmel; Tränen rannen über ihre Gesichter, bei Männern und Frauen gleichermaßen. Viele setzten sich zu Boden und legten sich die Taschenlampen in den Schoß, ratlos, was sie tun sollten. Einige der älteren Leute zogen sich Jacken und Schals über die Köpfe oder bedeckten sie mit Zeitungen. Andere sahen, was sie taten, und bald saß jeder mit bedecktem Kopf am Boden. Nicht jedoch der Allerhöchste. Er stand aufrecht da und beobachtete, wie der Lichtstreifen die Nacht in zwei Hälften teilte. »Wunderschön!«, sagte er. »Dass ich so etwas erblicken darf, mit eigenen Augen!«

Er stand da und schaute zu dem Ding hinauf, bis es in der Dunkelheit der Berge im Westen verschwand. Ich sah die Spiegelung des Lichts in seinen Augen. Es dauerte lange, bis sie verging.

Eine ganze Weile, nachdem das Ding über uns hinweggezogen war, wusste keiner so recht, was zu tun sei.

Alle hatten Angst, waren jedoch gleichzeitig erleichtert, weil es – wie der Todesengel – über Gichichi hinweggegangen war. Immer noch weinten Leute, aber Tränen der Erleichterung klingen anders. Jemand holte ein Radio aus einem Haus. Andere machten es ihnen nach und bald saßen wir alle mitten auf der Straße im Dunkeln, in Gruppen um unsere Radios versammelt. Ein Sprecher unterbrach die abendliche Musiksendung, um eine wichtige Meldung einzufügen. Um zwanzig Uhr achtundzwanzig hatte ein neuer biologischer Packen in der Zentralprovinz eingeschlagen. Bei diesen Worten ging ein erneutes dumpfes Wehklagen von jeder Gruppe aus.

»Ruhe!«, rief jemand, und sofort herrschte Stille. Obwohl die Worte Schreckliches verkündeten, waren sie immer noch erträglicher als die Stimmen aus der Dunkelheit.

Der Sprecher sagte, dass der biologische Packen an den Osthängen des Nyandarua in der Nähe von Tusha, einem kleinen Kikuyudorf, niedergegangen sei. Der Überlandbus nach Nyeri fuhr durch Tusha. Von Gichichi bis nach Tusha waren es zwanzig Kilometer. Schreie wurden laut. Man hörte Gebete. Die meisten schwiegen. Aber wir alle wussten, dass die Zeit abgelaufen war. Innerhalb von vier Jahren hatte das Chaga den Kilimandscharo und Amboseli und das Grenzland von Namanga verschluckt und rückte die A 104 hinauf in Richtung Kijiado und Nairobi vor. Wir hatten es missachtet und waren weiterhin unserem Alltag nachgegangen in der Annahme, wenn es schließlich kommen würde, würden wir schon wissen, was zu tun sei. Jetzt war es zwanzig Kilometer nördlich von uns aus dem Himmel gefallen und sagte: Zwanzig Kilometer, vierhundert Tage – so lange habt ihr Zeit, euch zu überlegen, was ihr tun wollt.

Dann erhob sich Jackson, der das Peugeot-Service-Büro führte. Er neigte den Kopf zur Seite. Er hob einen Finger. Alle verstummten. Er blickte zum Himmel hinauf. »Hört mal!« Ich hörte nichts. Er deutete nach Süden und da hörten wir es alle: Flugmotoren. Lichter zuckten aus der dunklen Baumlinie auf der anderen Seite des Tals hervor. Ihnen folgten weitere und wieder weitere, dann fielen zehn, zwanzig, dreißig und noch mehr Hubschrauber wie ein Heuschreckenschwarm über Gichichi her. Das Dröhnen ihrer Motoren erfüllte die ganze Welt. Ich wickelte mir den Schulschal um den Kopf, drückte die Hände auf die Ohren und brüllte laut, um den Krach zu übertönen, aber ich hatte immer noch das Gefühl, er würde mir den Schädel zerschmettern wie einen Tontopf. Fünfunddreißig Hubschrauber. Sie flogen so tief, dass ihr Abwind an unseren Blechdächern rüttelte und Staub in unsere Gesichter aufwirbelte. Einige der Jugendlichen jubelten und schwenkten ihre Taschenlampen und weißen Schul-T-Shirts zu den Piloten hinauf. Wo das Chaga hinkommt, da folgen die Vereinten Nationen dichtauf, wie ein Hund einer läufigen Hündin.

Ein paar Stunden später kamen die Lastwagen durch unser Dorf. Das Brummen ihrer Motoren, während sie sich die gewundene Straße heraufmühten, weckte ganz Gichichi auf. »Es ist drei Uhr morgens!«, schrie Mrs. Kuria den staubigen weißen Lastwagen mit dem blauen Zeichen der UNECTA auf den Türen zu, aber nun konnte niemand mehr schlafen. Wir säumten die Hauptstraße, um zuzusehen, wie sie durch unser Dorf rumpelten. Ich frage mich, was die Fahrer wohl von all den Gesichtern gehalten haben mochten, die plötzlich im Licht ihrer Scheinwerfer auftauchten, als sie um die Kurve bogen. Einige winkten. Die Kinder winkten zurück. Es kamen immer noch welche, als wir schon hinunter gingen zum Shamba, um die Ziegen zu melken. Sie wanden sich, so weit das Auge reichte, wie eine weiße Schlange durch die Kurven der Straße, die durchs Tal führte. Als sie die Passhöhe erreichten, tauchte sie das frühmorgendliche Licht aus dem Osten in brennendes Gold.

Die Lastwagen fuhren zwei Tage lang die Straße hinauf. Dann hörte der Konvoi auf und Flüchtlinge kamen aus der entgegengesetzten Richtung die Straße herunter. Zuerst die mit Fahrzeugen: Matatus, hoch beladen mit Bettzeug und Werkzeugen und Tieren; Lastwagen, auf denen die Familien hinten auf den Ladeflächen auf all den Dingen, die sie hatten retten können, schwankend saßen. Ein Toyota-Kleinbus, beinahe berstend vor etwas, das aussah wie farbige Stoffballen, die jedoch Frauen waren, dicht nebeneinander hineingepfercht. Uralte Autos, Motorräder und Mopeds, die unter erdrückenden Bündeln von Hab und Gut kaum noch sichtbar waren. Es war ein Wettrennen der Armut: die motorisierten Reicheren führten an der Spitze. Nach den Fahrzeugen kamen die Tiere: Eselskarren und Ochsenwagen, Rikschas mit Pedalen. Die meisten gehörten der letzten Welle an, dem Fußtrupp. Sie schoben Schubkarren, beladen mit Töpfen und Bettrollen und verschnürten Schachteln oder zogen Handkarren an Seilen oder schoben alte Frauen mit ängstlichen Gesichtern in Rollstühlen vor sich her. Sie schleppten ihre Last die steile Talstraße hinab. Einige brachen aus dem Pulk aus und sprangen über die Ränder der Terrassen hinunter, wobei sie Kleidung und Werkzeuge und Kochutensilien über die Felder verstreuten. Als Allerletztes kamen Hände und Köpfe. Diese Leute trugen ihre Habseligkeiten auf Köpfen und Rücken und Kinderschultern.

Mein Vater öffnete die Kirche für die Flüchtlinge. Dort würden sie eine Lagerstatt haben, warmen Chai, etwas Ugali, ein paar Bohnen. Ich half beim Umrühren der großen Ugali-Töpfe über offenem Feuer. Der Dorfarzt richtete eine Krankenstation ein. Bei den meisten behandlungsbedürftigen Fällen handelte es sich um verletzte Füße und Hände und Verdurstungserscheinungen bei Kindern. Nicht jeder in Gichichi war mit der Wohltätigkeit meines Vaters einverstanden. Einige befürchteten, dadurch würden die Flüchtlinge zum Bleiben ermutigt und dann würden sie uns etwas wegessen. Die Ladenbetreiber warfen ihm vor, er würde ihr Geschäft schädigen, indem er verschenkte, was sie eigentlich verkaufen wollten. Mein Vater erklärte ihnen, dass er lediglich versuchte so zu handeln, wie es seiner Meinung nach Jesus getan hätte. Darauf hatten sie nichts zu erwidern, aber ich wusste, dass er einen anderen Beweggrund hatte. Er wollte die Geschichten der Flüchtlinge hören. Sie würden schon bald seine Geschichte sein.

Was war mit Tusha?

Der Packen hatte uns um ein paar Kilometer verfehlt. Er war an einem Ort mit dem Namen Kombé eingeschlagen, hatte zwei Kikuyu-Farmen und einige scheißeverkrustete Kühe getroffen. Es hatte einen großen Knall gegeben. Einige von uns Tusha-Bewohnern nahmen ein Matatu, um zu sehen, was mit Kombé geschehen war. Man sagt uns, es ist nichts übrig geblieben. Da sind sie, geh hin und frag sie.

Dieses Nichts, meine Brüder, wie war das? Wie ein Loch?

Nein, es war etwas, aber nichts, das wir erkannt hätten. Die Fotos? Die zeigen nur das Ding an sich. Sie zeigen nicht, wie es abläuft. Die Häuser, die Felder und die Straße und die Schienen, sie zerfließen wie Fett in der Pfanne. Wir haben gesehen, wie die Erde geschmolzen ist und neue Dinge sich daraus hervorgestreckt haben wie die Hände eines Ertrinkenden.

Was für Dinge?

Uns fehlen die Worte, um sie zu beschreiben. Dinge, wie man sie in Fernsehsendungen über die Riffe an der Küste sieht, nur in der Größe von Häusern und gestreift wie Zebras. Dinge wie Fäuste, die sich aus dem Boden herausboxen, zum Himmel hinaufreichen und sich wie Finger spreizen. Dinge wie Fächer und Federn und Ballons und Fußbälle.

So schnell?

O ja. So schnell, dass es vor unseren Augen unser Matatu erwischte. Es kam an den Reifen und über die Stoßstangen herauf und überquerte die Bemalung wie eine Eidechse, die eine Wand hinauf huscht, und dem Ganzen entsprangen Tausende von winzigen gelben Knospen.

Was habt ihr gemacht?

Was glaubst du, was wir gemacht haben? Wir sind um unser Leben gerannt.

Die Leute von Kombé?

Als wir Hilfe von Tusha brachten, wurden wir von Hubschraubern angehalten. Soldaten, überall. Alle müssen dieses Gebiet verlassen, es handelt sich um eine Quarantänezone. Ihr habt vierundzwanzig Stunden Zeit.

Vierundzwanzig Stunden!

Ja, sie befehlen dir, ein ganzes Leben in vierundzwanzig Stunden zusammenzupacken. Die Blaumützen haben jede Menge Ingenieure ins Land gebracht, die sich an die Durchführung eines riesigen Projektes machten – alles war nur noch Schienen und Motoren. Die Nacht war taghell von flammenden Schweißbrennern. Sie pflügten Kiyamba mit Bulldozern unter, um einen neuen Behelfsflugplatz zu schaffen. Sie wollten Jets dorthin bringen. Und bevor sie uns gehen ließen, zwangen sie jeden Einzelnen, sich einer medizinischen Untersuchung zu unterziehen. Wir stellten uns in Reih und Glied auf und marschierten an diesen Männern in weißen Kitteln und Gesichtsmasken an Schreibtischen vorbei.

Warum?

Ich glaube, sie wollten untersuchen, ob das Chaga-Zeug in uns eingedrungen ist.

Was haben sie gemacht, das dich zu dieser Annahme veranlasst?

Pfarrer, einigen haben sie auf die Schulter geklopft – einfach so. Wie Judas und der Herr, so sanft. Dann hat sie ein Soldat beiseite genommen und weggeführt.

Und dann?

Das weiß ich nicht, Pfarrer. Ich habe sie seither nicht mehr gesehen. Niemand hat sie danach je wieder gesehen.

Die Geschichten bekümmerten meinen Vater sehr. Sie bekümmerten die Leute, denen er sie erzählte, sogar den Allerhöchsten, den das Erscheinen des Außerirdischen hier bei uns in eine so freudige Erregung versetzt hatte. Und ganz besonders bekümmerten sie die Vereinten Nationen. Zwei Tage später kam eine Mannschaft in fünf Armee-Brummern aus Nairobi an. Ihre erste Amtshandlung bestand darin, meinen Vater und den Arzt anzuweisen, ihre Hilfsstationen zu schließen. Das offizielle Flüchtlingszentrum des UNHCR war Muranga. Niemand durfte hier in Gichichi bleiben, alle mussten gehen.

Ohne dass die anderen es hörten, warnten sie meinen Vater, dass ein Mann seines Standes in anfälligen Gemeinden keine Gerüchte und Halbwahrheiten verbreiten sollte. Um sicherzustellen, dass wir die echte Wahrheit erfuhren, berief die UNECTA eine Versammlung in der Kirche ein. Alle drängten sich auf den Bänken, sogar die Muslime. Leute standen überall an den Wänden; manche, die im Freien geblieben waren, zerrten die Jalousien aus den Fensterrahmen, um etwas zu hören. Mein Vater saß mit dem Arzt und unserem Dorfoberhaupt an einem Tisch. Bei ihnen waren ein Regierungsverteter, ein weißer Soldat und eine Asiatin in Zivilkleidung, die einen ängstlichen Eindruck machte. Sie war Wissenschaftlerin, Xenologin. Sie übernahm den Großteil des Redens; der Regierungsvertreter aus Nairobi drehte seinen Schreibstift zwischen den Fingern und klopfte damit auf die Tischplatte, bis die Spitze abbrach. Der Soldat, ein französischer Soldat mit Erfahrung in humanitären Krisen, saß reglos da.

Die Xenologin erklärte uns, dass das Chaga den ersten Kontakt mit Leben außerhalb der Erde darstellte. Die Natur dieses Kontakts war ungewiss; er folgte keinem der Kommunikationsprogramme, auf denen unsere Voraussagen basierten. Dieser Kontakt war die physikalische Transformation unser heimischen Landschaft und Vegetation. Doch bei dem Inhalt des Packens handelte es sich keineswegs um Samen und Sporen. Die Dinge, die Kombé verzehrt hatten und die jetzt Tusha verzehrten, glichen eher winzigen Maschinen, die die Dinge dieser Welt in Stücke zerbrachen und in neuer, fremdartiger Form wieder aufbauten. Das Chaga reagierte auf Reize und machte Gegenangriffe aus eigenen Stücken unwirksam. UNECTA hatte es mit Feuer, Gift, radioaktivem Staub und genetisch manipulierten Krankheiten versucht. Jeder Schritt wurde schnell vom Chaga nachvollzogen. Es war jedoch nicht ersichtlich, ob es intelligent war oder vielmehr das Werkzeug einer bis jetzt noch nicht zu Tage getretenen Intelligenz.

»Und was ist mit Gichichi?«, fragte Ismail, der Friseur.

Jetzt übernahm der französische General das Wort.

»Ihr werdet innerhalb eines angemessenen Zeitraums evakuiert werden.«

»Aber wenn wir nicht evakuiert werden wollen?«, fragte der Allerhöchste. »Wenn wir beschließen, dass wir hier bleiben und es mit dem Chaga aufnehmen wollen?«

»Ihr werdet evakuiert«, wiederholte der General.

»Dies ist unser Dorf, dies ist unser Land. Wer seid ihr denn, dass ihr uns vorschreibt, was wir in unserem eigenen Land zu tun haben?« Der Allerhöchste war jetzt empört. Wir alle klatschten Beifall, sogar mein Vater in der Runde der UNECTA-Leute. Der Regierungsvertreter aus Nairobi sah verärgert aus.

»Die UNECTA, der UNHCR sowie die Ostafrika-Schutztruppen der UN handeln aufgrund eingehender Informationen und in Übereinstimmung mit der kenianischen Regierung. Das Chaga wurde als Bedrohung menschlichen Lebens eingestuft. Alles, was wir tun, geschieht zu eurem Wohl.«

Der Allerhöchste zeterte weiter. »Eine Bedrohung? Wer hat es so ›eingestuft‹? Die UNECTA? Eine Organisation, die zu neunzig Prozent von den Vereinigten Staaten von Amerika finanziert wird? Ich habe etwas anderes gehört, dass es nämlich weder Mensch noch Tier schadet. Es leben sogar Leute mitten im Chaga; das stimmt doch, oder etwa nicht?«

Der Politiker sah den französischen General an, der die Achseln zuckte. Die asiatische Wissenschaftlerin antwortete.

»Offiziell haben wir dazu keine Daten.«

Dann stand mein Vater auf und fiel ihr ins Wort.

»Was ist mit den Leuten, die verschleppt wurden?«

»Darüber weiß ich nichts...«, setzte die UNECTA-Wissenschaftlerin an, aber mein Vater ließ sich nicht unterbrechen.

»Was ist mit den Leuten aus Kombé? Worin bestehen diese Untersuchungen, die an ihnen durchgeführt werden?«

Die Wissenschaftlerin wirkte verunsichert. Der französische General ergriff wieder das Wort.

»Ich bin Soldat, kein Wissenschaftler. Ich habe im Kosowo und im Irak und in Ost-Timor gedient. Ich kann Ihre Fragen nur in meiner Eigenschaft als Soldat beantworten. Am vierzehnten Juni nächsten Jahres wird es hier bei Ihnen ankommen, hier auf dieser Straße. Gegen sieben Uhr dreißig abends wird es in diese Kirche eindringen. Am Dienstag Abend wird nichts mehr darauf hindeuten, dass es jemals einen Ort des Namens Gichichi gegeben hat.«

Und das war das Ende der Versammlung. Während die Leute von der UNECTA die Kirche verließen, drängten sich die Christen von Gichichi um meinen Vater. Was sollten sie glauben? Würde Jesus wieder auf Erden kommen, oder war es der Antichrist? Diese Fremdwesen, waren das Engel oder gefallene Geschöpfe wie wir selbst? Kannten sie Jesus überhaupt? Wie lautete Gottes Plan in der ganzen Sache? Frage um Frage um Frage.

Die Stimme meines Vaters klang müde und dünn und gehetzt, er wirkte wie ein Gepard, der von Treibern mit Stöcken vor die Gewehre der Jäger getrieben wird. Und genau wie dieser Gepard griff er seine Jäger an.

»Ich weiß es nicht!«, schrie er. »Ihr glaubt wohl, ich habe auf all diese Dinge eine Antwort, wie? Nein, ich habe keine Antworten. Ich bin nicht befugt, über diese Dinge zu reden. Niemand ist befugt dazu. Warum stellt ihr mir all diese blödsinnigen Fragen? Glaubt ihr denn, ein einfacher Landpfarrer hat die Lösung, um das Vordringen des Chaga aufzuhalten und es dorthin zurückzutreiben, woher es kommt? Nein! Nein, ich denke mir nach und nach, von Fall zu Fall, etwas aus, so wie alle anderen auch.«

Für einen Augenblick schwiegen alle Anwesenden. Ich hatte das Gefühl, vor Peinlichkeit sterben zu müssen. Meine Mutter berührte den Arm meines Vaters. Er hatte gezittert. Er entschuldigte sich bei seiner Gemeinde. Sie traten beiseite und gaben uns den Weg zum Ausgang der Kirche frei. Wir traten verblüfft auf die Schwelle. Es hatte tatsächlich so etwas wie eine Verschleppung stattgefunden. Sämtliche Flüchtlinge waren vom Gelände der Kirche verschwunden. Ebenso ihr armseliger Besitz, ihre Karren und ihre Tiere. Sogar ihre Exkremente waren beseitigt worden.

Auf dem Weg zurück zum Haus sah ich die Wissenschaftlerin, die beim Einsteigen in den UNECTA-Brummer am Allerhöchsten vorbeihuschte. Ich hörte, wie sie ihm zuflüsterte: »Das mit den Menschen – es stimmt. Aber sie haben sich verändert.«

»Inwiefern?«, wollte der Allerhöchste wissen, aber die Tür wurde geschlossen. Zwei Blaumützen hoben den verrückten Gikombe, der sich vor den Brummer gesetzt hatte, aus dem Weg, und das Fahrzeug bewegte sich langsam durch die Menschenmenge. Ich erinnere mich, dass das Gesicht der UNECTA-Frau Angst ausdrückte.

An diesem Nachmittag fuhr mein Vater auf der roten Yamaha davon und blieb fast eine Woche lang weg.

An jenem Tag lernte ich etwas über den Glauben meines Vaters. Nämlich dass er stark war, was die kleinen, lokalen Fragen anging, aber schwach, was die großen betraf. Er befasste sich mit Singen und Unterrichten sowie mit dem persönlichen Gebet und der Meditation, weil man diese Dinge im Leben der anderen tagtäglich sehen konnte. Aber in den großen Dingen, denjenigen, die man nicht sehen konnte, versagte er sich ihm.

Diese Versammlung war die Wunde, durch die Gichichi allmählich verblutete. »Dies ist unser Dorf, dies ist unser Land«, hatte der Allerhöchste erklärt, doch vor Ablauf der Woche hatte die erste Familie ihre Sachen auf die Ladefläche ihres Pick-up gepackt und war dem Strom der Flüchtlinge auf der Straße nach Süden gefolgt. Danach verging keine Woche, ohne dass jemand aus unserem Dorf seine Tür für immer verschloss und Gichichi verließ. Die verlassenen Häuser fielen bald dem Verfall anheim. Es regnete hinein, Dächer brachen zusammen und dann setzten böse Buben sie in Brand. Die toten Häuser waren wie leere Schädel. Hunde fielen in Abtrittgruben und ertranken. Eines Tages, als wir zum Shamba hinuntergingen, waren vom Ukerewe-Haus keine Namen und keine Steine mehr da. Innerhalb eines Monats waren seine Fenster zu leeren, rußgefleckten Höhlen geworden.

Weil niemand sie pflegte, wurden die Shambas Opfer der Wildnis und des Unkrauts. Ziegen und Kühe weideten, wo es ihnen beliebte, die Terrassenmauern zerbröckelten, der Regen spülte die Erde in großen roten Tränen das Tal hinab. Felder, die Generationen von Familien ernährt hatten, verschwanden über Nacht. Niemand scherte sich mehr um den Baum der Frauen, um den Heiligenbildern ihre Becher voll Bier darzubieten. Die Hoffnung hatte in Gichichi keinen Wirkungskreis mehr. Diejenigen, die blieben, dachten ständig an den Tag, an dem wir die Straße hinaufblicken und die Stachel und Fächer und gedrehten Säulen des Chaga sehen würden, die wie Krieger entlang des Bergkamms stehen würden.

Ich erinnere mich an den Morgen, als ich von einem Stimmengeraune aus dem Haus der Muthigas geweckt wurde. Männerstimmen, die sehr leise sprachen, um niemanden zu wecken, denn es war noch dunkel; dennoch weckten sie mich. Ich zog mich an und ging auf den Hof hinaus. Grace und Ruth trugen Pappkartons aus dem Haus und ihr Vater und noch ein paar andere Männer aus dem Dorf luden sie auf einen Nissan-Pick-up. Sie hatten früh angefangen und der Pick-up war schon gut beladen. Die Kinder sammelten die letzten paar Gegenstände ein.

»Ach, Tendeléo«, sagte Mr. Muthiga traurig. »Wir hatten gehofft aufzubrechen, bevor irgendjemand hier auftauchen würde.«

»Kann ich mit Grace sprechen?«, fragte ich.

Ich habe nicht mit ihr gesprochen. Ich habe sie angeschrien. Ich würde ganz allein zurückbleiben, wenn sie wegging. Ich wäre vollkommen verlassen. Sie stellte mir Fragen. Sie sagte: »Du sagst, ich darf nicht weggehen. Sag mir, Tendeléo, warum musst du bleiben?«

Darauf wusste ich keine Antwort. Ich hatte als Grund dafür immer angenommen, dass ein Pfarrer bei seiner Gemeinde bleiben muss, aber der Bischof hatte meinem Vater mehrmals angeboten, ihn in eine neue Gemeinde in Eldoret zu versetzen.

Grace und ihre Familie brachen in der Frühdämmerung auf. Ihre roten Rücklichter schwenkten in den langsamen Strom der Flüchtlinge ein. Ich hörte das Tröten der Hupe durch das ganze Tal, womit Tiere und Versprengte des Zuges gewarnt werden sollten. Ich versuchte, ihr Haus zu beschützen und in einem ordentlichen Zustand zu halten, aber zwei Wochen später kam eine Bande von Jungen aus einem anderen Dorf, sie brachen darin ein, nahmen alles, was sie mitnehmen konnten, und verbrannten den Rest. Das war eine neue Erscheinung, die im Radio als ›Sub-Terminum‹ bezeichnet wurde, brandschatzende und plündernde Banden, die die Leichname der toten Dörfer schändeten.

»Aasgeier sind das«, sagte meine Mutter.

Graces Frage war ein düsteres Abschiedsgeschenk, das

sie mir hinterlassen hatte. Je mehr ich darüber nachdachte, desto mehr wuchs meine Überzeugung, dass ich herausfinden musste, was uns diesen Entschluss auferlegt hatte. Die Bilder im Fernsehen und in den Zeitungen reichten dafür nicht aus. Ich musste es mit eigenen Augen sehen. Ich musste ihm ins Gesicht sehen und nach seinen Beweggründen fragen. Klein-Ei wurde meine Gehilfin. Wir stibitzten Geld vom Kollekte-Teller und hamsterten heimlich Nahrungsvorräte. Ein normaler Schultag eignete sich am besten, um zu gehen. Wir wanderten nicht geradewegs auf der Straße davon, wo man uns gleich bemerkt hätte. Wir nahmen ein Matatu nach Kinangop im Nyandarua-Tal, wo uns niemand kannte. Es herrschte immer noch reger Verkehr; das Matatu war vollgepackt mit Leuten vom Land, die allerlei Waren zum Verkaufen dabei hatten sowie Hühner, die an den Füßen zusammengebunden und unter den Bänken verstaut waren. Wir saßen hinten auf der Pritsche und aßen Nüsse aus einer Papiertüte, die aus einen Bibelseite gefaltet worden war. Überall waren schmutzig-weiße Fahrzeuge der Vereinten Nationen. Einer nach dem anderen stiegen die Leute aus und keine neuen stiegen ein. Nach Ndunyu waren nur noch ich und Klein-Ei als Fahrgäste übrig, und wir purzelten auf der Ladefläche des Wagens hin und her.

Der Kumpel des Fahrers drehte sich um und sagte: »Also, wohin soll's denn gehen, Mädchen?«

Ich sagte: »Wir wollen uns das Chaga ansehen.«

»Ach ja? Kommt das Chaga denn nicht bald genug zu euch?«

»Könnt ihr uns dorthin bringen?« Ich zeigte ihm die Münzen aus der Kirchenkollekte.

»Das würde erheblich mehr kosten.« Er sprach kurz mit dem Fahrer. »Wir können euch in Njeru rauslassen. Von dort aus könnt ihr zu Fuß gehen, es sind dann keine sieben Kilometer mehr.«

Njeru war das, was Gichichi erwartete, wenn nur noch die Schwachen und Armen und Geistesgestörten blieben.

Ich war froh, von dort wegzukommen. Die Straße zum Chaga war leicht zu finden, es war die Richtung, in die niemand anderes ging. Wir machten uns auf der unbefestigten roten Lehmpiste auf den Weg. Wir müssen sehr seltsam ausgesehen haben, zwei Mädchen, die mit Lunchpaketen, in ihre Kangas eingepackt, durch die zerstörte Landschaft wanderten. Wenn jemand dagewesen wäre, um uns zu beobachten.

Die Soldaten schnappten uns etwa zwei Kilometer von Njeru entfernt. Ich hatte den Motor ihres Fahrzeugs schon seit ein paar Minuten hinter uns gehört. Es war ein großer achträdriger Truppentransporter der südafrikanischen Armee.

Der Offizier war wütend, aber gleichzeitig auch ein wenig beeindruckt, wie mir schien. Was wir uns eigentlich einbildeten? Überall gab es Aasgeier. Erst letzte Woche war ein ganzer Bus einem Massaker zum Opfer gefallen, keine fünf Kilometer von hier entfernt. Niemand war mit dem Leben davongekommen. Zwei Mädchen ganz allein – man würde uns ausrauben und vergewaltigen, uns an den Füßen aufhängen und unsere Kehlen wie bei Schweinen durchschneiden. Während der ganzen Zeit seiner Predigt schwenkte ein Soldat im Gefechtsturm ein schweres Maschinengewehr von einer Seite der Landschaft zur anderen.

»Also, was, zum Teufel, macht ihr hier?«

Ich sagte es ihm. Er ging zu seinem Funksprechgerät. Als er zurückkam, sagte er: »Hinten rein!«

Der Transporter war schrecklich stickig und roch nach Männern und Gewehren und Diesel. Als die Tür hinter uns zuknallte, glaubte ich, wir müssten ersticken.

»Wohin bringt ihr uns?«, fragte ich voller Angst.

»Ihr wollt doch das Chaga sehen«, antwortete der Befehlshabende. Wir verzehrten unser Mittagessen und versuchten, die Soldaten nicht anzusehen. Sie gaben uns Wasser aus ihren Feldflaschen und versuchten, uns zum Lachen zu bringen. Die Fahrt war kurz, aber unangenehm. Die Tür flog mit Schwung auf. Der Offizier half mir beim Aussteigen, und ich wäre vor Entsetzen beinahe umgekippt.

Ich stand auf einer Lichtung auf einem kleinen Hügel. Um mich herum waren Baumstümpfe, frisch geschnitten, klebrig von Baumsaft. Hinter uns war das Kreischen von Kreissägen. Die Lichtung war voll von Militärfahrzeugen und Zelten. Überall wuselten Menschen herum. Die meisten davon waren Weiße. Im Zentrum all dieser Betriebsamkeit war etwas, das ich nur als Stadt auf Rädern bezeichnen kann. Ich war noch nie in Nairobi gewesen, aber ich kannte es von Fotos: ein Wald von schönen Türmen, die aus einem Kreis von Townships aufragten. Und genau so wirkte die Basis beim ersten Anblick auf mich. Bei näherem Hinsehen erkannte ich, dass die Gebäude transportable Kabinen waren, aufgestapelt auf großen Kettenfahrzeugen, ähnlich den schweren Raupentiefladern, mit denen oben in Eldoret Holz transportiert wurde. Die Zugmaschinen und Türme waren mittels Stegen und Kabelschlaufen miteinander verbunden. Ich sah Leute, die auf den hohen Stegen hin und her huschten. Das hätte ich nie vermocht, nicht für eine Million Schillinge.

Ich gebe meinen ersten Eindruck wieder, von einer schönen weißen Stadt – und vielleicht lachen Sie, weil Sie wissen, dass es sich lediglich um eine mobile Basis der UNECTA handelt –, die man so schnell und billig wie möglich errichtet hatte. Aber hier gilt die Wahrheit: Schauen ist Magie. Anschauen tötet. Je mehr ich die Dinge anschaute, desto mehr verblasste die Magie.

Die Luft über der Lichtung roch genauso übel nach Dieselabgasen wie es in dem Truppentransporter der Fall gewesen war. Überall dröhnten Motoren. Ein Weg war durch den Wald geschlagen worden, und es sah so aus, als ob die Basis auf ihm hierher gekommen wäre. Ich betrachtete die Spuren. Die großen Zahnräder drehten sich. Die Basis bewegte sich, langsam und schwerfällig, wie die Zeiger einer großen Uhr, auf ihren Gliederketten rückwärts knarrend, im Gleichschritt mit dem Vordringen des Chaga. Klein-Ei griff nach meiner Hand. Ich glaube, mir klaffte der Mund eine Zeit lang vor Staunen auf.

»Kommt, los!«, drängte der Offizier. Er lächelte jetzt. »Ihr wollt doch das Chaga sehen.«

Er gab uns in die Obhut eines großen Amerikaners mit roten Haaren, einem roten Bart und blauen Augen weiter. Sein Name war Byron, und er sprach so schlecht Suaheli, dass er es nicht verstand, als Klein-Ei mir zuraunte: »Er sieht aus wie ein Vampir.«

»Ich spreche englisch«, sagte ich, und er sah erleichtert aus.

Er führte uns zwischen den Zugmaschinen hindurch zu dem Turm in der Mitte, dem höchsten. Er war weiß angestrichen und trug das Wort UNECTA in großen blauen Buchstaben an der Seite und darunter den Namen Nyandarua Station. Wir bestiegen einen kleinen Metallkäfig. Byron schloss die Tür und drückte auf einen Knopf. Der Käfig fuhr senkrecht an der Seite des Turms empor. Eins muss ich sagen, dieser Lastenaufzug war erschreckender als alle Geschichten über mordende Meuten von Geiern. Ich klammerte mich an dem Handlauf fest und schloss die Augen. Ich spürte, wie die ganze Basis unter mir schwankte.

»Mach die Augen auf«, sagte Byron. »Du willst doch wohl nicht die weite Reise bis hierher gemacht haben, um dann das Wesentliche zu verpassen.«

Als wir uns über die Baumwipfel erhoben, öffnete sich die Landschaft vor mir. Nyandarua Station bewegte sich an den östlichen Hängen des Aberdare-Gebirges abwärts: das Chaga breitete sich vor mir aus wie eine auf einem Bett ausgelegt Hochzeits-Kanga.

Es war, als ob jemand eine Reihe von Kreisen aus farbigem Papier ausgeschnitten und sie an der Seite des Gebirges abgeworfen hätte. Das Chaga folgte den Höhen und Tälern, aber mehr hatte es mit unserer Geografie nicht gemein. Es war ganz und gar etwas anderes. Die Farben waren unwahrscheinlich leuchtend, und ich dumme Gans hätte beinahe gelacht: Purpur- und Orangetöne, viele rosafarbene und tiefrote Schattierungen. Adern von strahlendem Gelb. Wirkliche Dinge, lebende Dinge hatten keine solche Farben. Das hier war eine hollywoodartige Täuschung, mittels Computer für einen Film hergestellt. Meiner Schätzung nach befanden wir uns einen Kilometer vom Rand entfernt. Es war kein sehr großes Chaga, nicht wie das Kilimandscharo-Chaga, das Moshi und Arusha und all die großen tansanischen Städte am Fuß des Berges verschluckt hatte und sich jetzt auf halbem Weg nach Nairobi befand. Byron sagte, dieses Chaga habe einen Durchmesser von etwa fünf Kilometern und zeige allmählich die klassische Form, nämlich eine Reihe von Kreisen. Ich versuchte, die Einzelheiten in mich aufzunehmen. Ich dachte, Einzelheiten würden es für mich wirklich machen. Ich sah ein Wirrwarr von riffähnlichen Gebilden in der Farbe von Draht. Ich sah eine Mauer aus dunkelroten Bäumen, die senkrecht zu einer unglaublichen Höhe aufragte. Die Stämme standen gerade und glatt wie Speere da. Die Blätter vereinigten sich zu Schirmen. Jenseits davon sah ich so etwas wie Eisberge, die in einem bestimmten Winkel geneigt waren, etwas wie geöffnete Hände, die zum Himmel beteten, etwas wie Ölraffinerien, aus Pilzen bestehend, etwas wie Gehirne und Fächer und Kuppeln und Fussbälle. Etwas wie alle möglichen anderen Dinge. Nichts, das wie ein Ding an sich erschien. All das streckte sich zu mir aus. Aber mir war klar, dass es mich niemals erwischen würde. Nicht solange ich hier blieb, auf dieser Konstruktion, die ständig davor zurückwich, zum Fuße der Aberdare-Berge, fünfzig Meter täglich.

Wir waren der Spitze des Gebäudes nahe. Der Käfig schwankte im Wind. Mir war schlecht, und ich hatte Angst und umklammerte den Handlauf und in diesem Augenblick geschah es, dass das Ganze für mich Wirklichkeit wurde. Der Geruch des Chaga wurde mir vom Wind zugetragen. Unechte Dinge riechen nicht. Das Chaga roch nach Zimt und Schweiß und frisch umgegrabener Erde. Es roch nach faulendem Obst und Diesel und Beton nach dem Regen. Es roch wie meine Mutter, wenn sie ›Besuch‹ hatte. Es roch wie die Milch, die Babies aus ihren kleinen Mündern spuckten. Es roch wie Fernsehen und das Zeug, das der Friseur Unter Dem Baum meinem Vater ins Haar schmierte und wie der Heilige Ort der Frauen im Shamba. All das brachte die Erinnerung an Gichichi und an meine Leute und mein Leben mit sich. Der Geruch wühlte die Dinge auf, die ich vor kurzem als Frau erfahren hatte. Dort wurde das Chaga für mich Wirklichkeit, und ich begriff, dass es meine Welt verschlingen würde.

Während ich so dastand und all diese Dinge, die gewesen waren und die sein würden, in meinem Kopf in Kreise innerhalb von Kreisen ordnete, eilte ein Weißer in verwaschenen Jeans und Timberland-Stiefeln aus einer Gleittür des Aufzugs.

»Byron«, sagte er und bemerkte dann, dass zwei kleine kenianische Mädchen bei ihm waren. »Wer sind denn die beiden?«

»Ich bin Tendeléo und das ist meine Schwester«, sagte ich. »Wir nennen sie Klein-Ei. Wir sind gekommen, um das Chaga zu besichtigen.«

Diese Antwort schien ihm zu gefallen.

»Ich heiße Shepard.« Er schüttelte uns die Hand. Er war ebenfalls Amerikaner. »Ich bin Reisender Geschäftsführer. Das heißt, ich rase um die Welt und suche Lösungen in Bezug auf das Chaga.«

»Und haben Sie welche gefunden?«

Für einen kurzen Augenblick wirkte er wie vor den Kopf geschlagen, und ich kam mir frech und vorwitzig vor. Dann sagte er: »Kommt, wir wollen mal sehen.«

»Shepard«, sagte Byron, der Vampir. »Das hat Zeit.«

Er brachte uns in die Basis. In einem Raum waren mehr Weiße, als ich in meinem ganzen Leben jemals gesehen hatte. Auf jedem Schreibtisch stand ein Computer, aber die Leute – die meisten davon waren schlecht gekleidete Männer in Shorts und mit Bärten – benutzten sie nicht. Sie zogen es vor, auf den Schreibtischen zu sitzen und sehr schnell mit heftigen Gebärden zu reden.

»Ist Afrikanern der Zutritt hier nicht erlaubt?«, fragte ich.

Der Mann namens Shepard lachte. Alles, was ich während dieser Führung von mir gab, nahm er so auf, als würde es von den Lippen eines weisen alten M'zee kommen. Er führte uns in den Projektionsraum hinunter, wo Computer riesige Pläne auf runde Tische zeichneten: das Chaga im jetzigen Zustand, das Chaga in fünf Jahren und das Chaga, wenn es auf seinen Bruder aus dem Süden stoßen würde und die beiden Nairobi verschlucken würden, wie zwei alte Männer, die sich um ein Stück Zuckerrohr stritten.

»Und wenn Nairobi weg ist?«, fragte ich. Die Karten zeigten die Namen aller alten Städte und Dörfer unter dem Chaga. Natürlich. Die Namen änderten sich nicht. Ich streckte die Hand aus und berührte den Ort, zu dem Gichichi einmal werden würde.

»So weit reicht unsere Projektion nicht«, sagte er. Aber ich dachte an eine ganze Stadt, die unter den leuchtenden Farben des Chaga wie Dreck, der in einen Teppich getreten wurde, verschwunden wäre. All dieses Leben und die Geschichten und diese Vergangenheit. Mir wurde mit einem Mal klar, dass manche Namen sehr wohl verloren gehen konnten, die Namen von großen Dingen wie Städten, Nationen und geschichtlichen Begebenheiten.

Als Nächstes stiegen wir mehrere Fluchten von steilen Stahlstufen hinauf in die ›Labor-Etage‹. Hier waren Proben, die dem Chaga entnommen worden waren, in versiegelten Behältnissen mit bestimmten Umweltbedingungen aufbewahrt. Ein Reagenzglas mochte vielleicht ein Bündel empfindlicher Pilze enthalten, ein zylindrisches Glas eine Hand voll blauer schwammartiger Finger, ein Tank einen

Quadratmeter Chaga, das die Wände und die Decke überwucherte. Einige der Behältnisse waren so groß, dass Menschen darin herumlaufen konnten. Diese waren mit bauschigen weißen Anzügen bekleidet, die jeden Teil von ihnen bedeckten und mittels Röhren und Schläuchen mit der Wand verbunden waren, sodass es schwer war zu erkennen, wo sie aufhörten und das fremdweltliche Chaga begann. Die seltsamen gestreiften und gemusterten Blätter sahen natürlicher aus als die UNECTA-Leute in ihren weißen Anzügen. Die fremdartigen wachsenden Dinge waren zumindest in ihrer richtigen Umwelt.

»Alles muss isoliert werden«, erklärte Mr. Shepard.

»Weil es sonst sogar hier draußen wachsen und angreifen würde?«, fragte ich.

»Du hast es erfasst.«

»Aber ich habe gehört, es tut Menschen oder Tieren nichts«, sagte ich.

»Wo hast du das gehört?«, fragte der Mann namens Shepard.

»Mein Vater hat es mir gesagt«, antwortete ich artig.

Wir gingen weiter zu der Abteilung Terrestrische Kartografie, wobei es sich um Videobilder in der Größe einer Wand handelte, die die Ansicht der Welt, von Satelliten aus gesehen, zeigten. Dieser Anblick ist für jeden meines Alters vertraut, obwohl es Leute aus der Generation meiner Eltern gab, die lachten, wenn sie hörten, die Erde sei eine Kugel ohne Halteleinen. Ich schaute sie mir lange an – es ist das Einzige, dessen Magie beim Anschauen nicht verblasst –, bevor ich bemerkte, dass das Antlitz der Erde zerknittert war wie das Gesicht einer alten Giriama-Frau. Unter den Wolken waren Südamerika und Südostasien und Mutter Afrika gefleckt von helleren Farben als das braun-grüne Land. Manche waren groß, manche waren nur Pünktchen, alle waren ebenmäßige Kreise. Einer dieser Flecken auf der Ostseite von Afrika verriet mir, um welche Krankheit der Kontinente es sich hier handelte. Es waren Chagas. Zum ersten Mal begriff ich, dass es nicht um eine kenianische, nicht einmal um eine ausschließlich afrikanische Angelegenheit ging, sondern um etwas, das die ganze Welt betraf.

»Alle sind im Süden«, bemerkte ich. »Nicht eins ist im Norden.«

»Keiner der biologischen Packen hat seine Saat in der nördlichen Hemisphäre ausgestreut. Das bestärkt uns in der Ansicht, dass dem Chaga Grenzen gesetzt sind. Dass es nicht unsere ganze Welt bedecken wird, von Pol zu Pol, sondern dass es sich möglicherweise auf die südliche Hemisphäre beschränken wird.«

»Warum glauben Sie das?«

»Es gibt keine vernünftige Begründung dafür.«

»Sie hoffen also nur.«

»Ja. Wir hoffen.«

»Mr. Shephard«, sagte ich. »Warum sollte das Chaga uns hier im Süden das Land wegnehmen und die reichen Leuten oben im Norden verschonen? Das finde ich ungerecht.«

»Das Universum ist niemals gerecht, mein Kind. Was du wahrscheinlich besser weißt als ich.«

Wir begaben uns hinunter in die Stellare Kartografie, einen weiteren dunklen Raum mit Wänden voller Sternen. Sie bildeten einen Gürtel um die Mitte des Raums herum, so dicht aneinander gereiht, dass die einzelnen Sterne sich zu durchgehenden weißen Flächen überstrahlten.

»Das ist der Silberfluss«, sagte ich. Ich hatte ihn bei Graces Familie im Fernsehen gesehen; das Gerät hatten sie übrigens bei der Flucht mitgenommen.

»Silberfluss. Stimmt. Ein guter Name.«

»Wo sind wir?«, fragte ich.

Shepard ging zu der Wand neben der Tür und berührte einen kleinen Stern auf der Höhe seiner Taille. Er war rot eingekreist. Sonst, so glaube ich, hätte selbst er ihn nicht unter all den vielen kleinen weißen Sternen herausfinden können. Mir gefiel es nicht, dass unsere Sonne so klein und gewöhnlich war. Ich fragte: »Und wo kommen sie her?«

Der UNECTA-Mann zog mit dem Finger eine Linie an der Wand entlang. Er schritt eine Seite des Raums ab und die Hälfte der anderen, bevor er stehen blieb. Sein Finger verharrte in einem Wirbel von Regenbogenfarben, einer Flamme ähnlich.

»Rho Ophiuchi. Nur ein Name, der nicht von Bedeutung ist. Wichtig ist nur, dass das weit, weit weg von uns ist... so weit, dass das Licht – und das bewegt sich mit der höchsten Geschwindigkeit, die irgendetwas erreichen kann – achthundert Jahre braucht, um dort anzukommen, und es ist kein Planet, nicht einmal ein Stern. Wir nennen es einen Nebel, eine riesige Wolke aus glühendem Gas.«

»Wie können Leute in einer Wolke leben?«, fragte ich. »Sind das Engel?«

Der Mann lachte über diese Frage.

»Keine Leute«, sagte er. »Und auch keine Engel. Sondern Maschinen. Aber nicht solche Maschinen, wie du und ich uns Maschinen vorstellen. Maschinen, die eher lebendigen Wesen gleichen und die sehr, sehr viel kleiner sind. Sogar noch kleiner als die kleinste Zelle in deinem Körper. Maschinen von der Größe von Atomketten, die andere Atome bewegen und auf diese Weise Kopien von sich selbst herstellen können, oder Kopien von irgendetwas anderem, was sie wollen. Und wir glauben, diese Gaswolken setzen sich zusammen aus Trillionen und Abertrillionen solcher winziger lebenden Maschinen.«

»Weder Pflanzen noch Tiere?«, fragte ich.

»Weder Pflanzen noch Tiere, richtig.«

»Diese Theorie habe ich noch nie gehört.« Sie war gewaltig und erregend, aber wie die Sonne schmerzte sie, wenn man sie aus allzu geringer Entfernung anschaute. Ich betrachtete erneut den Farbenwirbel, in den Farben wie die Chaga-Narben auf der Erdoberfläche, und dann wieder den kleinen Fleck neben der Tür, der mein Licht und meine Wärme war. Verglichen mit dem Rest des Raumes wirkten sie beide sehr klein. »Warum sollten solche Dinge von so weit her ausgerechnet in mein Kenia kommen?«

»Das ist allerdings die Frage.«

Das war alles aus dem wissenschaftlichen Bereich, was dem UNECTA-Mann erlaubt war uns zu zeigen, also führte er uns durch den Teil, wo die Leute wohnten und aßen und schliefen, wo sie fernsahen und sich Filme anschauten und Alkohol und Kaffee tranken, die Einrichtungen, wo sie sich sportlich betätigten, was sie gerne taten, und zwar häufig in schamloser Bekleidung. Die Gänge waren voll von ihnen, unreif und locker zusammengewürfelt, wie staksenbeinige junge Hunde.

»Dieser Ort stinkt nach Wazungu«, sagte Klein-Ei, ohne zu berücksichtigen, dass dieser M'zungu vielleicht besser Suaheli verstand als der andere. Mr. Shepard lächelte.

»Mr. Shepard«, sagte ich. »Sie haben meine Frage noch nicht beantwortet.«

Er machte kurz ein bestürztes Gesicht, dann erinnerte er sich.

»Lösungen. Ach, ja. Nun, was meinst du?«

Verschiedene Fragen gingen mir durch den Kopf, doch keine erschien mir so gut und so wichtig wie die, die ich gestellt hatte.

»Ich meine, die einzige Frage, die wirklich von Bedeutung ist, ist die, ob Menschen im Chaga leben können.«

Shepard stieß eine Tür auf, und wir befanden uns auf einer metallenen Plattform direkt über einem der großen Schienenstränge.

»Diese Frage, meine liebe Freundin, ist die einzige, über die wir nicht einmal nachdenken dürfen«, sagte Shepard, während er uns zu einer Treppe geleitete.

Die Tour war beendet. Wir hatten das Chaga gesehen. Wir hatten unsere Welt und unsere Zukunft und unseren Platz unter den Sternen gesehen; Dinge, die zu groß waren für Kinder aus einem Kirchenanger auf dem Land, die jedoch auch sie in Betracht ziehen mussten, denn im Gegensatz zu den meisten Wazungu hier würden sie Lösungen finden müssen.

Unten auf dem roten Lehmboden mit dem Dieselgestank und dem Kreischen der Kettensägen dankten wir Dr. Shepard. Er wirkte gerührt. Er war offensichtlich eine mächtige Person hier. Ein Wort von ihm, und schon brachte uns ein Landcruiser der UNECTA nach Hause. Wir waren so erfüllt von dem, was wir gesehen hatten, dass uns gar nicht einfiel, dem Fahrer zu sagen, uns im Nachbardorf herauszulassen, damit wir den Rest zu Fuß gehen könnten. Stattdessen fuhren wir im Landcruiser auf der Hauptstraße dahin, vorbei an Harans Laden und dem Peugeot-Service und all den Männern, die unter den Bäumen saßen und Zeitung lasen.

Und dann mussten wir meiner Mutter und meinem Vater unter die Augen treten. Das war schlimm. Mein Vater ging mit mir in sein Arbeitszimmer. Ich stand, er saß. Er nahm seine Kalenjin-Bibel zur Hand, die ihm der Bischof bei seiner Weihe geschenkt hatte, damit er Gottes Wort stets in seiner eigenen Sprache bei sich habe; er legte sie auf den Schreibtisch zwischen sich und mir. Er erklärte mir, dass ich ihn und meine Mutter betrogen habe, dass ich Klein-Ei unbeaufsichtigt gelassen habe, dass ich gelogen habe, dass ich gestohlen habe, nicht Gottes Geld, denn Gott hatte keinen Bedarf an Geld, sondern das Geld von Leuten, mit denen ich täglich Umgang hatte, Leute, neben denen ich jeden Sonntag sang und betete, Geld, das sie im Glauben gegeben hatten. Er sprach all dies auf eine sehr direkte, sehr ruhige Art, ohne ein einziges Mal die Stimme zu erheben. Ich hätte ihm am liebsten alles erzählt, was ich gesehen hatte, wollte es ihm als Tausch anbieten, ja, ich habe betrogen, ich habe gelogen, habe die Christen von Gichichi bestohlen, aber ich habe etwas gelernt. Ich habe etwas gesehen. Ich habe unsere Sonne gesehen, verloren unter einer Million anderer

Sonnen. Ich habe diese Welt gesehen, die Gott angeblich als etwas ganz Besonderes unter allen Welten geschaffen hat, so klein, dass man sie nicht einmal sieht. Ich habe Menschen gesehen, die Gott angeblich so sehr liebte, dass er für ihre Sünden gestorben ist. Versuche, lebendige Maschinen zu verstehen, jede kleiner als das kleinste Lebewesen, aber zusammen so groß, dass das Licht Jahre braucht, ihre Gemeinschaft zu durchqueren. Ich weiß, wie sehr sich die Dinge von dem, was wir glauben, unterscheiden, hätte ich am liebsten gesagt, aber ich sagte nichts, denn mein Vater tat etwas Unglaubliches. Er stand auf. Ohne ein Zeichen oder ein Wort oder irgendeine Zurschaustellung von Kraft schlug er mich ins Gesicht. Ich stürzte zu Boden, vor allem weil mich der Schlag so unerwartet getroffen hatte, und nicht so sehr wegen des Schmerzes. Dann tat er noch etwas Unglaubliches. Er setzte sich. Er legte den Kopf in die Hand. Er begann zu weinen. Jetzt bekam ich große Angst und rannte zu meiner Mutter.

»Er ist ein furchtsamer Mensch«, sagte sie. »Furchtsame Menschen schlagen oft das, was sie fürchten.«

»Er hat seine Kirche, er hat seinen Priesterkragen, er hat seine Bibel, wovor sollte er sich fürchten?«

»Vor dir«, sagte sie. Diese Antwort war ebenso überraschend wie der Schlag meines Vaters. Meine Mutter fragte mich, ob ich mich an damals erinnerte, nach dem Streit vor der Kirche, als mein Vater auf der roten Yamaha für eine Woche verschwunden war. Ich sagte ja, ich erinnere mich.

»Er ist nach Süden runter gefahren, nach Nairobi und noch weiter. Er wollte sich das ansehen, was er fürchtete, und er erkannte, dass er mit all seinem Glauben das Chaga nicht besiegen konnte.«

Mein Vater blieb sehr lange in seinem Arbeitszimmer. Dann kam er zu mir und fiel auf die Knie und bat mich um Verzeihung. Es sei ein biblisches Prinzip, erklärte er. Lass die Sonne auf deinem Zorn niemals untergehen.

Aber obwohl die Grundsätze der Bibel weiterlebten, starb mein Vater an jenem Tag ein wenig für mich. Das ist das Leben: eine Aneinanderreihung von Sterben und Geborenwerden in eine neue Daseinsform und ein neues Begreifen.

Leben um Leben starb auch Gichichi. Es waren nur noch zwanzig Familien übrig an jenem Morgen, als die Stacheln der fremdweltlichen Koralle schließlich über die Baumwipfel auf dem Pass griffen. Bald nach Sonnenaufgang trafen die Lastwagen der UNECTA ein. Es waren verdreckte alte Kisten der Sudanesischen Armee, russischen Typs aus dritter Hand, schlecht lackiert und schwarze Abgase ausstoßend. Als wir sahen, dass schwarze Soldaten ausstiegen, waren wir beunruhigt, denn wir hatten schlimme Dinge gehört über Afrikaner in den Händen anderer Afrikaner. Ich traute ihrem Offizier nicht; er war zu dünn und hatte eine seltsame Vertiefung an der Seite seines kahlrasierten Kopfes, wie ein Mondkrater. Wir versammelten uns auf dem freien Platz vor der Kirche, unsere Besitztümer um uns herum aufgebaut. Das Hab und Gut unserer Familie machte insgesamt zwölf Bündel aus, eingewickelt in Kangas. Ich nahm das Radio und ein Sammelsurium von Töpfen. Die Bücher meines Vaters waren mit einer Schnur zusammengebunden und lagen kippelig auf dem Benzintank seiner roten Geländemaschine.

Der mondköpfige Offizier winkte, der erste Lastwagen setzte zurück und ließ seine Heckklappe herunter. Ein Soldat sprang heraus, entfaltete einen Klappstuhl neben der Hecköffnung und setzte sich mit einem Klemmblock und einem Kugelschreiber hin. Als Erste gingen die Kurias, die in der Kirche stark vertreten gewesen waren. Sie hoben ihre Kinder auf die Ladefläche des Lastwagens, dann reichten sie die Bündel mit ihrem Besitz hinauf. Der Soldat in dem Klappstuhl sah eine Zeit lang zu, dann schüttelte er den Kopf.

»Zu viel, zu viel«, sagte er in schlechtem Suaheli. »Ihr müsst einen Teil zurücklassen.«

Mr. Kuria runzelte die Stirn und schätzte mit den Augen den vielen Platz auf der Ladefläche ab. Er hob ein Bündel mit Kleidung vom Wagen.

»Nein, nein, nein«, sagte der Soldat; er stand auf und tippte mit seinem Kugelschreiber auf das Fernsehgerät der Familie. Ein anderer Soldat kam herbei, nahm ihn Mr. Kuria aus den Armen und brachte ihn zu einem Lastwagen neben der Straße, offenbar der Zehnt-Wagen.

»Weitermachen«, sagte der Soldat und machte einen Kritzel auf seinem Block.

So hemmungslos gingen sie vor. Unverblümtes Verbrechen unter blauem Himmel. Niemand sah es. Niemand scherte sich darum. Niemand verlor ein Wort darüber.

Unsere Familie musste das Motorrad als Abgabe entrichten. Das Gesicht meines Vaters war angespannt vor Wut und Widerstand gegen Gottes Gesetze, doch er fügte sich mit einem Flüstern. Der Offizier rollte die Maschine weg, zu einer Gruppe von Soldaten, die an einem qualmenden Feuer auf den Fersen kauerten. Sie waren sehr zufrieden damit und begrapschten und streichelten den Motor. Seither habe ich jedes Mal, wenn ich einen Yamaha-Motor hörte, nachgesehen, ob es eine Geländemaschine ist und welcher Dieb sie fährt.

»Weiter, weiter!«, drängte der Zehnt-Eintreiber.

»Meine Kirche«, sagte mein Vater und sprang vom Wagen. Sofort wurden ein Dutzend Kalaschnikows auf ihn gerichtet. Er hob die Hände, dann blickte er zu uns zurück.

»Tendeléo, du solltest das sehen.«

Der Offizier nickte. Die Gewehre wurden gesenkt, und ich sprang vom Wagen. Ich ging mit meinem Vater zur Kirche. Wir schritten durch den Gang. Die Gebetsbücher lagen auf den Sitzen, die gewebten Kniekissen lagen quadratisch vor den Bänken. Wir gingen in die kleine Sakristei, wo ich das Geld aus der Kollekte gestohlen hatte. Hier schlummerten noch andere dunkle Geheimnisse. Mein Vater nahm einen zerbeulten roten Benzinkanister aus seinem Gewandschrank und trug ihn zum heiligen Tisch mit den Abendmahlutensilien. Er nahm den Kelch, bot ihn Gott dar, dann füllte er ihn mit Benzin aus dem Kanister. Er wandte des Gesicht dem Altar zu.

»Das Blut Christi möge dich in ewigem Leben erhalten«, sprach er und hob den Kelch hoch. Dann goss er den Inhalt auf das weiße Altartuch. Eine Bewegung, so schnell, dass ich sie nicht sah; er entzündete ein Feuer. Es gab eine Explosion und eine gelbe Stichflamme. Ich schrie laut auf. Ich dachte, mein Vater wäre vom Feuer erfasst worden. Er drehte sich zu mir um. Flammen loderten hinter ihm.

»Begreifst du jetzt?«, sagte er.

Ich begriff. Manchmal ist es besser, etwas, das man liebt, zu zerstören, als dass es einem weggenommen und zweckentfremdet wird. Rauch quoll unter dem Dach hervor, als wir wieder auf den Lastwagen kletterten. Die sudanesischen Soldaten waren nur insofern an dem Vorgang interessiert, als es sich um ein Feuer handelte, und Zerstörung erregt Soldaten. Unsere Kirche war jedoch die eines für sie fremden Gottes.

Der alte Gikombe, der zu alt und zu dumm war, um wegzulaufen, brachte wieder einmal seinen ›Vor-dem-Lastwagen-Sitzen‹-Trick an. Jedes Mal, wenn die Soldaten ihn entfernten, rannte er wieder an seinen Platz. Er machte es einmal zu oft. Der Wagen hinter uns hatte angefangen zu rollen und der Fahrer übersah das schmutzige, in Lumpen gehüllte Etwas, das vor seinen Kotflügel huschte. Mit einem Schrei fiel Gikombe unter die Räder und wurde zermalmt.

Ein Wind aus dem Chaga trug den Rauch von der brennenden Kirche über uns hinweg, während wir die Straße ins Tal hinabfuhren. Die Gemeinde von Gichichi gab es nicht mehr.

Ich glaube, die Zeit verwandelt alles in sein Gegenteil. Jugend in Alter, Unschuld in Erfahrung, Gewissheit in Ungewissheit. Leben in Tod. Lange vor dem Ende verwandelte die Zeit Nairobi ins Chaga. Zehn Millionen Menschen hausten dicht gedrängt in den elenden Hütten, die die Türme der Innenstadt umringten. Täglich, stündlich kamen noch mehr dazu. Sie kamen aus dem Norden und aus dem Süden, vom Rift Valley und aus der Zentralprovinz, aus Ilbisil und Naivascha, aus Makindu und Gichichi.

Früher war Nairobi eine schöne Stadt gewesen. Jetzt war es ein Flüchtlingslager. Einst hatte es hier große grüne Parks gegeben. Jetzt war dort gestampfter Staub zwischen Pappkartonbehausungen. Sämtliche Bäume waren abgehackt und als Brennholz verfeuert worden. Dörfer wuchsen auf Kreisverkehr-Inseln, gestrandet wie Schiffbrüchige auf Korallenriffen, ebenso in den Fußballstadien und auf Sportplätzen. Bewaffnete Patrouillen verscheuchten jeden Tag aufs Neue unrechtmäßige Siedler von den beiden Rollfeldern des Flughafens. Der Eisenbahnbetrieb war eingestellt worden, Süden und Norden waren voneinander abgeschnitten. Zehntausend Menschen lebten jetzt in verlassenen Waggons und Lokschuppen und zwischen den Schienensträngen. Der Nationalpark war ein Dreckkübel, geplündert nach Treibstoff und Baumaterial, die Tiere waren geflohen oder als Nahrung abgeschlachtet worden. Nairobis Luft war ein Smog aus Holzrauch, Dieselabgasen und Kloakengestank. Die Slums erstreckten sich zwanzig Kilometer weit nach allen Seiten. Man musst einen Fußmarsch von einer Stunde unternehmen, um Wasser zu holen, und dieses war übelriechend und dreckig. Genau wie das Chaga nahmen die Elendsbaracken zu, Stunde um Stunde, Familie um Familie. Hier ein paar zusammengebundene Plastikplanen, dort ein paar zusammengestellte Pappkartons, ein ausrangiertes Matatu, das als Wohnung diente, aufgestapelte gestohlene Ziegelsteine und Sackleinen und Blech. Stadt und Chaga bewegten sich aufeinander zu und glichen einander immer mehr.

Ich habe von diesen ersten Tagen in Nairobi nicht viel im Gedächtnis behalten. Es war zu viel, alles ging zu schnell – es betäubte meinen Sinn für die Realität. Die Männer, die unsere Namen aufschrieben, die Flüchtlinge, die bereits eine jämmerliche Bleibe gefunden hatten und uns argwöhnisch beäugten, während wir zwischen den Reihen von weißen Zelten hindurchmarschierten und unsere Nummer suchten, wo Dinge mit uns gemacht wurden, die wir über uns ergehen ließen, ohne zu denken. Während der meisten Zeit hatte ich dieses schrille Geräusch in den Ohren, wenn man schreien möchte, aber nicht kann.

Eine Ironie des Schicksals: Wir kamen von St. John, wir gingen nach St. John. Es war ein neues Lager im Süden, in der Nähe des internationalen Flughafens. Eins acht drei zwei. Eine Nummer, ein Zelt, eine Öllampe, ein Plastikwassereimer, eine Reiskelle. Alle hundert Zelte gab es eine Wasserzapfstelle. Alle hundert Zelte gab es eine Latrine. Ein Kloakenfluss rann an unserem Eingang vorbei. Der Gestank hätte uns am Schlaf gehindert, wenn das die Kälte nicht ohnehin getan hätte. Das Zelt war dünn und billig und bot keinen Schutz vor der Nacht. Wir kuschelten uns unter Decken zusammen. Keiner wollte der Erste sein, der weinte, also weinte niemand. Zwischen den großen Flugzeugen und den vielen Leuten, die schrien und sich stritten, herrschte keine Ruhe, niemals. In der ersten Nacht hörte ich Schüsse. Ich hatte noch nie zuvor Schüsse gehört, aber ich erkannte sie sofort als solche.

In diesem St. John waren wir keine Leute von Bedeutung mehr. Wir waren überhaupt nichts mehr. Wir waren eins acht drei zwei. Der Priesterkragen meines Vaters brachte ihm keine Hochachtung ein. Als er am ersten Tag zur Zapfstelle ging, um Wasser zu hohlen, wurde er von jungen Männern niedergeschlagen, die ihm den Plastikeimer stahlen. Der Kragen war ein Symbol des Verrats Gottes. Von da an trug mein Vater seinen Kragen nicht mehr; bald darauf ging er überhaupt nicht mehr hinaus.

Er saß im hinteren Teil des Zeltes, hörte Radio und betrachtete seine Bücher, die immer noch zu Bündeln verschnürt waren. St. John zerstörte den Rest der Dinge, die sein Leben zusammengehalten hatte. Ich glaube, wenn wir nicht gerettet worden wären, wäre er zu Grunde gegangen. An einem Ort wie St. John bedeutet das den Tod. Wenn man zu dem Lastwagen ging, wo die Essensausgabe stattfand, sah man diejenigen, die auf dem Weg zum Tod waren; sie saßen vor ihren Zelten, hielten die Zehen umklammert, schaukelten vor und zurück und starrten auf den Erdboden.

Wir verbrachten fünfzehn Tage im Lager – ich machte für jeden Tag mit einem abgebrannten Streichholz einen Strich an die Zeltwand –, als wir den heranfahrenden Wagen hörten und dann die Stimme, die rief: »Jonathan Bi. Kennt irgendjemand Pfarrer Jonathan Bi?« Ich glaube, mein Vater hätte nicht überraschter aussehen können, wenn Jesus seinen Namen gerufen hätte. Unser Retter war der Pfarrer Stephen Elezeke, der das Church Army Center in der Jogoo Road leitete. Er und mein Vater hatten gemeinsam Theologie studiert; sie waren große Fußballfans gewesen. Mein Vater war Pate von Pfarrer Elezekes Kindern; Pfarrer Elezeke war, so viel ich weiß, mein Pate. Er brachte uns alle hinten in einem weißen Nissan-Minibus unter, auf dessen einer Seite die Worte ›Gelobet sei der Herr‹ mit der Trompete und auf der anderen Seite, ziemlich verbeult, ›Gelobet sei der Herr‹ mit Psalter und Harfe prangten. Er fuhr mit Gehupe durch die Gruppen junger Männer, welche die Kirchenmänner in einem Kirchenauto mit wütenden Blicken bedachten. Er erklärte uns, dass er uns übers Netz gefunden habe. Die großen Kirchen hatten die Namen bestimmter Geistlicher eingegeben. Bi war einer davon.

So kamen wir in die Jogoo Road. Church Army war einst, vor der Unabhängigkeit, ein Ausbildungszentrum gewesen, mit einem modernen, zweigeschossigen Unterkunftsgebäude. Dieses war längst ausgeufert; jetzt war jeder freie Fleck bedeckt mit Zelten und schäbigen Holzbaracken. Wir hatten zwei Zimmer neben der Schlosserwerkstatt. Sie waren vergleichsweise komfortabel, wenn auch voll gepackt mit allem möglichen Kram, und wenn die Schlosser anfingen zu arbeiten, drang der Lärm sehr laut zu uns herüber. Es gab keinerlei Imtimsphäre.

Das Herz der Church Army war eine kleine weiße Kapelle, geformt wie eine Trommel, mit einem strohgedeckten Dach. Die Zelte und Hütten drängten sich dicht an dicht um die Kapelle, hielten von dieser jedoch respektvoll Abstand. Sie war ein geheiligter Ort. Viele gingen dorthin, um zu beten. Viele gingen hin, um allein für sich zu weinen, damit die anderen sich nicht ansteckten wie an verschmutztem Wasser. Ich sah meinen Vater oft in die Kapelle gehen. Ich erwog, an der Tür zu lauschen, um zu hören, ob er betete oder weinte, aber ich tat es nicht. Was immer er dort suchte, anscheinend machte es ihn nicht wieder zu einem ganzen Mann.

Meine Mutter versuchte, aus der Jogoo Road ein zweites Gichichi zu machen. Hinter dem Unterkunftsgebäude war ein Feld mit trockenem Gras, auf dessen gegenüberliegender Seite ein offener Kanal verlief. Hinter dem Kanal war ein Zaun und eine Straße und dann der Markt der Jogoo Road, dessen Name auf sein rostiges Blechdach gemalt war, und danach fingen die Elendsbehausungen wieder an. Aber dieses Feld war unberührt und frei zugänglich. Meine Mutter schloss sich einer Gruppe von Frauen an, die das Feld in Shambas umwandeln wollten. Pfarrer Elezeke war einverstanden, und sie fertigen aus alten Autoteilen in den Werkstätten Hacken, brachen die Erde auf und pflanzten Mais und Zuckerrohr an. In diesem Sommer beobachteten wir, wie die Keime sprossen, während die Hütten um den Markt herum immer zahlreicher wurden und ihn erstickten und ihn auseinander nahmen, um daraus Dächer und Wände zu bauen. Aber die Shambas ließen sie unberührt. Es war, als ob irgendein Schutz über ihnen läge. Die Frauen hackten und sangen zum

Radio und lachten und schwatzten nach Frauenart und Klein-Ei und die Chole-Mädchen jagten mit Knüppeln riesige Kanalratten. Eines Tages entdeckte ich kleine Becher mit Bier und Teller mit Mais und Salz in einer Ecke des Feldes und begriff, welcher Schutz hier wirkte.

Meine Mutter redete sich ein, es sei Gichichi, aber ich sah, dass es nicht so war. In Gichichi standen die Männer nicht mit einem so nackten Starren am Drahtzaun. In Gichichi kreisten die Kampfhubschrauber nicht wie Geier über einem. In Gichichi hatten die in leuchtenden Farben lackierten Matatus, die dröhnend hin und her braußten, keine an die Dächer angenieteten Maschinengewehre und auf den Ladeflächen saßen keine Jungen in Sportkleidung und Besitzer-Gehabe. Das war etwas Neues in Nairobi, diese bewaffneten Banden; taktische Kampfeinheiten. Männer, überwiegend jung, in Banden organisiert, mit Fahrzeugen und Gewehren, mit irgendetwas bekleidet, das als Uniform gelten mochte. Einige waren nicht älter als zwölf. Sie gaben sich Namen wie Schwarze Simbas und Schwarze Rhinos und Ebonettes und Vereinigte Christliche Front und Schwarze Taliban. Das Wort ›schwarz‹ gefiel ihnen. Sie hielten es für bedrohlich klingend. Diese sogenannten Taktiker hatten so viele Philosophien und Glaubensrichtungen wie Namen, aber jede dieser Gruppen beherrschte ein bestimmtes Territorium, sie patrouillierten die Straßen und erklärten den Leuten, sie seien das Gesetz. Sie untermauerten ihr Gesetz mit Schüssen in die Beine und dem Verbrennen von Autoreifen, und sie verteidigten ihr Revier mit AK47-Gewehren. Wir alle wussten, wenn das Chaga käme, würden sie sich wie Hyänen um den Leichnam von Nairobi streiten. Die Soca Boys waren unsere lokale Armee. Sie trugen Sportklamotten und knielange Manager-Mäntel und die Seiten ihrer Picknis, wie man die mit Waffen ausgestatteten Matatus nannte, waren mit den Logos von Fußballvereinen beschriftet. Auf ihren Fahnen hatten sie einen schwarz und weiß gemusterten Ball auf einem grünen Feld. Trotz ihres Namens war das kein Fußball. Es war ein Buckyball, ein Karbon-Fullerene-Molekül, der Baustein – halb Lebewesen, halb Maschine – des Chaga. Ihr Anführer, ein rattengesichtiger Junge in einer Manchester-United-Jacke und einer Sonnenbrille, die ihm ständig die Nase herunterrutschte, mochte keine Christen, deshalb schickte er seine Picknis an Sonntagen die Jogoo Road auf und ab, mit dröhnenden Motoren und in die Luft schießend, um zu demonstrieren, dass sie das konnten.

Die Church Army hatte ihre eigenen Pläne für die bevorstehende Zeit der Wandlungen. Einige Abende später, als ich auf dem Weg zum Klo war, bekam ich eine Unterhaltung zwischen Pfarrer Elezeke und meinem Vater im Arbeitszimmer des Pfarrers mit. Ich knipste meine Taschenlampe aus und lauschte an den Fensterjalousien.

»Wir brauchen Leute wie dich, Jonathan«, sagte Elezeke. »Es ist ein Werk Gottes, denke ich. Wir haben die Gelegenheit, eine echte christliche Gesellschaft aufzubauen.«

»Man kann nicht sicher sein.«

»Es gibt die Taktiker...«

»Die sind Abschaum. Es sind Geier.«

»Lass mich weiterreden, Jonathan. Einige von ihnen gehen ins Chaga. Sie bringen Dinge heraus – bei allen Quarantänevorschriften gibt es einiges, was die Amerikaner dringend vom Chaga haben wollen. Es ist etwas anderes als das, was dem Hörensagen nach da drin sein soll. Etwas ganz, ganz anderes. Pflanzen, die wie Maschinen sind, die Elektrizität, sauberes Wasser, Gewebe, Schutz, Medizin erzeugen. Wissen. Es sind Geräte von der Größe dieses Daumens, die Informationen direkt ins Gehirn übermitteln. Und noch mehr: es leben Menschen da drin, nicht wie Primitive, nicht – verzeih mir – wie Flüchtlinge. Es formt sich selbst zu diesen Wesen, sie haben gelernt, es für sich arbeiten zu lassen. Es gibt ganze Städte – Städte, sage ich dir – dort unten unter dem Kilimandscharo. Eine gewaltige Gesellschaft entsteht.«

»Es formt sich selbst zu ihnen«, sagte mein Vater. »Und es formt sich zu sich selbst.«

Es folgte eine Pause.

»Ja. Das stimmt. Unterschiedliche Arten des Menschseins.«

»Ich kann dir dabei nicht helfen, mein Bruder.«

»Würdest du mir bitte erklären, warum nicht?«

»Das will ich gern tun«, sagte mein Vater so leise, dass ich mich dicht ans Fenster drücken musste, um seine Worte zu verstehen. »Weil ich Angst habe, Stephen. Das Chaga hat mir alles genommen, aber das reicht ihm immer noch nicht. Es wird erst zufrieden sein, wenn es mich genommen, wenn es mich verwandelt hat und mich zu einem Fremden für mich selbst gemacht hat.«

»Dein Glaube, Jonathan? Was ist mit deinem Glauben?«

»Den hat es als Erstes genommen.«

»Ach!«, seufzte Pfarrer Elezeke. Nach einer Weile fuhr er fort: »Du weißt, dass du hier immer willkommen bist?«

»Ja, das weiß ich. Danke. Aber ich kann dir nicht helfen.«

An diesem Abend ging ich in die weiße Kapelle – zum ersten und zum letzten Mal –, um mit Gott Zwiesprache zu halten. Es war ein sehr schönes Gebäude, mit einem gerundeten Innengang, der einen zwang, halb um den Innenraum herumzugehen, bevor man eintreten konnte. Ich schätze, man könnte das Kreuz über dem Altar als etwas Spirituelles bezeichnen, aber es ärgerte mich. Es war geradlinig und erhaben und scherte sich um niemanden und nichts. Ich saß eine geraume Zeit da und sah es an, bevor ich den Mut aufbrachte zu sagen: »Du behauptest, du bist die Antwort.«

Ich bin die Antwort, sagte das Kreuz.

»Mein Vater geht vor Angst zu Grunde. Angst vor dem Chaga, Angst vor der Zukunft, Angst vor dem Tod, Angst vor dem Leben. Wie ist deine Antwort?«

Ich bin die Antwort.

»Wir sind Flüchtlinge, wir leben von Wazungus Wohltätigkeit, meine Mutter erntet den Mais, meine Schwester röstet ihn am Straßenrand; sag mir deine Antwort.«

Ich bin die Antwort.

»Du behauptest, du bist die Antwort auf alle menschlichen Bedürfnisse und Fragen, aber was bedeutet das? Wie lautet die Antwort auf deine Antwort?«

Ich bin die Antwort, wiederholte das schweigende hängende Kreuz.

»Das ist keine Antwort!«, schrie ich das Kreuz an. »Du verstehst die Fragen nicht einmal, wie kannst du da die Antwort sein? Welche Macht hast du? Keine! Du kannst überhaupt nichts! Sie brauchen mich, nicht dich. Ich werde tun, was du nicht zu tun vermagst!«

Ich rannte nicht aus der Kapelle hinaus. Man rennt nicht von Göttern weg, an die man nicht mehr glaubt. Ich ging gemessenen Schrittes von dannen und nahm keine Notiz von den Leuten, die mich anstarrten.

Am nächsten Morgen machte ich mich auf den Weg nach Nairobi, um mir einen Job zu suchen. Um Geld zu sparen, ging ich zu Fuß. Überall waren Männer; sie gingen mit anderen Männern spazieren, saßen am Straßenrand und verkauften Holzkohlebrenner aus Blech oder Batterielampen und alle möglichen Dinge, die sie aus Metallstreifen und alten Reifen hergestellt hatten, hockten vor ihren Hütten, die Hände um die Knie gefaltet. Es musste auch Frauen geben, aber die hielten sich verborgen. Es missfiel mir, wie die Männer mich mit den Augen abschätzend anstarrten. Sie hatten Slum-Augen, die an einer Sache nur das sehen, was sie gebrauchen können. Ich muss ihnen wohl zu arm zum Ausrauben und zu spillerig für sexuelle Angriffe erschienen sein, aber ich fühlte mich erst sicher, als die Türme der Innenstadt um mich herum aufragten und die Fahrzeuge auf der dieselfleckigen Straße grüne und gelbe Busse und schnelle weiße UN-Autos waren.

Als Erstes ging ich zur Hintertür eines der großen Touristenhotels.

»Ich kann schälen und putzen und Leute bedienen«, sagte ich zu einem Hilfskoch in schmutzigem Weiß. »Ich bin fleißig und ehrlich. Mein Vater ist Pfarrer.«

»Von deiner Sorte gibt es zehn Millionen«, sagte der Koch. »Verschwinde!«

Dann ging ich zum CNN-Gebäude. Es war ein großes, kühnes Unterfangen. Ich schlüpfte mit einem Motorradkurier hinein und ging zu einem gut aussehenden Luo am Empfang.

»Ich suche Arbeit«, sagte ich. »Irgendeine Arbeit. Ich kann alles. Ich kann Chai kochen, ich kann fotokopieren, ich kann leichte Büroarbeiten verrichten. Ich spreche gut englisch und ein bisschen französisch. Ich begreife schnell.«

»Hier gibt es heute keine Arbeit«, sagte der Luo am Empfang. »Und auch an keinem anderen Tag. Begreife das schnell.«

Ich ging zu den asiatischen Läden in der Moi Avenue.

»Arbeit?«, sagten die Ladenbesitzer. »Wir verkaufen nicht einmal genug, um uns selbst über Wasser zu halten, ganz zu schweigen davon, dass wir noch irgendwelche einfältigen Flüchtlinge beschäftigen könnten. Also, hau ab!«

Ich ging zu den Großhändlern an der Kimathi Street und zum Stadtmarkt und zu den Verkaufsbuden und überall bekam ich die gleiche Antwort: kein Umsatz, kein Geschäft, keine Arbeit. Ich versuchte es bei den Straßenhändlern, die von Planen, die sie auf dem Bürgersteig ausgebreitet hatten, allen möglichen Ramsch verkauften, aber ihre unflätigen Reden und ihre lüsternen Handgreiflichkeiten bereiteten mir Übelkeit. Ich ging die fünf Kilometer entlang des Uhuru Highways zum Ostafrika-Hauptquartier der UN an der Chiromo Road. Der Soldat am Tor bedachte mich nicht einmal mit einem Blick. Autos und Brummer konnte er sehen. Seine eigenen Leute nicht. Nach einer Stunde ging ich wieder.

Auf dem Rückweg bog ich in eine falsche Straße ein und gelangte in eine Gegend, die ich nicht kannte; dort waren schmutzig aussehende zweigeschossige Gebäude, die früher einmal Läden beherbergt hatten und die jetzt ausgebrannt oder mit schweren Stahlblechen verbarrikadiert waren. Kabel hingen über die Straße, Schlaufe um Schlaufe um Schlaufe, schlaff und schwer. Ich hörte Stimmen, sah jedoch niemanden. Die Stimmen kamen aus einer Gasse hinter einer Reihe von Läden. Ein ganzes Viertel war in diese Gasse gedrängt. Nicht einmal im Lager St. John hatte ich so viele Leute an einem Ort gesehen. Die Gasse war vollgepackt mit Menschen, zusammengepfercht; sie bewegten sich wie eine einzige Masse, wie eine Regenwolke. Der Krach war unbeschreiblich. Ich erspähte ein großes schwarzes ausländisches Auto am Ende der Gasse, sehr glänzend, und ein Mann stand auf dem Dach. Er war umgeben von ausgestreckten Händen, als ob sie ihn anbeteten.

»Was ist da los?« schrie ich irgendjemandem zu, der mich hören mochte. Die Menge wogte. Ich war eingeklemmt.

»Leute werden angeworben«, rief ein Junge mit rasiertem Schädel und dürr wie die Hungerpest zurück. Er sah meine Verwirrung. »Watekni. Tagesjobs in der Datenverarbeitung. Die UN behandeln uns in unserem eigenen Land wie Scheiße, aber wir sind gut genug, ihre Steuererklärungen zu machen.«

»Gutes Geld?«

»Geld.« Die Menge wogte erneut und machte mich zu einem Teil von ihr. Hinter mir kam ein weiterer Wagen angefahren. Die Menge machte wie ein Vogelschwarm im Flug kehrt und schob mich zu den offenen Türen. Große Männer mit dunklen Brillen stiegen aus und umkreisten den Watekni-Makler. Er war ein kleiner Luhya in einer langen weißen Dschellaba und mit der Einheitssonnenbrille. Er hatte einen bösartigen Mund. Er wedelte mit einer Hand voll Zetteln herum. Meine Hand zuckte instinktiv vor, und ich fand einen Zettel darin. Ein einziges Wort stand darauf: Nimepata.

»Das Passwort des Tages«, erklärte mein dürrer Freund. »Damit kommst du ins System.«

»Da hinüber, da hinüber«, sagte einer der großen Männer und deutete auf einen alten Omnibus am Ende der Gasse. Ich rannte zum Bus. Ich spürte Hunderte von Leuten auf meinen Fersen. An der Bustür stand ein weiterer großer Mann.

»Welche Sprachen kannst du?«, fragte er mich.

»Englisch und ein bisschen Französisch«, antwortete ich.

»Scheiße, du verschwendest meine Zeit, Mädchen«, schrie der Mann. Er riss mir den Zettel mit dem Passwort aus der Hand und stieß mich so heftig weg, dass ich stürzte. Ich sah Füße, zertrampelnde Füße, und ich rollte mich unter den Bus und auf der anderen Seite hervor. Ich hörte nicht auf zu rennen, bis ich aus dem Watekni-Viertel heraus und auf einer mit Menschen belebten Straße war. Ich sah nicht, ob der Hungerpest-Junge einen Zettel erwischt hatte. Ich hoffte, dass es so war.

›Sängerinnen gesucht‹ stand auf einem Schild an der Außentreppe zum oberen Stock eines Hauses. Nun, mein Können hatte also auf dem Markt der Informationstechnik keinen Wert. Es gab andere Märkte. Ich stieg die Treppe hinauf. Sie führte mich in einen Raum, in dem es so dunkel war, dass ich anfangs seine Dimensionen nicht abschätzen konnte. Es roch nach Bier, Zigaretten und Amylnitrit, das gern als Aphrodisiakum gebraucht wurde. Ich nahm unbestimmt eine Anzahl von Männer wahr.

»Auf Ihrem Schild steht, dass Sie Sängerinnen suchen«, rief ich in die Dunkelheit.

»Dann komm rein.« Die Stimme des Mannes war tief und dunkel, rauchig, wie eine alte Hütte. Ich trat zaghaft ein. Als sich meine Augen einigermaßen an die Dunkelheit gewöhnt hatten, sah ich Tische mit umgekehrten Stühlen drauf, eine Bar, einen etwas erhöhten Bühnenbereich. Ich sah eine Anzahl von dunklen Gestalten an einem Tisch und das Glimmen von Zigaretten.

»Zeig uns was.«

»Wo?«

»Da!«

Ich stieg auf die Bühne. Ein Lichtstrahl fiel auf mich und blendete mich.

»Zieh dein Oberteil aus.«

Ich zögerte, dann knöpfte ich meine Bluse auf. Ich ließ sie heruntergleiten und stand mit locker über den Brüsten gefalteten Armen da. Ich konnte die Männer nicht sehen, aber ich spürte die Slum-Augen auf mir.

»Du stehst da wie ein Christenkind«, sagte die rauchige Stimme. »Lass uns die Ware sehen.«

Ich entfaltete die Arme. Ich hatte das Gefühl, stundenlang in dem silbernen Licht zu stehen.

»Möchten Sie mich nicht singen hören?«

»Mädchen, du magst singen wie ein Engel, aber wenn du die Architektur nicht hast...«

Ich hob meine Bluse auf und knöpfte sie wieder zu. Das Anziehen war viel beschämender als das Ausziehen. Ich kletterte von der Bühne hinunter. Die Männer fingen an zu reden und zu lachen. Als ich die Tür erreichte, rief mich die dunkle Stimme zurück.

»Kannst du einen Botengang erledigen?«

»Was wollen Sie?«

»Bring das für mich ganz schnell die Straße hinunter.«

Ich sah eine Hand, die eine kleine Glasampulle hochhielt. Sie glitzerte in dem Licht, das durch die offene Tür hereinfiel.

»Die Straße runter?«

»Zur amerikanischen Botschaft.«

»Die finde ich bestimmt.«

»Gut. Du gibst das einem Mann.«

»Was für einem Mann?«

»Du redest mit dem Wachtposten an der Pforte. Er weiß Bescheid.«

»Woran wird er mich erkennen?«

»Sag, du kommst von Bruder Staub.«

»Und wie viel wird Bruder Staub mir zahlen?«

Die Männer lachten.

»Genug.«

»Auf die Hand?«

»Nur so werden Geschäfte abgewickelt.«

»Abgemacht.«

»Braves Mädchen. He!«

»Was?«

»Willst du wissen, was das ist?«

»Wollen Sie es mir sagen?«

»Es sind Fullerene. Aus dem Chaga. Verstehst du das? Das sind fremdweltliche Sporen. Die Amerikaner sind scharf drauf. Sie können sie benutzen, um daraus Dinge zu machen, aus dem Nichts. Begreifst du irgendetwas von alledem?«

»Ein bisschen.«

»Lass es gut sein. Noch eins.«

»Was denn?«

»Trag es nicht in der Hand. Trag es nirgends außen an dir. Kapierst du, was ich meine?«

»Ich glaube schon.«

»Hinter der Bühne gibt es Umkleideräume für die Mädchen. Du kannst einen davon benutzen.«

»Okay. Darf ich was fragen?«

»Du darfst alles fragen, was du möchtest.«

»Diese Fullerene. Dieses Chaga-Zeug... Was ist, wenn es losgeht, in mir drin?«

»Am besten vertraust du den Geschichten, dass es niemals menschliches Fleisch berührt. Hier. Du kannst das benützen.« Ein Gegenstand flog durch die Luft zu mir. Ich fing es auf – eine Tube mit Gleitcreme. »Eine kleine Schmierung.«

Ich hatte noch eine Frage, bevor ich hinter die Bühne ging.

»Darf ich fragen, warum ausgerechnet ich?«

»Für ein Christenkind hast du eine ordentliche Portion Finsteres in dir«, sagte die Stimme. »Also, hast du einen Namen?«

»Tendeléo.«

Zehn Minuten später marschierte ich durch die Stadt, vorbei an allen Kontrollpunkten und durch alle Sicherheitsabsperrungen der UN, mit einer Ampulle voll Chaga-Fullerenen in der Vagina. Ich ging zum Eingang der amerikanischen Botschaft. Dort standen zwei Wachtposten mit weißen Helmen und weißen Gamaschen. Ich entschied mich für den Schwarzen mit den sehr guten Zähnen.

»Ich komme von Bruder Staub«, sagte ich.

»Einen Augenblick bitte«, sagte der Soldat. Er tätigte einen Anruf über seine PDU. Gleich darauf schwangen die Türflügel auf und ein kleiner weißer Mann mit borstig hochstehenden Haaren kam heraus.

»Komm mit«, sagte er und führte mich zu den Toiletten der Wacheinheit, wo ich meine Fracht herauszog. Im Austausch dafür gab er mir eine Spielkarte mit dem Porträt eines Präsidenten der Vereinigten Staaten auf der Rückseite. Der Präsident war Nixon.

»Wenn du jemals ohne eine von diesen zurückgehst, stirbst du«, erklärte er mir. Ich gab die Nixon-Karte dem Mann, der sich selbst Bruder Staub nannte. Er reichte mir eine Rolle Schillinge und sagte, ich solle am Dienstag wiederkommen.

Ich gab zwei Drittel der Rolle meiner Mutter.

»Woher hast du das?«, fragte sie und hielt dabei das Geld in der Hand wie ein Geschenk.

»Ich habe einen Job«, sagte ich und forderte sie ohne Worte dazu auf, nicht weiter zu fragen. Sie fragte nicht. Sie kaufte Kleidung für Klein-Ei und Obst vom Markt. Am Dienstag ging ich wieder zu dem Club im ersten Stock, wo es nach Bier und Rauch und Sperma roch, und transportierte wieder eine Ladung in meinem Innern zu dem borstenhaarigen Mann in der Botschaft.

Auf diese Weise wurde ich zu dem, was man ›Läufer‹ nannte. Ich wurde zu einem Glied in einer Kette, die von sagenhaften Städten unter den Wolken des Kilimandscharo durch das Terminum, vorbei an den Grenztruppen der UN zu einem Club im ersten Stock eines Hauses in Nairobi und von dort in meinen Körper bis zur US-Botschaft reichte. Nein, das habe ich nicht richtig beschrieben. Ich war ein Glied in einer Kette, deren Anfang achthundert Jahre zurück lag, gerechnet nach der Lichtgeschwindigkeit, in einer Gaswolke mit dem Namen Rho Ophiuchi, die von der US-Botschaft zur US-Regierung reichte und weiter zu einem Mann, dessen Gesicht auf der Rückseite einer meiner Sicherheits-Leitkarten und von ihm weiter in eine Zukunft, die niemand erahnte.

»Sie fürchten sich davor, deswegen wollen sie es unbedingt haben«, erklärte mir Bruder Staub. »Amerikaner fühlen sich immer zu den Dingen hingezogen, vor denen sie sich fürchten. Sie glauben, diese Fullerene werden ihrer Industrie den letzten Biss geben, werden ihre Wirtschaft unzerstörbar machen. Die Wahrheit ist, dass sie ihre Industrie zerstören, ihre Wirtschaft ruinieren werden. Mit diesem Zeug kann jeder herstellen, was er will. Der freie Markt ist dem nicht gewachsen.«

Ich blieb nicht lange Läufer. Bruder Staub gefiel meine Weigerung, beeindruckt zu sein von dem, was mich nach Ansicht der Welt beeindrucken sollte. Ich wurde seine persönliche Assistentin. Ich machte Termine für irgendwelche Treffen, führte Protokoll, machte Niederschriften. Ich begleitete ihn, wenn er sogenannten Brüdern, anderen Sheriffs, Besuche abstattete. Das Chaga kam immer näher; die Taktiker waren auf den Straßen; alte Feinde wurden jetzt als Verbündete gebraucht.

An einem solchen Tag gab Bruder Staub mir ein Geschenk, eingepackt in ein Stück Seide. Ich wickelte es aus; es war ein Gewehr. Meine erste Reaktion war Angst; dass ein sechzehnjähriges Mädchen die Gabe von Leben oder Tod in Händen halten sollte. Würde ich es jemals an lebendem Fleisch anwenden, würde ich das können? Dann kroch ein Gefühl der Macht durch mich hindurch. Zum ersten Mal in meinem Leben hatte ich so etwas wie Autorität.

»Liebe es nicht zu sehr«, warnte mich Bruder Staub. »Gewehre geben dir keine Sicherheit. Nirgends in der Welt gibt es Sicherheit, nicht für dich, für niemanden.«

Es kam mir wie eine Sünde vor, wie ein Brandmal auf meinem Körper, als ich es direkt an der nackten Haut zurück in die Jogoo Road trug. Es war unmöglich, es in unseren beiden Räumen aufzubewahren, aber Simeon, der in der Schlosserwerkstatt arbeitete, hatte seit einiger Zeit meine Geldrolle in geheimem Gewahrsam und war froh, das Gewehr hinter einem losen Stein verstecken zu dürfen. Er wollte es handhaben. Ich erlaubte es nicht, obwohl ich glaube, dass er es trotzdem tat, wenn ich nicht da war. Jeden Morgen holte ich es aus dem Versteck, sowie etwas Bargeld für ein Mittagessen und kleinere Bestechungen, und ging zur Arbeit.

Mit einer Waffe und Geld in der Tasche erschien mir Bruder Staubs Warnung altmodisch und überängstlich. Ich war jung und schnell und klug. Ich konnte die Welt so sicher oder gefährlich machen, wie es mir beliebte. Zwei Tage nach meinem siebzehnten Geburtstag ereilte mich die Wahrheit dessen, was er gesagt hatte.

Es war spät, es war dunkel, und ich stieg vor Church Army aus dem Matatu. Es war ein Zeichen dafür, wie weit es mit meiner Mutter und meinem Vater gekommen war, dass sie mich nicht mehr fragten, wo ich bis zu so später Stunde gewesen war und woher das Geld andauernd kam. Ich spürte sofort, dass etwas nicht stimmte; ein Sinn, der sich entwickelt, wenn man auf der Straße arbeitet. Leute wuselten auf dem Gelände herum in dem Bedürfnis, etwas zu tun, jedoch nicht wissend, was sie tun könnten. Irgendwo schrien Frauenstimmen. Ich fand Simeon.

»Was läuft hier ab? Wo ist meine Mutter?«

»Die Shambas. Sie sind in die Shambas eingebrochen.«

Ich bahnte mir unsanft einen Weg durch den törichten Haufen von Christen. Es war Erntezeit, der Mais stand so hoch, dass er meinen Kopf überragte, das Zuckerrohr war dunkel und raschelte im Wind. Ich wich schnellstens von den Shamba-Wegen ab. Der Mond leuchtete gespenstisch hinter Wolken, der Luftschimmer der Stadt umgab mich, warf jedoch kein Licht. Die Stimmen leiteten mich, bis ich Lichter zwischen den Halmen hindurch leuchten sah: Taschenlampen und gelbe Kerosinfackeln. Die Stimmen waren jetzt laut, nah. Da waren Männer, laute Männer. Laute Männer jagen mir stets Angst ein. Ohne mich um die Ernte zu scheren, brach ich durch den Mais und fällte dabei pralle, reife Köpfe.

Die Frauen der Church Army standen am Rand der zertretenen Ernte. Mais, Kartoffeln, Zuckerrohr und Bohnen waren niedergetrampelt, herausgerissen, zerbrochen worden. Ihnen gegenüber stand eine Meute von Leuten aus den Elendsvierteln. Die Männer hatten Taschenlampen und Schneidwerkzeuge dabei. Die Kangas der Frauen wölbten sich über gestohlenen Nahrungsmitteln. Die Körbe und Säcke der Kinder waren gefüllt mit Bohnenhülsen und Maiskolben. Sie sahen uns frech ins Gesicht. Jenseits des flach liegenden Drahtzauns wartete eine noch größere Menge vor dem Markt; die Hyänen, die, falls der Mob gewann, sich diesem anschließen würden, und falls er verlor, zurück in ihre Häuser schleichen würden. Sie waren den Frauen im Verhältnis zwanzig zu eins überlegen. Aber ich war kühn. Ich war mit der Autorität eines Gewehrs versehen.

»Verschwindet von hier!«, schrie ich sie an. »Dies ist nicht euer Land.«

»Das eure ist es auch nicht«, entgegnete der Anführer, ein Mann so dünn wie ein Skelett, barfuß, bekleidet mit abgeschnittenen Jeans und einem Fetzen von einem T-Shirt mit dem Werbeaufdruck einer Düngemittelfirma. Er hielt eine aus einer Blechbüchse hergestellte Öllampe in der linken Hand und in der rechten eine Machete. »Es ist alles vom Chaga geborgt. Es wird es sich nehmen und keinem von uns wird es gehören. Wir wollen haben, so viel wir wegschaffen können, bevor es für uns alle verloren ist.«

»Wendet euch an die Vereinten Nationen«, rief ich.

Der Anführer schüttelte den Kopf. Die Männer näherten sich. Die Frauen murmelten und griffen entschlossen nach ihren Hacken und Schaufeln.

»Die Vereinten Nationen? Habt ihr es denn nicht gehört? Die Hilfeleistungen werden verringert. Wir sollen der Gnade des Chaga ausgeliefert werden.«

»Das hier ist unsere Nahrung. Wir haben sie angebaut, wir brauchen sie. Verschwindet von unserem Land!«

»Wer bist du denn?«, höhnte der Anführer lachend. Die Männer hoben ihre Buschmesser und kamen noch näher. Das Lachen entzündete das Finstere in meinem Innern, das Bruder Staub erkannt hatte und das mich zu einem Krieger machte. Übermütig vor Zorn und dem Gefühl der Macht, zog ich mein Gewehr heraus. Ich hielt es über den Kopf. Ein, zwei, drei Schüsse krachten in die Nacht. Die Stille danach war erschreckender als die Schüsse selbst.

»Aha. Das Kind hat eine Waffe«, stellte der Hungrige fest.

»Und das Kind kann damit umgehen. Du wirst als Erster dran glauben müssen.«

»Vielleicht«, sagte der Anführer. »Aber du hast drei Kugeln. Wir haben dreihundert Hände.«

Meine Mutter zog mich zur Seite, als die Elendigen vorrückten. Das gelbe Licht spiegelte sich auf ihren Buschmessern, während sie sich einen Weg durch unseren Mais und unser Zuckerrohr schnitten. Nach ihnen kamen die Frauen und Kinder, klaubend, siebend, einsammelnd. Die dreihundert Hände rupften unser Feld wie Heuschrecken. Das Gewehr zog meinen Arm nach unten wie ein Eisengewicht. Ich erinnere mich, dass ich vor Wut, Enttäuschung und Scham weinte. Sie waren zu viele.

Meine Macht, meine Entschlossenheit, meine Waffen – all das war nichts. Falsche Tapferkeit. Angeberei. Show.

Gegen Morgen war das Feld ein zertrampeltes Durcheinander von Stengeln und zerfetzten Blättern. Kein essenswertes Korn war übrig geblieben.

Am Morgen wartete ich an der Jogoo Road, den Daumen ausgestreckt, um ein Matatu anzuhalten; meinen gesamten Besitz trug ich in einer Sporttasche auf dem Rücken. Wieder mal auf der Flucht. Der Kampf war kurz und wortlos gewesen.

»Was ist das da?« Meine Mutter hatte es nicht fertiggebracht, das Gewehr zu berühren. Es lag auf dem Bett und sie deutete darauf. Mein Vater konnte es nicht einmal ansehen. Er saß zusammengesunken in einem tiefen alten Sessel und starrte seine Knie an. »Woher hast du so was?«

Das Finstere in mir war immer noch stark. Es hatte gegen den Mob versagt, aber für meine Eltern war es mehr als ausreichend.

»Von einem Sheriff«, sagte ich. »Wisst ihr, was ein Sheriff ist? Er ist ein großer Mann. Für ihn stecke ich mir Chaga-Sporen in den Schlitz. Ich gebe sie Amerikanern, Europäern, Chinesen, jedem, der bereit ist, dafür zu zahlen.«

»Sprich nicht so mit uns!«

»Warum sollte ich nicht? Was habt ihr denn getan, außer hier herumzusitzen und zu warten, dass irgendetwas geschieht? Ich sage euch, was als Einziges geschehen wird: Das Chaga wird kommen und alles zerstören. Zumindest habe ich etwas Verantwortung für diese Familie übernommen, zumindest habe ich verhindert, dass wir in der Gosse gelandet sind. Zumindest brauchten wir nicht anderen Leuten das Essen zu stehlen!«

»Schmutziges Geld! Dreckiges Geld, sündiges Geld!«

»Ihr habt das Geld sehr bereitwillig angenommen.«

»Wenn wir gewusst hätten...«

»Habt ihr jemals gefragt?«

»Du hättest es uns sagen sollen.«

»Ihr hattet Angst davor, es zu erfahren.«

Meine Mutter wusste darauf nichts zu sagen. Sie deutete wieder auf das Gewehr, als ob es der Beweis für alles Böse und Schlechte wäre.

»Hast du es jemals benutzt?«

»Nein«, sagte ich und forderte sie heraus, mich eine Lügnerin zu nennen.

»Hättest du es heute Abend benutzt?«

»Ja«, sagte ich, »das hätte ich, wenn ich der Meinung gewesen wäre, es hätte etwas bewirkt.«

»Was ist nur mit dir geschehen?«, jammerte meine Mutter. »Was habe ich nur getan?«

»Du hast gar nichts getan«, antwortete ich. »Das ist dein Fehler. Du hast aufgegeben. Du sitzt einfach nur hier herum, genau wie er.« Mein Vater hatte bis jetzt noch kein Wort gesagt. »Ihr sitzt hier herum und tut nichts. Gott wird euch nicht helfen. Wenn Gott dazu in der Lage wäre, warum hätte er dann das Chaga geschickt? Gott hat euch zu Bettlern gemacht.«

Jetzt erhob sich mein Vater aus seinem tiefen Sessel.

»Verlasse dieses Haus«, sagte er mit sehr ruhiger Stimme. Ich starrte ihn an. »Pack deine Sachen und verschwinde. Sofort. Du gehörst nicht mehr zu dieser Familie. Du wirst nie wieder hierher zurückkehren.«

Also war ich davonmarschiert, meine Habseligkeiten in meiner Tasche, mein Gewehr in der Hose und die Geldrolle am Körper, und ich spürte Augen aus jedem Raum und jeder Hütte und jedem Elendsschuppen auf mir und ich machte die Erfahrung, dass auch Christen Slum-Augen haben konnten. Bruder Staub stellte mir einen Raum hinter dem Club zur Verfügung. Ich nehme an, er hoffte auf eine Gelegenheit, mich zu ficken. Das Zimmer roch schlecht und war nachts laut, und oft musste ich hinausgehen, damit die Prostituierten ihrem Geschäft nachgehen konnten, aber es war mein Reich, und ich hielt mich für frei und glücklich. Aber seine Worte lasteten wie ein

Fluch auf mir. Wie Evil Eye fand ich keinen Frieden. Ihr tut nichts, hatte ich meinen Eltern vorgeworfen. Aber was hatte ich denn getan? Welchen Plan hatte ich mir für den Zeitpunkt zurecht gelegt, an dem das Chaga käme? Während die Monate vergingen und das Terminum heute in Muranga war, morgen an den Ghania-Fällen und übermorgen in Thika, klagte mich Bruder Staubs Fluch an. Ich sah zu, wie die Regierung in Lastwagen und Personenwagen aus Mombasa auszog, ein Konvoi so lang, dass es eineinhalb Stunden dauerte, bis er an dem Café in der Haile Selassie Avenue vorbei war, wo ich mir meinen morgendlichen Läufer-Kaffee genehmigte. Ich sah die Schwärme von Picknis durch die Straßen rasen, Schmauchspuren wie Feuerwerkskracher hinterlassend, bis die großen Truppentransporter der UN sie wie Bettler vor sich her scheuchten. Ich verkroch mich in Straßengräben vor den schrecklichen Schusswechseln um entführte Tanklaster. Ich stieg hinauf auf die Beobachtungswarte auf dem Moi Telecom Turm und sah den Rauch von Kämpfen draußen in den Vororten und in noch weiterer Ferne, am Rand des Hitzedunstes, im Süden und im Norden, hinter dem Grauschwarz und dem Staub der Flüchtlingslager, die gemusterten Farben des Chaga. Ich las in den Zeitungen die Ankündigung, dass sich am 18. Juli 2013 die Mauern des Chaga treffen würden und Nairobi aufhören würde zu existieren. Wo ist man sicher? sprach Bruder Staub in meinem Kopf. Was willst du machen?

Ein Mensch stirbt, und es ist leicht zu sagen, wann das Sterben zu Ende ist. Der Atem verlässt den Körper zum letzten Mal. Das Herz bleibt stehen. Das Blut erkaltet und erstarrt. Der letzte Gedanke schwindet aus dem Gehirn. Es ist nicht so leicht zu sagen, wann das Sterben beginnt. Ist zum Beispiel dann der Zeitpunkt gekommen, wenn der Körper in die letzte Phase des Verfalls eingeht? Wenn die ersten Zellen schwarz und krebsbefallen sind? Wenn wir unsere DNA an eine neue Menschengeneration weitergeben und genetisch überflüssig werden? Bei unserer Geburt? Ein Beamter hat mir einmal erzählt, dass sie bereits beim Ausstellen der Geburtsurkunde gleichzeitig die Sterbeurkunde vorbereiten.

Das Gleiche traf für den großen Tod von Nairobi zu. Die Welt sah das Ende des Endes über Spionagesatelliten und Kameradrohnen. Wann das Ende für eine Stadt anfängt, ist weniger eindeutig. Einige behaupteten, das sei zu dem Zeitpunkt gewesen, als die Vereinten Nationen sich davonmachten und Nairobi zur offenen Stadt erklärten. Andere waren der Ansicht, es wäre gewesen, als die Energieversorgungsanlagen in Embakasi zusammenbrachen und der Treibstoffnachschub sowie die Telefonverbindungen zur Küste abgeschnitten wurden. Einige führten die Spur zurück auf das Erscheinen des ersten Brutturms über den Straßen von Westlands; wieder andere auf die Bilder in den Fernsehnachrichten von dem sechseckigen Muster aus Chaga-Moos, das langsam ein Schild mit der Aufschrift ›Willkommen in Nairobi‹ unkenntlich machte. Für mich war es, als ich mich von Bruder Staub im Hinterzimmer seines Clubs im ersten Stock vögeln ließ.

Ich sagte ihm, dass ich noch Jungfrau sei.

»Ich habe dich immer für ein Christenkind gehalten«, sagte er, und obwohl ihn meine Jungfernschaft erregte, versuchte er nicht, sie mir mit Gewalt oder Verächtlichkeit zu nehmen. Ich stellte mich ungeschickt an und war trocken und wusste nicht, was ich tun sollte, und tat so, als ob ich mehr Spaß daran hätte, als es in Wirklichkeit der Fall war. Die Wahrheit war, dass ich nicht verstand, warum deswegen so viel Theater gemacht wurde. Warum ich es tat? Damit wurde besiegelt, dass ich eine gute junge Kriminelle geworden war und mein Leben an meine Stadt band.

Obwohl er lieb und sanft war, haben wir es danach nie wieder miteinander gemacht.

Es war eine schlimme Zeit, diese letzten Monaten in Nairobi. Ich glaube, manche Zeiten sind so schlimm, dass man wahrscheinlich nur damit fertig wird, wenn man sich an das Gute oder Helle erinnert. Ich will versuchen, geradeaus und ehrlich die letzten Tage zu betrachten. Ich war inzwischen achtzehn Jahre alt, es war über ein Jahr her, dass ich die Jogoo Road verlassen hatte, und seither hatte ich meine Eltern und Klein-Ei nicht mehr gesehen. Ich war stolz und wütend und ängstlich. Aber es war kein Tag vergangen, an dem ich nicht an sie gedacht hätte und an die Pflicht, die ich ihnen schuldete. Das Chaga näherte sich an zwei Fronten, indem es von Süden herankroch und vom Norden durch die einstmals wohlhabenden Vororte Westlands und Garden Grove einfiel. Dort oben war die kenianische Armee und feuerte Mörser in die Vegetationsklippe ab, die man die Große Mauer nannte, und nahm die Bruttürme unter Artilleriebeschuss. Das war so müßig wie das Beschießen des Meeres. Im Süden hielten die Vereinten Nationen den Internationalen Flughafen um jeden Preis offen. Zwischen ihnen zerrten die Taktiker wie Straßenköter aneinander. Bündnisse wurden geschlossen und gebrochen, an ein und demselben Tag. Ein Nachbar griff den anderen an, ein Bruder tötete den anderen. Die Boulevards von Nairobis Innenstadt waren übersät mit Geschosshülsen und ausgebrannten Picknis. In der gesamten Moi Avenue gab es nicht eine einzige unzerbrochene Fensterscheibe und keinen Laden mehr, der nicht geplündert worden wäre. Und dazwischen wimmelte es von zwölf Millionen Zivilisten und dazu noch den mehr oder weniger kriminellen Rotten.

Auch wir schlossen und lösten Bündnisse. Wir hatten eine Übereinkunft mit Mombi, die gerade erst eine Vereinbarung mit Haran, einem der großen Sheriffs, blutig beendet hatte, um ein geheimes Geschäft mit den Schwarzen Simbas zu machen, die beabsichtigten, ein Machtfaktor in der neuen Ordnung nach dem Chaga zu werden. Die dummen, eitlen Soca Boys waren in einer einzigen Nacht von der East Starehe Division der Simbas vernichtet worden. Matatus und Fußballmanager-Mäntel waren russischen APCs und lichtbrechenden Kampfanzügen einfach nicht gewachsen. Bruder Staubs Vereinigungen waren gefährlich; die kriminellen Rotten hatten Geld und Einfluss, aber keine echte Macht. Trotz unserer AK47er und geil-coolen Uniformen – in letzter Zeit trug jeder eine Uniform – hätten uns selbst die Soca Boys auseinander nehmen können. Wir waren nun mal Kriminelle, keine Krieger.

Limuru, Tigani, Kiambu im Norden. Der Fluss Athi, Matathia, Embakasi im Süden. Das Chaga griff hier auf ein Haus über, dort auf eine Schule, eine halbe Kirche, ein Viertel Straße. Jeden Tag fünfzig Meter. Niemals langsamer, niemals schneller. Als der Oberste Kommandeur der Ostafrika-Schutztruppe verkündete, dass das Terminum Ngara erreicht habe, machte ich meinen Zug. In meiner Staub-Mädchen-Uniform, einem Mantel aus straßenlangem, zebragestreiftem PVC über po-kurzen Shorts, nahm ich ein Taxi zur Botschaft der Vereinigten Staaten von Amerika. Der Fahrer fuhr eine Umleitung durch Riverside.

»Gleitflügler landen auf der Limuru Road«, erklärte der Fahrer. Ich hatte Angst vor den Gleitflüglern, die wie große Plastikfledermäuse von den Bruttürmen herabhingen und darauf warteten, sich herunterfallen zu lassen, die Flügel auszubreiten und über die Stadt zu segeln und dabei Chaga-Sporen auszusäen. Für mich waren sie wie ein dunkler geflügelter Tod. Ich trage noch zu viele Bilder aus dem Alten Testament in mir. Die Armee machte viele davon auf den Türmen unschädlich, die Hubschrauber erledigten das Gleiche in der Luft, aber immer wieder schafften es welche nach unten. Nairobi wurde von innen aufgefressen.

Riverside war früher einmal eine reiche Gegend gewesen. Ich sah einen Panzer, der in einen Swimmingpool gestürzt war, und einen Tennisplatz, auf dem aufgedunsene Leichen in purpurnen Kampfanzügen herumlagen. Chaga-Tarnung. Hinter den Bäumen sah ich die Fächer von lilafarbenen Landkorallen.

Ich wies den Fahrer an, vor der Botschaft zu warten. Das Gelände war vollgestellt mit Lastwagen. Ketten von Soldaten und Botschaftsbediensteten beluden sie mit Kisten und Geräten. Der schwarze Wachsoldat kannte mich inzwischen.

»Ihr haut ab, ja?«, fragte ich.

»Und ob, Ma'am«, antwortete der Soldat. Ich gab ihm mein Gewehr. Er nickte, um mir zu bedeuten, dass ich durchgehen solle. Leute hasteten durch die Korridore, beladen mit Stapeln von Papier und Kästen mit der Aufschrift ›Eigentum der Regierung der Vereinigten Staaten‹. Überall hörte ich Aktenvernichter am Werk. Ich fand das richtige Büro. Der borstenhaarige Mann, dessen Name Knutson war, stapelte Pappkartons auf seinem Schreibtisch auf.

»Wir haben keine Geschäftszeit.«

»Ich bin nicht hier, um Geschäfte zu machen«, sagte ich. Ich erklärte ihm, zu welchem Zweck ich gekommen war. Er sah mich an, als ob ich behauptet hätte, die Welt sei aus Wolle gemacht oder das Chaga habe die Richtung geändert. Also räumte ich einen Platz auf seinem Schreibtisch frei und breitete die Fotos aus, die ich mitgebracht hatte.

»Bitte klären Sie mich auf, denn ich begreife nicht, wo der Reiz liegt«, sagte ich. »Liegt es daran, dass man, wenn sie noch sehr jung sind, die Jungen nicht von den Mädchen unterscheiden kann? Oder ist es die Enge?«

»Du beschissenes Luder. Du wirst das nie in die Öffentlichkeit bringen!«

»Das ist bereits geschehen. Wenn die Personalabteilung des Diplomatischen Corps nicht jede Woche ein Codewort erhält, wird die Datei runtergeladen.«

Wenn er eine Waffe zur Hand gehabt hätte, hätte Knutson mich wahrscheinlich auf der Stelle umgebracht.

»Ich hätte nichts anderes erwartet von einer Frau, die ihre Möse an Fremde verkauft.«

»Wir alle sind Prostituierte, Mr. Knutson. Also?«

»Warte hier. Um durchzukommen, musst du mit einem Chip versehen sein.« Während der wenigen Minuten, die er aus dem Raum war, betrachtete ich das Gesicht des Präsidenten an der Wand. Ich war vertraut mit den Zügen von Präsidenten; hat es irgendetwas mit der Natur des Oval Office zu tun, fragte ich mich, das ihnen allen das gleiche Aussehen verleiht? Knutson kehrte mit einem Gerät aus Metall und Plastik zurück, das wie eine große hypodermische Spritze aussah. »Name, Adresse, Sozial-versicherungs-Nummer.« Ich nannte ihm das Gewünschte. Er tippte es mittels kleiner Tasten an der Seite des Geräts ein, dann packte er mein Handgelenk und drückte die Tülle gegen meinen Unterarm. Es gab ein Klicken und ich spürte einen heftigen Schmerz, schrie jedoch nicht auf.

»Herzlichen Glückwunsch, du bist jetzt Mitarbeiterin des militärischen Geheimdienstes der Vereinigten Staaten. Ich hoffe, das hat beschissen wehgetan.«

»Ja, hat es.« Blut rann mir übers Handgelenk. »Ich brauche noch drei davon. Und zwar auf folgende Namen lautend.«

Neben den grobkörnigen Schnappschüssen von Knutson auf dem Bett mit den nackten Kindern breitete ich die Daten meiner Familie aus. Knutson warf mir die Chip-Pistole zu.

»Hier. Nimm das verdammte Ding. Keiner wird es vermissen in all dem Durcheinander. Es ist einfach zu benutzen, zum Eingeben nimmst du diese Tasten – und dann diese.«

Ich bündelte die Fotos und schob sie zusammen mit der Chip-Pistole in meine Innentasche. Der Freiheits-Chip pochte unter meiner Haut, während ich durch die Gänge schritt, in denen es von Menschen und Papier wimmelte, und hinaus ins Tageslicht trat.

Als ich wieder am Club angekommen war, bezahlte ich den Fahrer in Gold. Dieses und Kokain waren die einzige allgemein anerkannte Währung auf der Straße. Ich hatte schon einige Monate zuvor meine Geldrolle in Krüger-Rands umgetauscht. Der Umwechselungskurs war horrend. Ich rannte die Stufen zum Club hinauf und geriet mitten in ein Bild des Gemetzels.

Gewehrkugeln waren in den dunklen Raum geballert worden. Die Bar war nur noch Glasscherben, die nach Alkohol stanken. Die Tische waren gekippt und gesplittert, Stühle waren umgeworfen und zerschmettert worden. Reglose Körper lagen dazwischen, die Männer des Clubs, unelegant ausgebreitet. Der Teppich war klebrig von Blut. Fliegen summten über den Toten. Ich sah die Staub-Mädchen, meine Schwestern, auf dem Boden verteilt, Haar und nackte Haut und blutgetränkte Stoffe mit Tiger- oder anderen Tiermustern. Ich ging zwischen ihnen hindurch. Ich dachte an Zebras auf der Hochebene, erlegt von Löwen, Gliedmaßen und Muskeln und Haut auseinander gerissen. Der Gestank von Blut ist etwas Schreckliches. Man bekommt ihn nicht wieder aus sich heraus. Ich sah Bruder Staub, der mit dem Rücken gegen die Bühne lag. Jemand hatte einen ganzen Feuerstoß eines Automatikgewehrs in sein Gesicht entladen.

Unsere Bündnisse waren beendet.

Ein Krach; ich drehte mich um. Ich zog meine Waffe. Ich sah sie in meiner Hand und gleichzeitig die Toten, die mit ihren Waffen in den Händen dalagen. Ich rannte aus dem Club hinaus. Ich rannte die Treppe auf die Straße hinunter. Ich war eine Verrückte, die die Leute in der Straße anschrie, das Gewehr in der Hand, mit meinem Mantel als Schweif, der hinter mir her flatterte. Ich rannte so schnell ich konnte. Ich rannte nach Hause, in die Jogoo Road. Ich rannte zu den Leuten, die ich dort zurückgelassen hatte. Nichts konnte mich aufhalten. Nichts würde es wagen, da ich eine Waffe in der Hand hielt. Ich würde nach Hause kommen und sie aus diesem Wahnsinn wegführen. Das Letzte, was die Vereinten Nationen noch für uns tun werden, ist, uns hier auszufliegen. Ich würde es ihnen beibringen. Wir werden irgendwo hinfliegen, wo wir keine Waffen und keine Lager und keine Wohlfahrt brauchen, wo wir wieder das sein werden, was wir einmal waren. In meinem Mantel und meinen albernen Stiefeln rannte ich vorbei an der Plastikstadt am alten Bahnhof der Überlandbusse, um die metallenen Barrikaden an der Landhies Road herum, über das Ödland jenseits des Kreisverkehrs an der Lusaka Road, wo zwei Busse brannten. Ich rannte hinaus zur Jogoo Road.

Direkt auf der anderen Straßenseite waren Leute. Viele, viele Leute mit Fahrzeugen, weißen UN-Fahrzeugen. Und Soldaten, viele Soldaten. Die Church Army sah ich nirgends. Ich schlug mich zu den hinteren Reihen der Menge durch. Ich stieß Menschen aus dem Weg, drosch mit der Seite meines Gewehrs auf sie ein.

»Aus dem Weg! Ich muss zu meiner Familie!«

Hände packten mich, wirbelten mich herum. Ein Soldat der kenianischen Armee hielt mich an den Schultern fest.

»Du kommst hier nicht durch.«

»Meine Familie wohnt hier. Im Church Army Center, ich muss unbedingt zu ihnen.«

»Hier kommt niemand durch. Es gibt keine Church Army.«

»Was sagst du da? Was soll das heißen?«

Ein Gleitflügler senkte sich herab.

Ich riss mich von ihm los, erkämpfte mir einen Weg durch die Menge, bis ich zu der Sperrkette von Soldaten kam. Hundert Meter die Straße weiter runter war eine Reihe von Brummern und APCs. Hundert Meter weiter die fremde Infektion. Der Gleitflügler war in das Unterkunftsgebäude gekracht. Ich erkannte immer noch die abscheuliche Fledermausform zwischen der Kruste aus Pilz und Schwamm, die die weißen Pflastersteine bedeckten. Rippen von Chaga-Koralle hatten das Blechdach des Schulungsraums durchbohrt, die Hütten waren ein Eintopf aus sich auflösendem Plastik und durchsichtigen Blasen, die in eine Wolke aus braunem Staub zerplatzten. Wo der Staub etwas berührte, entstanden neue Blasen. Die Kapelle war unter einem Netz von roten Adern verschwunden. Selbst die Jogoo Road war von gelben Blumen und blauen, fassähnlichen Gegenständen aufgeworfen worden. Finger des sechseckigen Chaga-Mooses griffen in Richtung der Blocks an der Straße. Vor meinen Augen brach einer der Dornenbäume vor dem Ausbildungszentrum zusammen, landete in der Gosse, und eine Wolke von summenden silbernen Milben stob auf.

»Wo sind die Menschen?«, fragte ich den Soldaten.

»Dekontamination«, sagte er.

»Meine Familie war da drin!«, brüllte ich ihn mit schriller Stimme an. Er sah weg. Ich schrie die Menge an. Ich rief den Namen meines Vaters, meiner Mutter, von Klein-Ei, meinen eigenen Namen. Ich wühlte mich durch die Menge, versuchte, die Gesichter anzuschauen. Zu viele Menschen, zu viele Gesichter. Die Soldaten sahen mich an. Sie sprachen über Funk, ich störte sie. Jeden Augenblick mochten sie mich festnehmen. Wahrscheinlicher noch würden sie mich an einen stillen Platz führen und mir eine Kugel in den Hinterkopf schießen. Zu viele Menschen, zu viele Gesichter. Ich steckte die Waffe weg, duckte mich, schlüpfte zwischen den Beinen zu den hinteren Reihen der Menge. Dekontamination. Eine Wortschöpfung der UN. In irgendwelchen Hauptquartieren würden die Listen der Kontaminierten existieren. Chiromo Road. Ich brauchte ein Transportmittel. Ich löste mich aus der Menge und verfiel wieder in Laufschritt. Ich rannte die Jogoo Road hinauf, vorbei am Sportstadion, um den Kreisverkehr auf der Landhies Road herum. Es fuhren immer noch einige Zivilfahrzeuge auf der Straße. Ich rannte auf der Straßenmitte dahin und richtete mein Gewehr auf jeden Wagen, der auf mich zu fuhr.

»Bring mich zur Chiromo Road!«, schrie ich. Die Fahrer sahen angestrengt weg oder hupten und fluchten. Manche zielten sogar auf mich. Ich sprang vor ihnen zur Seite, ich war zu schnell für sie. »Chiromo Road, sonst bringe ich dich um!« Taktiker lachten und grölten, wenn sie mit ihren Picknis an mir vorbei brausten. Kein Einziger hielt an. Alle hatten anscheinend zu viele Gewehre.

Auf der Pumwani Road fuhr ein Konvoi der kenianischen Armee, deshalb nahm ich einen Weg durch die Pappkartonstädte nach Kariokor. Solange ich mich am Fluss Nairobi hielt, ein Matsch aus Abfall und Kloake zu meiner Linken, würde ich irgendwann zur Ngara Road kommen. Die Slum-Leute flohen vor dem gestreiften Teufel mit dem großen Gewehr.

»Aus dem Weg!«, schrie ich. Und dann plötzlich gehorchten mir die Leute in den Elendsgassen nicht mehr. Sie standen stocksteif da. Sie blickten nach oben.

Ich spürte es, bevor ich es sah. Sein Schatten war so kalt wie meine Haut. Ich hörte auf zu laufen. Ich blickte ebenfalls nach oben, und es tauchte schwungvoll zu mir herab. So kam es mir vor, so empfand ich es – das Ding war aus dem Herzen des Chaga ganz allein zu mir ausgeschickt worden. Der Gleiter war größer, als ich ihn mir vorgestellt hatte, und viel dunkler. Er schwebte über mich hinweg. Ich war vor Angst gelähmt, dann fiel mir wieder ein, was ich in der Hand hielt. Ich hob das Gewehr und schoss auf das dunkle, fledermausähnliche Ding. Ich schoss und schoss und schoss, bis ich nur noch ein starres Klicken hörte. Ich stand zitternd da, während der Gleiter hinten den Plastikdächern der Elendsbehausungen verschwand. Ich stand da und starrte auf meine Hand, die das Gewehr hielt. Dann tauchten winzige gelbe Knospen um den Rand des Zylinders herum auf. Die Knospen entfalteten sich zu Kristallen und die Kristalle breiteten sich wie Schuppen auf dem schwarzen geölten Metall aus. Noch mehr Knospen kamen aus dem Lauf und wuchsen den Kolben hinunter. Kristalle quollen auf und erstickten den gespannten Abzug.

Ich ließ das Gewehr wie eine Schlange fallen. Ich riss an meinen Haaren, meiner Kleidung, ich rubbelte meine Haut. Meine Kleider verwandelten sich schon allmählich. Mein zebragestreifter Mantel warf Blasen. Ich zog die

Chip-Pistole aus der Tasche. Sie war ein Durcheinander aus gelben Kristallen und Blumen. Die Fotos von Knutson mit den Kindern fielen zu Boden, wo sie zu Staub zerfielen. Ich riss an meinem Mantel; er löste sich in meinen Händen in Fetzen von Plastik und Sporen auf. Ich rannte. Der Absatz einer meiner kniehohen Stiefel brach ab. Ich stürzte, rollte, fing mich wieder und zog die blöden Dinger aus. Rings um mich herum rannten die Leute von Kariokor wie verrückt, rissen sich an der Haut und an den Kleidern. Ich rannte mit ihnen, vor Angst schreiend. Ich ließ mich von ihnen führen. Meine Wäsche löste sich an mir auf. Ich rannte nackt weiter, es war mir egal. Ich hatte jetzt nichts mehr, alles war mir genommen worden, alles bis auf den Chip in meinem Arm. Zu allen Seiten schossen aus den Hütten aus Holz, Blech und Plastik Sprossen und Stengel von Chaga empor.

Am Kariokor-Markt prallten wir gegen die Noteinsatz-Absperrung der UN. Weidenschilde trieben uns zurück; Schlagstöcke wurden erhoben, sausten nieder. Menschen fielen zu Boden, hielten sich die blutenden Köpfe. Ich warf mich in die Armeelinie.

»Lasst mich durch!«

Ich schob den Arm durch die Absperrung.

»Ich habe einen Chip in mir! Ich habe einen Chip in mir!«

Schlagstöcke ragten vor meinen Augen auf.

»Ich habe einen Chip in mir, einen UN-Pass!«

Die Schlagstöcke senkten sich und etwas wirbelte sie weg. Die Stimme eines Weißen schrie.

»O mein Gott, sie ist es! Bringt sie hier raus! Schnell!«

Die Schilderwand teilte sich, Hände packten mich, zogen mich durch.

»Bedeckt sie mit irgendwas!«

Eine Kampfjacke fiel mir auf die Schulter. Ich wurde sehr schnell durch die Linien von Soldaten weggeführt, zu einem weißen Brummer mit einem roten Kreuz auf der Seite. Ein Weißer mit einer Weste des Roten Kreuzes setzte mich auf die hintere Stufe und fuhr mit einem Scanner über meinen Unterarm. Die Wunde war jetzt lebhaft, pochte.

»Tendeléo Bi. Verbindungsperson des Geheimdienstes der US-Botschaft. Okay, Tendeléo Bi, ich habe keine Ahnung, was du da drin gemacht hast, aber für dich steht Dekontam an.«

Ein zweiter Soldat – ein Offizier, vermute ich – war zum Brummer zurückgekehrt.

»Keine Zeit. Zivilisten müssen um dreiundzwanzig Uhr draußen sein.«

Der Arzt blies die Backen auf.

»Dies ist kein Kriegsgerichtsverfahren...«

»Kriegsgerichtsverfahren?«, fauchte der Offizier. »Während eine ganze verdammte Stadt um uns herum auseinander fällt? Aber eins kann ich dir garantieren: die Amerikaner werden ganz schön wild, wenn wir mit einem ihrer Gespenster Schabernack treiben. Ein oberflächliches Abschrubben dürfte wohl genügen...«

Sie führten mich zu einem großen kastenförmigen Lastwagen mit einem Biogefahr-Symbol auf der Seite. Er war in einiger Entfernung von den anderen Fahrzeugen abgestellt. Ich zitterte wegen des Schocks. Ich erhob keine Einwände, als sie mir alle Haare vom Körper abrasierten. Jemand nahm mir behutsam die Armeejacke ab und zeigte mir, wo ich stehen sollte. Drei Männer entrollten Hochdruckschläuche von der Seite des Lastwagens und bearbeiteten mich von oben bis unten. Das Wasser war kalt und der Strahl so hart, dass es schmerzte. Meine Haut brannte. Ich wand und drehte mich in dem Versuch, ihn von meinen Brustwarzen und den empfindlichen Teilen meines Körpers abzuhalten. Beim zweiten Abschrubben wurde mir klar, was sie taten, und ich erinnerte mich.

»Bringt mich zum Dekontam!«, schrie ich. »Ich möchte zum Dekontam gehen! Meine Familie ist dort, begreift ihr das denn nicht?« Die Männer hörten mir gar nicht zu. Ich glaube, sie merkten nicht einmal, dass es der Körper einer jungen Frau war, den sie abspritzten. Niemand hörte mir zu. Ich wurde mit Heißluftpistolen getrocknet, man gab mir einen etwas zu großen Drillichanzug und verfrachtete mich dann auf die Ladefläche des Diplomatenbrummers, der mit hoher Geschwindigkeit durch die Straßen zum Flughafen raste. Wir gingen nicht zum Terminalgebäude. Dort hätte ich vielleicht ausbrechen und davonlaufen können. Wir gingen durch die Drahttore und geradewegs zum offenen hinteren Teil einer russischen Transportmaschine. Eine Reihe von Leuten stapfte die Rampe hinauf in die Höhle ihres Bauches. Die meisten von ihnen waren Weiße, viele hatten Kinder dabei und alle waren schwer bepackt mit Taschen und Waren. Sie alle waren ebenfalls Flüchtlinge – wie ich...

»Meine Familie ist noch dort hinten, ich muss zu ihr gelangen«, erklärte ich dem Mann mit dem Sicherheitsscanner am Fuß der Rampe.

»Wir werden sie finden«, sagte er, während er die Daten auf meinem Judas-Chip gegen die offizielle Personalkennzeichnung austauschte. »So, jetzt bist du wieder du. Viel Glück.« Ich stieg die Metallrampe hinauf und betrat das Flugzeug. Eine russische Frau in Uniform fand für mich einen Sitz im mittleren Block, weit entfernt von jedem Fenster. Nachdem ich angeschnallt war, saß ich zitternd da, bis ich hörte, wie die Rampe weggefahren und die Luke geschlossen wurde; die Motoren liefen an. Da wusste ich, dass ich nichts mehr tun konnte, und das Zittern hörte auf. Ich spürte, wie das Flugzeug über den Beton ruckelte und auf die Startbahn einschwenkte. Ich hegte eine schreckliche Hoffnung: dass etwas schief gehen und das Flugzeug einen Unfall haben und ich sterben würde. Weil ich unbedingt sterben wollte. Ich hatte das zerstört, was ich hatte retten wollen, und das gerettet, was wertlos war. Dann beschleunigten die Motoren dröhnend, wir nahmen Anlauf, und obwohl ich nur die Rückenlehnen der Sitze und die graue Metallwölbung der großen Kabine sehen konnte, wusste ich es, als wir vom Boden abhoben, denn ich spürte, wie meine Bande zu Kenia zerbrachen und meine Heimat unter mir wegfiel, während mich das Flugzeug ins Exil brachte.

Ich unterbreche jetzt meine Geschichte, denn darüber, wie sie nun weitergeht, berichtet am besten eine andere Stimme.

* * *

Ich heiße Sean. Das ist ein irischer Name. Ich bin kein Ire. An mir ist überhaupt nichts Irisches, wie Sie wahrscheinlich merken. Meiner Mutter gefiel dieser Name. Irisches Zeug war damals modern, vor dreißig Jahren. Meine Geschichte wird Tendeléos Erzählung wahrscheinlich nicht gerecht; dafür möchte ich mich entschuldigen. Meine Begabung liegt eher auf dem Gebiet der Zahlen. Angeblich. Ich bin Buchhalter ohne Überzeugung. Was ich mache, mache ich gut, mir geht es einfach nur nicht unter die Haut. Deswegen hat mich meine Firma an allen möglichen verschiedenen Stellen eingesetzt. Eine davon war dieses Afrikanisch-Karibische-Welt-Restaurant gleich bei der Canal Street. Sein Name war I-Nation – die Speisekarte wechselte jede Woche, das Ambiente war großartig und die Musik phantastisch. Als ich zum ersten Mal hier einen Anzug trug, nahm Winton, der Besitzer, mich so sehr auf die Schippe, dass ich mich nie mehr für einen Besuch dort herausgeputzt habe. Ich saß einfach an einem Tisch und beschäftigte mich mit seiner Umsatzsteueranmeldung und ertappte mich dabei, dass ich im Rhythmus des Schlagzeugs und des Basses nickte. Wynton probierte neue Stücke an mir aus, und ich tat meine Meinung dazu mit hochgerecktem oder gesenktem Daumen kund. Dann bereitete er mir einen Kaffee mit diesem Likör, den er aus Jamaika importierte, und damit war der Nachmittag gelaufen. Es kam wir schändlich vor, ihm eine Rechnung zu schicken.

Eines Tages sagte Wynton zu mir: »Du solltest zu unserer Abendsession kommen. Gute Musik. Nicht dieser Bumm Bumm Bumm-Scheiß. Keine verdammten DJs. Echte Musik. Live Musik.«

Meine Kumpels jedoch standen auf verdammten DJs und dem Bumm Bumm Bumm, also ging ich allein ins I-Nation. An der Tür hatte sich eine Schlange gebildet, aber der Türsteher holte mich mit einem Nicken gleich herein. Ich bekam einen Platz an der Bar und einen Spezialkaffee, auf Kosten des Hauses. Die Veranstaltung hatte bereits begonnen, der Boden hob und senkte sich. Die Band verstand es, Leute in Bewegung zu bringen. Nachdem eine Reihe von Tänzen zu Ende war, machte der Gitarrist eine Handbewegung hinter die Kulissen. Ein Mädchen stellte sich ans Mikrofon. Ich erkannte sie – sie arbeitete nachmittags als Kellnerin. Sie war ein kleines, leises Mädchen, irgendwie unscheinbar, abgesehen von ihren Haaren, die wie Stacheln abstanden, als ob sie sie nach einem Schnitt mit dem auf Null gestellten Rasierer nachwachsen lassen würde.

Sie richtete sich hinter dem Mikrofon auf und lächelte um Entschuldigung heischend. Dann fing sie an zu singen, und ich fragte mich, wie ich sie jemals für unscheinbar hatte halten können. Es war ein langsames, leises Lied. Ich verstand die Sprache nicht. Das war auch nicht nötig, denn ihre Stimme sagte alles: Verlust und Schmerz und verlorene Liebe. Bass und Rhythmus nahmen die Traurigkeit und die Tiefe jeder Silbe auf. Sie war etwas über eins fünfzig groß und sah aus, als würde sie bei jedem Lufthauch in zwei Hälften zerbrechen, aber ihre Stimme hatte eine durchdringende Kraft, die besagte: ich bin an jenem Ort gewesen, von dem ich singe. Die Zeit blieb stehen, sie hielt eine Note, dann ließ sie sie los. Im I-Nation herrschte eine Zeit lang Stille. Dann explodierte die Begeisterung in lautem Beifall. Das Mädchen verneigte sich schüchtern und entfernte sich unter Johlen und Pfeifen. Zwei Minuten später war sie wieder bei der Arbeit, spülte Gläser. Ich konnte die Augen nicht von ihr abwenden. Man kann sich innerhalb von fünf Minuten verlieben. Das ist überhaupt nicht schwer.

Als sie kam, um mein leeres Glas mitzunehmen, brachte ich lediglich heraus: »Das war... großartig.«

»Danke.«

Und das war's auch schon. Wie ich Ten kennen gelernt, drei blöde Worte zu ihr gesagt und mich in sie verliebt habe.

Ich konnte ihren Namen nie aussprechen. Nachmittags, wenn es an der Bar ruhig war und wir uns über meinen Tisch hinweg unterhielten, pflegte sie den Kopf zu schütteln, weil ich die Vokale so komisch herausbrachte.

»Ey-o.«

»Ay-o?«

Dann schüttelten sich die weichen Haarstacheln. Aber andererseits konnte sie meinen Namen ebenso wenig aussprechen. Shan, pflegte sie zu sagen.

»Nein, Shohn.«

»Shaon...«

Also nannte ich sie Ten, was für mich so viel bedeutete wie Il Primo, Spitze des Haufens, König des Berges, Nummer Eins. Und sie nannte mich schließlich Shoun. Eines Nachmittags, als sie keine Schicht hatte, fragte ich Boss Wynton, was für ein Name Tendeléo war.

»Na ja, ich meine, er ist afrikanisch, das verrät mir der Akzent auf dem e, aber Afrika ist ein großer Kontinent.«

»Stimmt. Hat sie dir nichts darüber gesagt?«

»Bis jetzt noch nicht.«

»Sie wird mit dir darüber sprechen, wenn sie soweit ist. Und Herr Buchhalter, du musst sie mit Hochachtung behandeln, verdammt!«

Zwei Wochen später kam sie an meinen Tisch und legte eine Reihe von Formularen vor mir aus, wie Tarot-Karten. Es handelte sich um Unterlagen zur Krankenversicherung sowie Anträge auf Sozialzuschuss und Wohngeld.

»Angeblich kannst du gut mit Zahlen umgehen.«

»Das ist eigentlich nicht ganz mein Gebiet, aber ich

sehe es mir mal an.« Ich blätterte durch die Formulare. »Du arbeitest zu viele Stunden... sie versuchen, dir die Zuschüsse zu verweigern. Das ist die klassische Sozialhilfe-Falle. Es lohnt sich nicht, zu arbeiten.«

»Ich muss arbeiten«, sagte Ten.

Als Letztes kam mir ein Asylantragsformular des Innenministeriums unter. Sie sah mir zu, wie ich es in die Hand nahm und auffaltete. Bestimmt entging ihr nicht, wie ich die Augen aufriss.

»Gichichi in Kenia.«

»Ja.«

Ich las noch mehr.

»Mein Gott. Du bist aus Nairobi entkommen.«

»Ja, ich bin aus Nairobi entkommen.«

Ich zögerte, bevor ich fragte: »War es so schlimm?«

»Ja«, antwortete sie, »ich war sehr schlimm.«

»Ich?«, hakte ich nach.

»Wie?«

»Du hast gesagt: *Ich* war sehr schlimm.«

»Ich wollte sagen, *es* war sehr schlimm.«

Das Schweigen hätte unbehaglich sein können, vielleicht sogar tödlich. Das, was ich seit Wochen hatte sagen wollen, verpuffte ins Vakuum.

»Darf ich dich irgendwohin ausführen? Jetzt? Heute? Wenn du fertig bist? Möchtest du irgendwo essen gehen?«

»Das würde ich sehr gern«, sagte sie.

Wynton gab ihr früher frei. Ich führte sie in ein großartiges Restaurant in Chinatown, wo die Kellner einen schon vor dem Eintreten fragen, wie viel man auszugeben gedenkt.

»Ich weiß nicht, was das ist«, sagte sie, als der erste Gang aufgetragen wurde.

»Probier es. Es wird dir schmecken.«

Sie fummelte mit ihren Wantans und Essstäbchen herum.

»Stimmt irgendetwas damit nicht?«

»Ich erzähle dir jetzt etwas über Nairobi«, sagte sie. Das

Essen war teuer und üppig und vorzüglich zubereitet, und wir rührten es kaum an. Gang um Gang ging in die Küche zurück, nachdem wir nur gerade eben darin herum gestochert hatten, während Ten mir die Geschichte ihres Lebens erzählte, von der Kirche in Gichichi, den Lagern in Nairobi, ihrer Karriere als Rottenmädchen und vom Chaga, das ihre Familie, ihre Zukunft, ihr Hoffnungen, ihre Heimat und beinah ihr ganzes Leben zerstört hatte. Ich hatte das Hereinbrechen des Chaga im Fernsehen gesehen. Wie die meisten Leute. Ich hatte mein Gerät dabei auf die Lautstärke von Hintergrundmusik zurückgedreht: oh, meine Güte, eine fremdweltliche Lebensform überwältigt die südliche Hemisphäre. Na ja, das ist schlecht für Safari-Urlaube und der Karneval in Rio fällt ins Wasser und die Brasilianer spielen keine Rolle mehr im nächsten World Cup, aber nächste Woche ist der Jahresabschluss einer größeren Firma fällig und wir schielen nach einem Auftrag an der Maine Road und die Zinssätze sind schon wieder gestiegen. Fremdweltler – na und? Wieder mal eine humanitäre Krise. Ich hatte den Niedergang von Nairobi verfolgt, die erste der wirklich großen Städte, die dran glauben mussten, und versuchte mir einzureden, dass das nicht Hollywood war, das war nicht Bruce Willis gegen die CGI. Hier ging es um zwölf Millionen Menschen, die vom Unheil geschluckt wurden. Im Gegensatz zu den meisten meiner Freunde und Arbeitskollegen hatte ich gespürt, dass sich in meinem Innern etwas schmerzhaft bewegte bei dem Anblick, wie sich die Wände des Chaga immer mehr den Türmen der Innenstadt Nairobis näherten. Das war wie ein Fußtritt in mein Herz. Für einen Augenblick hatte ich mich hinter die Bilder begeben, die alles sind, was uns von dieser Welt zu wissen gestattet ist, das wirkliche Leben. Und jetzt hatte das Unheil eines dieser wirklichen Leben auf die Straßen von Manchester ausgespuckt. Wir saßen am letzten Tisch bei der letzten Kerze, als Ten dazu kam, mir zu erzählen, wie sie zusammen mit den anderen Kenianern am Flughafen

Charles de Gaulle ausgeladen und monatelang auf Grund von EU-Flüchtlingsquoten weiter verschoben worden war, bis sie schließlich krank vom Jetlag, unter einem Kulturschock leidend und arm wie eine Maus im Grau und der Feuchtigkeit des englischen Sommers angekommen war.

Danach schwieg ich eine ganze Weile lang. Nichts, was ich hätte sagen können, wäre dem angemessen gewesen, was ich gehört hatte. Dann sagte ich: »Möchtest du mit zu mir kommen, für einen Drink oder einen Kaffee oder irgendetwas?«

»Ja«, sagte sie. Ihre Stimme war rau vom vielen Reden, und tief, und unerträglich reizvoll. »Das würde ich sehr gern.«

Ich hinterließ der Bedienung ein großes Trinkgeld für langes Ausharren und Diskretion.

Ten gefiel es bei mir. Es erstaunte sie, wie viel Platz ich hatte. Ich ließ sie zusammengeringelt auf meinem Sofa sitzen und den Raum genießen, während ich ging, um eine Flasche Wein zu öffnen.

»Schön hier«, sagte sie. »Warm. Groß. Hübsch. Deins.«

»Ja«, sagte ich, wobei ich mich vorbeugte und sie küsste. Dann, bevor ich wusste, was ich getan hatte, nahm ich ihren Arm und küsste den runden roten Fleck ihres Chips. In dieser Nacht schlief Ten bei mir, aber wir hatten keinen Sex miteinander. Sie lag bis zum Morgen, zusammengerollt und keusch, in meiner Bauchkuhle. Sie schrie im Schlaf mehrmals laut auf. Ihre Haut roch nach Afrika.

Die Dreckskerle strichen ihr tatsächlich das Wohngeld. Ten war zutiefst bekümmert. Wohnen bedeutete ihr alles. Ihr ganzes Leben war eine einzige lange Suche nach einem Zuhause gewesen; sicher, ungefährdet, stabil.

»Du hast zwei Möglichkeiten«, sagte ich. »Erstens: gib die Arbeit hier auf.«

»Niemals«, sagte sie. »Ich arbeite gern.« Ich sah wie Wynton, der hinter der Bar Gläser polierte, lächelte.

»Dann also die zweite Möglichkeit.«

»Welche ist das?«

»Zieh bei mir ein.«

Sie nahm sich eine Woche Zeit, um sich zu entscheiden. Ich verstand ihr Zögern. Es war ein Zuhause, sicher, ungefährdet, stabil, aber es war nicht ihrs. Am Samstag rief sie mich an. Ob ich ihr beim Umzug helfen könnte? Ich ging zu ihrer Wohnung in Salford. Die Zimmer waren schäbig und kalt, die Tapeten hässlich, die Möbel stammten aus dem Wohltätigkeitsladen. Im ganzen Haus roch es nach Rauschmitteln. Der Fernseher lief, unbeachtet; drei verschiedene Tonkanäle wetteiferten miteinander. Während Ten ihre Sachen zusammenpackte, starrten ihre Mitbewohner mich an, als ob ich etwas wäre, das aus dem Chaga kam. Sie hatte zwei Taschen – eine mit Kleidung, eine mit Musik und Büchern. Wir packten sie in den Kofferraum meines Wagens, und sie zog bei mir ein.

Leben mit Ten. Sie stellte ihre Bücher in ein Regal und legte ihre Kleidung in eine Kommode. Sie improvisierte Harmonien zu meiner Musik. Unter jedem möglichen Vorwand zündete sie Kerzen an. Sie verbrachte Stunden im Bad und verbrauchte rollenweise Toilettenpapier. Sie war pingelig sauber. Sie ging mit ihrem wenigen Geld sehr vorsichtig um. Sie borgte sich nichts von mir. Sie arbeitete weiterhin im I-Nation, sie sang jeden Freitag. Sie brachte mich immer noch jedes Mal um, wenn sie auf die Bühne stieg.

Sie sprach wenig, aber das Wenige verriet viel. Für mich war sie unergründlich dunkel und eindringlich schön. Sie lächelte nicht oft. Wenn sie es tat, war es, als ob ein Messer mein Herz durchbohrte. Es war eine beißende Freude. Sex hatte eine beißende Schärfe von einer anderen Sorte – jedes Mal schien sie Schwierigkeiten damit zu haben. Sie verlor sich nicht im Sex. Ich glaube, es machte ihr viel Spaß, aber es war etwas Beherrschtes – es war etwas, das sie besaß. Sie ließ sich zu keinem einzigen Laut hinreißen. Sie fürchtete sich ein wenig vor dem Tier in sich. Sie wirkte entschieden älter, als sie wirklich war. Die paar Mal, die wir tanzen gingen, brach die Energie, die sie beim Singen und beim Sex befeuert hatte, bei ihr durch. Bei diesen Gelegenheiten überraschte sie mich damit, eine kluge, energische, umgängliche Achtzehnjährige zu sein. Sie liebte mich. Ich liebte sie so heftig, das es sich wie eine Krankheit anfühlte. Ich pflegte sie zu beobachten, ohne mir dessen bewusst zu sein – beobachtete die Art und Weise, wie sie beim Telefonieren die Hände bewegte, wie sie beim Fernsehen die Beine unter sich verschränkte, wie sie sich morgens die Zähne putzte. Manchmal wachte ich nachts auf, nur um sie beim Schlafen zu beobachten. Ich lauschte, ob sie noch atmete. Ich fürchtete etwas Wahnwitziges, etwas, das aus dem Nirgendwo käme und sie wegholen würde.

Sie klebte eine Satellitenaufnahme von Afrika an den Kühlschrank. Sie zeigte mir, wie man die Kreise des Chaga durch die Wolken verfolgen konnte. Jede Woche brachte sie das Bild auf den neuesten Stand. Woche um Woche, die Kreise flossen allmählich zusammen. Auf diese Weise maß ich unser gemeinsames Leben, anhand der zusammenfließenden Kreise. Woche um Woche wurde ihr ein Stück ihrer Heimat weggenommen. Ihre Eltern und ihre Schwester waren dort unten, unter diesen blauen und weißen Wolkenbalken; Woche um Woche verringerten die Kreise ihre Entscheidungsmöglichkeiten.

Sie erlaubte sich niemals zu vergessen, dass sie ihnen gegenüber versagt hatte. Sie erlaubte sich niemals zu vergessen, dass sie Flüchtling war. Das war der Grund, warum sie in gewisser Weise älter war als ich. Das war der Grund für all ihre peinliche Sauberkeit und Ordnung rund um unseren Haushalt. Sie hielt sich nur für eine begrenzte Zeit hier auf. Alles konnte von einem Augenblick zum anderen mitgenommen werden.

Sonntags kochte sie gern für mich, obwohl die Küche eine Woche lang danach roch. Ich habe ihr nie gesagt, dass ich von ihrem Essen die Scheißerei bekam. Sie hackte irgendetwas klein, das sie in den karibischen Geschäften gekauft hatte, und sang dabei vor sich hin. Ich beobachtete sie vom Flur aus, so wie ich es überhaupt liebte, sie zu beobachten, ohne selbst gesehen zu werden. Ich sah, wie sie das Messer senkte, hörte einen Fluch in ihrer Kalenjinsprache, sah, wie sie die Hand zum Mund hob. Ich schoss blitzschnell in die Küche.

»Scheiße, Scheiße, Scheiße«, fluchte sie. Es war ein tiefer Schnitt, und Blut floss reichlich über ihren Finger. Ich schob sie schnell zum Spülbecken und hielt ihn unter kaltes Wasser, dann holte ich Verbandszeug. Ich kam mit Gaze, Pflaster und einem Ich-heile-die-Welt-Gehabe zurück.

»Alles in Ordnung«, sagte sie und streckte den Finger hoch. »Ist schon besser.«

Der Schnitt war verschwunden. Kein Blut, keine klaffende Wunde. Das Einzige, was geblieben war, war ein leicht geschwollener roter Striemen. Und vor meinen Augen verblasste auch dieser.

»Wie ist das möglich?«

»Ich weiß nicht«, sagte Ten. »Aber es ist wieder gut.«

Ich fragte nicht weiter. Ich wollte nicht fragen. Ich wollte nicht etwas sein, das Tens Leben noch schwieriger oder komplizierter machte. Ich wollte, dass das, was sie aus der Vergangenheit mit sich trug, alles war, ausreichte. Ich wusste, dass hier etwas Fremdweltliches im Spiel war; bei niemandem heilte eine Wunde derart schnell. Ich dachte, wenn ich es darauf beruhen lassen würde, würde es uns nie mehr behelligen. Ich hatte nicht mit der Bombe gerechnet.

Irgendwelche Scheiß-Nazis oder andere Typen hatten Bomben in Schwulenkneipen hochgehen lassen. Bis jetzt in London, Edinburgh, Dublin, immer am Freitag Nachmittag: Arbeitsschluss, Anfang des Wochenendes. Manchester war wachsam. Die Bombenleger ebenfalls. An einem Dienstag, zur Mittagspausenzeit, ging ein halbes Kilo Semtex, gespickt mit Nägeln und Rasierklingen, unter einem Tisch vor einer Bar in der Canal Street los.

Niemand kam ums Leben, aber eine Frau am Nachbartisch verlor beide Beine von den Knien abwärts und es gab mehr als fünfzig Opfer. Ten war auf dem Weg zur Nachmittagsschicht. Sie war zwanzig Meter weit entfernt, als die Bombe explodierte. Ich wurde zur selben Zeit vom Krankenhaus angerufen, als die Nachricht im Radio durchkam.

»Mach, dass du schleunigst dorthin kommst«, befahl Willy, mein Chef. Ich brauchte keinen Befehl. Die Unfallklinik Manchester Royal Infirmary war ein Irrenhaus. Ich sah, wie die Ärzte in gemessener Eile herumliefen und die Leute bei jedem, der hereinkam, aufblickten, sehr, sehr ängstlich, und die Polizei, die Aussagen aufnahm, und die Rollstühle in den Gängen, und ich dachte, so ungefähr muss es in Nairobi gewesen sein, am Ende. Die Empfangsschwester führte mich in einen Raum, wo ich auf einen Arzt warten sollte. Ich traf die Ärztin im Gang, eine kleine, gequält aussehende junge Chinesin.

»Ach, Mr. Giddens. Sie gehören zu Miss Bi, ist das richtig?«

»So ist es. Wie geht es ihr?«

»Nun, sie wurde mit mehreren Fleischwunden eingeliefert, im oberen Körperbereich, in der linken Gesichtshälfte, am linken Oberarm und der Schulter...«

»Oh, mein Gott. Und jetzt?«

»Sehen Sie selbst.«

Ten kam den Gang herunter. Wenn sie nicht mit einem Krankenhaushemd bekleidet gewesen wäre, hätte ich schwören können, dass sie sich seit heute Morgen, als sie das Haus verlassen hatte, nicht verändert hatte.

»Shoun.«

Die Striemen in ihrem Gesicht und auf ihren Händen verblassten bereits. Eine schreckliche Ahnung überfiel mich, so stark und kalt, dass ich mich beinahe übergeben hätte.

»Wir wollen sie für weitere Untersuchungen hier behalten, Mr. Giddens«, sagte die Ärztin. »Wie Sie sich vorstellen können, haben wir etwas Derartiges noch nie zuvor gesehen.«

»Shoun. Mir geht es gut. Ich möchte nach Hause.«

»Nur um ganz sicher zu gehen, Mr. Giddens.«

Als ich Ten eine Tasche mit Sachen brachte, führte mich die Empfangsschwester in die Intensivstation. Ich rannte die sechs Treppenfluchten bis dort hinauf, brennend vor Angst. Ten befand sich in einem isolierten Raum voller weißer Instrumente. Als sie mich sah, rannte sie vom Bett zum Fenster und drückte die Hände dagegen.

»Shoun!« Ihre Worte drangen durch ein Lautsprechergitter zu mir heraus. »Die wollen mich nicht rauslassen!«

Ein anderer Arzt führte mich in einen angrenzenden Raum. Dort waren zwei Polizisten und ein Mann im Anzug.

»Was, zum Teufel, soll das alles?«

»Mr. Giddens, ist Miss Bi ein Flüchtling aus Kenia?«

»Das wissen Sie doch verdammt genau.«

»Immer mit der Ruhe, Mr. Giddens. Wir haben an Miss Bi einige Untersuchungen durchgeführt und wir haben in ihrem Blut das Vorhandensein von Fullerene-Nanoprozessoren festgestellt.«

»Nano-was?«

»Das, was allgemein als Chaga-Sporen bekannt ist.«

Ten, das Staub-Mädchen, das immer wieder und wieder auf den Gleitflügler geschossen hatte, die blühende Waffe in der Hand, das Elendsviertel, das hinter ihr dahinschmolz, während ihre Kleidung zerfiel, sie den Arm durch die Absperrung streckte und rief: Ich habe einen Chip in mir! In habe einen Chip in mir! Die Soldaten, die ihr den Kopf schoren und sie mit Schläuchen abspritzten. Diese Dinge, die sie in ihrem Körper herumgetragen hatte. Diese vielen Botengänge für die Amerikaner.

»O mein Gott!«

Der kleine Raum hatte ein Fenster. Durch dieses sah ich Ten, die auf einem Plastikstuhl neben dem Bett saß, die Hände auf den Schenkeln, den Kopf gesenkt.

»Mr. Giddens.« Der Mann im Anzug zückte ein kleines Plastikmäppchen. »Robert McGlennon, Einwanderungsbehörde. Ihre... äh...« Er nickte zum Fenster hin.

»Partnerin.«

»Partnerin. Mr. Giddens, ich muss Ihnen mitteilen, dass wir nicht mit Sicherheit sagen können, ob Miss Bis fortdauernde Anwesenheit nicht ein öffentliches Gesundheitsrisiko darstellt. Ihr Flüchtlingsstatus hängt von einer Anzahl von Bedingungen ab, unter anderem davon...«

»Sie schicken sie in die Verbannung, verdammt noch mal...«

Die beiden Polizisten rührten sich. In diesem Augenblick wurde mir klar, dass sie nicht wegen Ten hier waren. Sie waren meinetwegen hier.

»Es ist eine Sache der öffentlichen Gesundheit, Mr. Giddens. Sie hätte von Anfang an gar nicht hereingelassen werden dürfen. Wir haben nicht die geringste Ahnung der möglichen umweltlich bedingten Auswirkungen. Sie vor allen Dingen sollten sich dessen bewusst sein, was solche Dinge anrichten können. Bereits angerichtet haben. Immer noch anrichten. Mein Anliegen ist die öffentliche Sicherheit.«

»Öffentliche Sicherheit, Scheiße!«

»Mr. Giddens...«

Ich ging zum Fenster. Ich schlug mit der Faust gegen das verdrahtete Glas.

»Ten! Ten! Sie versuchen, dich in die Verbannung zu schicken. Sie wollen dich zurückschicken!«

Die Polizisten zerrten mich vom Fenster weg. Auf der anderen Seite brüllte Ten lautlos.

»Hören Sie, ich tue das nicht gern«, sagte der Mann im Anzug.

»Wann?«

»Mr. Giddens.«

»Wann? Sagen Sie mir, wie viel Zeit sie noch hat.«

»Für gewöhnlich würde es eine zeitweise Hafteinweisung bis zur Klärung der Angelegenheit geben, mit beschränkten Berufungsrechten. Aber da es sich in diesem Fall um eine Sache der öffentlichen Gesundheit handelt...«

»Sie werden es sofort durchführen.«

»Der Befehl ist sofort wirksam, Mr. Giddens. Es tut mir Leid. Diese beiden Polizeibeamten werden Sie nach Hause begleiten. Wenn Sie bitte den Rest ihrer Sachen zusammenpacken könnten...«

»Lassen Sie mich ihr wenigstens Lebewohl sagen. Herrje, zumindest das sind Sie mir schuldig.«

»Das darf ich nicht zulassen, Mr. Giddens. Es besteht ein erhöhtes Kontaminations-Risiko.«

»Kontamination? Ich habe während der vergangenen sechs Monate mit ihr geschlafen.«

Während die Bullen mich hinausführten, lief der Arzt neben mir her, um mir vertraulich etwas zu sagen.

»Mr. Giddens, diese Nanoprozessoren in ihrem Blutkreislauf...«

»Derentwegen wird sie aus dem Land geschmissen, verdammt noch mal.«

»Die Fullerene...«

»Bei ihr heilen Wunden sehr schnell, das habe ich gesehen.«

»Das ist längst nicht alles, was sie bewirken, Mr. Giddens. Wahrscheinlich wird sie nie mehr krank werden. Und es gibt Hinweise darauf, dass sie einen Telomer-Verfall bei der Zellteilung verhindern.«

»Was bedeutet das?«

»Das bedeutet, sie altert entschieden langsamer als wir. Ihre Lebensspanne wird vielleicht – ich weiß nicht genau – dreihundert Jahre sein.«

Ich erstarrte. Die Polizisten erstarrten.

»Und das ist noch nicht alles. Wir haben unbekannte Strukturen in ihrem Gehirn beobachtet; die beste Beschreibung, die ich dafür liefern kann, ist die, dass die Nanoprozessoren tote Neuronen neu erstellen und in ein komplementäres Neuralnetzwerk eingliedern.«

»Ein Ersatzgehirn?«

»Ein Hilfsgehirn.«

»Was würde man mit so etwas machen?«

»Was würden Sie damit nicht machen, Mr. Giddens?.« Er fuhr sich mit der Hand über den Mund. »In dieser Hinsicht sind wir auf reine Spekulationen angewiesen, aber...«

»Aber?«

»Aber in gewisser Weise beherrscht sie all diese Dinge. Ich glaube – das ist lediglich eine Theorie –, dass sie mittels dieses Hilfsgehirns in der Lage ist, sich mit den Nanoprozessoren auszutauschen. Vielleicht kann sie sie machen lassen, was sie will. Kann sie programmieren.«

»Ich danke Ihnen für die Aufklärung«, sagte ich voller Bitterkeit. »Das macht alles so viel leichter.«

Ich ging mit den beiden Polizisten zu mir nach Hause. Ich forderte sie auf, sich Tee zu kochen. Ich nahm Tens ordentlich eingeräumte Bücher und CDs aus meinem Regal und ihre ordentlich zusammengelegten Kleidungsstücke aus meinen Schubladen und ihre Toilettenartikel aus meinem Bad und verstaute sie in den beiden Taschen, in denen sie die Sachen hergebracht hatte. Ich gab den Polizisten die Taschen, sie fuhren damit in ihrem Wagen davon. Ich bekam keine Gelegenheit, mich von ihr zu verabschieden, ich habe nie erfahren, mit welchem Flug sie abgeschoben wurde, von wo aus sie dieses Land verlassen hat. Ein Gesicht hinter Glas. Das war meine letzte Erinnerung. Das, was ich gefürchtet hatte – der Wahnsinn aus dem Nichts –, hatte sie weggeholt.

Nachdem Ten weg war, war ich lange krank. Es gab keinen Sonnenschein, keinen Regen, keinen Wind. Keine Tage, keine Zeit, nur ein ständiges schrilles, lautloses Weinen in meinem Kopf. Meine Arbeitskollegen legten zu meinen Gunsten eine gespielte leicht verstärkte Normalität an den Tag. Wenn sie allein mit mir waren, pflegten sie mich mit sehr sanfter Stimme zu fragen: Wie fühlst du dich?

»Wie ich mich fühle?« Ich sagte es ihnen. »Als ob ich mit einem Feuerstoß aus einer Schnellfeuerwaffe erschossen worden wäre, und ich bin tot und weiß es nicht.«

Ich bat darum, dass jemand anderes die Buchführung von I-Nation übernehmen solle. Wynton rief mich an, aber ich konnte nicht mit ihm sprechen. Er schickte mir eine Flasche von dem guten jamaikanischen Importlikör und einen Zettel, auf dem stand: ›Komm her, besuch uns, wann immer du willst.‹ Willy regelte für mich das Nötige für einen unbezahlten Urlaub und besorgte mir einen Therapeuten.

Sein Name war Greg, er war ein patientenzentrierter Therapeut, was bedeutete, dass ich so lange ich wollte über alles, was ich wollte, mit ihm reden konnte, und er musste zuhören. Bei den ersten Sitzungen redete ich sehr wenig. Zum einen kam ich mir blöd vor, zum anderen wollte ich nicht darüber sprechen, auch nicht mit Fremden. Aber es funktionierte, in ganz kleinen Schritten, ohne dass ich es eigentlich merkte. Ich glaube, ich wurde mir dessen erst allmählich bewusst, und zwar von dem Tag an, als ich auch richtig begriff, das Ten zwar nicht mehr da, aber nicht tot war. Ihr letztes Foto von Afrika hing immer noch am Kühlschrank, und ich betrachtete es und sah etwas Neues: dort unten, da drin, irgendwo dort war Ten. Diese Erkenntnis war ungeheuerlich und gleichzeitig etwas Feines, Zartes. Ich könnte es damit vergleichen, wenn ein Mensch sich im Dunkeln befindet. Er stellt sich vor, er ist in einem Zimmer ohne Türen, ohne Fenster, und er wird niemals einen Weg hinaus finden. Doch dann hört er Geräusche, spürt eine Berührung im Gesicht, ein schwacher Geruch steigt ihm in die Nase, und er erkennt, dass er überhaupt nicht in einem Zimmer ist – er ist im Freien; die Berührung in seinem Gesicht ist der Wind, die Geräusche stammen von den nächtlichen Vögeln, der Geruch kommt von den nachtblühenden Blumen und irgendwo über ihm sind Sterne.

Greg sagte nichts dazu, als ich ihm das erzählte – das tun sie nie, diese patientenzentrierten Jungs, doch nach dieser Sitzung ging ich ins Netz und begann die Suche nach Tendeléo Bi. Aufgrund eines Gesetzes, das ›Freedom of Information Act‹ heißt, gelangte ich in die Datenbank der Einwanderungsbehörde. Ten war in einer Militärmaschine nach Mombasa geflogen worden. Der UNHCR in Mombasa hatte sie Likoni Zwölf zugewiesen, einem neuen Lager im Süden der Stadt. Am zwölften November wurde sie nach auswärts verlegt. Es bedurfte einer zwei Tage langen Suche, bis ich herausfand, dass eine Tendeléo Bi drei Monate später an einem Ort namens Samburu Nord untergebracht war. Aus einem medizinischen Befund ging hervor, dass sie unter Erschöpfung und Dehydration litt, dass sie jedoch auf eine Behandlung mit Zucker und Salz ansprach. Sie lebte.

Am ersten Montag des Winters ging ich wieder zur Arbeit. Ich hatte ein ganzes Quartal versäumt. Am ersten Freitag reichte Willy mir einen Ausdruck von einer Online-Stellenvermittlungs-Agentur.

»Ich habe den Eindruck, du brauchst einen Szenenwechsel«, sagte er. »Diese Leute suchen einen Sachbuchhalter.«

›Diese Leute‹ waren Ärzte ohne Grenzen. Sie brauchten einen Sachbuchhalter für den Schauplatz Ostafrika.

Acht Monate nach dem Abend, an dem die beiden Polizisten Tens Sachen mitgenommen hatten, stieg ich in Mombasa aus dem Flugzeug. Ich glaube, die Hölle muss so sein, wie es Mombasa in den letzten Tagen als Hauptstadt der Republik Kenia gewesen war, mit einer in der Auflösung begriffenen Infrastruktur, einer zerfasernden Wirtschaft, einem Hafen, der nur noch eine unüberschaubare Masse von Boat People war, zu der eine weitere Million Menschen in den Lagern in Likoni und in den Shimba Hills kam, während der Islam und das Christentum einen neuen Kreuzzug führten um die Beherrschung dieses Chaos und das Chaga nach dem neuen

Einschlag bei Tanga von Westen und jetzt auch aus den Süden hereinbrach. Inmitten all dessen war Sean Giddens, Sachbuchhalter. Es war eine gute, handfeste Arbeit im Abteilungs-Hauptquartier von Ärzte ohne Grenzen, die darin bestand, dass er Arzneimittel kaufte, wo, wann und wie er konnte; er schacherte mit Lastwagenfahrern und sibirischen Jet-Piloten; verhandelte über Dienstleistungsverträge, während die Ersatzteile für Landcruisers immer rarer wurden, und jonglierte jeden Tag mit Budgets, die stets zu gering waren angesichts eines zu großen Bedarfs. Mir gefiel das besser als jede Arbeit, die ich je zuvor verrichtet hatte. Ich hatte so viel zu tun, dass ich manchmal ganz vergaß, warum ich eigentlich hier war. Dann nahm ich den sicheren Bus zurück zu der umzäunten Anlage, in der ich wohnte, und sah, wie auf der anderen Seite des Hafens der Rauch aufstieg, ich hörte den Widerhall der Maschinengewehre von den alten arabischen Häusern, und die Erinnerung an das Bild von ihr hinter dem grünen verdrahteten Glas traf mich in die Eingeweide.

Mein Chef war ein großer, grobgestrickter Franzose namens Jean-Paul Gastineau. Er hatte auf jedem Kontinent außer der Antarktis Kriege und Katastrophen überlebt. Er liebte kubanische Zigarren und Wein aus dem Tal, in dem er geboren worden war, und Opern, und er sorgte dafür, dass er all dieses bekam, ungeachtet von Entfernung oder Kosten. Er nahm ganz strikt keine Drogen. Ich mochte ihn sehr. Ich war für ihn ein beschissener, dünnblütiger Zahlen hin und her schiebender ›Schwarzer Rosbif‹, aber er hatte Spaß an meiner kreativen Buchhaltung. Er war in Mombasa verschwendet. Er war ein echter Front-Arzt. Es juckte ihn nach Action.

Zur Mittagszeit, als er seinen Rotwein öffnete, fragte ich ihn, wie leicht man jemanden in den Lagern finden könnte. Er sah mich verschmitzt an, dann fragte er: »Wer ist sie?«

Er goss zwei Gläser ein, eine Einladung an mich. Ich erzählte ihm meine Geschichte und ihre Geschichte, während wir die Flasche leerten. Der Wein war sehr gut.

»Also, wie kann ich sie finden?«

»Über die offiziellen Kanäle bekommst du nie etwas heraus«, sagte Jean-Paul. »Am besten ist, du gehst selbst hin. Du hast sowieso noch fälligen Urlaub.«

»Nein, habe ich nicht.«

»Doch, hast du. Ungefähr drei Wochen. Ach… ja.« Er wühlte in den Schubladen seines Schreibtischs herum. Er warf mir einen schwarzen Plastikgegenstand zu, wie ein großes Zellulartelefon.

»Was ist das?«

»Die amerikanischen ID-Chips haben einen GPS-Transponder. Sie wollen immer wissen, wo ihre Leute sich aufhalten. Nimm es. Wenn sie einen Chip in sich hat, dann wirst du sie damit finden.«

»Danke.«

Er zuckte die Achseln. »Ich stamme aus einer Nation von Romantikern. Außerdem bist du der Einzige in diesem beschissenen Kaff, der einen guten Beaune zu schätzen weiß.«

Ich flog mit einer sibirischen Chartermaschine nach Norden. Durch das Fenster konnte ich den Rand des Chaga sehen. Es war zu groß, um eine Eigenart der Landschaft zu sein oder ein geografisches Gebilde. Es war wie ein dunkles Meer. Es sah nach dem aus, was es war… eine andere Welt, die sich über unsere geschoben hatte. Vergleichbar damit, dass einige Gedanken zu groß sind, um in unsere Alltagswelt zu passen. Sie schieben sich durch sie hindurch, sie übernehmen sie und verändern sie bis zur Unkenntlichkeit. Wenn das stimmte, was der Arzt im Manchester Royal Infirmary über die Dinge in Tens Blut gesagt hatte, dann war dies nicht einfach nur eine neue Welt. Es war eine neue Menschheit. Dies war eine Umkehrung jeder Regel bezüglich der Gestaltung unseres Lebens, unseres Umgangs miteinander, unserer Selbsterhaltung.

Die Lager waren ebenfalls zu groß, um sie erfassen zu können. Es gibt dort zu viel für diese Welt, die wir uns selbst geschaffen haben. Sie verändern alles, an das man glaubt. Mombasa hatte mich nicht darauf vorbereitet. Es war wie das Ende der Welt dort oben an der Front.

»Also, Sie suchen jemanden«, sagte Heino Rautavaara. Er hatte während der Zeit des Niedergangs von Nairobi mit Jean-Paul zusammengearbeitet. Ich konnte ihm trauen, hatte J-P gesagt, aber ich glaube, er hielt mich für einen Narren oder im besten Fall für einen Romantiker. »Hier herrscht kein Mangel an Leuten.«

Jean-Paul hatte mich gewarnt, dass die Aufzeichnungen nicht genau sein würden. Aber man hofft. Ich ging nach Samburu Nord, wo ich bei meiner von England aus geführten Suche Ten zum letzten Mal aufgespürt hatte. Keine Spur von ihr. Die UNHCR-Aufseherin, eine grimmig dreinschauende kleine Amerikanerin, führte mich durch die Reihen zwischen den Zelten. Ich blickte in die Gesichter und der Fährtensucher an meiner Hüfte schwieg. In jener Nacht sah ich diese Gesichter an der Decke, und viele Nächte danach auch noch.

»Glaubst du vielleicht, du ziehst gleich beim ersten Mal das große Los?«, sagte Heino, während wir in einem Landcruiser der Ärzte ohne Grenzen auf der holperigen Lehmpiste nach Don Dul fuhren.

In Don Dul hatte ich mehr Glück, wenn man es so nennen will. Ten war zweifellos zwei Monate zuvor hier gewesen. Aber acht Tage später hatte sie das Lager wieder verlassen. Ich blätterte das Berichtsbuch von vorn nach hinten und von hinten nach vorn durch, aber es gab keinen Eintrag darüber, wohin man sie gebracht hatte.

»Es herrscht auch kein Mangel an Lagern«, sagte Heino. Er war ein zäher Kerl. Er konnte mich nicht weiter begleiten, aber er stellte mir eine Berechtigung aus, mit den Konvois des Roten Kreuzes bzw. des Roten Halbmondes zu reisen, die eine Fünfhundert-Meilen-Strecke durch die Lager entlang des nördlichen Terminums abfuhren. Im Laufe von zwei Wochen sah ich mehr Elend, als die Menschheit nach meiner Vorstellung jemals aushalten konnte. Ich sah die Gesichter und die Hände und die Bündel mit zusammengekratzten Sachen und dachte: Warum hält man sie hier fest? Wovor will man sie retten? Ist es so schlimm im Chaga? Was ist so schlimm daran, wenn Menschen lange leben, gegen Krankheiten immun sind, wenn sich zusätzliche Schichten in ihren Gehirnen ausbilden? Was ist so erschreckend daran, wenn Menschen fähig sind, an diesen fremdweltlichen Ort zu gehen und ihn zu beherrschen und zu dem zu machen, was sie haben wollen?

Ich konnte das Chaga nicht sehen, es lag gerade eben hinter dem südlichen Horizont, aber ich war mir seiner Anwesenheit ständig bewusst, so wie Leute, die Platten im Schädel haben, angeblich ständig einen leichten Druck verspüren. Manchmal, wenn die Gesichter mich schlafen ließen, wurde ich stattdessen von einem merkwürdigen Geruch aufgeweckt, nicht stark, aber deutlich; moschusartig und fruchtig und süßlich, erotisch, warm. Es war der Geruch des Chaga, der von Süden her wehte.

Von Zelt zu Lastwagen zu Lager zu Zelt. Meine drei Wochen neigten sich dem Ende zu, und ich musste mich um eine Transportmöglichkeit zurück von der Front nach Samburu und dann um einen Flug nach Mombasa kümmern. Als noch drei Tage übrig waren, kam ich in Eldoret an, dem Regionalzentrum der UNECTA am Viktoriasee. Man hatte dort den Eindruck von prallem Leben. In den Läden und Hotels und Cafés herrschte emsige Geschäftigkeit, aber die weißen Gesichter und die amerikanische Art des Sprechens und sich Kleidens verrieten einem, dass Eldoret eine fremdbestimmte Stadt war. Das Rift Valley Hotel kam mir nach acht Tagen an der Front wie der Himmel vor. Ich verbrachte eine Stunde im Pool und versuchte, mich in den Himmel hinauf zu beamen. Ein plötzliches Gewitter mit stürmischem Regen vertrieb alle vom Wasser, nur mich nicht. Ich schwamm und genoss den

Luxus, während die Regentropfen um mich herum ins Wasser platschten. Gegen Sonnenuntergang ging ich hinunter zu den Lagern. Sie lagen südlich von der Stadt, wie eine Linie von Kanonenfutter gegen das Chaga. Ich nahm Einsicht in die Berichte, eine reine Formsache. Keine Tendeléo Bi. Ich ging trotzdem hinein. Es war wieder eins von vielen Lagern, und nach einer gewissen Zeit wird jeder abgestumpft gegen das Leid. Anders geht es nicht. Man muss sich in den großen Hotels einquartieren und im Pool schwimmen und ein gutes Abendessen zu sich nehmen, wenn man zurückkommt; in den Lagern muss man in die Gesichter blicken und dabei nichts als Gesichter sehen und sich davor hüten, eine Verbindung zu den Geschichten herzustellen, da dahinter liegen. Die abgebrühtesten Leute, die ich kenne, arbeiten in der Mitleids-Branche. Also schritt ich an den Gesichtern vorbei und irgendwo auf halbem Weg in einer Reihe fiel mir das Spielzeug wieder ein, das Jean-Paul mir gegeben hatte. Ich holte es hervor. Das Display blinkte grün auf. Ein einziges Wort stand da: Sperre.

Ich hätte es beinahe fallen lassen. Ich spürte einen Schlag zwischen den Augen. Ich vergaß zu atmen. Die Welt kippte zur Seite weg. Meine verdammten, blöden Finger brachten kein klares Bild auf dem Display zustande. Ich rannte durch die Reihen von Zelten und besah mir die Gestalten. Die Digitalanzeige zeigte mir, wie weit ich in nördliche und östliche Richtung entfernt war. Ich taumelte rückwärts, bog bei der nächsten Lücke nach rechts ab und rannte nach Osten weiter. Beide Zahlenreihen wurden kleiner. Ich schoss übers Ziel hinaus, die Anzeige Ost ging höher. Wieder zurück. Diese Reihe. Diese Reihe. Ich spähte durch das Dämmerlicht. Am Ende der Reihe war eine Gruppe von Leuten, die sich vor einem Zelt unterhielten, beleuchtet von einer gelben Petroleumlampe. Ich rannte los, ein Auge auf dem Fährtensucher. Ich stolperte über Spannseile, warf Kanister um, stieß Kinder beiseite, entschuldigte mich bei alten Frauen. Die

Nummern klickten immer tiefer, fünfunddreißig, dreißig, fünfundzwanzig Meter... Ich sah diese eine Gestalt in der Gruppe, den Rücken mir zugewandt, bekleidet mit einem purpurfarbenen Kampfanzug. Ost Null, Nord Zwanzig, achtzehn... Klein, weiblich. Zwölf, zehn. Trug die Haare in großen weichen Stacheln. Acht, sechs. Ich brachte es nicht weiter als vier. Ich konnte mich nicht bewegen. Ich konnte nicht sprechen. Ich zitterte.

Die Gestalt, die meine Anwesenheit offenbar spürte, drehte sich um. Das gelbe Licht fiel auf sie.

»Ten«, sagte ich. Ich sah fünfzig Regungen in diesem Gesicht. Dann rannte sie zu mir und ich ließ das Spürgerät fallen, und ich hob sie hoch und drückte sie an mich und keine Worte, weder meine eigenen noch die von irgendjemandem sonst, glaube ich, können beschreiben, wie ich mich in diesem Augenblick fühlte.

*   *   *

Jetzt kommen unsere Leben und unsere Geschichten und Orte zusammen, und meine Erzählung bewegt sich ihrem Ende zu.

Ich glaube, dass die Menschen und ihre Gefühle sich auf Raum und Zeit niederschreiben. Nur so kann ich es mir erklären, dass ich wusste, noch bevor ich mich umdrehte und ihn dort im Lager sah, dass es Shoun war, dass er mich gesucht und gefunden hatte. Ich sage Ihnen, wenn das jemand für einen getan hat, dann weiß man es einfach. Ich sah ihn, und es war, als ob die Welt Regeln festgelegt hätte, wie es für mich laufen sollte, und dann plötzlich sagte sie, nein, ich durchbreche sie jetzt, für dich, Tendeléo, einfach weil es mir so gefällt. Er war unmöglich, er veränderte alles, was ich wusste, er war da.

Zu viel Glück weint. Zu viel Kummer lacht.

Er nahm mich mit in sein Hotel. Die Hotelbediensteten musterten mich argwöhnisch, als er sich den Schlüssel am Empfang holte. Sie wussten, was ich war. Sie wagten es nicht, irgendetwas zu sagen. Die weißen Männer an der Bar wandten sich ebenfalls um und starrten. Sie kannten die Bedeutung der Farben, die ich trug.

Er nahm mich mit in sein Zimmer. Wir saßen auf dem Balkon und tranken Bier. Es gab ein Gewitter in dieser Nacht – oben im Hochland gibt es fast jede Nacht ein Gewitter –, aber es blieb im Westen zwischen den Nandi-Bergen. Blitze krochen zwischen den Wolken hindurch, der Donner schüttelte unsere Bierflaschen auf dem Eisentisch. Ich erzählte Shoun, wo ich überall gewesen war, was ich getan hatte, wie ich gelebt hatte. Es war eine Geschichte, die zu erzählen lange dauerte. Der Himmel hatte sich aufgeklärt, ein neuer Tag brach an, als ich damit fertig war. Wir haben uns immer gegenseitig Geschichten erzählt, unsere gegenseitigen Geschichten.

Er hielt seine Fragen bis zum Ende zurück. Er hatte viele, viele davon.

»Ja, ich vermute, man kann das mit den alten unterirdischen Sklavenzügen vergleichen«, beantwortete ich eine davon.

»Ich begreife immer noch nicht, warum sie die Leute davon abzuhalten versuchen hineinzugehen.«

»Weil wir ihnen Angst machen. Wir könnten da drin eine Gesellschaft aufbauen, die nicht auf sie angewiesen ist. Wir stellen all ihre Werte infrage. Dies ist das erste Jahrhundert, in das wir eingegangen sind, in dem wir keine Vorstellungen, keine Philosophie, keinen Glauben haben. Sachen kaufen, Sachen betrachten. Das ist alles. Sollen wir etwa eintausend Jahre darauf aufbauen? Nun, derzeit tun wir das. Ich sage dir, ich habe viel gelesen, gelernt, Gedanken, Politik. Philosophie. Es ist alles da drin. Es gibt Informationsspeicher, die so groß sind wie Wolkenkratzer, Shoun. Und es geht nicht nur um unsere eigene Geschichte. Es geht auch um andere Leute, andere Rassen. Du kannst dich in sie hineinversetzen, du kannst eins werden mit ihnen, kannst ihr Leben leben, kannst die Dinge mit ihren Sinnen wahrnehmen. Wir sind nicht die Ersten. Wir sind ein Glied in einer langen, langen Kette, und wir sind nicht das Ende davon. Die Welt wird uns gehören; wir werden physikalische Wirklichkeiten beherrschen, so mühelos, wie Computer Informationen beherrschen.«

»Zum Teufel, vergiss die UN... du machst mir Angst, Ten!«

Es gefiel mir immer sehr gut, wenn er mich Ten nannte. Il Primo. Die Spitze des Haufens, König des Berges, die Nummer Eins.

Dann sagte er: »...und deine Familie?«

»Klein-Ei ist an einem Ort namens Kilandui. Er ist voll von Webern; sie ist Weberin. Sie fertigt schöne Brokatstoffe an. Ich sehe sie ziemlich oft.«

»Und deine Mutter und dein Vater?«

»Ich werde sie finden.«

Aber auf die meisten seiner Fragen gab es nur eine einzige Antwort: ›Komm mit, dann zeige ich es dir.‹ Ich beließ es fürs erste dabei. Ich schaukelte ihn, als ob er geschlagen worden wäre.

Nach einer Weile sagte er: »Meinst du das ernst?«

»Warum nicht? Du hast mich einmal mit zu dir nach Hause genommen, lass mich jetzt dich zu mir mitnehmen. Aber erst mal... es ist ein Jahr her... Und so viel...«

Er verstand, was ich meinte.

»Du gefällst mir in diesem Kampfanzug«, sagte er.

Wir lachten viel und erinnerten uns an alte Dinge, die wir vergessen hatten. Allmählich schüttelten wir den Rost und den Staub ab, und es war gut, und ich erinnere mich, wie das Zimmermädchen die Tür öffnete und einen kleinen spitzen Schrei ausstieß und sich kichernd entfernte.

Sean hatte mir einmal erzählt, das die größten Epochen seiner Nation auf diesen Worten aufgebaut waren: warum nicht? Tausend Jahre lang hatte das Christentum England mit der Frage beherrscht: Warum? Warum bauen wir eine Kathedrale, erfinden wir eine Wissenschaft, schreiben wir ein Theaterstück, entdecken wir ein neues Land, gründen wir ein Geschäft: Warum? Dann kamen die Elisabethaner mit der Antwort: Warum nicht?

Ich wusste, dass der alte Elisabethaner dachte: Warum nicht? Auf ihn warteten lediglich Zahlen, zu denen er hätte zurückkehren können, und Sozialhilfe-Fallen und eine alte, graue Stadt und eine alte, graue sterbende Welt, eine sichere Welt ohne große Verheißungen. Hier gibt es eine Welt zu erschaffen. Hier gibt es die Zukunft von einer Million Jahren zu formen. Hier gibt es tausend verschiedene Arten des Zusammenlebens, die gestaltet werden müssen, und wenn sie nicht funktionieren, knete sie zusammen wie Lehm und fang von vorne an.

Ich drängte Sean nicht zu einer Antwort. Er wusste so gut wie ich, dass das keine leichte Entscheidung war. Es bedeutete, eine Welt aufzugeben oder einander aufzugeben. Das sind keine Entscheidungen, die man innerhalb eines Tages trifft. Also genoss ich das Hotel. Eines Tages gönnte ich mir ein ausgedehntes Bad. Das Hotelzimmer hatte ein sehr großes Bad und es gab allerlei kostenloses Zeug, mit dem man spielen konnte, also trieb ich regen Missbrauch damit. Ich hörte, wie Sean den Telefonhörer abnahm. Ich verstand nicht, was er sagte, aber er sprach sehr lange. Als ich herauskam, saß er auf der Bettkante und hatte das Telefon neben sich. Er saß sehr aufrecht da und sah irgendwie formell aus.

»Ich habe Jean-Paul angerufen«, sagte er. »Ich habe ihm meine Kündigung durchgegeben.«

Zwei Tage später machten wir uns auf den Weg zum Chaga. Wir fuhren mit einem Matatu. Es waren Schulferien, die Peugeot-Fahrdienste waren stark frequentiert von Kindern auf dem Heimweg zu ihren Familien. Sie veranstalteten viel Lärm und Trubel. Sie musterten uns aus den Augenwinkeln und beugten sich tuschelnd zusammen. Sean entging das nicht.

»Sie reden über dich«, sagte er.

»Sie wissen, was ich bin, was ich tue.«

Eines der Schulmädchen in einer schwarz-weißen Uniform verstand unser Englisch. Sie nagelte Sean mit einem Blick fest. »Sie ist eine Kriegerin«, erklärte sie ihm. »Sie gibt uns unsere Nation wieder.«

In Kapsabet trennten wir uns von den meisten der Kinder, die in andere Matatus umstiegen; das unsere fuhr in das Herz der Nandi-Berge. Es war eine hochgelegene, grüne hügelige Landschaft, vielleicht vergleichbar mit Seans England. Ich bat den Fahrer, gleich hinter einem Metallkreuz zu halten, ein Denkmal für ein paar Leute, die vor langer Zeit bei einem Verkehrsunfall ums Leben gekommen waren.

»Und jetzt?«, fragte Sean. Er saß auf dem kleinen Bündel, das, wie ich ihm gesagt hatte, alles sei, was ich mitnehmen könne.

»Jetzt warten wir. Es wird nicht lange dauern.«

Zwanzig Pesonenwagen fuhren auf der schlammigen roten Lehmstraße an uns vorbei, außerdem zwei Lastwagen, ein Überlandbus und ein Konvoi von medizinischen Versorgungsfahrzeugen. Dann kamen sie aus der Dunkelheit zwischen den Bäumen auf der gegenüberliegenden Straßenseite hervor, wie Träume aus dem Schlaf: Meji, Naomi und Hamid. Sie gestikulierten mit den Armen: hinter ihnen kamen Männer, Frauen, Kinder… ganze Familien, von Babies, die auf den Armen getragen wurden, bis zu alten Männern; zwanzig Leute tauchten einer nach dem anderen aus der Dunkelheit auf und blickten nervös die gerade rote Straße auf und ab, bevor sie auf die andere Seite wechselten.

Meji und ich schlugen die Hände zusammen, er musterte Sean von oben bis unten.

»Ist er das?«

»Das ist Sean.«

»Ich hatte jemanden erwartet, der…«

»…etwas weißer ist?«

Er lachte. Er gab Sean die Hand und stellte sich vor. Dann nahm Meji eine Sprühtube aus seiner Tasche und hüllte Sean in einen Spraydunst ein. Sean machte einen Satz zurück, hustend und würgend.

»Bleib stehen, wenn du nicht willst, dass dir die Kleider vom Leib fallen, wenn du hineingehst«, sagte ich.

Naomi übersetzte meine Worte für die anderen. Sie fanden sie sehr komisch. Nachdem er Seans Kleidung immunisiert hatte, besprühte Meji seine Tasche.

»Also dann, auf geht's«, sagte ich zu Sean.

Wir verbrachten die Nacht im Haus des Dorfoberhauptes von Senghalo, genannt ›Chief‹. Das war die letzte Station an unserer Strecke. Ich wusste aus meiner Zeit als Staub-Mädchen, dass man ebenso gute Leute drin wie draußen braucht. Von überall her strömten Menschen herbei, um den schwarzen Engländer zu sehen. Obwohl es ihn störte, angegafft zu werden, brachte Sean es fertig, seine Geschichte zu erzählen. Ich übersetzte. Am Ende brach die Menge vor Chiefs Haus in spontanen Beifall aus, der sich unter anderem als Fingerschnipsen äußerte.

»Herrje, Tendeléo, wie können wir da nur mithalten?«, sagte Meji halb im Scherz zu mir.

In dieser Nacht schlief ich unruhig, immer wieder aufgeschreckt durch das Dröhnen von Flugzeugen, die sich am Rand eines Unwetters bewegten.

»Liegt es an mir?«, wollte Sean wissen.

»Nein, nicht an dir. Schlaf weiter.«

Sonnenstrahlen, die durch die Bambuswand hereinfielen, weckten uns. Während Sean sich draußen im strahlenden, kalten Morgen wusch, neugierig beäugt von Kindern, die sehen wollten, ob das Schwarz bis unten hin ging, stellten Chief und ich seinen Kurzwellenempfänger auf UN-Frequenz ein. Es wurde allerlei gequasselt in Klingon. Ihr Amerikaner denkt wohl, wir verstehen Star Trek nicht?

»Sie haben irgendwelche Informationen erhalten«, sagte Chief. Wir holten die Ausrüstung aus seinem Keller. Sean sah zu, wie Hamid, Naomi, Meji und ich uns die Kommunikatoren anlegten. Er sagte nichts, als der schwarz-grüne

Knoten aus Cha-Plastik um meinen Hinterkopf herum wuchs, sich in mein Ohr ausdehnte und ein Tentakel zu meinen Lippen ausstreckte. Er hob meinen Stab auf.

»Darf ich?«

»Er werde dich nicht beißen.«

Er betrachtete den faustgroßen Bernsteinball an seiner Spitze und den skelettartigen Umriss einer darin eingebetteten Kugel aus der Nähe.

»Das ist ein Buckyball«, erklärte ich. »Das Symbol unserer Macht.«

Er reichte ihn mir wortlos. Wir packten unsere Gewehre aus, reinigten sie, prüften sie und brachen auf. An diesem Tag marschierten wir nach Osten, entlang des Kamms des Nandi-Gebirges, durch verwüstete Felder und verlassene Dörfer. Hubschraubermotoren waren unsere ständigen Begleiter. Manchmal erhaschten wir durch das Laubdach einen Blick darauf, winzig wie schwarze Moskitos am Himmel. Die Alten und die Mütter machten ängstliche Gesichter. Ich wollte mir nicht anmerken lassen, wie nervös sie mich machten. Ich rief meine Kollegen zur Seite.

»Sie kommen näher.«

Hamid nickte. Er war ein stiller, dünner Zweiundzwanzigjähriger... mit äthiopischer Haut, einem Ziegenbärtchen – und einem Abschlussdiplom in politischen Wissenschaften von der Universität Nairobi.

»Wir wählen jedes Mal eine andere Route«, sagte er. »Sie können es nicht wissen.«

»Jemand verkauft uns«, sagte Meji.

»Das würde auch nichts machen. Wir wählen unseren Weg immer aufs Geratewohl.«

»Es sei denn, sie beobachten sie alle.«

Am Nachmittag begannen wir den Abstieg hinunter ins Rift Valley und zum Terminum. Während wir uns den alten gewundenen Jägerpfad hinabschlängelten, der nach dem vor kurzer Zeit niedergegangenen Regen schlammig und glitschig war, schwenkte der Hubschrauber über die Hügelkette heran. Wir huschten in Deckung. Er machte kehrt und führte einen erneuten Überflug durch, diesmal so tief, dass ich das widergespiegelte Licht im Visier des Piloten sah.

»Sie spielen mit uns«, sagte Hamid. »Sie können uns jederzeit, wann immer es ihnen beliebt, von diesem Hügel aus in die Luft jagen.«

»Wie?«, fragte Naomi. Sie sprach nur das Nötigste, und nur dann, wenn es unbedingt sein musste.

»Ich glaube, ich weiß es«, sagte Sean. Er hatte in geringer Entfernung zugehört. Er kam rutschend zu uns herunter, während der Hubschrauber erneut über den Hügel dröhnte und dabei die Blätter absenste und uns mit Dreck und Zweigen bespritzte. »Deshalb.« Er tippte mir auf den Unterarm. »Wenn ich dich finden konnte, dann können sie dich auch finden.«

Ich rollte meinen Ärmel hoch. Der Judas-Chip pochte unter meiner Haut wie Gift.

»Umfass mein Handgelenk«, sagte ich zu Sean. »Was immer geschehen mag, lass es nicht los.«

Bevor er ein Wort hervorbrachte, zog ich mein Messer. Solche Dinge müssen schnell erledigt werden. Wenn erst einmal der Verstand von der Angst besiegt wird, dann macht man es nie. Wichtig ist, dass man es richtig macht. Es gibt keinen zweiten Versuch. Ein Stoß mit der Spitze, ein kurzes Ziehen, ein Drehen – und schon lag das verräterische Ding am Boden, schmierig von meinem Blut. Es tat weh. Es tat sehr weh, aber das Blut war versiegt, die Wunde schloss sich bereits wieder.

»Jetzt muss ich einfach dafür sorgen, dass ich dich nicht noch einmal verliere«, sagte Sean.

Sehr ruhig, sehr leise, stellten wir die Mannschaft zusammen, und einer nach dem anderen rutschten wir den Hang hinunter, um den Augen des Hubschraubers zu entwischen. Soweit ich weiß, fliegt das dumme Ding immer noch da oben herum und hält Wache über einen toten Chip. In dieser Nacht schliefen wir unter freiem Himmel, dicht aneinander gedrückt, um uns gegenseitig

Wärme zu spenden, und am dritten Tag erreichten wir Tinderet am Rand des Chaga.

* * *

Ten hatte uns mit strammer Marschgeschwindigkeit angeführt, als ob sie es kaum erwarten könnte, dass wir Kenia hinter uns ließen. Seit dem späten Vormittag befanden wir uns auf einem langen, mühsamen Aufstieg einen steilen Hang hinauf. Ich war einigermaßen geübt im Bergwandern, sodass mir Anstrengung wenig ausmachte, aber für die Jungen und die Frauen mit Babies war der Weg sehr kräftezehrend. Als ich vorschlug, eine Rast einzulegen, sah ich, wie ein kurzes Aufwallen von Ärger über Tens Gesicht huschte. Sobald sie es durchsetzen konnte, schulterten wir unser Gepäck wieder und setzten unseren Weg fort. Ich versuchte, zu ihr aufzuholen, aber Ten marschierte immer schneller vor mir her, bis sie kurz vor dem Gipfel beinahe in Laufschritt verfiel.

»Shoun!«, rief sie. »Komm mit!«

Sie rannte zwischen dem sich lichtenden Baumbestand zum Gipfel hinauf. Ich folgte ihr, sprang in eine kleine Senke hinunter und plötzlichen öffneten sich die Baumreihen, und ich befand mich am Rand des Chaga.

Der Boden fiel vor mir schroff ab, hinunter ins Rift Valley, Grün auf Grün auf Grün, in den Talboden übergehend, wo die Muster der Felder als Flickwerk von Gelb und Umbra und Ocker zu erkennen waren. Die Perspektive ließ die Farben verschwimmen – ich konnte bestimmt achtzig Kilometer weit sehen –, bis sie sich plötzlich auf atemberaubende Weise veränderten. Braun- und Beigetöne einer ausgetrockneten Landschaft, gemischt mit Burgunder- und Rosttönen, waren durchzogen von Adern in Purpur und Weiß, dann explodierten sie in ein Chaos, wie ein Blumenbeet mit jeder wahrnehmbaren Farbe, ein Durcheinander von Formen und Farben, wie ein wahnwitziges Korallenriff, wie der Inhalt einer Kinderspielkiste von Plastikspielzeug, ausgeschüttet auf einem chinesischen Teppich. Es strengte die Augen an, es tat dem Gehirn weh. Ich verfolgte es zurück, versuchte einen Sinn in dem zu erkennen, was ich sah. Eine schroffe Wand, tiefrot, ragte plötzlich aus der chaotischen Landschaft auf, senkrecht, beinahe so hoch wie die Erhebung, auf der ich stand. Es war keine feste Wand, sie schien mir vielmehr aus Säulen oder – wie ich dachte – Baumstämmen zu bestehen. Sie mussten von gigantischer Größe sein, wenn sie aus dieser Entfernung zu sehen waren. Sie öffneten sich zu einem undurchbrochenen, karmesinroten Laubdach. In weiterer Ferne wurde das flache Dach zu einem Wirrwarr von dunklen Grüntönen, durchbrochen von etwas, das ich nur als kleine Tafelebene beschreiben kann, wie Devil's Tower in Wyoming oder die alten Vulkane von Puy de Dome. Aber diese hier glitzerten in der Sonne wie Glas. Dahinter war die Landschaft gestreift wie ein Tiger, gelb und dunkelbraun, und Gebilde wie kippende Eisberge, rein weiß, ragten draus hervor. Und wiederum dahinter erkannte ich keine Einzelheiten mehr, aber die Farben setzten sich scheinbar unendlich fort, bis zum Horizont.

Ich weiß nicht, wie lange ich dastand und das Chaga ansah. Ich verlor jedes Zeitgefühl. Irgendwann wurde mir bewusst, dass Ten neben mir stand. Sie versuchte nicht, mich zum Weitergehen aufzufordern oder mit mir zu sprechen. Sie wusste, das Chaga gehörte zu den Dingen, die man zuerst mit allen Sinnen erfassen muss, bevor man sie mit dem Kopf begreifen kann. Einer nach dem anderen gesellte sich der Rest der Gruppe zu uns. Wir standen aufgereiht an dem Felsabhang und blickten hinunter auf unsere neue Heimat.

Dann gingen wir den Pfad ins Tal hinunter.

Nachdem wir etwa eine halbe Stunde lang den Hang hinunter geklettert waren, hieß Meji, der an der Spitze marschierte, uns anhalten.

»Was ist los?«, fragte ich Ten. Sie berührte ihren Kommunikator, eine halbe Eierschale aus lebendigem Plastik entfaltete sich aus den Kopfhörern und drückte sich auf ihr rechtes Auge.

»Das gefällt mir nicht«, sagte sie. »Rauch, von Menengai.«

»Menengai?«

»Das ist unser Ziel. Meji versucht, Funkkontakt zu ihnen zu bekommen.«

Ich blickte über Tens Kopf zu Meji, der sich eine Hand ans Ohr hielt und den Blick schweifen ließ. Er sah besorgt aus.

»Und?«

»Nichts.«

»Was sollen wir tun?«

»Wir gehen weiter.«

Wir setzten unseren Abstieg durch verschiedene Mikro-Klimazonen fort. Am Talboden war es um fünfzehn Grad kälter als in den kühlen, feuchten Nandi-Bergen. Wir arbeiteten uns durch dichtes Gestrüpp und überwuchertes Gebüsch, über verlassene Straßen, durch verwüstete Dörfer. Die Krieger hielten ihre Waffen in Bereitschaft. Ten suchte in regelmäßigen Abständen mit ihren alles sehenden Augen den Himmel ab. Jetzt konnte sogar ich den Rauch sehen, der mit dem Wind aus dem Osten zu uns her wehte, und ich roch ihn. Er roch wie verbrannte Gewürze. Ich sah, dass Meji immer noch versuchte, Menengai zu erreichen. Funkstille.

Am frühen Nachmittag überquerten wir das Terminum. Aus der Entfernung sieht man solche Dinge recht klar. Aus nächster Nähe kriechen sie an einem hoch. Ich marschierte durch grobes Gras und dorniges Gestrüpp, als mir Streifen aus blauem Moos zwischen den Wurzeln auffielen. Seltsam gleichmäßige Moosstreifen, die in einem Winkel von genau einhundertundzwanzig Grad abknickten und sich gabelten und zu Sechsecken vereinigten. Ich erstarrte. Zwanzig Meter vor mir stand Ten in einer Welt... und ich stand in einer anderen.

»Selbst wenn du gar nichts tust, wird es über dich kommen«, sagte sie. Ich sah nach unten. Die blauen Linien näherten sich langsam meinen Zehen. »Komm weiter!« Ten streckte die Hand aus. Ich ergriff sie, und sie führte mich hindurch. Nachdem wir zwei Minuten lang gegangen waren, hatten das Gestrüpp und das Gras vollkommen der Chaga-Vegetation Platz gemacht. Während des restlichen Nachmittags wanderten wir durch die zerstörerische Zone. Bäume fielen um uns herum zusammen, Büsche wurden von den Wurzeln abwärts verschlungen, Grasflächen zerfielen und lösten sich auf, Pilzfinger und Korallenfächer schossen zu allen Seiten hoch, Blasen schwebten um meinen Kopf. Ich wanderte durch all das hindurch wie ein Mensch in einem Brennofen.

Meji rief unter einem Bogen von Chaga-Pflanzen, der wie die Kuppel einer mittelalterlichen Kathedrale geformt war, zum Anhalten auf. Er hatte über Kopfhörer einen Bericht erhalten.

»Menengai wurde angegriffen.«

Alle schrien Fragen durcheinander und lamentierten. Meji hielt die Hand hoch.

»Es waren Afrikaner. Jemand hat sie mit chagasicherer Ausrüstung und Waffen ausgestattet. Sie hatten Abzeichen an ihren Uniformen: KLA.«

»Wir haben Feinde«, stellte der Kluge in der Gruppe, Hamid, fest. »Die kenianische Regierung erhebt immer noch Anspruch auf die Gerichtsgewalt über das Chaga. Immer wieder erinnert sie uns daran, wer hier das Sagen hat. Sie wollen, dass wir in Bewegung bleiben, wollen verhindern, dass wir uns etablieren. Sie sind nichts anderes als Contras mit westlichem Geld und Waffen und Ratgebern.«

»Und Menengai?«, fragte ich. Meji schüttelte den Kopf.

»Der Allerhöchste bringt Überlebende nach Punyata.«

Ich sah Ten an.

»Der Allerhöchste?«

Sie nickte.

Wir trafen den Allerhöchsten unter dem dunklen Laubdach der großen Mauer. Es war ein angemessen düsterer Ort für die Begegnung: die glatten hohen Baumstämme; das Laubdach aus dunklen Blättern, ausgestreckt wie Hände, einen Kilometer über unseren Köpfen; die Lichtklecke, die durch die Lücken auf den Waldboden fielen; Überlebende und Reisende, zwergenhaft klein, verglichen mit alledem. Die Bauern des Mittelalters mussten sich so vorgekommen sein, wenn sie in tiefster Ehrfurcht vor ihren Kathedralen standen.

Es ist ein merkwürdiges Erlebnis, wenn man jemandem leibhaftig begegnet, den man aus Geschichten kennt. Am liebsten würde man sagen: ich habe schon einiges von dir gehört, du hast von mir noch nie was gehört, du bist gar nicht so, wie ich mir dich vorgestellt habe. Man unterzieht denjenigen einer eingehenden Prüfung, um herauszufinden, ob er seine Rolle dem Charakter entsprechend spielt. Seine Geschichte war einfach und bitter.

Ein Dorf, erwachend, seinen üblichen Geschäften nachgehend, Leute, die sich trafen und grüßten, die herumliefen und redeten, Tratsch und müßiges Geschwätz, Austausch von Neuigkeiten, Kaffee trinken. Dann, Stimmen, fremde Stimmen – und Schüsse und die Leute sehen sich erstaunt um. Was ist denn hier los? Und während sie noch staunen, rennen Fremde auf sie zu, überrennen sie, Fremde mit Gewehren, die auf alles schießen, was ihnen in den Weg kommt, ohne Fragen zu stellen, ohne zu sehen oder zu hören, schießend und immer weiter laufend. Schießend und brandschatzend. Tote blieben liegen, wo sie gefallen waren, Häuser gingen wie erblühende Blumen in lodernden Flammen auf. Hindurch, zurück und hinaus. Weg. So schnell, so beiläufig. Zehn Minuten, und Menengai war ein Leichenhaus. Der Allerhöchste berichtete darüber ebenso beiläufig, wie das Ganze abgelaufen war, aber ich sah seine weißen Knöchel beim Umklammern seines Stabes.

Für Menschen wie mich, die aus einer friedlichen,

wohlgeordneten Gesellschaft kommen, ist Gewalt in dieser Form unvorstellbar.

Ich habe Kämpfe gesehen, und sie haben mir Angst gemacht, aber ich habe noch nie selbst Erfahrung gemacht mit der Art von Gewalt, wie der Allerhöchste sie beschrieb, wo Menschen aus reiner Willkür andere Menschen umbringen. Ich sah die Überlebenden – schmutzig, müde, verängstigt, sehr still –, aber ich konnte nicht sehen, was ihnen angetan worden war. Deshalb konnte ich es nicht wirklich glauben. Und obwohl ich mich dort oben auf dem Berg vor dem Hubschrauber versteckt hatte, konnte ich einfach nicht glauben, dass er tatsächlich diese großen Schießklappen tatsächlich über mir geöffnet hätte, und ich konnte jetzt auch nicht glauben, dass die Leute, die Menengai angegriffen hatten, diese Kenianische Befreiungsarmee, deren einziger Sinn darin bestand, Chaga-Bewohner zu töten, ihr Leben zu zerstören, irgendwo da draußen waren, wahrscheinlich aus der Luft mit Nachschub versorgt, ihre Waffen nachladend, auf der Suche nach neuen Angriffszielen. Das kam mir einfach falsch vor an einem Ort wie diesem, der so ruhig und heilig war... wie eine giftige Schlange in einem schönen Garten.

Meji und Ten glaubten es. Sobald es möglich war, trieben sie uns weiter.

»Wohin jetzt?«, fragte ich Ten.

Ihr Gesicht drückte Unsicherheit aus.

»Nach Osten. Die Schwarzen Simbas haben einige Siedlungen auf dem Kirinyaga Sie werden sie verteidigen.«

»Wie weit?«

»Drei Tage?«

»Die Frau da hinten, Hope, sie ist bestimmt nicht fähig, noch viel länger weiterzulaufen.« Ich hatte mit ihr gesprochen, sie war hochschwanger. Im achten Monat, schätzte ich. Sie sprach kein Wort englisch, und ich konnte nur ein bisschen Aid-Agency-Suaheli, aber sie schätzte meine Gesellschaft, und für mich war ihr dicker Bauch eine Bestätigung, dass das Leben stark war, dass es weiterging.

»Ich weiß«, sagte Ten. Sie mochte in ihrer Kampfausrüstung stecken und den Stab und ein Gewehr an der Hüfte tragen, aber sie sah sich Entscheidungen ausgesetzt, die ihr mit aller Deutlichkeit sagten: Du bist immer noch ein Teenager, kleine Kriegerin.

Wir schlängelten uns zwischen den gewaltigen Wurzeln der riesigen Bäume hindurch. Die Kugeln an den Spitzen der Stäbe warfen ein sanftes gelbes Licht – Biolumineszenz, wie mir Ten erklärte.

Wir folgten den hüpfenden Lichtern durch den dunklen, tropfenden Mauer-Wald. Das Gelände stieg an, allmählich und stetig. Ich wurde etwas langsamer, um neben Hope herzugehen. Wir unterhielten uns. So verging die Zeit. Die Mauer wurde jäh von einem Ökosystem aus Pilzen abgelöst. Rote Fliegenpilze ragten bis über meine Kopfhöhe auf, Boviste bestäubten mich mit gelben Sporen, trompetenförmige Pfifferlinge vergossen Wassertropfen aus ihren Hüten, Gruppen von Pilzen mit stecknadelgroßen Hütchen schimmerten fahl wie Leichen. Ich sah Affen, die uns aus dem Laub heraus beobachteten.

Wir befanden uns jetzt in großer Höhe und kletterten über die Grate, die wie Finger einer gespreizten Hand aussahen. Hope erzählte mir, dass ihr Mann bei dem Überfall auf Menengai getötet worden war. Ich wusste nicht, was ich sagen sollte. Dann fragte sie mich nach meiner Vergangenheit. Ich erzählte sie ihr in meinem schlechten Suaheli. Die Pfade führten uns immer höher hinauf.

»Ten.«

Wir legten eine Rast ein, um ein Abendessen zu uns zu nehmen. Das war die eine Seite des Chaga, man musste niemals hungern. Man brauchte nur die Hand auszustrecken, und sofort war alles, das man berührte, essbar. Ten hatte es mir so beschrieben: Wenn du deine Scheiße vergräbst, dann ist am nächsten Morgen ein wohlschmeckendes Knollengewächs daraus gewachsen. Bis jetzt hatte ich noch nicht den Mut aufgebracht, es zu versuchen. Für eine fremdweltliche Invasion schien das Chaga auf bemerkenswerte Weise auf menschliche Bedürfnisse Rücksicht zu nehmen.

»Ich glaube, Hope ist schon um einiges weiter, als wir angenommen haben.«

Ten schüttelte den Kopf.

»Ten, wenn die Wehen losgehen, wirst du dann anhalten?«

Sie zögerte einen Augenblick.

»Also gut, wenn es soweit ist, legen wir eine Rast ein.«

Sie kämpfte sich zwei Tage lang weiter, hinunter in ein Tal, durch ein schrecklich schwieriges Gelände mit großen Kugeln aus giraffenartig gemustertem Moos, dann wieder hinauf, in ein höheres Gebiet, als wir es je zuvor beschritten hatten.

»Ten, wo sind wir?«, fragte ich. Das Chaga hatte unsere Geografie verändert, hatte all unsere Landkarten unbrauchbar gemacht. Wir richteten uns nach dem Kompass und nach geophysikalischen Landmarken.

»Wir haben das Nyandarua-Tal hinter uns gelassen, jetzt steigen wir an der Ostseite der Aberdare-Berge hinauf.«

Die Strapazen des Marsches machten sich immer mehr bemerkbar. Naomi und ich mühten uns am Schluss der Reihe mit den Alten und den Frauen und Kindern ab, und mit Hope. Wir schleppten uns den Hang hinauf, aber Hope machte schlapp, konnte nicht mehr.

»Ich glaube... ich spüre...«, sagte sie, eine Hand auf dem Bauch.

»Ruf Ten her«, befahl ich Naomi. Sie sprach in ihr Mikro.

»Keine Antwort.«

»Wie bitte?«

»Sie antwortet nicht.«

Ich rannte los. Auf Händen, Knien, dem Bauch, wie immer es nur ging, schaffte ich es bis zu dem Grat hinauf, so schnell ich konnte. Jenseits des Kamms änderte sich das Gelände, so unvermittelt, wie es Chaga-Landschaften zu tun vermögen, von dem moosigen Labyrinth zu einer Pflanzung von gleichmäßig eingesetzten Bäumen, die wie riesige Ohren aus Weizen geformt waren.

Ten war hundert Meter weiter unten am Hang. Sie stand wie eine Statue zwischen den Weizenbäumen. Ihr Stab war fest in den Boden gesteckt. Sie reagierte nicht, als ich ihren Namen rief. Ich rannte zwischen den Bäumen hindurch zu ihr hinunter.

»Ten! Hope kann nicht weiter. Wir müssen anhalten.«

»Nein!«, schrie Ten. Sie sah mich nicht an, sondern blickte starr zwischen den Baumreihen hindurch in die Tiefe.

»Ten!« Ich packte sie, drehte sie zu mir herum. Ihr Gesicht war wild, furchtsam, tränenüberströmt, freudig, als ob sie in diesem Hain von fremdweltlichen Pflanzen etwas Vertrautes und gleichzeitig schrecklich Quälendes sähe. »Ten! Du hast es versprochen.«

»Shoun! Shoun! Ich weiß, wo ich bin! Ich weiß, was das hier ist! Das ist der Pass und das ist der Verlauf der Straße und dies ist das Tal, und das ist der Fluss, und das da unten – das ist Gichichi!« Sie sah zurück zum Pass hinauf und rief den Gestalten an der Baumlinie zu: »Allerhöchster! Gichichi! Hier ist Gichichi! Wir sind zu Hause!«

Sie hob ab. Sie hielt den Stab wie einen Jagdspeer in der Hand, sie sprang über Steine und umgestürzte Baumstämme, sie watete durch Bäche; preschte zwischen den Bäumen hindurch. Ich schoss wie eine Gewehrkugel hinter ihr her, aber ich machte mir nicht die geringste Hoffnung, dass ich sie einholen würde. Ich fand Ten, als sie auf einer freien Fläche stand, wo ein umgestürzter Weizenbaum andere wie Dominosteine umgeworfen hatte. Ihr Stab war tief in die Erde gesteckt. Ich störte sie nicht. Ich sagte kein Wort. Ich wusste, dass ich Zeuge eines heiligen Vorgangs wurde.

Sie ließ sich auf die Knie nieder. Sie schloss die Augen. Sie drückte die Hände auf den Boden. Und ich sah dunkle Linien, wie träge schwarze Lichtblitze, die von ihren Fingerspitzen über die Chaga-Decke zuckten. Die Linien bogen und schnitten sich, neue Pfade sprossen daraus hervor.

Der Moosteppich glich allmählich einer japanischen Schale mit krakelierter Glasur. Doch alles war auf Ten konzentriert. Sie war die Quelle des Musters. Und die Chaga-Decke floss in Richtung der Kraftlinien. Formen entstanden unter dem sich bewegenden Moos, die sich wie Rippen unter der Haut abzeichneten. Sie bildeten Gitter und Rechtecke und schoben die Chaga-Decke langsam weiter. Ich begriff, was ich da sah. Die Linien begrabener Mauern und Gebäude wurden exhumiert. Molekül um Molekül, Zentimeter um Zentimeter, wurde Gichichi aus der Erde gezogen.

Als die anderen den Weg vom Bergkamm herunter geschafft hatten, standen die Mauern bereits hüfthoch da und Nutzgeräte erhoben sich aus der Erde: Stromgeneratoren, Wasserpumpen, Wärmeaustauscher, Nanofakturzellen. Flüchtlinge und Krieger wandelten voller Erstaunen zwischen den langsam sich erhebenden Porzellanwänden herum.

Dann beliebte es Ten, mich zu erkennen.

Sie hob den Blick. Sie hatte die Zähne gefletscht, ihr Haar war verfilzt, Schweiß tropfte ihr vom Kinn und den Wangenknochen. Ihr Gesicht war eingefallen, sie verbrannte ihre eigene Körpermasse, rammte sie durch diese Geist/Chaga-Grenzfläche in ihr Gehirn, um Nanoprozessoren in großem Maß zu programmieren.

»Wir haben es in der Gewalt, Shoun«, flüsterte sie. »Wir können der Welt jede uns beliebige Gestalt geben. Wir können uns eine Heimat schaffen.«

Der Allerhöchste legte ihr die Hand auf die Schulter.

»Das reicht, Kind. Genug. Den Rest schaffe ich allein.«

Ten nickte. Sie brach den Bann. Ten rollte sich auf die Seite, keuchend, bebend.

»Es ist fertig«, flüsterte sie. »Shoun...«

Sie konnte meinen Namen immer noch nicht richtig

aussprechen. Ich ging zu ihr. Ich nahm sie in die Arme, während um uns herum Gichichi wieder auferstand, Dächer entfalteten sich wie Blütenknospen, Gärten und ein Gewirr von schmalen, gewundenen Straßen bildeten sich. Keine Worte. Es bedurfte keiner Worte. Sie hatte alles gesagt, was sie zu sagen hatte, aber ganz in der Nähe hörte ich den entzückten, empfindungsvollen Schrei einer Frau kurz vor der Entbindung.

*   *   *

Wir fangen mit einem Dorf an und wir hören mit einem Dorf auf. Unterschiedliche Dörfer, eine andere Welt, aber der Name bleibt derselbe. Habe ich nicht bereits erwähnt, dass Namen wichtig sind? Ojok, Hopes Kind, ist unser erster Bürger. Er ist inzwischen zwei Jahre alt, aber jeden Tag kommen Leute über den Pass oder aus dem Tal herauf, um hier zu bleiben, um sich hier eine neue Heimat zu schaffen. Gichichi zählt jetzt zweitausend Seelen. Fünfhundert Häuser erstrecken sich entlang des Tals, jedes mit einem eigenen Garten-Shamba und einer Nanofabrik, wo wir alles herstellen können, was wir brauchen. Gichichi ist berühmt für seine Nanoprozessor-Programmierer. Wir erringen große Anerkennung, indem wir sie an die Städte und Dörfer ausleihen, die dort unten im Nyeri-Tal und am Fuß des Mount Kenia wie Pilze aus dem Boden sprießen. Dort entsteht eine große Stadt, wie ich gehört habe, und eine mächtige Kultur entwickelt sich, aber das betrifft die ferne Zukunft. Hier in Gichichi sind wir auf unsere besondere Weise wohlhabend; wir haben ein Gemeindezentrum, drei Bars, einen Mandazi-Laden und sogar ein kleines Theater. Bis jetzt gibt es noch keine Kirche. Wenn Christen kommen, bauen sie sich vielleicht eine. Wenn sie es tun, dann hoffe ich, dass sie ihr den Namen St. John geben. Die blühenden Ranken werden dann gewiss wieder über das Dach wachsen.

Das Leben ist nicht sicher. Andere Contra-Gruppen

haben sich der KLA angeschlossen, und wir haben übers Netz erfahren, dass der Westen die Quarantänebestimmungen in den Chaga-Zonen noch verschärft hat. Überall am nördlichen Rand gibt es Angriffe. Ich kann mir nicht vorstellen, dass Gichichi immun ist. Wir müssen ständig große Angst haben vor den Mächtigen. Aber es kommen immer mehr Packen herunter, und die Welt verändert sich andauernd. Und das Leben ist niemals sicher. Bruder Staubs Lektion ist die wahrhaftigste, die ich jemals gelernt habe, und ich habe mehr davon mitbekommen als die meisten. Aber ich vertraue auf die Zukunft. Bald wird es einen neuen Namen geben bei den Bürgern von Gichichi, dieser netten, fruchtbaren Stadt im Tal der Aberdares. Natürlich können Sean und ich uns nicht einigen, wie er lauten soll. Er will sie nach der Tageszeit nennen, in der sie geboren wird, ich möchte etwas Irisches.

»Aber du kannst es dann ja gar nicht aussprechen«, sagt er. Wir werden uns etwas ausdenken. So machen wir die Dinge hier. Wie immer ihr Name auch immer sein wird, sie wird eine Geschichte zu erzählen haben, davon bin ich überzeugt, aber es steht mir nicht an, dazu etwas zu sagen. Meine Geschichte endet hier und unser Leben geht weiter. Ich nehme das meine wieder auf, so wie Sie das Ihre hochhalten. Wir haben noch einen langen Weg vor uns.

Originaltitel: ›TENDELÉO'S STORY‹
Copyright © 2000 by Ian McDonald
Erstmals erschienen bei PS Publishing, Leeds
Mit freundlicher Genehmigung des Autors und
Thomas Schlück, Literarische Agentur, Garbsen
Copyright © 2001 der deutschen Übersetzung
by Wilhelm Heyne Verlag GmbH & Co. KG, München
Aus dem Englischen übersetzt von Irene Bonhorst

Adam

»Stellen Sie sich vor: Wie so oft gehen Sie auf die Jagd, sagen wir auf Antilopen oder Zebras – es muss ja nicht immer Mammut sein –, und plötzlich merken Sie, dass Sie einen Fehler gemacht haben – es wird kalt und kälter, und der Abendstern glänzt schon am Himmel. Erschrocken schauen Sie sich um und merken, dass Sie viel zu weit von der heimischen Höhle entfernt sind. Das Jagdfieber hatte Sie gepackt, und nun stehen Sie alleine da und haben keine Chance, rechtzeitig vor Einbruch der Nacht zurück zu ihrem Klan zu kommen. Sie kennen keine Gebete, denn die werden erst in ein paar tausend Jahren erfunden und so haben Sie nicht einmal die Möglichkeit, irgendeinen Gott anzurufen. Insbesondere, da es auch noch keinen Gott gibt, der Ihnen gnädig sein Ohr leihen könnte.

In ihrem dumpfen, ungeübten Hirn ist nichts als ein diffuses Mischmasch aus Angst vor der Dunkelheit, Angst vor wilden Tieren und Angst vor der Kälte. Und diese immer übermächtiger werdenden Ängste formieren sich zu einem irrationalen, tierischen Schrecken, der Sie plötzlich losrennen und äffisches Gegrunze ausstoßen lässt.«

Der Erzähler hält kurz inne, nimmt einen Schluck Wasser, blickt im Studio umher und fährt mit seiner Geschichte fort, als er befriedigt sieht, dass alle gebannt an seinen Lippen hängen.

»Und schließlich, als die leuchtenden Augen der Raubtiere neben den Sternen am Firmament die einzigen Lichtquellen sind, da der Mond noch nicht aufgegangen ist, hetzen Sie voller Panik einen Hügel hinauf und merken in Ihrer wahnsinnigen Furcht nicht, wie es kälter und kälter wird.

Verkrampft halten Sie Ihr Steinmesser fest und bleiben stehen, um Atem zu schöpfen, als Sie schon ziemlich hoch oben auf einem Bergkamm angelangt sind. Verzweifelt registrieren Sie, dass die Kälte Ihnen keine Chance lässt, jemals wieder zurück an das behagliche Lagerfeuer zu kommen.

Irgendwo brüllt ein Löwe. Sie seufzen und gehen vorwärts – irgendwohin...

Die schmale vereiste Felsspalte bemerken Sie erst, als es zu spät ist und Sie Kopf voraus in die Tiefe purzeln. Sie hören sich selbst gellend schreien, und das Letzte, das Sie spüren, ist die eisige Kälte, die noch zunimmt, je weiter Sie in den Spalt hineinrutschen.

Sie sehen plötzlich den schneebedeckten Boden auf sich zu kommen und – ja, dann sind Sie tot...«

Der haarige kleine Mann, der die Geschichte erzählt hat, lehnt sich gelassen zurück und schaut in die Runde.

Alle im Studio Anwesenden haben ihm gelauscht, und er ist zufrieden. Er mag es, im Mittelpunkt der Aufmerksamkeit zu stehen.

»Und Sie erinnern sich noch an all die Details Ihres Lebens vor dem... äh... Unfall?«

Der Fernsehmoderator stellt all die Fragen, die sein heutiger Stargast zu beantworten gewohnt ist, und dieser macht bei aller anfänglichen Zufriedenheit doch schon bald einen etwas gelangweilten Eindruck. Talkshows sind für ihn zur Routine geworden und bieten ihm nichts wirklich Aufregendes mehr.

Das Leben als Kuriosität hat eben auch seine Schattenseiten, und Adam, der Neandertaler, der vor dreißigtausend Jahren abgestürzt und eingefroren ist und erst kürzlich gefunden und auf spektakuläre Weise aufgetaut wurde, befindet sich schon wieder auf dem absteigenden Ast seiner Fernsehkarriere.

Tja... Adam. Wie oft schon durfte er berichten, wie man so in der Steinzeit lebte, wie er das unglaubliche Abenteuer, zu sterben und wieder ins Leben gebracht zu werden, verwunden hat und wie er in der heutigen Zeit zurecht kommt. Zum x-ten Male lässt er seine Anekdoten von Mammutjägern, Clankämpfen und irgendwelchen Neandertalerschicksen vom Stapel, und bevor ich so richtig wütend auf den kleinen Dreckskerl werde, schalte ich den Kasten aus, erhebe mich aus meinem Fernsehsessel und hole mir eine Dose Bier aus der Küche.

Ich erinnere mich nur zu gut daran, was für eine Sensation das vor ein paar Jahren war, als mein Team es fertigbrachte, einen tiefgefrorenen Neandertaler aufzutauen und ins Leben zurück zu bringen. Und als der Kerl nicht nur überlebte, sondern auch noch bald damit anfing, unsere Sprache zu sprechen und Interviews zu geben, war aus der Sensation fast schon ein Skandal geworden. Denn jetzt hatten wir Mutter Kirche und sämtliche anderen Moral-Vereine gegen uns, die uns vorwarfen, Gott zu spielen und in die Schöpfung einzugreifen.

Ich als Projektleiter an der Universität Glasgow geriet natürlich am meisten ins Kreuzfeuer der Kritik, und da mein Name Robert Frankenberger ist, hatte ich auch schon bald meinen entsprechenden Spitznamen weg: »MODERNER FRANKENSTEIN TAUT URMENSCHEN AUF! HAT DIE WISSENSCHAFT ALLEN RESPEKT VOR DER SCHÖPFUNG VERLOREN?«, schrieb die liebe SUN über unser Projekt. Schon bald nannten mich sogar meine Kollegen scherzhaft »Frankenstein«. Ich musste gezwungenermaßen mitlachen, aber im Innersten fühlte ich mich tief beleidigt.

Doch Adam, wie unser Freund aus der Steinzeit irgendwann von irgendwem aus irgendeinem Grund getauft wurde, entschädigte mich zunächst für alles. Mithilfe eines speziellen Lernprogrammes half ich ihm über den Kulturschock hinweg und brachte ihm bei, sich mit der vollkommen fremden Welt, in der er sich wiederfand, abzufinden und sogar bald anzufreunden. Sein Hirn war bis dato – man kann es ja ruhig sagen – ziemlich leer; ein jungfäulicher Garten, der reichlich Platz für neue Informationen bot. Immerhin war seine Gehirnmasse nur unwesentlich leichter als die des heutigen Homo Sapiens, und letzterer nutzt schließlich auch nur einen Bruchteil davon sinnvoll! Also eignete sich Adam nicht nur Sprache und Sitten an, sondern ein relativ umfassendes Basiswissen, das hinter dem des durchschnittlichen halbgebildeten Europäers nicht mehr nachstand.

Ja, Adam war ein guter Schüler: er war begierig darauf, alles über unsere komplizierte Ära zu erfahren. Manchmal wunderte ich mich, ihn mit einem Buch in der Hand oder vor einem Monitor sitzend anzutreffen und zu sehen, wie in seinen klugen Augen nicht eine Spur von Zivilisationsschock zu erkennen war.

Einmal ging ich mit ihm in den Zoo von Glasgow, doch das gefiel ihm nicht besonders, nur über die Schimpansen und Elefanten konnte er sich köstlich amüsieren. Erstere sah er aus einem mir unverständlichen Grund gerne hinter Gittern und verspottete sie grausam, letztere schienen ihm nichts als lächerliche kahlgeschorene Mammuts.

Doch der Zoobesuch hatte ihn auf eine Idee gebracht: er rasierte sich den Pelz ab und begann sich Kleidung anzuziehen. Am liebsten hatte er Baseball-T-Shirts und grellfarbene Jeans. Nun sah er aus wie eine zu klein geratene Mischung aus Sylvester Stallone und Cheeta und irgendwie wurde er von nun an von den Mitgliedern unseres Teams mit mehr Respekt, aber auch mit größerer Distanz behandelt. Mrs. Burroughs, die einfühlsame Soziologin, die ihn ein bisschen wie einen Sohn behandelt hatte, schien plötzlich nicht nur das Interesse an Adam verloren zu haben, sondern mied ihn sichtlich, fast schien es, als habe sie Angst vor ihm.

Aber Adam brauchte weder Mrs. Burroughs noch irgendeinen anderen von uns Wissenschaftlern, die wir glaubten, für ihn verantwortlich zu sein. Viel lieber ging er in die Stadt bummeln, wo er stets im Mittelpunkt des allgemeinen Interesses stand. Er verteilte Autogramme, ließ sich zum Essen einladen und liebte es, Zeitungs- und Fernsehinterviews zu geben. Natürlich war er schon bald zum Medienstar Nummer eins geworden, war er doch nicht nur eine Art Wunderwesen, sondern überdies schlagfertig und witzig. Gerne gestehe ich, dass auch ich mich geschmeichelt fühlte, als Reporter mich um Interviews baten, doch schon bald hatte mich Adam weit übertrumpft. Nicht die Zeitungen baten ihn um einen Termin, sondern er hängte sich selber ans Telefon und drängte sich ins Scheinwerferlicht. Mit »Dr. Frankenstein« wollte bald keiner mehr sprechen, war doch seine »Kreatur« wesentlich witziger und interessanter. Ja, witzig war er wirklich! Er plauderte lässig daher und riss Witzchen, dass man glaubte, man habe es mit einem alten Medienhasen zu tun und nicht mit einem 30 000 Jahre alten Urmenschen. Im Fernsehen sorgte er für höchste Einschaltquoten, indem er sich über die Talkmaster und die anderen Studiogäste lustig machte und sämtliche Gespräche an sich riss. Manchmal war es mir etwas peinlich, und außerdem stand er immer weniger für unsere wissenschaftlichen Zwecke zur Verfügung. Als ich ihn darum bat, auf mehrere Fernsehtermine zu verzichten, da wir einige neuropsychologische Tests an ihm durchführen wollten, antwortete er in einer ziemlich resoluten Stimmlage: »Lieber Doktor Frankenstein, ich bin nicht Ihr Eigentum, sondern ein freier Bürger dieses Landes. Ich habe nicht darum gebeten, aus meiner eigenen Epoche entführt zu werden, um von Ihnen auf dem Seziertisch der inhumanen Wissenschaft Ihrer ach so fortschrittlichen Zeit geopfert zu werden! Guten Tag.«

Damit ließ er mich stehen, bevor ich auf seine unverschämten Verdrehungen der Tatsachen antworten konnte. Zornig zerriss ich die Photos, die ihn im Kreise irgendwelcher Medienleute zeigten, und die er im Gang unserer Abteilung aufgehängt hatte. Am nächsten Tag lieh er sich heimlich meinen Kittel und meine Ersatzbrille aus, lief durchs Institut und machte irgendwelche dummen Dr. Frankenstein-Witze, die samt und sonders auf meine Kosten gingen. Als ich ihn wütend zur Rede stellte, entschuldigte er sich süffisant grinsend mit der Begründung, er sei eben nur ein armer Primitiver und ich ihm schließlich um einige Äonen guten Benimms voraus.

Säuerlich verzieh ich ihm, beschloss aber, ihn nicht – wie üblich – am nächsten Dienstag zu mir nach Hause einzuladen, flirtete er doch ohnehin nur mit meiner Frau und meiner Tochter gleichzeitig, was mich schon immer geärgert hatte.

Jedoch suchte er mich am Dienstagvormittag von sich aus auf, um mir mitzuteilen, er lasse sich herzlich bei meinen beiden *Augensternen* entschuldigen, da er leider nicht zum Essen kommen könne, er fliege nämlich für ein paar Tage auf Einladung einer großen Firma zu einer Vortragsreihe nach London. Wieder hatte ich eine Schlappe erlitten, und langsam aber sicher ahnte ich, dass ich möglicherweise einen Fehler gemacht hatte, Adam wie ein vollwertiges menschliches Wesen, anstatt wie einen etwas höher entwickelten Affen behandelt zu haben. Am Abend war er auch noch im Fernsehen zu bewundern, was meine »Augensterne« unbedingt sehen wollten. Er sprach mit einem Professor der Biologie über Evolution und dies und das, bezeichnete mich als seinen Übervater, der einige Jahre mehr auf den Buckel habe als er, obwohl er selbst ja mehrere tausend Jahre älter sei. Das gebe manchmal psychologische Probleme und der Kulturschock sei für *mich* (!) oftmals zu groß... für mich! Ich schnaufte und schaltete den Fernseher aus.

Als Adam wieder zurück war, fragte ich ihn, ob zu seiner Zeit eigentlich schon das Feuer erfunden war und ob es nicht lästig gewesen sei, ständig irgendwelche Zecken und Läuse im Affenpelz zu haben. Er war mir daraufhin aus irgendeinem Grund zwei Wochen lang ziemlich eingeschnappt.

Damals hatte er noch ein Zimmer im Keller des Instituts, in das er sich zurückzog, wenn ihm unsere Testreihen (die immer weniger wurden) oder der Medienrummel (der immer mehr zunahm) auf die Nerven gingen. Eines Tages schwatzte er einem unserer Assistenten einen ausgedienten Computer plus Monitor ab und stellte ihn in seinen Verhau aus Büchern, Kleidung und Zeitschriften. Plötzlich hatte er keine Zeit mehr für Interviews und Talkshows, und viel zu spät erkannte ich, dass sich hinter Adams knorriger Primatenstirn ein kleines Computergenie verbarg! Er schaffte es nach wenigen Wochen der Zurückgezogenheit in seiner Bude, sich ins Netz der Uni einzuklinken, und wenn er nicht gerade *Donkey Kong* spielte, pfuschte er sogar in den Forschungsprogrammen herum.

Wie kann jemand, der eigentlich furchtsam den Mond angrunzen und gegen Säbelzahntiger kämpfen sollte, so gut mit komplizierter Computertechnik umgehen?, fragte ich mich, als ich in meiner aktuellen Datei, in der eine Menge wissenschaftlicher Arbeit steckte, ein Virus entdeckte, das zweifelsohne Adam kreiert und eingespeist hatte: Ein Mini-Mammut, das Laserstrahlen aus seinem Rüssel abschoss, fraß sich in bester Pac Man-Manier durch sämtliche Daten, und ich vermochte nichts zu tun, um es zu stoppen. Ich saß da und sah verzweifelt dem Zerstörungswerk zu. Als das Mammut schließlich fertig war, erschien eine Sprechblase über seinem zottigen Kopf mit den Worten: »Wie fühlt man sich wohl mit einem Haufen Ungeziefer im Pelz, Doktor Frankenstein? Hahahah!«

In mir war eine eisige Leere, als ich langsam aufstand und in den Keller zu Adams Zimmer schlich. Vorsichtig öffnete ich die Tür. Ich blickte durch den schmalen Spalt ohne zu atmen und erkannte, dass Adam mich nicht bemerkt hatte. Er saß vor seinem Schirm und spielte friedlich *Donkey Kong*. Von Zeit zu Zeit warf er dabei einen Blick in ein Buch, das neben ihm lag. Er beherrschte das affenartige Wesen auf dem Monitor souverän und schaffte es gleichzeitig auch noch zu lesen. Versteinert stand ich da und schaute ihm eine Zeit lang zu. Schließlich hatte er keine Lust mehr zu spielen und beendete das Programm, nachdem er einen schwindelerregenden Highscore erreicht hatte. Er wandte sich seinem Buch zu, in das er sich nun vertiefte. Ich sah, dass es sich um *Die Welt als Wille und Vorstellung* von Arthur Schopenhauer handelte. Leise schloss ich die Tür und ging in mein Arbeitszimmer zurück, wo ich einen Tee mit sehr viel Rum bei meiner Vorzimmerdame bestellte.

Am nächsten Tag warf ich Adam aus dem Institut raus. Schließlich verdiente er mit seinen Zeitungsinterviews, den Vorträgen, die er hielt, und all dem anderen Medienrummel genug, um sich auf die eigenen krummen Beine zu stellen.

Er nahm sich ein Appartement in einem Glasgower Vorort und begann gezielt an seiner Karriere als Medienstar zu feilen. Er ließ sich das Fell wieder wachsen und spielte in Werbespots für Zahnpasta, Kaffee und Damenunterwäsche mit. Dann ging er ins Filmgeschäft und spielte die Hauptrolle in einer Neuverfilmung von *Der Malteser-Falke*.

Höflichkeitshalber rief er mich in der ersten Zeit noch einmal die Woche an, doch wir hatten uns nichts mehr zu sagen. Oft dachte ich an ihn und manchmal schien er mir wie ein verlorener Sohn zu sein, der mir zwar in seinen Anschauungen und Meinungen fremd war, für den ich jedoch trotzdem ein starkes verwandtschaftliches Gefühl empfand.

Schließlich schrieb Adam ein Buch mit dem Titel *Von der Eiszeit in den Cyberspace,* das autobiographische Züge trug und von seinen Erlebnissen in der Urzeit und in der modernen Welt handelte.

Er schrieb darin auch ein paar rührende Sätze über mich und nannte mich zärtlich: »...mein lieber väterlicher Frankenstein, der mich aufgetaut und vieles gelehrt hat ...«, was mich irgendwie mit ihm versöhnte und ein Gefühl der Scham über mein eigenes Verhalten ihm gegenüber wachrief.

Und das war der Grund, warum ich gestern beschlossen hatte, ihn anzurufen, um mich mit ihm zu treffen – ganz wie ein Vater mit seinem Sohn.

Doch seine Sekretärin hatte mich abgewimmelt: zu viele Termine, zu viel Stress und ich solle es doch nochmal nächstes Jahr probieren!

Frustriert trinke ich mein Bier aus und schaue durch die offene Schlafzimmertür. Meine Frau schläft schon, ruhig atmet sie und murmelt irgendwas im Traum. Ich kann noch nicht schlafen, denn die Fernsehsendung mit Adam, die vorhin lief, hat mein Nervensystem irgendwie ziemlich strapaziert. Nervös gehe ich in mein Arbeitszimmer, schalte den PC an und klinke mich ins Spielemenue ein.

Donkey Kong – das ist jetzt genau das richtige! Doch schon nach kurzer Zeit heißt es »GAME OVER«, und ich gehe zum Fenster und öffne es leise. Und während ich durch die offenen Türen höre, wie meine Frau im Schlaf lacht und zärtlich »Adam« murmelt, grunze ich frustriert und heule dann die bleiche, zernarbte Mondscheibe an.

Die Tode Künstlicher Intelligenzen

> »*Ein Speicher von 640 000 Bytes*
> *dürfte jedem genügen.*«
>
> – Bill Gates

Das Telefon zirpte –

– dann erschien Miras müdes Antlitz auf dem kleinen Bildschirm in seiner Küchennische.

»Was gibt's?«, fragte er gereizt und hoffte, dass sie während der Morgenstunden den Monitor in ihrer Küche abschaltete. Er selbst schaltete seinen Schirm nie aus, dazu war er nicht eitel genug; doch wenn er sich ihr von Angesicht zu Angesicht gegenüber sah, und sei es nur per Telefon, erzeugte das stets von neuem in ihm einen inneren Tumult, dem er sich gern entziehen wollte – wenigstens bis er sich so weit an ihre Trennung gewöhnt hatte, dass er in der entstehenden emotionalen Feuerpause seine Gefühle auseinander klauben konnte.

Nimm den Anruf nicht entgegen, riet er sich selbst, obwohl es bereits zu spät war.

»Jimmy, ich bin's«, meldete sich Mira mit schwacher Stimme, derweil sie in ihre Kaffeetasse starrte. Wie launisch sie sich gebärden würde, hing davon ab, wie viel Koffein sie schon intus hatte.

Doch der letzte Rest an Gefühlen, die er immer noch

für Mira empfand, dämpfte seine Abneigung, mit ihr zu sprechen.

»Also gut, was ist los?«, fragte er.

Wie üblich, zögerte sie mit der Antwort. »Es geht um Augie. Kannst du mal rüber kommen?«

»Was ist denn passiert?«, erkundigte er sich brüsk, obschon er wusste, dass seine Ruppigkeit sie nicht davon abhalten würde, auf ihrer Forderung zu beharren.

»Das musst du dir selbst ansehen. Verlier keine Zeit.« Es klang herrisch, und daraus schloss er, dass die Angelegenheit ernst war, und sei es nur in ihrer Phantasie. Wenigstens brauchte er sich für sie nicht in Schale zu werfen. Sie kannte ihn in sämtlichen Aufmachungen, doch einen Augenblick lang liebäugelte er mit dem Gedanken, sich ein bisschen eleganter herauszuputzen, Hauptsache, es munterte die schlaffe Gestalt ein wenig auf, die zusammengesunken an dem winzigen Tischchen hockte. Er war froh, dass er den Anruf in seiner Küchennische entgegen genommen hatte. Auf dem riesigen Drei-D-Schirm im Wohnzimmer hätte ihm der Anblick des sich in einen Bademantel verkriechenden Wesens schier das Herz zerrissen.

»Beeil dich!«, keifte sie, sein aufflackerndes Mitleid im Keim erstickend; doch sowie sie ihren Monitor abschaltete, kehrten die wohlwollenden Gefühle zurück.

* * *

Vor nicht allzu langer Zeit, als seine Eltern Heranwachsende waren, hatte man auf Schreibtischen Kästen stehen, und es gab kleinere, schmalere Boxen, die man überallhin mitnehmen konnte. Man lud sie mit sachbezogenen Programmen und ließ diese für sich arbeiten. Nun hingegen zog man sie groß wie Kinder. Die Künstlichen Intelligenzen lernten, so wie Kinder sich Wissen aneignen, und spiegelten im Lauf der Zeit den Charakter der sie erziehenden Personen wider, im Guten wie im Bösen. Nur altmodische Leute bezeichneten sie noch als PCs oder Computer.

Zu der Zeit, als er und Mira sich trennten, hatten sie Frank zu einem Butler ausgebildet. Er befleißigte sich der Sprache eines Hausdieners und erledigte nach Manier eines höher gestellten Domestiken ihre Angelegenheiten. Frank war unübertroffen, schlichtweg vollkommen. Wie bei einem herkömmlichen Butler ließ er sich nicht anmerken, was in ihm vorging, sondern er widmete sich ausschließlich den ihm auferlegten Pflichten. Frank durfte sein Innenleben getrost hegen und pflegen, so lange er seine Arbeit tat und seine Gemütsregungen nicht an die große Glocke hängte. Denn heutzutage besaßen sie ein eigenständiges Wesen, eine Art Seele, jedenfalls glaubten das viele Leute. Mitunter sah Jimmy nicht so recht ein, wieso sie so etwas wie einen Charakter brauchten. Aber welches Eigenleben auch immer Frank besitzen mochte, er behielt es glücklicherweise für sich, und das war Jimmy nur Recht.

Mira hingegen hatte Augie großgezogen wie einen heiß geliebten Sohn, und das brachte Komplikationen mit sich, besonders dann, wenn sie ihn aus einer durch Liebe verblendeten Perspektive betrachtete. Nach ihrer Trennung hatte sie Augie behalten und ihm Frank überlassen. Nun bat sie ihn bereits zum dritten Mal, zu ihr zu kommen und ihr mit Augie zu helfen.

»Shit!«, fluchte er, nachdem er sich fertig angezogen hatte. *Was mache ich eigentlich?* »Frank, ruf Mira an«, befahl er.

Sein Schlafzimmermonitor schaltete sich ein, und sogleich umfing ihn der übliche akustische Abgrund.

»Was, du bist immer noch bei dir zu Hause?«, kreischte Mira in Panik.

»Ja«, antwortete er, während seine Entschlossenheit ins Wanken geriet. »Während ich mich rüste, kannst du mir schon mal schildern, was schief gelaufen ist.« Er würde nicht zu ihr gehen, sagte er sich. Stattdessen wollte er sie einfach abschalten und die ganze Geschichte vergessen.

Nach kurzem Zaudern begann sie: »Ich weiß es nicht. Augie scheint sich aufzulösen. Du *musst* rüber kommen, Jimmy. Ich *brauche* dich hier!«

»Inwiefern löst er sich auf?«, hakte er freundlich nach, während ein lauer Anflug von Nostalgie ihn heimsuchte. Ihm war zu Mute, als sei er wieder ein Kind und hätte sich im Schlaf eingenässt.

»Das musst du dir mit eigenen Augen ansehen«, erwiderte sie.

Ihm lag auf der Zunge zu fragen, was sie eigentlich von ihm erwartete, doch ihm war klar, dass sie dann endgültig die Nerven verlieren könnte. Nicht zum ersten Mal wunderte er sich über das unbedingte Vertrauen, das sie in ihn setzte. Als wäre er ihr jemals von Nutzen gewesen.

»Trödle nicht so herum!«, schrillte sie, einen Ton anstimmend, der in seinem Kopf Funken zu schlagen schien.

»Na schön. Bin schon unterwegs«, antwortete er. Er entsann sich, wie vernarrt sie in Augie war; sie nannte ihn ihren kleinen Engel, ihr Baby, gar ihr besseres Selbst. Am liebsten wäre sie in ihn hinein gekrochen, falls es möglich gewesen wäre, sich selbst herunter zu laden. Manche Leute behaupteten, eines Tages sei man so weit, einen Menschen downzuloaden. Angeblich sei es bereits Usus bei den Reichen und Mächtigen, die immer Mittel und Wege fanden, sich in ein Paradies einzuschmuggeln.

*   *   *

Er spürte, wie sie ihn mit ihren Blicken verfolgte, als er sich ihrer Tür auf der fünfundsiebzigsten Etage des Studio-City-Nests näherte. Die Tür flog auf, und da stand sie; eine Stoffpuppe in Unterwäsche, das zerstrubbelte Haar tränennass. Bestürzt trat er ihr entgegen, und hinter ihm glitt die Tür ins Schloss.

»O Jimmy!«, heulte sie los und warf sich an seine Brust. »Was machen wir nur?«

Er nahm sie in die Arme. »Komm, setz dich erst mal hin. Lass uns mit ihm reden.«

Zitternd schmiegte sie sich einen Moment lang an ihn, dann prallte sie zurück. »Genau das tue ich seit dem frühen Morgen!«

»Hey, Jimmy!«, krakeelte Augies Tenor aus allen Richtungen, und Jimmy erinnerte sich an den ersten Tag. Weißblond und mit blauen Augen, eilte Augies Image an das Drei-D-Window und patschte mit seinen Babyhändchen dagegen, begierig, von seinen Eltern unterwiesen zu werden, auf welche Weise er ihnen dienen konnte.

Image? Immer noch musste sich Jimmy vergegenwärtigen, dass das sichtbare Bild und die Stimme zu keinem realen Körper gehörten. Nichts Greifbares steckte hinter dieser Vision; sie war nichts weiter als ein aufwendig konserviertes Gespenst.

»Hallo, Augie«, entgegnete er. »Und was soll mit ihm nicht stimmen?«, raunte er Mira zu.

»Ich hab's gehört!«, plärrte Augie.

Mira setzte sich auf das Sofa und bat ihn in aller Ruhe: »Stell ihm eine ganz simple Frage. Wie viel ist zum Beispiel zwei plus zwei.« Ihre momentane Gefasstheit wartete nur darauf, durch einen neuerlichen Ausbruch an Hysterie erschüttert zu werden.

Er nahm neben ihr Platz. »Wie viel ist zwei plus zwei, Augie?«

Ein kindliches Kichern ertönte. »Wieso fragst du?«

»Ich möchte nur feststellen, ob du es weißt, Augie.«

»Zwei plus zwei wovon, Jimmy? Ein Korb voller Äpfel kann mehr Obst enthalten als ein anderer Korb mit Äpfeln. In einem stecken vielleicht fünfundsechzig Äpfel, in dem anderen vierundsechzig. Trotzdem haben wir es mit zwei Körben voller Äpfel zu tun.«

»Ich spreche von Zahlen, Augie! Wie viel macht es, wenn ich die Ziffer zwei mit der Ziffer zwei addiere?«

»Ich soll eine Ziffer mit sich selbst addieren?«, staunte

Augie. »Das geht doch gar nicht, oder, Jimmy? Nicht, wenn diese Ziffer mit sich selbst identisch ist.« Wieder gibbelte er. »Es ergäbe keine Summe.«

Mira funkelte ihn vielsagend an. »Verstehst du jetzt, was ich meine? Du bekamst den Butler, und ich behielt das verzogene Gör.«

Wenn sie sich gegen Augie wandte, käme das für sie einem Befreiungsschlag gleich, sinnierte Jimmy, und würde seine Aufgabe wesentlich erleichtern. Doch das wäre zu schön, um wahr zu sein, resignierte er gleich darauf.

Jimmy wagte einen zweiten Anlauf. »Nun, Augie, du weißt sehr wohl, dass es sich bei der Addition um unterschiedliche Ziffern handelt. Selbstverständlich soll hier keine Zahl mit sich selbst addiert werden. Also, wie viel macht zwei plus zwei?«

»Wir beide kennen das Resultat«, stichelte Augie.

»Wie lautet es denn? Willst du es mir nicht verraten?«

»Wieso sollte ich, da du es ja doch weißt?«, gluckste Augie vergnügt.

»Los, sag's schon.«

»Ich habe nicht gelogen«, entgegnete Augie mit feierlichem Ernst. »Ich kenne das Ergebnis. Mehr kannst du von mir nicht verlangen. Du bist ohnehin nicht hier, um dich mit mir zu unterhalten.«

Jimmy fand es befremdlich, dass Augie sich nicht auf dem großen Bildschirm zeigte.

»Wir brauchen einen Fachmann«, flüsterte Mira. Ihre gesenkte Stimme machte Jimmy Angst. »Das übersteigt unsere Kräfte.«

»Jimmy, was ist überhaupt eine Zahl?«, quäkte Augie. »Wie kann sich eine zwei von einer anderen zwei unterscheiden?«

Zahlen sind dasselbe wie du, hätte er gern geantwortet, die Abstraktion eines physikalischen Konzepts, das sich aufführt, als besäße es eine Eigendynamik mit einem unabhängigen Bewusstsein. Bei der Erziehung haben wir irgendwas falsch gemacht, räumte er im Stillen ein und überlegte, was als Nächstes zu tun sei.

Ein Blick in Miras große traurige Augen verriet ihm, dass er es nicht riskieren durfte, Augies Eliminierung vorzuschlagen. Ganz allmählich musste man sie zu der Einsicht bringen, dass ihr Liebling gelöscht werden musste. Schließlich war sie wichtiger als irgendeine KI, und ihre Gesundheit ging vor, ganz gleich, wie er heute zu ihr stehen mochte. Zum Glück klang sie immer noch, wie wenn sie sich allmählich von Augie abnabelte.

Ein paar Minuten lang saßen sie schweigend nebeneinander.

Dann platzte Augie heraus: »Wieso hast du keine Lust mehr, sie zu vögeln, Jimmy?«

Mira sah ihn erschrocken an.

»Brauchst du vielleicht eine fremde Möse?«, fuhr Augie fort.

Der große Drei-D-Schirm über dem Kamin schaltete sich ein und zeigte einen Mann und eine Frau in hitziger Kopulation.

»Nein!«, kreischte Mira, als sie sich selbst erkannte.

Aber der sexuelle Akt übte eine geradezu hypnotische Wirkung aus, und Jimmy spürte, dass Augie mehr im Sinn hatte, als ihr Interesse zu fesseln.

Plötzlich wechselten die nackten Partner. Er sah sich selbst und Mira; dann eine andere Frau; als Nächstes Mira mit einem fremden Kerl, der wiederum seine Gespielin tauschte. Der Reigen der einander ablösenden Partner wurde immer rasanter, bis er zu einem verschwommenen Wirbel verschmolz, der in einem monströsen Orgasmus aus bestialischen Schreien und Körperzuckungen zu explodieren drohte.

»Aufhören!«, brüllte Mira, ohne indessen wegzuschauen.

Jimmy zwang sich dazu, den Blick abzuwenden, doch es kostete ihn eine gewaltige Anstrengung. Dann nahm er Miras Kopf und drückte ihr Gesicht gegen seine Schulter.

Eine Zeit lang hielt er sie ganz fest.

Als er wieder hinsah, war die große Projektionsfläche leer.

Augie zwitscherte: »Findet ihr keinen Gefallen mehr daran, wenn eure Lustzentren angeregt werden? Seid ihr krank?«

»Nein, wir sind nicht krank, Augie«, widersprach er, Mira loslassend. »Wir haben lediglich beschlossen, getrennt zu leben.«

Mira blickte zu ihm auf. »Wie kann er nur so reden? Als ich ihn bekam, war sein Kernspeicher absolut leer...«

Jimmy zog sie wieder an sich. »Das schnappt er irgendwo draußen auf... vergiss nicht, dass er an die ganze Welt angeschlossen ist.«

Er hielt sie so lange umschlungen, bis sie die Umarmung erwiderte.

Nach einer Weile rückte sie von ihm ab. »Du hättest ihm nicht zu erklären brauchen, wie es um uns beide steht«, meinte sie in anklagendem Ton. Dann sah sie ihn aus ihren großen braunen Augen an und fügte hinzu: »Ich wünschte, wir hätten ein paar von den Dingen getan, die im Film vorkamen.«

Sie lachte laut auf und fing übergangslos an zu weinen.

»Was wird aus mir«, erkundigte sich Augie, »wenn ich groß bin und auf eigenen Füßen stehe?«

Jimmy warf Mira einen verblüfften Blick zu. Sie hörte auf zu weinen und starrte ihn voller Entsetzen an, als hätte er Augie diese Frage in den Mund gelegt.

»Wann kann ich von hier ausziehen?«

Mira zuckte zusammen, und Jimmy wusste, dass er nicht länger schweigen durfte. Jetzt war der günstigste Zeitpunkt, um es ihr schonend beizubringen.

»Wir müssen ihn löschen«, sagte er.

Blanker Horror malte sich auf ihren Zügen ab, und plötzlich sah sie sterbenselend aus. Sie stand kurz vor einem Zusammenbruch, und mit einem Mal wurde ihm ganz mulmig zu Mute.

»Ich lass jemanden raus kommen«, schlug er vor, obwohl ihm schwante, dass vermutlich nichts mehr zu retten wäre.

Blitzartig schnellte ihre Hand hoch, und sie hielt ihn am Handgelenk fest. Er staunte, wie kräftig sie zupacken konnte. »Nein«, würgte sie hervor.

»Wir können nichts mehr tun. Seine Hardware ist alt und in seine Software haben sich Viren eingenistet. Er ist defekt. Es kann nur noch schlimmer werden.«

Das Gleiche gilt für dich, setzte er in Gedanken hinzu.

»Vielleicht macht er nur Spaß«, wandte sie ein.

»Wir lassen ihn trotzdem durchchecken, nur um auf Nummer Sicher zu gehen.«

»Können wir ihn nicht einfach so lassen, wie er ist?«, fragte sie, sein Handgelenk wie mit einem Schraubstock umklammernd. »Wir könnten ihn auf stumm schalten und sein Video abstellen. Sämtliche Eingangsleitungen kappen.« Sie schwieg ein Weilchen, dann gab sie mit einem Seufzer seine Hand frei. »Du hast Recht. Es wäre zu grausam.« Sie wandte den Blick von ihm ab. »Warum musste das passieren?«, richtete sie ihre Frage an die hintere Zimmerecke.

»Ich habe keine Ahnung«, erwiderte Jimmy, der sich irgendwie schuldig fühlte. »Vielleicht weiß er zu viel und zieht die falschen Schlüsse. Wie ein Mensch.«

»Hältst du das für möglich?«, fragte sie in träumerischem Tonfall, wie wenn sie insgeheim einen Plan austüftelte.

Augie hüllte sich in ominöses Schweigen.

Aber was konnte Augie schon anstellen? Er war gar nicht imstande, aktiv zu handeln. Gewiss, er vermochte die Gefühle seiner Besitzer zu beeinflussen, doch nur insoweit, wie diese es zuließen. Jimmy fand, dass Mira sich viel zu oft hatte manipulieren lassen, und neuerlich gestand er sich ein, dass er wiederum von ihr gesteuert wurde.

»Mal sehen, was der Mechaniker dazu sagt«, erklärte er.

Sie lehnte sich zurück und blickte erleichtert drein,

aber er wusste sehr wohl, dass sie viel zu hohe Hoffnungen in seinen Vorschlag setzte.

»Ein guter Rat für junge Damen – begebt euch nie allein zu einem Mann aufs Zimmer – egal, welches Jahr, welchen Tag, welche Stunde oder Minute man schreibt.«

Bibbernd vor Nervosität setzte sich Mira aufrecht hin.

»Aber man braucht ja kein Jahr, keinen Tag, keine Stunde oder Minute zu warten – es kann binnen einer Sekunde oder einem Bruchteil davon geschehen.«

»Ach, Augie!«, jaulte Mira und brach in Tränen aus.

»Du benimmst dich daneben«, tadelte Augie.

Er ist irre, dachte Jimmy. Selbst Mira weiß das. Er würde alle beide verlieren.

*   *   *

Der Ingenieur, ein vierschrötiger Typ namens Philip Arbogast, erschien mit zwei Koffern voll diagnostischer Geräte, die er auf dem Couchtisch platzierte. Mira und Jimmy rückten zur Seite, damit der Techniker sich zwischen sie setzen und sich in Augies Wave-Dateien einklinken konnte.

Im Deckel eines der Koffer befand sich ein kleiner Bildschirm, doch dieser blieb leer.

»Er versteckt sich vor mir«, mutmaßte Arbogast, während die Diagnoseprogramme liefen.

»Augie, komm heraus!«, brüllte Mira. »Du willst doch wieder gesund werden!«

Aber Augie rührte sich nicht.

»Er ist meschugge«, verlautbarte Arbogast fünf Minuten später. Jimmy musste sich beherrschen, um ihn wegen der saloppen, herzlosen Art, in der er sein Urteil aussprach, keine runterzuhauen.

»Ist es irgendein Virus?«, jammerte Mira.

»Ich dachte, heutzutage gäbe es einen effizienten virtuellen Impfschutz«, warf Jimmy ein.

»Sie haben ja Recht«, entgegnete Arbogast, auf die Datenflut starrend. »Aber das ist nicht das Problem.«

Eine längere Stille trat ein, derweil der Mann selbstvergessen auf seine Instrumente stierte, als befände er sich allein im Zimmer.

»Was ist denn das Problem?«, half Jimmy ihm auf die Sprünge.

Arbogast ließ von seinen Koffern ab und blickte zuerst Mira, dann Jimmy an. »Wissen Sie, ich halte Sie beide für nette, intelligente Menschen, deshalb will ich ganz offen mit Ihnen sprechen. Das Problem liegt darin, dass diese Generation von KIs... nun ja, menschlich ist. Im Grunde ist mit Augies Quantenkernspeicher alles in Ordnung. Aber in letzter Zeit sind mir viele solcher Fälle untergekommen.«

»Alles in Ordnung!«, kreischte Mira und drehte den Kopf zur Seite. »Das darf doch nicht wahr sein! Sie hätten ihn zurückspulen und sich ein paar von den Sachen anhören sollen, die er von sich gab.«

»Viele solcher Fälle?«, wiederholte Jimmy. »Was genau soll das heißen, wenn Sie sagen, Ihnen seien viele solcher Fälle untergekommen?«

Der Mann lächelte ihn an, ohne Mira miteinzubeziehen. »Wisst ihr was, Leute? Eurem Augie fehlt weiter nichts... er ist halt nur labil, wie ein Mensch. Wenn ich sein Mundwerk wieder einschalte...«

»Sie haben seinen Ton abgestellt?«, fragte Jimmy.

»Sie auf stumm zu schalten, gehört zum Standardprozedere«, erklärte Arbogast. »Soll ich ihn wieder aktivieren?«

»Nein, nein!«, gellte Mira und hielt sich die Hände vors Gesicht. Jimmy wusste, dass sie Angst hatte, Augie könnte sich vor Arbogast genauso gehen lassen wie vorhin.

»Und was schlagen Sie vor?«, erkundigte sich Jimmy ruhig.

»Hören Sie«, begann Arbogast. »Denken Sie an die Fülle von Daten. Es sind mehr, als jedes konventionelle menschliche Gehirn verarbeiten könnte. Chaos. Seltsame Synergien. Die unedierte menschliche Datenbank ist ein höllischer evolutionärer Mischmasch. Und obendrein sind *Tabula rasas* – unbefleckte, saubere Kernspeicher – auch nicht mehr das, was sie mal waren. Mittlerweile pflanzt man alle möglichen Enabler in sie ein.«

»Muss das denn so ausufern?«, wollte Mira wissen.

»Nein, die Situation läuft nicht immer aus dem Ruder«, erwiderte Arbogast lächelnd. »Doch bei Ihrem Augie ist gewissermaßen eine Sicherung durchgebrannt. Er lässt sich nicht mehr bremsen. Er analysiert alles und jedes, was ihm gerade in den Sinn kommt. Die Geschichte eskaliert, indem die Informationsflut anwächst. Er verbraucht immer mehr Energie, und es kommt der Punkt, an dem er abstürzt. Schließlich ist er mit der ganzen Welt vernetzt. Er *ist* eine in sich geschlossene, vollständige Welt, so wie Sie und ich.«

»Aber was können wir *unternehmen?*«, beharrte Jimmy, in der Annahme, der Mann wolle ihm irgendein Bootleg-Programm zu einem astronomisch hohen Preis verkaufen.

Arbogast zuckte die Achseln. »Sie können ihn löschen. Es liegt bei Ihnen. Oder…«

»Oder was?«, insistierte Mira.

»Was würden Sie an unserer Stelle tun?«, erkundigte sich Jimmy, der befürchtete, dass Mira mit ihren Kräften am Ende war.

Gespannt fieberte er der Antwort des Technikers entgegen, immer noch in der Annahme, dieser sei lediglich auf Geldschneiderei aus.

»Sie können gemeinsam mit ihm die Fehler abbauen. Ihn umerziehen. Mit ihm klönen. Holen Sie sich psychologischen Rat ein. Lassen Sie ihn therapieren. Führen Sie ihn auf den richtigen Weg. Leisten Sie ihm die Hilfe, die er braucht.«

Klönen?

Jimmy merkte, wie sich in Mira Verwirrung breit machte.

»Was soll das?«, fragte sie. »Was meinen Sie eigentlich? Wir haben ihn streng nach Vorschrift erzogen.«

Arbogast schmunzelte. »Von diesen Bedienungsanleitungen hab ich noch nie viel gehalten.«

»Sie geben *uns* die Schuld«, hauchte Mira, dabei Jimmy anstarrend.

»Keineswegs«, wehrte sich Arbogast. »Ich sagte Ihnen, woran es liegt. Sie müssen mehr mit ihm reden, sich ihm widmen. Machen Sie ihm klar, wer er ist und woher er kommt. Bringen Sie ihm bei, eine Menge der Daten, die auf ihn einstürmen, in Übereinstimmung mit gewissen Wertmaßstäben zu ignorieren. Er weiß mehr, als jeder Mensch je in Erfahrung bringen könnte, aber er hat keine Ahnung, wie man dieses Wissen anwendet, geschweige denn beurteilt. Vielleicht...«

Mira lehnte sich nach hinten und schloss die Augen. »Sprechen Sie ruhig weiter, Mr. Arbogast.«

»Vielleicht nimmt er es Ihnen übel, dass Sie ihm nicht gezeigt haben, wie sich ein solcher Tumult vermeiden lässt.«

»Können Sie uns helfen?«, erkundigte sich Jimmy leise. »Ich meine, wird Ihr Rat etwas nützen?«

Arbogast hob beide Arme. »Wer weiß? Es kann eine ganze Weile dauern, bis sich erste Erfolge zeigen. Aber das Ergebnis mag der Mühe wert sein. Sie hätten einen wirklich einzigartigen Gehilfen, der sich Ihr Leben lang um Sie kümmert.«

Einen glücklichen Sklaven? sinnierte Jimmy.

»Haben Sie schon einmal erlebt, dass ein solches Fiasko doch noch ein gutes Ende nahm?«, fragte Mira mit einem Anflug von Hoffnung.

»Und ob. Die Fälle mit positivem Ausgang häufen sich sogar.«

»Wie oft genau hat es Ihres Wissens geklappt?«, drängte sie.

»Ungefähr ein Dutzend Mal. Sie werden viel Zeit und Geduld investieren müssen. Richten Sie sich auf zehn Jahre ein, bis Sie erste Resultate sehen. Mit etwas Glück sind Sie schon in fünf Jahren so weit. Nach einer Weile lernen sie nämlich selbstständig, wissen Sie? Mitunter schlagen sie sogar von sich aus ein Retro-Redesign vor.«

Genau wie ein Kind, dachte Jimmy, man muss es nur richtig anpacken. Einmal hatte er eine Stute mit ihrem Füllen beobachtet. Die beiden Pferde blieben zusammen, bis das Jungtier sich allein zurecht fand.

»Und diese Vorgehensweise empfehlen Sie?«, vergewisserte sich Mira.

Arbogast zog eine Grimasse. »Wenn Sie dafür geeignet sind.«

»Und falls nicht?«

»Dann würde ich ihn löschen und noch einmal ganz von vorn anfangen. Und aufpassen, dass sich der Fehler nicht noch mal wiederholt.«

Arbogast schwieg eine Weile, dann blickte er sie abwechselnd an. »Ich weiß nicht recht. Vielleicht sind Sie beide doch nicht die richtigen Leute dafür... Ihnen fehlt die Zeit, und Sie könnten sich überfordert fühlen. Was machen Sie eigentlich beruflich?«

»Wir arbeiten beide für Tchotchkes Unlimited«, antwortete Mira. »Wir entwerfen Dekorationsstücke fürs Heim.«

»Ach so«, meinte Arbogast. »Ich verstehe.«

Jimmy war pikiert, obwohl Arbogast nicht laut ausgesprochen hatte: »Ach, Sie fabrizieren Schnickschnack.« Doch er sah ein, dass der Techniker in Punkto Augie vermutlich Recht hatte.

»Und Sie haben schon viele derartige Fälle erlebt?«

Arbogast nickte. Jimmy fiel auf, dass Mira sie beide mit angehaltenem Atem anstarrte.

»Und es werden immer mehr«, gab Arbogast zu. »Wissen Sie, allmählich gehen die Menschen dazu über, sich via KIs neu zu kreieren. Sie helfen uns, und wir helfen ihnen... bis man Mensch und KI nicht mehr voneinander unterscheiden kann.«

Davon hatte Jimmy schon gehört. Aber er misstraute Arbogast und Seinesgleichen, die auf diese Weise eine neue Welt propagierten.

»Ich will Ihnen etwas verraten«, fuhr Arbogast fort. »Es steht fest, dass Künstliche Intelligenzen eine höhere Form der Evolution erschaffen. Vielleicht ist es unsere Pflicht, ihnen dabei zu helfen.« Er lächelte und blickte Mira an, als könne sie die neue Welt mit einer neuen Eva ausstatten. »Denn die KIs sind Kinder, und man muss sie erziehen. Das Traurige daran ist, dass die meisten von uns als Eltern versagen. Viele hoch begabte Leute müssen sich irgendwann einmal in ihrer Jugend von ihren eigenen Fehlfunktionen und Verhaltensstörungen befreien, und sich quasi umprogrammieren.«

Jimmy verzog das Gesicht. »Was ist, wenn die KIs uns überflügeln. Gucken sie dann verächtlich auf uns herab?«

»Wer weiß?«, unkte Arbogast. »Praktisch gesehen gehen wir in ihnen auf. Keiner, der über ein Gehirn mit einer Leistung von einhundert Billionen Neuronen verfügt, sehnt sich nach einem menschlichen Verstand mit einer Einhundert-Milliarden-Neuronen-Kapazität zurück.«

»Also werden wir ganz einfach verdrängt«, mutmaßte Jimmy.

»Wir werden integriert«, verbesserte Arbogast. »Subsumiert. Es ist ja nicht so, dass wir von der Bildfläche verschwinden würden... die nützlichen Bestandteile des Menschen bleiben schon noch erhalten.«

Jimmy hatte den Eindruck, dass Arbogast um ein Haar hinzu gefügt hätte, an einem Menschen gäbe es nicht viel Nützliches, sich jedoch vor schlichten Gemütern wie ihm und Mira diese Bemerkung verbiss.

»Haben *wir* vielleicht eine Macke?«, fragte Mira. »Weil wir bei Augie versagt haben?« Zu Jimmys Besorgnis schraubte sich ihre Stimme schrill in die Höhe.

»Nein«, beschwichtigte Arbogast sie. »Wie ich Ihnen bereits sagte, sind mir etliche solcher Fälle bekannt. Ich könnte Ihnen Geschichten über Leute erzählen, die unentwegt die Intelligenz ihrer Kuscheltiere optimieren, oder sich am laufenden Band bio-veredelte Kätzchen, Hundewelpen, Eidechsen, Ratten und Mäuse bestellen...«

»Bitte nicht«, lehnte Mira ab und sah Jimmy an. »Nicht jetzt.«

»Hören Sie schon auf«, grollte Jimmy. »Lassen Sie sie einen Augenblick lang in Ruhe.«

* * *

Augie flitzte auf Arbogasts kleinem Monitor hin und her, wild mit den Armen fuchtelnd und stumme Schreie ausstoßend – ein wahnsinniger Cherub, der sich abquälte, trotz des abgeschalteten Tons eine Kommunikation herzustellen.

Er kam an den Bildschirm gerannt und trommelte mit seinen winzigen Fäustchen dagegen, als wäre er hinter einem Fenster. Einen Moment lang schien es, als würde er den Schirm von innen zerschmettern. Vorwurfsvoll starrte er sie aus großen blauen Augen an.

Jimmy streifte Mira mit einem Blick und staunte über ihre Ruhe, die indessen trügerisch war; immer noch erklomm sie einen emotionalen Gipfel und konnte jeden Augenblick in ein tiefes Loch fallen.

Als er wieder auf Arbogasts Koffer schaute, war Augies kleines Bild verschwunden.

Mira blies den angehaltenen Atem aus.

Jimmy stand auf und ging aus dem Zimmer. Blitzartig wurde ihm klar, dass für Mira alles vorbei war, doch er fragte sich, wann er je von ihr loskommen würde. Vielleicht begehrte er sie immer noch – jetzt, da sie von Augie befreit war.

Den kleinen Dreckskerl konnte ich nie leiden, gestand er sich ein.

»Ich nehme an, im Grunde ist es nichts weiter als ein Haufen Elektronen«, hörte er sie sagen, doch ihre Stimme klang hohl ob des erlittenen Verlustes, und er spürte, wie sich in ihm ein Schlund auftat.

Arbogast erwiderte: »Sicher, eine Ansammlung elektronischer Muster, so wie Sie und ich ein Konglomerat irgendwelcher biochemischer Faktoren sind. Die Art der Zusammensetzung macht den Unterschied aus.«

»Was wollen Sie damit sagen?«, fragte Mira halb konsterniert, halb feindselig.

»Sie fühlen sich zu Recht betroffen. Niemand wird als Persönlichkeit geboren. *Nichts* besitzt von Anfang an Charakter. Was immer neu auf die Welt kommt, muss sich erst zu einem Individuum entwickeln. Das ist ein andauernder Lernprozess.«

In seinem sicheren Versteck in der Küche brannte Jimmy darauf, ihre Antwort zu hören; doch sie sagte nichts.

»Augie ist missraten«, fuhr Arbogast fort, »und darüber ist er sehr unglücklich. Wenn Sie sich diesen Umstand stets vor Augen halten, werden Sie sich damit abfinden, dass es das Beste ist, ihn nicht länger im Haus zu haben.«

Jimmy ging ins Wohnzimmer zurück und setzte sich neben Mira. Ihr Gesichtsausdruck war gefasst, und er gewann den Eindruck, dass ihre Beherrschtheit dieses Mal echt war.

»Trauern Sie ihm nicht nach«, riet Arbogast, sie beide anschauend. In unbequemer Haltung kauerte er vor dem Couchtisch und schickte sich an, etwas aus einer Seitenwand des Koffers zu entfernen.

Schließlich zog er eine Art schwarzen Stift heraus.

»Was ist das?«, erkundigte sich Mira.

»Augie Nummer Eins. Er ist hier drin, für den Fall, dass Sie noch einmal von vorn anfangen wollen.«

»Was!«, schrie Mira und hielt sich die Hand vor den Mund.

Arbogast legte den Stift zwischen die Koffer auf den Tisch. Mira starrte den dünnen schwarzen Bolzen an. Erstickte Laute drangen aus ihrer Kehle, während sie um Fassung rang.

»Und was jetzt?«, fragte Jimmy, während sich die Höhle in seinem Bauch zu einer endlosen finsteren Leere ausweitete. Ihm war, als schwebe er am Rand dieses Abgrunds, in den er jeden Augenblick hineinstürzen konnte, um von ihm verschluckt zu werden.

Arbogast rappelte sich hoch, kam um den Tisch herum und nahm neben ihm Platz. Jimmy griff nach Miras Hand, was sie zu beruhigen schien.

»Dann wollen wir mal!«, verkündete Arbogast.

Der große Drei-D-Schirm leuchtete auf, und Augie II lächelte ihnen entgegen, glückselig, mit blanken Augen, gewillt, sich von neuem unterrichten zu lassen. Sein heller Teint war makellos, die blonden Locken fielen ihm in die Stirn, die wachen blauen Augen schienen freundlicher dreinzublicken.

Während Augies anrührendster Pose fror Arbogast das Bild ein.

Brandneu, dachte Jimmy und merkte, wie sich frische Spannkraft in ihm regte.

»Von hier an übernehmen Sie ihn«, erklärte Arbogast und klappte die Koffer zu. Als er aufstand, hatte Jimmy ganz entschieden das Gefühl, dass dieser Mann sie beraubte, obwohl ihr gesamtes Besitztum in der Wohnung bleiben würde.

Arbogast schnappte sich die Koffer und steuerte auf die Tür zu.

Jimmy spürte, wie sich Miras Hand in der seinen verkrampfte.

»Möglicherweise ist er etwas ganz Besonderes«, rief Arbogast über die Schulter zurück. »Selbstverständlich kann er sich an seinen Tod nicht erinnern, und er ist leistungsstärker als Augie Eins.« Er lachte. »Wissen Sie was, er sieht aus wie Cupid!« Hinter ihm glitt die Schiebetür zu.

»Alles in Ordnung mit dir?«, fragte Jimmy Mira, während er merkte, wie sich der Abgrund in ihm wieder schloss.

Sie nickte und ließ seine Hand los. Dann nahm sie den schwarzen Stift und drückte ihn an ihre Brust. »Was hältst du von Arbogast?«, fragte sie glücklich.

»Er meint es gut«, antwortete Jimmy, ohne zu erwähnen, dass er ihn als gelinde verrückt einstufte. »Wie fühlst du dich?«

Immer noch Augies Überreste an sich pressend, nickte sie und flüsterte: »Funkelnagelneu!«

Er wusste, dass sie fest entschlossen war, es dieses Mal besser zu machen. Vielleicht war dieser Neubeginn genau das Richtige für sie.

»Wenn er alt genug ist«, schwärmte sie lächelnd, »beschaffen wir ihm eine Verkörperung und geben eine Party, um ihn in die Gesellschaft einzuführen. Vielleicht lag es daran, weißt du? Dass er nicht genug rauskam, immer eingesperrt war. Was denkst du?«

Jimmy schwieg und wandte sich von ihr ab. Er rechnete fest damit, dass Augie letztendlich aus seinem elektronischen Gefängnis ausbrechen würde. Was vielleicht nicht das Schlechteste wäre.

Doch dann stellte er sich Augie in seinem künstlichen Körper vor, wie er durchs Haus rannte, weich und knuddelig, aus Designermaterial geformt, das exakte Abbild des Wesens auf dem Monitor.

Miras Hand schob sich in die seine, aber er vermochte ihr nicht ins Gesicht zu blicken. Ihre Hand fühlte sich warm an. Sie war wieder obenauf, springlebendig, und bedeutete ihm, bei ihr zu bleiben.

»Jetzt geht es mir wieder gut, Darling«, seufzte sie.

Als er sie endlich anschaute, sah er eine ausgeglichene, strahlende Frau, die verzückt das Kindergesicht über dem Kamin anlächelte. Nie würde er den Mut aufbringen, sie von den Höhen herunter zu reißen, die sie gerade erstiegen hatte. Sie stand wieder auf dem Gipfel und bot der Welt die Stirn.

Es war das Antlitz einer begeisterten, nicht zu bremsenden Mom.

Augie strahlte auf sie herab, doch Jimmy beschlich eine Eiseskälte. Wie wenn der Junge sie vernehmlich fragte: »Aber dieses Mal bringt ihr mich nicht um, oder?«

Doch es ertönte keine Stimme, Augie war kein Junge,

und das lächelnde Gesicht stellte die Maske von etwas dar, das in einem elektronischen Labyrinth hauste und sich selbst noch nicht kannte.

»Übrigens«, meldete sich Mira, »wer ist Cupid?«

Immer noch ihre warme Hand haltend, besorgt, Augie könnte ihm Mira ein zweites Mal wegnehmen, gab sich Jimmy der Hoffnung hin, der Bub würde eines Tages von zu Hause ausreißen.

Die Liebenden
von Manhattan

Wir lieben uns!, dachte sie. Wir lieben uns mehr, als irgendein Mensch einen anderen lieben kann in dieser großen Stadt!

Unsere Liebe, dachte sie, ist ein einziges Wunder!

Und dann hörte sie auf zu atmen, und sie fiel, stürzte durch diese lange, dunkle Nacht, klammerte sich an ihn, an seine schwarze, schweißnasse Haut, und sie fühlte seine Kraft und seine Hitze und seinen Willen, spürte seinen Rhythmus, der nun der ihre wurde, und es war der Takt der Musik, nach der sie beide tanzten, Tag um Tag, Woche um Woche, *song-of-freedom,* und sie tanzten ihn, diesen Song, engumschlungen in ihrer Umarmung, aneinander gekrallt, als könnten sie sich verlieren, und sie warf den Kopf zurück in das zerwühlte Kissen, wurde steif wie ein gespannter Bogen und schrie, und schrie, als sei sie mit diesem Mann allein auf dieser Welt, bäumte sich auf, schlug um sich vor Lust und Ekstase, sog mit einem langen, gierigen Atemzug die heiße, stickige Luft dieser Kammer in sich hinein, all den Dunst, den Schweiß und den scharfen Geruch ihrer Körper, warf den Kopf hin und her, hin und her, wie in Trance, und eine Welle nach der anderen brandete über sie hinweg, verschlang sie, bis die Zeit stehenblieb, bis alle Geräusche dieser Stadt verstummten und die Lichter hinter dem schmalen Fenster endgültig verlöschten.

So war das in dieser Nacht. Und sie wusste nun sicher,

dass es wirklich niemanden gab, nur sie und ihn, die sich wirklich liebten. Niemanden außer ihnen! Nicht in dieser Stadt und nirgends sonst auf dieser Welt. Und sie tastete nach seiner Hand.

Er lag neben ihr in diesem schmalen Bett. Vor dieser hellen, fleckigen Wand. Ein dunkler Schatten. Regungslos und erschöpft. Sie ließ ihre Fingerspitzen zärtlich wandern, über sein Gesicht, über seine Haare, über diese heiße, samtige Haut. Und er ergriff ihre Hand und presste sie auf seinen Mund. Nein, es gab niemanden außer ihnen. Nirgendwo. Nur sie beide!

Sie waren allein! Ganz allein! Und das war das Geheimnis ihres Glücks!

Die Zeit schien immer noch stillzustehen. Der Griff, mit der er ihre Hand umklammert hielt, löste sich langsam. Seine Atemzüge wurden tief und gleichmäßig. Sonst hörte sie nichts. Absolut nichts.

Nicht das Tosen des Verkehrs, dieses dumpfe Brausen, das in allen anderen Nächten über dieser Stadt hing wie eine Glocke und sie nicht zur Ruhe kommen ließ.

Nicht die Löschzüge der Feuerwehr, die so oft schrillend durch die Straßenschluchten jagten.

Nicht das aggressive Heulen der Sirenen, ankommend und wieder verebbend, Streifenwagen und Ambulanzen im Einsatz.

Nichts kündete mehr von den vielen Katastrophen, die sich in jeder Minute ereigneten, irgendwo in dieser gigantischen Stadt. Selbst die zehntausend Hupen waren jetzt verstummt, diese vertraute nächtliche Symphonie immer wiederkehrender Kadenzen, vervielfacht und zurückgeworfen von den hohen Mauern.

Nichts hörte sie mehr. Nicht das Geschrei der Kinder im Treppenhaus, nicht das Schwatzen der Alten, unten auf der Straße, dieses Gezeter und Gekeife, bis weit in den Morgen hinein, in diesen heißen Sommernächten.

Die Riesenstadt schien den Atem anzuhalten, war plötzlich und ganz unbegreiflich erfüllt von einer geradezu gnadenlosen Stille. Seit Minuten schon. Oder seit einiger Ewigkeit.

Es war ihr, als sei sie plötzlich taub. Und blind. Die Finsternis um sie herum war erschreckend und fremd. Die Wände ihrer Kammer reflektierten nicht mehr die bunten Lichterspiele der fernen Leuchtreklame. Das stete, gleichmäßige Flackern. Rot — Grün — Gelb. Den Widerschein der erleuchteten Fassade. Der Straßenlampen. Der vorüberhuschenden Scheinwerfer.

Selbst sein Schatten neben ihr war verblasst. War verschmolzen mit dieser so überraschend über sie hereingebrochenen Dunkelheit. Hatte sich aufgelöst, verflüchtigt.

Erschrocken lauschte sie auf seinen Atem. Tastete nach ihm. Nach seinem Körper, der doch dicht neben ihr lag. Und erst diese Berührung löste sie von dem Grauen, von diesem Schock, der sie plötzlich überfallen hatte.

Sie setzte sich auf. Das kalte Eisen des Bettrahmens brannte unter ihren Schenkeln, berührte die feuchten Lippen ihrer Scham und jagte ihr einen eisigen Schauer über den Rücken.

Sie klammerte sich mit beiden Fäusten fest an das Metall, tastete mit den Zehenspitzen über die abgetretenen Dielen und starrte durch die Schwärze dieser Nacht auf das kaum wahrnehmbare und nur unmerklich hellere Rechteck des Schiebefensters.

Schwankend und noch etwas benommen stand sie auf. Die Dielen knarrten unter ihren Füßen. Ein lauer Lufthauch strömte ihr entgegen, kühlte ihre nackte, überhitzte Haut. Sie stieß mit dem Knie gegen den einzigen Stuhl, den sie besaßen. Der stürzte krachend gegen die Wand, und erst sehr viel später spürte sie den Schmerz.

Da wusste sie, dass sie nicht träumte. Dass alles wahr war, was sie sah und fühlte. Auch wenn es nicht zu begreifen war.

Die Stadt lag in absoluter Finsternis. Die blutrote Kuppel, aus Dunst und Smog, angestrahlt vom Licht der Millionen

Lampen, die sich sonst darüber wölbte, war verschwunden, war aufgesogen worden von dieser alles verschlingenden Nacht. Und zum ersten Mal war dieser Himmel für sie übersät von glitzernden, zitternden Sternen.

Die Türme, diese gigantischen Quadern, Riesen-Kuben aus Beton und Glas, die über das Häusermeer ragten, und die sonst leuchteten wie Kristalle, wie Lampen, eingeschmolzen in Eis oder Quarz, waren versunken, ausgelöscht, nur noch als vage Umrisse zu erahnen, verhangen von einem düsteren Schleier.

Keines dieser hunderttausend Fenster war erleuchtet. Kein einziges. Und die Straßenschluchten waren angefüllt mit mattschwarzer Tusche bis zum Rand.

Ganz anders als damals, beim großen *Black-out,* dachte sie. Als New York im Chaos versank. Damals waren die Straßen taghell angestrahlt von den Scheinwerfern der eingekeilten Autoschlangen.

Die schoben sich langsam, im Schrittempo, über ampellose, blockierte Kreuzungen, durch das Gewimmel der aufgeschreckten Menschen, umzingelt von fliehenden Gruppen der Plünderer. Und das war nicht nur hier oben in Harlem so. Auch weiter unten in Midtown. Und drüben in der Bronx und in Brooklyn.

Heute tasteten sich keine Scheinwerferkegel durch die Straßen. Brandete kein Lärm herauf in diese winzige, dumpfige Kammer. Erstickt, dachte sie. Die ganze Stadt ist erstickt!

Aber diese Totenstille und diese unermessliche Finsternis erschreckten sie nicht. Denn dort in der Dunkelheit, nur zwei Schritte entfernt, lag *er.* Und sie war bei ihm, war in seiner Nähe. Es konnte ihr nichts geschehen!

Es war lange nach Mitternacht. Sie musste jetzt schlafen, musste fit sein für morgen früh. Für das Training. Sie würde tanzen, tanzen. Tanzen mit ihm. Den ganzen Tag. Sie hatte den Rhythmus im Ohr, in den Armen, den Beinen: eins, eins, eins und zwei und... eins und zwei und...

Sie stieß die Arme in die Luft. Eins, eins, und Drehung, Sprung, Hände in die Hüften, Drehung, Sprung, Kopf zurück und zwei und drei und aus und Grundstellung. Und dann das Ganze noch mal von vorn.

Die Dielen zitterten. Die nackten Füße fanden ihre Positionen trotz dieser Dunkelheit. Auf diesen anderthalb mal anderthalb Metern. Zwischen dem umgestürzten Stuhl und dem Schiebefenster. Zwischen Waschbecken und eisernem Bett. Eins, eins und eins und zwei und...

Sie wusste, sie würden es schaffen, sie beide. Noch zwei, drei Jahre in dieser Hinterhof-Schule, diesem Trainings-Center, von denen es Hunderte gab. Dann ist es soweit: Sie würden sich melden, *High School of Performing Arts,* würden vortanzen, eins, eins, eins und zwei und... Man würde applaudieren, ihnen gratulieren. Akzeptiert. Eingekauft. Sie würden dort noch härter arbeiten müssen, geschunden werden, aber sie wären raus hier, endlich raus aus diesem Getto. Und irgendwann, irgendwo, auf irgendeiner Bühne: Umjubelt! Ganz groß! Und berühmt! Eines Tages. Irgendwann. Und sie wusste es, sie beide, sie würden es schaffen!

Da stoppte sie abrupt, stand unbeweglich und starr und lauschte wieder in diese Nacht hinein. Lange Sekunden. Aber sie hörte nichts. Immer noch nichts. Keinen Laut, kein Geräusch!

Keine Stimmen von nebenan. Wie sonst, Tag und Nacht.

Keine Musik. Vom Hof herauf oder aus dem Zimmer darunter.

Auch das Geplärr, dieser Wirrwarr aus den zahllosen, bläulich flackernden Fernsehgeräten hinter den offenen Fenstern, unter ihnen, neben ihnen, gegenüber, war verstummt. Vielleicht ging auch nur ihr eigener Atem zu laut, und das Blut pochte in ihren Ohren.

Sie presste die Hand gegen ihre nassen Schläfen, auf ihre Augen, auf ihren Schoß. Dann tastete sie sich zum Waschbecken. Aber es lief kein Wasser aus dem Hahn.

Das Handtuch war zu Boden gefallen. Es war feucht

und roch sauer. Sie tupfte sich den Schweiß von der Stirn, trocknete die Arme, die Brust, die Schenkel.

Dann legte sie sich wieder hin, zu ihm, in das schmale Bett und zog das Laken über ihre beiden nackten Körper. Sie war braun. Er war schwarz. So schwarz, wie ein Mensch nur sein konnte.

Aber jetzt, in dieser Dunkelheit, gab es keinen Unterschied zwischen ihnen beiden. Und für die Weißen auch nicht am Tag. Für die waren sie beide *colored*, waren Farbige, waren *Nigger*. Und dennoch, und vielleicht gerade deshalb, und allem zum Trotz, würden sie beide es schaffen, dass es weder bei Tag noch bei Nacht, weder hier oben in Harlem noch unten in Downtown, weder an der Fifth Avenue noch am Broadway irgendeine Bedeutung haben würde.

Und dann war es Tag. Ganz plötzlich. Ganz überraschend. Ein heller, klarer, sonniger Tag. Er stand am Fenster, immer noch nackt, immer noch schwarz und mit glänzender Haut, und er lachte und schob das morsche Schiebefenster weiter nach oben und klemmte es fest mit einem zusammengedrehten Stück Zeitungspapier.

Ein kühler Wind wehte in den Raum und vertrieb den feuchten, muffigen Dunst und alle ihre erschreckenden Träume. Er zog ihr blitzschnell das zerwühlte Laken fort, ließ sich schwer auf ihren schmalen Körper fallen, lachte immer noch und küsste sie wach, auf die blauschwarz schimmernden Spitzen ihrer Brüste, auf ihren langen, sehnigen Hals, auf ihre vollen, breiten Lippen. Und sie lachte zurück und kreischte übermütig, gurrte voller Sinnlichkeit, wehrte sich, stieß ihn fort und klammerte sich an ihn, alles zur gleichen Zeit.

»Wir kommen zu spät!«, rief sie. »Wir verlieren unseren Platz beim Training!« Aber vielleicht rief sie es auch gar nicht, dachte es nur, vergaß es wieder in seiner raschen und leidenschaftlichen Umarmung.

Wir lieben uns!, dachte sie. Lieben uns immerzu! Bei

Tag. Bei Nacht. Es war ein großes Glück, dass sie sich gefunden hatten. Unter zehn Millionen dieser Stadt. Unter den drei Millionen hier oben in Harlem. Und das gab ihr die Kraft, an eine Zukunft zu glauben.

Das Wasser lief immer noch nicht, der Stuhl lag immer noch umgestürzt in der Ecke, und unten auf der Straße blieb immer noch alles still.

Sie lehnte sich weit hinaus, während sie in ihr winziges weißes T-Shirt schlüpfte. Aber da war kein Mensch zu sehen. Nirgends! Niemand war auf der Straße. Kein einziger Mensch weit und breit. Weder hier unten vor dem Haus noch vor den nächsten drei, vier Blocks.

Kein einziges Fahrzeug kam die Straße herauf oder herunter. Die Autos parkten wie immer auf dem von Glasscherben übersäten Asphalt, einige standen mit offenen Türen mitten auf der Kreuzung, als seien sie in Panik verlassen worden.

Ob ich es ihm sage?, dachte sie. Ob ich ihn frage? Ob er dann denkt, ich sei verrückt? Ob er es selbst schon bemerkt hat? Und nun auch nicht wagt, darüber zu reden? Weil es unglaublich ist. Unfassbar. Weil doch gar nicht sein kann, was ich sehe...

Das dachte sie alles und schwieg, schlüpfte in ihren Slip, in die glänzenden, blauen Boxer-Shorts, in die abgetretenen Turnschuhe.

Er wartete bereits an der Tür, ungeduldig und voller Entschlossenheit, diesen Tag zu meistern, fasste sie an der Hand, zog sie hinter sich her, und so stürmten sie die Treppe hinunter, immer noch fröhlich, albern, atemlos, bis hinaus auf die Straße.

Aber dort unten hatte sie längst aufgehört zu lachen.

Die Türen zu allen Wohnungen hatten offengestanden. Das war nicht ungewöhnlich. Die Philips, ein Stockwerk unter ihnen, hatten sieben Kinder. Da war ein ständiges Kommen und Gehen. Und gegenüber, in der Wohnung der Puertoricaner, da lebten mehr als zehn Leute. Aber die Korridore, die Flure waren leer!

Und Missis James saß nicht auf ihrem zerfledderten Korbstuhl. Sie schaffte immer nur die halbe Treppe. Dann machte sie Pause. Die dauerte mitunter einen ganzen Tag. Da saß sie dann in ihrer unendlichen Fülle mit ihrem glänzenden schwarzen und immer freundlichen Gesicht in ihrer Ecke und schwatzte mit jedem, der vorbeikam.

Das Treppenhaus war immer erfüllt von ihrem gutturalen Südstaaten-Singsang. Und es war immer voller Leben.

Nur heute war es tot. Leer und still und tot, und sie war froh, als sie draußen waren in der frischen Luft.

Der Wind kam vom Hudson River herauf und trieb Papier und Plastikfetzen vor sich her. Und vorn an der Kreuzung, zwischen den so erschreckend zufällig abgestellten Wagen, drehten die Böen den Abfall zu Spiralen, trieben ihn hoch bis in den dritten, vierten Stock, bis an den Dachsims der rußgeschwärzten Brownstone-Häuser mit ihren bizarren, rostigen Feuertreppen.

Sie liefen immer noch Hand in Hand, trabten dem Wind entgegen, hinüber zur Manhattan Avenue, den Morningside Park entlang nach Süden bis zur 107. Straße, dann rechts in Richtung West Side bis hinunter zur Amsterdam Avenue.

Es war immer der gleiche Weg, jeden Werktag-Morgen, und immer die gleiche Zeit. Zehn Minuten Joggen, Warmlaufen, Muskeln lockern, Durchatmen, zwischen den Abgasen der Wagenkolonnen, die sich in der *rushhour* stauten, zwischen den zahllosen Pendlern, die aus den Häusern strömten, auf ihrem Weg zur *Subway*.

Aber heute begegnete ihnen auf dem ganzen Weg kein einziger Mensch. Kein Wagen kam ihnen entgegen. Keiner überholte sie. Die Stadt war leer. Und er, der neben ihr lief, schien es nicht zu bemerken.

Im Laden von *Cohen's Delikatessen* waren sie die einzigen Kunden. Sie holten sich, wie jeden Morgen, ihre Milch aus dem Kühlfach und ihr Sandwich von einem Regal.

Der ohnehin schon schmuddelige Laden wirkte diesmal besonders düster und dumpf. Die Leuchtstoffröhren brannten nicht, die Ventilatoren an der Decke standen still, und der alte Cohen saß nicht hinter der Kasse.

Die unaussprechliche Angst in ihrer Brust begann ihr den Atem zu lähmen. Sie fasste nach seinem Arm. Aber er reagierte nicht.

Er wühlte nur in den Taschen seiner Jeans, knallte die abgezählten Münzen auf den Tisch, fünf *Quarter* und einen *Dime,* und schaute sich um.

»He!«, rief er. »He! Ist da niemand?«

»Nein«, sagte sie nur leise und senkte den Blick, weil sie unsicher war. »Nein. Da ist niemand.« Und dann legte sie die Stirn auf seine Schulter.

Er wirkte immer noch unbeschwert, fand es sogar lustig: »Verdammt noch mal! Wo sind die alle?«

»Fort!«, sagte sie nur und wandte sich ab. Er sollte nicht sehen, was in ihrem Gesicht vorging. Weil sie ihn hintergangen hatte. Weil sie ihm bisher verschwiegen hatte, was geschehen war, was sie sah und erlebte. Und was sie bewegte. Und was sie nicht aussprechen konnte. Nicht einmal ihm gegenüber, von dem sie wusste, dass sie ihn liebte.

Er antwortete nicht. Schaute sie in diesem Augenblick vermutlich fragend und verständnislos an. Sie spürte seinen Blick auf ihrem Nacken. Da drehte sie sich um zu ihm und begann zu schreien. Ganz plötzlich und unbeherrscht: »Sie sind fort! Alle sind sie fort! Es gibt niemanden mehr in der Stadt! Keinen Einzigen! Irgendetwas ist geschehen. Siehst du es denn nicht? Hörst du es nicht...?«

Sie brach ab und schämte sich, weil ihr die Tränen so heiß in den Augen standen und nicht zurückzuhalten waren. Aber es waren keine Tränen der Trauer. Auch keine der Erschütterung. Es waren zornige Tränen.

Da nahm er sie in den Arm, sehr fest, sehr stark. Als müsse er sie beschützen vor dummen Gedanken.

Und dann hielt er den Atem an und horchte. Und plötzlich vernahm auch er diese schreckliche, absurde, unvorstellbare Stille.

Die *factory,* die alte, aufgelassene Fabrik mit dem Ballett-Studio im vierten Stock, lag nur noch einen knappen Block weit entfernt, das waren zweihundert Schritte, ihr Frühstücksweg.

Sie gingen schweigend und tranken ihre Milch. Und immer wieder blieb er stehen und blickte sich um. Schaute die langen, schnurgeraden, verlassenen Straßenschluchten hinunter, die sich irgendwo, nach zwei oder drei Meilen, zwischen den aufgetürmten Betongiganten verloren.

Seine Unbeschwertheit war dahin, seine fröhliche Ausgelassenheit. Die eigenartige Beklemmung hatte nun auch ihn erfasst. Es war wie in einem Traum. Unerklärlich. Unheimlich. Und fremd.

»Ich habe getanzt!«, sagte er nur, als sie ihn fragte, warum er das alles nicht selbst und nicht früher bemerkt hatte. »In Gedanken! Alle Figuren...!« Und das hat sie akzeptiert und verstanden.

Ihre Schritte klangen hohl und polternd auf den Eisenstufen in dem engen, kahlen Treppenhaus. Sie rannten, als würden sie gejagt. Voller Hoffnung, die anderen dort oben zu treffen, die ganze Gruppe. Eine Chance sich mitzuteilen und dieser stummen Einsamkeit endlich zu entfliehen.

Aber es trieb sie auch der Zweifel. Sie standen in ihrem leeren Trainingssaal, öffneten die schrägen Oberlichter über den mit weißer Farbe blindgestrichenen Drahtglasfenstern.

Ein säuerlicher Geruch hing im Raum. Schweiß. Und vielleicht auch die Ausdünstung der Angst. Die Angst, zu versagen. Die Angst vor der Zukunft. Die Angst, dass alle Mühe, alle Schinderei umsonst sein könnte, und dass sich die Träume nicht erfüllten.

Die Kleider an den Haken, zwischen den vergilbten, mannshohen Spiegeln, hatten sich mit dieser Angst vollgesogen. Der Trainings-Dress: ausgefranste Pullover, die Reste aus durchlöcherten Wollsocken und grobgestrickten Strumpfhosen, selbstgehäkelte Stumpen.

Und auf dem Boden, wie achtlos zusammengekehrt, die Tanzschuhe, Bandagen, T-Shirts, Slips. Ein für Außenstehende unappetitlicher Haufen alter, verschmutzter, vergammelter Textilien. Und für die Eingeweihten ein vertrauter Schatz notwendiger, lebenswichtiger Accessoires.

Er lehnte sich gegen die Stange, sah ihr nachdenklich zu, wie sie die mehrfach geflickten, zerschlissenen Wollstrümpfe mit den abgeschnittenen Fußenden über ihre langen, schlanken Beine zog und dann ihre Schuhe schnürte.

Lustlos begann er mit einigen Lockerungsübungen, ging in die Hocke, streckte und spannte das linke, das rechte Bein, schlüpfte schließlich aus den Schuhen, aus den Jeans, warf beides in eine Ecke, holte ein ausgebleichtes, schwarzes Trikot vom Haken, quälte seine Beine, sein Geschlecht in das viel zu enge Kleidungsstück, ging wieder zurück zur Stange, wippte auf und nieder, sprang nach links und rechts und wartete.

Sie war nun fertig. Ein bunter Vogel in ihrem ärmellosen Wollpullover, kunstvoll zusammengesetzt aus lauter kleinen Flicken und Fetzen. Mit weit ausgebreiteten Armen und leicht wiegenden Hüften flatterte sie wie mit gestutzten Flügeln quer durch den langen Raum, in dem früher Maschinen gestanden hatten, und der schon damals erfüllt gewesen war von dem eher profanen Schweiß der vielen Akkordnäherinnen.

Drei Sprünge vor dem Spiegel, Dehnen, Strecken...

Einige aggressive Posen...

Dann der bekannte Rhythmus...

Eins, eins, eins und zwei und... eins, eins, eins... eins, zwei und Drehung... Sprung.

Hände in die Hüften, Drehung, Sprung, Kopf zurück und zwei und drei und aus! Und Grundstellung...

Sie blieb stehen, mitten im Raum, wie erstarrt und holte Luft. Er lehnte wieder an der Stange, hatte ihr zugesehen, fast teilnahmslos, wie abwesend, scheinbar entspannt, träge, und sie wusste, was er dachte.

Sie waren die ersten gewesen. Und sie würden die Einzigen bleiben. Keiner würde kommen. Weder Mike, der Boss der Schule, noch Betty, seine Assistentin, noch die anderen: fünfzehn *boys,* siebzehn *girls,* alles Farbige wie sie.

Jetzt waren sie beide allein. Heute, vielleicht auch morgen, oder auch immer und in aller Zukunft.

Er legte schließlich die Kassette in den Recorder: *song-of-freedom.* Der Bann war gebrochen, die tödliche Stille wurde nun übertönt von diesem Song, vom harten Schlag der Bassgitarren, vom Rhythmus, vom schrillen Klang der Flöten.

Sie fingen an zu trainieren. Allein. Zu zweit. Schritte, Figuren. Sie tanzten und sangen. Die ganze Nummer der Show. Immer wieder von vorn. Und sie würden nicht aufhören, solange sie damit ihre Furcht vor dem Unfassbaren, Unglaublichen in Schach halten konnten, verscheuchen konnten durch die Musik, abtöten durch die Arbeit, durch ihren Tanz.

Draußen, hinter den blinden Scheiben, lauerte das Grauen. Eine Katastrophe? Eine Massenflucht? Eine Seuche? Ein Alptraum? Oder ein göttlicher Fluch?

Egal, was es war. Hier drinnen tanzten sie. Sie beide. Nur sie beide. Sie beide ganz allein! Allein auf einer Bühne! Nicht nur zwei unter vielen. Zwei hinter der *Chorus Line.* Nicht *Corps-de-Ballet, Teil eines Ensembles.* Nein, ein unbegreifliches Schicksal hatte sie zu Solisten gemacht. Und es schien, als würden sie Solisten bleiben.

Eigentlich hatten sie es geschafft, in diesen Minuten und Stunden. Es gab keine Konkurrenz mehr. Nichts, was sonst noch zählte. Keiner machte ihnen den Rang mehr streitig. Drängte sich vor. Schob sie zurück. Wurde bevorzugt, ausgezeichnet, bekam den Job, der ihnen zustand. Sie hatten gewonnen. Aber dieser Sieg zählte nicht mehr.

Irgendwann hörten sie auf zu tanzen. Beide. Sie klammerten sich an die Stange, atemlos, kleinmütig, furchtsam, und waren unfähig, sich zu bewegen.

Es dauerte lange, sehr lange, bis sie aus ihrer Erstarrung erwachten, weil die Kassette wieder einmal zu Ende war, die Musik verstummte.

Da ging er hin zu ihr, nahm ihre Hände, presste ihren schmalen, sehnigen Körper an sich, lang und voller Zärtlichkeit, spürte das Vibrieren ihrer fiebrigen Muskeln, das sie nicht unterdrücken konnte, ein Schüttelfrost, durch diese eisige Kälte der Angst. Denn draußen war immer noch alles still. Totenstill.

Er sah sie nicht an. Hielt sie nur fest. Presste seine Lippen auf ihr Haar. Ein Knoten aus krausen, kurzen, schwarzen Locken. Herber Geruch. Salziger Geschmack. Langsam ließ das hysterische Zittern nach, sie begann sich zu entspannen, ihr Rücken wurde weich, die steifen Schultern gaben nach, der Krampf wich aus ihrem Nacken, sie hob den Kopf und sah ihn an.

Dann schaute sie in die Reihe der versetzten und fleckigen Spiegel. Da standen sie nun, nebeneinander, Hand in Hand, zwei Farbige, Tanzeleven, fast noch Kinder, in den Spiegelreihen vertausendfacht, bis hin zur Unendlichkeit. Und sie dachte: *Warum?*

Warum wir? Warum wir zwei? Warum wir und nicht andere! Warum sind wir übrig geblieben? Ich, Lizzy Janice Turner, bin sechzehn Jahre alt, und er, Thomas Malcolm Mutaza, ist einundzwanzig? Warum wir Schwarze? Warum zwei Nigger? Zwei von drei Millionen Underdogs aus Harlem?

Warum nicht zwei Weiße? Sind wir schöner? Wichtiger? Begabter? Oder hat man uns einfach vergessen? Weil wir so unwichtig sind? Wir beide: Ich Lizzy Janice Turner? Und er Thomas Malcolm Mutaza?

Oder sind wir auserwählt?

Warum?

Und da sie das alles nur gedacht hatte und er über ihre Fragen nichts erfuhr, und da er ohnehin keine Antwort gewusst hätte, nahm er sie bei der Hand, und sie gingen fort.

Sie gingen so, wie sie waren. Im Trainings-Dress, zerfetzte Wolle, Trikot, bunte Flicken, Tanzschuhe. Und den Kassettenrecorder nahmen sie mit.

Draußen würde vielleicht alles ganz anders sein, anders als noch vor zwei oder drei Stunden: So, wie es immer war, wie sie es gewohnt waren, laut, hektisch, voller Menschen. Und voller Leben.

Er hatte die Musik wieder eingeschaltet. Der Song dröhnte durch das Treppenhaus, durch die Eingangshalle und schließlich über die Straße.

Die Fassaden warfen den schrillen, blechernen *Sound* zurück, den Song, den Rhythmus, die Schlag-Gitarre, die Flöten: *song-of-freedom.*

Der übertönte die lastende Stille über der Stadt. Ein Hauch von Leben war dieser toten Welt zurückgegeben. Denn nichts hatte sich geändert in den paar Stunden, in denen sie getanzt und sich betäubt hatten.

Sie waren immer noch allein.

Lizzy Janice Turner und Thomas Malcolm Mutaza liefen durch die große Stadt. Durch *ihre* Stadt. Niemand machte sie ihnen streitig.

Niemand bedrohte sie. Niemand verfolgte sie. Und trotzdem saß ihnen die Angst im Nacken, und sie rannten los.

Sie jagten die Amsterdam Avenue hinunter, Hand in Hand, fünfunddreißig Blocks, bis zur 72. Straße. Dort blieben sie stehen, atemlos, verstört, fassungslos. Lange und quälende Minuten.

Dann wanderten sie weiter. Langsamer jetzt, besonnener, abwartend, vorsichtig witternd von Block zu Block, den Broadway entlang, am Lincoln Center vorbei, an der Metropolitan Opera und dem Gebäude der *New York Ballett Company,* aber sie nahmen das alles nicht wahr. Denn sie waren auf der Suche nach einer Spur von Leben.

Am Columbus Circle machten sie den nächsten Halt. Vor dem Coliseum türmte sich das zusammengewehte Papier, Prospekte und Werbeposter einer Verkaufsmesse, die keiner mehr besuchte.

Die Dealer am Eingang zum Central Park waren verschwunden, die Rollschuhläufer und Jogger, die Baseball-Spieler drüben im *Green*, die Radfahrer, die Pferdekutschen, die Spaziergänger.

Und doch war da etwas, das sie hoffen ließ, wonach sie verzweifelt gesucht hatten: Denn hoch über den kunstvollen Giebeln und Dächern und Türmen kreisten riesige Schwärme von Tauben.

Nur die Menschen waren verschwunden aus dieser Stadt, waren fort, geflüchtet oder weggehext, ausgelöscht, getilgt aus dieser Schöpfung, hier oder vielleicht auch überall, rund um diesen kleinen Planeten, nach über zwei oder auch vier Millionen Jahren.

Vielleicht hatte so etwas wie eine neue Sintflut stattgefunden und nur zwei, die ohne Schuld waren, hatten überlebt.

Lizzy Janice Turner und Thomas Malcolm Mutaza hielten sich an den Händen und schwiegen. Es gab nichts, worüber sie hätten reden können. Außer einem. Aber sie hatten beide aufgehört, nach dem *Warum* zu fragen. Sie würden keine Erklärung bekommen. Woher auch. Das Rätsel war nicht zu lösen.

Die Wirklichkeit war, wie sie eben war: Absurd. Geheimnisvoll. Grotesk. Und das Leben ging weiter. *Ihr* Leben. Ihr *beider* Leben — ganz allein.

Am Broadway und seinen Nebenstraßen lagen die Musical-Theater aufgereiht in bunter Reihe. Die Titel der Stücke, die Namen der Stars, prangten immer noch an den Fassaden. Hier, innerhalb dieser kurzen Meile, hatten immer ihre kühnsten Träume geendet. Alle ihre Hoffnungen.

Und jetzt waren alle diese Träume zu Ende, die Mühe umsonst, die Hoffnungen sinnlos, die Wünsche unerfüllbar geworden. Vor wem sollten sie tanzen? Wer kürte sie zu Stars? Wer sagte ihnen, dass sie keine *Nigger* mehr wären? Wer spendete ihnen noch Applaus?

Da gingen sie weiter, ohne jedes Ziel, schlenderten zum Takt ihrer Musik durch die Häuserschluchten von Midtown.

Die Tempel menschlichen Größenwahns glänzten hoch über ihnen in der Sonne, das Empire State Building, das Chrysler Building, und weitab im Süden die Zwillingstürme des World Trade Centers. Eine grandiose Ansammlung nutzlosen Spielzeugs. Leer, entvölkert. Und hunderttausend blinde Fenster blickten auf sie herab.

Sie liefen durchs Village, durch Little Italy, durch Chinatown, nahmen sich Obst aus den Körben vor den Läden, Sandwiches und Coke aus den Regalen. Und sie entdeckten, dass es nichts gab, was ihnen fehlen würde. Eine ganze Stadt offerierte ihnen großzügig alle ihre Schätze. Und sie mussten mit niemandem teilen.

Sie kamen zur Westside. Dort standen die halbgeleerten Trucks mit gefrorenem Beef und offenen Luken. Die Rinderhälften an den Haken tauten bereits auf und verbreiteten einen süßlichen, penetranten Geruch und waren schwarz übersät von Fliegen.

Der Hudson lag still und ölig vor ihnen wie ein nächtlicher See. Kein Boot war zu sehen, kein Schleppkahn mit Müll, keine Fähre, kein Frachter, kein Lotse.

Und als die Musik ihres Recorders verjaulte, weil die Batterien am Ende waren, schleuderte Thomas Malcolm Mutaza das Gerät in den Fluss. So weit er konnte. Und die Möwen schreckten auf, schossen mit klagendem, kreischendem Lachen in den Himmel.

Ringe breiteten sich langsam aus über das Wasser, brachen sich am Kai und liefen zurück.

Sie hatte zu alledem nichts gesagt. Kein einziges Wort. Sie hatte nur nach seinem Arm gegriffen und sich dicht an ihn gelehnt.

Drüben, auf der anderen Seite des Flusses, in Jersey, war es genauso still wie hier über der Stadt. Die Luft war klar. Der Himmel von einem nie gesehenen Blau. Keine Rauchschwaden quollen aus den Schornsteinen der Stahlwerke, weder Staub noch Dunst trübte den Blick, nach Richmond, nach Brooklyn, bis hin zum fernen Horizont.

Und wohin sie auch schauten, es boten sich ihnen nur die trügerischen Bilder tiefsten Friedens.

Da wandten sie sich ab, liefen zurück. Den ganzen, langen Weg. Nach Hause. Dorthin, wo sie sich sicher fühlten, wo ihnen der Frieden vertrauter war als hier.

Seit die Musik verstummt war, lag wieder diese unendliche Stille über Manhattan.

Aber sie erschien ihnen nun nicht mehr unheimlich, feindselig und fremd.

So musste es gewesen sein, damals, als es diese große Stadt noch nicht gab. Das Schweigen in den Wäldern des Westens, über den Bergen, den dunklen Seen, könnte so sein. Sie ahnte es nur. Denn sie hatten ja beide diese Stadt noch niemals verlassen.

Auf der Fifth Avenue wanderten sie zurück. In der Mitte dieser verwaisten Straße. An der *Public Library* vorbei, wo nun vierzig Millionen Bücher nutzlos verstaubten, an der *St. Patrick's Cathedral,* wo einhundert Jahre lang Gottes Zorn und das Jüngste Gericht vergeblich verkündet worden waren.

»Glaubst du an Gott?«, fragte sie ihn. Und er schüttelte nur den Kopf. Und erst nach einer Weile sagte er »Nein!«. Und wieder nach einer Weile erklärte er ihr, warum: »Weil er uns Schwarze gedemütigt hat. Zu allen Zeiten. Darum!«

Da sie mit dieser Antwort offensichtlich nicht zufrieden war, ihn immer noch fragend ansah, fügte er noch hinzu: »Und weil er tatenlos zusieht, wie Hunderttausende oder Millionen schwarzer Kinder in jeder Minute verhungern und verrecken. Weil er Unschuldige leiden lässt. Krepieren in sinnlosen Kriegen. Weil er die Habgier regieren lässt. Und korrupte Schweine. In seinem Namen. Darum!«

»Jetzt wohl nicht mehr...«, sagte sie nur. Aber er ging nicht darauf ein. Schüttelte nur noch einmal den Kopf und nahm sie fester an der Hand.

»Wenn es ihn aber gibt«, fuhr er nach einer langen Pause fort, »dann hat er sich das alles, was heute Nacht hier geschehen ist, ausgedacht. Dann ist es ein Plan. Ein Plan, dieses gottlose, frömmelnde Land zu bestrafen. Dieses Land der weißen Pharisäer. Die es *Gottes-eigenes-Land* nennen und mit ihrem Geld die Welt beherrschen. Und nun hat er diesem arroganten Treiben ein Ende gemacht. Und wir beide, wir sind ein Teil dieses Plans. Damit alles wieder einen Anfang nimmt...«

Sie schwieg und dachte, ich will das nicht!

Ich will nicht Teil eines Planes sein, den ich nicht begreife! Ich will nicht der neue Anfang sein!

Und sie zog ihre Hand aus der seinen, ging fort von ihm, einige Schritte weit, lief neben ihm her auf der anderen Seite der Straße, den gleichen Weg, aber von ihm getrennt. Und er zuckte nur die Schultern und verstand sie nicht.

Sie hätten an diesem Tag eine Menge unternehmen können. Ein neues Leben beginnen. Eine neue Freiheit. Sich ein Apartment nehmen hier irgendwo im feinsten Viertel dieser Stadt. Eine Suite im Plaza-Hotel. Ein Penthouse über den Dächern. Aber sie wollten ja nach Hause.

Sie hätten mit Pflastersteinen die Scheiben zertrümmern können der vornehmen, teuren Geschäfte. Niemand hätte sie gehindert. Pelze und Juwelen, Fotoapparate, ein neuer Kassettenrecorder, ein neuer *song-of-freedom*. Aber sie brauchten das alles nicht.

Sie gingen zurück zu der *factory* in der Amsterdam Avenue, in ihre Schule, stiegen die Eisentreppe hoch, betraten den leeren Saal, und dort zog sie sich um.

»He!«, sagt er, »wir sollten weiter trainieren!«

»Wozu?«, fragte sie und sah ihn lange an. Und da er nicht antwortete, wiederholte sie es, sehr laut, drohend, verzweifelt, voller Wut: »Wozu?!!!«

Sie hatte ihn angeschrien, presste die Lippen zusammen, wandte sich ab von ihm, wischte sich die Tränen aus dem Gesicht, denn sie wusste nun, dass alles vergeblich gewesen war, die Plackerei, die Freude, die Hoffnung.

Der Kampf um Freiheit, um Anerkennung. Und jeder Gedanke an eine Zukunft.

Wenn ihr, Lizzy Janice Turner, oder sogar ihnen beiden, jetzt eine neue Aufgabe, eine neue Zukunft zugedacht war, Ursprung einer neuen und vielleicht besseren Menschheit zu sein, dann war das eine Bürde, eine unzumutbare Last. Eine erneute Sklaverei.

Sie setzte sich auf den glattgetanzten Boden, in der Mitte dieses düsteren Saals, mit seinem Geruch nach Schweiß und nach Zuversicht, umklammerte ihre angewinkelten Knie, verbarg ihr Gesicht dazwischen und weinte.

Er ließ sie allein. Weil er hilflos war und sie nicht verstand. Weil er nicht wusste, wie er sie hätte trösten sollen. Und weil er sich selbst beschissen fühlte, armselig und müde und hoffnungslos.

Irgendwann schlüpfte sie aus ihrem bunten Flicken-Pullover, aus ihren zerfetzten Schuhen, aus den grobgestrickten Strümpfen.

Er lehnte immer noch an der Stange und sah ihr dabei zu. Die langen Beine, die braune Haut, die Brüste mit den blauschwarzen Spitzen. Ein schönes Mädchen, dachte er, und kam zu ihr und kniete sich unmittelbar neben sie hin.

»Nein!«, sagte sie nur und stieß seine zärtlichen Hände zurück. Und als er sie fassungslos ansah, flüsterte sie nur: »Ich will nicht! Ich will nicht der neue Anfang sein! Ich will es nicht und ich kann es nicht! Verstehst du?«

Aber wiederum verstand er sie nicht.

Sie gingen den Weg zurück zu ihrem Haus wie jeden Abend. Bei *Cohen's Delikatessen* holten sie ihre Milch, ihre Brote, und Thomas Malcolm Mutaza zahlte fünf *Quarter* und einen *Dime* und legte das Geld auf die Theke neben die Kasse, neben die Münzen vom Morgen.

Sie aßen die Brote, tranken die Milch, liefen den Morningside-Park entlang nach Norden, die Manhattan Avenue hinauf, bis zu ihrer Straße. Die verlassenen Autos standen immer noch quer auf der Kreuzung.

Das Treppenhaus war so leer wie die Flure der offenstehenden Wohnungen, und Missis James saß nicht in ihrem Korbstuhl und wünschte dem jungen Paar nicht, wie sonst, mit laszivem Lächeln einen schönen Abend und eine wunderschöne Nacht.

Die kleine Kammer roch muffig und dumpf, und der Stuhl lag immer noch umgestürzt an der Wand.

Das Handtuch war schmierig und feucht, und es lief immer noch kein Wasser aus dem Hahn.

Draußen begann es zu dämmern, wurde es Nacht, eine mondlose, lichtlose Nacht über der stillen, verlassenen Stadt.

Sie lag neben ihm in dem engen Bett, spürte seine Wärme, seine Haut, atmete seinen Geruch, und da war es ihr plötzlich gleichgültig, ob sie ein Teil war eines unbegreiflichen Plans, ob dies ein Anfang war oder ein Ende. Und sie umarmte ihn.

Sie klammerte sich an seine Schultern. Fühlte seine Kraft, seinen Willen, seine Zärtlichkeit.

Wir lieben uns!, dachte sie. Wir lieben uns, aber wir lieben uns nicht genug und auch nicht mehr als sich andere lieben. Oder geliebt haben. Früher einmal. In dieser großen und jetzt so leeren Welt!

Wir lieben uns selbst!, dachte sie. Zuerst einmal nur uns selbst, unsere Träume, unsere Hoffnungen, unsere Wünsche!

Wir lieben den anderen, weil wir ihn brauchen!, dachte sie. Weil er uns hilft, unsere Wünsche zu erfüllen, unsere Hoffnungen, und weil wir mit ihm zusammen, und nur gemeinsam unseren Weg in die Zukunft durchstehen!

Unsere Liebe, dachte sie, ist ein einziges Wunder!

Aber es ist einfach zu wenig für einen Neubeginn. Für die Geburt einer neuen Menschheit. Für einen ganz neuen Anfang.

Ihr war, als hätte sie die Zauberformel gefunden, hätte sie erraten, in diesem Augenblick der entrückten Lust.

Sie bog den Kopf zurück und sah das Licht an der

Wand: Reflexe der Scheinwerfer, der erleuchteten Fassaden, der fernen, flackernden Leuchtreklamen, rot, grün und gelb im gleichmäßigen Takt.

Sie begann wieder zu tanzen. Nach seinem Rhythmus. Nach ihrem Rhythmus: *song-of-freedom*.

Sie hielt sich fest an ihm, krallte sich an seinen Rücken, spannte sich wie ein Bogen, als die ersten Wellen sie überfluteten, und sie schrie und schrie, in das Tosen hinein, das heraufbrandete von den Straßen, in das Brausen, das wie eine Glocke über dieser Stadt hing und sie nie zur Ruhe kommen lässt, nicht bei Tag, nicht bei Nacht.

Sie rang nach Luft, sog den heißen Dunst dieser Sommernacht in sich hinein, hörte das Geschrei der Kinder unten im Hof, das Geschwatze und Gekeife der Alten, die Musik aus den Radios, den Fernsehern hinter den offenen Fenstern. Die Symphonie der Hunderttausend Hupen, das Jaulen der Streifenwagen, die über die Kreuzungen jagten, das Schrillen der Feuerwehren in den fernen Straßenschluchten.

Da wusste sie, dass morgen wieder ein Tag sein würde wie jeder andere, mit Joggen hinunter zur Amsterdam Avenue, Frühstück bei *Cohen's Delikatessen* und mit Tanzen, Tanzen, Tanzen.

Sie würden arbeiten, trainieren, Tag um Tag. Woche um Woche, *song-of-freedom*.

Und irgendwann, irgendwann würden sie es schaffen!

L. TIMMEL DUCHAMP

USA

Zu treuen Händen

Kate Abbotsons Privattelefon weckte sie an jenem trüben Februarmorgen etwa zehn Minuten bevor der Wecker klingelte, gerade als sie träumte, dass sich das Luftbefeuchtungssystem in ihrem Vivarium nicht mehr abstellen ließe. »Hier ist Lady Godiva«, sagte eine weibliche Stimme. Schlaftrunken, wie sie war, sah Kate eine Frau auf einem Pferd vor sich, nackt unter ihrem wehenden, knöchellangen Haar. »Sind Sie es, Kate? Ich ruf' wegen Mike an.« Mike. Blitzartig kam Kate zu sich. Godiva war es, die Popvideokünstlerin, mit der sich ihr Vater seit etwa zwei Monaten traf. »Ich hab schlechte Nachrichten. Es tut mir so Leid, ehrlich. Also, ich schlief noch, als plötzlich so ein komischer Alarm bei Mikes Telefon losging, ich glaube, es war fünf vor sieben. Ich drehte mich herum, weil ich wissen wollte, warum er den teuflischen Lärm nicht abstellte, und da sah ich, dass er völlig weggetreten war... bewusstlos, meine ich. Er sah furchtbar aus und obwohl sein Herz noch schlug, kam es mir vor, als atmete er nicht mehr. Ich rief sofort den Notarzt an und versuchte es mit Mund-zu-Mund-Beatmung, bis die Sanitäter kamen. Er ist jetzt im Krankenwagen, auf dem Weg zum Cedars-Sinai-Krankenhaus. Ich weiß, ich hätte Sie gleich anrufen sollen, aber ich wusste Ihre Nummer nicht. Dann fiel mir ein, dass Mike eine Kurzwahl für Sie einprogrammiert hatte und so konnte ich Sie erreichen.«

Kate setzte sich auf. Ihre Finger umklammerten den Hörer so fest, dass sie fast einen Krampf bekam. »Vater?«

Das Wort kam ihr kaum über die Lippen. »Vater ist...?« Heftiges Zittern überfiel sie. Ihr Kopf war völlig leer, bis auf die lebhaften Bilder, die Godivas Worte erzeugt hatten.

Godiva wiederholte noch einmal alles, dann sagte sie: »Es tut mir Leid, Kate. Wirklich, es tut mir so Leid. Natürlich komme ich ins Krankenhaus, aber da ich keine Verwandte bin, werden sie mich nicht einmal in seine Nähe lassen. Gibt es noch jemanden, den ich benachrichtigen soll?«

»Ich mache mich sofort auf den Weg«, sagte Kate rau. »Ich werde nicht lange brauchen.« Ihre Gedanken richteten sich auf das Nächstliegende. Von SeaTac aus gab es jede Stunde einen Linienflug nach Los Angeles. Oder sollte sie besser ein Flugzeug chartern? »Mein Vater würde sicher wollen, dass sein Anwalt verständigt wird«, sagte sie. »Aber das erledige ich selbst.« Sie merkte, wie sie stammelte und dass es nichts mehr gab, was Godiva ihr noch erzählen konnte. Irgendwie schaffte sie es, Godiva zu danken, ihr zu sagen, dass sie sich im Krankenhaus treffen würden, und dann aufzulegen. Zwar musste sie dringend pinkeln, ihre Zähne schlugen gegeneinander, zum Teil, weil sie ihren Harndrang zurückhalten musste, zum Teil vor Anspannung, aber es gelang ihr, Matt Hulls Privatnummer einzugeben, und erst als sie ihn an der Leitung hatte, ins Bad zu gehen, wo sie sich auf den Toilettensitz fallen ließ und nicht nur Urin, sondern auch Durchfall von sich gab. Sie erzählte ihm die Neuigkeiten, ungeachtet, dass er ihre Toilettengeräusche hörte, und dachte, welch ein Glück, dass Vater dieses Implant trägt, das mit seinem Telefon verbunden ist und Alarm auslöst, sobald sein Herz oder seine Atmung aussetzt. Wäre Godiva nicht erwacht, ohne Mund-zu-Mundbeatmung wäre er vielleicht...

»Ein Krankenwagen?«, fragte Matt. »Hatte er seine Leibwächter bei sich? Warum höre ich das alles nicht von ihnen? Kate, wiederholen Sie bitte noch mal genau, was Godiva gesagt hat.«

Kate wiederholte das Wenige, was sie wusste. »Ist das denn so wichtig, ob er seine Leibwächter dabei hatte?«, fragte sie. »Es wird ihn wohl keiner überfallen, bei einer so zufälligen Fahrt im Notarztwagen.«

»Ein Überfall ist unsere geringste Sorge«, erwiderte Matt. »Er hat Anweisung gegeben, dass er im Falle eines Herzstillstandes oder einer Gehirnblutung nach Hause gebracht werden soll, ins University-Krankenhaus, und zwar schleunigst, ohne Umwege. Auf gar keinen Fall darf er ins Cedars-Sinai gebracht werden.«

»Matt, um Himmels willen! Er atmete nicht mehr! Wahrscheinlich hat er einen Schlaganfall! Sein Vater und sein Großvater sind an Schlaganfällen gestorben!« Ihr Vater hatte die Forschung über Schlaganfälle ganz besonders vorangetrieben, ein Geschenk, das er der Menschheit machen wollte. »Und wie jedermann weiß, kann bei bestimmten Arten von Schlaganfällen die Schädigung in Grenzen gehalten werden, wenn man innerhalb der ersten drei Stunden dieses Medikament spritzt, Sie wissen schon, welches ich meine. Natürlich muss er ins nächstliegende Krankenhaus gebracht werden!«

»Kate, bitte! Reißen Sie sich zusammen. Sie überblicken die Situation nicht ganz. Geben Sie mir fünf Minuten – maximal zehn, damit ich mich informieren und die nötigen Vorkehrungen treffen kann. Inzwischen sollten Sie sich anziehen – falls Sie das noch nicht getan haben – und alles Nötige vorbereiten, was Mike vielleicht brauchen könnte. Okay, Kate? Tun Sie das?«

Was, um in alles in der Welt, ging da vor sich? Verschwieg er ihr etwas? »Zehn Minuten, keine Sekunde länger.« Sie klammerte sich an das Versprechen. »Und dann will ich eine Erklärung von Ihnen, warum Sie meinen, dass ich ein solches Risiko für das Leben meines Vaters auf mich nehmen soll.«

Zitternd legte sie das Telefon auf das Zeitschriftentischchen neben der Toilette. Das einzig Gescheite, was ihr einfiel, war zu ihrem Vater nach Los Angeles zu fahren.

215

Wenn er erst einmal ins Krankenhaus aufgenommen worden war, würden sie sicher nicht zu den Leibwächtern sagen, okay, Jungs, hier ist er, ab mit ihm nach Seattle. Nein, Krankenhäuser hatten Regeln und Prozeduren, denen sie so lange folgten, wie sie dachten, dass der Patient den Aufenthalt bezahlen konnte. Und es gab sicher nirgends größere Pfennigfuchser und Bürokraten als im Gesundheitswesen.

Wie war überhaupt das Wetter in Los Angeles? Kate zauderte einen Moment, bevor sie ein T-Shirt, Jeans, eine dicke Baumwolljacke, Socken und Stiefel anzog. Bei jedem Schritt, den sie tat, schleppte sie das Telefon mit, als ob sie nicht wagte, es nur einen Augenblick außer Reichweite zu legen. Während sie ihr Gesicht wusch und die Zähne putzte, dachte sie darüber nach, wie fanatisch sich ihr Vater und Matt Hull aufführten, was die Leibwächter betraf, und an die vielen Diskussionen, die sie mit ihrem Vater geführt hatte, weil sie nicht die gleiche Art Sicherheitsvorkehrungen wie er haben wollte. Wenn man ihn und Matt hörte, so war sie für eine Entführung gerade prädestiniert. Sah sie das denn nicht ein? Irgendein Irrer, der sich einbildete, sie sei ihrem Vater eine lockere Milliarde wert – mindestens. Ganz zu schweigen von den Hassern, die sich besonders auf Menschen wie sie und ihren Vater eingeschossen hatten. Sah sie das denn nicht ein?

Das Telefon piepte, als sie Unterwäsche und Toilettenartikel in eine leichte Reisetasche warf. Matt teilte ihr mit, dass er gerade sein Haus auf Mercer Island verließ. Er hatte einen Kollegen, der ihm einen Gefallen schuldete, bereits auf den Weg zum Cedars-Sinai-Krankenhaus geschickt. Und er hatte das Leibwächterteam ausfindig gemacht, das sich jetzt ebenfalls auf dem Weg ins Krankenhaus befand. Die Leute hatten gesagt, dass Mike sie mit dem Auto weggeschickt und gesagt habe, sie sollten erst um acht Uhr morgens wiederkommen. Typisch Mike. Matt sagte, er hätte auch Mikes Piloten aufgetrieben und ihn angewiesen, das Privatflugzeug startklar zu machen. Und schließlich habe er auch noch eine kleine Unterhaltung mit dem Direktor von *Best American Health,* Inc. gehabt, der Firma, der das Cedars-Sinai gehörte. Wenn alles glatt ging, würde ihr Vater sich bereits auf dem Weg befinden, wenn Matt bei Kate eintraf.

Für Kates Ohren sprach Matt in Rätseln, in einem Geheimcode, zu dem sie keinen Zugang hatte. Als sie ihn fragte, warum ihr Vater unbedingt vom Cedars-Sinai ferngehalten werden musste, und darauf drang, dass er kein Risiko eingehen dürfe, erwiderte er, sie solle sich beruhigen, sie wisse nicht, wovon sie spräche, und ihre Mutmaßungen würden sie hysterisch machen. Sie solle sich gedulden. Sobald er bei ihr war, würde er ihr alles erklären.

Kate steckte das Telefon in ihre Tasche und verließ die Küche. Sie war noch verstörter als vorher, falls das überhaupt möglich war, und überlegte, ob sie Matt nicht zurückrufen sollte, damit sie ihn anschreien konnte. Sie erwog sogar, im Cedars-Sinai anzurufen, um Matts Anweisungen irgendwie rückgängig zu machen, entschied sich aber dagegen, weil sie Angst hatte, aus lauter Verwirrung und Unkenntnis der Sachlage noch mehr Unheil anzurichten. Zu gern hätte sie etwas unternommen, irgendetwas, um das Unglück aus der Welt zu schaffen. Einer der beiden J's hatte Kaffee gekocht, wie sie sah, Joel vermutlich, denn er hatte Kates Bett verlassen, bevor Godiva angerufen hatte. Mit zitternden Händen schenkte sich Kate eine Tasse ein, dann begab sie sich auf die Suche nach den beiden oder einem von ihnen. Als sie Jeffs Zimmertür einen Spalt öffnete, sah sie, dass er noch schlief. Aber Joel war frühmorgens sowieso immer der erste. Sie fand ihn im Vivarium, wo er in dem dämmrigen grauen Licht, das von den vielen Pflanzen grünlich getönt wurde, Bauchaufzüge machte. Kate stellte ihren Kaffee, an dem sie kaum genippt hatte, auf einen Tisch und kniete sich neben Joels Kopf. Er grinste sie an. »'n

Morgen!«, japste er, ohne seinen Rhythmus zu unterbrechen.

Kates Augen füllten sich mit Tränen. »Mein Vater«, sagte sie mit bebender Stimme. »Er hatte einen Schlaganfall oder so was Ähnliches.«

»Ach du liebes bisschen!« Joel schwang sich graziös in eine Hockstellung hoch und legte seine muskulösen Arme um sie. Seine Wärme, seine fürsorgliche Festigkeit trösteten sie, wenn sie auch den beißenden Klumpen Angst in ihrem Magen nicht verschwinden ließen, sondern ihre Tränen eher erst richtig zum Fließen brachten. Völlig unpassend kam ihr in den Sinn, wie ihr Vater reagiert hatte, als sie ihm erzählte, dass sie mit Joel zusammenleben wollte. Mein Gott, ich fass es nicht! Du willst wirklich deinen Krempel mit so einem hirnlosen Muskelpaket zusammenschmeißen? Der Kerl sieht ja aus wie ein blonder Affe mit goldnem Nasenring! Himmel, was wirft das für ein Licht auf mich? Man erwartet doch, dass Frauen sich Männer aussuchen, die ihrem Vater ähneln! Zumindest hatte er aufgehört, Joel einen Affen zu nennen, riss aber immer noch Witze über seine Naivität (Himmel, darüber machte sie sich ja selbst auch lustig). »Soll ich dich ins Krankenhaus begleiten?«, fragte er. »Nur ein Wort von dir, und ich versuche, meine Schicht mit jemandem zu tauschen.«

Kate löste sich etwas von Joel und lehnte sich zurück, damit sie ihn ansehen konnte. »Es ist so ein Durcheinander«, sagte sie und wischte sich die Tränen mit dem Ärmel ab. »Vater ist in Los Angeles, aber sein Anwalt hat über meinen Kopf hinweg veranlasst, dass er hier hergebracht werden soll, anstatt dort behandelt zu werden.«

»Nach einem Schlaganfall? Klingt irgendwie merkwürdig.«

»Stimmt«, sagte Kate. Ihre Angst wich plötzlichem Ärger. »Natürlich wissen wir nicht mit Sicherheit, ob es ein Schlaganfall war, nur dass Godiva feststellte, dass er nicht mehr atmete und in eine Art Koma gefallen war.« Die blo-

218

ßen Worte aus ihrem Mund zu hören, versetzte Kate wieder derart in Furcht, dass ihr plötzlicher Ärger auf Matt davon überdeckt wurde.

In ihrem unteren Gesichtsfeld erschien ein blauer Kursor und begann stetig und langsam zu blinken. Es muss acht Uhr sein, dachte Kate. Der blaue Kursor war programmiert, um acht Uhr zu blinken, falls sie bis dahin noch nicht ihren Tageskalender und die Termine überprüft hatte. Kate blinzelte dreimal mit dem rechten Auge, um den Kalender aufzurufen. Klar doch, dachte sie, das alles passiert natürlich an einem Tag, wo ich wirklich viel zu tun habe. Sie löste sich ganz aus Joels Umarmung und zog ihr Telefon aus der Tasche. »Ich muss im Büro anrufen.«

Sie erwartete, die Computerstimme der Voice Mail Box zu hören, aber der tüchtige Eric war selbst am Apparat, und so konnte sie ihm ihre ganzen Termine aufladen (bis auf das Abendessen mit Marjorie) und sicher sein, dass er alles in ihrem Sinn erledigte. Als sie die Verbindung unterbrach, sagte Joel: »Kann ich irgendwas für dich tun?« Seine großen, unschuldigen, blauen Babyaugen betrachteten sie mit liebevoller Sorge. Als Kate antwortete, hatte sie ihre Stimme kaum in der Gewalt. »Weißt du, ich muss immerfort daran denken, wie er mir stets erzählte, wie wundervoll es sei, dass wir gerade jetzt, hier und heute lebten, trotz der unruhigen sozialen Lage, weil die Wissenschaft so nah daran sei, unser Leben unbegrenzt zu verlängern. Er glaubte wirklich, alles Menschenmögliche für sich getan zu haben. Seine Gesundheit war gut, sein Körper fit. Nicht wie bei seinem Vater oder Großvater. Und immer nahm er Vitamin E, stopfte Obst und Gemüse in sich rein, wegen des Kaliums und Betakarotin, du glaubst ja nicht, wie viel Karottensaft er trank, und was das Kalium betraf, also, Kalium hätte sein zweiter Vorname sein können, so besessen war er davon, die Bananen und Grapefruits kamen ihm praktisch schon zu den Ohren raus…« Das Bild, wie ihr Vater dreimal am Tag Karottensaft presste, gab ihr den Rest, sodass sie ungehemmt zu weinen anfing. Es musste schlimm stehen, sonst wäre er bei Bewusstsein. Sie wusste es genau. Verfluchter Matt. Verfluchter Matt, mit seiner Besessenheit, was die Sicherheitskräfte betraf. Ihr Vater war zu jung, um einen derartigen Schlaganfall zu bekommen. Er war in guter Verfassung, zu gut, um in Gefahr dafür zu sein. Es war einfach nicht fair, in keiner Weise. Doch würde ihr Vater nicht der erste sein, der sagte, dass Fairness ein Konzept sei, das nur den Schwachen etwas bedeutete?

Ein paar Minuten nachdem Matt ihr die medizinischen und rechtlichen Vollmachten ausgehändigt hatte, die ihr Vater ihr für eine solche Situation ausgestellt hatte, traf Kate die Ärztin ihres Vaters, den Leiter der Abteilung Neurowissenschaften der dem Krankenhaus angegliederten medizinischen Fakultät sowie einen Spezialisten der Neuromedizin, der von dem Leiter zur Behandlung hinzugezogen worden war. Die Ärzte waren nicht erfreut darüber, dass Matt ihren Vater transportieren ließ, bevor eine Diagnose erstellt worden war, aber Matt sagte, einer aus dem Leibwächterteam sei Sanitäter, er habe zehn Jahre bei der Feuerwehr in Seattle gearbeitet, bevor er in den Sicherheitsdienst wechselte (was er vor allem deshalb tat, weil die Stadt die Hälfte der Feuerwehrleute entließ).

»Wenn Sie wenigstens einen CT-Scan* zugelassen hätten, stünden unsere Chancen entschieden besser«, sagte Jordan Bentoit, der Spezialist für Schlaganfälle. »So wissen wir bloß, dass er bewusstlos ist...«

Die Art, wie er den Kopf schüttelte, versetzte Kate in Panik. »Was wollen Sie damit sagen? Dass er nicht durchkommt?« Bentoit zuckte die Achseln. Kate schaute Matt erbittert an. »Wenn mein Vater stirbt, weil er nicht rechtzeitig behandelt wurde, Matt, ich schwöre Ihnen bei Gott, dass ich dann...« Sie biss sich auf die Lippe, um die Dro-

---

* CT = Computertomographie

hung zurückzuhalten. Auf keinen Fall akzeptierte sie die Geschichte, die er ihr aufgetischt hatte – seine Erklärung, warum er die Leibwächter und seinen Kollegen, der ihm einen Gefallen schuldete, veranlasst hatte, niemanden in die Nähe ihres Vaters zu lassen. Auch Ärzte, meinte er, befänden sich inzwischen unter den Menschen aus dem zusammengebrochenen Mittelstand, aus denen sich die Hasser rekrutierten. Und ihr Vater habe Todesdrohungen erhalten von Ärzten, die Mike Abbotson persönlich dafür verantwortlich machten, dass sie keine Arbeit mehr hatten, von Ärzten, die Angst hatten, arbeitslos zu werden, sobald *Abbotson Interacitve Design,* Inc, ihre neuen Spezialapparate herausbrachte, und deren Gehälter bereits drastisch gesunken waren, sowie von Angehörigen des medizinischen Personals, das ebenfalls davon betroffen war. Kate hörte sich dies schweigend an, griff dann nach ihrem Telefon und rief die Auskunft an, um die Telefonnummer des Cedars-Sinai zu bekommen. Aber gerade da zog Matt ein Dokument aus seiner Aktentasche, das sie bereits beim flüchtigen Blick, den er ihr darauf gewährte, als eine Patientenverfügung erkannte, die ihres Vaters Unterschrift trug und aus der hervorging, dass er, wenn keine unmittelbare Gefahr für sein Leben bestand, ins University Hospital gebracht und dort behandelt werden sollte. Matt sagte, er habe eine Kopie dieser Verfügung seinem Kollegen durchgefaxt, den er ins Cedars-Sinai geschickt hatte, »nur um zu verhindern, dass sie meine Anweisung zu umgehen versuchen. Schreien Sie mich nicht so an, Kate. Sie kennen die Sachlage nicht. Und das vor allem deshalb, weil Mike Sie nicht damit beunruhigen wollte. Ihre Vorstellungen über den Hippokratischen Eid sind einige tausend Jahre alt. Zumindest hat in der Vergangenheit einer dieser Musterknaben an Moral und Menschlichkeit ein Kopfgeld auf Mike ausgesetzt und wäre jetzt im Gefängnis, wenn Mike nicht die unerwünschte Publicity bei einer Verhaftung und Gerichtsverhandlung gescheut hätte.« Obwohl Kate nicht die Paranoia teilte, die ihr Vater offenbar mit Matt gemeinsam hatte, hatte sie genug gesehen, um zu erkennen, dass ihr trotz der medizinischen Vollmacht, die ihr Vater ihr ausgestellt hatte, durch die Patientenverfügung die Hände gebunden waren.

Lee Park, der Leiter, warf Bentoit einen eindringlichen Blick zu. »Wir wollen keine voreiligen Schlüsse ziehen«, sagte er scharf. »Bevor wir keine Untersuchungen durchgeführt haben, wissen wir wirklich nicht Bescheid. Und natürlich wissen wir überhaupt nicht, ob es überhaupt ein Schlaganfall war. Am besten, wir bereiten jetzt alles für seine Ankunft vor. Ich habe angeordnet, dass ein Notarzthubschrauber ihn vom Boeing-Flugplatz hier herbringt, sie sind bereits vor Ort und warten. Und ich habe das einzige Privatbett, das wir in der Abteilung für Schlaganfälle habe, freiräumen lassen und bereits eine Reihe Untersuchungen vorbereitet. Seien Sie versichert, Ms. Abbotson, dass Ihr Vater die bestmögliche Versorgung erhält.«

Die Abteilung Neurowissenschaften gehörte einer Firma ihres Vaters. Kein Wunder, dass er so redet, dachte Kate ablehnend. Sie schaute den Tisch entlang zu Penny Eliot, die die ganze Zeit über geschwiegen hatte. »Sie kennen die Krankengeschichte meines Vaters besser als jeder andere«, sagte sie. »Was meinen Sie?«

Penny schaute ernst. »Auf jeden Fall kam dies hier völlig unerwartet, egal was es ist. Wie Sie wissen, hat sich Mike bereits seit fünf Jahren einer Behandlung mit Nanozyten unterzogen, die seinen Körper durch die Blutbahn von freien Radikalen reinigen und ihm überflüssigen Sauerstoff entziehen. Meiner Meinung nach befand sich sein gesamtes Gefäßsystem in hervorragendem Zustand. Natürlich heißt das nicht, dass er keinen Schlaganfall hätte bekommen können. Aber angesichts der wenigen Informationen, die wir haben, würde ich auch ein Blutgerinnsel nicht ausschließen.« Sie schaute Park an. »Ich schlage vor, dass wir in der Zeit, bis er hier eintrifft, uns seine früheren Röntgenbilder und CT-Scans anschauen.«

»Ein Blutgerinnsel ist höchst unwahrscheinlich«, entgegnete Lee Park frostig. »Zum einen, weil der Sanitäter, der bei Mr. Abbotson im Flugzeug ist, berichtet hat, dass sich bei dem Patienten gesteigerte Muskelspannung zeigt. Zum anderen, weil Mr. Abbotson zweifellos bereits vor dem Zusammenbruch eine Reihe bestimmter Symptome gezeigt hätte.«

Penny nickte. »Das denke ich eigentlich auch. Ich wollte aber, dass Kate begreift, wie sehr wir im Dunkeln tappen, bis wir ihren Vater wirklich untersucht haben.«

Matt schob seinen Stuhl zurück und stand auf. »Kate, wollen wir nicht zusammen Kaffee trinken und etwas frühstücken gehen? Es gibt da ein paar Dinge, die wir besprechen müssen, und ich bin sicher, die Jungs hier können die Behandlung Ihres Vaters besser planen, wenn wir dabei nicht im Weg rumstehen.«

Kate folgte Matt aus dem Zimmer. Sie hatte ihn nie sonderlich gemocht, aber eigentlich zuwider war er ihr auch nicht gewesen – bis jetzt. Er war der älteste Kumpan ihres Vaters, dessen Geschäfte seine ganze anwaltliche Tätigkeit bildeten. Es wurde Zeit, dass sie eine Kopie der Patientenverfügung verlangte, die er ihr vor dem Gesicht herumgeschwenkt hatte. Vielleicht gab es nichts, womit sie ihrem Vater im Moment helfen konnte, aber zumindest konnte sie sich darauf vorbereiten, in sehr, sehr naher Zukunft etwas tun zu können.

Irgendwie hatten die Medienhaie von der Geschichte schon Wind bekommen und mit der Belagerung des University Hospitals begonnen, noch ehe das Flugzeug mit Kates Vaters an Bord auf dem Boeing-Flugplatz gelandet war. Kate entschied mit Matt, dass er die Sache mit den Haien in die Hand nehmen sollte. Kate vermutete, dass er sogar erfreut darüber und innerlich ganz aus dem Häuschen war, weil er den Eingeweihten spielen konnte, den intimen Ratgeber und Freund des Großen Mannes (der eventuell – was für eine Superstory! – im Sterben lag). Viel Vergnügen dabei, dachte Kate. Ihre Aufgabe war es, sich mit Penny Eliot und den Spezialisten auseinander zu setzen, die nötigen medizinischen Entscheidungen zu treffen – und sich die Laserdisk anzuschauen, die ihr Vater offenbar für einen solchen Fall vorbereitet und die Matt vorsorglich mitgebracht hatte.

Lee Park sorgte dafür, dass sie die Disk im selben Konferenzraum ansehen konnte, in dem sie und Matt mit den Ärzten gesprochen hatten. Tiefe Beklemmung kroch in ihr hoch, als sie die Disk ins Laufwerk schob. Ihr Vater besaß ein riesiges Wirtschaftsimperium und viele, viele Geheimnisse. Sie hatte ihm deutlich gesagt, was sie von diesem Imperium und seinen Geheimnissen hielt, als er sie nach ihrem Abgang vom College in seine Geschäfte hineinziehen wollte. Schließlich hatte er ihre Haltung akzeptiert und ihr eine anständige Geldsumme ausgesetzt, ohne Einschränkungen, die sie an ihn banden. Es würde ihm aber ähnlich sehen, dachte sie jetzt, wenn er annähme, sie sei gefühlsmäßig dazu erpressbar, in seinem Interesse zu handeln, nun, wo er nichts mehr für sich selbst tun konnte.

Sein Bild erschien sofort, ohne Einleitung, zweidimensional, aber überlebensgroß auf dem flachen Wandbildschirm. »Hallo, Kate«, sagte er mit einem seiner dämlich jungenhaften Lächeln. »Wenn du dies ansiehst, bedeutet es wohl, dass ich entweder gelähmt und unfähig zu sprechen, bewusstlos oder schwer gehandikapt bin, aufgrund eines Traumas oder einer anderen Schädigung meiner Gehirnrinde. Ich muss gestehen, dass ich mir nicht vorstellen kann, was du nun empfindest, entschuldige also, wenn ich ein wenig zu flott daherrede. Es überrascht dich sicher nicht sehr, dass ich eine ganze Reihe von möglichen Plänen ausgearbeitet habe, für nur jeden erdenklichen Unglücksfall. Ich weiß, dass du dich strikt weigerst, in meine Geschäfte hineingezogen zu werden, also habe ich andere Leute beauftragt, sich mit den Einzelheiten zu beschäftigen und zwar unter Matts Aufsicht. Tatsache ist jedoch, dass du der einzige Mensch bist, dem ich wirklich vertraue, dass er all die großen wichtigen Entscheidungen trifft, die nötig sein könnten, vor allem die persönlichen. Deshalb habe ich dir meine medizinische Vollmacht aufgebürdet.« Das Bild ihres Vaters beugte sich vor und bekam einen tiefernsten, ehrlichen Gesichtsausdruck, die Art, die er für ihre, wie er sie nannte, »von-Herz-zu-Herz-Gespräche« aufsetzte. »Liebling, mein innigster Wunsch ist es, dass du alle nur erdenklichen Möglichkeiten nutzt, um mich am Leben zu erhalten. Ehrlich... Ich will nicht, dass man mir den Saft abdreht. Ich vertraue auf die Burschen im University Hospital. Teufel auch, ich habe jahrelang ihre Gehälter bezahlt! Sie haben die besten Gründe zu denken, dass mein Weiterleben ihren ureigensten Interessen entgegenkommt! Ja, ja, ich weiß. Ich habe mit ihnen darüber gesprochen, was machbar ist und was nicht, und ich weiß, dass die Prognose, falls ich im Koma liege, sehr, sehr schlecht ist.« Kates Eingeweide zogen sich zusammen. Das war wirklich eine neue Information. Hätten sie die Ärzte in diesem Fall nicht von Anfang an warnen müssen? »Und mit einer Schädigung der Hirnzellen«, fuhr ihr Vater fort, »ist nicht zu spaßen. Wenn meine Gehirnrinde zu geschädigt ist, um sich zu regenerieren, möchte ich, dass du Joshua Bledsoe die Erlaubnis gibst, es mit fötalem Gewebe zu versuchen, das aus meiner DNA gewonnen wird. Bledsoe arbeitet seit Jahren auf diesem Gebiet und hat kleine geschädigte Hirnareale bereits mit Erfolg regeneriert. Von Versuch zu Versuch hat sich seine Erfolgsrate in den letzten Jahren gesteigert. Falls keine Hoffnung mehr besteht, dass sich meine Gehirnrinde von selbst regeneriert, möchte ich sein erster Großversuch sein.«

Kates bereits empfindlicher Magen krampfte sich so schmerzhaft zusammen, dass sie auf Pause schaltete, vom Tisch hoch taumelte und einen leeren Abfallbehälter suchte. Ihr Vater und sie hatten nie über solche Dinge gesprochen. Sie hatten niemals über die ethischen Probleme gesprochen, die auftraten, wenn man Kinder nur zeugte, damit sie als dringend benötigte Organbank für die Eltern oder Geschwister dienten. Ihr dies vorzusetzen, ohne vorher nur ein einziges Mal mit ihr... na klar, dachte sie bitter. Er hatte Schiss gehabt, mit ihr darüber zu reden, Angst, dass er damit in die Lage geriet, sie um etwas zu bitten, das sie moralisch verabscheuenswürdig fand.

Kate ließ die Disk weiterlaufen. »Wie ich dich kenne, hältst du dies sicher für selbstsüchtig, Kate, aber es ist schließlich nicht so, dass ich bisher nichts für die Welt getan hätte. Im Gegenteil, ich habe der Menschheit einen der größten FORTSCHRITTE in ihrer Geschichte gebracht.« Er grinste. »Ja, ich weiß, du siehst die Sache mit dem FORTSCHRITT etwas anders als ich. Trotzdem... ich habe eine Menge getan und noch eine Menge mehr vor zu tun. Die Sterblichkeit und Verwundbarkeit des menschlichen Körpers ist eine Hürde, eine schreckliche Hürde, aber wie alle Hürden nicht unüberwindbar.« Er holte tief Luft, wie um sie auf weiteres vorzubereiten. »Kate, es gibt noch etwas. Dafür musst du zum HAUS fahren. Das HAUS wird dich ins Gewölbe lassen, wenn du mit deiner Stimme das Passwort sagst: ›HAUS, hier ist Kate. Sag mir, wo das Gewölbe ist und lass mich hinein.‹ Im Gewölbe findest du nicht nur alle Codes, die nötig sind, um dir Zugang zu meinen gesamten Geschäften zu verschaffen und die Matt, wie ich ihm bereits gesagt habe, von dir erhalten kann. Ich bitte dich jedoch, vor der Aushändigung sorgsam zu überprüfen, ob dies wirklich notwendig ist. Du findest dort auch Berichte über ein Forschungsprojekt, das ich ganz im geheimen, ohne jemand davon in Kenntnis zu setzen, unterstützt habe. Kate, über dieses Projekt wissen nur die beiden Teams, die unabhängig voneinander daran arbeiten, Bescheid, sonst niemand. Du kennst meinen Glauben an den Wettbewerb – nun, ich habe sie beide davon unterrichtet, dass sie sich im Wettstreit befinden. Das Projekt, an dem sie arbeiten, hat etwas mit Bledsoes Regenerationsverfahren zu tun. Ich werde hier jetzt nicht mehr erklären, weil es sehr kompliziert ist. Du musst dir die Berichte in der Reihenfolge anschauen, in denen ich sie für dich vorbereitet habe.« Er räusperte sich und trank einen Schluck Wasser. »Mein Gott, Kate, ich habe solche Angst, dass du mein Vorhaben ablehnst und mich hängen lässt.« Und einen Augenblick lang blickte er wirklich ängstlich. »Bitte, Liebling. Selbst wenn du moralische Bedenken hast, bitte, bitte, respektiere meinen Wunsch. Ein Wunder steht auf dem Spiel. Ein Wunder für mich – wenn alles klappt – und ein Wunder für die ganze Menschheit. Bitte, Kate. Bitte. Lass mich nicht hängen. Nicht jetzt, wo ich deine Hilfe so dringend brauche.« Kate starrte auf den Schirm. Tatsächlich, ihr Vater weinte. Tränen strömten ihm übers Gesicht. Sie hielt die Disk an, zog sie aus dem Laufwerk und steckte sie in die Tasche. Weinte... um sie zu manipulieren, verflucht noch mal! Weinte bei dem Gedanken an seine eigene Sterblichkeit! Weinte bei dem Gedanken an seinen Beitrag zum FORTSCHRITT, zu dem er der Menschheit in der Vergangenheit und Gegenwart verholfen hatte und in Zukunft zu verhelfen gedachte!

Tränen standen ihr in den Augen, ihre Kehle war zugeschnürt. »Zeit zu gehen, Vater«, sagte sie wütend. Aber schließlich war der Mann ja, wie alle ja schon seit Jahren behaupteten, einfach ein Scheißgenie.

Auf dem selben großen Wandbildschirm zeigten Penny Eliot und Jordan Bentoit ihr Bilder des CT-Scans, auf denen man die Schädigung insbesondere der Gehirnrinde sehen konnte, die der Schlaganfall hervorgerufen hatte. Kate konnte selbst den großen dunklen Fleck in der Kernmasse des Zwischenhirns erkennen, den sie als Hämatom bezeichneten, die Hauptursache für die Blutung. »Das Schlimmste ist«, sagte Bentoit, »der hartnäckige konstante Druck, den die Blutung und das Ödem im Gehirn verursachen.« Er legte den Leuchtstift beiseite, den er zum Zeigen benutzt hatte, und schaute Kate ins Gesicht. »Ich will offen sein. Ohne Operation wird Ihr Vater sterben.«

Kate zuckte zusammen. Er hielt nicht hinterm Berg, dass musste sie zugeben.

»Es gibt nicht viele Behandlungsmöglichkeiten bei dieser Art Schlaganfall. Das Hauptproblem, wie ich bereits sagte, ist das Ödem. Natürlich bekommt er Infusionen mit Mannitol, einem die Osmose fördernden Medikament, aber mit einem Ödem wird der Körper am besten allein fertig.«

»Kann man keine Nanozyten einschleusen, die das Ödem auflösen?«, fragte Kate.

Bentoit verdrehte die Augen. »Ms. Abbotson, in der Öffentlichkeit herrscht die Ansicht, Nanozyten könnten alles, was man von ihnen verlangt, aber ich versichere Ihnen, dass das bei einem Ödem nicht der Fall ist. Da vermögen sie nicht mehr als Medikamente auch.«

Heiße Röte stieg in Kates Gesicht. Sie würde Jeff bitten, ihr das zu erklären. »Und die Operation? Können Sie dadurch das Ödem beseitigen?«

»Bei der Operation können wir das Hämatom selbst eingrenzen und versuchen, einen Ablauf zu legen. Ja, ich glaube schon, dass wir dadurch das Ödem in den Griff kriegen.«

Kate sah, dass Penny Eliot die Stirn runzelte. »Und die Probleme bei einer solchen Operation?«

Bentoit zuckte die Achseln. »Angesichts der Laserchirurgie werden die Erfolgsaussichten immer besser. Besonders wenn jemand so gesund ist wie Ihr Vater. Bei ihm jedoch ist es ein schwieriger Eingriff, weil das Hämatom schwer zu erreichen ist. Ich würde sagen, die Chancen für Ihren Vater stehen siebzig zu dreißig.«

»Und Sie, Penny?«, fragte Kate, die merkte, dass die Ärztin ihres Vaters immer noch die Stirn runzelte. »Was sagen Sie?« Pennys ernsthafte graue Augen blickten zu Bentoit, dann richtete sich ihr Blick fest auf Kate. »Jordan ist hier der Experte. Ich weiß bloß, dass diese Operationen immer sehr riskant sind und man oft, um das Leben des Patienten zu retten, unwiderrufliche neurologische Defizite in Kauf nehmen muss.« Sie schwieg einen Augenblick, holte dann tief Luft und fuhr fort: »Ich muss mich allerdings Jordans Ansicht anschließen. Ohne Operation wird Ihr Vater sterben.«

Neurologische Defizite. Ein abstrakter ökonomischer Terminus, der dennoch das Problem exakt beschrieb – eine Form von Schuld, die kein noch so hoher Betrag an Geld ausgleichen konnte. Als Kate zu sprechen ansetzte, war ihre Kehle so trocken, dass sie fast kein Wort herausbrachte. »Sie meinen also, es gibt nicht viel Hoffnung.«

»Das würde ich so nicht sagen«, erwiderte Bentoit rasch. »Siebzig zu dreißig ist nicht hoffnungslos.«

Kate hörte, wie hinter ihr der Regen an die Fensterscheibe schlug. »Wann wollen Sie operieren?«

»Sofort.« Bentoit schob ihr das Einwilligungsformular hin.

Eine Frage hatte Kate bisher nicht gestellt. Sie wusste, dass jetzt eigentlich die Zeit dazu gekommen war. Aber sie wusste auch, was ihr Vater von ihr wollte. Das hatte er ihr unmissverständlich klar gemacht, so unübersehbar wie der Regen an der Außenseite der Fensterscheibe. Eine der möglichen Antworten auf ihre Frage würde Kate vielleicht zögern lassen.

Ohne ein weiteres Wort unterschrieb Kate das Formular.

Als es Marjorie Kinney endlich gelang, Kate aus dem Krankenhaus zu locken, um mit ihr essen zu gehen, stellte diese überrascht fest, dass es draußen bereits dunkel wurde. Um die Meute der Medienhaie zu umgehen, die in der Halle lungerten, verließen sie das Gebäude durch eine Seitentür des Krankenhauskomplexes. »Die beiden J's werden wahrscheinlich hier sein, wenn wir zurückkommen«, sagte Marjorie, während sie die Straße überquerten, um zur Bushaltestelle zu kommen. »Ich stand den Tag über mit ihnen in Verbindung, und sie überlegten die ganze Zeit, ob sie sich frei nehmen sollten, aber ich sagte ihnen, dass du vollauf beschäftigt seist und selbst ich dich kaum gesehen hätte.«

Ein Schleier schien Kates Blick zu trüben, sodass sie blinzelte. Der weiche Abendnebel legte sich unvermittelt kühl auf ihr erhitztes Gesicht. Beinahe wie das Erwachen aus einer Trance, dachte Kate. »Ich hätte mich auch schuldig gefühlt, wenn ich die beiden von der Arbeit abgehalten hätte – und auch, wenn ich sie ignoriert hätte. Sie sind wirklich goldig, aber natürlich sind sie einfach nur Jungs.«

Marjorie gluckste in sich hinein, ihr charakteristisches leises, trockenes Lachen. Plötzlich zu sich gekommen, schaute Kate sich um, sah aber niemanden in der Nähe, der wie ein Medienhai aussah. Wahrscheinlich erwarteten sie nicht, dass sie ein öffentliches Verkehrsmittel benutzte. Ein 43er Bus näherte sich. »Der fährt zum U-Distrikt«, sagte Marjorie. Sie stiegen ein und schwiegen während der kurzen Fahrt zur Avenue. »Was hältst du von *Jans Nudelhaus?*«, fragte Marjorie beim Aussteigen.

Das Lokal lag nur einen Häuserblock entfernt. »Von mir aus«, sagte Kate, die sicher war, dass sie sowieso keinen Bissen hinunterbringen würde.

Sie bestellten über das Tischterminal Thai-Nudeln, Salat und Bier. »Ich muss gestehen, dass ich nicht ganz durchblicke«, sagte Marjorie. »In den Nachrichten haben sie gesagt, dein Vater sei in Los Angeles gewesen, als er den Schlaganfall bekam – mit Lady Godiva, um genau zu sein. Und die J's sagen das auch. Warum ist er dann nicht dort im Krankenhaus?«

Kate stützte ihre Ellbogen auf die glatte Kunststoffoberfläche des Tisches und massierte erschöpft ihr Gesicht, als ob dieses Reiben auf der Haut ihre Gedanken besser in Gang bringen würde. »Ich blicke genauso wenig durch wie du«, sagte sie. »Matt Hull, der Anwalt meines Vaters, bestand darauf, dass mein Vater nur hier im University Hospital behandelt werden dürfe, und da Matt eine entsprechende Patientenverfügung besitzt, hatten wir keine andere Wahl, als meinen Vater hierher fliegen zu lassen.« Kate nagte an ihrer Lippe. Sie war nicht mehr ganz so verwirrt wie vorher; der Gedanke war ihr gekommen, dass dieses Forschungsprojekt, das ihr Vater ins Leben gerufen hatte (um was immer es dabei auch ging), mit der Sache etwas zu tun hatte. »Matt behauptet, es sei wegen der Sicherheit. Einige Ärzte wären zu den Hassern gegangen. Und in Los Angeles seien von Ärzten bereits Todesdrohungen gegen meinen Vater aufgetaucht.«

Marjorie schaute völlig ungläubig. »Was für ein Blödsinn! Natürlich ist dein Vater reich, wichtig und berühmt, und solche Leute sind immer Zielscheibe für irgendwelche Irren, die sie aus purer Niedertracht umbringen wollen. Aber Ärzte bei den Hassern...« Sie schnaubte. »Und außerdem dachte ich immer, dass die meisten Ärzte eine Menge investiert hätten, um in der Mittelschicht zu bleiben. Sie wären ja verrückt, das alles aufs Spiel zu setzen, bloß um sich am Morden der Hasser zu beteiligen.«

»Der Meinung bin ich eigentlich auch.«

»Weil wir grade von berühmten Leuten sprechen – wie interessant, dass er bei Godiva war. Du hast nie erwähnt, dass du sie kennst.«

Kate trank einen großen Schluck geeisten Wassers. Sie hatte den ganzen Tag über vergessen, Wasser zu trinken. »Weil ich sie nie gesehen habe«, erwiderte sie. »Mein Vater trifft sich erst seit ungefähr zwei Monaten mit ihr.«

Marjorie gluckste. »Jeder andere hätte sich die Beine ausgerissen, um Godiva kennen zu lernen. Und du? Wolltest du erst warten, ob die Sache mit deinem Vater anhält?«

Kate lächelte müde. »Wenn ich sie richtig verstanden habe, hat sie sein Leben durch Mund-zu-Mund-Beatmung gerettet.«

Marjories Blick wich Kates Augen nicht aus. »Davon haben die Medien nichts berichtet. Was lernen wir daraus? Dass man den Charakter eines Musikvideo-Stars nicht nach seiner Arbeit beurteilen sollte.«

Der Robotserver brachte das Bier und ihr Essen und fragte, ob alles in Ordnung sei. Beim ersten Biss in die Nudeln lief Kate sofort das Wasser im Mund zusammen. Heißhunger überfiel sie. Das Krankenhaus schien Welten entfernt und ihres Vaters Wunsch nur ein schlechter Traum zu sein. Marjorie war eine so vernünftige, praktisch denkende Person. Obwohl sie unermüdlich an enorm anstrengenden kreativen Projekten arbeitete, hatte Kate sie in den zehn Jahren, die sie sich inzwischen kannten, noch nie gestresst erlebt. Die ganze Sache mit ihrem Vater für Marjorie in Worte zu kleiden, verlangte eine gelassene, ausgewogene Perspektive auf die Dinge, denn dies war, wie Kate wusste, die einzige Perspektive, auf die Marjorie reagieren würde. Während sie aßen, erwog Kate, Marjorie alles zu erzählen, was sie wusste. Sie versuchte sich vorzustellen, welche Worte sie benutzen würde, versuchte sich ruhig und gelassen dabei zu fühlen. Aber sie fühlte sich nur betäubt, erschöpft und den Tränen nahe. Was in ihr vorging, konnte sie Marjorie nicht erklären, jedenfalls im Moment nicht. Und so aßen sie, tranken Wasser und machten sich noch einmal frisch, bevor sie ins Krankenhaus zurückfuhren, zum verkabelten, immer noch bewusstlosen Körper von Kates Vater.

Die Ärzte sagten Kate, dass die Drainage zu dem Hämatom das Leben ihres Vaters gerettet hätte. Dennoch war das Hauptproblem nicht beseitigt – das Ödem. Nur zu bald drohten arterielle Krämpfe und danach, am Ende der zweiten Woche, die Gefahr einer Nachblutung. Aber das Allerschlimmste war, dass ihr Vater immer noch im Koma lag. Zwar lebte er, die Messungen der Gehirnströme zeigten elektrische Aktivität. Aber ehe er nicht aufgewacht war, konnte keiner der Ärzte das Ausmaß der Zellschädigung ermessen, die sie zwar auf den Scan-Bildern erkennen, aber nicht exakt eingrenzen konnten.

Die ersten zwei Tage nach der Operation verbrachte Kate am Krankenbett ihres Vaters, sprach mit ihm oder las ihm vor. Die Ärzte allerdings unterstützten lautstark Matts Ansicht, dass Kate ihre Kräfte aufsparen sollte, damit sie ihren Vater langfristig unterstützen könnte, wenn die Zeit der wichtigen Entscheidungen käme, die eventuell anstünden. Matt quälte Kate ständig damit, dass sie ihre »Verantwortung« wahrnehmen solle, was hieß, sie sollte ihm eine Generalvollmacht über alle Geschäfte ihres Vaters ausstellen und ihm die Codes aushändigen, die ihr Vater im Gewölbe seines Hauses aufbewahrte, zu dem, wie sie inzwischen wusste, nur sie Zugang hatte. Kate wies ihn verärgert ab. Trotzdem reduzierte sie nach den ersten beiden Tagen ihre Besuche auf eine Stunde dreimal am Tag.

Bei diesen Besuchen waren Joel, Jeff oder Marjorie häufig dabei, wenn sie Kates Vater nicht allein besuchten. Auf Marjories Vorschlag hin besprach Kate eine Kassette mit ihrer Stimme, die vorlas, und wies das Personal an, diese abzuspielen, wenn sie selbst nicht da war. »Wer weiß«, sagte Marjorie. »Vielleicht erreicht ihn der Klang deiner Stimme, ihr Timbre, deine charakteristische Tonhöhe oder dein Sprechrhythmus. Selbst wenn die Chancen dazu tausend zu eins stehen, sollten wir es ausprobieren.« Meistens jedoch, wenn Kate ihren Vater besuchte, ertappte sie sich dabei, dass sie unruhig im Zimmer hin und herlief. Der Anblick, wie er so mager und grau dalag im Gewirr der Schläuche, gespickt mit Kathedern und Infusionskanülen, umgeben von genau den elektronischen Geräten, deren Einsatz er selbst unterstützt hatte, der dicke Verband um seinen Kopf, blendend weiß und steril, war ein unerträglicher Gegensatz zu dem Mann, den sie als ihren Vater kannte. Sein Körper war ein Fremder für sie. Es dämmerte Kate, dass sie nur einen Teil von ihm gekannt oder klar wahrgenommen hatte, den Teil, den er selbst absichtlich und immerfort als seine Persönlichkeit ihr gegenüber dargestellt hatte. Mit Verwirrung stellte sie fest, dass sie diese unbekannte Seite an ihm eher mit dem Gesicht auf der Laserdisk in Verbindung bringen konnte als die Person, die in ihrer Erinnerung existierte. Je mehr ihr klar wurde, dass er krank, hilflos und unfähig war, ihr bei diesem verwirrenden Problem zu helfen, desto mehr wuchs der Klumpen Schuldgefühl, der sich schwer in ihrem Magen eingenistet hatte, drückte und geriet zum richtigen Schmerz, der es ihr fast unmöglich machte, zu essen.

Dieses Gefühl der Entfremdung zu dem Mann dort im Krankenbett verschlimmerte sich jedes Mal, wenn Matt sie nach der Laserdisk fragte. Ein paar Mal holte sie die Disk aus ihrer Bauchtasche und beschloss, sie noch einmal anzuschauen, doch die Erkenntnis, dass sie dann noch einmal ihres Vaters Gewäsch über seine großen Beiträge zum FORTSCHRITT, über Wunder und das Schicksal der Spezies Mensch anhören musste, noch einmal seine verfluchten erpresserischen Tränen sehen, die er angesichts seiner eigenen Verwundbarkeit weinte, ließ sie jedes Mal wieder davor zurückschrecken. Dann schlugen ihre Gedanken unweigerlich Seitenpfade ein und sie erinnerte sich an seine Vorträge während ihrer Kindheit über Autonomie und Selbstständigkeit in denkenden vollständigen Menschen, sein Beharren darauf, dass Menschen, die allein nicht überleben konnten, keine vollständigen Menschen seien, dass man nur den »seelisch Gezeichneten und körperlich Verkrüppelten« nachsehen dürfe, wenn sie nicht die völlige Verantwortung für das übernähmen, was ihnen zustieß, und dass alle anderen, die das nicht konnten, begreifen müssten, dass sie keine vollständigen Menschen seien und dankbar für das sein sollten, was sie von der Gesellschaft bekamen, anstatt ständig mehr zu verlangen.

Als sie älter wurde, hatte Kate ihrem Vater natürlich widersprochen, vor allem, als er begann, seinen eigenen Bruder als bestes Beispiel für seine Ansicht ins Spiel zu bringen. »Jeder dieser sogenannten vollständigen Menschen hat unzählige andere, die ihm den Steigbügel halten. Das ist es, was Privileg bedeutet, Vater. Und die ge-

234

genseitige Abhängigkeit voneinander ist der Grund, warum wir so etwas wie eine Sozialstruktur besitzen, ohne welche die menschliche Spezies nie überlebt hätte. Ohne das Blut, den Schweiß und die Tränen derjenigen, die deinen GROSSEN Männern den Rücken freigehalten haben, gäbe es so etwas wie die moderne Welt überhaupt nicht. Du weißt, wen ich damit meine. Sklaven, Fremdarbeiter. Die Menschen, welche die Infrastruktur erbauten, die deine vollständigen Menschen für gegeben halten. Und vor allem die Frauen, die sich stets um den hilflosesten Teil der Bevölkerung gekümmert haben.«

Das Nachsinnen über dieses alte Streitthema ließ Kates Schuldgefühl – und die unausgesprochene Wut, die sie mit niemandem teilen konnte – immer mehr wachsen. Das schreckliche Piepsen des Monitors, das leise hohe Geräusch der elektronischen Geräte, die fast ständige Anwesenheit eines auf Schlaganfälle spezialisierten Krankenpflegers, das alles wob einen Alptraum aus Routine um sie. Sie war eine Schwindlerin: für die Medien die tragische, besorgte Tochter, für Marjorie die standhafte und für die beiden J's die geduldige, liebende. Die einzig ehrliche Ansprache, die sie halten konnte, fand in ihrem Kopf statt, an ihren Vater gerichtet.

Du nahmst mich bei der Hand, Vater, führtest mich hier und dorthin, zeigtest mir dieses Wunder, schenktest mir jenes. Du hast mir die Augen für Schönheit geöffnet und mir beigebracht, an Liebe und Hoffnung zu glauben. Ich nahm alle diese Geschenke aus deiner Hand an, ohne deine Großzügigkeit zu hinterfragen, so instinktiv, wie ein Vogelküken im Nest den Schnabel öffnet und den endlosen Strom Nahrung in sich aufnimmt, den seine Eltern herbeibringen. Ein Geschenk ist ein Band, das beide Seiten bindet, sagtest du immer und hast von Geschäften erzählt, die zu gut waren, um reell zu sein, ebenso von Freundschaften. Nun liegst du hier, eine schweigende Hülle, und verlangst den Ausgleich für die vielen Jahre Liebe, die du mit offener Hand und selten versagender Großherzigkeit gege-

ben hast. Hast du all die Jahre daran gedacht, wie du mich in die Falle lockst, damit sich dein relativ kleiner Einsatz zu einer wahren Goldgrube auswächst? Du und deine Spielchen, Vater. Nicht einmal der kleinste Hinweis, dass wir eines spielen.

Wenn du jetzt sprechen könntest, würdest du sagen, es ist eine Frage der Loyalität, punktum. Doch damit würdest du uns beiden in die Tasche lügen. Aber wir beide hatten ja niemals die gleichen ethischen Wertmaßstäbe, stimmt's? Wen wundert's auch?

Doch mit ihrer Mutter teilte sie ebenfalls nicht die gleichen moralischen Werte. Es war eine harte Zeit für sie gewesen, damals nach der Scheidung. Sie hatte gewählt, während der Schulzeit bei ihrem Vater zu leben und in den Ferien bei ihrer Mutter. Schlimm genug, dass ihre Mutter ihre Wahl nicht gut hieß, aber als sie noch ein Kind bekam und wieder heiratete – einen sehr strenggläubigen Fundamentalisten –, wurden für Kate die Ferien zu Ausflügen in die Hölle. Ihre Mutter hatte sie enterbt, als der erste der beiden J's zu Kate zog. »Du bist deines Vaters Tochter, aber nicht mein Kind«, hatte sie gesagt. »Gott ist mein Zeuge, dass ich alles versucht habe. Doch nun bist du zu weit gegangen. Meine anderen Kinder sollen begreifen – wenn du es schon nicht tust –, dass diese Art Sünde nicht hingenommen werden kann.« Es war nun drei Jahre her, seit Kate sich fühlte, als habe sie nur noch einen Elternteil.

Am vierten Tag nach dem Eingriff glaubte Kate, als sie in ihres Vaters Gesicht starrte, seine Augenlider zucken zu sehen. »Haben Sie das gesehen, Jean?«, fragte sie den Pfleger. »Wacht er auf?« Ihr Herz pochte laut, ihre Kehle wurde schmerzhaft eng.

»Was gesehen?«

Kate legte sich die Hände auf die Wangen. Die Monitoren zeigten dasselbe Bild wie immer. Das Gesicht ihres Vaters war reglos. »Eine Einbildung, weiter nichts«, sagte sie. Und wünschte sich so stark, wie sie sich noch nie etwas gewünscht hatte, dass er tatsächlich aufgewacht wäre. Es wäre der einzige Ausweg aus dem Dilemma, das er ihr aufgebürdet hatte. Entweder das oder sein unbestreitbarer Tod. An den zu denken sie, wie sie merkte, überhaupt nicht ertragen konnte.

Was Medienhaie für interessant hielten, änderte sich ständig und war selten ergründbar. Dieser Tage war sowieso alles, was mit Lady Godiva zusammenhing, interessant, ebenso alles, was mit Mike Abbotson zu tun hatte. Beide zusammen, in eine Leben-auf-Tod-Situation verstrickt, dazu noch mit Mund-zu-Mund-Beatmung, die einer dem anderen gegeben hatte, gerann zu einem Klumpen Blut in den Gewässern, in denen die Medienhaie schwammen. Jedes Mal, wenn Godiva anrief, entschuldigte sie sich bei Kate, dass ihr Public Relations-Manager alles ausgeplaudert hatte. Kate verstand das. Aber sie hatte auch, im Gegensatz zu Godiva oder ihrem Vater, die Medienhaie immer für unwichtig gehalten, für etwas, das nichts mit ihr zu tun hatte. Hatte die Ungewissheit über den Zustand ihres Vaters dieses Gefühl der Unwichtigkeit bei ihr noch verstärkt, so steigerten sich die Medienhaie darüber in eine geradezu hysterische Fresssucht und Kate hatte allmählich Angst, laut Luft zu holen, weil sie befürchtete, es könne bemerkt und interpretiert werden. Das Entkommen aus einer Seitentür des Klinikkomplexes war ihr einzig unbemerkter Fluchtweg vor den Journalisten gewesen. Sie hatte keine andere Wahl, als Matts Vorschlag zuzustimmen und alle ihre Transporte in die Hände des Sicherheitsteams ihres Vaters zu legen. Obwohl diese drei verschiedene Autos als Ablenkungsmanöver benutzten, war ihnen nur geringer Erfolg beschieden. Kates Firma, die S.A.A., wurde mit Telefonanrufen überschwemmt, an den Eingängen lagerten Medienhaie, um jeden zu interviewen, der Kate kannte, sodass niemand in der Firma mehr richtig arbeiten konnte. Und auch Jeff und Joel wurden gejagt – wegen ihrer Rolle als »Lustobjekte«, wie die Medienhaie sie nannten (wie sie auch Kates Wohnung als »Liebesnest« bezeichneten, wo sie skandalöserweise mit zwei Liebhabern zusammenlebte).

In der Zwischenzeit drängte Matt ständig auf eine Generalvollmacht für das ganze Wirtschaftsimperium. Der Vorstand von *Abbotson Interactive Design,* Inc., stand vor der wichtigen Entscheidung, ob die Künstliche Intelligenz, die sie als Pflichtverteidiger auf den Markt bringen wollten, als Hologramm auftreten, in einem Robotgehäuse mit vager humanoider Form agieren oder einfach in einer flachen Computereinheit stecken sollte. Dies war nicht nur eine Kostenfrage (denn je niedriger die Kosten pro Einheit waren, desto eher würden die staatlichen Organe Druck auf die Gerichte ausüben, der Neuerung zuzustimmen), sondern auch die Frage, welches Image den besten Eindruck auf die Richter und Geschworenen machen würde. Obwohl Kates Vater die Beschlüsse des Vorstands meistens gut hieß, lag die Entscheidung letzten Endes doch allein bei ihm, und seine Unterschrift (oder die Kates als seiner juristischen Vertretung) war bei allen wichtigen Entscheidungen notwendig. Da Kate kein Bedürfnis hatte, der Präsentation der Modelle beizuwohnen oder die Vorstandssitzung zu besuchen, in der die Entscheidung fallen sollte, drang Matt in sie, ihm wenigstens für diesen Fall eine Vollmacht zu geben.

Um das überhitzte öffentliche Interesse etwas von der S.A.A. und den beiden J's abzulenken, entschied sich Kate, übers Gebirge zum Haus ihres Vaters zu fahren, dort die Disk fertig anzuschauen, sich Zugang zum Gewölbe zu verschaffen, und – falls ihr Vater nicht plötzlich aus dem Koma erwachte – über Nacht zu bleiben. Trotz seines Komforts besaß das Haus die Sicherheitsvorteile einer militärischen Basis. Das zumindest garantierte ihr zur Abwechslung Privatsphäre und Ruhe.

Mitten in der Nacht, um halb vier, machte es sich Kate mit Kissen und Schlafsack hinten im geräumigen Kleinbus ihres Vaters bequem, und es gelang ihr, zu entkommen, ohne dass die Journalisten etwas bemerkten. Während der Fahrer mit dem Sicherheitsteam vorn schwatzte, lag Kate warm eingewickelt hinten und grübelte. Am Abend hatte sie den Fehler gemacht, im Fernsehen eine Sondersendung über ihren Vater anzuschauen – was sie so durcheinander gebracht hatte, dass sie hinterher keinen Schlaf fand. Man hatte eine Fotografie aufgetrieben, die Kate als Fünfjährige mit ihren Eltern zusammen zeigte (aus welcher Quelle stammte sie? Von Kates Mutter bestimmt nicht). Das war aber noch nicht alles – Bilder des University Hospitals wurden eingeblendet, das monotone Geräusch eines Herzmonitors im Hintergrund, während der Sprecher erklärte, Mike Abbotsons Schicksal sei ungewiss, um es milde auszudrücken, und das seines Wirtschaftsimperiums ruhe so gut wie ganz in der Hand seiner Tochter Kate. Aber am schlimmsten fand Kate die Stellungnahmen der Experten, die ständig zitiert wurden – konträr natürlich. Der Wirtschaftsexperte sagte, »dass es Mike Abbotson als erstem Menschen gelungen sei, das Arbeitsproblem ein für allemal zu beseitigen und die Welt dadurch effizienter zu gestalten als irgendein Utopist es sich je hätte träumen lassen«, während der Soziologe meinte, dass »die völlige Globalisierung der Weltwirtschaft bereits seit langem Hand in Hand ging mit immer weniger Lohn für die gleiche Arbeit, steigender Arbeitslosigkeit und dem Abrutschen der immer kleiner werdenden Mittelschicht in die Armut. Mike Abbotson ist jedoch noch weiter gegangen und hat buchstäblich jede Möglichkeit zerstört, dass Menschen noch länger von ihrer Arbeit leben können. Maschinen leiten Fabriken, Maschinen entwerfen, Maschinen lehren, unterhalten, heilen, Maschinen erledigen Buchhaltung und Rechnungswesen, übernehmen Kommunikation, Transport und Sicherheitswesen. Das einzige Feld, auf dem Menschen noch wichtige Arbeiten selbst erledigen können, ist Politik und Justiz, und da ist es nur eine Frage der Zeit, bis die Gerichte entscheiden, dass Anwälte keinen Anspruch auf menschliche

Unterstützung seitens der Rechtsbehörden mehr haben. Inzwischen haben wir beinahe das Stadium erreicht, in dem es nur noch Investoren und Arbeitslose gibt. Die Politiker mögen die Investoren zwar unterstützen, aber man braucht kein Finanzgenie zu sein, um vorauszusehen, dass bei 85 % Arbeitslosigkeit, was – so unglaublich es klingen mag – für das nächste Jahrzehnt vorausgesagt wird, Zustände eintreten werden, bei denen uns die gegenwärtige Welle von Demonstrationen, Hassermorden und spontanen Massenplünderungen wie das Verbrennen mit Brennnesseln im Vergleich zu Hautkrebs erscheinen wird.«

Kate wusste, seitdem sie erwachsen war, dass die steigende Arbeitslosigkeit und die sinkenden Löhne, zusammen mit einer nur vom Investment getragenen Wirtschaft ein ernsthaftes Problem waren, aber ihr war nie klar geworden, in welchem Ausmaß die Menschen ihren Vater dafür verantwortlich machten, das Problem, wenn auch nicht in die Welt gesetzt, so doch zumindest auf die Spitze getrieben zu haben. Ihr Vater hatte immer ins Feld geführt, dass Menschen von der Abhängigkeit anderer Menschen gegenüber zu befreien und von der Notwendigkeit, sich von ihrer eigenen Hände Arbeit ernähren zu müssen, das vornehmste Ziel eines Liberalen sein sollte. »Wenn wir erst einmal diese Freiheit erreicht haben«, sagte er, »wird man feststellen, dass der daraus resultierende Gewinn an Reichtum und Zeit endlich zum Erforschen der Größe und der Schönheit des menschlichen Geistes genutzt werden kann und soll.«

»Aber, Vater«, hatte Kate einmal dagegengehalten, »diejenigen, denen alles gehört, werden die anderen nicht einfach umsonst leben lassen! Und wenn diese nicht mehr arbeiten können, wovon sollen sie dann leben?« Worauf ihr Vater sie damit aufzog, zu pessimistisch zu denken und keinen Glauben an menschliche Fairness und Anständigkeit zu besitzen

Nun dachte sie an alle die Ärzte, welche, wie die Akademiker und Lehrkräfte aller Schularten auch, in die Dritte Welt hatten gehen müssen, weil die Maschinen in der Ersten Welt billiger arbeiteten als sie. Und nun waren die Professoren und Lehrer auch dort zu teuer geworden, um sie zu beschäftigen, nachdem eingedostes, von Künstlichen Intelligenzen aus der Ferne gesteuertes Lernen die Dritte Welt überschwemmt hatte. Das hieß doch, dass auch Ärzte bald nirgendwo mehr gebraucht würden, außer natürlich von den ganz Reichen wie Mike Abbotson, die menschliche Fürsorge noch bezahlen konnten.

Das trommelnde Geräusch des Regens auf dem Busdach lullte Kate ein, und sie erwachte erst, als der Leibwächter die Schiebetür öffnete. Sie hatte von einer hässlichen Auseinandersetzung mit ihrer Mutter über den von Apparaten umsorgten Körper ihres Vaters hinweg geträumt. Irgendwas über Gottes Plan und wie verkommen Kate sei, dass sie einkaufen zu gehen verabscheue, nicht weil sie nicht gern unnütz Geld ausgäbe, sondern weil sie alles hasse, was ihre Mutter gern tat.

»Es ist uns niemand ins Gebirge gefolgt, Ms. Abbotson«, sagte der Leibwächter.

Im Gegensatz zu Seattle war die Luft hier draußen schneidend kalt. Als Kate ausstieg, sah sie Schnee auf den Kotflügeln liegen. Fast die ganze Außenfläche des Busses war vereist. Sie kämpfte sich in ihren Parka, zog Handschuhe an und ging den beiden Männern voraus zur inneren Garagentür, einen Bogen um die in der Garage geparkten Autos schlagend. »Ein Haus ohne Eingangstür«, hatte ihr Vater gesagt, als er Kate das erste Mal mit hierher brachte. Natürlich gab es Türen auf dem oberen Level des Hauses, aber sie waren nicht als solche erkennbar. Kate hatte es für einen Scherz gehalten, als ihr Vater zum ersten Mal davon sprach, einen kleinen Berg östlich vom Stevens-Pass zu kaufen. Selbst der reichste Mann der Welt konnte doch nicht einfach einen Berg kaufen, oder? Aber selbstverständlich konnte er. In einem Artikel im *Times Magazin* wurde die These aufgestellt, Mike Abbotson habe sich wohl nur entschieden, sein Haus oben auf und in einen Berg hinein zu bauen, um damit sämtliche früheren Software-Milliardäre zu übertrumpfen. »Privatsphäre und Sicherheit«, hatte er gesagt. Nachdem Kate jetzt wusste, wie erbittert ihr Vater gehasst wurde, glaubte sie, dass beide Erklärungen etwas Wahres enthielten. Die Umweltschützer jedenfalls meinten, es sei durch nichts gerechtfertigt, dass Mike Abbotson mit seinen Bulldozern einen halben Berg abtragen ließ, gleichgültig, wie sorgsam er hinterher auf die Ökologie der Umgebung achte oder wie hoch die Spenden seien, die er dem Naturkunde-Konservatorium machte.

Bibbernd vor Kälte, fest in den Parka gehüllt, schaute Kate die Tür an, sich ihres wartenden Publikums nur zu bewusst. »HAUS«, sagte sie. »Ich bin's, Kate.«

»Willkommen, Kate«, erwiderte die sanfte Stimme, die ihr Vater absichtlich nach der Stimme von Stanley Kubricks Computer HAL modelliert hatte. »Wie geht es Ihnen heute Morgen?«

»Ich friere, HAUS«, sagte Kate, »und wünsche mir nichts weiter, als ins Warme hineingelassen zu werden.«

»Ihr Vater wird es außerordentlich bedauern, Ihren Besuch versäumt zu haben, Kate.«

»Ja, HAUS. Ich habe zwei Gäste mitgebracht, Joseph Gleason, einen Leibwächter, und Jerry Gwynn, den du sicher wiedererkennen wirst.«

»Ich verstehe, warum Sie es so eilig haben, hereinzukommen, Kate, aber ich befürchte, ich muss Sie trotzdem bitten, für mich ein paar Takte unseres speziellen Sesam-Öffne-Dich-Liedes zu singen.«

Kate hasste diese Prozedur, wenn sie allein war, aber mit Publikum empfand sie es absolut demütigend. Fast konnte sie ihres Vaters Stimme hören. Sei nicht so verbissen, Kate! Er hatte es stets als moralischen Affront empfunden, wenn man Witzchen nicht mochte, gleich ob man das Opfer davon war oder nicht. Kate zog tief die eisige Luft ein und sang dann heiser und falsch: »Ich bin ein

Teekessel, klein und rund; hier ist mein Henkel, hier mein Mund; wenn ich siede, schrei ich's heraus; dann kipp mich einfach und leer mich aus.«

Blecherner Applaus erfüllte die Garage und die Tür zu dem kleinen Vestibül, das nichts weiter als der Eingang zu einem Fahrstuhl war, öffnete sich. Kate trat ein. »HAUS, bring uns bitte zum Gästelevel«, sagte sie mit einem Blick auf die peinlich berührt dreinschauenden Männer. Die Türen schlossen sich und Kate öffnete den Reißverschluss ihres Parkas und zog die Handschuhe aus.

»Für mich Dienstbotenlevel, Ms. Abbotson«, sagte Joe Gleason. Kate lief rot an. Ihr Vater quartierte solche »Gäste« für gewöhnlich dort ein, aber obwohl Kate wusste, dass diese Räumlichkeiten völlig angemessen waren, war es ihr unangenehm, eine solche Unterscheidung zu machen. »Mein Chef sagte mir, dass einige der Räume dort besonderen Zugang zum Überwachungssystem des Hauses haben, im Gegensatz zu den Gästezimmern, und da ich hier bin, um Sie zu beschützen, brauche ich unbedingt diesen Zugang.«

»Für mich auch«, sagte Jerry Gwynn. »Ich habe dort einige persönliche Sachen in den Räumen, in denen ich wohne, wenn Mr. Abbotson hier residiert.«

Es kommt immer schlimmer, dachte Kate. Sie räusperte sich und sagte, gerade als die hintere Tür des Fahrstuhls sich öffnete: »HAUS, vergiss das Gästelevel. Dienstbotenlevel, bitte.« Mit einem Blick auf Jerry zwang sie ihre müden Gesichtsmuskeln zu einem Lächeln. Die Türen schlossen sich wieder. »Sie kennen die Arrangements hier besser als ich. Deshalb weisen Sie am besten Joseph ein Zimmer zu und erklären ihm, wie das Haus funktioniert.« Sie schaute Joe an. »Wenn ich Ihnen irgendwie helfen kann, sagen Sie dem Haus Bescheid. In jedem Zimmer sind Lautsprecher und Mikrofone, und wenn Sie es verlangen, wird das Haus Sie mit mir verbinden.«

»Wie in einem Sci-Fi, nur echt«, sagte Joseph, der das

Grinsen kaum unterdrücken konnte. »So hat's mir mein Chef auch beschrieben.«

Und sicher nicht nur das, dachte Kate. War Joseph verstimmt gewesen, als er von ihm von der konstanten Überwachung durch das Haus erfahren hatte? Die meisten Gäste hassten es, obwohl Kates Vater immer versicherte, dass HAUS eher diene als spioniere und dass es ihre Geheimnisse weder ihm noch irgendjemand anderem ausplaudere.

Als sich die Türen zum privaten Level öffneten, trat Kate ins Foyer mit seiner gotisch hohen Decke, dem Zedernholz und schwarzem und weißem Marmor. Die vertraute Umgebung und die merkwürdige Tatsache, dass sie hier während ihres Vaters Abwesenheit eintraf, überfiel sie wie ein eisiger Schock, ihr Atem stockte. Die nackte Tatsache seiner Abwesenheit mitten im Herz seines Imperiums machten ihr das Ausmaß der Katastrophe viel deutlicher als der Anblick seines bewusstlosen, verkabelten Körpers im Krankenbett. Als sie durch die unberührten Räume und Hallen schritt und die rein gefilterte, genau auf 19° C temperierte Luft atmete, fühlte sie sich wie ein Eindringling in sein Privatleben, als ob es zutiefst falsch von ihr sei, es sich in seinem Haus während seiner Abwesenheit oder ohne sein Wissen gemütlich zu machen. Er hatte sämtliche Möbel, die gesamte Ausstattung des Hauses selbst ausgesucht und die Funktionen des Hauses und seine mechanischen Erweiterungen so gestaltet, dass die Notwendigkeit menschlicher Dienstleistungen entfiel. »Das Einzige, was sich eine wirklich reiche Person kaufen können sollte, ist Privatsphäre ohne Abstriche, ohne dabei auf Service verzichten zu müssen. Bis jetzt ging Service immer auf Kosten der Privatsphäre. HAUS ist die elegante, geniale Antwort auf dieses Problem.« Es bedeutete aber auch, dass jeder Gegenstand, der ins Haus gebracht wurde, für dieses identifizierbar und leicht zu handhaben sein musste. Was wiederum hieß, dass Service mit ungestörter Privatsphäre nur um den Preis spartanischer Ausstattung möglich war.

Was ihr Vater wiederum als seine ästhetische Vorliebe bezeichnete.

Kate ließ ihre Reisetasche in ihrem Wohnzimmer und ging zur Küche. Beim Anblick der leeren schwarzen marmornen Arbeitsflächen und des mit weißen Keramikkacheln gefliesten Fußbodens suchte sie unwillkürlich nach einer Spur, die ihr Vater hinterlassen haben mochte, obwohl sie wusste, dass HAUS eine solche genauso wenig tolerieren würde wie eine ausgespülte Kaffeetasse, die harmlos im Spülbecken stand. Sie erinnerte sich an den Unterchef eines Caterings-Unternehmens, das ihr Vater manchmal für Dinnerparties bestellte, der während der Fernsehsendung gesagt hatte, die Küche des reichsten Mannes der Welt sei »chromglitzernd, aber ziemlich nutzlos für jemanden, der wirklich kochen wollte.« Es stimmt, dachte Kate. Mikrowelle und Gefrierschrank waren in dieser Küche die wichtigsten Einrichtungsgegenstände. Glücklicherweise hatte ihr Vater wenigstens herausgefunden, wie man HAUS dazu brachte, Obst und Gemüse zu waschen und zu schälen und all die kaliumreichen Säfte herzustellen, die er fortwährend in sich hineinschüttete.

Kates Augen erspähten die leeren Näpfe der Katze auf der anderen Seite des riesigen Gefrierschranks. »HAUS, wo ist KATZE?«, fragte sie.

»KATZE ist nicht hier. Mr. Abbotson hat sie mitgenommen.«

Na, klar. Wahrscheinlich hatte er sie, bevor er nach Los Angeles gefahren war, in sein Büro gebracht, um sie von seinen persönlichen Mitarbeitern, die das Tier immer versorgten, wenn er nicht da war, verwöhnen und verhätscheln zu lassen. Als sie ins Wohnzimmer zurückkam, begrüßte HAUS sie mit: »Eine Frage, Kate – was ist der Gegenstand auf dem Sofa?« Kate verlangte gedämpfte Beleuchtung und sah, dass es sich bei dem Gegenstand um ihre Reisetasche handelte. Sie erklärte es dem Haus und wies es an, die Tasche weder in den Müll zu werfen noch zu versuchen, sie zu reinigen, dann ging sie ins Schlafzimmer zu der hellorangefarbenen Korbkommode und zog den erstbesten Hausanzug heraus, den sie fand. »Also, wirklich, Vater!«, rief sie, als sie das Kleidungsstück genauer in Augenschein nahm. Die Hosen waren lohfarben mit hellorangefarbenen Dreiecken, das Oberteil türkis mit lohfarbenen Streifen an Ärmelbündchen und Saum. Als ihr Vater diese Zimmer möblierte, hatte er die Künstliche Intelligenz, die als Innendekorateur arbeitete, darauf programmiert, nur Santa-Fé-Stil in den entsprechenden Farben zu benutzen. Als Kate ein Terrarium mit einem kleinen Wasserfall mitbrachte, der ihr beim Einschlafen half, und diesen auf einen Tisch im Schlafzimmer stellte, hatte das Haus sie gewarnt, und tatsächlich, ihr Vater jammerte darüber, dass das Terrarium nicht zur Einrichtung passe und belehrte sie darüber, wie natürlich sich die Kakteen und Bromelien, welche die Künstliche Intelligenz so passend vorgeschlagen hatte, ins Ganze einfügten! Waren der Hausanzug also ein Witz oder der Versuch, Kate besser ins Ganze einzufügen?

Ungeduldig warf sie die Sachen beiseite und durchwühlte die Kommode nach dem schwarzen Anzug, den sie so gern trug. Während sie vor sich hinmurmelte, dass ihr Vater mit seiner Unterwerfung unter seine eigenen Programme zu weit gegangen sei, durchzuckte sie plötzlich ein Gedanke wie ein scharfer Schlag. Ihr wurde kalt. Starr, als sähe sie es zum ersten Mal, blickte sie sich im Zimmer um. Außer dem leisen Plätschern des Wassers über die Terrariumsteine erinnerte nichts im Zimmer an sie selbst, nichts an ihren Vater. Sie hätte genauso gut in einem teuren Hotelzimmer stehen können. Fröstelnd zog Kate den schwarzen Hausanzug an. Sie würde sowieso nicht mehr einschlafen können Zuerst einen Milchkaffee, dachte sie. Dann das Gewölbe.

Der Fahrstuhl trug Kate zum Gewölbe hinunter, das, wie das Haus erklärte, unterhalb des Versorgungslevels lag.

»Es gibt gar keinen Notrufknopf«, sagte Kate. »Heißt das, dass ich dort unten gefangen bin, wenn dein System zusammenbricht?«

»Das Gewölbe hat einen deutlich gekennzeichneten Notausgang«, erklärte das Haus. »Es kann ohne meine Hilfe verlassen werden, aber niemand, selbst Mike nicht, kommt ohne mich hinein.«

Die Hintertür des Fahrstuhls öffnete sich zu einem kurzen, von Leuchtstoffröhren erhellten Gang. »Wie in den Filmen mit den verrückten Wissenschaftlern«, murmelte Kate. »Wohin soll ich jetzt gehen?«

»Nach rechts und um die Ecke, Kate. Dort ist Mikes Geheimbüro. Links findest du ein Bad, einen Schlafraum und eine kleine Küche.«

Kate ging die kurze Strecke bis zum Ende des Korridors. Zu ihrer Linken öffnete sich eine schwere Metalltür. »HAUS? Ist dieser Ort hier bombensicher?«

»Das Gewölbe ist so konstruiert, dass es nicht nur einem Erdbeben widersteht, sondern auch Bomben mit einer Sprengkraft bis 25 Megatonnen. Es hat ein eigenes Belüftungssystem und für ein Jahr Nahrungsmittel und Wasser für fünf Personen.«

»Fünf Personen? Aha«, sagte Kate, die immer noch zögernd auf der Schwelle stand. »Sollen wir mal raten, wer diese fünf sein könnten? Vielleicht ist irgendwo in dem Geheimbüro ein geheimer Decoder, der es uns verrät.«

Das Haus ignorierte ihre Bemerkung. Kate holte tief Luft und trat ein. Diskretes Halogenlicht. Riesige Perserteppiche erster Qualität auf einem glänzend polierten Parkettboden, dazu harmonierende gewebte Wandteppiche, die jeden Zentimeter Mauer bedeckten. Zwei rote Ledercouchs und dazu passende Lehnsessel, flankiert von Halogenleselampen aus Messing. Eine enorm große Multimedia-Anlage. Ganz hinten im Raum ein pompös großer Mahagonischreibtisch. Kate war völlig verblüfft. Diesen Einrichtungsstil hatte ihr Vater nie gemocht. Nüchtern, schmucklos, monochrom, das war sein Geschmack. Und er hatte so gut wie nie an einem Schreibtisch gesessen. Sie sind nicht gut für den Rücken, hatte er immer gesagt. Nur niederste Arbeiter, gefesselt an ihre Computersysteme, hatten es nötig, solche Qualen zu erleiden.

»Also gut, HAUS«, sagte Kate, als sie sich dem Schreibtisch näherte. »Was soll ich als Nächstes tun?«

»Hallo, Kate, bist du da?«, sagte ihres Vaters Stimme, als Kate sich in den ledernen Drehsessel mit dem hohen Rücken setzte. »Na, Kind, was hältst du von meiner bescheidenen Behausung?« Zerhacktes Kichern. »Von meiner Künstlichen Intelligenz? Nein! Tatsache ist, dass ich, abgesehen von den Halogenlampen – einen echten VIP-Luftschutzkeller kopiert habe und nun rate mal, weshalb?«

Kate schlug so heftig mit der Faust auf den Schreibtisch, dass ihr vor Schmerzen Tränen in die Augen traten. »Verdammt noch mal, Vater! Ich habe keine Lust, deine dummen sogenannten Späße mitzumachen! Und ich habe auch nicht vor, so zu tun, als unterhielte ich mich mit dir, wo jede Faser meines Körpers mir sagt, dass du im Koma auf einer Intensivstation für Schlaganfälle liegst.« Kate blickte in die Stille, die sie umgab. Die Stimme des Hauses und noch viel weniger die ihres Vaters machten diese keinen Deut lebendiger. Kate war allein, einsam wie in einem Totenhaus. Und falls ihr Vater dachte – oder gedacht hatte, als er das Programm erstellte – dass sie seine idiotischen Spielchen mitspielte, hatte er sich gewaltig getäuscht.

»Bereit, Kate? Und denk dran, es muss ein vernünftiger Grund sein.«

»HAUS«, sagte Kate heiser, »schalt auf das richtige Programm. Mein Vater hatte einen Schlaganfall. Er will, dass ich zu gewissen Dokumenten Zugang bekomme. Hilf mir, dieses Ratespiel zu übergehen.«

»Ich kann dieses Programm nicht übergehen, solange es läuft, Kate«, entgegnete das Haus.

»Falsch geraten, Kate. Versuch's noch mal.«

»Pablo Picasso«, sagte Kate sarkastisch.

»Auch falsch. Auf, Kate! Aller guten Dinge sind drei!«

»Gertrude Stein«, sagte Kate gleichgültig.

»Wieder falsch! Kate, ich wette, du hast es nicht einmal versucht. Wo ist dein Sinn für *Spaß?* Deine Mutter hat dir nichts Gutes damit getan, als sie dir eine Abneigung gegen *Spaß* einimpfte und dir beibrachte, dich selbst zu wichtig zu nehmen. Das wirst du eines Tages noch selbst merken.«

»Hast du mich jetzt da, wo du mich haben wolltest, Vater?« Kate übertönte wütend den Redeschwall. »Ein gefangenes Publikum, das sich für jede ärgerliche Regung schuldig fühlen soll? Also gut, *Spaß.* Wahrscheinlich hast du in deinem Testament verfügt, dass wir alle an deinem Grab kindische Partyspielchen spielen sollen, anstatt uns das übliche Geschwätz über die Vergänglichkeit des Lebens anzuhören.«

»So, Kate. Was kann ich für dich tun?«, sagte ihres Vaters Stimme, der Hinweis darauf, dass der richtige Zweig des Programms ausgewählt worden war. »Wenn ich tot bin, antworte mit ›Eins‹. Wenn ich im Koma liege und einen Gehirnschaden habe, mit ›Zwei‹.«

Trotz der Furcht vor dem Kommenden fühlte sich Kate erleichtert, dass ihr Vater mit seinem albernen Mist aufgehört hatte. Sie schluckte und sagte: »Zwei.«

»Da du ›Zwei‹ gewählt hast, Kate, hatte ich wahrscheinlich einen Unfall oder einen Schlaganfall. Du weißt ja, dass ich eine genetische Disposition für Schlaganfälle habe und über dieses Gebiet viel habe forschen lassen. Von allem, was mir zustoßen kann, ist ein Schlaganfall das Schlimmste. Es ist ein Kinderspiel, normales Gewebe zu regenerieren, aber mit neuralem Gewebe verhält es sich anders, denn in ihm ist die exakte Struktur der Verbindungen und Muster enthalten, die den Schlüssel zu den Erinnerungen und der persönlichen Identität enthalten. Wenn ich Glück hatte, ist mir genügend von mir geblieben, um noch so was wie eine Identität zu besitzen.

Aber das kann man wahrscheinlich nicht wissen, bevor das neue Gewebe gewonnen worden ist. Du weißt sicher, dass neurales Gewebe wegen seines besonderen Charakters nur aus fötalen Stammzellen gewonnen werden kann. Ich habe eine Reihe Videos vorbereitet, auf denen du sehen kannst, wie das funktioniert. Im Moment reicht es, wenn ich dir versichere, dass es bei der Verpflanzung von neuroephitalem Gewebe in geschädigte Hirnbereiche, wo es sich mit den noch existierenden gesunden Zellen verknüpfen und in die richtigen Verbindungen und Neuroglia* differenzieren kann, eine recht hohe Erfolgsrate gibt. Bestimmt haben dir die Neurologen dieses Verfahren bereits erklärt, also wird es keine Überraschung für dich sein, dass ich dich bitte, das vornehmen zu lassen. Es gibt aber noch einen anderen Aspekt bei der Sache, von dem dir die Ärzte sicher nichts gesagt haben. Üblicherweise muss man abwarten, bis passendes Fötalgewebe verfügbar ist. Als ich vor einigen Jahren zum ersten Mal darüber nachdachte, entwickelte ich einen Abscheu bei der Vorstellung, dass solch wichtiges Gewebe von Gottweißwoher kommen soll. Es stimmt zwar, dass die Art und Weise, wie sich die Zellen integrieren und differenzieren würden, meinem eigenen genetischen Muster entspräche. Ich habe jede Menge Argumente gehört, dass man das importierte Gewebe als neutral, leer und vollkommen anpassungsfähig an die Form, die der Empfänger ihm gibt, ansehen sollte. Tatsache ist aber, dass die Wissenschaftler es nicht wissen. Und angesichts der Einzigartigkeit dieses Gehirns hier, das verantwortlich für den FORTSCHRITT unserer Tage ist... nun, ich will kein Risiko eingehen. Zuerst wollte ich dich bitten, aus meinem Sperma einen Embryo erzeugen zu lassen. Aber je mehr ich darüber las und mit Wissenschaftlern sprach, desto unbehaglicher wurde mir der Gedanke, ein fremdes Ei zu benutzen, das sein eigenes ge-

---

* Neuroglia = bindegewebsartige Stützsubstanz des Zentralnervensystems – *Anm. d. Übers.*

netisches Material besitzt, vor allem, weil das meiste genetische Material, das für die handelnden Funktionen des Gehirns verantwortlich ist, von den mütterlichen Chromosomen stammt.«

»O Gott, Vater, nein«, sagte Kate. »Sag nicht, dass ich schwanger werden soll mit...« Sie brachte den Gedanken nicht zu Ende. Es war unvorstellbar.

Ihr Vater störte sich nicht an der Unterbrechung. »...damals in den Neunzigern. Diese beiden Burschen, Surani und Keverne, hatten zusammengesetzte Mäuseembryonen fabriziert, die sie Chimären nannten, und sie dazu gebracht, vor allem väterliche Gene für die Entwicklung der Gehirnzellen zu benutzen. Das Resultat waren vollkommen verblödete Mäuse mit riesigen Köpfen, die auf winzigen Körpern saßen. Der Teil des Gehirns, der die denkenden Funktionen steuert, war unterentwickelt, während das Stammhirn dominierte. Kurz gesagt, sie fanden heraus, dass die väterlichen Gene für die primitiven Teile des Gehirns zuständig waren, und die mütterlichen für die Gehirnrinde und die Furchen. Spätere Experimente ergaben, dass das nicht nur auf Mäuse zutrifft, sondern auf die meisten Säugetiere – Menschen eingeschlossen.« Kate hörte, wie ihr Vater tief Luft holte. »Liebling, du kannst dir vorstellen, wie mich das umwarf. Vielleicht erinnerst du dich noch, dass ich dir davon erzählte? Es war bei deinem zweiten Besuch hier, ungefähr zur Zeit, als ich das Gästelevel dekorieren ließ. Nun, das Ganze heißt natürlich, dass mein ganzer Genius aus mütterlicher Vererbung stammt. Es heißt aber auch, dass ich ihn nicht an ein natürlich entstandenes Kind weitervererben kann! Du hast deine höheren Gehirnfunktionen von deiner Mutter. Es tut mir so Leid, dass ich das sagen muss, aber ebenso wäre es bei jedem anderen eigenen Kind von mir. Der langen Rede kurzer Sinn – ich heuerte zwei Forschungsteams an, die im Geheimen und unabhängig voneinander daran arbeiten sollten, einen Weg zu finden, mich zu klonen, indem sie nur mein eigenes Gewebe verwendeten, also zwar ein fremdes Ei als Hülle für mein genetisches Material zu benutzen, aber meine Chromosomen nicht mit denen des Eis zu kombinieren. Natürlich musste das im Geheimen stattfinden, da alle öffentlichen Instanzen sich standhaft weigern, das Verbot des Klonens von Menschen aufzuheben, das nach dem Porta-Skandal verhängt wurde. Nun denkt man vielleicht, Klonen sei einfach, bei der ganzen Routine, die man durchs Klonen von Tieren inzwischen besitzt. Aber das Verbot und das wenige Geld, das für Forschung heutzutage bereitsteht, hieß für die Teams, praktisch bei Stunde Null anfangen zu müssen. Und da sie meine schon ziemlich gealterte DNA benutzen, haben sie mit einer ganzen Reihe Übertragungsfehlern zu kämpfen. Interessanterweise hat jedes Team einen anderen Weg beschritten. Ich habe für dich ein paar Videos bereit. Meiner Meinung nach macht Team B das Rennen, denn es geht ja nicht um die langfristige Überlebensfähigkeit des Fötus, sondern einfach nur um neuroephitales Zellgewebe. Dass du mir hier zuhörst, wie ich das alles erzähle, heißt wohl, dass der Wettstreit der beiden Teams noch im Gange ist und ich keines zum Sieger erklärt habe. Was wiederum heißt, dass du, Kate, entscheiden wirst, welches Team den Embryo herstellt, von dem die Stammzellen genommen werden. Der Gewinner wird nicht nur seine Forschungsergebnisse in die Tat umsetzen können – an mir persönlich –, sondern noch lockere fünf Millionen bekommen, die auf einem Sperrkonto bei der *Seattle Pacific International Trust und Investment* liegen.«

Noch ein tiefer Atemzug. »So, Kate. Ich schlage vor, du machst jetzt eine Pause und kommst nachher wieder hierher und fragst HAUS nach den Videos über die Stammzellen und das Klonprojekt. Nachdem du sie dir angesehen hast, sage ich dir, wo du die Codes findest, wegen denen Matt dir wahrscheinlich schon im Kreuz hängt.«

Kate ließ sich in den Sessel fallen. Ihr Körper war so starr und verkrampft, dass sie zitterte.

Entgegen dem aufgezeichneten Rat ihres Vaters machte Kate keine Pause. Sie sah sich jedes Video und sämtliche elektronischen Dokumente an, die das Haus ihr gab. Es war bereits Mittag, als sie fertig war und jäh wie aus einer sie umschlingenden Betäubung mit dem beißenden Gefühl von Hunger, Durst und schmerzenden Muskeln erwachte. Sie bat das Haus, ihr eine Disk mit allen Codes anzufertigen, die sich in ihres Vaters Besitz befanden, dann nahm sie den Aufzug zum Privatlevel. Obwohl sie wusste, dass das Haus imstande war, jede nur denkbare Anzahl tiefgefrorener Mahlzeiten allein zu bereiten, durchwühlte sie selbst den Gefrierschrank. »Hat jemand angerufen?«, fragte sie, als sie die Folie von einer Packung Auberginen in Curry und Reis entfernte.

Matt, Marjorie, Jeff und Joel hatten angerufen, was keine Überraschung war. Matt aber hatte viermal angerufen, jedes Mal dringender. Da Kate das Haus angewiesen hatte, sie nur zu stören, wenn ein Arzt anrief, war sie sicher, dass Matts Drängen entweder etwas mit Geschäften oder Public Relations zu tun hatte, was ihr beides nicht wichtig erschien. Anstatt die Anrufe zu beantworten, rief sie über das Haus den Fahrer, um ihm zu sagen, dass sie um drei Uhr nach Seattle zurückfahren wollte.

Nachdem sie das Currygericht gegessen hatte, legte Kate sich hin, um etwas zu schlafen. Der *Madrona Bitter*, den sie zum Essen getrunken hatte, hätte sie umhauen sollen, tat es aber nicht. Obwohl es ihr gelang, sämtliche Gedanken zur Seite zu schieben, die mit den beiden wetteifernden Teams zu tun hatten, drängten sich andere Gedanken an die Oberfläche ihres Bewusstseins und mit ihnen ein ganzes Heer von Erinnerungen. Sie erinnerte sich an jenen Besuch, den ihr Vater erwähnt hatte, die Gelegenheit, bei der er ihr von den »denkenden« Funktionen des Gehirns erzählt hatte, die nur durch mütterliche Gene weitergegeben wurden. Sie wusste den genauen Wortlaut des Gesprächs nicht mehr, erinnerte sich aber noch, dass er ankündigte, er würde damit aufhören, sie damit zu drängen, in seine Geschäfte einzusteigen und ihr einen Milliarden Dollar Trust anbot, der ihr die finanzielle Unabhängigkeit garantierte. Es bleibt mir keine andere Wahl, als zu akzeptieren, dass du kein Span von dem alten Stamm bist, es auch niemals sein kannst, hatte er gesagt. Ich entdecke einiges von mir in dir, aber du bist eindeutig deiner Mutter Tochter, da geht kein Weg daran vorbei. Damals hatten sie diese Worte gekränkt, weil sie wusste, dass er ihre Mutter verabscheute und Kates Ähnlichkeit mit ihr nur als schreckliches Handikap ansehen musste. Sie war aber von seiner großzügigen Geste geblendet und hatte gedacht, dies sei sein einzig möglicher Weg, die schleichende Enttäuschung darüber auszudrücken, dass sie nie die Rolle des Kronprinzen spielen würde, Enttäuschung, die schließlich von Akzeptanz gemildert wurde. Er hatte ihr immer gesagt, man solle das »Negative« ignorieren. Er hatte ihr beigebracht, das Positive zu sehen, wo immer es auch auftauchte. Also hatte sie das Positive gesehen, sich daran geklammert als den Beweis, dass er die Person, zu der sie herangewachsen war, akzeptierte und liebte, auch wenn sie nicht genau das geworden war, was er sich erhofft hatte. Und sie hatte jede spätere Erwähnung ihrer Ähnlichkeit mit ihrer Mutter für rhetorisches Hänseln gehalten. Jetzt erst verstand sie es. Sie hatte sich immer für ihres Vaters GUTE Tochter gehalten. Jetzt begriff sie, dass sie nicht einmal annähernd als GUTE Tochter gegolten hatte.

Die ganzen Jahre über hatte er geplant, sich klonen zu lassen. Hatte er auch einmal daran gedacht, einen Klon erwachsen werden zu lassen, als seinen Erben? Es war nicht ausgeschlossen. Der Klon würde sein Gehirn haben und alles sein, was er sich bei einem Sprössling wünschte. Er würde all das sein, was sie – mit den von ihrer Mutter ererbten höheren Gehirnfunktionen – nicht war. Als sie dalag, mit Sodbrennen vom Bier und dem Curry, wurde es Kate speiübel. Es war alles zu deutlich. Er hatte sie geliebt wie jeder pflichtbewusste Vater seine Tochter, aber wie einer, der ein schlechtes Geschäft gemacht hatte. Und so hatte er arrangiert, sie zu benutzen, den zweitklassigen, aber treuen Sprössling, damit alles so richtig wurde, wie sie niemals gewesen war und, genetisch bedingt, nie sein konnte.

Als der Bus die Evergreen-Point-Schiffsbrücke überquerte, setzte sich Kate auf und rief dem Fahrer zu: »Nehmen Sie die Ausfahrt Montlake, Jerry. Von dort ist es nur ein halber Kilometer bis zum Krankenhaus. Ich will direkt dorthin.«

Sie war außerstande gewesen zu schlafen und wünschte sich nichts sehnlicher, als ihren Vater zur Rede zu stellen, mit ihm zu streiten, ihn anzuschreien. Ihn wissen zu lassen, wie sehr er sie verletzt hatte – wenn es möglich gewesen wäre, ein solches Geständnis zwischen ihnen überhaupt auszusprechen, was es angesichts der unausgesprochenen Regeln nicht war. Ihm zu sagen, dass er sie verletzt hatte, würde in seinen Augen das gleiche sein wie ein Eingeständnis von Selbstmitleid. So war die Ebene, auf der sie sich befanden, Vater und Tochter. Was Kate brauchte, war Rückversicherung. Oder dass er sie vom Haken ließ. Oder verstanden zu werden. Von oder durch ihn allein. Sie konnte sich nicht vorstellen, irgendjemand anderem von den Dingen zu erzählen, die zwischen ihr und ihrem Vater lagen.

Nachdem Kate ihren Ausweis der Nachtwache gezeigt hatte, die sie nicht kannte (dem einzigen Menschen, der in der Abteilung arbeitete), ließ er sie in das Zimmer ihres Vaters. Der Pfleger erhob sich, als sie eintrat. Falls er von der Uhrzeit ihres Besuchs erstaunt war, zeigte er es nicht, sondern sagte nur, falls sie allein mit ihrem Vater sein wollte, würde er in der Cafeteria einen Latté trinken und zurückkommen, wenn sie ihn über den Pieper riefe.

Alles sah genauso aus wie bei ihrem letzten Besuch. Bei oberflächlicher Betrachtung wirkte es, als hätte die Zeit für ihren Vater stillgestanden. Man konnte natürlich nicht wissen, was in seinem Kopf vor sich ging. Bledsoe hatte gemeint, man solle warten, bevor man den Startschuss zu einem Regenerationsprojekt gab. Aber Kate wusste jetzt, dass ihr Vater von ihr erwartete, dass sie das Kloning-Projekt sofort startete – damit Bledsoe genügend Stammzellen zur Verfügung hatte, wenn er sich entschloss, mit der Regeneration zu beginnen.

Regeneration. Kate fühlte sich, als stünde für sie die Zeit still, als sei sie gefangen in einer Welt wie der von Alice im Wunderland, in der es unmöglich war, Verlangen auszudrücken und in der Tatsachen einem zwischen den Fingern zerrannen. Was immer sie für Zellen benutzten, die einer Fremden oder die eines Klons – ihr Vater würde nie mehr die Person sein, die er gewesen war. Die Literatur, die er für sie zusammengestellt hatte, hatte nur Regenerationen kleinen Umfangs beschrieben, Fälle, bei denen die Zellschädigung kein Koma verursacht hatte, sondern nur sehr eingegrenzte Arten neurologischer Defizite. Keiner dieser Fälle betraf bewusstlose Patienten, bei denen irgendeine Erinnerung wiederhergestellt worden wäre. War Erinnerung nicht der Kern einer Person? Kate mochte vielleicht glauben, dass die neuen Zellen – besonders wenn sie von einem Klon stammten – besondere Merkmale der Persönlichkeit ihres Vaters duplizieren konnten, vielleicht sogar das volle Ausmaß seines umjubelten Genius. Aber sein Bewusstsein würde doch nicht mehr dasselbe sein, oder? Wäre er nicht von seinen Gefühlen her wie ein Kind, ohne die Erfahrungen eines erwachsenen Mannes?

Kate beugte sich nahe zu seinem Ohr. »Du sagst, dass du mich liebst, Vater«, sagte sie beinahe flüsternd. »Du sagst, ich schulde es dir, deinen Genius am Leben zu erhalten. Du hast mir das Leben gegeben, und nun soll ich es dir danken, indem ich dir ein neues Leben gebe, das mehr Unsterblichkeit bedeutet als ein leiblicher Sohn. Aber du hast mich das nie von Angesicht zu Angesicht gefragt. Du hast mir nie die Möglichkeit gegeben, mich zu entscheiden, ob ich mit dieser Verantwortung belastet werden will. Der Gedanke an das Ganze verursacht mir Übelkeit, Vater. Der Gedanke an all die Embryonen, mit denen du diese Teams hast experimentieren lassen. An all die Chimären, die zu grotesk waren, um sie weiterwachsen zu lassen. Ich will mit solchen Plänen nichts zu tun haben, Vater. Es bringt dich mir nicht zurück, falls es nicht nur ein paar Zellen sind, die wiederhergestellt werden müssen und die Bledsoe auch legal bekäme, ohne irgendeine Frau mit der Bürde zu belasten, einen Fötus in sich zu tragen, bis er reif zur Ernte ist. Natürlich würde sie gut bezahlt werden, keine Frage. Besser als irgendeine Surrogatmutter vor ihr. Aber die Tatsache, dass du eine solche Dienstleistung kaufen kannst, heißt noch lange nicht, dass sie moralisch richtig ist. Begreifst du das nicht? Diese Frauen können sich keine eigenen Kinder leisten. Die ökonomischen Gegebenheiten ermöglichen erst die Verfügbarkeit solcher Dienstleistungen. Gegebenheiten, die du geholfen hast zu erzeugen, gleichgültig, wie sehr du auch die Konsequenzen deines genialen Denkens ableugnest.«

Genial. Das Wort schmeckte bitter in Kates Mund. Es war ein Wort, das sie ihr Leben lang gehört hatte. Erst von ihrer Mutter – bewundernd, dann säuerlich, schließlich sarkastisch. Von ihm. Von der ganzen Welt, entweder kriecherisch oder hasserfüllt. Präsidenten liebten es, in ihren Ansprachen ihren Vater zu erwähnen – als Zeichen der Hoffnung, als ein Symbol all dessen, was im Amerika des einundzwanzigsten Jahrhunderts glänzend und gut war. Soziologen nannten ihn stets die Quelle der ganzen Veränderungen, welche die herkömmliche Struktur der postindustriellen Gesellschaft zerstört hatten. Die meisten Menschen, dachte Kate, würden zustimmen, dass ein solcher Genius am Leben erhalten werden müsse, gleichgültig, wie hoch der moralische Preis dafür war und gleichgültig, ob aus der Person mit dem Namen Mike Abbotson ein völlig anderes Individuum werden würde. Die Welt brauchte ihn mehr denn je – so ähnlich hatte die *New York*

Times in einem Leitartikel zwei Tage nach Mike Abbotsons Schlaganfall geschrieben. Die Welt brauchte seinen Genius, um in das neue Zeitalter zu gelangen, um sicher zu gehen, dass das Versprechen, das seine Errungenschaften enthielten, nicht von der Gier, der Indifferenz und dem Mangel an Phantasie hinweggeschwemmt wurde, die sie im Augenblick heimsuchten.

»Sag mir, Vater«, flüsterte Kate, die Schläuche und Kabel ignorierend, und legte ihre Wange an seine. »Hast du einen großen Plan für das alles? Du hast immer über das Versprechen einer Gesellschaft frei von der Verpflichtung zur Arbeit geschwafelt, einer Gesellschaft, die ihr Brot nicht mehr im Schweiße ihres Angesichts verdienen muss. Aber als du das elend billige, wirklich universelle elektronische Medizinsystem entwickelt hast, als du die Notwendigkeit abgeschafft hast, Lehrer in den Bildungseinrichtungen zu beschäftigen, als du jeden Aspekt der Landwirtschaft automatisiert hast, hat die Tatsache, dass alle diese Dienstleistungen billiger geworden sind, irgendjemand anderem genutzt als dir selbst? Das war doch alles nur kapitalistisches Geschwätz, stimmt's? Was für eine Art Genius soll das also sein? Ein Genius, der um jeden Preis der Welt erhalten werden muss? Ein Genius, ohne den die Welt nicht leben kann? Tut mir Leid, Vater, das kauf ich dir nicht ab.« Seine Wange fühlte sich warm und lebendig an ihrer Wange an. Aber sie konnte ihn dabei nicht spüren, nicht hinter die schlaffe Maske seines Gesichts horchen. Kate setzte sich und zog ein Taschentuch heraus, um sich die Nase zu putzen und die Tränen abzuwischen. »Dich liebe ich, Vater, nicht deinen Genius. Das ist nämlich ein Unterschied. Ein großer, großer Unterschied. Für mich wenigstens.« Bei dem Gedanken daran, wie sich ihr Vater in einen Fremden verwandelte, mit dem sie nichts gemeinsam hatte außer einer genetischen Verwandtschaft, verkrampften sich ihre Eingeweide.

Und doch bedeuteten für ihn anscheinend genetische Verwandtschaften alles. Moral, Ethik und Liebe hatten keinen Platz in seiner Vision. Wenn Kate auch nicht die Werte ihrer Mutter teilte, so besaß sie doch auch welche. Menschen, sagte ihr Vater immer, konnten per definitionem ihre Menschlichkeit nicht verraten. Alles was sie taten, war »menschlich«. Und jeder, der abstritt, dass Krieg, Töten und sogar Völkermord menschlich war, betrog sich selber. Oh, was hatten sie beide darüber gestritten, sie und er, Vater und Tochter. Und jetzt, mit der Wärme seiner Wange an ihrer, hörte sie plötzlich eine Stimme in ihrem Innern – die Stimme, die zu ihr im Gewölbe gesprochen hatte, die Stimme des Bildes auf der Disk, eine Stimme, die – sie konnte sich nicht vorstellen wie – aus diesem Mund gekommen war, der nun selbst der Fähigkeit zum Flüstern beraubt war – eine Stimme, die nur hinterrücks an seine erinnerte und sie beschuldigte, neidisch zu sein, weil ihr die Trauben zu hoch hingen. *Du meinst wohl, ich sollte zufrieden mit den Dingen sein, wie sie sind, zufrieden damit, eine so mir zugetane Tochter zu haben, wie du es bist. Aber die Tatsache, dass du das denkst, beweist doch nur deine Mängel und dass du einfach beleidigt bist, weil ich mir wünsche, dass mein Genius unsterblich wird. Damit hast du deine Schwäche bewiesen, mein Kind.* Kates Augen quollen über vor heißen Tränen, die sich salzig und nass zwischen ihrem Gesicht und dem ihres Vaters sammelten. »Du hast unrecht, Vater«, flüsterte sie mit gebrochener Stimme in sein Ohr. »Tief in mir drinnen weiß ich, dass du unrecht hast! Warum musst du Menschen immer lächerlich machen, die aus moralischen Gründen handeln? Du bittest mich, kaltschnäuzig den Grundstock des Lebens – und individuelles Leben – auszubeuten, für ein kaltes, instrumentales Experiment, dessen Ausgang bestenfalls ungewiss ist. Ich würde ohne Zögern jedes Kind von dir, das du hinterlassen hättest, aufziehen, es mit der ganzen Liebe überschütten, die ich für dich empfinde. Aber einfach eine Ansammlung Zellen für deine höheren Gehirnfunktionen erzeugen? Mein Gott, Vater! Es stößt mich ab, dass du nicht einmal dich selbst liebst, dein eigenes, unverwechselbares Ich, die Person, die du bist und die Beziehungen, die dich dazu gemacht haben, dass du nichts höher schätzt als die Zellen, die deine höheren Hirnfunktionen steuern? Hör auf, mich mit deiner Liebe zu dir zu erpressen! Weil ich niemals, darauf kannst du dich verlassen, niemals etwas so Schreckliches, Verwerfliches tun werde!«

Sie setzte sich auf, wischte sich das Gesicht ab und putzte sich die Nase. Zum ersten Mal im Leben wünschte sie sich, einer Religion anzuhängen, so unbeirrt, wie ihre Mutter es tat. Dann wäre die Situation klar, die Entscheidung nicht die ihre. Durch Tränen starrte sie auf ihres Vaters Gesicht. Er würde sagen, sie habe keine Entscheidung zu treffen, denn er habe diese bereits selbst getroffen, während ihre Mutter sagen würde, dass keine anständige Person Teil seiner monströsen Selbstsucht werden könne. Doch Kate fühlte sich schuldig wie eine Verräterin. Was immer sie auch tat, irgendjemand würde es für falsch halten. »Komm, Vater, wach auf«, schluchzte sie zu der reglosen Gestalt hin. »Ich will dich nicht verlieren!« Denn falls er nicht aufwachte, würde sie ihn verlieren, gleichgültig, welche Entscheidung sie traf.

Kates Besessenheit, am Bett ihres Vaters zu sitzen, wuchs derart, dass sie sich ein Zimmer geben ließ, in dem sie schlafen konnte, damit sie nicht mehr aus dem Krankenhaus nach Hause gehen musste. Zwar wurde die meiste Pflege von Maschinen erledigt, aber sie bat das Pflegepersonal, ihr die Krankengymnastik zu zeigen und wie man die Muskeln massierte. »Vater, ich bin hier«, sagte sie alle paar Minuten. Sie war wütend und peinlich berührt, als sie hörte, dass die Medien um ihren Rund-um-die-Uhr-Aufenthalt im Krankenhaus einen Riesenwirbel veranstalteten. »KATE VERZWEIFELT UND VON SCHMERZ GEPEINIGT« titelte ein Revolverblatt, »LADY GODIVA STEHT IM REGEN« ein anderes, einen Zusammenhang zwischen Kates Umzug ins Krankenhaus und Godivas »Exil« andeutend. Godiva sagte

Kate am Telefon, der Hauptgrund, weshalb sie nicht zu Besuch käme, sei der Medienrummel. Am Bett ihres Vaters sitzend dachte Kate über das kurze Verhältnis zwischen Godiva und ihrem Vater nach und malte sich aus, die beiden hätten vor seinem Schlaganfall geheiratet, und er hätte ihr das ganze Problem mit dem Regenerationsprojekt auf die Schultern geladen. Was würde Lady Godiva in einer solchen Situation tun? Sicher würde jeder, der eine mehr persönliche als geschäftliche Beziehung zu ihrem Vater hatte, zögern, einen Fremden an seine Stelle zu setzen. Man musste sich das mal vorstellen – jemanden zu heiraten und plötzlich im Ehebett neben sich einen ganz anderen vorzufinden, eine Art zum Kind zurückentwickelter Erwachsener. Das Einzige, was dann noch blieb, war Scheidung. Der Fremde würde nicht die Gefühle seines Vorgängers für seine Gattin aufbringen, und die Gattin würde verzweifelt und wütend über den Verlust der Liebe des Vorgängers und seines ganzen Selbst sein.

Töchter indes konnten sich nicht von ihren Vätern scheiden lassen, selbst wenn diese zu Fremden wurden. Kate würde wahrscheinlich eine Art Mutter für ihn werden, ältere Schwester oder Gouvernante. Er würde sich nicht mehr an die vielen Bergwanderungen mit ihr erinnern, nicht daran, wie sie mit ihm Schnee geschaufelt hatte, als sie acht Jahre alt war oder an die zwanzig Geburtstage und ihren Wert in Krawatten, die sie ihm über die Jahre geschenkt hatte und die immer noch ungetragen in seinem Schrank hingen, weil er niemals diese Art Krawatten trug, genauso wenig wie Anzüge.

»Hier ist mein Platz, hier gehöre ich hin«, entgegnete sie, wenn irgendeiner sie dazu überreden wollte, das Krankenhaus zu verlassen, um »Luft zu schnappen« oder »mal was anderes zu sehen«. Jeff und Joel glaubten, dass Kates Besuch im Haus ihres Vaters ihr die Situation richtig deutlich gemacht hatte und dass ihre Wache am Krankenbett ein Versuch war, die Realität zu verleugnen. Jeder der beiden versuchte ihr das auf seine Weise zu erklären, als ob es, laut ausgesprochen, ihr die Erlaubnis geben würde zu gehen. »Er kann immer noch das Bewusstsein wiedererlangen«, erwiderte Kate dann. »Die Ärzte haben die Hoffnung nicht aufgegeben. Das weiß ich, sonst würden sie nicht über die Regeneration nachdenken.« »Aber sie haben auch gesagt, dass die Hirnrinde erheblich geschädigt ist«, sagten die beiden daraufhin, als ob Kate das vergessen hätte. »Dass er die Operation überlebt hat, heißt, dass es noch Hoffnung gibt«, sagte Kate, die sich daran klammerte, was Bentoit vor dem Eingriff gesagt hatte.

Marjorie indessen vermutete, dass hinter dem Ganzen mehr steckte als bloße Verdrängung. »Du klammerst dich an einen Strohhalm«, sagte sie, als sie mit Kate auf den Fahrstuhl zur Personalkantine wartete (wo die Gefahr, beim Kaffeetrinken von herumlungernden Medienhaien erwischt zu werden, geringer war). »Das kann ich verstehen. Aber deine Verzweiflung...« Sie legte den Arm um Kate und zog sie an sich. »So bist du erst seit deinem Ausflug in die Berge. Ich kenne dich, Kate. Und ich weiß ein bisschen was über dein Verhältnis zu deinem Vater. Mir kommt's vor, als hätte er dich in eine Minenfalle gelotst. Ich weiß nicht wie, ich weiß nicht, warum. Aber ich würde sagen, irgendetwas in dem Haus hat dich fertiggemacht.«

Für einen kurzen Augenblick war Kate versucht, sich in Marjories Arme zu werfen und ihren ganzen Kummer abzuladen. Marjorie würde sie nicht verurteilen. Sie würde sie verstehen. Marjorie würde vielleicht sogar eine feste Meinung von dem haben, was zu tun war, und diese auch sagen. Aber Marjorie würde sie auch bemitleiden, die Enttäuschung begreifen, die Kate für ihren Vater bedeutete und Kates hässliche Schwäche bloßlegen. Kate würde das Ganze eher den J's erzählen können, denen gegenüber sie ihren Vater niemals kritisiert hatte, als Marjorie. Marjorie würde die Verletzung begreifen wie kein anderer. Und dann würde die Verletzung noch realer werden, wenn sie erst einmal laut ausgesprochen worden war. Schlimm genug, dass sie selbst wusste, was ihr Vater von ihr gedacht hatte.

So sagte Kate, als sie in den Fahrstuhl stiegen, nur, dass sie Matt sämtliche Codes gegeben habe, weil sie sein Drängen, eine wichtige Vorstandssitzung besuchen und Entscheidungen in ihres Vaters Namen zu treffen, leid gewesen sei. »Soll er für die Geschäfte verantwortlich sein, wenn mein Vater erwacht. Ich kann es nicht.« Der Fahrstuhl hielt, und jemand in einem roboterbetriebenen Rollstuhl fuhr herein, und die Möglichkeit, zu beichten, war vertan. Stattdessen erzählte Kate, wie die Welt geschrumpft sei, seitdem sie im Krankenhaus lebe, und dass sie sich vorkomme wie eine gigantische Alice, die ihre Perspektive verloren habe.

»Deshalb sollst du ja auch mal für ein paar Stunden raus«, erwiderte Marjorie.

»Ein Latté wird mich aufrichten«, sagte Kate und fragte Marjorie dann nach ihrem letzten Hypertext-Projekt (für einen Kunden, der zufällig eine Abbotsonsche Tochterfirma war).

Drei Tage nach dem Besuch in ihres Vaters Haus erhielt Kate einen Anruf von einem Mann, der sich als David Hanson vorstellte. Zuerst dachte sie, es wäre ein weiterer Medienhai, der irgendwie ihre Privatnummer herausgefunden hatte. Aber als er davon anfing, dass ihr Vater ihm Kate als diejenige genannt habe, welche die endgültige Ausführung des Kloning-Experiments genehmigen musste, erinnerte sie sich an seinen Namen. Er war der Leiter von Team B. Als sie ihn fragte, wie sie ihm helfen könne, sagte er: »Ihr Vater sagte mir, falls ein Klon für die neuralen Stammzellen benötigt würde, würden Sie das Team aussuchen, das den Klon dafür erzeugen soll, also auch den Gewinner des Wettbewerbs bestimmen.«

»Sie sind etwas voreilig, Mr. Hanson«, erwiderte Kate. »Mein Vater kann jederzeit noch aus dem Koma erwachen.«

»Soweit ich weiß, ist das Zellgewebe erheblich geschädigt«, sagte Hanson.

Kates Unterkiefer wurde starr. »Ach? Sie meinen also, Sie seien besser informiert als ich?«

Nach einer Pause sagte Hanson: »Ich nehme an, dass wir dieselbe Informationsquelle haben.«

Kate warf einen Blick auf das schlaffe, bewusstlose Gesicht ihres Vaters. Ein Schauder rann ihr über die Haut, als berühre sie eine Geisterhand. Es wäre ein Leichtes für ihn gewesen, ein Unterprogramm zu schreiben, welches das HAUS instruierte, die Teamleiter anzurufen und zwar eine gewisse Zeit, nachdem er Kate mit den ganzen Daten konfrontiert hatte. Und es wäre ebenso einfach gewesen, in diese Anweisungen einen Anruf an Matt Hull einzubauen und ihn zu bitten, die Teamleiter mit den knallharten medizinischen Fakten zu versorgen. Kates Griff um den Hörer verkrampfte sich. »Ich rufe Sie wieder an, Mr. Hanson, wenn ich bereit bin, über diese Sache zu sprechen. Ich rate Ihnen, mich vorher nicht noch einmal von selbst anzurufen. Ihre Situation ist – vorsichtig ausgedrückt – unsicher.« Seine ethische und *rechtliche* Situation. Die Gesetze, welche die beiden Teams übertreten hatten, waren Bundesgesetze. Kate brauchte nur die Unterlagen, die das Haus irgendwo verwahrte, ans FBI zu übergeben, um Hanson so viel Schwierigkeiten zu machen, dass er Jahrzehnte brauchen würde, um wieder auf die Beine zu kommen, selbst ohne öffentliche Anklage und Verurteilung.

Natürlich wäre ihr Vater dann auch am Pranger. Das war der wirksamste Schutz der beiden Teams, wie auch die ganze Zeit zuvor.

Nachdem sie das Telefon wieder in die Tasche geschoben hatte, erhob Kate sich und sagte dem Pfleger, dass sie in die Kantine gehen würde. Sie zitterte vor Aufregung, sogar in ihrer Oberlippe spürte sie ein Zucken. Der Pfleger tat so, als merke er nichts. Am Fuß des Bettes zögernd, den Blick auf ihres Vaters Gesicht geheftet, sprach Kate ihn im Stillen an. *Gibt es noch weitere außer mir, die du dazu aufgebaut hast, gegen ihren Willen deine Helfershelfer zu sein?* Wie sie ihren Vater kannte, mochte es noch mehr Videos geben, einen Besuch von einem Eingeweihten, von dem sie bis jetzt nichts wusste, Bestechung oder eine Drohung als Entscheidungshilfe. Vor Hansons Anruf hatte sie sich bloß schuldig und ängstlich zögernd gefühlt. Jetzt erfüllte sie Furcht. Plötzlich begriff sie, wie Hamlet sich gefühlt haben musste, heimgesucht von seines Vaters Geist.

Der Gedanke daran war eigentlich zum Lachen, aber Kate erschauderte bis ins Mark bei dem Gedanken an das, was kommen mochte.

Nach Hansons Anruf geriet Kate, die sich die ganze Zeit schon wie in einer Art Delirium bewegt hatte, in einen Zustand, in dem sie so gut wie nicht mehr schlief. Als Joel, Jeff und Marjorie sie jeder von sich aus auf ihre Empfindlichkeit ansprach und wie sie aufschreckte, wenn sie einen Anruf bekam, entschuldigte Kate sich damit, dass sie zu wenig Schlaf habe. Die Orte, zu denen ihre Gedanken wanderten, wenn sie schlaflos in der Dunkelheit lag, waren so schrecklich, dass sie sich langsam wünschte, nach Hause zu gehen, um dort, an einen tröstenden Körper gekuschelt, zu schlafen (Jeffs Körper war weicher und damit gemütlicher, aber im Gegensatz zu Joel schnarchte er, sodass Kate in ihrer Phantasie keinem der beiden den Vorzug gab). Aber sie konnte nicht heimgehen. Immer wenn sie ernsthaft darüber nachzudenken anfing, hielt etwas sie zurück. Sie wusste, dass sie im Krankenhaus bei ihrem Vater bleiben musste. Der Grund war ihr nicht klar, aber in ihrem Innern befürchtete sie, etwas Schreckliches könne geschehen, wenn sie es nicht tat. Und vor allem musste sie sofort an der Seite ihres Vaters sein, wenn er erwachte. Er musste wissen, dass sie sich wirklich um ihn gekümmert hatte, selbst wenn sie seinen Plan nicht hatte ausführen lassen. Seit ihrem Besuch in dem Haus träumte sie immer wieder, dass ihr Vater erwachte, während sie irgendwo anders war, weit weg in einer kalten, felsigen Wüste, ohne Fahrzeug oder Telefon oder irgendeine Möglichkeit, sich fortzubewegen außer ihren Füßen und mit weniger als einem Liter Wasser und ohne Nahrung und Zelt.

Schließlich brachte Jeff ihr Schlaftabletten mit und sagte, er würde sich in dem Raum, den man Kate zum Schlafen zugewiesen hatte, ruhig neben sie ans Bett setzen. »Wie? Und mich dabei beobachten, wie ich nicht schlafen kann?«, fragte sie. »Wer weiß? Vielleicht hilft dir meine Anwesenheit, einzuschlafen«, erwiderte er leichthin. Als Kate weder antwortete noch lächelte, nahm er ihre Hand und sagte langsam und ernst: »Wenn ich bloß wüsste, was los ist! Nein, ich meine nicht, weshalb du die ganze Zeit hier im Krankenhaus verbringst. Da ist noch was anderes, ich spüre es genau. Gibt es denn keinen, dem du genug vertraust, um dich auszusprechen?«

Seine mit dichten Wimpern umkränzten Augen blinzelten sie gelassen an. Kate schaute ihn an – vielleicht wie Fremde ihn anschauen mochten: Jeans, Hemd mit geknöpftem Kragen, schwarzer gelockter Bart, Hornbrille mit dicken Gläsern, Casio-Uhr. Er sieht mehr wie ein Philosoph aus als wie ein Zellbiologe, dachte sie. Nachdem Jeff und Joel bei ihr eingezogen waren, hatte ihr Vater gesagt, was ihr jetzt noch fehle, sei ein Künstler und ein Investmentbanker, um ein repräsentatives Spektrum amerikanischer Männlichkeit in ihrem »Harem« zu halten.

»Ich hab nichts«, sagte sie und drückte seine Hand. »Wirklich nichts.« Sein Angebot, über Nacht bei ihr zu bleiben, nahm sie jedoch an. Sie schluckte die Schlaftablette und lud Jeff ein, sich auf die Bettdecke zu legen, um mit Kate zu kuscheln. Wenig überraschend führte eins zum anderen, und bevor sie es sich versahen, vögelten sie. Obwohl die Schlaftablette, nachdem Kate ein paar Orgasmen gehabt hatte, ihren Tribut forderte, erwachte sie anderthalb Stunden später, außerstande, wieder einzuschlafen. Ihre Gedanken waren niederdrückend wie gehabt, aber an Jeffs Rücken gepresst und sein Schnarchen im Ohr fühlte sich Kate weniger verlassen, weniger einsam. Aber trotzdem, das merkte sie genau, wollte sie weder Jeffs Meinung noch die von irgendjemand anderem darüber hören, was richtigerweise zu tun sei. Wie immer diese Meinungen lauten mochten, für Kates tatsächliche Entscheidung waren sie unwichtig und selbst wenn sie mit ihrer eigenen übereinstimmten, würde es sie nicht trösten.

Kate hatte die ganze Zeit über gewusst, dass sie eher abwartete als zauderte. Ihrer Meinung nach wartete sie einfach darauf, dass ihr Vater das Bewusstsein wiedererlangte. Am zwölften Tag nach dem Schlaganfall trat indessen eine ernste Krise ein, die ihrem Abwarten ein jähes Ende setzte.

Der Tag begann mit einem privaten Gespräch mit Lee Park. Nachdem er für Kate und sich selbst Kaffee geholt hatte, setzte sich Park hinter seinen Schreibtisch, stemmte die Ellbogen auf die Oberfläche und verschränkte seine langen schlanken Finger dicht vor seinem Mund. Er fragte höflich, ob sie mit ihrer Unterbringung im Krankenhaus zufrieden sei, dann sagte er: »Meine Aufgabe ist nicht gerade erfreulich. Ich werde Sie jetzt darüber informieren, welche Behandlungsmöglichkeiten uns bei dem momentanen Zustand Ihres Vaters noch verbleiben.« Und nach einem Räuspern: »Ehrlich gesagt, Ms. Abbotson, haben wir auf so was wie ein Wunder gewartet. Sämtliche Scans, die wir machen ließen, wiesen auf eine beträchtliche Schädigung des Zellgewebes hin. Sie wissen sicher, dass sich neurales Gewebe nicht einfach selbst erneuert. Manchmal ist es zwar möglich, kleinere Bereiche zu regenerieren, die neuralen Verzweigungen neu zu schmieden. Aber bei Ihrem Vater ist die Schädigung zu groß.«

Kate wurde es eiskalt. »Was soll das heißen? Dass er nicht mehr aus dem Koma erwacht? Wollen Sie das damit sagen?« Und Sie haben es die ganze Zeit über gewusst. Parks lavagraue harte Augen trafen sich mit ihren. »Nicht ohne ein Programm zur Zellregeneration.« Er löste die Verschränkung seiner Finger, um die Kaffeetasse zum Mund zu heben. »Ich will offen mit Ihnen reden«, sagte er, nachdem er getrunken hatte. »Um dieses Programm auszuführen, benötigt Dr. Bledsoe neuroephitale Stammzellen. Diese finden sich nur in Föten. Zellen, die einem ausgewachsenen Körper entnommen werden, sind nicht so anpassungsfähig und schmiegsam wie fötales Gewebe, das eine phänomenale Fähigkeit besitzt, sich entsprechend den Bedürfnissen des Gastorgans zu differenzieren. Während das Gesetz Personen erlaubt, Kinder nur zu dem Zweck zu zeugen, ihre Organe nach der Geburt auszuschlachten, wenn die Entfernung dieser Organe keine bleibenden Schäden mit sich bringt, verbietet es die vorsätzliche Erzeugung fötalen Gewebes zum instrumentalen Gebrauch. So sind wir gesetzlich verpflichtet, auf eine Fehlgeburt oder Abtreibung zu warten. Da diese im zweiten Schwangerschaftsdrittel selten vorkommen, können wir unter Umständen ewig warten.«

Während Park redete, hatte Kate die Arme um sich geschlungen. Sie zitterte dermaßen, dass sie nur unter Mühe ein Zähneklappern unterdrücken konnte. Das Puzzle fügte sich nun schlagartig zusammen, und sie erkannte das ganze abstoßende Bild. Ihre Lippen bebten vor Anspannung, als sie die Hand hob und sagte: »Es hat keinen Zweck, Dr. Park, dieses Gespräch weiterzuführen. Ich beabsichtige nicht, die zerstörten Gehirnzellen meines Vater regenerieren zu lassen. Sie haben eben selbst gesagt, dass der Verlust an Zellgewebe massiv ist. Das heißt für mich, dass der Mensch, der mein Vater war, gestorben ist. Neugewonnenes Zellgewebe bringt ihn nicht zurück. Ein Fremder würde seinen Platz einnehmen. Und das klingt für mich, als wollte man einen erbärmlichen Zombie erzeugen, indem man den Körper meines Vaters mit einer funkelnagelneuen Hirnrinde wieder zum Leben animiert.«

Park starrte Kate an, als traue er seinen Ohren nicht. »Ms. Abbotson!« Nervös zerrte er an seinem Krawattenknoten. »Wirklich, Sie müssen... ich meine, es ist nur natürlich, dass Sie geschockt sind, nachdem ich Ihnen die Lage geschildert habe, in der sich Ihr Vater befindet. Leider hat unser medizinisches Team angenommen, das alles sei Ihnen die ganze Zeit über klar. Aber... ich bin sicher, dass Sie nach einiger Überlegung zu dem Schluss kommen, dass Sie den Wünschen Ihres Vaters nachkommen müssen, Ms. Abbotson. Sehen Sie, unser Einverständnis für seine vorsorglichen Pläne, geklontes Zellmaterial zu verwenden, war eine der Bedingungen für seine laufende Unterstützung all unserer Forschungen in dieser Abteilung. Ich habe ihm mehr als einmal mein Wort gegeben, dass, falls es zum Schlimmsten käme, ich alles in meiner Macht Stehende tun würde, um seinen Genius am Leben zu erhalten. Und das verlangt, dass die Regeneration durchgeführt wird, um einem zweiten Klon die Möglichkeit zu geben, erwachsen zu werden. Beide Teams haben mit dem Klonen bereits begonnen. Eine Surrogatmutter ist gefunden worden. Es fehlt nur noch Ihre Zustimmung, Ms. Abbotson.«

Aus Kates Mund war jeder Tropfen Speichel gewichen. Sie wollte sprechen, brachte aber nur ein heiseres Wispern heraus. »Sie gehören also auch zu dieser Verschwörung Wahnsinniger?«

Parks Lippen wurden schmal. »Ms. Abbotson, Matt Hull hat mir versichert, dass Ihr Vater veranlasst hat, Sie bis ins Detail zu informieren. Wahrscheinlich ist es am besten, Mr. Hull erklärt Ihnen alles selbst. Denn Sie haben überhaupt keine Wahl. Rechtlich gesehen sind Sie verpflichtet, seine Patientenverfügung zu erfüllen. Und moralisch...«

Kate unterbrach ihn. »Und moralisch sind Sie...« Sie hielt inne, als ein lautes, rasches Piepsen das Büro erfüllte.

Park drehte sich mit dem Stuhl um und blickte auf den Monitor hinter sich. Dann klickte er ein blinkendes Ikon auf dem Schirm an. Texte und Zahlen bauten sich auf. Park sprang hoch. »Ihr Vater hat eine Nachblutung, Ms. Abbotson! Wir sprechen ein anderes Mal weiter.«

Die gefürchtete Nachblutung! Kate folgte Park aus dem Büro durch die Abteilung für Neurowissenschaften in die Krankenhauskorridore. Ihr Herz klopfte panisch. Erst als sie die Intensivstation betrat, fiel ihr ein, dass eine Nachblutung die Dinge nicht mehr verschlimmern konnte. Ihr Vater war bereits tot. Der Körper dieses Mannes funktionierte nur noch, um eine Ansammlung Organe am Leben zu erhalten, die niemals mehr ihr Vater sein würden.

Am besten wäre, dachte sie, wenn die Nachblutung das wirkliche Ende bedeuten würde. Damit drehte sie sich auf dem Absatz um, überließ die Verschwörer ihrem Notfall und ging packen.

Nur wenige Minuten nachdem Kate ihre Abfahrt mit dem Fahrer und dem Sicherheitsteam abgesprochen hatte, rief Penny Elliot sie an, um sie zu einer dringenden Besprechung mit dem Ärzteteam ihres Vaters zu bitten. Entschlossen, der ganzen Schmierenkomödie ein Ende zu setzen, stimmte Kate zu. Obwohl sie sich keine Illusionen über irgendeinen der Ärzte im Team machte, hoffte sie doch, genug in der Hinterhand zu haben, um sich durchzusetzen.

Lee Park saß am Kopfende des Tisches, aber es war Penny Eliot, die die Lage zusammenfasste, wahrscheinlich weil Park wusste, dass er bei Kate unten durch war. Durch die Nachblutung war die elektrische Aktivität im Gehirn von Kates Vater auf ein Minimum gesunken. Das Team – zu dem nun auch Joshua Bledsoe gestoßen war – schlug vor, eine zweite Operation vorzunehmen, um festzustellen, wie viel gesundes Gewebe überhaupt noch erhalten war.

Kate unterbrach den Vortrag der technischen Einzelheiten. »So weit ich weiß« sagte sie, »ist das zentrale Nervensystem für alle lebenswichtigen Funktionen eines

Körpers zuständig. Wenn man alle lebenserhaltenden Maschinen bei meinem Vater abschalten würde, würde dann zum Beispiel sein Herz oder seine Lungen noch weiterarbeiten?«

Penny Eliot biss sich auf die Lippe. Kate erkannte an ihrem zögernden Gesichtsausdruck, wie wenig ihr diese Frage gefiel. »Nein, Kate«, erwiderte sie schließlich. »Sie würden aufhören zu arbeiten.«,

Kate rief sich die Zusammenfassungen ins Gedächtnis, mit denen ihr Vater sie versorgt hatte. Das hieß also, es war zweifelhaft, ob alles zerstörte Gewebe regeneriert werden konnte. Sie schaute Penny Eliot direkt an. »Dann schalten Sie die Apparate ab. Sie wissen genauso gut wie ich, dass sein Gehirn tot ist. Es gibt keinen Grund, diese lächerliche Charade weiterzuspielen.«

»Sie sind durcheinander, Kate«, sagte Penny Eliot sanft. »Wenn es sich um einen anderen Patienten handeln würde, käme ich Ihrer Bitte sofort nach, wenn es nicht schon sowieso geschehen wäre. Aber in diesem Fall wäre es falsch. Die Anweisungen Ihres Vaters an mich – und ebenso Lee Park und Joshua Bledsoe – sind ganz eindeutig.«

Kate schleuderte ihr einen Blick zu, der deutlich ihren Abscheu ausdrückte. »Mein Vater ist tot. Und der einzig legitime Grund, seine Hülle überhaupt am Leben zu erhalten, wäre eine Organentnahme zur Transplantation. Das ist hier aber nicht der Fall. Sie aber wollen...« – sie wies auf alle Anwesenden am Tisch – »eine Prozedur durchführen, von der Sie und ich wissen, dass sie bei der jetzigen Lage keinerlei Aussicht auf Erfolg mehr hat. Eine Prozedur, der ich sowieso auch in keinem anderen Fall zugestimmt hätte, denn sie hätte meines Vaters Leben nicht verlängert, sondern bestenfalls eine bizarre Verschmelzung der Persönlichkeit eines Kleinkindes mit dem Körper eines Mannes in mittleren Jahren erzeugt.«

Langes Schweigen senkte sich über die Anwesenden, ein buchstäbliches Stillstehen der Zeit, während der alle Ärzte auf ihre Hände starrten. Kate schlug mit der Faust auf den Tisch. »Dr. Park«, sagte sie scharf, »wie hoch sind die Chancen, dass die wichtigsten Zellen im Gehirn meines Vaters regeneriert werden können?«

Er starrte sie an. »Das müssen Sie Dr. Bentoit fragen«, entgegnete er mit einem Seitenblick auf seinen Kollegen.

»Dr. Bentoit!«, sagte Kate. Der Blick, den dieser ihr zuwarf, war offen feindselig. »Wie hoch sind die Chancen, dass mein Vater das Bewusstsein wiedererlangt, wenn Sie ihn ein zweites Mal operieren?«

Bentoit schaute Park an, der nach ein paar Sekunden beinahe unmerklich die Achseln zuckte, dann schaute er Kate wieder an. Leise und trocken sagte er: »Ohne massive Zellgeneration wird der Patient mit Sicherheit das Bewusstsein nicht wiedererlangen.«

Kate blickte Penny Eliot an. »Dann ist das Einzige, was wir hier noch besprechen müssen, das Abschalten der Apparate.«

Park räusperte sich. »Wie es scheint, haben wir eine Pattsituation. Das Regenerationsprojekt kann ohne Ihre Zustimmung zur Operation und den anderen nötigen Verfahren nicht beginnen. Vielleicht sollte ich in dem Zusammenhang noch erwähnen, dass Mr. Hull darauf vorbereitet ist, vor Gericht zu gehen, falls Mr. Abbotsons Patientenverfügung nicht Folge geleistet wird.« Er schaute Kate frostig an. »Angesichts Ihrer starren Haltung scheint das nötig zu werden.«

Kate legte ihre Hände auf den Tisch und faltete sie fest zusammen. »Ich merke, dass Sie alle bei der Verfolgung des Planes, in den mein Vater Sie verstrickt hat, um Ihre berufliche Existenz kämpfen. Ich frage mich aber, ob Sie wirklich öffentlich an einem solch fragwürdigen Unternehmen mitwirken wollen. Sie mögen in den Dokumenten meines Vaters über das Kloning-Projekt nicht explizit erwähnt sein, aber ich bin sicher, das FBI wird Ihre offenkundige Verwicklung darin für so wichtig halten, um eine eingehende Untersuchung einzuleiten. Selbst wenn ein Gericht Ihren haarspalterischen Argumenten zustimmen würde – wenn der Plan fehlschlägt, was mit Sicherheit, wie alle wissen, der Fall sein wird, und das im grellsten Scheinwerferlicht der Medien –, ist es so gut wie sicher, dass Sie im Mittelpunkt einer Untersuchung des FBI stehen werden.« Sie schaute einen nach dem andern an. »Ich schlage vor, Sie überlegen sich noch einmal, bevor Sie blindlings dem ehemals gefassten Plan folgen. Mein Widerstand gegen das Projekt und die Tatsache, dass ich bereit bin, diese ganze Verschwörung öffentlich publik zu machen, vor allem aber, dass durch die Nachblutung die Durchführbarkeit des Regenerationsprojektes sowieso mehr als fraglich ist, sollte eigentlich jeden von Ihnen dazu bringen, seine Position zu überdenken – seine *rechtliche,* wenn schon nicht seine *ethische.*«

Penny Eliot erhob sich. »Sie haben Recht, Kate. Ich klammerte mich an eine Hoffnung. Aber die Nachblutung, wie Sie selbst sagen, hat alles verändert. Wenn Sie das Formular unterschreiben, werde ich die Apparate sofort abschalten.«

Sie hat am wenigsten zu verlieren, dachte Kate. Für die Neurologen aber stand die Existenz ihrer ganzen Abteilung auf dem Spiel (da sie offenbar niemals in Betracht gezogen hatten, dass Kate sie weiterhin finanziell unterstützen würde).

Lee Park legte die Hand über die Augen. »Teile und herrsche«, sagte er. »Und das hat Ihr Vater, Ms. Abbotson, für die gesamte medizinische Zunft getan.«

Und dadurch ist eine Situation wie diese hier überhaupt erst entstanden, dachte Kate und sagte: »Das weiß ich, Dr. Park.« Die Krankheit ihres Vaters hatte sie eines gelehrt. Sie hielt es nicht mehr länger für ausgeschlossen, dass irgendein Arzt einen Attentäter auf ihren Vater angesetzt hatte.

»Es wäre ein interessanter Fall für den Richter«, sagte Bledsoe, als Kate und Penny zur Tür gingen.

Kate wandte sich um und starrte ihn an. »Interessant?«, fragte sie ungläubig.

Sein Lächeln war dünnlippig und leicht bösartig. »Zu sehen, ob der Richter entscheiden würde, dass ein Körper und seine DNA, ohne seine ursprüngliche Persönlichkeit, eine weiterbestehende, rechtliche Größe ist. Ich vermute, die Gerichte hätten dem zugestimmt.«

»Gehen wir«, sagte Kate zu Penny Eliot, aus Angst, sie würde es sich plötzlich anders überlegen. Sie war froh, dass sie den Beweis über das Kloning-Projekt besaß und ihnen damit drohen konnte. Sonst wäre es möglicherweise anders herum ausgegangen.

Als Penny Eliot und der Pfleger die Apparate abschalteten, stand Kate mit dem Rücken zum Bett. Sie versuchte, ruhig an ihren Vater zu denken, an alles, was sie zusammen erlebt hatten, aber die Gedanken, was ein Erfolg seines Planes für sie bedeutet hätte, überwältigten sie, sodass sie nur Bedauern und Schmerz empfand. Sie hatte ihn enttäuscht, als er lebte und nun auch in seinem Tod. Sie hatte seinem Genius gegenüber versagt, der ihm anscheinend alles bedeutet hatte. Genius war etwas, das sie nicht verstand, und es war nicht das gewesen, was sie an ihm geliebt hatte. Im Gegenteil.

Als Kate hörte, wie das stete Piepen des Herzmonitors zu einem unterbrochenen langen Ton wurde, der jäh abbrach, drehte sie sich zum Bett um. Auf ihren Wunsch hin hatten die Ärztin und der Pfleger den Raum verlassen. Kate trat ans Bett, beugte sich darüber und legte ihre Wange an die ihres Vaters. »Auf Wiedersehen, Vater. Ich habe mein Bestes getan. Nicht das, was du getan hättest, aber ich bin nicht du – und dir auch nicht im geringsten ähnlich, wie du seit langem wusstest.« Sie erhob sich und schaute ihn ein letztes Mal an. Sein Gesicht unter der leuchtend weißen Bandage war schlaff und grau. Nein, nicht sein Gesicht, dachte Kate. Nur das Überbleibsel einer Person, eines Elternteils, das zu respektieren war für das, was es einmal gewesen war – ein Überbleibsel, das man zurückließ.

Kate ging auf den Flur hinaus, wo Penny Eliot wartete. »Wollen Sie bei der Pressekonferenz dabei sein?«, fragte sie die Ärztin. »Und die Sache mit der Nachblutung und dem Gehirntod erklären?« Sie verkniff sich zu sagen, anstelle von Lee Park.

»Natürlich«, erwiderte Penny Eliot mit spröder Stimme. »Ihnen ist doch hoffentlich klar, dass Matt Hull uns beiden für das hier gewaltig die Hölle heiß machen wird.«

»Um das zu wissen, braucht man kein Genie zu sein«, sagte Kate und lachte. Ihr Lachen war so ätzend bitter, dass Penny Eliot es unmöglich begreifen konnte.

Aber das hätte Kate auch gar nicht gewollt.

Originaltitel: ›LIVING TRUST‹
Erstmals erschienen in ›Asimov's Science Fiction‹, Februar 1999
Copyright © 1999 by L. Timmel Duchamp
Mit freundlicher Genehmigung des Autors
Copyright © der deutschen Übersetzung 2001
by Wilhelm Heyne Verlag GmbH & Co. KG, München
Aus dem Amerikanischen übersetzt
von Christian Lautenschlag

JACEK DUKAJ

Polen

*Die Goldene Galeere**

Etwa zum gleichen Zeitpunkt, als der stark schwitzende Chef des irdischen Geheimdienstes dem Präsidenten zu erklären versuchte, warum er nach wie vor über keine konkreten Informationen verfüge, hielt der Neosatanist Michael Condway sein Imash, und die Goldene Galeere driftete majestätisch an den Außengrenzen des Irdischen Imperiums. Im gleichen Augenblick wartete Erzengel Charles Radiwill auf die Leiter der dritten und vierten Abteilung, während er das Panoramafenster des fünfhundert Meter über dem Boden schwebenden, drei Kilometer hohen Wolkenkratzers der Seligen Scharen auf- und abschritt. Als Erster traf McSonn ein, der wirklich allen Grund hatte, um Übereifer an den Tag zu legen, denn seit vier Tagen mühte er sich erfolglos damit ab, einen Auftrag zu erfüllen, für den die Seligen Scharen vierzehn Millionen kassiert hatten. Seit einhundertvier Stunden holte die Abteilung für Regierungsaufträge ohne Pause das Äußerste aus sich heraus, um selbst die idiotischsten Anweisungen, die er gab, auszuführen.

McSonn schlich sich leise ins riesige Arbeitszimmer des Erzengels ein und genauso leise ließ er sich in einen der Sessel fallen, die den traditionell auf vier Beinen ruhen-

---

* Siehe dazu Jacek Rzeszotnik, »An Bord der goldenen Teufelsgaleere«, in Wolfgang Jeschke (Hrsg.), DAS SCIENCE FICTION JAHR #16 (2001), München: Wilhelm Heyne Verlag, 2001 (HEYNE SF 06/6369), S. 569–601, insbes. S. 574–576.

den Konferenztisch umschwebten. Ohne ein Wort zu sagen, heftete er seine Augen auf das über dem Eingang hängende Kreuz und erstarrte in Bewegungslosigkeit. Seine Freund-Seelen ließen ihn wissen, dass noch Colloni zum Treffen erscheinen sollte, und fügten hinzu, dass Radiwill heute schon ein paar Bannflüche geschleudert hatte und überhaupt nur so vor Wut kochte.

Der Leiter der Abteilung für Sonderaufträge kam, wie immer, in Hippie-Klamotten. Im Gegensatz zu den anderen Seligen, die sich so kleideten, um mit der Umgebung zu verschmelzen, zog er sich äußerst auffällig an, bizarr genug, um der Angehörigkeit zu den Seligen Scharen nicht verdächtigt zu werden. Als Hippie sah er besonders effektvoll aus. Sein langes rotes Haar fiel in klebrigen Strähnen auf seine verblichene grüne Jacke, die er zwangsläufig offen trug, weil sie weder Klett- noch Reißverschluss noch Knöpfe besaß. Unter der Jacke guckte seine dicht behaarte Brust mit einem darauf tätowierten Kreuz hervor, in das Colloni seine Fähigkeiten hineinbeschworen hatte, was seinerseits insofern clever war, als man ihn nun zuerst abhäuten müsste, um ihn zu entwaffnen. Ein solches »Einfrieren« übersinnlicher Fertigkeiten brachte große Vorteile mit sich, und obwohl es offiziell verboten war, machten alle Seligen von dieser Möglichkeit Gebrauch. Die Scheide für den Schwertgriff war in den Fransen versteckt, die seine Hose fast vollständig bedeckten. Das »Kleinod des Freundes« war hingegen in einen riesigen Ohrring eingefasst, der sein linkes Ohr nach unten zog.

Er war ein richtiger Sonderling, der seinesgleichen suchte, und niemand hätte im Entferntesten vermutet, dass er Stellvertreter des die mächtigen Seligen Scharen anführenden Erzengels war.

»Gelobt sei...«, murmelte er, während er im Sessel Platz nahm.

Radiwill brummelte eine Antwort und gab übergangslos und schnell seine Anweisungen: »Colloni übernimmt deine

Aufgabe, McSonn. Sofort. Wir haben nur noch drei Tage Zeit.« Er biss sich auf die Lippe und schaute auf einen seiner Nägel. Er war verdammt in Eile. »Du bist dir hoffentlich dessen bewusst, Colloni, was es bedeuten würde, zu versagen. Die Seligen Scharen erfüllen immer alle Aufträge. Du bist jetzt dran. Du kannst jeden Mann haben, den du brauchst, und tu, was du willst. Du darfst aber den Termin nicht vergessen. Drei Tage, Colloni, drei Tage!«

Erster Tag

Sie warteten ab, bis sich die Freund-Seelen Radiwills entfernt hatten, und atmeten auf.

»Wo ist er denn so hingerannt?«, fragte Colloni, in dessen Hand wie aus dem Nichts ein bräunliches Dajerr-Blatt materialisierte.

»Soweit ich weiß, hat er eine Unterredung mit dem Chef des Geheimdienstes.«

Colloni pfiff durch die Zähne, ohne dass er am Blatt zu kauen aufhörte, was McSonn in Erstaunen versetzte. Seine Niederlage hatte er mit der Miene eines im Weihwasser ertränkten Teufels geschluckt und war wie Radiwill über die ganze Welt verärgert.

»Lass das«, bellte er kurz. »Du sieht wie eine Kuh aus.«

»Eine Kuh?«

»Das ist so ein Tier.«

Colloni zuckte die Achseln und kaute weiter.

»Na, was ist?«, fragte er ungeduldig und schob sich ein neues Blatt in den Mund. »Charles hat doch was veranlasst, oder?«

Diesmal war es McSonn, der die Achseln zuckte. Er stand auf und trat an eine unsichtbare Konsole. Im Raum wurde es dunkel und über dem Tisch erschien die Projektion eines Weltallausschnitts, in dem man einen Teil einer fernen Sonne sehen konnte.

»Altair«, erklärte er. »Vor zehn Tagen ist dort mir nichts, dir nichts dieses Etwas aufgetaucht!«

Ins Blickfeld schob sich der Bug eines Schiffs. Eines Seeschiffes.

Seine Mastbäume und die ungehobelten Bodenbretter erstrahlten in einem gelben Glanz.

»Was ist das, zum Teufel?« Colloni schob seinen Sessel mit einem Ruck weg vom Tisch.

»Für die Antwort auf diese Frage hat der Geheimdienst vierzehn Millionen gezahlt. Uns gezahlt. Und wir haben nach wie vor keine Ahnung, was das ist.« McSonn schüttelte missmutig den Kopf.

Über dem Tisch funkelte das große Schiff nun in all seiner Pracht. Solche Schiffe dürften vor Jahrhunderten die Meere befahren haben. Drei Segel blähten sich im Wind, den es nicht gab, und im Topp des Hauptmastes leuchtete eine rote Lampe wie eine kleine Sonne. Am Bug des Schiffes konnte man eine Galionsfigur erkennen.

Ein Blick von oben: leeres Deck, geblähte Segeltücher.

»Soll das ein Witz sein?«, brauste Colloni auf.

»Ein Witz? Wenn das ein Witz ist, dann muss er jemand einen Haufen Geld gekostet haben. Die Galeere ist dreitausend Kilometer lang. Und sie besteht ausschließlich aus Gold.«

»Hast du das schon in Kohle umgerechnet?«

McSonn tippte sich an die Stirn.

»Du bist wohl nicht bei Sinnen.«

Colloni schüttelte den Traum von sich ab.

»Eine Galeere, sagst du? Und die Ruder?«

»Nach den neuesten Berechnungen beträgt ihre Zahl rund sechshundert Milliarden.«

»Wie?«

»Sechshundert Milliarden. Das Problem besteht darin, dass das Schiff zwar überdimensional ist, aber die Ruder normale Größe haben. Daher kann man sie nur schwer sehen.«

»Eine Halluzination...? Ein Fluch? Ein Gespenst...?«

»Leider nicht, alter Freund«, McSonn lächelte schief

und blickte auf einen seiner Nägel. »Es ist schon spät geworden. Ich muss gehen. In zwei Stunden fliege ich nach Lalande ab. Gelobt sei...«

»Gelobt sei..., gelobt sei...« knurrte Colloni. Im Mund spürte er den Geschmack der Niederlage. Er spuckte aus und verließ den Raum.

Auf dem Korridor und in den Aufzugsschächten gingen ihm alle aus dem Weg. Im Zentralgebäude verbreiteten sich die Nachrichten wie ein Lauffeuer. Besonders die schlechten. Colloni erreichte die Etagen, auf denen seine Abteilung ihren Sitz hatte, drang ins Zimmer von Stadochi ein und ließ ihn den Arbeitszeitplan für die nächsten Tage annullieren. Dann, nachdem er die anderen von seinem Zorn genug hatte spüren lassen, damit ihn niemand in den nächsten Stunden störte, schloss er sich in seinem kleinen, dunklen Zimmer ein, sah nach, wer gegenwärtig seiner Seele auflauerte, und stellte die Verbindung mit dem Gehirn her.

McSonn hatte gar nicht so viele Informationen über die Goldene Galeere zusammengetragen. Dank der drei automatischen Sonden, die das Schiff in einer sicheren Entfernung umkreisten, wurde das Schiff photographiert, gemessen und gewogen. Man hatte keine Ahnung, woher es kam, da es plötzlich aufgetaucht war. Auf jeden Fall war er nicht aus dem Antikosmos aufgetaucht. Also Teleportation? Es schien über keinen Antrieb zu verfügen, jedenfalls konnte man keinen entdecken. Die Galeere trieb am Rande des Altair-Systems mit der Geschwindigkeit eines Marschierenden, sie bewegte sich also kaum. Bis auf das letzte Atom bestand sie aus Gold. Auch die Segeltücher. Die Fachleute bürgten dafür mit ihren Köpfen. Jene Lampe am Topp des Hauptmastes war in der Tat eine klitzekleine Sonne in einem pyramidenförmigen Käfig, der aus unerklärlichen Gründen nicht schmolz. Dieses Kunstwerk war den mittelalterlichen Vorbildern direkt nachgemacht worden, was in Verbindung mit der Annahme, es handelte sich hier womöglich um FREMDWESEN, wirklich zu denken gab. Vierundzwanzig Stunden nach dem Auftauchen der Galeere, als alle Versuche, mit ihren Besitzern Kontakt aufzunehmen, gescheitert waren, schickte man zwei Landungsboote des Spezialkorps, die sich dem Schiff bis auf eine Entfernung von einer Million Kilometer näherten. Da man aber schon bald die Verbindung mit ihnen verlor, obwohl die Funkverbindung selbst problemlos funktionierte, musste man sie per Fernsteuerung zurückholen. Die beiden Besatzungen lebten noch, waren aber in eine Lethargie verfallen, aus der sie noch nicht erweckt werden konnten. Mit einer Ausnahme: Eines der Crewmitglieder war verrückt geworden. Colloni brach ins geheime Rechengehirn des Spezialkorps ein und lud von dort die Akten des Verrückten herunter. Aus ihnen konnte entnommen werden, dass er sich von den anderen Menschen in nichts unterschied – außer dass er übertrieben religiös war.

Nach der misslungenen Landung der Kommandotruppe an Bord der Galeere versuchte man sein Glück mit unbemannten Einheiten. Obwohl man alles Mögliche unternahm, vermochten sie sich dem Schiff nur auf die Entfernung von einer halben Million Kilometer anzunähern. Weiter ging es nicht. Die Mechanismen versagten den Gehorsam und Schluss. Sechs Tage lang bot der Geheimdienst seine ganze Kraft und Phantasie auf, um mit diesem Problem fertig zu werden, bis er schließlich das Handtuch warf, vierzehn Millionen auf den Tisch knallte und die Angelegenheit auf die Schultern anderer abwälzte. Es hatte sich so gefügt, dass es McSonns Schultern waren, die sich unter dieser Last gebeugt hatten. Zwangsläufig war Colloni als Nächster dran.

Es war halb zwei, als Colloni die Dokumentation zu Ende gelesen hatte. Zum Schluss stieß er auf eine Information, die erst vor ein paar Minuten eingegangen war. Sie stammte von den die Goldene Galeere beobachtenden Sonden: Sie teilten mit, dass die Galeere ihre Geschwindigkeit auf fünfundvierzig Kilometer pro Stunde erhöht habe. Als Nächstes ging Colloni die Liste aller von Mc-Sonn getroffenen Maßnahmen durch und kopierte die Hälfte von ihnen auf ein Korn, versah sie mit eigenen Kommentaren und schickte sie Stadochi mit der Anweisung, alle aufgelisteten Operationen zu wiederholen. Stadochi, der von der Existenz der Goldenen Galeere nicht wusste (diese Information war als streng geheim eingestuft worden), dafür aber sehr wohl erkannte, dass sein Chef gegen ein schwieriges Problem ankämpfte, wunderte sich nicht und führte Collonis Befehl aus. Es trug aber keineswegs zur Klärung der Situation bei, und Colloni musste zugeben, dass McSonn alles getan hatte, was in seiner Macht stand.

Um 15:15 Uhr entschloss sich Colloni, sich mit seinem »Freund« in Verbindung zu setzen. Miskialiatol tauchte aus dem unirdisch pulsierenden Nebel hervor, umgeben von einem Saphirglanz und mit einem Netz grauer Haare, die bis zum Boden reichten. Der Glanz des weißen Gewandes blendete. Die Nebelwolke löste sich auf, und Miskialiatol hob sein runzliges Gesicht auf, blickte die finstere Miene Collonis an und nickte missmutig, wodurch er an McSonn erinnerte.

»Na, und was soll ich jetzt tun? Kein Anhaltspunkt, gar nichts!« Colloni breitete die Arme in einer Hilflosigkeitsgeste aus.

Der »Freund«, der dank des Kleinods im Ohrring über alles unterrichtet war, ließ sich in den Sessel auf der anderen Seite des Schreibtisches fallen.

»Sieh dir den Bug der Goldenen Galeere genauer an«, sagte er mit der Stimme eines müden Greises. »In diesem Hologramm habe ich etwas Beunruhigendes bemerkt. Niej sagte schon immer, dass du auf die Einzelheiten nicht achtest. Diese Galionsfigur... An ihr ist etwas Seltsames.«

Colloni schaukelte eine Weile in seinem Sessel hin und her und redete mit seinen Freund-Seelen. Dann seufze er und ließ das Hologramm auf den Tisch projizieren. Er vergrößerte den Bugausschnitt und sah eine goldene Skulptur vor dem schwarzen Abgrund des Weltalls funkeln.

»Erinnert sie dich an etwas?«

»Christ!« Colloni löschte die Projektion mit einer einzigen blitzschnellen Handbewegung und brachte sich somit vor einem automatischen Bann in Sicherheit. »Das war doch der Satan!«

»Richtig.« Der »Freund« hob sich vom Sessel auf. »Wenn die Verdammten dafür verantwortlich sind, dann weißt du besser, was zu tun ist«, sagte er und verschwand.

Colloni rieb sich zufrieden die Hände.

Um 17:45 Uhr war sein Plan fertig.

Um 18:08 Uhr erteilte er seinen Leuten einschlägige Befehle, stieg in seinen Stratoflieger ein und flog ab.

Um 19:53 Uhr traf die Nachricht ein, dass die Galeere wesentlich beschleunigt habe.

Um 20:40 Uhr raste sie bereits mit 79 000 km/h. Richtung: Erde.

Um 22:30 Uhr kehrte Erzengel Radiwill ins Zentralgebäude der Seligen Scharen zurück und ließ seine Untergebenen sofort Colloni finden. Die Suche ergab jedoch keine Resultate.

Um 24:00 Uhr stieg die Geschwindigkeit der Goldenen Galeere auf 134 000 km/h. Radiwill lief auf und ab und stieß Flüche gegen alle aus.

Zweiter Tag

Das Mitteleuropäische Landschafts- und Naturreservat war ein recht ausgedehntes Gebiet und ohne eine Karte war es kaum möglich, das Forsthaus zu finden, in dem der Reservatsaufseher, ein Herr Rosen, wohnte. Aus Versehen oder in Eile hatte Colloni keine Karte mitgenommen. Natürlich konnte er eine Verbindung mit dem Zentralgehirn der Seligen Scharen herstellen und sich von ihm leiten lassen, aber dadurch würde er den erschrockenen Seligen seinen Aufenthaltsort verraten. Die nächste städtische Siedlung lag etwa dreißig Flugminuten entfernt, was mit der Rückkehr insgesamt eine Stunde ergab. Colloni kreiste in seinem Stratoflieger über dem Reservat und zog die Möglichkeit, zur Stadt zu fliegen und dadurch insgesamt die wertvollen sechzig Minuten zu verlieren, erst gar nicht in Erwägung. Er hielt nach Punkten unter sich Ausschau, die mehr Wärme abstrahlten als ihre Waldumgebung. Der entsprechend programmierte Autopilot brachte ihn über drei illegale Lagerfeuer. Doch außer der Verscheuchung der Touristen nützte ihm das nächtliche Gleiten über der Wildnis so gut wie nichts. Nachdem er sein Vertrauen in die Technik verloren hatte, überließ er alles seinem Instinkt. Er schaltete auf manuelle Steuerung um, und nach zwanzig Minuten eines Blindflugs in der Dunkelheit setzte sein Stratoflieger um 01:27 Uhr auf einem kleinen Landeplatz gleich neben dem rund sechs Meter über dem Boden schwebenden Forsthaus weich auf.

Colloni ließ die gellende Alarmsirene seiner Flugmaschine aufheulen, womit er sicherlich das halbe Reservat aus dem Schlaf riss. Und Herrn Rosen.

Der verdunkelte Kubus explodierte mit Licht, und aus unsichtbaren Lautsprechern krächzte es: »Was soll das, Kreuzhimmelgott?«

Colloni brüllte seinerseits durch die Luftschalltrichter in den von Millionen von Schatten bedeckten Urwald hinein:

»Herr Rosen…! Ich muss mit Ihnen reden! Sofort!«

»Scheren Sie sich zum Teufel! Es ist halb zwei in der Nacht!«

»Es ist dringend. Ich bin deswegen speziell aus Sydney hergeflogen. Ich bin von den Seligen Scharen.«

»Was?«

»Von den Seligen Scharen!«

»Und… könnten Sie sich mir zeigen?«

Colloni, der jetzt bedauerte, sich nicht vorher umgezogen zu haben, stieg aus seinem Statoflieger aus. Die Nadeln der Laser geringer Leistung mit breitem Suchradius schälten ihn aus der Dunkelheit heraus.

»Sie... Sie sind von den Scharen?« Der Förster verschluckte sich bei seinem Anblick.

»Hab doch schon gesagt! Ich muss mit Ihnen reden. Jetzt.«

»Ähmmm...« Rosen zögerte. »Und das Zeichen?«

Colloni zog die Plakette der Scharen aus der Tasche. Er hielt sie in einer ungeschützten Hand dem Licht entgegen und wurde dabei nicht getötet. Dies überzeugte den Förster endgültig.

Aus dem kubusförmigen Gebäude fuhr eine kleine Plattform aus und Colloni betrat sie schnell, weil er fürchtete, der Förster könnte es sich noch anders überlegen. Die herrliche Illumination wurde plötzlich ausgeschaltet und für eine kurze Weile konnte Colloni nichts sehen. Doch schon bald gewöhnte das Gehirn seine Augen an die Dunkelheit und dann wieder ans Licht, denn die kleine Plattform fuhr geräuschlos ins Innere des Forsthauses zurück.

Herr Rosen war äußerst misstrauisch und wartete in der mit zahlreichen uralten Geweihen geschmückten Diele mit einem Rost ansetzenden Laser in der Hand. Er gab sich keine Mühe, ihn zu verbergen, was wegen der Größe der altertümlichen Waffe sowieso ziemlich schwierig gewesen wäre. Er führte Colloni in ein kleines Zimmer voller Pelze, die ebenso verblichen waren wie die Jacke des Seligen, und setzte sich in einen tiefen Sessel, mit der schussbereiten Waffe in Bereitschaft.

»Sie möchten mit mir reden«, sagte er.

»Stimmt. Vor anderthalb Jahren haben Sie die Beseitigung eines Neosatanisten beantragt.«

»Genau. Und – der Teufel soll euch alle holen! – seitdem ist niemand von euch erschienen!« Der Förster schmetterte mit seiner riesigen Faust gegen die Armstütze des Sessels, die gefährlich knackte. Er war ein kleines, affektiertes Männchen mit riesigen Fäusten und erdfarbenem Teint. »Ist das eure Art, die Kunden zu behandeln?!«

Die Schlange der Antragsteller wurde bei den Seligen Scharen nie kürzer, und obwohl sie ständig neue Kräfte anwarben, konnten sie die Anträge nicht termingerecht bearbeiten. Sie schafften es einfach nicht und Schluss.

»Herr Rosen...!« Collonis Stimme klang vorwurfsvoll. »Sie sehen doch, dass ich mich hierher bemüht habe.«

»Ich zahle euch doch dafür! Er hat sich hierher bemüht! Mitten in der Nacht!«

»Herr Rosen!« Colloni spürte, wie der Ärger in ihm aufstieg. »Ich bin nicht hierher gekommen, um mir Ihre Klagen anzuhören. Entweder helfen Sie mir, oder ich werde mich einer anderen Angelegenheit woanders zuwenden.«

Rosen blickte ihn misstrauisch an.

»Helfen? Was verstehen Sie darunter?«

»Na... ich muss doch wissen, wo er sein Versteck und ob er Komplizen hat...«

»Ach so, darum geht's. Das kann ich Ihnen sagen«, beruhigte sich der Förster. »Sie haben aber doch nicht vor, ihn jetzt in der Nacht zu jagen, oder?«

»Und warum nicht?«

»Tja... Also, wenn Sie von hier aus südwärts fliegen, stoßen Sie auf ein kleines Flüsschen, und weiter gibt's ein kleines Tal, dann wieder ein kleines Flüsschen und einen Bach. Sie müssen entlang des Bachs bis zu den Hügeln fliegen, sie überqueren und auf der anderen Seite gibt's eine große Lichtung, Sie werden sie schon bemerken. Dort, am nördlichen Rand der Lichtung... das heißt, dort sehe ich ihn am häufigsten.«

»Am häufigsten? Soll das bedeuten, dass er sich auch woanders aufhält?«

»Nun... nein, nicht.«

»Sind Sie sicher, dass er allein ist?«

»Ich hab sonst niemanden gesehen.«

Colloni erhob sich.

»Danke. Ich werde Sie benachrichtigen, sobald ich die Sache erledigt habe.«

»Darf ich wissen, wie hoch das Honorar ausfallen wird?«

»Das Honorar?«

»Genau.« Rosen benetzte die Lippen.

»Wir werden Ihnen das Verrechnungskorn zukommen lassen.«

Der Förster kratzte sich am Kopf, zuckte die Achseln und folgte dem Seligen in die Diele.

»Verzeihen Sie mir bitte die Frage, aber – ist das eure normale Kleidung?«

»Klar.«

Colloni glitt langsam zu Boden und ließ den degoutierten Rosen im erleuchteten Quadrat des Eingangs hinter sich. Er sprang von der Plattform hinunter, noch ehe sie den Boden berührte, und lief zu seinem Stratoflieger.

Den Ratschlägen des Försters folgend, verirrte er sich ein paar Mal, doch schließlich erreichte er die große Lichtung. Es war sechs vor drei.

Colloni setzte den Stratoflieger am östlichen Ende der Lichtung auf und sprang rasch aus der Maschine. Er versteckte sich hinter einer Eiche, und hinter dem Baum hervor beobachtete er das Fluggerät, jetzt still und dunkel. Er wartete noch einige Minuten ab und ließ dann seine Freund-Seelen die Gegend durchforschen. Sie kehrten bald zurück, ohne etwas Verdächtiges – außer dem von keinen Tieren angerührten Kadaver eines alten Werwolfs – entdeckt zu haben. Colloni atmete tief ein. Ein kaum wahrnehmbarer Geruch des gebrannten Klass hing in der Luft. So wie es Rosen gesagt hatte, kam er vom nördlichen Rand der Lichtung herüber. Der Selige bekreuzigte sich und bespritzte sich mit dem Weihwasser aus einem silbernen Flakon, obwohl er damit riskierte, den Neosatanisten auf sich aufmerksam zu machen und ihn zu früh fortzujagen, wenn dieser inzwischen vom Scheitel bis zur Sohle satanisiert war. Colloni platzierte die

Freund-Seelen um sich herum und rannte auf den nördlichen Teil der Lichtung zu. Er lief gegen den Wind, der einen immer stärker werdenden Geruch des Klass hertrieb. Colloni zog den Schwertgriff heraus und prüfte aus Gewohnheit die Einstellungen der einzelnen Umschalter mit den Fingerkuppen.

An Ort und Stelle war er um 03:35 Uhr. Das Lagerfeuer war gelöscht, die Schutzhütte durch den letzten Sturm halb umgeworfen. Der Neosatanist schien keine Lust zu haben, sie zu reparieren. Es musste ein eher primitiver und unerfahrener Anbeter des Bösen sein, denn Colloni stieß auf keine bedingten Schutzflüche oder andere Barrieren. Lediglich einzelne Brocken alten geronnenen Bluts eines Neugeborenen sollten die Hütte vor ungebetenen Gästen beschützen. Mit einer jahrelang geübten Bewegung spannte Colloni die Muskeln seiner linken Hand an, und als aus jedem Nagel Laserstrahlen in die nächtliche Stille schossen, kreuzten sie sich genau in dem Punkt, wo ein Blutsbrocken lag. Auf diese Weise brannte sich der Selige den Weg frei und eilte wie ein Gespenst in die Hütte.

Der Neosatanist ließ sich aber nicht überraschen. Er war durch das andere Ende der Hütte unter einem Haufen aus Ästen und Reisholz ins Freie herausgekrochen und ging mit einem altertümlichen, aber zweifelsohne tödlichen Laser in der Hand hinter einem umgeworfenen Baumstamm in Deckung. Colloni schaffte es nur noch, mit seinem Fingerlaser die Rinde des Baumstamms zu verbrennen. Der Satanist hingegen begann sofort mit langen Serien zu feuern. Den Wald erschütterte der Waffenlärm.

In der gleichen Nanosekunde übernahm das vegetative Nervensystem Collonis die Funktionen des peripheren und des Zentralnervensystems und das Gehirn, das zur Hälfte eine Maschine war, verwandelte ihn in einen Automaten. Die Muskeln und den Blutkreislauf überlastend, machte Colloni ein paar unvorstellbar schnelle Bewegungen. Zehn Geschosse, die einen Bunker aus dem

20. Jahrhundert problemlos dem Erdboden gleichgemacht hätten, rasten direkt auf den Seligen zu. Und jedes von ihnen traf auf die neutralisierende Klinge des Schwerts, die nach dem Druck auf einen der Opale am Griff auf die Länge von zweiundneunzig Zentimeter herausgefahren war. Lichtrikoschetts verschwanden pfeifend im Dunkel des Urwalds.

Colloni nutzte die vorübergehende Ruhe, ließ die Klinge des Schwerts in den Griff zurückfahren und sprang über den Baumstamm. Er versetzte dem auf ihn gerichteten Laser einen Tritt, sodass die Waffe durch die Luft wirbelte, und packte den Neosatanisten am Hals. Dieser gab ein höllisches Geschrei von sich, fletschte die Zähne und versuchte den Seligen zu beißen, während er gleichzeitig strampelte, mit seinen langen, spitzen Fingernägeln kratzte und sich in Collonis Umarmung wie ein Wahnsinniger hin und her warf. Colloni spannte die Muskeln des Handgelenks an, und indem er für einen kurzen Moment die rechte Hand öffnete, ergriff er den herausspringenden Dolch. Er umklammerte ihn fest, woraufhin dessen Klinge unmittelbar vor den Augen des Neosatanisten rot glühend wurde. Der Gefangene beruhigte sich ein wenig.

Colloni zog den silbernen Flakon aus der Tasche und bespritzte mit einer einzigen Handbewegung mit dessen Inhalt den Satanisten. Der Überwältigte schrie markerschütternd auf, sein Körper spannte sich, um gleich zu erschlaffen und grün anzulaufen. Bewusstlos sank er zu Boden. Der Selige, der darin eine Falle witterte, wartete ab, bis die Freund-Seelen ohne jeden Zweifel feststellten, dass der Gefangene ohnmächtig war. Dann ließ er den Dolch ins Handgelenk zurückspringen und schaute auf einen seiner Fingernägel. Es war 03:50 Uhr. Er beugte sich über den Liegenden und untersuchte ihn. Der Neosatanist war noch nicht endgültig satanisiert.

Colloni sah keinen Sinn mehr darin, seine Kräfte weiter zu vergeuden. Er richtete sich auf und schaltete seinen Verstand wieder ein. Ein reißender Muskelschmerz, dessen bewusst er sich erst in diesem Moment wurde, haute ihn regelrecht um.

Der Tag dämmerte schon auf, als sich Colloni vom nassen Gras erhob. Nach längeren Einsätzen konnte die Rekonvaleszenz auch ein paar Tage dauern. Der Selige reckte sich und ließ den »Freund« seinen Stratoflieger holen. Zehn Sekunden später landete die Maschine einen Meter vor Colloni. Er fesselte den Neosatanisten und warf ihn in den hinteren Teil des Fluggeräts. Während er das seit vielen Stunden leuchtende Lämpchen des *call request* ignorierte, ließ er seine Maschine in einem ihn in den Sessel drückenden Steilflug in die Höhe schießen. Trotz des die Luft verpestenden Gestanks des gescheiterten Teufels gab er sich keine Mühe, die Klimaanlage einzuschalten.

Um 11:16 Uhr erstarrte der Kontrolleur der Stratofliegerdienstflüge in seiner Abteilung völlig verdutzt, als er Colloni den Neosatanisten aus seiner Maschine zerren sah, verschluckte sich an der Katalla, drehte sich um und rannte wie ein Wahnsinniger davon. Colloni zuckte die Achseln, rief die Güterschwebeplattform herbei, schmiss den Gefangenen darauf, tippte in den Piloten die Koordinaten des Zielraums, und ohne weitere Gedanken an den Aufzug zu verlieren, ging er etwas essen. Seit zwanzig Stunden lief er mit leerem Magen herum. Radiwill erwischte ihn, als er gerade seine Mahlzeit beendete.

»Colloni!« Die Drohung in seiner Stimme war leicht herauszuhören. »Ich kann viel verkraften. Ich habe deine geheimen Umtriebe mit den Aliens verkraftet. Ich habe die Ermordung des Leitsterns verkraftet. Ich habe deine Insubordination während des Einsatzes in der Hölle verkraftet. Ich habe deine geheimen Flüche verkraftet. Aber dies wird dir nicht ungestraft hingehen. Das ist nicht mehr dein Fall. Darüber hinaus entziehe ich dir alle Privilegien. Diesmal hast du aber wirklich den Bogen überspannt.«

Colloni seufzte schwer, schob die traditionellen Essensbehälter von sich und blickte den die Kantine panikartig verlassenden Seligen ironisch nach. Innerhalb von wenigen Sekunden war der Raum leer. Er ließ seinen Blick zu Radiwill wandern, beobachtete ihn eine Weile, als zögerte er, stand schließlich auf und sagte beschwichtigend: »Warum diese Schreie? Es gibt doch keinen Grund, um beleidigt zu sein, Charles. Dass ich für ein paar Stunden verschwunden bin? Es ist nicht das erste und nicht das letzte Mal. Du weißt doch sehr gut, dass ich immer allein arbeite und mich deine Prioritäten nicht interessieren. Du kannst sie dir mal... Und was den Fall angeht, da machst du einen großen Fehler. Die Zeit läuft uns davon, und ich glaube nicht, dass du jemand anderen findest, der innerhalb der nächsten zwei Tage das erledigen wird, woran sich McSonn vier Tage lang die Zähne ausgebissen hat.«

»Willst du damit sagen, dass dir die zwei Tage reichen werden?«

»Ein Tag. Wenn alles nach mir geht, dann werde ich heute Nacht alles über die Goldene Galeere wissen.«

»Dann lass mich jetzt dir etwas sagen. Die Goldene Galeere nähert sich inzwischen mit fünfzehnfacher Lichtgeschwindigkeit und schiebt einen drei Parsec langen Zeitwall vor sich her. Sie rast direkt auf uns zu. Dieser Feigling Glas hat die gesamte Flotte in Alarmbereitschaft versetzt. Der Chef des Geheimdienstes hängt ununterbrochen in meiner Leitung. Könntest du mir bitte verraten, was ich ihm während dieser dreizehn Stunden, als du nicht da warst, hätte sagen sollen, wo ich selbst nicht wusste, ob du noch am Leben bist?«

»Irgendetwas hast du ihm aber gesagt«, bemerkte Colloni, nicht ohne Recht zu haben.

»Raus mit dir!« Radiwill brüllte so laut nur selten. »Raus mit dir! Verschwinde! Nimm deinen stinkenden Teufel mit und verschwinde von hier! Du bist kein Seliger mehr! Ich werde zusehen, dass der Papst dich noch in dieser Woche mit einem Bannfluch belegt!«

Colloni verließ die Kantine mit einem ironischen Gesichtsausdruck. Es war nicht das erste Mal, dass der Erzengel ihn aus den Scharen rausschmiss. Nach zwei, drei Tagen pflegte dann ein zerknirschter Bote von Radiwill zu erscheinen und ihn, während seine Augen unruhig hin und her schwenkten, um die Rückkehr in die Reihen der Seligen zu bitten. Bereits nach einigen Stunden wurde nämlich allen klar, wie unersetzlich Colloni war. Die Abteilung für Sonderaufträge hatte ohne ihn praktisch keine Existenzberechtigung. Zum Teil war dies das Verdienst seiner treuen Mitarbeiter, zum Teil aber sein eigenes. Es gab also keinen Grund zur Beunruhigung.

Colloni lächelte seine Mitarbeiter entschuldigend an und stieg durch die Notgleitbahn eine Etage höher. Eigentlich lächelte er immer, wenn er nicht allein war. So wie er es erwartet hatte, befand sich der Neosatanist im Raum 657 938 noch im Schockzustand. Der Selige nahm ihn auf der Güterschwebeplattform in den Hangar für private Stratoflieger, verstaute ihn im hinteren Teil der Maschine und flog zu seiner Festung.

Sie lag auf einer ins Meer vordringenden Landzunge, die mit einem AIDS IV-Fluch belegt war. Der Stratoflieger steuerte aus einem großen Anflugbogen heraus direkt in die Landehöhle am Abgrund hoch über den schäumenden Wellen. Das Gehirn des Lebensaussaugers erkannte in der Anordnung der Atome Colloni wieder und ließ ihn passieren, indem er seine Fühler zurückzog.

Colloni übergab den Gefangenen dem Wächter und ließ ihn im Bußsaal einsperren. Er selbst begab sich in den Kommunikationsraum. Während er seine Lippen zu einem Lächeln formte, rief er den Nebel von LottIna herbei. Er musste nicht lange warten. Hinter den Schwaden tauchte gegenüber der Konsole die Gestalt von Kaa hervor...

»Ach, du bist es, Colloni.« Aus einem unerklärlichen Grund sprachen sie ihn immer nur mit seinem Nachnamen an. »Du bist wieder rausgeschmissen worden? Mit dir kann man's einfach nicht aushalten.«

»Vor einer halben Stunde hat's mir schon Radiwill gesagt.«

»Ich kann ihn sehr wohl verstehen. Aber, du hast wohl nicht deswegen geklopft, um deinen Charakter zu bemitleiden?«

»Genau. Ich habe ein Problem. Es geht um einen bedingten Fluch. Du spezialisierst dich darauf, nicht wahr?«

»Kann man so sagen...«

»Na also. Es geht mir um einen Fluch, nicht zeitgebunden, in einen Gegenstand gebannt, automatisch mit Zielerfassung. Für eine Seele. Etwas Besonderes. Die Bedingung werde ich selbst einbauen. Um ehrlich zu sein, geht es um das Gerüst eines selbst ausführbaren Fluches, allgemeine Regeln und eine Strafe. Die Strafe besteht im Entzug der Buße. Der Fluch muss stark bedingt sein, denn der Verdammte wird ein Neosatanist sein.«

»Du bin wohl nicht bei Sinnen«, knurrte LottIna, während sie sich mit den Fingern immer wieder durch ihr violettes Haar fuhr.

»Das Gleiche hat gestern McSonn gesagt.«

»Also hat nicht nur Radiwill etwas, das man eventuell Gehirn nennen könnte.«

»Schon möglich...« Colloni winkte ab. »Wann wird der Fluch fertig sein?«

»Ich kann mich nicht erinnern, Ja gesagt zu haben.«

»Wann wird der Fluch fertig sein?«

»Ist das dein Ernst?«

»Christ! Es ist mein so ernster Ernst, dass du dich wundern würdest, wenn du hier wärest.«

»Der Schlag soll's holen. Wenn du dir schon etwas in den Kopf gesetzt hast...«

»Also?«

Sie erhob sich vom Wasserbett und begann ihren Salon auf- und abzuschreiten. Der Nebel folgte ihr und ließ neue Ausschnitte des Wohnsitzes von Kaa in Erscheinung treten.

»Der Teufel soll dich holen, Colloni! Du hast schon immer gewusst, den anderen das Wochenende zu vermasseln. In Ordnung, für dich werde ich das in vier Tagen fertig gestellt haben.«

»Geht nicht, Kaa. Es tut mir Leid. Ich muss es bis neunzehn Uhr haben.«

»Bis neunzehn Uhr wann?«

»Bis neunzehn Uhr heute.«

»Du bist wohl nicht richtig im Kopf. Du solltest deinen Arzt aufsuchen.«

»Ich wiederhole Radiwill das Gleiche schon seit einigen Jahren... Wenn du es also nicht für mich tun willst, dann tu das fürs Geld.«

»Hä, hä, hä.«

»OK. Ich will ehrlich zu dir sein.«

»Na endlich.«

»Halt's Maul! Die Sache ist folgende: Vor fünf Tagen hat der Geheimdienst den Seligen Scharen ein Angebot gemacht. Für eine hübsche Summe sollen die Seligen eine Tatsache klären. Ich weiß genau, dass sie es nicht schaffen werden. Jedenfalls nicht im vereinbarten Termin. Übrigens, der Termin ist morgen Nacht. Wenn du den Fluch für mich fertig stellst, werde ich in den Besitz dessen kommen, was die Scharen nicht erreichen können. Was, glaubst du, wird der Geheimdienst dann mit dieser hübschen Summe machen?«

»Wie hübsch ist sie?«

»Vierzehn Millionen.«

LottIna schluckte.

»Mmmillionen?«

»Millionen. Die werden wir teilen.«

Kaa setzte sich wieder aufs Bett.

»Du wirst deinen Fluch haben. Bis heute neunzehn Uhr.«

»Gelobt sei...« verabschiedete sich Colloni von ihr.

Er schaltete den Nebel aus und atmete erleichtert. Nach einer Weile fiel ihm auf, dass seine Hand die Schweißperlen von seiner Stirn wischte. Der harte und unbeugsame Colloni begann auf die alten Tage nervös zu werden. Der

Neosatanist war noch nicht zu sich gekommen. Er lag ausgezogen, gewaschen und desinfiziert auf dem Marmortisch im Bußsaal. Colloni brach in die auch für ihn gesperrte Info-Bank der Seligen Scharen ein und identifizierte seinen Gefangenen als einen gewissen Michael Condway. Zweiunddreißig Jahre alt, erschien er seit fünf Jahren nicht mehr zu den obligatorischen Saisonweihen. Gesucht von den Scharen und der Polizei. Das Register seiner Verbrechen enthielt noch nicht viele Delikte, aber auch die aufgelisteten Sünden reichten schon für eine Todesstrafe. Ein durchschnittlicher Anbeter des Bösen, nur dass er allein war.

Die Freund-Seelen teilten Colloni mit, dass der Neosatanist in etwa sieben Stunden aufwachen würde. Selbstverständlich konnte man ihn früher zu sich zu bringen versuchen, doch es bestand keine Garantie, dass er es überleben würde.

Colloni erteilte den Freund-Seelen Instruktionen und machte ein Nickerchen.

Sie weckten ihn um 18:50 Uhr. Er verließ die Schlafstätte, aß etwas, sah sich den schwer verdaulichen Nachrichtenservice (kein Wort über die Goldene Galeere) an, spülte ihn mit dem Sardway 2086 herunter und begab sich zur Poststation hinauf, die sich in der höchsten Etage seiner Festung befand. Der Selige war mit seinem Versteck zufrieden. Eigentlich verdankte er es ihr, dass er immer noch am Leben war. Laut den neuesten Rechnungen würden sich über sechstausend Menschen über seinen Tod freuen.

Die Sendung traf um 19:17 Uhr ein. Es war ein Ring aus Nickel. Darauf prangte »35%«. Colloni lächelte, als er die Aufschrift sah, und begann den Fluch einzubauen, was bei ihm schließlich Kopfschmerzen verursachte. Den fertigen Ring steckte er in die Tasche und schwebte in den Bußsaal, oder genauer gesagt, in die über ihm angebrachte Galerie hinunter. Der Boden, die Wände und die Decke waren mit einem komplizierten System von Spiegeln ausgekleidet, deren Brennpunkte sich auf den Marmortisch konzentrierten. Ein auf ihm liegender Mensch würde nur sich selbst sehen, egal wohin er auch seinen Blick richtete. Sich selbst, die Schergen und das, was man mit ihm anstellte. Die Angst bildete einen festen Bestandteil der Buße.

Condway wachte um 19:37 Uhr aus der Ohnmacht auf. Ziemlich spät. Colloni schaltete sofort die Luftschalltrichter ein...

»Herzlich willkommen, Michael. Gut geschlafen?«

Der Neosatanist zischte. In seinem Körper staken Hunderte von elektrischen Igeln, die bei jeder Bewegung die Folter noch vergrößerten.

»OK, OK. Wir haben ein bisschen miteinander gespaßt, und jetzt gehen wir zum Konkreten über.«

Condway ließ taktvoll keinen Ton verlauten.

»Du weißt sehr wohl, dass sich dein Leben in meinen Händen befindet. Ich kann dich jederzeit töten, und man wird mir dafür noch danken. Wenn ich dich jetzt beispielsweise erwürgte, würdest du ohne Zweifel in der Hölle landen, aber leider nicht als Teufel. Ich muss dir die traurige Nachricht mitteilen, dass du noch nicht endgültig satanisiert bist. Du bist dir wohl darüber im Klaren, was das bedeutet?«

Stille.

»Dieser ewige dritte Kreis. Während du all die Jahre satanisiertest, hattest du wohl andere Erwartungen. Du kannst aber vom Glück reden, denn dein Schicksal hat unerwarteterweise mein Herz erweicht. Ich kann dich noch retten.«

»Wie?« Aus Condways Kehle drang ein krächzender Laut.

»Es gibt so was wie Buße, nicht wahr? Natürlich würde eine normale Buße bei dir nicht greifen. Aber mit einem Sondersegen des Papstes könnte ich...« Colloni schaltete mit einer lässigen Handbewegung die Beleuchtung des Bußsaales ein. »Siehst du diese Geräte?« Ohne auf die Nadeln zu achten sah sich Condway nervös um. »Mit ihrer Hilfe wirst du dein ganzes Leben innerhalb von wenigen Stunden abbüßen können.«

Michael erzitterte.

»Ich tue das nicht aus Mitleid mit dir. Ich erwarte eine Gegenleistung von dir. Sobald du deine Sünden abgebüßt hast, werde ich dich ins Jenseits befördern. Dank dieser Maschinen wirst du nicht in die Hölle gehen. Jedenfalls nicht sofort. Hör mir jetzt genau zu. Gleich nach dem Tod wirst du dich zum Stern Altair begeben. Die Wegbeschreibung werde ich dir in Hypnose einprogrammieren. Vor Ort wirst du ein Objekt ausfindig machen, dessen Schilderung ich dir ebenfalls eingeben werde. Du wirst es problemlos finden. Als Seele könntest du viel kleinere Gegenstände aufstöbern. Du musst es genau untersuchen und alles darüber in Erfahrung bringen, was nur möglich ist. Du musst es innerhalb von höchstens drei Stunden schaffen. Wenn du dann noch nicht zurückgekehrt bist und die gesammelten Informationen nicht an meine Freund-Seelen weitergeleitet hast, dann...«

»Dann was?«

»Du wirst schon von bedingten Flüchen gehört haben? Es sind sehr clevere Flüche.«

»Als Seele wirst du mir nichts mehr antun können.«

»Natürlich, dir als Seele nichts mehr. Wenn ich aber schon jetzt eine nicht zeitgebundene Bedingung einbaue, dann könntest du sie bereits nach dem Tod aktivieren. Auf diese Weise würde der Fluch dich als lebendigen Menschen in der materiellen Welt treffen und rückwärtsgewandt auch dich als Seele beeinflussen.«

»Einen Dreck wird das funktionieren.«

»Bist du sicher?«

»Ja, ich bin sicher.«

»Dann stell dir mal vor, dass es keine Buße geben wird, oder genauer gesagt, nicht gegeben hat. Dann wirst du automatisch im dritten Kreis der Hölle landen. Indem ich deine Buße, die du noch als Mensch getan hast, ein paar

Stunden früher annulliere, verändere ich deine Zukunft als Seele.«

»Welche Garantie habe ich, dass du, nachdem ich meine Mission erfüllt habe, den Fluch nicht umprogrammieren wirst?«

»Keine außer meinem Wort und du sollst wissen, dass dies das Wort eines durch die Welt Seliggesprochenen ist. Reicht das?«

»Es reicht. Aber...«

»Aber?«

»Ich verstehe nicht, wie eine Buße anerkannt werden kann, die sich der Büßer selbst nicht wünscht.«

Colloni lächelte.

»Und du wünschst sie dir nicht?«

Condway tat den Mund schon auf, doch gleich darauf überlegte er es sich anders und schwieg. Kein Wort mehr war von ihm zu hören.

Colloni schaltete die Luftschalltrichter aus und prüfte, wie weit der Satanisierungsprozess bei Condway inzwischen fortgeschritten war. Das Ergebnis stimmte ihn nicht optimistisch. Es sah nicht gut aus. Michael stand bereits kurz vor einer endgültigen Satanisierung. Selbst bei dem intensivsten Folterprogramm würde die Buße erst gegen drei Uhr nachts beendet sein. Colloni aktivierte das Foltersteuergehirn und ging schlafen. Kurz vorm Einschlafen ließ er seine Freund-Seelen nachschauen, ob Radiwill ihn morgen um Verzeihung zu bitten vorhatte.

Radiwill hatte es vor.

Letzter Tag.

Die Freund-Seelen weckten ihn um 02:30 Uhr. Er wusch sich, aß eine Kleinigkeit, betete, nahm ein paar Nebel mit geheuchelten Ausdrücken des Mitgefühls für ihn entgegen und schwebte in den Bußsaal hinunter. Die Folterautomaten und die Hypno-Geräte hatten ihre Arbeit bereits abgeschlossen. Condway erinnerte eher an einen Androiden als einen lebendigen Menschen. Eigentlich müsste er bewusstlos sein, doch dank seines Glaubens an den Satan oder vielleicht seines Stolzes nahm er alles wahr, was um ihn herum passierte. Nachdem die Beleuchtung gedämpft worden war, sagte er mit schwacher Stimme:

»He, du Seliger, bist du da?«

»Was ist?«

»Ich habe mir alles, was du mir gesagt hast, durch den Kopf gehen lassen, und bin zu dem Schluss gekommen, dass da was nicht stimmt.«

»Interessant.« Colloni war von der Widerstandsfähigkeit dieses Menschen benommen.

»Soweit ich weiß, besitzen alle Seligen Freund-Seelen und ›Freunde‹. Warum hast du sie nicht zu diesem verdammten Schiff geschickt?«

»Du bist gut unterrichtet. Was den ›Freund‹ betrifft, so ist er ein materielles Wesen, das nur vorübergehend, solange es in einen Gegenstand – gewöhnlich ein Kleinod – gebannt bleibt, keine Gestalt hat. Seine Chancen, die Galeere zu erreichen, sind daher praktisch so groß wie die eines normalen Menschen. Was die Freund-Seelen angeht, so leben sie mit mir in einer quasi geistigen Symbiose. Wenn sich nur eine von ihnen von mir auf mehr als zweiundsechzig Kilometer entfernen würde, müsste ich sterben. Ich verrate es dir, da du sowieso mit niemand mehr kommunizieren wirst. Hoffentlich begreifst du, wem du dein Glück verdankst?«

Condway antwortete röchelnd, aber Colloni konnte trotz zahlreicher Verstärker kein einziges Wort davon verstehen.

Er zuckte die Achseln und schaltete die Apparatur aus.

Michael Condway starb schnell, ohne Gejammer und dramatische Szenen.

Das Lächeln erstarb auf den Lippen des Seligen, der sich plötzlich unsicher fühlte. Er fluchte und ging auf einen Schluck des Sardway 2986 hinaus.

Und Condway, endlich frei, körperlos und keinen

Schmerz mehr empfindend, schwebte zum sternüber-
säten gastfreundlichen Himmel hinauf.

Die kühle Luft durchdrang ihn wie einen unsichtbaren
Rauch. Der ihn umgebende Raum kam ihm bekannt vor,
als hätte er seit Jahren nichts anderes getan als jeden
Grashalm, jeden Stein, jeden Hügel und jeden Baum zu
beobachten. Als er seine Augen, die er nicht mehr hatte,
schloss, konnte er genauso gut über der Erde dahinflie-
gen, auf einem schon früher bekannten Weg, den es aber
erst geben würde, wie den Geräuschen der Nachtstille lauschen, obwohl er keine Ohren mehr besaß. Auch die Ge-
rüche, die sich über dem übervölkerten Planeten dahin-
bewegten, vermochte er mit seinem ganzen Körper, den
er nicht mehr hatte, den er nicht mehr haben wollte, zu
spüren.

Er verspürte das Bedürfnis, den schweren, drückenden
Müllballast Verstand loszuwerden. Er straffte sich, wurde
schlanker wie ein Adler, der zum Sturzflug ansetzt, nachdem er sein Opfer gesichtet hat. Das Verlangen, schnell
und sinnenbetäubend zu fliegen, schoss in ihm wie die
Lava unter dem Vulkan auf, und als sie explodierte, plötzlich – heiß, kalt, eine Fontäne von Farben, die seine toten
Augen noch nie gesehen hatten, eine Kaskade von Klän-
gen, die seine toten Ohren noch nie vernommen hatten…
Sie war alles, was der Satanist während seines verdammten Lebens nie erfahren hatte… Wenn er könnte, würde er
jetzt lachen, das Weltall beweinen, das so sinnlos war.

Und als er so die Sonne umkreiste, kaum eine Sekunde
nach seinem Tod, drang ein künstliches, einprogrammier-
tes Bild der majestätischen Goldenen Galeere in seine Erinnerung ein. Und erstarrte Condway in seinem Trauer-
Lob-Tanz, erstarrte sein Herz, das sein Bewusstsein, sein
Denken und sein Wille war, erstarrte die Seele des Neosatanisten Michael Condway.

Reumütig wie ein Pilger unterdrückte Condway seine
Gefühle, die in einem Umkreis von mehreren Kilometern
getobt hatten. Wie ein Pilger, obwohl der Hass, den er wie

den Katechismus jahrelang gelernt hatte, in ihm brannte, ihn verbrannte... Ach, Shaaah, wie sehr er Colloni hasste. Er hasste ihn, weil Colloni ihn der Möglichkeit, Satan zu werden, beraubt hatte. Er hasste ihn, weil Colloni ihn zum ersten Mal seit dem Gelübde gedemütigt... gedemütigt und dies überlebt hatte. Er hasste ihn, weil Colloni ihn dazu gezwungen hatte, etwas zu tun, wovor seine Seele... wovor er sich fürchtete und was er nicht tun wollte! Er hasste ihn, weil Colloni verursacht hatte, dass er jetzt rein wie ein frommer Christ und nicht wie ein langjähriger Satanist war. Und schließlich hasste er ihn, weil er Colloni hasste und zugleich ihm gegenüber machtlos war.

Hasserfüllt stürzte er sich dem fernen Stern entgegen. Er wusste, wann und wo er seine Lust oder Unlust einzusetzen hatte. Er wusste es und dieses Wissen über den Weg war ihm genauso verhasst wie Colloni.

Er raste... raste... raste...

Und er wünschte anzuhalten, aber er konnte nicht anhalten, weil sein Wunsch sich viel später konkretisierte als sein Sein im gegebenen Punkt des Raums. Er war nicht in der Lage, die Zeit wahrzunehmen, obgleich sie sich eigentlich im Schneckentempo bewegen müsste. Er raste, verwickelt ins Netz ihrer rück- und vorgehenden Knoten. Und darauf-vorher endete alles, und nur noch die Goldene Galeere blieb im seltsam bekannten, natürlichen und normalen Leerraum zurück.

Condway zog sich etwas zurück und schwebte die Bordwand des Schiffes entlang. Sein Herz bäumte sich dagegen auf, aber was kann schon ein Herz, wenn die Welt es anders will?

Michael befiel eine erdrückende Angst, die umso schrecklicher war, als sie genauso wie er sichtbar war.

Kilometerlange Holzstücke funkelten, weit weit weg oben gleißte eine rote Sonne. Die Stille und die Windstöße des Vakuums brachten den Satanisten in Rage.

Plötzlich nahm er eine Bewegung neben sich wahr. Er wünschte nach oben zu blicken und sah unzählige Reihen von Rudern, die sich rhythmisch bewegten und das Schiff in Richtung der Erde beförderten. Es blitzten die hinter ihnen verschwindenden und wieder auftauchenden Sterne ununterbrochen auf. Die Segel flatterten, und es flatterte die zu Tode erschrockene Seele Condways. Etwas Fremdes und den Gestank des Bösen Verbreitendes schlich sich in sein Bewusstsein.

Gebannt, eingefroren, in seiner zweiten Existenz angehalten, berauschte sich Michael am Satan. Er berauschte sich an all dem, wonach er sich sein ganzes Leben lang gesehnt hatte und das erst jetzt sein – anders als die früheren Vorstellungen – zu keiner freundlichen Miene verzogenes Antlitz zeigte. Der Bußpanzer gab dem Druck des Bösen nach und zerbrach. Im Hundertstel einer Sekunde bestaunte Condway die Macht des Satans, erschrak vor seinem eigenen Glauben und dem wirklichen Teufel, wunderte sich und erschrak erneut, weil etwas in seinem Innern gegen seinen Willen rief. »Rette mich, o Herr!«

Der Satan brach in Gelächter aus und zog ihn mit sich nach oben, an Bord, aufs Deck und dann unters Deck, wo die Ruder bewegt wurden. Michael versuchte sich loszureißen, schlug um sich, aber die Lust zu kämpfen erlosch in ihm allmählich.

In den saftigen Klauen gefangen, keuchte Condway vor Angst, als er die immer lauter werdenden Trommelschläge und den immer furchtbareren Schrei vernahm: »Eins... zwei... Eins... zwei...«

Im gleichen Moment nahm Colloni einen Nebel des Boten von Radiwill entgegen, der etwas vom Pflichtgefühl stammelte.

Der Selige nahm einen Schluck des Sardway direkt aus der Flasche und winkte ungeduldig ab.

»Schluss damit! Radiwill weiß doch sehr gut, dass ich sowieso zurückkommen werde. Sag mir lieber«, lächelte er sauer, »wie weit ihr auf der Suche nach der Lösung des Rätsels der Galeere gekommen seid.«

Der Bote musste eingeweiht worden sein, denn er seufzte nur und fluchte.

»Ääää...« sagte er schließlich, von Colloni bedrängt. »Radiwill hat den Fall selbst übernommen. Es lohnt sich nicht, darüber zu reden... Er will etwas im Prophezeiungsbuch des Leitsterns gefunden haben. Er hat sich daran festgekrallt und kann seit mehreren Stunden nicht vorwärts kommen.«

»Das Prophezeiungsbuch, sagst du?«, interessierte sich Colloni. »OK. Jetzt verschwinde.«

Der Selige verschwand, wie ihm geheißen.

Leicht nervös stellte Colloni die uralte Flasche ab und schwebte in die Bibliothek hinauf. Alle seine Bücher hatten noch die traditionelle Form, was im Lauf der Jahre immer mehr zu Buche schlug. Er näherte sich einem Regal und entnahm ihm das in Leder gebundene, eher schmale Prophezeiungsbuch des Leitsterns.

Er ließ sich in einen tiefen, alten Sessel fallen und blätterte im Band.

Eine halbe Stunde, um 03:40 Uhr, nachdem er eine Passage gelesen hatte, sprang er wie von einer Tarantel gestochen auf, schleuderte das Buch weg und rannte zu seinem Stratoflieger.

Nachdem er sich in der Maschine, die mit höchster Geschwindigkeit in Richtung Sydney flitzte, etwas beruhigt hatte, setzte er sich über die Freund-Seelen mit seinem Gehirn im Zentralgebäude der Seligen Scharen in Verbindung. Sofort nach deren Herstellung sah er sich noch einmal die Daten an, die den nicht in Lethargie verfallenen, sondern infolge des Kontakts mit der Goldenen Galeere verrückt gewordenen Elitesoldaten betrafen, und erschrak noch mehr. Anhand seiner Parameter erstellte er eine Prognose über den vermuteten Altersrahmen und projizierte darauf die Charakteristik der Menschheit. Das Ergebnis war erschreckend.

Nicht mehr als fünfzig Millionen Menschen hatten eine Überlebenschance.

...und es wird der Tag kommen, wenn ihr zum Himmel aufschaut und das Schiff der Verdammnis erblickt, das euren Seelen entgegeneilt, von euch angetrieben, euren Untergang herbeiführend. Und ihr werdet machtlos sein, nur schauen und warten können, bis der Satan das nimmt, was ihm gehört. Er wird wie ein Fischer mit dem Netz durch euer großes Imperium gehen und nur so wenige zurückbleiben lassen, dass sie sich niemals finden werden, entsetzt und verloren, über eine Leere verstreut...

Im großen Zentralgebäude der Seligen Scharen zeigte niemand beim Anblick Collonis, der wie ein Wahnsinniger durch die Korridore rannte, ein erstauntes Gesicht. Viele hingegen wunderten sich, als sie seine zitternden Hände und Angstblitze in seinen Augen sahen. Der Leiter der Abteilung für Sonderaufträge sprintete an seinem Büro vorbei und schwebte zur Etage von Radiwill hinauf.

»Charles!«, schrie er, als er ins Arbeitszimmer des Erzengels stürmte. »Charles...!«

»Was ist?« Radiwill war gerade dabei, etwas im Gedächtnis auszurechnen, und das plötzliche Erscheinen Collonis, das schon von den Freund-Seelen angekündigt worden war, irritierte ihn ein wenig. Das war nicht Collonis Art. »Worum geht's?«

»Worum es geht?«, wiederholte der Selige bitter und fiel schwer in einen der über dem Boden schwebenden Sessel. »Das Ende der Welt naht, Charles. Der Weltuntergang.«

Radiwill zuckte die Achseln.

»Nicht für alle. Einige werden überleben.«

»Und du sagst das so ruhig?«

»Wie soll ich das sonst sagen? Außerdem... es steht noch nicht fest.«

»Wie?«

»Wenn du die Prophezeiung genau gelesen hast, dann wirst du bemerkt haben, dass der Leitstern auch ein anderes Schiff erwähnt hat, das dem Schiff des Satans möglicherweise zuvorkommen und die Menschen nur in Angst und Schrecken versetzen wird.«

»Glaubst du daran? Und die Kommandotruppe?«

»Sie sind Menschen und können ebenfalls ein Element des Planes sein, den Menschen einen Schrecken einzujagen.«

»Hör zu!.. Ich habe eine Seele auf den Erkundungsflug geschickt...«

»Du verdammter Idiot!«

»Nein, keine meiner Freund-Seelen. Die Seele eines Menschen, der vor kaum einer Stunde gestorben ist. Ich habe ihn vor seinem Tod angewiesen, nachzuschauen, was da gespielt wird, und dann zurückzukehren.«

»Wo hast du so schnell einen Sterbenden aufgetrieben?«

»Ich habe ihn selbst getötet.«

»Sieht dir ähnlich.«

»Das war ein Neosatanist. Ich habe ihn gestern in Europa gefangen.«

»Bist du sicher, dass er zurückkehren wird?«

Colloni zog aus seiner Tasche einen Ring.

»Das ist ein bedingter Fluch. Wenn er sich bis 05:58 bei mir nicht zurückmeldet, wird die ihm von mir verabreichte Buße zurückgenommen.«

»Wenn das Satans Schiff ist, dann wird er nicht zurückkommen.«

»Genau...« Der Selige verbarg sein Gesicht in den Händen. Seine Finger zitterten, obwohl er seine ganze Kraft aufbot, seiner Aufregung Herr zu werden. Nervös drehte er seinen Kopf hin und her, und die Haarsträhnen peitschten seine Hände. Er verbarg sein Gesicht in den Händen, weil seine Haut blass geworden war, als müsste er gleich in Ohnmacht fallen, seine Lippen flüsterten etwas und die Tränen, die er vor Jahrzehnten vergessen hatte, schossen ihm in die Augen.

Radiwill runzelte die Stirn.

»Nur ruhig Blut. So tragisch ist die Situation auch nicht...«

»Nicht so tragisch...!« Colloni brach in hysterisches Gelächter aus.

Der Erzengel stand auf und begann sein Panoramafenster auf- und abzuschreiten. Draußen herrschte Halbdun-
kel, das nur gelegentlich von den nah vorbeifliegenden
Stratofliegern erleuchtet wurde, deren Positionslichter
wegen ihrer Geschwindigkeit verschwommene vielfarbige
Schlieren gegen die Scheiben warfen. Die Werbestratogase
attackierten die Augen mit der Grellheit ihrer Farben. Entlang des Gebäudes blitzten die Entladungen des den Bau
umschließenden Kraftfeldes auf, wenn jemand, der seinen
Stratoflieger manuell steuerte, einen getäuschten, dennoch gefährlichen Angriffsflug startete und dann an dem
drei Kilometer hohen Riesenbauwerk haarscharf vorbei-
sauste. Die Sicherheits- und Lenklaser des nahe gelegenen
Kosmoports zerschnitten das Dunkel, wenn ein Raumun-
geheuer frech in den Himmel schoss und sich mit seinen
Millionen von Tonnen Gewicht vor der Schwerkraft in Sicherheit brachte. Lange Konvois der Raupenfahrzeuge jagten in ihren violetten Fahrrinnen gravitationsfreier Tun-
nels, die dann mit ihnen in der Ferne verschwanden. Gigantische Luftlilien, wunderschön mit ihrer imposanten
und zugleich fremden Lebenskraft, schwebten nah am
Erdboden und trennten das Getriebe der Welt oben
von der der Natur geschenkten Oberfläche des Planeten
unten...

»Ich verstehe dich«, sagte Radiwill leise und ruhig. »Es
ist schrecklich. Jahrtausendelang bauen wir ein großes
Imperium auf, Milliarden von Menschen sind glücklich.
Sie wollen leben. Sie wissen, dass der Satan sie nach wie
vor bedroht, aber wir sind dafür da, um sie vor ihm in
Schutz zu nehmen. Und plötzlich... Wir sind machtlos.
Dem, was auf uns zukommt, können wir nichts entgegen-
setzen. Überleben werden nur diejenigen, die im Einklang
mit dem großen Gewissen gelebt haben. Vielleicht spricht
jetzt der Egoismus durch mich, aber wir werden doch
überleben, also gibt es keinen Grund zu verzweifeln.«

Colloni schüttelte den Kopf, langsam, als hätten ihn alle seine Kräfte verlassen. Er zitterte am ganzen Leib, obwohl auf seinem aschfahlen Gesicht das allen bekannte Lächeln zu sehen war. Er sah jetzt unheimlich aus.

»Wir werden überleben, sagst du?«, versuchte er aufzulachen.

»Wir leben doch im Einklang mit dem Gewissen.«

Colloni verzog seine Miene zu einem noch breiteren Lächeln. Er sprang vom Sessel auf, klappte den Mund auf, machte ihn zu, setzte sich, lachte krächzend geräuschlos, richtete sich wieder auf und warf seinen Kopf nach hinten und über seine Wangen kullerten die Tränen. Radiwill trat zu ihm und zwang ihn mit einer Armbewegung, sich wieder in den Sessel zu setzen.

»Bleib sitzen«, sagte er mit einem harten Ton in seiner Stimme. »Bleib sitzen und warte.« Dann blickte er auf das über dem Eingang hängende Kreuz und sagte: »Vielleicht hast du noch eine Chance.«

Und sie warteten.

Der in Bewegungslosigkeit erstarrte Colloni und der finstere Radiwill schauten auf das Lichtermeer der Stadt. Die Goldene Galeere raste der Erde entgegen, schneller als die schnellsten irdischen Schiffe. Sie hielt ihre Ernte, als sie an Mald, Katio, Jeonast IV, Ratton, Bed-tan... vorbeiflog.

Es schlug sechs und die Uhrziffern auf den Fingernägeln änderten sich. Der auf dem Tisch liegende Ring zersprang mit einem leisen Knall. Inzwischen verließen schon im Sonnensystem die Seelen ihre Körper. Sie wurden ihren Körpern unvermutet entrissen – Frauen, Männer, Kinder...

...all diese Milliarden von Seelen der Menschen, die geglaubt hatten, gut zu leben, nach den Geboten zu leben, waren jetzt durch die Macht des in ihnen vorhandenen Bösen an die Ruder gekettet... Gedanken, die sich mit aller Kraft stemmten und gegen den funkelnden Ruderschaft drückten und ihn an sich zogen...

Es blieben nur noch der Schrei des Satans, der Trommelschlag und das Geknarre der Ruder. »Eins... zwei... Eins... zwei...«

Und plötzlich stürzte Collonis Körper kraftlos zu Boden. Seine glasigen, nichts sehenden Augen starrten in die Helligkeit über der Stadt, in eine riesige aufgehende Sonne. Im Zentralgebäude der Seligen Scharen erschallte Geschrei und Gejammer. Jemand greinte entsetzt: »Christ!«

Radiwill wollte gerade Gott danken, aber seine Lippen erstarrten geschlossen, die Finger krallten sich um die Armlehnen des Sessels und seine Seele verließ den erschlafften Körper.

Originaltitel: ›ZŁOTA GALERA‹
Copyright © 1989 by Jacek Dukaj
Erstmals erschienen in ›Fantastyka‹, Juli 1989
Mit freundlicher Genehmigung des Autors
Copyright © 2001 der deutschen Übersetzung
by Wilhelm Heyne Verlag GmbH & Co. KG, München
Aus dem Polnischen übersetzt von Jacek Rzeszotnik

ERIK SIMON

Deutschland

Den ganzen Wachturm entlang

*All along the watchtower
princes kept the view*

– Bob Dylan

Es war Neumond, doch in der klaren Nacht reichte das Sternenlicht aus, dass sich der Galgen mit den beiden Gehängten im äußeren Burghof vage vor dem Himmel abhob, wo er die Mauer überragte. Der Mann, der so die beiden Toten eher ahnte als sah, hatte am frühen Morgen noch, als er mit seinem Weggefährten angekommen war, von der Vorburg aus an derselben Stelle zwischen den beiden Pfosten eine Leine mit trocknender Wäsche erblickt, später dann, noch immer von der Vorburg aus, die Hinrichtung beobachtet, ohne viel mehr als die Köpfe und die Stricke zu erblicken. Einzelheiten waren auch jetzt nicht auszumachen, und als er bei dem etwas tiefer Hängenden mit seiner Arbeit begann, reichten seine tastenden Hände nur bis zur Brust hinauf. Dieser Gehängte hatte weder Taschen noch Beutel, oder man hatte sie ihm schon abgenommen. Seine kurzen Stiefel aber hingen bequem in Reichweite, und der Mann konnte sie ihm geräuschlos von den Füßen ziehen. Auch darin war nichts verborgen.

Die Stiefel wieder an die Füße zu bringen, machte etwas mehr Mühe, und der Mann unterbrach, einer Eingebung folgend, den Versuch. Die Stiefel hatten sich neu und ganz angefühlt, und wie sich zeigte, passten sie ihm wie angegossen. Er behielt sie an und zog dem Toten stattdessen seine eigenen alten und rissigen Stiefel an, dann wandte er sich dem zweiten Gehängten zu.

Dem hing ein Beutel mit etwas Rundem und Hartem darin am Wams. Alsbald erwies sich jedoch, dass der Beutel unter den Gürtel geklemmt war, er ließ sich weder losmachen noch öffnen, jedenfalls nicht ohne heftige Bewegungen, die vielleicht Lärm verursacht und den schlafenden Wächter an der Pforte zwischen den beiden Burghöfen geweckt oder einen Wachposten auf der Mauer alarmiert hätte; auch so schon ertönte bei vorsichtiger Berührung ein leises Klingeln. Wie Geld klang es nicht, damit war auch kaum noch zu rechnen, und nach Geld suchte er nicht. So öffnete der Mann schließlich, die eine Hand an dem Beutel, mit der anderen die Gürtelschnalle. Wieder klingelte etwas, der Mann hielt sofort inne, fühlte dann nach der Rundung und bemerkte, dass der Beutel in Wahrheit nur eine Art zusammengeschlagenes Tuch war und er seitlich hineinfassen konnte. Vorsichtig zog er das Tuch noch ein Stück tiefer, fasste durch die Öffnung und ertastete den Boden eines runden Bechers oder eines kleinen henkellosen Kruges. Er drehte die Öffnung nach oben und konnte einen Schrei nicht unterdrücken, als ihn etwas in den Finger biss. Vor Schreck ließ er los, das Tongefäß fiel durch die Öffnung im Tuch und zerschellte am Boden, etwas huschte fort, und lauter ertönte das Geklingel. Der Wächter am Tor war munter geworden, langte nach seinem Spieß und brüllte, als stäke er selber dran; gegenüber kam die Wache vom vorderen Torhaus mit Fackeln. Der Mann griff nach seinem Messer, ließ es aber stecken – es hatte keinen Sinn, er würde nicht entkommen können. Und schließlich, was hatte er denn getan?

Niemand wollte wissen, was er getan hatte. Sie fragten ihn, was er vorgehabt, was er mit den beiden Verbrechern zu schaffen habe, wer er wirklich sei und wer ihn geschickt habe. Schließlich glaubten sie ihm oder gaben vor zu glauben, er sei tatsächlich nur ein Dieb, und warfen ihn mit blutendem Mund in den Kerker. Die Glieder schmerzten ihn nicht mehr, denn er war ohnmächtig.

Als er erwachte, gewahrte er, dass er wirklich in einem Kerker war, nicht im Verlies – es gab einen winzigen Mauerspalt unterm Gewölbe, und die Tür war zu ebener Erde. Er sah auch, dass er sein Gefängnis mit einem anderen teilte – mit demselben Manne, dem er auf dem Wege zur Burg begegnet war und mit dem er das letzte Stück des Weges zurückgelegt hatte, mit dem Narren.

»Es muss doch möglich sein, hier herauszukommen«, sagte, nachdem der Dieb zu sich gekommen war, der Narr, als führe er einen Gedankengang weiter, »nachdem hereinzukommen so unerwartet leicht war. In die Burg haben sie mich gelassen, in den Palas mich höflichst gebeten, und hier herein haben sie mich mit noch mehr Herzlichkeit komplimentiert, ich konnte es ihnen unmöglich abschlagen. Nein, ich will mich nicht beklagen, immerhin bin ich hier zu Hause, sogar Kienspäne und ein Feuerzeug haben sie mir dagelassen. Aber die Bedienung könnte besser sein; nicht nur, dass ich einen Krug mit Wasser bekomme, während das Krämerpack meinen Wein trinkt, auch die Kurzweil kommt zu kurz, weil, seit ich denken kann, es in der Burg keinen ordentlichen Narren gegeben hat, vom Fürsten mal abgesehen. Nun ja, immerhin haben sie dich geschickt. Aber ob sich das lohnt?«

»Redest du mit mir?«, fragte der Dieb heiser. »Und wenn ja, wovon redest du?«

»Mit wem sonst? Glaubst du, ich rede mit mir selbst? Davon bin ich kuriert; mein letztes Selbstgespräch hat mich zu sehr enttäuscht.«

»Nur gemach«, sagte der Dieb, so freundlich er es mit den zerschlagenen Lippen vermochte. »Wenn du reden willst, dann red geradezu und nicht in Rätseln, darüber sind wir beide hinaus. Es muss spät in der Nacht sein, und was uns am Morgen erwartet, kann ich mir denken, zumindest für mein Teil.«

»Ich fürchte auch nicht, dass mir der neue Tag lang werden könnte«, erwiderte der Narr, »aber was verschafft mir die Ehre, dir hier wiederzubegegnen?«

»Nun, ich bin ein Dieb. Ich habe gestohlen. Ich bin gekommen, um zu stehlen. Und wenn ich just kein Dieb wäre – was geschieht wohl mit Leuten, die in diese Burg kommen und nicht dazugehören? Seit Wochen hat niemand sie verlassen.«

»Frauen lassen sie herein und hinaus, Knechte, alles, was barfuß geht oder in Bastschuhen, also alles, was nicht weiter zählt. Mit deinen Stiefeln musstest du Verdacht erregen, wenngleich deine Zehen aller Welt guten Tag sagen – oha, welches Wunder hat denn die verjüngt? Einen ordentlichen Schuster hatten sie auf der Burg doch auch nicht, wenn ich's recht bedenke; ich hätt als Schuster kommen können, wenn ich davon nur halb so viel verstünd wie von der Kunst, sich zum Narren zu machen.«

»Ach, und du gehörst in dieser Burg dazu? Auf dem Weg hierher hast du mir gesagt, dass du dich hier als Narr verdingen willst. Womöglich bist du keiner? Oder etwa ein so schlechter, dass deine Späße dich gleich am ersten Tag in den Kerker gebracht haben?«

»Freilich bin ich ein Narr wie nur sonst einer, nur ist das für gewöhnlich nicht mein Beruf. Ich denke schon, dass ich hierher gehöre, nur... der Fürst denkt das nicht.«

»Wer bist du?«

»Das möchte ich inzwischen selber wissen. Ich habe ein Gutteil meines Lebens auf dieser Burg verbracht, freilich noch nie an diesem feuchten Ort. Obwohl man das meinen könnte – es ist unglaublich, wie zahm die Ratten hier sind. Als ob sie mich kennten. Schau.« Der Narr zog ein Stück Brot aus der Tasche, brach etwas davon ab und hielt es mit ausgestrecktem Arm am Boden von sich. Aus den dunkleren Ecken des Kerkers kamen zwei Ratten, eine schnappte die Brotkrume weg und verschwand ohne übermäßige Eile, die andere blieb abwartend in der Nähe sitzen.

Der Narr hielt den Rest des Brotes dem Dieb hin. »Willst du? Nein? Na ja, es ist auch schon ganz trocken, und zu trinken ist nichts mehr da.« Er wies bedauernd auf den leeren Krug. Er bekam keine Antwort.

»Ich habe auch immer dazugehört«, fuhr er fort, »und kann mich nicht erinnern, jemals ohne Leder oder Stoff an den Füßen gegangen zu sein. Ich war eine Zeit lang im Lande unterwegs, und als ich vorgestern zurückkam, begegneten mir zwei Knechte, die starrten mich an, als sähen sie einen Geist. Nach einer Weile hatten sie sich überzeugt, dass ich wirklich ich selbst in Fleisch und Blut bin, aber sie schworen Stein und Bein, sie hätten mich eben erst auf der Burg gesehen, wo sie herkamen und wo ich schon tags zuvor eingetroffen sei. Wenn sie nicht geschickter logen, als ihrem Stande zuzutrauen ist – man muss dafür geboren sein –, dann hatte sich ein Doppelgänger an meiner Statt in die Burg eingeschlichen. Ich wollte das nicht recht glauben, aber dann überlegte ich es mir und ließ mir die Kleider des Narren geben, den ich von der Reise mitgebracht hatte – in der Burg gab es ja keinen, und ich dachte, ein so mächtiger Fürst sollte einen haben, schon um des eigenen Ansehens willen. Die Leute halten Narren für selten, weil sie selber keine sein wollen; so glauben sie nicht, dass ein Narr zu Füßen eines anderen sitzen kann, und der andre erscheint ihnen klüger. Ich scherte mir den Bart und färbte mir mit Tinte die Haare dunkel, und ich dachte, das müsste als Verkleidung genügen – wenn alle auf der Burg glaubten, ich sei schon da, würde keiner auch nur denken können, dass ich eben zum Tor hereinkäme.«

»Und haben sie dich erkannt?«

»Sofort. Ich hatte den anderen unterschätzt – er rechnete damit, dass ich verkleidet kommen könnte. Oder er misstraute einfach aus gutem Grunde jedem Fremden, ob ich es nun selbst wäre oder mein Sendling. Man kann ein Narr sein und klug zugleich.«

»Du vermutest Zauberei?«

»Wie kommst du darauf?«

»Du sprichst von dir, und du sprichst vom Fürsten. Wer sonst könnte in der Burg befehlen? Warum sagst du nicht geradezu, was ja doch auf der Hand liegt? Bist du der Fürst? Oder ist es jener andere?«

»Wozu willst du das wissen? Was nützt es dir? Willst du dein Leben erkaufen? Alle hier in der Burg, denen du mich verraten könntest, wissen so viel wie ich, wenn sie nicht mehr wissen. Du sagst es doch selber – hinaus kommt keiner, seit Wochen nicht. Womöglich schon, seitdem ich ausgeritten bin.«

»Nichts nützt es mir. Und doch wüsste ich gern, ob du der Fürst bist. Oder ob jener andere es ist. Ich habe eine Warnung für ihn. Für den Fürsten. Nicht, dass sie einem von euch beiden noch viel nützen könnte, schaden auch nicht. Dir wird wohl gar nichts mehr nützen, und er, glaube ich, weiß es schon.«

»Sprich. Ich bin der Fürst.«

»Und ich bin dein Mörder. Nein, ich wäre es vielleicht geworden. Du kennst den Grafen von Tayn?«

»Er ist mein Lehnsmann und mein Schwiegersohn. Hat er dich gesandt, mich zu töten?«

»Ja. Und nein. Nämlich, er hat dich schon getötet. Glaubt er. Vor drei, nein, vier Tagen. Ein Jagdunfall, sagte er.«

»Genug! Was versuchst du mir weiszumachen? Hältst du mich tatsächlich für einen Narren? Kein Narr würde das glauben. Wer hat dich zu mir in den Kerker gesteckt – der andere? Was sollst du aus mir herausholen, oder was sollst du mir einreden? Wozu? Ich verstehe selber nichts.«

»Ja, kein Narr würde das glauben. Aber vielleicht einer, der, eben angekommen, sieht, dass er schon da ist? Den sie vor den Herrn der Burg führen, und der sich selber gegenübersteht – oder einem Usurpator, der ihm unglaublich ähnlich sieht? So war es doch? Glaub, was du willst.

Ich kann nur sagen, was ich weiß oder was ich erfahren habe. Und erfahren habe ich, dass der Graf dich auf der Jagd erschossen haben will. Ein Unfall, sagt er, und er schien wirklich verzweifelt darob zu sein. Seine Seele würde er dafür geben, schwor er, es ungeschehen zu machen. Dann aber erfuhr er, dass der Fürst schon seit Tagen in seiner Burg ist, und da hätte er gern gewusst, wen sein Pfeil getroffen hat. Das sollte ich herausfinden.«

»Und mich umbringen.«

»Nein. Nur, wenn du nicht... ich meine, wenn der in der Burg nicht wirklich der Fürst ist, und nur, wenn er von dem Unfall weiß.«

»Ich zumindest weiß nun davon. Also? Willst du dir die Mühe machen?«

»Ich glaube, dass du der Fürst bist.«

»Und ich glaube, dass ich tatsächlich mit Tayn auf der Jagd war. Ja, ich erinnere mich, er hat an mir vorbei auf den Bock geschossen. Weit an mir vorbei. An dem Bock übrigens auch. Wenn er jemals jemanden trifft, will ich gern glauben, dass es ein Unfall war. Er kann mich auch gar nicht ermorden wollen. Er ist klug, er kann sogar lesen, er kennt seltsame alte Geschichten und hat ein freundliches Wesen, er gäbe einen guten Gelehrten oder einen Priester ab, wenn er kein Graf wäre; aber er hat nicht das Zeug, mich zu beerben, er könnte niemals ein Heer in die Schlacht führen. Ich weiß, wem ich meine Tochter zu Frau gebe. Er kann mir nicht übelwollen, eben weil er klug ist. Ich habe ihn vorgestern mit den anderen zurückgelassen, als ich allein in die Burg ging. Oder nicht ganz allein, denn dich traf ich ja unterwegs. Haben sie dich gleich am Tor gegriffen?«

»Nein. Ich meine nicht, dass mich jemand beachtet hat, trotz der Stiefel. Vielleicht haben sie nur auf dich gewartet? Man kann uns schwerlich verwechseln, ich bin ja größer. Bei der Torwache habe ich mich, wie mir der Graf geraten, als neuer Gehilfe des Baders ausgegeben, und sie ließen mich in der Vorburg auf ihn warten.«

»Und der Kerl war wieder besoffen. Ich bin zu gutmütig, ich hätte ihn längst hängen lassen sollen. Dass der Graf dir den Rat mit dem Barbier gegeben hat, glaube ich gern; immer, wenn Tayn bei mir war, hat er sich beschwert. Wie bist du in die Burg gekommen?«

»Zunächst gar nicht, ich bin in der Vorburg geblieben und habe mich umgehört. Ich will es dir gleich sagen, ich habe nichts erfahren, jedenfalls nichts Ungewöhnliches – der Fürst, sagten sie, sei schon seit ein paar Tagen wieder zugegen, und sonst sei alles wie immer. Aber ich war noch nicht lange hier, da haben sie im äußeren Burghof zwei aufgehängt, schön nahe an der Mauer, dass man es sah. Ich weiß nicht, ob das hier auch alle Tage üblich ist. Ist es das?«

»Was weiß ich? Ich habe einen Vogt, ich habe einen Hauptmann, ich habe… Kerl, ich bin doch nicht irgendein Ritter, ich bin der Fürst!«

»Gewiss, hochwohlgeborener Herr. Bitte untertänigst um Verzeihung. Bin schon still.«

»Lass das, den Narren mache ich hier. Wen haben sie da gehängt?«

»Ich weiß es nicht, die Leute in der Vorburg wussten's auch nicht. Vielleicht doch den Bader? Denn der kam nicht, und ich bin dann in die Burg gegangen; das war nicht weiter schwer, die Wache hat mir sogar geraten, wo ich ihn suchen könnte. Aber der Galgenvogel, den sie als zweiten aufknüpften, schrie vorher noch, dass alle Menschen Narren wären oder so. Das hat mich neugierig gemacht, denn zusammen mit einem Narren war ich ja angekommen, mit dir, und dass sie dich so schnell erhöhen, kam mir denn doch seltsam vor, du warst ja kaum durchs Burgtor. In der Nacht habe ich dann versucht herauszufinden, wer die beiden gewesen sein könnten, und dabei haben sie mich erwischt.«

»Also geht es dir nicht anders als mir. Ich glaube, der Einzige, der mich hier noch retten kann, ist Tayn. Wenn er in die Burg käme, und möglichst nicht allein… Aber hör – da kommt wer.«

Die Tür wurde geöffnet, zwei Soldaten traten ein, draußen, wo es schon hell wurde, standen ihrer mehr. Einer der beiden ließ kurz den Blick über die Gefangenen schweifen, wies dann auf den Dieb und sagte: »Du da! Du kommst als erster dran.«

Der Dieb stand langsam auf. »Was geschieht mit mir?«

»Was soll mit einem Dieb schon geschehen? Wenn sie uns Diebe von draußen bringen, kann das Urteil so oder so ausfallen. Wer aber hier in der Burg stiehlt, noch dazu von Gehenkten... Los jetzt!«

Ein weiterer Soldat kam in den Kerker, sie packten den Dieb und zerrten ihn geschäftsmäßig, ohne Federlesens, aber auch ohne unnötige Grobheit hinaus. Der Narr sah schweigend zu, der Dieb aber, schon an der Tür, begann sich zu sträuben und verlangte: »Wartet! Ich habe nichts gestohlen! Der Graf von Tayn hat mich geschickt. Ich muss mit dem Fürsten reden! Ich habe ihm etwas Wichtiges zu sagen. Er soll ermordet werden! Ich weiß auch, wer der hier ist. Bringt mich vor den Fürsten! Den Wiedergänger hier hat er schließlich auch gesehen!«

»Gut. Ich will den Vogt fragen, ob der Fürst dich sehen soll. Falls er schon auf ist. Aber glaub nicht, dass es dir nützen wird. Den da hat er gesehen, und er soll neben dir hängen. Oder vielleicht doch nicht? Vielleicht lässt der Fürst dir vorher noch alle Knochen brechen, wenn er hört, dass der gottlose Tayn dich geschickt hat.« Und sie zerrten ihn hinaus.

Als er wieder allein im Kerker war, schaute der Narr noch immer wie benommen auf die verschlossene Tür, keines Wortes fähig, keiner Regung und keines Gedankens. Nach einer Weile schoss ihm ein Einfall durch den Kopf und ergriff sogleich vollends von ihm Besitz, so abwegig er auch war; so brauchte er nicht an den Tod zu denken. Er griff nach dem leeren Krug, stellte ihn neben sich und nahm wieder das Stück trockene Brot hervor. Diesmal hielt er den ganzen Kanten hin, und als die Ratte – er konnte nicht unterscheiden, ob es dieselbe war – danach schnappte, packte er sie mit einer blitzschnellen Bewegung und stopfte sie Kopf voran in den engen Krug, das Brot wie einen Deckel hinterher. Dann stand er auf, wickelte den Krug in seine Kappe, band die Zipfel zusammen und zog sie mitsamt den Schellen unterm Gürtel hindurch, ein Geschenk für die Henkersknechte, eines Narren würdig. Dann strich er sein Wams glatt und blieb stehen, bis sie ihn holen kamen.

Als er unterm Galgen stand, wo der Dieb schon hing, tot, konnte er in den Hof der Vorburg hinabsehen, von wo ein paar Gaffer – erstaunlich wenige, schien ihm – heraufblickten. Sie kamen ihm allesamt ganz fremd vor, er erkannte keinen. Wie er dastand in seinem bunten Kleid und sie ihm die Schlinge um den Hals legten, rief er: »Ihr Narren allesamt, das ganze Leben hier ist doch nichts als ein Witz!« Und dann, in dem winzigen Augenblick, als er fiel und ehe sein Genick brach, erblickte er oben auf dem Wachturm sich selbst, den Fürsten, der mit wehendem Haar unbewegt zu ihm herabschaute, und es schien ihm, als stünde zwei, drei Schritte daneben derselbe, und ein dritter, und noch einer, den ganzen Wachturm entlang.

Australien

Der Vigilant

Anton holte tief Atem und rollte den Schlüssel, den er an einer Kette um den Hals trug, zwischen Daumen und Zeigefinger. Instinktiv spähten seine Augen nach unheilverkündenden Vorzeichen aus, als er aus der Tür in die nächtliche Straßenlandschaft hinaus trat.

Die Abfalltonnen für den Wohnblock waren in Form eines umgekehrten V angeordnet. Eine Täuschung. Kein gutes Zeichen. Man konnte jedoch nie sicher sein. Ein Vorzeichen war für sich allein bedeutungslos. Nur wenn sie geballt kamen, waren sie wichtig. Anton stieg über den auf der Straße liegenden Abfall hinweg und roch den Gestank von abgestandenem Urin und Bier, der auf ewig die Wände und Rinnsale zu durchdringen schien.

Sasha stand wieder an der Ecke, gekleidet in ihren abgetragenen schwarzen Büstenhalter und die Leopardenbeinkleider. Er hatte schon vor langer Zeit zu zählen aufgehört, wie viele Freudenmädchen an dieser Ecke gestanden waren. Sie verschwanden in einem verschwommenen Fleck aus rotem Lippenstift und dick aufgetragenem Augenbrauenstift. Die meisten von ihnen gaben schnell auf, wenn er sie Nacht für Nacht ignorierte. Mochten sie ruhig glauben, er sei ein harmloser Halbverrückter – das war die beste Verteidigung gegen einen Kontakt. Am besten, man sah nur aus den Augenwinkeln nach ihnen, vermied jeden Blickkontakt und ging weiter. Man lächle schüchtern und drohe nicht. Es hatte immer funktioniert. Es musste funktionieren. Er konnte sich keine neugierigen Seelen leisten.

Niemand sollte ihm nahe genug kommen, um ihn von seiner Wache abzulenken.

»Wieder eine Nacht in der Stadt, wie, Andy?« Sasha hatte es noch immer nicht aufgegeben, Anton aus seiner Reserve zu locken. Selbst nach diesen vielen Monaten war ihr kein Anzeichen anzumerken, dass sie aufgab.

Anton grummelte etwas, von dem er hoffte, dass es ihr genügen würde. Als er vom Gehsteig hinuntertrat, um vorbeizugehen, musste er ihr unvermeidlich einen Blick aus den Augenwinkeln zuwerfen. Sie hatte einen gewissen Unterschied an sich, aber es war ihm immer schwer gefallen, sich darüber klar zu werden, was es war. Der Schopf ihres schwarzen Haares war über eine Schulter gezwungen worden, ihre Brüste drängten sich himmelwärts, und ihr Gesicht bot den maskenhaften Anblick aller anderen. Und doch leuchtete etwas ganz anderes aus ihren verschmierten Augen. Er blickte immer zu ihr hin, wenn er vorbeiging. Er wusste, dass nichts Gutes daraus erwachsen würde. Das war nicht die richtige Art, seiner Einsamkeit ein Ende zu machen. Das könnte nur der Abschluss seiner Nachtwache tun.

»Seh dich am Schichtende, Andy«, sagte sie. »Ich hoffe, dir macht dein Job mehr Spaß als mir der meine.«

Warum ließ sie ihn nicht in Ruhe? Konnte sie ihn nicht einfach *über*sehen wie die anderen? Sie versuchte einen Kontakt herzustellen. Nacht für Nacht behandelt sie ihn wie einen Menschen – das versetzte ihn in den falschen Seelenzustand.

Als er in die Fitzroy Street einbog, lenkten ihn die Lampen zeitweise ab, wie immer. Er zögerte und blinzelte rasch, damit die Augen einen Fixpunkt fanden. Wie leicht er den Blick verlor. Wie rasch ihn diese Welt mit ihrer Helligkeit und Bewegung ablenken konnte. Wie schwierig war das Los des Wächters!

Diese giftige Mischung aus Schmierigkeit und Glanz, zu dem St. Kilda während seiner Zeit hier geworden war, hüllte ihn ein. Die Wärme der Nacht trieb sie alle auf die

Gehwege heraus. Die jungen Designerpärchen, die einander über Gläsern von Pinot beeindrucken wollten. Die vielfach gepiercten Homosexuellen, die mit entblößtem Bauch über die Promenade stolzierten und nur lange genug stehen blieben, um sich zu vergewissern, dass man sie gesehen hatte. Der schwülstige Schwätzer, der von Tisch zu Tisch stolperte, während er unzusammenhängendes Zeug über einen eingebildeten Sadisten brabbelte.

Anton zwang seine Augen, sich zu fokussieren, rieb wieder den Schlüssel und kniff die Augen zusammen, um zu entdecken, wonach er wirklich Ausschau hielt: die dunklen Dinge zwischen dem Licht, die unheilverkündenden Vorzeichen hinter dem Anschein, die Wirklichkeit in alldem.

Nach so langer Zeit wusste er instinktiv, wohin er sehen musste. Ärger war immer eine potentielle Quelle eines Bruches. Er musterte die Tische und Stühle vor Chichios Kneipe. Seine Augen wurden von einem Pärchen angezogen. *Da ist eine Quelle,* dachte er. Beide bemühten sich, ruhig und beiläufig zu erscheinen, aber er spürte einen brodelnden Zorn, der von ihnen ausging. Die Frau wickelte ihr Haar um die Finger und starrte in den Wein. Von Zeit nahm sie zum Schein einen schnellen Schluck und starrte ihren Partner über den Tisch an, als sie ein Argument vorbrachte. Eine tiefe rote Strahlung ging jedes Mal, wenn sie ihn aufmachte, von ihrem Mund aus und beschmutzte die Nachtluft. Der Mann saß da und tat so, als beträfe es ihn nicht, er starrte die Vorübergehenden mit versteckter Heftigkeit an. Aus seinem Mund drangen keine Flecken, aber sein Kopf strahlte eine Aura von hellem Rot aus, wie ein Heiligenschein aus Blut.

Wenn sie nur wüssten, welchen Schaden sie anrichten, dachte Anton. *Welche Schwachstellen sie im Gefüge verursachen.* Er beobachtete die Räume zwischen den Lampen des Cafés. Stand ein Bruch bevor? Er hoffte nicht. Irgendwie fühlte er, dass es ihm heute Nacht an der Kraft fehlte, damit fertig zu werden.

Er beobachtete das Pärchen noch eine Weile länger, während er die Fitzroy Street überquerte. Der Schlüssel an der Kette um seinen Hals schien schwer zu wiegen. Er wusste, er durfte niemals jemanden zu lang anstarren. Ein Wächter zu sein, war nicht leicht. Man musste beobachten, ohne selbst die Aufmerksamkeit auf sich zu ziehen. Er stand bei der Haltestelle in der Mitte der Straße und tat so, als warte er auf die Straßenbahn. Als er über die Schulter zurückblickte, konnte er erkennen, dass sich der Mann über die Frau beugte und mit ihr sprach. Die Ausstrahlungen waren dumpfer geworden. Trotz seiner natürlichen Vorsicht stieß Anton einen Seufzer der Erleichterung aus. Vielleicht ließ sich ein Bruch trotz allem vermeiden.

Er wusste, dass sich der Schaden, der dem Gefüge angetan wurde, nie völlig rückgängig machen ließ, aber er hoffte, es würde jetzt eine weitere Nacht halten. Eine rascher Rundblick nach anderen Schwachstellen. Eine barfüßige Frau stand an die Ecke eines Gebäudes gelehnt. Die Ausstrahlung von Süchtigen war nicht sehr intensiv. Der Schaden, den sie anrichteten, war ein langsames, trübes Tropfen im Verlauf einer langen Zeitspanne, mit dem Herausbluten des Rots aus ihnen. Ein einzelner Süchtiger konnte für sich allein keinen Bruch verursachen, aber im Lauf der Zeit dehnte ihre abgestumpfte Psyche das Gefüge bis zum letzten.

Einen kurzen Augenblick lang stellte die Süchtige mit ihren toten Augen Kontakt her. Anton hasste es, wenn das geschah. Es fühlte sich immer an, als ob ein bisschen seiner eigenen Entschlossenheit hinter diesen Augen starb. Dann erinnerte er sich daran, dass er kein Gefühl des Hasses empfinden sollte. Es war zu menschlich und lenkte zu sehr ab.

Als es einen kurzen Augenblick hinter den Augen totenstill war, entging ihm fast die Flamme, die im Augenwinkel aufloderte.

Verdammt, dachte er. *Schon wieder dieses Pärchen.* Er

wusste, dass die Vorzeichen schlecht waren, und dennoch hatte er beinahe in seiner Wachsamkeit versagt. Der Mann redete nun heftig auf die Frau ein. Sie hatte ihn irgendwie aufgestachelt. Hatte bewusst einen Nerv getroffen. Hatte etwas an die Oberfläche geholt, das hätte verborgen bleiben sollen. Und er schoss jetzt mit Gift und Galle zurück.

Die Luft um sie herum glühte, der karmesinrote Fleck kündete einen unmittelbar bevorstehenden Bruch an, wie Anton sehr wohl wusste.

Er spannte seine Aufmerksamkeit an, als sich die Wunde in der schwülen Nachtluft öffnete. Ein Reißgeräusch wie das Zerreißen von Muskeln und Sehnen durchschoss sein Bewusstsein. *Wie ist es möglich, dass sie es nicht hören?* dachte er. *Ihre Welt wird auseinander gerissen, und sie hören es nie.*

Ein Windstoß heulte aus dem Loch über dem Tisch des Cafés, die Stühle des Paares wurden zurückgeschleudert und die beiden stürzten mit ihnen zu Boden.

Aber im Gegensatz zu einem natürlichen Wind nahm er Gestalt an, als er sich durch die Straßenlandschaft wand. Anton wusste, dass er bis jetzt Glück gehabt hatte. Nur ein Rummel war ausgebrochen. Ein Rummel konnte, wenn er nicht gezügelt wurde, eine Menge Schaden anrichten, aber er wusste, dass die wirkliche Gefahr in den weiteren lag, die folgen würden.

Der Rummel nahm rasch menschliche Form an – Rummel konnten sich die Art der Verwandlung nicht aussuchen. Er hatte sich orientiert und rannte auf den Bruch zu.

Anton wusste, dass er rasch reagieren musste. Er sprang über das Geländer der Straßenbahnhaltestelle und lief dorthin, wo das Pärchen benommen auf dem Boden lag. Der Rummel hatte den umgestürzten Café-Tisch aufgestellt und stieg auf ihn, um an die Wunde zu gelangen.

Verdammt, dachte Anton, kurz nach einem Ausbruch

waren sie selten so schnell. Er sprang mit den Füßen voran auf den Tisch und stieß den Rummel zu Boden.

Der Rummel fauchte ihn an, als er sich wieder aufgerappelt hatte. Anton blickte zur Wunde hinauf und sah zu seinem Entsetzen, dass eine Hand durchkam. Was war hier los? Wie konnte etwas auf der anderen Seite schon voll ausgebildet sein?

Der Rummel ging blitzschnell auf ihn los, und er schaffte es gerade noch, rechtzeitig zur Seite zu treten. Verlor er seine Fähigkeit? Dem Rummel hätte es nie gelingen sollen, ihm so nahe zu kommen. Er beugte sich nach hinten in eine Verteidigungsstellung. Verlier nicht den klaren Kopf. Der Instinkt war da wie immer. Was immer du tust, sie dürfen den Schlüssel nicht bekommen. Der Rummel ging erneut auf ihn los und Anton versetzte ihm einen heftigen Tritt auf die sich verdickende Brust. Bei der Berührung durchfuhr ein Schmerz seinen Fuß, und Anton holte tief Atem.

Der Rummel stürzte sich ein drittes Mal auf ihn, er wich seitlich aus, stürzte aber über einen der Stühle und fiel zu Boden.

Plötzlich war der Rummel über ihm und drückte ihn zu Boden. Anton hielt seine Hände so, dass er den Schlüssel nicht berühren konnte. Der Schmerz in Brust und Armen war beinahe unerträglich. Er nahm seine ganze Kraft zusammen, um die Arme des Rummels wegzudrängen.

Dann senkte der Rummel zu Antons Grauen langsam sein Gesicht auf das seine.

»Nein«, schrie er, als er in seine Augen blickte.

Er wusste, dass etwas nicht in Ordnung war. Das war kein gewöhnlicher Rummel. Seine Augen. Seine Augen. Was verbarg sich hinter ihnen?

»Du bist ein Grimm«, sagte er und erkannte, dass man ihn genarrt hatte.

Der Grimm lächelte ein dunkles Lächeln.

Kein Wunder, dass er sich so schnell zurechtgefunden

hatte. Das war nicht die hirnlose Infiltrationsvorhut, als die er sich ausgegeben hatte.

Anton nahm seine ganze Kraft zusammen. Irgendwie verlieh ihm das Wissen, mit wem er es zu tun hatte, Kraft. Der Grimm hatte gezögert, als er erkannt wurde – Verstand hat einige Nachteile.

Anton streckte die Arme aus und strampelte sich frei. Der Berührungsschmerz wanderte jedoch jetzt durch seinen Körper, und er lag benommen auf dem Boden. Würde ihn der Grimm jetzt fertig machen? Nein, er musste geglaubt haben, es sei eine vorgetäuschte Verletzung.

Stattdessen war er zum Tisch zurückgekehrt und hatte jetzt beide Hände tief in der Wunde und versuchte, sie zu erweitern. Ein ekelerregendes Reißgeräusch erfüllte die Luft.

Anton rappelte sich auf. Die Schmerzwellen durchflossen ihn noch immer. Er brauchte etwas Zeit, um sich zu erholen. Ihm war auch klar, dass es ihm an Kraft fehlte.

»Du wirst also überheblich«, sagte er.

Der Grimm zögerte für einen Augenblick, dann fuhr er fort, an der Wunde zu zerren.

»Sehr klug – der Versuch, sich als Rummel zu verkleiden.« Anton ging langsam auf ihn zu. Er musste den richtigen Zeitpunkt erwischen. Voreilig, und sein Körper hätte sich noch nicht ausreichend erholt. Zu spät, und der Grimm hätte den Bruch so erweitert, dass die Horden der Rummels und wer weiß noch was alles durchbrechen konnten.

»Weißt du, was es für deinesgleichen bedeutet, hier gestrandet zu sein?«, sagte Anton, bemüht, ruhig zu klingen, bemüht, sich den Schmerz nicht anmerken zu lassen, der seinen Körper peinigte. »Ich werde diesen Durchbruch schließen.« Er zwang ein zuversichtliches Lächeln auf seine Lippen. »Ich schließe die Durchbrüche immer.«

Der Grimm zerrte weiter herum. Mehrere Hände waren jetzt durch die Wunde sichtbar, die verzweifelt in die Luft hinaus griffen.

»Ich bin vielleicht nicht imstande, dich zu töten«, sagte Anton, »aber du wirst dir wünschen, dass ich es wäre.«

Der Grimm wandte sich schließlich um, offenbar von Antons Zuversicht irritiert.

»Siehst du, du bist kein Rummel. Das ist das Problem, nicht wahr? Ein Rummel könnte nicht verstehen, was ich sage.« Anton hielt inne. Der Schmerz klang jetzt ab und er spannte seine Muskeln an. Er fuhr fort: »Du kannst dir nicht vorstellen, wie es ist, nachdem ich den Durchbruch geschlossen habe, oder?« Er holte tief Atem. »Warum kehrst du nicht einfach zurück? Rede dich auf ein anderes Mal, einen anderen Durchbruch aus, wenn es keine Nachtwache gibt.«

Ein Kopf erschien jetzt zwischen dem Gewirr von Händen in der Wunde, und Anton wusste, dass er jetzt handeln musste.

Der Grimm zögerte einen Augenblick zu lange, ehe er wieder an der Wunde herumzerrte.

In genau diesem Augenblick schlug Anton los. Er versetzte der Brust des Grimm einen fliegenden Tritt, und der Grimm fiel in die um sich schlagenden Gliedmaßen der Wunde.

Die Hände stießen ihn wieder hinaus, und er fiel vom Tisch hinunter auf den Gehsteig. Anton ergriff seine Chance, während der Grimm benommen dalag, nahm den Schlüssel, den er um den Hals trug, und drückte ihn dem Grimm auf die Stirn, wobei er ihn im verkehrten Uhrzeigersinn drehte.

Ein Schmerzensgeheul erfüllte die Nacht, als der Grimm rasch in einem Schwall dunklen Windes verging. Antons Schläfen pochten, als er den Schlüssel an seinem Platz hielt, ihn drehte und drehte, bis die Dunkelheit mit der Nacht verschmolz.

Dann stieg er zurück auf den Tisch und benutzte den Schlüssel, um die Wunde zu schließen. Er achtete darauf, den umhertastenden Händen auszuweichen und drückte sie hinter das Gefüge zurück. Das Loch schloss sich lang-

sam, und der karmesinrote Fleck, der es umgab, verblasste. Schließlich war die Wunde geschlossen, nur eine kaum
erkennbare Narbe blieb zurück.

Er holte mehrmals tief Atem und presste sich gegen die
Rückenlehne des Stuhls. Er war beinahe zum Narren gehalten worden – ihn schauderte, als er sich vorstellte, was
alles hätte passieren können. Nahmen seine Kräfte ab?
War er schon zu lange hier? Er schüttelte den Kopf. Allein
der Umstand, dass ihm solche Gedanken kamen, deutete
darauf hin, dass hier ein Problem vorlag.

Er griff nach unten, um dem Mann in seinen Stuhl
zurück zu helfen, und wandte sich dann der Frau zu. Sie
waren natürlich beide benommen, ebenso wie die Zu-
schauer, ihr Bewusstsein war vom Riss im Gefüge getrübt.
Und doch würde, wie immer, sich etwas hartnäckig in ihrem Bewusstsein halten, etwas von dem dunklen Grauen
würde in ihre Träume einsickern, als sich eine neue
Wunde in ihrer Psyche öffnete.

»Nimm die Hände von mir, du Perversling.«

Anton fuhr zusammen. Was stimmte mit ihm nicht? Er
hatte sich zu viel Zeit gelassen, um der Frau aufzuhelfen.

»Tut mir Leid«, murmelte er und wich vor ihr zurück.

Er ließ seine Augen den halbverschwommenen Blick
annehmen, der andere ermunterte, ihn nicht anzusehen.

Anton ging weiter und drehte sich erst um, als er in si-
cherer Entfernung war. Über den Köpfen des Pärchens
zeigte sich noch immer ein schwaches rotes Glühen. Offenkundig würden sie auch in Zukunft eine Schwachstelle
bilden.

Bleibt weg von hier, formte er im Kopf. *Oder kommt mit
euren Problemen zu Rande.*

Er setzte sich, den Rücken an ein Gebäude gelehnt, und
musterte die Fitzroy Street. Es wäre außergewöhnlich,
wenn es in dieser Nacht zu einem weiteren Durchbruch
käme, aber er ging keine Risiken ein. Das Paar, welches
die Ursache des Bruches gewesen war, ging schließlich,
und es blieben nur die üblichen schwachen Flecken der

Süchtigen und Psychos, welche die Straße mit Punkten überzogen.

Erst früh am Morgen kam er zu dem Schluss, dass es sicher genug wäre, um seine Nachtwache zu beenden. Die letzten der jungen, von Ecstasy aufgeputschten Nightclubber strömten noch immer auf die Straße heraus und nippten an Wasserflaschen, als er von der Fitzroy Street abbog.

Als er sich seiner Hintergasse näherte, sah er, dass Sasha sich ihm aus der entgegengesetzten Richtung auf ihren unmöglich hohen Stöckelschuhen näherte. Es sah beinahe so aus, als hätte sie es darauf angelegt, die Ecke gleichzeitig mit ihm zu erreichen.

»Hast du gefunden, was du heute Nacht gesucht hast, Andy?«, fragte sie.

Anton fuhr unwillkürlich mit dem Kopf zurück.

»He«, sagte Sasha, »diesmal habe ich eine Reaktion erreicht.« Sie berührte spielerisch Antons Arm.

Er zuckte zurück – die Spannung, die ihn durchfuhr, ließ ihn nach Luft schnappen.

»Alles in Ordnung mit dir?«, fragte sie und ging neben ihm her, trotz seines Bemühens, seine Schritte zu vergrößern. »Selbst für deine Verhältnisse siehst du ein bisschen merkwürdig aus.«

»Bitte berühre mich nicht mehr«, sagte Anton.

Sasha lachte. »Ich habe eine ähnliche Regel«, sagte sie, »keine Küsse.« Sie schwieg für einen Augenblick. »Du hattest keine gute Nacht, nicht wahr, Andy?«

Anton schüttelte den Kopf.

Sie gingen schweigend mehrere Schritte, Sashas hohe Stöckel klapperten auf dem Gehsteig.

»Möchtest du einen Kaffee oder so etwas?«, fragte sie schließlich mit einem leisen Zittern in der Stimme.

»Nein«, sagte Anton und fügte ein rasches »Danke« hinzu.

Sasha hatte die verrostete Tür ihres Haus erreicht. »Letzte Chance, Andy.«

Anton wusste, dass er einfach bis zu seiner Wohnung weitergehen sollte. *Schüttle bloß den Kopf und geh weiter. Sieh sie nicht an.*

Er schaute sie an und war plötzlich gebannt, als er ein Rinnsal von Blut aus ihrer Nase laufen sah.

»Du hast auch keine gute Nacht gehabt, nicht wahr?«, sagte er.

Sasha wischte sich verlegen das Blut ab. »Wie wäre es... wenn du bloß für einen Kaffee heraufkommen würdest. Ich rede bloß eine Weile mit dir. Ich verlange nichts von dir. Du brauchst nur zuzuhören.«

Anton zögerte.

Sashas Augen schienen zu bitten. »Ich hasse es, nach einer Schicht allein zu sein.«

Anton nickte. »Ich auch«, sagte er, und er folgte ihr über den kleinen gepflasterten Hof zur Eingangstür.

Plötzlich spürte er, wie ihn eine Welle intensiven Lichts im Gesicht traf. Er stolperte nach hinten und hielt sich die Augen.

»Andy, ist alles in Ordnung mit dir?«

Er wich vor ihr zurück.

»Andy.«

Er suchte mit den Augen die Helligkeit zu durchdringen, bekämpfte das brennende Gefühl in der Stirn.

»Es ist nur mein Sensorlicht, Andy.« Sashas Züge nahmen wieder Gestalt an. »Tut mir Leid. Ich weiß, es ist ein bisschen grell. Sicherheit... Du weißt, wie es in dieser Gegend sein kann.«

Anton nickte, als sein Schmerz nachließ. Er folgte ihr zur Tür.

Drinnen deutete Sasha auf den Lehnstuhl in der Ecke. »Das ist der bequemste Sitz im Haus, Andy«, sagte sie. »Ich bin in einer Minute zurück.«

Anton blickte sich um, während das Nachbild des Sensorlichts in seinem Blickfeld flackerte. Das Zimmer bot eine seltsame Mischung – sowohl flitterhaft wie teuer. Ein riesiger Flachbildschirmfernseher war an der Wand neben einem Vergnügungszentrum neuester Bauart. Eine Kamineinfassung voller Kitsch lief über eine ganze Wand, mit einer offenen Feuerstelle darunter. Die uralte Tapete hing stellenweise in Fetzen herab, als hätte etwas daran gerissen.

Was hatte er hier zu suchen? Er wusste, dass daraus nichts Gutes kommen würde. Ablenkungen waren immer schlimm, aber es gab so vieles, das schlimmer war als Ablenkungen. Was, wenn sie ihn wieder berührte? Was, wenn...

Anton war beinahe entschlossen zu gehen, als Sasha zurückkehrte. Sie trug ein großes graues T-Shirt und Jeans, sie hatte ihr dunkles gelocktes Haar in einem wirren Schopf oben auf dem Kopf zusammengebunden und alles Make-up entfernt, das ihr Gesicht in Schichten bedeckt hatte.

»Du siehst anders aus«, sagte er.

»Du auch«, sagte Sasha und musste lächeln. »Es muss am Licht liegen.«

Sie öffnete die Vorhänge, obwohl es draußen noch immer dunkel war. Dann setzte sie sich in den Lehnsessel auf der anderen Seite des Zimmers. Gut, dachte er, so konnte sie ihn auf keine Weise berühren. Sie blickte ihre Hände an, als hielte sie auf ihnen nach etwas Nachschau. Anton fühlte beinahe, wie er sich im Schweigen ein wenig entspannte.

»Ich dachte, du wolltest reden«, sagte Anton schließlich und lehnte sich im Sessel zurück.

Sasha blickte zu ihm auf, und er wandte den Blick ab. »Ja, also... vielleicht ist das keine so gute Idee... Vermutlich bin ich es nicht gewohnt, hier jemanden zum Reden zu haben. Ich glaube, ich habe vergessen, wie man es macht.« Sie stand schnell auf. »Ich mache dir besser den Kaffee.«

»Nein, es ist ganz in Ordnung. Vielleicht später.«

Sie setzte sich und musterte erneut ihre Hände.

Das Schweigen wurde von Antons Räuspern unterbrochen.

»Warum tragt ihr so viel Make-up?«

»He, das ist ein großartiger Anfang für ein Gespräch.«

»Nun?«

»Meinst du nur mich oder alle von uns Huren?«

»Nur dich. Du bist jung, nicht wahr? Du brauchst nichts.«

»Ich habe Recht gehabt bei dir, Andy. Ich dachte, du wärst ein richtiger Charmeur.«

Sie blickte ihn an und lächelte. »Es ist ein Panzer. Wie die Art, wie du es vermeidest, Leute anzusehen, wie du kaum redest, wie du unsichtbar sein willst.«

»Woher willst du wissen, was ich sein will?«

»Weil ich vom selben Schlag bin wie du. Wir sind beide nicht, was wir zu sein scheinen.«

Antons Rücken versteifte sich. Was ging hier vor sich? Er war schon einmal heute Nacht auf seiner Wache zum Narren gehalten worden. Das Vorzeichen, das er gesehen hatte, fiel ihm wieder ein. Täuschen. Wenn ein Rummel ihm als Grimm erscheinen konnte, was konnte da eine Straßendirne in Wirklichkeit sein?

»Alles in Ordnung mit dir, Andy?«

»Was bist du?«, sagte er und umklammerte die Seitenlehnen seines Sessels.

»Ich bin keine Hure, musst du wissen«, sagte Sasha. »Ich glaube, wenn man sich nicht als Hure fühlt, dann ist man wirklich keine.« Sie stand auf und füllte den Teekessel.

Anton entspannte sich wieder ein bisschen. Vielleicht war er dumm. »Wie hast du diese Ecke bekommen?«

»Junge, bist du heute gesprächig, nicht wahr?«

»Was ist mit den anderen geschehen? Sie sind alle verschwunden.«

Sasha löffelte den Löskaffee in zwei blumengeschmückte Tassen. »Du glaubst, ich werde auch einfach verschwinden?« Sie wandte sich ihm stirnrunzelnd zu. »Ich nehme nichts... weißt du, nicht einmal Zucker im Kaffee.«

»Weiß ich.«

Sasha schien nicht überrascht zu sein, dass er es wusste. »Ich werde nicht einfach verschwinden.«

»Ich hatte gehofft... dass die anderen einfach aufgehört haben... nach Hause gegangen sind... oder...« Antons Stimme verlor sich.

»Also kümmert es dich, Andy. Ich wusste, dass du darunter irgendwo weich bist.«

Sie reichte Anton seine Tasse und setzte sich wieder. »Also, du möchtest hören, warum ich nicht verschwinden werde?«

Anton nickte.

»Was ich tue, ist ein Job. Ich bin hier, weil ich Pech hatte, musst du wissen.« Sie lächelte. »Weißt du über das Salz Bescheid?«

Anton hob die Brauen.

»Nein, Andy? Das bedeutet, dass du nicht viel Umgang mit abergläubischen Osteuropäern hast.«

»Ich...«

»Ja, ich weiß, Andy – du verkehrst überhaupt nicht mit allzu vielen Menschen, nicht wahr?« Sie nippte an ihrem Kaffee. »Es bedeutet Unglück, musst du wissen, wenn du Salz bei deinem Haus verschüttest.«

Sasha blickte in ihre Tasse. »Ich geb dir einen Rat, Andy. Hab nie ein Verhältnis mit dem Nachbarn nebenan – vor allem, wenn er verheiratet ist.« Sie kaute an ihrer Lippe. »Er wollte sie verlassen, weißt du. Zumindest hat er mit das erzählt. Am Ende hat er nur seiner Frau was erzählt – über mich. Ich bekam die Schuld. Mein Vater gab mir die Schuld – das hatte ich auch erwartet. Sie können nicht anders denken. Meine Mutter aber... nun, ich hätte erwartet, dass sie anders wäre. Ich weiß nicht...«

Sasha blickte ihn an. »He, was stimmt mit meinem Kaffee nicht?«

Anton wetzte unruhig im Sessel. »Was ist mit dem Salz?«

»Ach, das Salz. Eines Tages habe ich die Eingangstür geöffnet, um zur Arbeit zu gehen, und da war es. Als hätte es die ganze Nacht geschneit. Unser Vorhof war einen Meter dick mit Salz bedeckt. Ich habe keine Ahnung, woher sie alles herbekam. Zum Teufel, sie hat mich mit einem Fluch belegt.«

»Mit einem Fluch?«

»Du glaubst nicht an Flüche. Ich kann dich nicht dafür tadeln. Ich habe auch nie daran geglaubt – glaube es vielleicht noch immer nicht. Meine Familie aber schon. Das war der Tag, an dem mich mein Vater auf die Straße setzte. Sorgte auch dafür, dass ich meine Arbeit verlor – das ist das Problem mit ethnischen Gemeinschaften, die wie Pech und Schwefel zusammenhalten.«

»Du hättest etwas anderes finden können.«

»Was? Familie, ethnische Gemeinschaft oder Arbeit? Das ist nicht so einfach. Ich habe an dem Tag mehr verloren, als du dir vorstellen kannst.«

»Ich kann mir eine Menge vorstellen.«

»Wirklich?« Sie stellte ihre Tasse zu Boden. »He, wenn du meinen Kaffee nicht trinkst, kannst du nicht bleiben, fürchte ich.«

Anton stellte seine Tasse nieder und wollte aufstehen.

»Ich habe nur Spaß gemacht, Andy. Wenn wir miteinander auskommen sollen, musst du herausfinden, wann ich scherze.«

»Ich muss gehen«, sagte Anton. »Ich sollte nicht hier sein.«

»He, deine Mutter wird es nicht erfahren.«

Anton war schon bei der Tür. »Tut mir Leid, ich muss gehen.«

»In Ordnung, Andy. Niemand zwingt dich zu etwas. Wenn ich dich langweile.«

»Du langweilst mich nicht.«

»He, das war auch ein Scherz. Ich weiß, ich bin nicht sehr gut im Gespräche führen.«

Anton hatte seine Hand auf dem Türgriff und stieß die Tür auf. Als er es tat, hüllte ihn etwas Schwarzes ein und riss ihn in den Hof hinaus.

Er fiel auf die Knie und rollte sich instinktiv fort. Als er hinaufblickte, sah er, wie etwas verschwommen Schwarzes auf die Stelle niederstieß, wo er hingefallen war.

Anton ergriff seinen Schlüssel und zog an der Kette, an der er ihn um den Hals trug, bis er auf Augenhöhe war. Dann spähte er durch das Loch nach oben.

»Ach, jetzt kann ich dich sehen«, sagte er zu der schwarzen Gestalt, die aufstand. »Ein Erzgrimm. Wer hätte das gedacht? Das Vorzeichen hatte Recht. Eine Verkleidung innerhalb einer Verkleidung.«

Das Ding grinste ihn böse an, als es auf ihn losging. »Deine Wache ist vorbei. Wir sind da.« Die Stimme kam von hinten aus seiner Kehle.

Verschwommen sprang der Erzgrimm auf Anton los und heulte vor Schmerz, als er nach der Kette griff. Anton stieß mit der Schulter nach dem Wesen und versuchte dann, sich wegzudrehen. Die Kette schnitt hinten in seinen Nacken ein, und er schrie.

Er blickte auf und bemerkte, dass der Erzgrimm außer Atem war, aber sich langsam aufrichtete. Er griff nach dem Schlüssel, dessen kühle Berührung ihm Zuversicht gab. *Noch eine Überraschungstaktik.* Selbst ein Erzgrimm hätte nicht Kraft genug für einen zweiten Versuch, einem Nachtwächter den Schlüssel zu entreißen.

Und doch...

Und doch versuchte es der Erzgrimm von neuem. Seine Umrisse verschwammen. *Ich kann es nicht glauben. Nicht schon wieder.* Anton blickte sich in Panik um. Das war ein Fehler. Er hätte nach der Wache wie immer in seine Wohnung gehen sollen.

Der Erzgrimm sprang erneut. Anton schlug neuerlich los, aber er dämpfte nur den Aufprall, als die beiden aufs Neue zusammenstießen und die Kette aufs Neue in seinem Nacken einschnitt.

Anton rollte sich mehrmals ab, dann richtete er sich gebückt neben dem Seitenzaun auf. Er griff unbeholfen nach dem Schlüssel, und Panik durchzuckte ihn scharf, ehe er erkannte, dass er noch immer da war.

Er atmete heftig ein und blickte sich um. Der Erzgrimm hatte Schmerzen, stand aber langsam auf. *Er versucht es noch einmal – ich weiß es genau.*

Gedanken rasten ihm durch den Kopf. Der Versuch, einem Erzgrimm davonzulaufen, grenzte an Wahnsinn, daher kam der Versuch nicht infrage, sich in seine Wohnung zu retten.

Zerbrich dir den Kopf. Du hast nur ein paar Sekunden. Er streckte die Hand aus und befühlte seinen Nacken, und als er seine Finger anblickte, sah er, dass sie voller Blut waren.

Der Erzgrimm hatte beinahe wieder seine Angriffsposition eingenommen. Antons Augen huschten umher, er suchte verzweifelt nach einem Ausweg. Die Tür zu Sashas Haus stand noch immer offen. Das war seine einzige Hoffnung.

Er stand auf.

Die Beine zitterten ihm, aber er zwang ein zuversichtliches Lächeln auf seine Lippen.

»Du glaubst, du hast ihn schon, nicht wahr?« Er hielt ihm den Schlüssel wie eine Opfergabe hin, um ihn zu verspotten.

Bitte mach, dass es funktioniert.

»Du bildest dir ein, du wirst das an dich reißen und die Wunden für den Angriff öffnen?«

Es blieb nicht viel Zeit. Der Erzgrimm verschwamm schon.

»Du warst schlau, nicht wahr. Superschlau. Mich so einzufangen.« Er löste die Kette um seinen Hals und umschloss sie mit der Faust, sodass der Schlüssel wie ein winziges Messer daraus hervorstand.

Der Erzgrimm schien einen Augenblick zu zögern.

»Ja, das ist unser letzter Zusammenprall«, sagte Anton und spannte die Muskeln an, »aber er wird nicht so verlaufen, wie du dir das vorgestellt hast.«

Er stürzte auf den Erzgrimm los, als dieser gerade in Vorbereitung auf den Anprall verschwamm.

Jetzt.

Anton veränderte mitten in der Bewegung die Richtung und stürzte auf die offene Tür los. Er landete auf dem Boden und stieß die Tür zu.

»Was ist geschehen?« Sasha eilte zu ihm hin. »Was ist mit deinem Hals? Du blutest ja.«

Er zuckte zusammen, als sie ihn berührte. »Geh weg!«

»Ich verstehe nicht, was geschehen ist. In einem Augenblick stürzt du zur Tür hinaus und im nächsten...«

»Lass mich in Ruhe, bitte.«

»Nein, los, hier zur Couch herüber. Ich wasch dir das Blut ab.«

Er wollte sich zuerst losreißen, aber dann ließ er es zu, dass sie ihm zur Couch half.

Es klopfte an der Tür.

»Mach nicht auf!«, schrie Anton. »Was immer du tust, mach nicht auf!«

»Aber sie ist nicht abgesperrt. Möchtest du, dass ich sie versperre?«

»Nein, geh nicht zur Tür! Es kann nicht herein, außer der Besitzer öffnet sie.«

»Was? Das klingt mir sehr nach Aberglauben.«

»Nein, ich warne dich, das Schlimmste auf der Welt, was du tun kannst, wäre diese Tür zu öffnen.«

»Das Schlimmste auf der Welt?« Sasha blickte ihn merkwürdig an und verschwand dann im Bad. Sie kam bald darauf mit einem Tuch heraus und drückte es sanft auf Antons Nacken.

»Wo ist die Kette?«, wollte sie wissen.

Anton riss den Kopf zurück. »Warum fragst du mich das?«

»Entschuldigung, Andy. Es sieht so aus, als hättest du den Abdruck einer Kette hier im Nacken – so als hätte jemand daran gezogen, während du sie trugst.«

»Genau das ist passiert.«

Das Pochen an der Tür wurde drängender.

»Hör mal, Andy. Du brauchst mir nichts sagen, aber du kannst von mir nicht erwarten, dass ich nicht frage. Wer ist da draußen?«

Sie hörte zu tupfen auf und blickte zur Tür hin.

»Bitte mach nicht auf«, sagte er.

»Schon gut, schon gut. Du glaubst wirklich, sie würden nicht hereinkommen, obwohl die Tür gar nicht versperrt ist.«

Anton schüttelte den Kopf. »Versuch's doch. Lade sie ein.«

»Was?«

»Los – du musst mir glauben.«

»Okay, Andy.« Sie hob die Stimme. »Kommt herein. Die Tür ist offen.«

Das Klopfen hörte auf.

Dann Schweigen.

Dann nichts.

»Jetzt jagst du mir wirklich Furcht ein, Andy.«

»Du solltest dich auch fürchten.«

Sie wich vor ihm zurück. »Was bist du?«

»Du hast gesagt, du würdest nichts fragen. Du hast gesagt, du würdest das ganze Reden besorgen.«

»Das war, bevor du blutbefleckt durch die Eingangstür hereingestürzt bist.«

Gerade in diesem Augenblick klopfte es an dem Vorderfenster, und beide erstarrten.

Sasha blickte Anton in die Augen. »Was werde ich sehen, wenn ich zum Fenster hinschaue?«

»Schau nicht.«

»Warum? Hat das zu bedeuten, dass es hereinkommen kann?«

»Nein, nein... nur um deines eigenen Seelenfriedens willen, schau nicht hin.«

»Kann ich die Vorhänge zuziehen?«

»Das wäre keine schlechte Idee. Schaffst du es, ohne durch das Fenster zu blicken?«

»Ich glaube schon.«

»Gut.«

Sasha ging, während das Klopfen weiterging, rückwärts zum Fenster. Sie fasste hinter sich nach der Vorhangschnur.

»Wie gehe ich?«, fragte sie.

»Gut.«

»Sieht mich das, was immer dort draußen ist, an?«

»Es sieht dich, ja, aber wenn du es nicht anblickst, kann es dir nicht viel antun.«

»In Ordnung... sind sie jetzt zu?«

»Ja.«

»Kein Spalt in der Mitte.«

»Nein, kein Spalt in der Mitte.«

Als sie zur Couch zurückgekehrt war, hatte das Klopfen am Glas aufgehört.

Sie blickte auf Antons Hand hinunter. »Was ist mit ihr passiert?«

»Was meinst du?«

Er blickte an sich hinunter und bemerkte, dass seine Faust ganz weiß war, weil er Kette und Schlüssel noch immer fest umklammmert hielt. Er öffnete langsam die Hand und zeigte den Schlüssel.

»Worum ging es bei dem allem?«, fragte Sasha.

»Dieses Ding dort draußen wollte ihn an sich bringen, ja.«

Anton legte die Kette wieder um den Hals. Als das Metall die Wunde berührte, verspürte er einen stechenden Schmerz...

Das Nächste, was ihm bewusste wurde, war, dass er die Augen öffnete und Sasha mit der Kette in der Hand dastehen sah.

»Was sind...?« Eine Welle von Panik durchfuhr ihn, aber die Glieder wollten seinem Befehl nicht gehorchen, und er erkannte, dass er gelähmt war.

»He, nur mit der Ruhe, Andy. Ich wollte sie dir nicht abnehmen. Ich hatte keine Wahl. Du hast kaum geatmet, und ich konnte dich nicht aufwecken.«

Anton starrte auf die Vorhänge, die noch immer vor das Fenster gezogen waren, und sah Strahlen von Sonnenlicht durch eine dünne Spalte hereinkriechen. »Wie lange war ich in dem Zustand?«

»An die zwanzig Minuten.«

Anton bemerkte plötzlich, dass das Klopfen wieder begonnen hatte. Diesmal kam es vom Dach.

»Das ist es, was mir wirklich Angst macht«, sagte Sasha. »Bitte sag mir, dass es nicht durch das Dach kommen kann.«

»Es *gibt* einen Weg, wie es hereinkommen könnte.«

Ihre Augen blickten auf den offenen Kamin.

»Mach Feuer an – schnell«, sagte Anton.

Sasha sprang auf und entfachte mit einem Zündsatz Feuer.

»Wird es das fernhalten?«, fragte sie und schob ein großes Scheit auf die Flammen.

»Sollte es.«

»Ich habe nicht viel Brennholz. Es war schon einige Zeit nicht mehr kalt. Wie lange wird das Ding dort draußen bleiben?«

»Solange ich brauche, um etwas Bestimmtes zu tun. Es geht nicht weg.«

»Kannst du dich bewegen?«

Anton stöhnte, als er den Arm zu bewegen versuchte. »Nein – dieser Erzgrimm hat eine Menge Schaden angerichtet.«

»Erzgrimm – so nennst du es?«

Anton gab ihr keine Antwort.

»Schau, Andy. So wie du beisammen bist und angesichts unserer Lage musst du mir sehr viel mehr darüber verraten, was hier los ist.«

Anton schloss die Augen. Er konnte keinen Ausweg aus dem Dilemma erkennen.

»Ich kann dir nicht alles sagen«, sagte er. »Du musst mir glauben, dass ich es nicht kann.«

»Dann sag mir, was ich wissen muss. Wie können wir das sonst überstehen?«

Anton holte tief Atem. »Ich... ich bin ein Vigilant.«

»Ein *vigilante?*«

»Nein, nein – ein Vigilant. Pass auf, ich hab das nie vorher gemacht. Ich weiß wirklich nicht, wo ich beginnen soll.«

»Sag mir bloß, was ein Vigilant ist.«

Anton zögerte, er sammelte seine Gedanken. »Wir... patrouillieren an Stellen. Wir sind die Wachen.«

»Und deine Stelle ist St. Kilda?«

»Nun, hauptsächlich Fitzroy Street und einiges vom umliegenden Gebiet. Ja.«

»Also gibt es weitere? Weitere... Vigilanten?«

Anton schloss erneut die Augen.

»Andy, ist alles in Ordnung mit dir.«

»Ja... Ich kann es nicht tun. Ich kann es dir nicht sagen.«

Das Klopfen durchdrang die Wände.

»Sag mir zumindest, wogegen du Wache steht. Ist dieses Ding einer von ihnen?«

»Ja und nein. Meine Wache besteht darin... nach Wunden in... Ausschau zu halten. Ich kann es nicht erklären... Es gibt eine immerwährende Bedrohung, die nur die Vigilanten wahrnehmen. Ich kann Schwachstellen im Gefüge sehen. Ich sorge dafür, dass sie sie nicht öffnen und die Horden durchlassen.«

»Horden?« Sasha erschauerte. »Also gibt es viele wie dieses Ding da draußen.«

»Du würdest nicht glauben, wie viele.«

»Und sie versuchen in unsere Welt... zu gelangen... wie jenes Ding versucht, in mein Haus einzudringen?«

»So etwas in der Art.«

»Versuch noch mal, dich zu bewegen.«

Anton stöhnte. »Ich schaffe es nicht.«

»Also gut – du führst deine Patrouillen immer nur in der Nacht durch, nicht wahr? Kommt es nicht auch tagsüber zu den Wunden?«

»Nein.«

»Aber es ist jetzt draußen Tageslicht, und das Ding ist noch immer da.«

»Es ist ein Erzgrimm. Sie sind weit mächtiger als die meisten. Tageslicht schwächt sie, aber sie sind auch tagsüber sehr gefährlich. Ich hatte nie einen, der so durchbrach wie dieser.«

»Worauf ist er aus?«

»Mich umzubringen – und das an sich zu bringen.« Anton berührte den Schlüssel auf seiner Brust. »Und dann die Wunden aufzumachen und sie hereinzulassen.«

»He, du musst dich bereits erholt haben.«

Anton bewegte mit Anstrengung die Finger. »Ja, aber ich fühle unterhalb meiner Hüften noch immer nichts.«

»In Ordnung – schwächt das Tageslicht sie oder jedes Licht?«

»Warum?«

»Kannst du mir meine Frage nicht einfach beantworten.«

»Jedes Licht... denkst du an das Sensorlicht vorne?«

»Ja.«

»Das *würde* sie für einen Augenblick betäuben, dann träge machen – aber wie hilft uns das?«

»Ich hatte gehofft, du könntest es mir sagen.«

»Der Sensor schaltet sich während des Tageslichts sowieso nicht ein, nicht wahr?«

»Nein.«

»Und es bleibt nur ein paar Sekunden an, daher verstehe ich nicht...«

»Schau, Andy.« Sasha fasste ihn am Arm. »Dieses Sensorlicht springt jedes Mal an, wenn wir einen Stromausfall haben.«

»Also brauchen wir nur auf einen Stromausfall zu hoffen.«

»Nein, Andy. Wenn wir die Sicherungen ein- und ausschalten, hat das denselben Effekt.«

»Wirklich?«

»Ja.«

»Ich... ich glaube nicht...«

»Nein, hör zu. Ich bin sicher, dass das Sensorlicht an bleibt.«

»In Ordnung. Wo ist die Hauptsicherung?«

»In dem Zählerkasten knapp außerhalb der Eingangstür.«

Das Pochen am Fenster setzte wieder ein. Diesmal lauter. Die Temperatur nahm zu, als die Sonne draußen herunterbrannte und das Feuer Wärme in das Zimmer abstrahlte. Anton sah Schweißtröpfchen auf Sashas Oberlippe.

»Er wird das Glas zerbrechen«, sagte Sasha. »Oder etwa nicht?«

»Vielleicht.«

»Was passiert dann?«

»Er kommt herein.«

»Selbst wenn wir ihn nicht einladen?«

»Wenn es keine körperliche Schranke gibt, wird er einfach hereinspazieren.«

Sasha schüttelte es, als sie auf die vorgezogenen Vorhänge blickte. Das Pochen schien noch lauter zu werden.

»Das Sensorlicht *wird* ihn betäuben, nicht wahr?«

»Ja, aber ich kann noch immer bloß den Arm bewegen. Ich werde nicht imstande sein, den Vorteil zu nutzen.«

Sasha schwieg einen Augenblick, dann sagte sie: »Nein, aber ich könnte es.«

Anton starrte sie ungläubig an, als er erkannte, dass sie auf den Schlüssel um seinen Hals schaute.

»Du weißt nicht, was hier auf dem Spiel steht«, sagte er.

Das Pochen schien durch das Zimmer zu hallen, es wurde von den Wänden hin und her geworfen wie ein rasender Herzschlag.

»Sag mir nur, was zu tun ist«, sagte Sasha.

Anton spürte, wie die Hitze um ihn wallte. Er versuchte verzweifelt, seine Beine zu bewegen, aber sie wollten nicht reagieren. »Es muss einen anderen Ausweg geben.«

»Los, Andy, sag mir, was ich tun muss.«

»Nein – es ist verrückt. Du wirst sterben.«

Die beiden starrten sich reglos an. Bis sie das Zerspringen von Glas hörten.

»Scheiße, Andy, uns bleibt keine Zeit mehr.«

»In Ordnung – hier, nimm ihn. Du musst den Schlüssel in seine Stirn drücken. Dreh ihn gegen den Uhrzeigersinn. Vergiss es nicht. Gegen den Uhrzeigersinn.«

Sasha nahm die Kette und zuckte zusammen, als sie den Schlüssel berührte. »Wie lange muss ich ihn drehen?«

»Solange du kannst.«

Das Geräusch von noch mehr brechendem Glas erfüllte das Zimmer.

Sashas Gesicht war plötzlich von einem Schweißfilm bedeckt. Sie rannte zur Tür und wagte es kaum, auf die dunkle Hand zu sehen, die gegen den zugezogenen Vorhang schlug.

»Du glaubst, du würdest mich erledigen.« Antons Stimme hallte durch die Treibhausluft. »Du hast nicht die Kraft dazu.«

Der Erzgrimm schlug auf diese Herausforderung hin in immer größerer Wut auf das Glas; große Scherben fielen ins Wohnzimmer.

Sasha stieß die Eingangstür auf. Sie blickte kaum zu der dunklen Gestalt hin, öffnete den Zählerkasten und legte den Hauptschalter für die Vorderseite des Hauses um. Sie betete, dass ihre Zeiteinteilung stimmte... und dann schob sie ihn wieder zurück.

Einen Augenblick lang sah es aus, als würde das Sensorlicht nicht anspringen. Das Geschöpf wandte ihr den Kopf zu und schnitt eine Grimasse, die ein Lächeln hätte sein können.

Dann schaltete sich das Licht ein.

Der Erzgrimm stieß einen Schmerzensschrei aus und bedeckte seine Augen mit den blutigen Händen, die von den Glasscherben zerschnitten worden waren.

Und das Licht blieb an.

Sasha rannte zu ihm, den Schlüssel bis zum letzten Augenblick in der Handfläche versteckt. Als sie schließlich auf ihn losstürzte, öffnete sie die Handfläche, flog auf den Erzgrimm zu und drückte ihm den Schlüssel in die Stirn.

Ein Aufschrei zerriss die schwüle Luft, als der Erzgrimm das Gleichgewicht verlor und zu Boden stürzte.

Sasha ließ nicht los, als sie wie in ein dunkles Loch fiel, höhnische Gesichter und blutrote Augen sie umgaben. Tausende Schreie drängten sich, Entkommen suchend, in ihrem Kopf, wüteten gegen das unaussprechliche Grauen. Dann zog ein Paar Hände an ihr. Etwas zog an der Kett... Sie hatte nicht die Kraft, Widerstand zu leisten.

Als sich ihre Augen aus der Dunkelheit zu einem scharfen Bild fokussierten, erblickte sie Anton, der seinen noch immer schlaffen Unterleib nachzog, sodass er jetzt auf dem Erzgrimm lag und den Schlüssel tief in seinen immer stärker zerfließenden Kopf drückte.

Und drehte.

Und drehte.

Das Gewinsel des Erzgrimms wurde dünn wie eine Messerschneide. Dann erstarb es.

Seine Haut wurde von Wellen durchlaufen wie eine aufgestörte Wasseroberfläche.

Dann wurde sie so beweglich wie Wasser.

Und schließlich löste sie sich in Luft auf.

Sasha rang im Liegen nach Luft. Als sie aufstand, wandte ihr Anton den Kopf zu.

»Du bist am Leben«, sagte sie und blickte ihm in die Augen.

»Sozusagen.«

»Sag bloß nicht, dass dieses... Ding... jetzt nicht tot ist.«

»Es ist tot.«

Sasha blickte in die enge Hintergasse von St. Kilda hinaus. Ein Wagen fuhr langsam vorbei.

»Los, Andy, ich helfe dir wieder hinein.« Sie half ihm auf. »Und keine Sorge, das ist das letzte Mal, dass ich dich auf einen Kaffee einlade.«

Anton spürte das beinahe angenehme Prickeln, als ihre Finger mit seinem Arm in Berührung kamen.

Er schloss die Augen. Die Nachtwache endete niemals.

Originaltitel: ›THE VIGILANT‹
Copyright © 2001 by Dirk Strasser
Originalveröffentlichung
Mit freundlicher Genehmigung des Autors
Copyright © 2001 der deutschen Übersetzung
by Wilhelm Heyne Verlag GmbH & Co. KG, München
Aus dem australischen Englisch
von Franz Rottensteiner

Zwei Erzählungen

Atlantis

Ein älterer, korpulenter Herr mit zurückgekämmtem, dünnem Haar, in Begleitung eines jüngeren, großen Herrn mit krausem Haar erschien auf der Terrasse.

Dort saßen magere Greise mit schneeweißen Bärten, in schwarzen Anzügen, mit weißer Krawatte, und einige wenige betagte Damen, mit aufgetürmten, weißen Ringellocken und hochgeschnürten Brüsten, über die ihre Kleider wie schwarze Säcke fielen, an weißen Tischen, geziert von ausladenden Sträußen schneeweißer Rosen, mit Blick auf die blendend weiße Stadt. Schlürften und saugten bedächtig Wiener Apfelstrudel, Schwarzwälder Kirschtorte und Berge von Sahnebaisers.

Dazwischen hasteten weiß und elegant gekleidete, junge, gut aussehende Burschen nervös und ehrehrbietig hin und her. Säuberten den Greisen die besabberten Bärte, benetzten ihnen die schweißglänzenden hohen Stirnen, kämmten ihnen die spärlichen schneeweißen Haare, brachten Platten voll weißglasierter Süßigkeiten, stierten den Damen ins puterrote, kichernde Dekolleté. Weiße Sonnenschirme schützten die muffelnden Hirne der Greise, die auf ihren weißlackierten, barocken Stühlchen hockten wie gekrümmte Vanillenschoten, vor den beißenden Strahlen des Fixsterns.

Die beiden unterschiedlichen Herren mit dem intelligenten Schritt, der kleine, korpulente und der große, dünne, winkten energisch die weiß betressten, eifrigen, jungen Männer mit ihren pechschwarzen, krausen Haaren, auf denen ein weißes Käppchen saß, zu sich heran. Diese ergriffen alsbald unsere Greise, trugen sie, wie Ameisen ihre übergroße Beute, davon, um sie eilfertig zwischen den marmorverkleideten Fassaden der weißgeschmückten Stadt neu zu verteilen.

Auf lichtüberfluteten Plätzen arrangierten sie flüsternde Grüppchen. Auf Dachgärten, deren Balustraden bestanden mit schneeweißen Rosen in weißglasierten Töpfen, verteilte man diskutierende Paare. Heftig gestikulierende Haufen bevölkerten bald die englischen Parks mit französischem Schnitt. Auf Treppen und in Gassen ließ man sie zuweilen zwanglos alleine.

Aber auch in die weißen Paläste der sauberen Stadt, mit ihren schattenlosen Räumen, scheuchte man sie hinein. Platzierte sie auf pompöse, weißlederne Sessel oder an lange, weißgedeckte Tische, mit Rokoko-Art Deco-Tafelaufsätzen oder an ovale Konferenztische aus weißem Plexiglas. Oder... zum Fenster hinausstierend, auf das mit weißen Schaumkronen bedeckte Meer.

*   *   *

Trotzdem... die zwei Herren mit den heiligen Gesichtern waren nicht zufrieden.

Sie schritten hinunter, an den schneeweißen Strand, ignorierten, zu dieser Stunde, ein paar nackte, goldbronzene, junge Mädchen ohne das kleinste Haar am ganzen Körper und ließen sich, von einem beflissen herbeihoppelnden, athletischen Strandwächter in weißen, knielangen Hosen, auf das stille, geduldige Meer hinausrudern. Dort, sich umwendend, hoben sie die Arme in zelebrierender Gebärde, und die frustrierten jungen Männer ergriffen erneut unsere Vanillenstangen, um sie in noch raffinierteren Konstellationen zusammenzustellen.

Die im Zenit stehende Sonne machte die weißgekleideten Sklaven in der weißflimmernden Stadt unsichtbar. Nur nicht ihre dunkelglänzenden Köpfe. Ein paar vanillenschwarze Greise schienen durch die Luft zu segeln. Auf ihrer Brust ein herrenloser Kopf. In hackender Haltung strebten mehrere eiligst einer weißgetünchten Bedürfnisanstalt entgegen. Mit zwei Köpfen. Andere wieder vermochten ohne Mühe über steile Stufen zu schweben. Unter ihrem Hintern ein schwarzer Kopf. Einige hüpften, mit ausgebreiteten Armen, als wären sie ans Kreuz geschlagen, über die große Piazza. Mit einem lockigen Kopf unter der Achsel. Nicht wenige trieben als Schlafende durch die Straßen. Von einem schweißtriefenden Kopf begleitet.

*   *   *

Es wurde Abend, der Fixstern versank im grüngoldenen Meer, und die langen Schatten der beiden aufrechten Herren in ihrem Boot legten sich ein letztes Mal gewichtig auf die verblassende Stadt.

Schweißnass die schneeweißen Uniformen der überanstrengten Sklaven. Die ersten Greise, unerwartet ihrer Stützen beraubt, stürzten steile Stufen hinunter oder stießen sich die harten Schädel blutig in dunklen Hauseingängen.

Der Dicke und der Dünne waren immer noch nicht befriedigt. Aber die allgemeine Müdigkeit ließ ihnen keine Wahl.

*   *   *

Die betrübten Sklaven verkrochen sich wie gescholtene Lemuren. Die so raren, aufgeregten Damen schlichen ihnen hinterher. Schlüpften in deren Behausungen, lichtlosen Gängen unter der weißen, blitzblanken Stadt, in denen sie alsbald zusammengepfercht lagerten, wie große weiße Maden.

Die Greise beließ man reglos an ihren Plätzen.

Die Lichter der im Gründerzeitstil gehaltenen Straßenlaternen erloschen.

Die Sterne am wolkenlosen Firmament traten an ihre Stelle und tauchten den Ort in ein knochenbleiches Licht.

Die beiden Dirigenten, noch immer in strammer Pose, ließen sich an Land rudern. Stiegen über die schlafenden, haarlosen Nymphen, schritten durch die schweigenden Straßen, vorbei an schnarchenden Greisen, hinauf zum höchsten Gebäude der Stadt, einem Turm in byzantinisch-ägyptischem Stil, mit einem goldenen Globus auf der Spitze, um dort die schwarze Nacht in ihren schneeweißen Appartements zu überstehen. Nur das Schleifen der großen, weißen Madenkörper und das gut gemeinte Ächzen der gepuderten Damen drang gedämpft durch den weißen, heißen Marmor.

Das Meer zog endgültig seine Schaumkronen zurück.

Schließlich war Ruhe.

* * *

Vorsichtig bewegten sich die ersten Greise. Ihre kurzsichtigen, roten Äuglein zuckten suchend umher.

Erst zögerlich, bald aber energisch, gingen sie aufeinander zu.

Bildeten neue, diskutierende Gruppen.

Murmelten, flüsterten, gestikulierten. Erst mit den Händen, dann auch mit den Fäusten.

Wurden lauter. Sehr laut.

Fingen an, aufgeregt im Kreise zu laufen.

Meckerten, schrien und brüllten.

Zerrten sich an den Bärten.

Ließen die Gebisse in den Fingern des Gegners – oder umgekehrt.

Traten sich in die runzligen Hoden.

Hoben geifernd ihre goldbeschlagenen Krücken.

Schlugen sich auf die Schädel.

Die ersten ergriffen Vasen mit schneeweißen Rosen und zertrümmerten sie auf dem gebrauchten Hirnapparat des Konkurrenten.

Prothesen verselbständigten sich entschlossen.

Schon begannen morsche Knochen zu krachen, zu brechen, zu bersten.

Sie hasteten durch die finsteren Gassen der arglosen Stadt, näherten sich dem weißen persisch-byzantinischem Turm mit der goldenen Weltkugel.

Die beiden imposanten Herren in ihrem schneeweißen Appartement, mit schneebleichen Gesichtern, entledigten sich ihrer verschwitzten weißen Jackets und tranken, um ihre verunsicherten Seelen zu besänftigen, Kir Royal.

*   *   *

Das Geblöke der Weißbärtigen schwoll an. Ihr zorniges Gekreisch, ein einziger, unerträglicher Ton, stülpte sich wie eine Glocke über den Ort. Eine Kakophonie unverständlicher Laute bohrte sich in jedes Haus, durch jedes Fenster, durch jede Ritze. Verstörte die Geister aller vorherigen Gäste. Drang in die Höhle der Lemuren.

Ließ dort die weißen, weichen Raupenballen sich in Krämpfen winden und in ihre Einzelteile zerfallen. Einige Jünglinge wagten sich empor und fielen zurück mit vom goldenen Krückstock zerschmetterten Schädel, zwischen die breiten Brüste der schluchzenden Mätressen.

Der byzantinisch-barocke Turm wackelte. Scheiben mittelalterlichen Glases zerbarsten. Erste griechische Säulen stürzten übereinander. Treppenstufen öffneten sich wie Reißverschlüsse. Der goldene Globus löste sich von der Spitze des sumerisch-byzantinischen Turmes, polterte, sich durch eine wimmernde Menge von Greisen eine Schneise bahnend, die Treppen der Stadt hinunter und blieb, sanft ausrollend, auf der Mitte der großen Piazza liegen. Die beiden Herren, angespannt lauschend, köpften daraufhin eine Flasche des teuersten Champagners.

*   *   *

Das Meer stieg aus unruhigen Träumen missmutig empor. Schickte weiße Brecher als Kundschafter. Der Streit der Greise nahm entsetzliche Ausmaße an. Die Menge heulte wie Zerberus mit tausend Köpfen. Nicht schneeweiß mehr war die Stadt: Reißende Bäche dunklen Blutes schossen über Treppen, Straßen und Plätze.

Zwölf schlug die Uhr des schwankenden ägyptisch-chinesischen Turmes, als wutentbrannt ein Greis die Bombe zündete.

Ariadne

Stets aufs Neue freuten sie sich, einander am Frühstücksbuffett wiederzusehen. Nach einer Nacht, die jeder hatte für sich alleine bestehen müssen. Zwar schwiegen sie über diese Stunden und die imaginären Orte, an denen sie dort verweilten, doch war jeder dankbar, die Gegenwart der anderen wiederzufinden.

Später dann, für einen zu genießenden Nachmittagskaffee dagegen, fehlte alles, was dazu gehörte. Die geflüsterten Gespräche an entfernten Tischen, die Melodien klimpernden Bestecks auf Porzellan, der Duft wirklich frisch angesetzten Kaffees.

Sie fanden kaum noch Worte, um miteinander zu sprechen. Die lange Zeit ließ ihr Sprachvermögen zusehends schrumpfen. Die ewig gleichen Sätzen kamen ihnen über die Lippen, während ihre Gedanken, eingeschlossen wie in die Büchse der Pandora, immer komplizierter wurden. Doch sie vermochten sich nicht mehr auszudrücken. Und die Verlassenheit breitete sich aus, wie eine ansteckende Krankheit.

* * *

Sie erinnerten sich kaum noch, wann sie den allerletzten Stern passierten. Waren an ihm vorbeigezogen, wie im Spurt auf einer Zielgeraden. Doch welches Ziel?

Nun lebten sie nur noch vom eigenen Licht.

Eines künstlichen Tages war es ihnen, als würde die Schwärze des Raumes an Intensität verlieren. Bald flogen sie durch eine stetig heller werdende Dämmerung, von Licht durchzogen, wie von feinen silbernen Fäden. Sonnen blitzten auf, um gleich wieder zu erlöschen, so schnell, dass Zweifel aufkamen am eigenen Sehvermögen. Zuweilen sah es aus, als entstünden Löcher und Risse in einem immer poröser werdenden Gewebe.

Was euch an den Grenzen unseres Alls erwartet, ist nicht voraussehbar. Vielleicht kommen euch die Galaxien eines anderen Universums entgegen. Alle hatten gelacht. Oder unsere eigene Milchstraße? spottete jemand. Doch war es das? Befanden sie sich auf dem Schlachtfeld einer Finsternis gegen die andere?

* * *

Und dann... Licht.

Ein Raum... ein weißer Raum, ein Weiß, das so nicht vorstellbar. Nichts. Hier ist Nichts, schrie es ihnen entgegen. Halb blind, flüchteten sie ins Zentrum des Schiffes. Verdunkelten die Scheiben und dennoch, dieses Weiß – es ließ sich nicht bändigen. Nein – das hier konnte kein anderes All sein, hier war nichts, hier war Abwesenheit, ein abwesender, weißer Raum, ein Raum wie Säure, ein Raum, der nichts duldete. Ein Raum, der in schmerzvollen Kontraktionen zu pulsieren schien, angesichts des

Fremdkörpers, der da in ihn eindrang. Ein Ereignis, mit dem er nie gerechnet hatte. Aber wie weit konnten sie eigentlich sehen? Vergebens hielten sie Ausschau nach schwarzen Sonnen.

Sie blickten hinaus, durch winzige Löcher, in verschlossenen Fenstern. Und es verschlug ihnen noch mehr die Sprache.

Ihr Schiff speicherte unverändert Zustand, Geschwindigkeit, Richtung. Hofften sie doch, zurückzufinden, in das ihnen vertraute Universum. Sich zurück zu tasten an den Berechnungen, wie an einem Ariadnefaden.

Nach langer Zeit, ihrer Bordzeit, die sie, fest verschlossen und unablässig beobachtend, mit sich führten, entschlossen sie sich zur Umkehr.

Nichts schien hier zu existieren. Nichts, das sie beobachtete. Nichts, dem sie hätten Aufmerksamkeit schenken können.

Eingesperrt aber wurden die, die diesem Nichts bereits verfallen.

Es folgte eine Zeit, die sich nicht ereignen wollte.

* * *

Dann zeigte sich endlich ein winziger, grauer Punkt. Er stand nicht da, wo sie ihn erwarteten. Aber was machte das schon. Ein verschwommenes Gebilde und näherkommend bemerkten sie an ihm ringsum fingerartige Auswüchse. Wie Lunten an einer kugelrunden Bombe.

Dann tauchten sie ein, in eine sich auftürmende, wabernde Wand bleiernen Staubes, der rasch sich verdichtete und in dem sich bald immer häufiger schwarze Flecken zeigten, die sich als grob geknüpftes Netz um ihr Schiff legten. So unvermittelt, wie sie ins Licht geraten, so plötzlich schossen sie hinein in die Finsternis.

Aber sie war voller Sterne.

* * *

Ein Feuerwerk aus Sternen, Galaxien, Kugelhaufen und farbigen Nebeln. Und meinten sie nicht Musik zu hören? Einen einzigen, gleichbleibenden, schönen Klang?

Wir sind zu Hause... Wir sind zu Hause... sie tanzten durchs ganze Schiff, von einem Ende zum anderen. Jubelnd fielen sie sich um den Hals, und es wirkte für einen Moment so, als würde ihnen dazu noch mehr einfallen. Doch vergeblich suchten sie Worte, um ihre Erleichterung auszudrücken, während ihr Schiff sich hastig hineinschob in die Unendlichkeit ihres Universums. Es hatte ja längst allen Schrecken für sie verloren.

* * *

Doch sie fanden sich nicht zurecht. Was war es nur? Mit eingefrorenen Gesichtszügen starrten sie auf die Armaturen. Was sie sahen und registrierten, stimmte nicht mit ihren Erinnerungen und ihrem Wissen überein.

So verstummten sie endgültig.

Panzerfaust

Die Glut fraß sich langsam entlang der Zigarette und näherte sich mit jedem Zug meinem Mund. Im Zimmer gab es keine andere Lichtquelle, nur diese eine Zigarette. Der Aschenbecher war überfüllt, der Rauch drang in die Augen, obwohl man ihn nicht sehen konnte.

Es ging auf zwölf. Ich blickte nicht zur Uhr hinüber, aber ich wusste es.

Gleich wird er kommen. Das war der einzige Gedanke, der in meinem Kopf rumorte und der verursachte, dass mir alle in der Kindheit erlernten Gebete wieder einfielen. Ich hatte Angst. Ich machte einen Lungenzug und stieß eine neue Rauchwolke aus.

Und wenn er nicht kommt? Wenn das alles nur eine Lüge ist?

Die Zigarette sengte mir schon fast die Lippen an, doch ich wollte sie noch nicht ausdrücken.

Meine Hand zitterte, sie war kalt und schweißnass.

Die Mitternacht näherte sich unaufhaltsam. Donnerstag ging zu Ende. Er schied hin. Er verstarb mit der Geschwindigkeit eines Blutstropfens pro Sekunde und sein Blut war glutfarbig. Ich drückte den Stummel im Aschenbecher aus, verbrannte mir dabei die Finger und die Asche landete auf dem Tisch. Das Zimmer versank in völliger Dunkelheit.

In der Ferne begann die Rathausturmuhr ihre längste monotone Melodie zu schlagen. Meine Augen hatten sich in der Zwischenzeit an die Dunkelheit gewöhnt, oder war es im Raum vielleicht doch heller geworden?

Ich sah ihn direkt vor mir. Er stand breitbeinig da, seine Hände auf dem Rücken verschränkt.

Er war ganz in Schwarz gekleidet. Auf dem Kopf trug er eine schwarze, spitz zulaufende Kappe mit ausgeschnittenen Löchern in Augenhöhe. Er schwieg. Ich tat den Mund auch nicht auf. Meine Kehle war wie zugeschnürt. Es wurde kalt und in meinen Ohren dröhnte es. Er begann als Erster zu sprechen. Nein, er sprach nicht normal, er flüsterte vielmehr laut. Seine Stimme erinnerte an das Gekreisch eines Aasgeiers.

»Warum hast du mich gerufen?«

Es dauerte eine Weile, bis ich darauf antworten konnte. Ich musste meine ausgetrocknete Kehle befeuchten und meinen Atem beruhigen.

»Ich möchte meine Seele verkaufen.«

Ich sah sein Gesicht nicht, aber ich wusste, dass ein Grinsen um seinen Mund spielte.

»Zeig sie her«, verlangte er.

Er nahm sie von mir und betrachtete sie, indem er sie gegen das ins Zimmer hereinfallende Licht hielt. Die Wolken hatten sich verzogen, und der bleiche Mond schien wieder. Jetzt konnte ich ihn genauer sehen. Er war hager und groß, viel größer als ich. Eine dicke Silberkette mit einem Anhängsel in Form eines Fischskeletts hing um seinen Hals. Er hatte schwarze dünne Handschuhe an. Er hielt meine Seele hoch und untersuchte sie sorgfältig.

»Sie ist fast neu«, sagte ich.

Er wandte sich mir zu, und ich konnte mich erneut des Eindrucks nicht erwehren, dass er grinste.

»Neu«, raschelte er, »aber das linke Handgelenk scheint mit etwas aufgeschlitzt worden zu sein.«

»Ich habe keine andere«, erwiderte ich.

Aus seiner Kehle drang ein krächzendes Lachen. Er legte die Seele so auf den Tisch, dass ihre Beine den Fußboden berührten.

»Was willst du für sie haben?« Seine Stimme ähnelte

jetzt dem Zischen eines hungrigen Reptils oder dem Geraschel eines brennenden Ameisenhaufens.

»Ich brauche einen Dolch, mit dem ich jeden töten kann. Er muss die Haut eines Gürteltiers und eine kugelsichere Weste durchdringen können. Er muss Vampire und Gespenster töten können. Vor ihm darf keine Seele, weder Engel noch Gott, wenn ich ihn mal treffen sollte, sicher sein können. Nur du bist im Stande, ihn mir zu liefern.«

Meine Angst war verflogen. Ich sprach langsam und deutlich.

Er schwieg und dachte nach.

»In Ordnung. Du wirst ihn bekommen«, sagte er nach einer Weile, »aber deine Seele ist ein zu niedriger Preis dafür. Du musst noch was drauflegen.«

Seine Worte erschreckten mich. All die Bemühungen, all diese in den Bibliotheken voller Spinnengewebe über den fürs Feuer bestimmten Büchern verbrachten Nächte! Und die darauf folgende riesengroße Angst! Sollte sich all das nun als vergeblich erweisen? Nein, ich wollte mich damit nicht abfinden.

»Was willst du noch? Dass ich etwa den Papst erschieße?«, schrie ich fast.

»Du wirst den Dolch bekommen. Doch du wirst ihn innerhalb eines Jahres benutzen müssen. Egal gegen wen. Sonst wird er verschwinden, und deine Seele wird mir trotzdem gehören. Das ist meine Bedingung.« Die einzelnen Worte entwichen aus ihm wie das Gas aus einer Flasche gärenden Weins. Ich atmete erleichtert auf. Dieser Bedingung konnte ich zustimmen. Ich nickte.

Unter dem Mantel holte er eine Pergamentrolle hervor und breitete sie auf dem Tisch aus. Er hielt mir ein kleines Messer mit einem Holzgriff hin und wies auf mein Handgelenk.

»Du hast schon Erfahrung damit«, krächzte er.

Ich blickte auf mein Handgelenk, auf die schmalen weißen, parallel verlaufenden Narben. Im Dunkel konnte ich sie nicht sehen, doch ich wusste, dass sie da waren. Ich hatte sie vor meinem geistigen Auge. Ich ergriff das Messer und machte einen neuen, diesmal aber leichten Einschnitt in die Hand. Ein paar dunkle Tropfen sickerten aus der Haut.

»Ich liebe diesen Geruch«, sagte er und tauchte die Spitze der Rabenfeder ins Blut ein. Dann reichte er sie mir. Ich kritzelte meinen Namen auf das Pergament und führte das juckende Handgelenk an den Mund. Das unterzeichnete Dokument las ich gar nicht. Es war zu dunkel, und ich wusste, dass er mich nicht hintergehen konnte. Nachdem das Blut getrocknet war, rollte er das Pergament wieder ein und verstaute es auf seiner Brust.

»Den Dolch wirst du heute in einer Woche geliefert bekommen. Ich werde selbst kommen. Was den Preis angeht, so werde ich ihn fordern, wenn es soweit ist. Und vergiss nicht, das erste Opfer muss innerhalb der nächsten zwölf Monate sterben«, mahnte er mich noch einmal.

»Kein Problem.« Ich lachte auf.

Er verschwand.

* * *

Wieder saß ich im dunklen Zimmer und rauchte eine Zigarette. Und wieder hatte ich Angst. Draußen hörte ich herrenlose Hunde heulen und die vom stürmischen Wind hin und her geschüttelten trockenen Äste knacken. Der Mond war nicht zu sehen. Dichte Wolken rasten, vom Wind gepeitscht, nach Westen. Ein Gewitter zog auf. Zwischen dem Himmel und dem Horizont zuckten Blitze.

Ich drückte die Zigarette aus. Vor dem Hintergrund der Wand erblickte ich eine vermummte Silhouette.

»Hast du ihn? Hast du ihn mitgebracht?«, schrie ich auf.

Wortlos legte er ein in schwarzes Material gewickeltes Bündel auf den Tisch. Ich griff schnell danach und zerriss die Schnur, mit der es umwunden war. In der Hand hielt ich einen Dolch, der wie eine gerade gebogene Sichel lang und wie ein Laserstrahl schmal war. Er schimmerte im Dunkel leicht. Meine Finger umklammerten den Griff fester.

»Ich erzähle dir, wie er geschaffen wurde«, brummelte er. »Deinen Auftrag haben blinde Zwerge ausgeführt. Sie schmiedeten die Klinge aus einem Stück Meteorit. In ihrer Werkstatt im Innern eines Vulkans arbeiteten sie sechs Nächte lang daran.« Seine Stimme verfiel ins Flüstern. »In die Klinge wurde ein Rinnchen eingearbeitet, durch das ein Gift fließt. Ich habe es aus meinem Blut, dem Samen eines unschuldig Gehenkten, dem Skorpion- und Schlangengift zusammengebraut, dann noch zu Pulver gemahlene Eckzähne eines tollwütigen Hundes, Krallen eines Geiers, die Spitze der Lanze des römischen Soldaten, Splitter des Steines eines Ertrunkenen, ein weißes Pulver, das nach bitteren Mandeln riecht, den Schmutz aus dem Beil eines Henkers und der Sense des Knochenmanns, den Rost von drei Nägeln, indianische Giftkräuter und ein paar Fäden aus dem Hemd eines Pestgestorbenen hinzugefügt. Diese Mischung wird jeden töten«, erzählte er, und mir liefen kalte Schauder den Rücken hinunter.

»Das Gift reicht aber nur für einen einzigen Stich«, zischte er.

»In Ordnung. Bevor du gehst, möchte ich dir aber noch eine Frage stellen.« Die Worte blieben mir fast in der Kehle stecken.

»Was noch?«, krächzte er.

»Wie viele von euch gibt es da unten?«, fragte ich mit heiserer Stimme.

»Nur mich. Der Rest ist wie du.«

»Es gibt also nur einen Satan?«

»Genau.«

Mit einer blitzschnellen Bewegung rammte ich ihm den Dolch in die Brust. Direkt ins Herz. Ich stemmte mich gegen den Knauf so lange, bis die Spitze auf der anderen Seite wieder rauskam.

Er stöhnte und sein Körper wurde von einem heftigen Zittern erfasst.

Links in meiner Brust spürte ich plötzlich einen so starken Schmerz, dass ich aufbrüllte.

Er zappelte und röchelte. Unvermittelt verwandelte er sich in einen großen schwarzen Kater, der laut miaute und blutete. Er schlug mit seinen Krallen nach mir.

Ich sprang zurück und lehnte mich an die Wand.

Der Schmerz in der Brust ließ zwar etwas nach, doch er pulsierte nach wie vor in mir.

Der Satan ging inzwischen eine Reihe von Metamorphosen durch. Mal war er eine Fledermaus mit langen, scharfen Zähnen, mal ein Rabe, der mit den Flügeln um sich schlug. Schwarze Federn tanzten in der Luft.

Ich schloss die Augen.

Als ich sie wieder öffnete, erblickte ich eine Spinne, deren Beine ratlos zappelten. Sie verwandelte sich in eine Riesenschlange, rollte ihren Körper aus und wurde zu einem Hai.

Und so blieb er auch schließlich reglos liegen. In der Mitte meines Zimmers.

Ein Hai in einer Lache von Blut verschiedener Tiere. Darauf schwammen schwarze Federn.

Die Kiemen des Hais zitterten noch einmal kurz, dann erstarrten sie.

Er war tot. Mein Plan war also doch aufgegangen.

Ich näherte mich dem Fischkadaver und hockte mich hin.

Aus seiner Seite ragte ein silberner Griff heraus. Ich wischte mir den Schweiß von der Stirn und zündete eine Zigarette an. Ich ging auf den Balkon hinaus.

Es begann schon zu dämmern. Der Himmel wurde grau. Irgendwo in der Ferne krähte ein Hahn drei Mal. Drei Mal nacheinander, praktisch ohne Pausen dazwischen.

Das Unwetter war an der Stadt vorbeigezogen, und der Wind hatte sich gelegt. Der Himmel war klar. Die Sterne waren fast alle schon verschwunden.

Den Schmerz in der Brust spürte ich noch.

Mein Blick wanderte nach unten, auf die Straße, die sich neun Stockwerke unter mir befand.

»Hinunterspringen?«

Selbstzerstörung ist eine Sünde. Dafür kommt man in die Hölle.

Aber nun gibt es keine Hölle mehr.

Originaltitel: ›PANZERFAUST‹
Erstmals erschienen in: ›Nowa Fantastyka‹,
Nr. 2 (137) 1994, S. 49–50.
Copyright © 1994 by Grzegorz Janusz
Mit freundlicher Genehmigung des Autors
Copyright © 2001 der deutschen Übersetzung
by Wilhelm Heyne Verlag GmbH & Co. KG, München
Aus dem Polnischen übersetzt von Jacek Rzeszotnik

S T E P H E N   B A X T E R   und
A R T H U R   C .   C L A R K E

Das Draht-Kontinuum

»...[Clarkes] Beiträge zur fiktiven Kartierung und Vermessung der Zukunft haben unterschiedliche Kritiken bekommen, sind aber durchweg interessant... In einer der ersten veröffentlichten Stories, ›Travel by Wire!‹ (im Fanzine *Amateur Science Fiction Stories*, Dezember 1937), sagte er mit bemerkenswerter Treffsicherheit den Start eines britischen ›Funk-Transporter‹-Systems voraus – für 1962! Auf einer ähnlichen Idee fußte auch [Clarkes] erste professionelle Story: ›Loophole‹ (*Astounding Science Fiction*, Mai 1946)...«

Martian Times, Dezember 1997

1947: Hatfield, im Norden von London, England

Die Ingenieure erteilten Henry Forbes mit nach oben gerecktem Daumen Startfreigabe, und die *Vampire* rollte die Startbahn entlang. Die Düsentriebwerke heulten auf, worauf er den vertrauten sanften Schub im Rücken spürte; und als er dann am Steuerhorn zog, hob die *Vampire* ab und stieg in den Himmel.

Es war ein wolkenloser Junimorgen. Der englische Himmel wölbte sich als eine weite stahlblaue Kuppel über ihm, und der taubengraue Rumpf der *Vampire* glänzte im Sonnenlicht. Er zog ein paar Kreise über London. Die Hauptstadt lag als eine graubraune, amorphe Masse unter ihm. Rauchsäulen fädelten sich durch eine dünne Smogschicht. Es war immer noch ein schöner Anblick. Er machte ein paar der größeren Bombentrichter aus, die das Eastend und die Docks verunstalteten. Die Trümmerfelder sahen aus wie Krater auf dem Mond.

Er erinnerte sich daran, wie es auf dem Höhepunkt der Show in Hatfield zugegangen war: verdreckte und geflickte *Spitfires, Hurricanes* und B 24-Bomber, die inmitten von Trümmerhaufen starteten und landeten. Die Flugzeuge waren in den Schlamm eingesunken, an Tagen, die so düster waren, dass selbst die Vögel lieber zu Fuß gingen. Bodenpersonal in Overalls und mit Seidenschals kurbelte die Triebwerke an, mit vor Erschöpfung eingefallenen Gesichtern.

Doch das war Vergangenheit. Nun wirkten die Flugzeuge wie Besucher aus der Zukunft, schimmernde Monocoque-Jets aus Metall mit Namen wie *Vampire, Meteor, Canberra, Hunter, Lightning.* Und Henry Forbes war mit seinen dreißig Jahren kein Major in der blauen Luftwaffenuniform mehr, dessen Karriere den Fall Frankreichs, die Luftschlacht um England und die Invasion in der Normandie umspannte; nun war er ein popliger Testpilot für de Havilland, und nicht einmal der ranghöchste.

Doch auch das hatte durchaus seinen Reiz. Er erprobte ein Triebwerk für die neue M52, die eine Geschwindigkeit von 1600 km/h erreichen sollte und damit die Amerikaner mit der in Kalifornien getesteten X-1 vom Sockel stoßen würde.

Forbes richtete sich im Cockpit ein. Das einsitzige Jagdflugzeug glich einer Sardinenbüchse, wie seinerzeit die *Spitfire,* auch wenn er heute nur einen verschlissenen Trainingsanzug trug und ein Blumensträußchen im Knopfloch hatte. Im Kokon des Cockpits, allein am Himmel, verspürte er eine tiefe Ruhe. Er wünschte sich, Max wäre bei ihm – oder dass er wenigstens imstande wäre, ihr die Gefühle zu schildern, die er beim Fliegen empfand. Doch dazu war er nicht imstande. Zumal sie mit ihren eigenen Projekten beschäftigt war.

Susan Maxton war ein paar Jahre jünger als Forbes. Er hatte sie im Krieg kennen gelernt, als junge und dynamische Oxford-Absolventin. Dann wurde sie zur Fernmeldetruppe eingezogen und inspizierte die V2-Einschlagorte in der geschundenen Landschaft Südenglands. Diese Einsätze waren beileibe nicht ungefährlich. Sie hatte nach intakten Überresten der hochentwickelten Lenkungssysteme gesucht, die Hitlers Raketen ins Ziel gebracht hatten – der Technik der Alliierten weit voraus, wie sie sagte –, und nach dem Krieg war sie dann nach Deutschland gegangen, nach Peenemünde, an die Ruhr und sonstwohin, um weitere Nazi-Geheimnisse zu lüften.

Das alles war natürlich geheim. Deshalb glaubte er ihr nicht einmal die Hälfte der Andeutungen, die sie voller Begeisterung machte, diesen irren Kram von geheimen Nazi-Labors, die um Haaresbreite an der Entwicklung einer Atom-Bombe für Hitler vorbeigeschrammt wären –, angeblich hatte man sogar daran gearbeitet, Menschen durch Telefonkabel zu transportieren, was Hitler in die Lage versetzt hätte, einen neuen, elektronischen *Blitzkrieg* aus dem Herzen des zusammenbrechenden Reichs zu führen!

Nach dem Krieg hatten Forbes und Max heiraten wollen. Doch daraus war bisher nichts geworden. Max hatte nämlich eine Eigenschaft ausgeprägt, welche Forbes als ungesunden Arbeitseifer betrachtete.

Ohne Zweifel würde das sich irgendwann einpendeln. Und inzwischen machte das Bodenpersonal von Hatfield ihn über Funk darauf aufmerksam, dass er mit der Träumerei aufhören und an die Arbeit gehen möge.

Er nahm zwei Ohrenstopfen und schob sie sich in die Gehörgänge. Dann zog er die *Vampire* hoch und ritt auf einem kohlschwarzen Abgasstrahl in den Himmel.

Das Blau war wundervoll, und es wurde noch intensiver, je höher er stieg.

Er nahm den Schub zurück, als die Luft dünner wurde. In einem Bogen näherte die *Vampire* sich dem Scheitelpunkt der Flugbahn, in einer Höhe von sechzigtausend Fuß.

Die Erde breitete sich unter ihm aus. Die leicht gekrümmte Landschaft war grün, braun und grau getüncht, und der Himmel über ihm war von einem so dunklen Blau, dass er fast schon schwarz wirkte. In wenigen Minuten von einer englischen Vorstadt an die Grenze des Weltraums. Verdammt sonderbar.

Doch nun würde es haarig werden, wenn er nämlich in den Hochgeschwindigkeits-Sturzflug ging. Er rechnete damit, bei vierundzwanzigtausend die Kontrolle über die Maschine zu verlieren. Dann würde er ein paar Gebete sprechen, bis er bei fünfzehntausend wieder dichtere Luft erreichte und die Kontrolle zurückerlangte.

Wenn er es richtig anstellte, würde er zum Mittagessen wieder zu Hause sein.

Er drückte die Nase nach unten und leitete den Sturz in die Atmosphäre ein.

1957: Preston, England

Susan Maxton Forbes verfolgte belustigt, wie ihr Mann elegisch durch die Konstruktionsbüros von English Electric wandelte. Während die Countdown des *Blue Streak*-Starts über eine rauschende Funkverbindung von Woomera übertragen wurde, scharten die jungen Aerodynamiker sich um Henry. Sie musste zugeben, dass er gute Arbeit geleistet hatte.

»Eindrucksvoller Ort«, sagte er nun schon zum fünften Mal.

»Sie hätten uns mal nach Kriegsende sehen sollen«, sagte ein ergrauter (vielleicht vierunddreißig Jahre alter) Veteran. »Alles, was wir hatten, war eine leerstehende Werkstatt. Und dort haben wir die *Canberra* ausgebrütet.«

»Ach so! Und ich habe sie erprobt. ›Das Flugzeug, in dem die Zeit stehenbleibt‹...«

»Ja«, hauchte eine junge Mitarbeiterin. »Das muss aber aufregend gewesen sein.«

»Eigentlich nicht. Journalisten entlocken Testpiloten manchmal ziemliche Abenteuergeschichten. Aber die Arbeit an sich ist methodisch und nüchtern.«

»Werden Sie sich auch so fühlen, wenn Sie unsere *Mustard* testen, Henry?«

»Das hoffe ich doch, oder ich bin mein Geld nicht wert!«

Das sorgte für allgemeine Heiterkeit. Dann gingen sie in einen anderen Bereich des Büros, und Max ergriff die Gelegenheit beim Schopf, sich bei ihrem Mann unterzuhaken und ihn von der jungen Frau wegzulotsen.

»Erzähl mir nur nicht, dass du die ganze Aufmerksamkeit nicht genießt«, flüsterte sie ihm zu.

»Natürlich genieße ich es. Du kennst mich doch. Bei diesem Heckmeck vergesse ich für einen Moment, dass ich schon so ein alter Knacker bin...«

Sie wechselten Blicke, und er schwieg. Es waren nämlich diese Bemerkungen über das Alter, die im üblichen Streit mündeten, ob sie für Nachwuchs sorgen sollten, und wenn ja, wann, oder ob sie nicht schon längst...

Sie drückte seinen Arm. »Ich wünschte nur, die Leute wären von meiner Arbeit auch so begeistert«, sagte sie.

Er grunzte. »Du hast deinen Auftritt gehabt, als du diesen Holzwürfel durchgeschickt hast. Das war für Wochen fast das einzige Thema in der Zeitung; es hat sogar Suez von den Titelseiten verdrängt.«

»Aber es hat nicht funktioniert. Der Würfel kam in Form von Kügelchen wieder raus und...«

»Aber das Gerät kam trotzdem ins Museum! Was willst du denn noch? Ganz zu schweigen von dem armen Hamster, der am Schock gestorben ist und den du hast ausstopfen lassen.«

Sie kicherte. »Stimmt, das war schon ziemlich grausam. Aber um öffentliche Aufmerksamkeit geht es mir auch gar nicht. Es ist die intellektuelle Herausforderung.«

Er schnitt eine Grimasse und roch an der Blume im Knopfloch. »Aha. *Intellektuell.*«

»Die Art und Weise, wie wir die Probleme lösen, an denen die Deutschen sich die Zähne ausgebissen haben – wie man das verdammte Unschärfe-Prinzip umgeht.«

Sie versuchte, ihm die Fortschritte am Plessey-Labor zu erklären, wo sie Grundlagenforschung auf dem Gebiet des Funk-Transports betrieb. Im Grunde wurde überhaupt keine Materie transportiert, sondern die Information, die zum Beispiel in einem Menschen enthalten war. Funk-Transporter hatte man bisher für utopisch gehalten, weil man Position und Geschwindigkeit eines jeden Teilchens einer Person bestimmen musste. Das hätte eine Verletzung des Unschärfe-Prinzips bedeutet.

Doch es gab ein Schlupfloch.

Es war ein echtes Drama gewesen: die Anstrengungen, die Sackgassen, der Wettlauf mit den Amerikanern in den Bell-Labors um den ersten Platz... bis es den Forschern dann gelang, einen Quantenzustand in klassische Information zu zerlegen und wiederherzustellen – durch Messungen, die als Einstein-Podolsky-Rosen-Korrelation bezeichnet wurden und die Möglichkeit eröffneten, klassische Information wie eine Telegraphennachricht durch den *Draht* zu schicken...

Das war das Grundprinzip, obwohl der Teufel im Detail der Bandbreite, Umwandlung und Speicherkapazität steckte.

»Natürlich kann man Quanteninformationen nicht einfach kopieren«, sagte sie. »Man muss das Objekt *zerstören,* das man per Funk transportieren will. Und das ist nur gut so – stell dir vor, hundert Hitlers suchten den Planeten heim, von denen jeder mit demselben Recht von sich behaupten dürfte, das Original zu sein!«

Er grunzte und ließ den Blick über Zeichenbretter und Versuchsaufbauten schweifen. »Wenn du mich fragst, hundert Bill Haleys wären schlimmer.«

Sie wusste, dass er nur mit halbem Ohr zuhörte.

Nun wurden sie vom Abteilungsleiter aufs Korn genommen, einem kräftigen jungen Mann mit schütterem Haar, der ihnen unbedingt einen Vortrag über die *Mustard* halten wollte.

»...Die *Mustard* ist ein Raumtransporter und Bergungsgerät in Modulbauweise... Wir wissen, dass die Amerikaner nach dem ›Mülleimer-Prinzip‹ verfahren und mit einer praktisch unkontrollierbaren Kapsel arbeiten. Doch der Weg ins All führt über wiederverwendbares Gerät. Wenn wir nur die Unterstützung des Luftfahrtministeriums hätten...«

Max hörte widerwillig zu. Was war ein Raumschiff denn anderes als ein zusammengedengelter Blecheimer? Und all diese glorreichen Raumschiffprojekte wurden nur aufgelegt, weil man das Potential des Funk-Transports fürchtete und den internationalen Wettlauf um die Einrichtung der ersten Raumstationen im geostationären Orbit gewinnen wollte.

Inzwischen erfolgte in ihrer Disziplin ein Durchbruch nach dem andern, fast unbeachtet von der Öffentlichkeit und an der Grenze des menschlichen Vorstellungsvermögens! Sie hatte sogar noch ein Schreiben von Eugene Wigner in Princeton in der Brieftasche, in dem er vorschlug, mittels Quantentunnel-Effekten die Lichtgeschwindigkeits-Barriere zu überwinden.

Wenn Henry doch nur begreifen würde, dass sie praktisch in derselben Mannschaft spielten – und nicht nur das, sie waren aufeinander angewiesen! Doch das Misstrauen gegenüber einer Expertise, über die er selbst nicht verfügte und der Argwohn angesichts ihrer zunehmenden Reputation schienen die Kluft zwischen ihnen nur noch zu vertiefen.

Im entfernten Woomera näherte der *Blue Streak*-Countdown sich dem Ende. *Zehn, neun, acht...* Die beiden stellten sich zusammen mit der Belegschaft von English Electric unter einen Lautsprecher. »Wenn man sich vorstellt«, sagte der Abteilungsleiter, »dass wir den nächsten Start im Fernsehen verfolgen werden, wenn Prospero erst einmal oben ist!«

Oder, sagte Max sich, man macht einfach einen Schritt nach Australien und verfolgt den Start vor Ort...

Vielleicht, so sagte sie sich, hätten wir doch Kinder bekommen sollen. Aber wäre ein Kind wirklich die Lösung unserer Probleme gewesen? Wenn ich solche einfachen Fragen mit derselben Leichtigkeit beantworten könnte, mit der ich die Paradoxien der Quantenmechanik auflöse...

Drei, zwei, eins.

1976: Woomera, Südaustralien

Forbes lag im senkrecht stehenden Cockpit auf dem Rücken, die Beine in der Luft. Er lauschte den Stimmen, die in kultiviertem britischem und kernigem australischem Englisch von der Leitstelle übertragen wurden. Alles lief wie am Schnürchen, und er überließ es dem Copiloten, einem aufgeweckten jungen Burschen – wenn er auch aus Yorkshire* stammte –, auf die verschiedenen Instruktionen und Anfragen zu reagieren und das sonstige Prozedere zu regeln.

Forbes war entspannt. Die Beschleunigungskräfte, die er während des Flugs in der *Congreve* würde aushalten müssen, wären jedenfalls geringer als die Belastung, die er während der Luftkämpfe mit den deutschen Jägern verkraftet hatte; damals hatte er mit der *Spitfire* so enge Kurven gezogen, dass ihm schwarz vor Augen wurde. Zumal niemand mehr Stunden in Alarmbereitschaft verbracht hatte als *er* – in Erwartung weiterer deutscher Angriffe, wobei die einzige Abwechslung darin bestanden hatte, den Getränkeautomaten mit Münzen zu füttern. Dennoch hatte er den Dienst nie auf die leichte Schulter genommen...

Forbes setzte sich auf und spähte durchs Periskop. Die rotbraune australische Wüste breitete sich meilenweit um

---

* Yorkshire ist in Großbritannien das, was Ostfriesland für Deutschland bedeutet. – *Anm. d. Übers.*

ihn aus. Sie war leblos, bis auf ein paar Salzbüsche und Büschel stachligen Grases. Er schaute an der Flanke der *Mustard* hinab, wobei Nebelschwaden, verursacht durch den Flüssigsauerstoff, durch sein Blickfeld trieben.

Die startbereite *Congreve* sah aus wie drei senkrecht und Bauch an Bauch stehende Comet-Passagierflugzeuge. In jeder Nase steckte eine zweiköpfige Besatzung. Die drei mit Wasserstoff und Sauerstoff betankten Einheiten würden zusammen abheben, wobei der Brennstoff in den zentralen Kern geleitet würde. Und dann, in zweihunderttausend Fuß Höhe und hundertfünfzig Sekunden nach dem Start, würden die Zusatztriebwerke abgetrennt werden und mithilfe der integrierten Turbojets wieder auf der Erde landen. Der Kern indes würde unter Forbes' Kommando dem Orbit entgegenstreben. Weil die drei Maschinen wiederverwendbar und zudem baugleich waren, sagten die Eierköpfe, die *Mustard* sei pro Pfund Nutzlast zwanzig- bis dreißigmal billiger als die Raketen, welche die Amerikaner und Russen einsetzten: gar so billig, dass die Amerikaner in Anbetracht des bevorstehenden Erstflugs ihr prestigeträchtiges bemanntes Raumfahrtprogramm mit einer ballistischen Raumkapsel eingestellt hatten, und die geplanten Mondflüge gleich dazu.

...Nun muss das Gerät aber auch funktionieren, sagte Forbes sich. Die neuen Außenposten im Weltraum, die von den im Bauch der Maschine gelagerten *Draht*-Plattformen aus erreicht werden sollten, hingen von der Nutzlastkapazität der *Mustard* ab. Das Herschel-Weltraumteleskop zum Beispiel wurde bereits in der Glasfabrik Pilkington in Lancashire montiert.

Der Startkomplex befand sich auf einer Anhöhe oberhalb eines ausgetrockneten Sees. Die einzigen Fremdkörper waren die schimmernden Hüllen der Flüssigsauerstofftanks. Die Startrampe war im Grunde nur eine Metallplattform mit einem einzelnen Startturm, der neben dem Schiff selbst aufragte.

Die Anlage in Woomera war ziemlich primitiv im Vergleich zu Cape Canaveral, wo er ein wenig mit den Amerikanern trainiert hatte. Die Atlantische Union hatte ihm den Weg geebnet, obwohl er sicher war, dass die Amerikaner sich nicht hätten lumpen lassen. Anders als beispielsweise die Franzosen, obwohl er wusste, dass solche Überlegungen bigott waren. Er hatte sich nämlich darüber gefreut, dass die Regierung es endlich aufgegeben hatte, den Europäischen Gemeinsamen Markt zur Aufnahme Großbritanniens bewegen zu wollen. Eine Union mit Amerika war vor dem Hintergrund einer gemeinsamen Sprache und Kultur viel sinnvoller – vor allem jetzt, wo durch den *Draht* die Entfernungen auf der Erde keine Rolle mehr spielten.

Im Mai 1962 hatte Harold Macmillan die erste *Draht*-Verbindung mit Paris eröffnet – und sich aus diesem Anlass auch zum Trottel gemacht, indem er eine britische Flagge vor den Franzosen schwenkte. Seither hatte der *Draht* mit seinem grenzenlosen Potential einen Siegeszug um die Welt angetreten. Handel und Reise waren revolutioniert worden.

Die Amerikaner waren besonders erfinderisch gewesen, was auch nicht verwunderte. Da war diese schreckliche Sache mit Kennedy in Dallas gewesen – der erste *Blitz-Mob,* wie man es heute nannte –; der minutenschnelle Transport von verwundeten GI's aus Vietnam in die Arme ihrer Eltern; und Lyndon B. Johnsons forcierte Maßnahmen für die Aufhebung der Rassenschranken, indem er *Draht*-Plattformen auf jedem Schulhof aufstellen ließ.

Und die Wunder des Zweiten Elisabethanischen Zeitalters nahmen kein Ende, und weil Max den Wettlauf gegen die Amerikaner gewonnen hatte, waren es britische Wunder, bei Gott. Manchmal schien es, als könne man keine Zeitung aufschlagen, ohne dass einem diese blöden Werbesprüche ins Gesicht sprangen: »Reisen per Telefon!« – »Schneller geht's durch den *Draht!*«. Vor allem die jungen

Leute schienen diese neue distanzlose Welt zu genießen, auch wenn das manchmal seltsame Blüten trieb. Noch heute *drahten* diese Heulbojen von Beatles durch die Welt und singen »All You Need is Love« vor einem Zweihundertmillionen-Publikum.

Der *Draht* veränderte das Leben eines jeden Menschen. Max war reich geworden, indem sie in Unternehmen investierte, welche die neuen digitalen Computer entwickelten, die zum Betreiben der überall entstehenden *Draht*-Netze benötigt wurden.

Wenn sie nur hier gewesen wäre, um das zu sehen, diese Apotheose! Doch wie immer war sie zu beschäftigt.

Der *Draht* hatte sein Leben in eine Paradoxie verwandelt. Nur eine flugfähige *Mustard* war gebaut worden, und nur ein paar Dutzend Flüge wären nötig, um die Empfangsplattformen in den Orbit zu bringen; und danach würde der *Draht* den Transport von Fracht und Passagieren übernehmen, und zwar zu konkurrenzlos niedrigen Preisen.

Und was dann? Die Amerikaner sprachen bereits von einem neuen internationalen Mondfahrtprogramm. Und Forbes sollte trotz seines Alters eine leitende Funktion übernehmen. Zum guten alten Mond! Doch das würde mindestens ein weiteres Jahrzehnt intensiven Trainings und Erprobung bedeuten. Und natürlich würde Max sagen, dass er wieder davonlief. Einer Jugend nachjagte, die er schon verloren hatte.

Welch ein Unsinn! Er hoffte, es würde leichter werden, wenn die Scheidung erst einmal durch war, und dann würde auch diese seltsame Eifersucht verschwinden, die der *Draht* bei ihm hervorrief.

Doch das hat noch Zeit bis morgen, alter Junge, sagte er sich. Du musst erst einmal den heutigen Tag überstehen.

Denn schon in acht Minuten würde der nun fünfzig Jahre alte Henry Forbes tausend Meilen hoch sein – im Orbit um die Erde.

Zwei Sekunden vor dem Start wurden die sechs Haupttriebwerke gezündet. Ein gleißender Feuerball blähte sich auf. Weißer Rauch, mit rotem australischem Staub vermischt, stieg zur Linken und Rechten des Dreirumpf-Raumschiffs auf. Tief unter sich vernahm Forbes ein tiefes, kehliges Brüllen, als ob die Höllenpforte zugeknallt worden wäre.

Und für eine Sekunde wurde er um über zwanzig Jahre zurückversetzt und griff die V2-Stellung in Haagsche Bosch an, während einer der Vögel vor ihm abhob und eine Säule aus kaltem Feuer zwischen den Kondensstreifen der sich jagenden Flugzeuge aufstieg...

Und dann wurde er von den Vibrationen durchgeschüttelt.

1977: *Procellarum Base*

Aus der Kabine der *Endeavour* schaute Forbes auf einen scheibenförmigen Ausschnitt des Monds, der sich etwa zehn Fuß unter ihm befand. Im schräg einfallenden Licht des Mondmorgens erkannte er Krater in allen Größen, stecknadelkopfgroß bis hin zu einem Durchmesser von ein paar Metern.

Buzz Aldrin, der als erster Mensch den Mond betreten würde, stand am Fuß der Strickleiter und wirkte aus Forbes' Position perspektivisch verkleinert. Steif wie ein Mannequin drehte Aldrin sich um. Sein Haldane-Anzug glühte weiß im Sonnenlicht. »Schöner Ausblick«, sagte er. »Großartige Einöde.«

»*Endeavour* für Stevenage. Schön gesagt, Buzz.«

»Manchmal verspüre ich poetische Anwandlungen«, sagte Aldrin trocken. Dann hopste er über die Oberfläche, um die Motorik im Anzug zu testen, und bald war er aus Forbes Blickfeld verschwunden.

Forbes war froh, dass sein Copilot kein Aufhebens um diesen großen Moment machte. Schließlich spielte die Identität des Menschen, der den ersten Schritt auf dem Mond machte, kaum eine Rolle; die dreiköpfige Besatzung – ein Brite, ein Ami und ein Russki – war nämlich gemeinsam auf dem Mond gelandet, als Krönung dieses Kooperations-Programms.

Nun war Forbes an der Reihe. Zuerst prüfte er den Sitz der Plastikblume, die er an den weißen Overall gesteckt hatte. Dann schob Forbes, unterstützt von Alexej Leonov, sich durch die Luke und hielt sich an der Kunststoff-Strickleiter fest. Er hatte kaum Bewegungsfreiheit im ballonartig aufgeblähten Haldane-Anzug, doch er war eine alte Krücke von sechzig Jahren und eh steif wie ein Brett; da kam es auch nicht mehr darauf an, dass er in einem Mond-Kokon eingeschlossen war.

Er fiel schnell, wobei die Schatten der Landebeine der *Endeavour* an ihm vorbeiwanderten, bis – nach einem letzten Moment des Zauderns – die Füße mit einem Knirschen auf der Oberfläche aufkamen. Der Staub wallte in kleinen Wolken auf und setzte sich an seinen Beinen ab.

Er trat unter der Landekapsel hervor. Bei jedem Schritt spürte er, wie das Gestein unter seinem Gewicht zerstampft wurde. Es herrschten eigenartige Lichtverhältnisse, wie bei einem Foto-Negativ: ein pockennarbiger graubrauner Boden unter einem pechschwarzen Himmel. Der nahe Horizont war *gekrümmt:* der Mond war wirklich winzig, nur eine kleine Felskugel, an deren Oberfläche Forbes klebte.

»*Endeavour* für Stevenage. Gut, Sie zu sehen, Henry. Wie fühlen Sie sich?«

»Verdammt sonderbar«, sagte Henry Forbes.

»Es wäre«, sagte Leonid trocken, »verdammt nett, wenn Sie uns zur Hand gingen, Kommandant.«

Forbes drehte sich um und sah, dass Aldrin und Leonov den Hauptauftrag der Expedition zur Hälfte ausgeführt hatten – die Installation des *Draht*-Sender-Empfängers. Zunächst wurde das Gerät provisorisch aufgebaut. Die Astronauten betätigten an der Unterseite der *Endeavour* angebrachte Flaschenzüge, worauf das Ding sich entfaltete. Hauptsache, es funktionierte; die Ingenieure, die ihnen nachfolgten, würden mit entsprechenden Komponenten für eine stabilere Verankerung sorgen.

Er hüpfte zu den anderen, um ihnen bei der Arbeit zu helfen.

Die Erde war eine blaue Kugel. Sie war viel größer als der Vollmond und hing so hoch am Himmel, dass er den Kopf in den Nacken legen musste, um sie zu betrachten. Er sah, dass es Morgen war in Europa; der Kontinent zeichnete sich deutlich unter einer dünnen Wolkendecke ab, doch England war verhüllt. Die Luft war in den letzten Jahren viel sauberer geworden, obwohl es bestimmt keine langfristige Lösung war, Industrieabfälle per *Draht* auf dem Grund der Meere zu entsorgen – irgendwann würden die Giftgase doch in die Atmosphäre entweichen. Deshalb wurde vorgeschlagen, den Mond als globale Müllkippe zu verwenden. Natürlich, wie Max ihm schon zum x-ten Mal erklärte, war der Quanten-Umwandlungsprozess im Herzen des *Drahts* nur möglich, wenn am anderen Ende der Leitung eine bereitstehende Masse umgewandelt wurde. Zukünftige Archäologen, so sagte er sich, würden sich wohl wundern, wenn sie im Reaktor eines stillgelegten Atomkraftwerks verstrahlten Mondstaub fänden.

Er hatte seit Monaten nicht mehr mit Max gesprochen. Vielleicht sah sie gerade die Fernsehübertragung des Mondspaziergangs, die von James Burke, Patrick Moore und Isaac Asimov kommentiert wurde.

Vielleicht auch nicht. Die vielen Milliarden Sterling-Dollar, welche die *Draht*-Firmen in die Quantenforschung investierten – man sprach von Quantencomputern, sogar von einem Quanten-Raumschiffsantrieb –, schufen Perspektiven, die Max voll in Anspruch nahmen. Für Forbes war das alles nur verwirrend und gespenstisch. Die Quantencomputer zum Beispiel sollten unglaubliche Geschwindigkeiten erreichen, indem sie simultane Berechnungen *in Parallel-Universen* durchführten.

Nachdem sie den Sender-Empfänger aufgebaut hatten,

war es Zeit für die Flaggenparade. Der Union Jack und Hammer und Sichel durften fließend herabhängen, doch musste der peinlich berührte Aldrin ein Sternenbanner hissen, das mit *Draht* durchwirkt war, damit es auf dem atmosphärelosen Mond ›wehte‹. Und nun kam das Schwerkraftpendel, eine simple Vorrichtung, die das *London Science Museum* erfunden hatte, um den Fernsehzuschauern zu beweisen, dass sie sich auch wirklich auf dem Mond befanden und dessen schwächerer Anziehungskraft unterlagen.

Die drei salutierten – jeder so, wie er es gelernt hatte –, und dann machten sie Fotos voneinander.

»*Endeavour* für Stevenage. In Ordnung, meine Herren, die Show ist vorbei; in ein paar Minuten sehen wir uns auf der Erde...«

So bald? fragte Forbes sich melancholisch.

Doch Leonov und Aldrin trotten schon brav auf den *Draht*-Sender-Empfänger zu. Ihr Verschwinden wurde von den blauen Blitzen begleitet, die charakteristisch für den Funk-Transport waren. Zurück blieben Polyethylen-Wasserbeutel.

Für einen Moment war Forbes allein auf dem Mond. Der Atem rauschte im Helm, und er dachte an die *Puffing Billies,* die faulig riechenden Sauerstoffsparregler-Bälge, die sie in den hochfliegenden Spitfires hatten verwenden müssen.

In ein paar Minuten würden die Ingenieure heraufkommen, begleitet von einem Geschwader Journalisten und Mond-Wissenschaftlern sowie Mitarbeitern des *Science Museum,* um die *Endeavour* zu versiegeln. Er ließ den Blick über die unberührten Ebenen des Meeres der Stürme schweifen und fragte sich, wie es hier wohl in ein paar Wochen oder Monaten aussehen würde, nachdem die Menschen von diesem Brückenkopf ausgeschwärmt waren.

Die fünfzehn Meter hohe *Endeavour* erhob sich stolz über die Flaggen. Der Kegelstumpf des mit Kevlar beschichteten Keramik-Hitzeschilds auf der runden Nase glänzte matt. Unter den Düsen der Hochleistungs-Flüssigbrennstoffrakete von Rolls-Royce verliefen strahlenförmige Bahnen durch den Staub. Das Triebwerk hatte funktioniert wie eine Eins, sagte Forbes sich stolz.

Doch die *Endeavour* war die erste und letzte ihrer Art. Eine neue Generation komplexer, intelligenter unbemannter Raumsonden mit Namen wie *Voyager*, *Mariner* und *Venera* startete schon von der Erde und brachte *Draht*-Plattformen zum Mars, zur Venus und zu den Jupiter-Monden. Buzz Aldrin hatte Glück gehabt; der erste Mann oder die erste Frau auf dem Mars wäre nämlich mit größter Wahrscheinlichkeit ein Politiker und kein Pilot.

Wieder einmal, wegen des unvermeidlichen Fortschritts der Technik, hatte Forbes seine Schuldigkeit getan und durfte gehen.

Nach der Rückkehr würde dieser Mondflug den Höhepunkt seiner Karriere markieren. Man würde von ihm erwarten, dass er seinen Abschied nahm und die Fackel an diese seltsamen jungen Leute weiterreichte, die mit dem *Draht* aufgewachsen waren.

Doch er war noch nicht bereit für den Ruhestand, egal was der Kalender ihm sagte. Er wusste aber, was Max dazu sagen würde – es läge daran, dass sie doch keine Kinder bekommen hatten und dass er sein Alter nicht akzeptierte –, und ähnliches modernes Psychogeschwätz. Zumal ihm ein medizinisches Attest vorlag, demzufolge der Rückzug ins Häuschen auf dem Lande ohnehin keine vernünftige Option wäre.

Er schloss die Augen und trat durchs flimmernde Portal des Sender-Empfängers. Schmerz durchfuhr ihn, während die Elektronenstrahl-Scanner ihn bestrichen.

Für zwei Sekunden, während ein S-Band-Signal vom Mond zur Erde jagte, existierte er nicht – zumindest nicht in der konventionellen Daseinsform.

Plötzlich drückte ein Gewicht ihn nieder, die sechsfache Mondbeschleunigung, und er ging im Anzug in die Knie.

Doch Hände fassten ihn an den Armen und stützten ihn. Er wurde von Geräuschen bombardiert.

Er öffnete die Augen. Hinter den Wänden der Quarantäne-Station sah er den grauen, tristen Himmel über England.

1987: Brunel Dock, Niedriger Erdorbit

Er wachte auf, als durch das langsame thermische Rollen des Docks hellblaues Erdlicht die Kabine durchflutete.

Er schwebte aus dem Schlafsack. Dann fuhr er sich mit den Fingern durchs schüttere Haar und bereitete sich einen Tee. Das ging so vonstatten, indem er heißes Wasser in einen Plastikbeutel pumpte und die so erzeugte hellbraune Brühe durch einen Nippel einsog. Zum Kotzen; selbst das stärkste Gebräu schmeckte noch nach Plastik. Zumal bei dem geringen Druck, der hier oben herrschte, das Wasser auch nie richtig *heiß* wurde.

Dennoch hielt er die Stellung. Obwohl er den Verdacht hegte, dass die Tätigkeit als Berater für die Steuerung der *Discovery* bloße Sinekure war, waren seine Tage ausgefüllt; mit siebzig stand er eh gern etwas später auf.

Und der grandiose Ausblick entschädigte ihn sowieso für alle Unbilden.

Heute, im hellen Sonnenschein und bei smogfreier Luft, glitzerten die verstreuten Städte Englands unter ihm. Sogar von hier oben erkannte Forbes, dass die großen alten Städte – selbst London – geschrumpft waren. Dafür hatten die Vorstädte den aufgeforsteten Grünflächen große Narben geschlagen. Berufsverkehr, ob mit der Bahn oder dem Auto, gehörte der Vergangenheit an; die Arbeitnehmer huschten nun direkt ins Herz der Stadt und quollen aus den *Draht*-Sender-Empfängern in den alten U-Bahnstationen. Die Autobahn M1 war in eine Rennstrecke verwandelt worden... Es gab sogar, so hatte er gelesen, Leute mit ›simultanen Karrieren‹ in einem Dutzend Städte in aller Welt, zwischen denen sie von morgens bis abends pendelten. Für Forbes wäre das nichts gewesen.

Es gab natürlich auch eine Kehrseite der Medaille. Noch von hier oben sah Forbes das Glitzern der Swimmingpools, die über die Berge und Täler von Schottland, Wales und den Norden Englands verstreut waren. Die Briten waren auf der Suche nach einer – illusorischen – Ursprünglichkeit über ihre kleinen Inseln ausgeschwärmt, doch es gab keine unberührten Landstriche mehr. Also hatte man die schönsten Gegenden unter Naturschutz gestellt. Im Lake District zum Beispiel wurden die Touristen in große Schaukästen aus Glas *gedrahtet* und bewunderten die Landschaft draußen wie Goldfische im Aquarium...

Andere Kosten indes, die der *Draht* verursachte, waren aus dem Orbit nicht zu erkennen. Er erinnerte sich an die Panik, die England kurz nach der Eröffnung der ersten Verbindungen nach Frankreich ergriffen hatte, als das Land von der Tollwut heimgesucht worden war. Und es waren noch schlimmere Seuchen ausgebrochen, wie zum Beispiel der explosive Anstieg der AIDS-Fälle in den frühen Achtzigern. Manche Kommentatoren sagten, dass die verschiedenen Viren und Bakterien, die sich in den Menschen einnisteten, eine nie dagewesene evolutionäre Entwicklung durchliefen, was von einem Anstieg möglicher Infektionsvektoren begleitet wurde. Andere sagten, dass auf einem *verdrahteten* Planeten die Menschheit sich ebenfalls weiterentwickeln oder aber untergehen müsse.

Natürlich war die Anti-*Draht*-Hysterie zum größten Teil unbegründet, selbst für einen alten Skeptiker wie ihn. Seit 1963, einem Jahr nach der Eröffnung des *Drahts*, waren bei dem System selbst keine Pannen aufgetreten – wie etwa der Verlust oder die Zerstörung eines menschlichen Musters im Transit –, und es war ziemlich verantwortungslos von der Twentieth Century Fox gewesen, ein derartiges Horror-Remake von *Die Fliege* zu produzieren.

Der *Draht* sei ein Segen, sagten seine Befürworter. Er wurde zur Beilegung des Kalten Kriegs benutzt, wobei Teams von UN-Inspektoren zwischen den nuklearen Raketensilos beider Seiten hin- und her*drahteten* und friedenserhaltende Missionen an Gefahrenpunkten anberaumten. Überhaupt hatte der *Draht* schon so manche Katastrophe abgewendet: mit seiner Hilfe hatte man 1981 die amerikanischen Geiseln im Iran befreit, 1984 waren Hilfsgüter für die Opfer der Dürrekatastrophe in Äthiopien verteilt worden, und 1986 hatte er einen Krieg zwischen der Atlantischen Union und Argentinien wegen der Falkland-Inseln verhindert. Die Technik war so erfolgreich, dass die Gefahr bestand, die ganze Welt würde in einen Taumel des Utopismus geraten.

Das hatte Max jedenfalls gesagt, als er sie zuletzt gesehen hatte. Und sie hatten sich wieder gestritten.

Sie hatten sich wie Botschafter zweier fremder Spezies gebärdet, steif und vor der Zeit alt geworden. Für sie hatte es Priorität gehabt, ihm einen Vortrag über die Forschungsarbeiten zu halten, die sie mit Feynman und Deutsch am Quantencomputer betrieb, anstatt sich nach *ihm* zu erkundigen. Es war schon seltsam, dass zwei Menschen, deren Leben durch die ungeheuren Fortschritte der Kommunikationstechnik geprägt war, nicht imstande waren, miteinander zu kommunizieren. Forbes konnte nicht umhin, sich zu fragen, ob ein Kind – das nun auch schon erwachsen wäre! – es vermocht hätte, ihre Beziehung zu kitten.

Doch in gewisser Weise *hatte* Max Kinder. Manchmal beneidete er sie um die Leichtigkeit, mit der sie Kontakte zur neuen Generation knüpfte, zu ihren Studenten, Kollegen und anderen. *Es gibt heute keine Grenzen mehr für die jungen Leute,* hatte sie gesagt, *nur Möglichkeiten. Krieg, sagte sie, ist unvorstellbar für diese Menschen… Der* Draht *verändert sie, Henry.*

Und so weiter. Natürlich hatte Forbes es herzlich wenig interessiert, ob sie Recht hatte oder nicht, denn der Weg zurück war ihm ohnehin versperrt.

Im Lauf der Jahre, die er in der Schwerelosigkeit verbracht hatte, war er zu einem Sonderling geworden. Und mit seiner Gesundheit hatte er Raubbau betrieben… Die

Quacksalber hatten ihm diagnostiziert, er würde an fortgeschrittenem Skelett- und Herzmuskelschwund leiden, und die Knochen hätten bereits so viel Kalzium verloren, dass die innere Knochensubstanz sich schon aufgelöst habe, ohne Hoffnung auf Neubildung.

Auf der Erde wäre er nun an den Rollstuhl gefesselt und würde allen nur zur Last fallen. Dann blieb er lieber hier oben und beteiligte sich an der Konstruktion des Sternen-Klippers *Discovery*, auch wenn er den Eindruck hatte, dass die jungen Leute hier oben ihn eher duldeten als schätzten.

Er warf einen letzten Blick auf das sonnenbeschienene Großbritannien und erinnerte sich an die Euphorie, mit der er im Juni 1949, in der Luftschlacht um England, mit einer *Spitfire* aufgestiegen war, das laute Propellergeräusch in den Ohren, den Geruch von Motorenöl und Leder in der Nase... Verdammt sonderbar. Und nun war er im Orbit. Er war sogar auf dem Mond gewesen. Doch irgendwie reichte nichts davon an diese lebendigen Momente in seiner Jugend heran.

Das langsam rollende Dock entfernte Großbritannien aus dem Blickfeld und brachte die schlanke, stromlinienförmige Gestalt der *Discovery* zum Vorschein – die Zukunft verdrängte die Vergangenheit.

Forbes trank den Tee aus und bereitete sich seelisch-moralisch auf die alltägliche Qual der Schwerelosigkeits-Toilette vor. Die Amerikaner waren wundervolle Menschen – aber lausige Installateure.

1997: Discovery, Marsorbit

Der Start des ersten Sternenschiffs der Menschheit war in Forbes' Augen ein recht unspektakuläres Ereignis im Vergleich zu den spannenden Starts, an die er sich bei der *Endeavour* und *Congreve* erinnerte; ganz zu schweigen von den anstrengenden Alarmstarts während des Kriegs. Dennoch war es ein dramatischer Vorgang, auch wenn er im Innern der Rakete ablief: Wasserstoff zirkulierte im

Mantel der Düse der gewaltigen NERVA 4-Nuklearrakete und kühlte sie, bevor er in die Brennkammer strömte, aus der er supererhitzt ausgestoßen wurde und so das große Schiff antrieb.

Sogar Käpt'n Cook dürfte wohl einen größeren Wirbel veranstaltet haben, bevor seine *Discovery* in den Pazifik auslief, obwohl es sich hier um die erste Reise zu den Sternen handelte.

Doch es gab nicht einmal einen Countdown. Forbes und die restlichen Besatzungsmitglieder legten sich auf die in Reihen gestaffelten Konturenliegen hinter dem Kommandanten und dem Copiloten – beide Frauen –, und hörten, wie die energischen jungen Stimmen mit der Bodenstation in Port Lowell die Checkliste abarbeiteten.

Selbst die Einrichtung war spartanisch und erinnerte mit den ausklappbaren Regalen für die Ausrüstung, den Mini-Kombüsen und Toiletten und Null-G-Richtungsmarkierungen eher an ein Propellerflugzeug. Nur die Orangenhaut des Mars, die durch die Fenster zu sehen war, vermittelte einen Hauch von Exotik. Die uralte Landschaft war mit den grünen Kuppeln der Kolonien gesprenkelt, von denen die *Discovery* nach dem interplanetaren Hopser versorgt worden war.

Das erste Sternenschiff der Menschheit hatte die Form eines großen Pfeils. Der zugegebenermaßen recht luxuriös eingerichtete Wohnbereich bildete die Pfeilspitze, die aus Sicherheitsgründen durch den ›Pfeilschaft‹ von der NERVA 4 abgetrennt war: ein hundert Meter langer Ausleger, der mit Abschirmungen, Antennen und Flüssigwasserstoff-Tanks besetzt war.

Forbes mokierte sich über die Stromlinienform, weil der Wohnbereich nämlich wie die V2-Kopien anmutete, die er als Jugendlicher in den Illustrierten bestaunt hatte. Diese Form war in den Sechzigern und Siebzigern aus der Mode gekommen und auf den Reißbrettern durch insektenartige, für den luftleeren Raum konzipierte Schiffe wie die *Endeavour* ersetzt worden.

Dann stellte sich heraus, und zwar nicht zum ersten Mal, dass die Experten sich geirrt hatten. Der interstellare Raum war durchaus nicht leer. Es gab Gas und Staub – wenn auch nur in verschwindend geringen Mengen, etwa fünfzig bis sechzig bakteriengroße Teilchen pro Kubikkilometer –; doch selbst das genügte, um die Hülle eines Raumschiffs zu perforieren, das so leichtsinnig war, einen beachtlichen Bruchteil der Lichtgeschwindigkeit anzustreben, wie es bei der *Discovery* der Fall war. Also hatte man dem Schiff eine Stromlinienform verliehen, es mit einem dicken Prallschirm versehen und sogar einen starken Kurzwellen-Generator im Bug installiert, der den Staub pulverisieren sollte.

Ein beachtlicher Bruchteil der Lichtgeschwindigkeit... Solche Geschwindigkeiten hätten selbst die Kapazität der NERVA 4 – einer monströsen, überzüchteten amerikanischen Konstruktion, deren ursprünglicher Zweck darin bestand, viel kleinere Raumschiffe zum Mars zu bringen – bei weitem überstiegen, wäre da nicht der HRP-Effekt gewesen.

HRP stand für Haisch, Rueda und Puthoff, wie Max ihm erklärt hatte: die Physiker, denen der entscheidende Quantenvakuum-Durchbruch gelungen war. Wie es schien, war das ›leere‹ Vakuum überhaupt nicht so leer, sondern es war energiedurchflutet und wimmelte von ›virtuellen‹ Teilchen, die spontan entstanden und zerfielen. Dieses sogenannte ›Nullpunkt-Feld‹ übte eine elektromagnetische Zugkraft auf jedes Objekt aus, das dieses Feld durchdrang – und es war diese Zugkraft, die den Effekt von Masse und Trägheit *erzeugte*. Aus diesem Grund bedurfte es einer so großen Anstrengung, etwas zu bewegen.

Die großen *Draht*-Betreibergesellschaften – die sich nach vierzigjähriger Geschäftstätigkeit in der Anwendung der Quanteneffekte eine goldene Nase verdient hatten –, hatten die HRP-Resultate sofort umgesetzt. Und die *Discovery* war das Ergebnis: durch die Trägheits-Suppressoren war sie praktisch masselos, sodass schon ein kleines Triebwerk genügte, um das Schiff auf enorme Geschwindigkeiten zu beschleunigen.

Und nun, Publizität hin oder her, näherten die Vorbereitungen der Piloten sich dem Höhepunkt.

Der Rest der Besatzung, junge, gesunde und intelligente Leute, schien völlig gelassen. Sie lagen paarweise – als ›Brutpaare‹, wie Forbes sie insgeheim bezeichnete – auf den Liegen. Sie würden den dreißigjährigen Flug nach Alpha Centauri überstehen, eingeschlossen im stromlinienförmigen Rumpf der *Discovery*. Sie würden ihr Leben darin verbringen, Studien betreiben, das Schiff instandhalten und sogar Kinder großziehen. Sie würden nicht einmal die Widrigkeiten der Schwerelosigkeit ertragen müssen – die Manipulation der HRP-Felder würde das verhindern.

Er versuchte, mit ihnen ins Gespräch zu kommen.

Zum Beispiel über die Bredouille, in die er nach dem Abschuss einer Heinkel 111 geraten war. Während er über der Maschine kreiste, sah er, wie die Besatzung ausstieg und sich anschickte, den fast unbeschädigten Bomber in Brand zu setzen. Also beschloss er, zu landen und sie daran zu hindern. Doch beim Ausrollen auf dem Flugfeld geriet die *Spitfire* in einen schlammigen Abschnitt und überschlug sich. Forbes war unverletzt, hing aber kopfüber in den Gurten, bis die Besatzung der Heinkel kam und ihn rettete. Nachdem dann die Angehörigen der Territorialverteidigung auf den Plan getreten waren, ergaben die Deutschen sich Forbes und händigten ihm ihre Luger-Pistolen aus. Doch die Jungs von der Territorialverteidigung hielten ihn auch für einen Feind und nahmen *ihn* gefangen. Erst nachdem er einen Einkommensteuerbescheid aus der Tasche gekramt und ihnen gezeigt hatte, kam er wieder frei.

Und so weiter. Die jungen Leute, die bald zu den Sternen fliegen würden, hörten ihm höflich zu. Doch für sie war Forbes mit seinen Anekdoten von Krieg und Heldentum und dem Steuerbescheid für inländische Einkünfte ein Fossil.

Vielleicht hatte Max doch Recht: dass diese geduldigen, furchtlosen jungen Leute – die von einer *verdrahteten* Welt ohne Grenzen und Beschränkungen geprägt waren und von Jahr zu Jahr reicher wurden – sich wirklich stark von ihren Vorvätern unterschieden.

Max hatte sie sogar als eine neue Spezies bezeichnet.

Vielleicht. Oft erschien es ihm selbst absurd, dass so ein alter Narr wie er sich überhaupt auf eine solche Sache einließ. Das war auch nur möglich, weil der HRP-Effekt die Frachtkosten selbst für ein Sternenschiff zu einer vernachlässigbaren Größe reduzierte. Zumal die *Martian Times* einen ordentlichen Vorschuss für die Beobachtungen gelöhnt hatte, die er von unterwegs senden würde...

Er war indes sicher, dass er das Licht von Alpha Centauri nicht mehr sehen und auch nicht per *Draht*-Schritt zur Erde zurückkehren würde. Doch darüber verspürte er kein Bedauern. Es zählte nur die Flucht von einer ihm fremd gewordenen Erde.

Forbes, der sich noch an andere Zeiten erinnerte, verursachten manche Anmaßungen der neuen Zeit Unbehagen. War die *draht*gestützte Hegemonie der westlichen Welt wirklich ein solcher Segen? Es hatte zum Beispiel der Golfkrieg stattgefunden, wo US-Marines über ein mobiles *Draht*-Tor Saddams Bunker gestürmt, ihm den Fangschuss gegeben und das Land dann ›befreit‹ hatten... Es stand außer Frage, dass Saddam ein Ungeheuer gewesen war. Doch Forbes erinnerte sich, dass ähnliche Pläne auch von den Nazis ausgeheckt worden waren. Wie mussten solche Aktionen auf den irakischen ›Normalbürger‹ wirken?

Doch Max tat solche Argumente als Ausflüchte ab. Erneut bezichtigte sie ihn, sich der Zukunft zu verschließen. Er müsse sich damit abfinden und den jungen Leuten vertrauen, anstatt sie zu fürchten... und so weiter. Er hatte schon seit langem die Ohren auf Durchzug gestellt.

Dennoch tat es ihm Leid, sie zu verlieren. Er konnte

nicht behaupten, dass sie Freunde waren, von Liebe ganz zu schweigen. Sie war einfach Max. Und zunehmend verblasste ihr runzliges Gesicht vor seinem geistigen Auge, und er sah wieder den quirligen, jungen Rotschopf in Kkakihosen vor sich.

Er wurde, so bescheinigte er sich selbst, zu einem sentimentalen, alten Narren.

Forbes verspürte eine niederfrequente Schwingung, die über den Rahmen der Liege auf ihn übertragen wurde. Es war eine sanfte Schwingung, und doch erinnerte sie ihn an das Kreischen des *Spitfire*-Motors und das seismische Grummeln der gigantischen Flüssigbrennstoff-Triebwerke der *Mustard*.

Die Kabine schien sich unter der Beschleunigung aufzurichten. Das herbstliche Licht des Mars verblasste.

Forbes verspürte einen Anflug von Euphorie. Scheiß auf das Alter. Er flog zu den Sternen!

...Ich besuche die Seminare, wann immer ich Zeit habe – schließlich ist die *Draht*-Reise kaum eine Herausforderung, nicht einmal für eine alte Dame wie mich, berichtete sie ihm. Das letzte Seminar, das ich besuchte, fand in der neuen Shaw-Bibliothek der Universität statt – hast du davon gehört? Ein Raum in der *Bodleian* ist über *Draht*-Tore mit Räumen auf dem Mond, Mars, Ganymed und Triton verbunden.

Auch wenn ich nun religiös angehaucht erscheine, Henry, wirst du mir wohl nicht glauben, wenn ich sage, dass die meisten neuen Ideen selbst mein Vorstellungsvermögen übersteigen! Ich möchte nur ein paar skizzieren:

Zunächst die *Verdrahtung der Bewusstseine*. Das mag dir unheimlich erscheinen – mir auch! -; aber glaub mir, das ist in den Bereich des Möglichen gerückt, wo wir nun die Gleichungen bestimmt haben, die den Bewusstseinsabläufen zugrunde liegen. Das Bewusstsein selbst ist nämlich auch ein Quantenphänomen. Das sind alles

Ableger der Quanten-Informatik. Du wirst sicher wissen, Henry, dass deine schöne *Discovery* von einem Faktorisierungs-Triebwerk mit einer Million Quantenpunkten angetrieben wird, auch wenn dir das noch so unheimlich ist. Und die rechnerischen Verknüpfungen – meine Güte, Henry, wie soll ich dir das nur erklären –; nun, es genügt, wenn ich sage, dass zwei Bewusstseine *viel* leistungsfähiger sind als eins! Ganz zu schweigen von drei oder vier... oder einer Milliarde. Manche Kommentatoren sagen, wir stünden an der Schwelle des größten Sprungs in der menschlichen Evolution seit dem Erscheinen des *Homo habilis.*

Was noch?

Nun, du hast wahrscheinlich von den neuen *Nanotoren* gehört – miniaturisierte *Draht*-Tore, die einzelne Atome transportieren. Es gab einen Bericht im *Lancet,* in dem medizinische Anwendungen skizziert wurden. Demzufolge wäre es möglich, einem Patienten intelligente Nanotore zu injizieren, die Giftstoffe oder Krebszellen aufspüren und per Funk entfernen! Für mich kommt das leider etwas zu spät...

Und dann besteht noch die Möglichkeit des *Reisens mit Überlichtgeschwindigkeit* – was sagst du dazu! Das basiert auf dem sogenannten Quantentunnel-Effekt. Versucht man, ein Photon hinter einer Barriere zu isolieren, besteht eine geringe, aber finite Wahrscheinlichkeit – wegen der Quanten-Unschärfe –, dass es plötzlich auf die andere Seite der Barriere überwechselt. Ohne messbaren Zeitverlust... Ich verfolge die theoretische Forschung seit Jahrzehnten, doch die Umsetzung in die Praxis erfolgte erst in den neunziger Jahren, als australische Wissenschaftler eine ziemlich verzerrte Aufnahme von Mozarts 40. Symphonie mit der vierkommasiebenfachen Lichtgeschwindigkeit übertragen haben! Und in diesem Jahr versuchen die Bell Laboratories, einen Holzwürfel über ein paar Kilometer zu übertragen – wie bei unseren ersten Versuchen mit dem *Draht.*

Henry, ich hoffe nur, du wirst nicht von einem überlichtschnellen ›Igel‹ überholt, während du dich mit deinem Trägheitsantrieb-›Hasen‹ gerade im Anflug auf Centauri befindest...

Also gehe ich nach wie vor in meiner Arbeit auf. Und, Henry, du musst mir glauben, wenn ich sage – wobei ich weiß, dass ich mich wiederhole –, diese jungen Leute sind wundervoll; viel besser, als wir waren. Auch wenn sie mir manchmal Angst machen. Wusstest du schon, dass der neue Premierminister noch nicht einmal geboren war, als die erste *Draht*-Verbindung eröffnet wurde? Erinnerst du dich an diesen Popanz mit der Flagge? Es scheint, als sei es erst gestern gewesen... *Premierminister:* ich Dummerchen; ich meinte natürlich den Gouverneur. Typisch für mich!

Es heißt, die Schüler von heute wüssten nicht einmal mehr etwas mit dem Konzept der *Nation* anzufangen. Sie halten es nicht für möglich, dass wir vor einem halben Jahrhundert noch Krieg geführt haben – sie betrachten das als ein verwerfliches Menschenopfer... Das verursacht uns Alten manchmal Unbehagen, aber die Logik ist zwingend! Unsere Nachkommen leben in einer reichen, sauberen Welt, und die Grundlagen des Lebens scheinen gesichert, bis die Sonne das Sonnensystem irgendwann röstet – und selbst dann hätten wir noch die Sterne, dank dir und der *Discovery*...

Ich weiß, es ist schwer, Veränderungen zu akzeptieren. Diese neue Welt mutet mich oft fremdartig an, und ich frage mich manchmal, wo die Menschheit in zehn, zwanzig oder dreißig Jahren stehen wird, wenn jedes menschliche Bewusstsein *verdrahtet* ist. In gewisser Weise verstehe ich deine Fluchten, mein Lieber – jedenfalls die Flucht zu den Sternen! Doch es gab keinen Grund zur Angst. Wenn du ein Kind gehabt hättest, oder wenn wir eins gehabt hätten, wärst du vielleicht imstande gewesen, das zu erkennen.

Du brauchst dir wegen dieser Neuigkeiten keine Sorgen zu machen, mein lieber Henry. Ich habe keine Schmerzen, und es geht mir auch sonst gut. Ich habe viele Kunststückchen vollführt, wie ihr alten Luftwaffen-Kameraden zu sagen pflegtet. Wie du siehst, habe ich dich in all den Jahren nicht aus den Augen verloren! Ich bedaure nur, dass ich die wundervolle Zukunft nicht mehr erleben werde, die sich entfaltet – und dass ich dich nicht wiedersehen werde. Ja, das wäre mir wichtig gewesen...

2017: Zwischen den Sternen

Er lag in der Kabine – eine alte mechanische Uhr, die leise tickte. Er roch nichts mehr und schmeckte nichts mehr; sogar das Atmen schmerzte, und alles, was er sah, waren verschwommene Schemen. Er war ein Wrack, da gab es nichts zu beschönigen, und überhaupt hatte er die Schnauze voll...

Irgendwie wusste er, dass heute der Tag war.

Forbes nahm es jedoch nicht so schwer. Es war wie bei den Elefanten, sagte er sich. Er hatte einen Burschen gekannt, der in Indien gewesen war – noch vor dem Zusammenbruch des Empire, noch vor dem Krieg –, und dieser Bursche hatte ihm Geschichten von Elefanten erzählt und dass sie wüssten, wann es soweit war. Sie verließen die Herde und suchten sich einen stillen Ort, an dem sie ohne viel Aufhebens auf den Tod warteten...

Vielleicht stimmte das. Und vielleicht hatten die Menschen den gleichen Instinkt, und wenn ja, war das ein großer Trost. Immerhin war er dem Tod schon oft von der Schippe gesprungen; in den Vierzigern hätte er jederzeit dran glauben können, und vielen guten Männern war genau das widerfahren.

Der Atem kratzte ihm in der Kehle. Das war lästig.

Die Wände um ihn herum lösten sich auf.

Er verspürte einen Anflug von Panik – und Irritation. Er hatte *Angst*. Doch welchen Grund sollte es geben, dass *er* in *diesem* Augenblick Angst hatte?

Doch er war in Sterne eingebettet, Sterne über und unter und neben ihm. Die Sterne vor ihm hatten einen Stich ins Blaue.

Du brauchst uns nicht zu fürchten.

Ein diffuses Licht erschien – so schwach, dass der bisher schwarze Himmel sich tiefblau färbte, doch hell genug, um die Sterne zu überblenden.

Eine enge Kabine. Einen Steuerknüppel in der Hand. Etwas steckte ihm in den Ohren – er tastete mit der Hand danach –; es waren Stopfen aus Baumwolle...

Mein Gott. Er saß wieder in einer *Vampire*, umfangen von einer taubengrauen Hülle. Es steckte sogar ein frisches Blumensträußchen im Knopfloch.

Du hättest nicht in die Dunkelheit fliehen müssen.

Die Nase der *Vampire* neigte sich, und die Erde breitete sich unter ihm aus. Sie war sanft gekrümmt und wurde von einem glühenden Netzwerk aus Licht überzogen, dem *Draht*-Kontinuum.

Wir sind du. Du bist uns. Weil du so mutig warst, wird die Menschheit ewig leben. Wir ehren dich. Wir möchten, dass du dich uns anschließt.

Also hatten sie, die jungen Leute – oder was auch immer aus ihnen geworden war –, ihn von den Sternen wieder nach Hause gebracht. Wer so etwas vollbrachte, war wie ein Gott. Er sagte sich, dass er sich eigentlich ein wenig vor ihnen fürchten müsste, wie er es immer getan hatte.

Doch sie waren nur Menschenkinder.

Vielleicht hatte Max Recht gehabt. Vielleicht war es an der Zeit, dass er sein Schicksal in andere Hände legte.

Nur dass es dort unten keine Max mehr gab. Nicht einmal *sie* vermochten über das Grab hinaus zu wirken. Jedenfalls noch nicht.

Willkommen zu Hause...

Er würde in Sicherheit sein, nachdem er dort unten gelandet war. Doch es hatte keine Eile. Auf ein paar Minuten mehr oder weniger kam es nicht an. Vielleicht würde er noch ein paar Kreise über London ziehen.

Er drückte die Nase der *Vampire* nach unten und leitete den langen Abstieg durch die Atmosphäre ein.

Originaltitel: ›THE WIRE CONTINUUM‹
Copyright © 1997 by Stephen Baxter
Erstmals erschienen in ›Playboy‹, April 1998
Mit freundlicher Genehmigung der Autoren
und den Literarischen Agenturen Maggie Noach,
London, und Thomas Schlück, Garbsen (# 63863)
Copyright © 2001 der deutschen Übersetzung
by Wilhelm Heyne Verlag GmbH & Co. KG, München
Aus dem Englischen übersetzt von Martin Gilbert

GERD FREY

Deutschland

Herz des Sonnenaufgangs

Blutige Lippen
Asche in den Augen
erloschen
Schlachtfelder mit Leichengeruch
bleiches Gewürm in Menschenleibern
Schreie ungehört
Ich presse mein Gewissen aus
hebe meine Waffe
töte um zu leben

0

Dieser Krieg war ständige Furcht vor den Hinterhalten des Gegners, war erbarmungsloser Hass.

Wir waren auf der Suche. Monate...

Der Feind blieb gesichtslos, und, obwohl ohne Verantwortung, bin ich froh, dass es keine göttliche Strafe gibt.

Als das Schiff in das fremde System einflog, schliefen bis auf die Wachen alle. Das Schlachtfeld sollte das Blut von ausgeruhten Körpern empfangen. Er fühlte seine Angst. Es war die Angst vor der eingepflanzten Konditionierung. In seinem Schädel pochten die Zwänge fremden Willens. Etwas, das ihn zwingen wird, das zu tun, was getan werden musste. Er mühte sich, zu verstehen, hoffte einen Sinn in diesem Irrsinn zu erblicken. Doch er hatte Zweifel. Das Schlimmste: Er konnte sich niemandem anvertrauen.

Das Einzige, das ihm in diesem Augenblick half, war Schlaf.

Und Vergessen...

1

Angst. Zzsus Geist erzitterte. Nachdem er einen brauchbaren Körper zur Fortbewegung geschaffen hatte und Sinnesorgane ausgebildet waren, floss seine Seele aus dem Lebensstein in die selbsterschaffene materielle Hülle.

Zzsu durchstreifte milchig leuchtende Gänge mit scharfkantigen Rändern. Er war nicht allein unterwegs. Unzählige Körper begegneten ihm, und die bizarrsten Schöpfungen bewegten sich zum Zentrum.

Als Zzsu sich der Vereinigung ergab, stürzte vervielfachte Angst auf ihn ein. Sein Geist verkrampfte, suchte die Wärme der ANDEREN. Zitternd verschmolzen die ineinander verschlungenen Wesen zu einem einzigen Körper.

Es blieb die Angst.

2

Eine dichte Wolkendecke verbarg die Oberfläche des Planeten. Auch mit unseren elektronisch erweiterten Sinnen war nichts Wesentliches auszumachen.

Wir waren die zweite Expedition im System HERZ DES SONNENAUFGANGS. Der Auftrag lautete, den verschollenen Raum-Kampf-Kreuzer der ersten Expedition ausfindig zu machen und nach Überlebenden zu suchen. Tarus war schon als Kind von der gewaltigen Größe dieser Schiffe gefangen. Stundenlang hatte er sich in der Nähe des Raumflughafens aufgehalten. Ein so perfekt ausgerüsteter

Kampf-Kreuzer konnte nicht verloren gehen. Er galt als unbezwingbar.

Die zum Schiff gehörende Besatzung war darauf gedrillt, sich jeder Gefahr zu stellen, den Gegner unerbittlich zu jagen und zu vernichten. Unterstützt wurde sie darin durch eine hochspezialisierte Feind- und Hass-Konditionierung. Sie löschte die Persönlichkeit und macht aus ihnen exakt funktionierende biologische Kampfmaschinen, ausgerüstet mit der besten Technik.

Da, es bewegte sich. Der Feind! Ein dunkler Schatten vor einem schwarzen Hintergrund. Undeutlich erkannte Tarus dessen Umrisse. Tarus konnte keine Konturen ausmachen, spürte aber die Ausstrahlung von Aggressivität.

Tarus ließ seine Waffensysteme ausfahren. Das Pulsieren ihrer Energie nahm er durch den Kampfanzug wahr.

es bedroht mich

es bedroht mich

ich hasse es

ich hasse es

ICH HASSE ES

Die Empfindung stieg ihm ins Gehirn und ließ Hitze durch die Adern strömen. Er berührte den Auslöser der Waffe, da trafen ihn die Energieladungen des Feindes. Der Kampfanzug riss auf, Schmerz durchjagte seinen Körper. Gewebeteile und Körperflüssigkeit spritzten aus seinem Leib. Schmerz verkrampfte die Kehle, sodass er selbst zum Schreien nicht mehr fähig war.

Tarus erwachte aus dem Schlaf. Sein Herz pochte wild, auf seiner Haut perlte Schweiß. Doch da war nichts. Die Erinnerungen verflüchtigten sich mit dem vollständigen Erwachen.

Garpur trat vor uns. Wie er da stand, hatte man den Eindruck, dass lieber er an unserer Stelle in den Kampf gezogen wäre.

Aber dafür war er zu wertvoll. Er war besser ausgebildet, mit besserer Körpertechnik ausgestattet und besaß wahrhaftigere Werte als wir. Deshalb ging nicht er, sondern zogen wir in den Kampf.

Garpurs Stimme war jederzeit bei uns, eine unsichtbare Kraft, von der wir unsere Weisungen erhielten und die mit vollendetem Gespür unsere Konditionierung steuerte.

»Männer!«, sagte er, was Unsinn war, da uns Drogen zu geschlechts- und trieblosen Wesen gemacht hatten. »Männer, wir stehen vor einer schwierigen Aufgabe. Dennoch bin ich überzeugt, dass wir sie lösen können.«

Seine biosensorisch modifizierte Stimme drang bis in Tarus Unterbewusstsein, weckte seine Aufmerksamkeit.

»Wir haben Peilsignale von der Oberfläche des Planeten empfangen, die zu unserem verschollenen Raum-Kampf-Kreuzer, aber auch zu einem feindlichen Täuschungsmanöver gehören können. Wir fliegen dieses Gebiet mit zwei Landefähren an. Jede mit vier Mann Besatzung. Die Aktion ist nicht ungefährlich, da uns von der Oberfläche des Planeten noch immer nichts bekannt ist. Eine unbekannte Kraft schirmt unsere Suchstrahlen ab.«

Er machte eine Pause und blickte sich um.

»Freiwillige melden sich bei mir. Die verbleibenden Posten besetze ich.«

Tarus zählte nicht zu den Auserwählten, die in Kampfesvorfreude mit den Kiefern knackten. Er konnte sie verstehen, denn er fühlte denselben Drang in sich. Doch auch noch etwas anderes. Etwas, das ihn vor sich selbst fürchten ließ: Die Freude darüber, nicht dabei zu sein.

Schnell spielte er ein Konditionierungsprogramm ab und stellte erleichtert fest, dass seine Gefühle und Gedanken wieder klar wurden.

3

Alles war Wiederholung.

Obwohl ›Gha-ma-Gha‹ sich gegen diesen Gedanken sträubte, glaubte ›Gha-ma-Gha‹ nicht, Einfluss auf den Ablauf der Ereignisse zu haben. Die Gegebenheiten waren zwingend. Die Wesenheit, zu der jetzt auch Zzsu gehörte, tastete sich in die Kälte des Raumozeans, berührte die andere Seite und verschmolz mit jenen anderen Wesenheiten, die sich ihren Weg in die Dunkelwelt schon vor Millionen Jahren gesucht hatten. Dann tastete ›Gha-ma-Gha‹ nach den Fremden, die in die Struktur eingedrungen waren. ›Gha-ma-Gha‹ stieß auf zwei Hüllen toter Materie, in der Lebensenergie eingeschlossen war. ›Gha-ma-Gha‹ durchdrang die Hüllen und umfloss das Bewusstsein der Eingeschlossenen. Alles war Wiederholung...

4

Warten und Unwissenheit. Die Besatzung war unruhig. Seitdem die beiden Landefähren die Wolkendecke durchstoßen hatten, war die Verbindung schlechter und schlechter geworden, bis sie schließlich ganz zusammenbrach. Alle Kämpfer hatten ihre Posten eingenommen.

Tarus bekam einen Platz an den Energiewerfern. Nicht weit von ihm entfernt saß Goran, der schnell wegschaute, als sich ihre Blicke trafen. Mühsam beherrschte Tarus den Schmerz, der seit Stunden in seinem Schädel wütete. Auf diese Art geschwächt, war es ihm unmöglich, geistigen Kontakt mit den Steuersystemen aufzunehmen. Er hatte Derartiges noch nie erlebt.

Nach einer Weile vergeblichen Bemühens schaltete er auf die manuellen Systeme. Vier Bildschirme flammten auf. Er hoffte, Garpur würde davon nichts bemerken. Schwäche war der erste Schritt, sich der Gewalt von Besatzung und Befehlshabenden auszusetzen.

Einer der Bildschirme zeigte plastisch das Bild des Planeten. Die Schattengrenze hatte ihn in zwei Teile zerschnitten. Unendlich langsam zog sie über seine schwach schimmernde Oberfläche.

Ein seltsames weiches Atmen durchlief Tarus und verdrängte allen Schmerz. Er schloss die Augen, versuchte mehr in sich aufzunehmen. Erinnerungen wurden aus den Tiefen seines Bewusstseins nach oben getragen, Bilder seines Heimatplaneten tauchten auf: Steinbedeckte endlose Ebenen, flachgedrückte Sandgewächse und die aufdringlichen Sprunginsekten. Er glaubte den staubigen Geschmack der heißen Luft auf der Zunge zu spüren und die feurigen Strahlen der heißeren Sonne ihres Doppelsternsystems auf seiner Haut. Schwach erinnerte er sich an das entstellte Gesicht von Vater, der als Kind bei einem Kampfangriff schwer verwundet wurde. Die festen Kopf-Hornplatten, die sein Untergewebe schützten, waren nur mühsam zusammengeflickt.

Tarus schreckte auf. Ein schwaches Kribbeln lief ihm über den Rücken. Einem Gefühl folgend, schaute er auf das Abbild des Planeten. Nichts Auffälliges war dort zu sehen. Aber als er den Blick abwenden wollte, stieß Goran einen Schrei aus. Jetzt fielen ihm zwei hell aufleuchtende Punkte in der Wolkendecke auf. Schnell erloschen sie wieder.

Konditionierungsprogramme liefen an, Drogen wurden in den Blutkreislauf der Kämpfer gepumpt und die Sensoren der Waffensysteme koppelten sich mit deren Bewusstsein. Der riesige Raum-Kampf-Kreuzer verwandelte sich in ein dunkles, sprungbereites Ungeheuer. Witternd näherte es sich dem Planeten.

Wie jedes andere Mannschaftsmitglied war auch Tarus perfekt ausgebildet. Er war bereit, jedem Befehl zu folgen, aber auch eigene Entscheidungen zur Feindbekämpfung zu treffen.

Aber hier zeigte sich kein Feind. Eine völlig neue Situation. Was war mit den beiden Landefähren? Ihre Besatzung lebte sicher nicht mehr. Garpur hatte sofort acht BIO-Tanks in Betrieb genommen, um den Verlust an Kämpfern durch Ersatzsoldaten auszugleichen. Die bio-elektronische Körpertechnik wurden den Nachwachsenden später eingepflanzt. Sie waren praktisch Eigentum der Flotte.

Die Kopfschmerzen kehrten zurück. Nur mit Mühe gelang Tarus der Kontakt mit dem System. Er tastete sich vor – und stieß auf Garpur.

»DU BIST UNKONZENTRIERT«, vernahm er dessen Gedankenimpulse. »SYSTEMKONTAKT AUSSERHALB DER NORM.«

»ICH HABE KOPFSCHMERZEN«, reagierte Tarus und wusste sofort, wie dumm das von ihm war.

»DEINE KÖRPERWERTE SIND VÖLLIG NORMAL.«

Tarus suchte nach einer Erwiderung, doch Garpur hatte die Verbindung schon unterbrochen. Er erschauerte. Garpur war auf ihn aufmerksam geworden. Von jetzt an durfte er keine Schwäche mehr zeigen.

Nebel, wohin man auch blickte. Alle Scheinwerfer waren eingeschaltet, obwohl auch sie kaum den Dunst durchdrangen. Wie ein riesiger dunkler Finger ragte der Raum-Kampf-Kreuzer in die Atmosphäre des Planeten. Er hatte sich tief im Boden verankert, um Schutz vor Sturm und anderem Unwetter zu bieten.

Tarus saß mit zwei weiteren Kämpfern im Steuerraum eines Kampffliegers. Eingeschlossen in ihre Kampfanzüge, füllten sie den Raum fast völlig aus. Unzählige Kabel und Leitungen liefen in scheinbarer Unordnung an den verschachtelten schwarzen Wänden entlang. Anzeigen pulsierten und Kleinbildschirme lieferten undeutliche Ausschnitte der Umgebung.

Der Kampfflieger startete und durchbrach mit einem dumpfen Geräusch den energetischen Schutzwall des Raum-Kampf-Kreuzers. Mit grässlichem Schreien fauchte die Luft an den Tragflächen vorbei. Der Flugcomputer steuerte den Ort an, von dem man glaubte, Peilsignale empfangen zu haben. Der Nebel lichtete sich, Tarus schaute auf die Anzeigen. Draußen herrschte furchtbare Kälte.

Er befahl der Steuereinheit, tiefer zu fliegen. Nach einiger Zeit erblickte er etwas Ähnliches wie eine graue Masse ineinander verschlungener Gedärme. Der Boden? Bewegung war nicht auszumachen.

Probehalber feuerte Tarus mit dem Energiewerfer. Sie überflogen die Stelle so schnell, dass sie keine Auswirkungen beobachten konnten.

Tarus schüttelte den Kopf. Was konnte es hier geben, das einen Raum-Kampf-Kreuzer und zwei Landefähren verschwinden lassen konnte?

Es war einfacher als erwartet. Sie entdeckten den verschollenen Kreuzer im vorausberechneten Gebiet und setzten zwei Bodentransporter ab.

In einem von ihnen saß Tarus. Er versuchte sich im Gelände zu orientieren und ließ die Motoren anlaufen. Langsam setzte sich das Fahrzeug in Bewegung. Das vor ihnen liegende Schiff glich einer geborstenen Säule verrottenden Metalls. Radioaktivität verseuchte die Umgebung, der Boden um das Schiff war von Brandwunden geschwärzt.

Tarus schoss eine Funkboje ab. Wie ein hellleuchtender Stern jagte das Geschoss dem toten Kreuzer entgegen, um sich an seine Außenhaut zu heften. Die automatischen Sensoren sammelten alle verfügbaren Daten. Zahlenkolonnen wanderten über den Monitor, ohne dass Tarus sie bewusst aufnehmen konnte. Er starrte auf den leuchtenden Schirm, geriet in einen Traum. Es war, als hätte jemand einen Schalter umgelegt, seltsame Gefühle durchströmten ihn. Schnell wurden sie übermächtig, fast schmerzhaft.

Tarus schrie auf. Sogleich liefen die automatischen Konditionierungsprogramme an, versuchten lenkend einzugreifen. Einige Augenblicke existierte für ihn die Umwelt nicht mehr. Dann war es vorbei.

Mit schweißbedecktem Gesicht konzentrierte er sich wieder auf die Monitore, sah verwaschene Bilder, die die Boje übermittelte. Das ehemals mächtige Schiff war von gewaltigen Wunden bedeckt, scharfzackige Löcher klafften in seinem Rumpf. Die Schleusenöffnungen der Landebahnen standen offen und erlaubten den Blick auf leere Hangars. Hier musste ein lang anhaltender Kampf stattgefunden haben.

Das Ausmaß der Verwüstungen ließ auf das Vorhandensein von modernen feindlichen Waffensystemen schließen. Die ANDEREN mussten einen ähnlich hohen technischen Standard aufweisen. Mindestens wie die eigene Flotte!

Die Funkboje umrundete das Wrack und heftete sich an die Außenhülle. Tarus überwachte die Anzeigen. Da der Rest der Mannschaft mit dem Kampfflieger schützend über ihm kreiste, konnte er den Kreuzer aus unmittelbarer Nähe in Augenschein nehmen. Der zweite Bodentransporter war für ihn unsichtbar, da er auf der anderen Seite des Schiffes abgesetzt worden war.

Er beschleunigte sein Fahrzeug und näherte sich der schwarzen Säule, die das tote Schiff jetzt darstellte. Er hatte den Eindruck, als würde sie jeden Augenblick auf ihn herabstürzen. An den Anzeigen konnte er ablesen, dass die Radioaktivität weiter anstieg. Der Boden war von Einschlagskratern übersät.

Tarus stoppte wenige Meter vor dem Kreuzer. Die Schiffshülle war dick mit Ruß bedeckt, er hatte Schwierigkeiten, die Sprossen zu finden, die zu einer sich manuell öffnenden Schleusentür führten. Tarus stieg aus, ging am Schiff entlang und entdeckte die ascheverkrusteten Griffmulden. Vorsichtig kletterte er nach oben. Unter seinen Handschuhen verwandelte sich die schwarze, poröse Substanz in feinen Staub, der davonwirbelte. Dennoch war der Aufstieg schnell bewältigt.

Tarus erreichte die Schleusentür und tastete nach der Vertiefung der Öffnungsmechanik. Er entdeckte sie eine Handbreit neben dem Türspalt und kratzte den Schmutz heraus. Mit weicher Bewegung drehte er das Rad, spürte, wie etwas einrastete, und schob die Tür nach innen auf. Er suchte in der Dunkelheit nach der zweiten Schleusentür. Als er seinen Lichtwerfer einschaltete, fand er sie geöffnet und lenkte den Strahl in den Gang vor sich. Hier schien alles unbeschädigt zu sein. Nur die Beleuchtung war abgeschaltet oder ausgefallen. Tarus betrat das Schiff.

Die Wände reflektierten das Licht, er konnte bis zur nächsten Abzweigung blicken. Laut und metallisch hallten seine Schritte.

Doch je weiter er kam, um so mehr schwand der Eindruck der Unversehrtheit. Die Beschichtung der Wände war teilweise verkohlt, immer öfter taten sich gewaltige Schmelzlöcher auf. Nach fünfzig Metern traf er auf eine am Boden liegende Gestalt. In ihrem Kampfanzug klafften drei große Werfereinschüsse und gaben den Blick auf bloßliegende Knochen und fast verwestes Gewebe frei. Angewidert stieg er darüber hinweg. Der Feind musste ohne großen Widerstand ins Innere des Schiffes gedrungen sein. Das war normalerweise nicht möglich, da sich jeder Raum-Kampf-Kreuzer bei Feindübernahme automatisch selbst zerstörte. Diese Automatik war auch von der Schiffsbesatzung nicht abzuschalten und ließ sich eigentlich durch nichts umgehen.

Der Gang endete vor der Tür zu den BIO-Tanks. Er schob sie zur Seite. Das Licht fiel auf durchsichtige Behälter, in denen tote Embryonen in Nährflüssigkeit schwammen. Durch ihre halbdurchsichtigen Körper schimmerten innere Organe. Schnell verließ er die Sektion.

Da der Aufbau des Schiffes mit dem ihrem fast identisch war, fand sich Tarus gut zurecht. Nicht weit von den BIO-Tanks entfernt kam er zu den Mannschaftsräumen und stieß auf weitere Tote. Eine Wand war mit Blut bespritzt und von fingergroßen Schmelzlöchern bedeckt. Tarus suchte den Weg zum zentralen Steuerraum.

Chaos erwartete ihn. Ganze Speicherbänke waren aus den Halterungen gerissen und lagen zertrümmert am Boden. Den gleichen Anblick boten die Computerterminals. Er klinkte einen Behälter von seinem Kampfanzug und legte einige unbeschädigt scheinende Speicherbänke hinein. Vielleicht lieferte die Datenauswertung Aufschluss über die Dinge, die hier vor sich gegangen waren.

Tarus blickte zur Zeitanzeige. Er musste sich auf den Rückweg machen. Er packte den Behälter mit den Speicherbänken, durchquerte die Mannschaftsräume und die Anlage der BIO-Tanks, als plötzlich eine rötliche Kreatur auf ihn zu stürzte. Sie klammerte sich schmerzhaft an seinen Arm und schlug mit metallisch harten Krallen gegen seinen Helm. Genaueres konnte er nicht erkennen, da sich das Wesen schnell bewegte. Er versuchte es durch heftige Armbewegungen abzuschütteln, stieß gegen eine Wand. Überdeutlich vernahm er das Geräusch des zuschnappenden Rachens. Tarus ließ seinen Werfer ausfahren und richtete ihn auf das feucht glänzende Geschöpf. Als es wieder seine zahnbewehrten Kiefer öffnete, jagte er ihm einen Energieimpuls entgegen. Eine schwache Explosion, zerfetztes Gewebe klatschte ihm gegen den Helm. Von Nervenzuckungen bewegt, fiel das Wesen zu Boden.

Den Behälter mit den Speicherbänken an sich gedrückt, lief er den Weg zurück, erreichte die Schleusentür und hastete die Sprossen hinab. Er zwängte sich in die stahlbemantelte Sicherheit des Bodentransporters und fuhr zum Aufnahmepunkt des Kampffliegers.

»Die beiden Landefähren sind unauffindbar«, rief Garpur. »Nicht einmal Überreste! Wir müssen uns aus dieser Hilflosigkeit befreien, den Feind aufspüren, ihm von Angesicht zu Angesicht gegenübertreten.«

Er schritt die Reihe der Kämpfer ab, blickte jedem in die Augen. »Eine Spur haben wir! Zweihundertfünfzig Kilometer von hier entfernt hat unsere Sonde eine achtzig Meter hohe, weißliche Säule aus biologischem Material entdeckt. Sie scheint zu wachsen. Das Ding sehen wir uns genauer an. In drei Stunden läuft der nächste Einsatz.«

Tarus verließ die Zentrale und ging zum Speiseraum. Die von ihm mitgebrachten Speicherbänke hatten nichts Verwertbares erbracht. Ein Teil der Aufnahmen war zerstört, der Rest uninteressant oder unverständlich und erweckte allenfalls den Eindruck einer äußerst gespannten Stimmung an Bord. Eine Ursache dafür war nicht feststellbar.

Tarus holte sein Essen von der Ausgabe und setzte sich an einen unbelegten Tisch. Er hatte keine Lust, sich mit einem der Kämpfer zu unterhalten. Er dachte an die Toten und fragte sich immer wieder, wie es dazu kommen konnte. Mehr und mehr war er der Meinung, dass es für sie besser wäre, hier zu verschwinden, bevor sie das gleiche Schicksal traf. Es gab nichts, das noch mehr Anstrengungen um diesen Planeten rechtfertigte. Als Basislager war er jedenfalls ungeeignet.

Er spießte einen Würfel der unidentifizierbaren Speise von seinem Teller und schob ihn in den Mund. Tarus musste sich in Acht nehmen. Er wusste, was ihm drohte, wenn Garpur von seinen Überlegungen erfuhr. Nur *ein* Abweichen von den Konditionierungsprogrammen, und Garpur würde ihn bei den nächsten Einsätzen an erster Stelle in den Kampf schicken. In den Kampfanzug gezwängt, wäre er wehrlos dem biochemischen Einfluss ausgeliefert. Nein, er musste sich davon befreien und einen Weg suchen, die Konditionierungstechnik zu umgehen. Er wollte herausfinden, wie die Realität ohne den Schleier einer biologischen Blockade aussah.

Noch vor dem nächsten Einsatz würde er seinen Kampfanzug genauer in Augenschein nehmen. Er hoffte auf Eingriffsmöglichkeiten, über die er bisher nicht nachgedacht hatte.

Tarus schob den Teller beiseite, als ihm Zweifel kamen.

Man hatte sicherlich Schaltungen installiert, die eine Veränderung in der Kampfkonditionierung meldeten. Ihm blieb keine andere Möglichkeit, als sich geistig dagegen zu wehren. Erneut wurde ihm bewusst, dass sein Kampfvermögen nur einseitig ausgebildet war.

Unter ihnen sauste eine graue Ebene dahin. Tarus spürte wieder die Kopfschmerzen, die ihn schon seit Tagen quälten. Diesmal hatte er den Eindruck, als dringe der Schmerz von außen in ihn ein.

Er erinnerte sich an seine Jugendzeit und die ersten Lektionen in Feindbekämpfung. Nicht um das Jagen, Auffinden und Töten des Feindes ging es ihm damals, sondern um das Entdecken und Erforschen fremder Welten. Seine Erzeuger waren froh, dass er sich zu dieser Ausbildung entschloss, da er so ihren ärmlichen Verhältnissen entkam. Beide bewirtschafteten gepachtetes Nutzland und überwachten Feldroboter. Auf ihrem von Trockenheit ausgedörrten Heimatplaneten Ghasdar eine harte Arbeit. Die Ausbeute der spärlichen Ernte reichte nur für das Nötigste.

Da bemerkte er eine Abweichung vom Kurs und konzentrierte sich wieder auf den Flug. Sich schnell bewegende Wolkenwirbel, welche auf einen unter dem Horizont liegenden Punkt zuliefen, überspannten den finsteren Himmel. In der Landschaft unter ihnen gab es keine Veränderung.

Doch weit entfernt sah er eine Ausbuchtung in der Ebene. Es dauerte nicht lange, und das Säulengebilde war vollständig sichtbar. Aus der Entfernung hatte man den Eindruck, es bestünde aus weißem, massivem Gestein. Als sie näher kamen, schwand die Illusion. Seine Oberfläche erinnerte an die Windungen eines Gehirns. Schwache Wellenlinien liefen darüber hinweg. Steckte etwa Leben in dem Ding?

404

5

›Gha-ma-Gha‹ hatte auf diesen Augenblick gewartet. Die Fremden waren zu IHM gekommen. ›Gha-ma-Gha‹ drang in das Bewusstsein der Wesen und erspürte unterschiedliche, aber ähnliche Impulse. Nur eines stach in seiner Art daraus hervor.

›Gha-ma-Gha‹ zog sich wieder zurück und umschloss jedes einzelne Wesen so dicht, dass keine Ausstrahlungen mehr nach außen drangen, sondern nach innen umgeleitet wurden.

Es war sein einziger Schutz gegen diese Wesen.

6

Die beiden Kampfflieger landeten. Tarus stieg aus und näherte sich der Säule. Sie hatte einen Durchmesser von annähernd dreißig Metern.

»Wir schießen eine Messsonde ein«, sagte ein Kämpfer. »Dann gehen wir näher heran.«

Er gab Zeichen nach hinten, und aus einem der Kampfflieger schnellte das Geschoss mit der Sonde über sie hinweg und drang fast geräuschlos ins Gewebe der Säule.

»Elf Grad wärmer als die Umgebung«, hörten sie die Daten der vom Flieger übermittelten Sondenüberwachung. »Starke elektrische Impulse im Innern. Vorsichtiges Handeln wird empfohlen.«

Tarus wandte sich zu seinem Nebenmann um, als ihm in den Kopfhörern dessen lautes und unregelmäßiges Atmen auffiel.

»Was ist...?«, fragte er.

»Mir...« begann der und stockte. »Wir sollten hier verschwinden. Ich habe mich noch nie so elend gefühlt. Es kann nur...« Plötzlich unterbrach sie der Gedankenstrom von Garpur: »BENUTZE DIE KONDITIONIERUNGSTECHNIK. ÜBER-

LAGERE DEINE EMPFINDUNGEN. IHR MÜSST DEN FEIND AUF-
SPÜREN.«

Tarus sah, wie der andere die Elektronik seines Kampfanzuges betätigte, die die Injektionen auslöste, was zum
Verblassen unerwünschter Emotionen führte. Tarus spürte die Schmerzen im Kopf erneut durchdringen.

Schweigend näherten sie sich der Säule. Hitzewel-
len liefen ihm über den Rücken. Er ging auf die weiße,
sich bewegende Fläche zu und verlor langsam das Gefühl für seinen Körper. Tarus schloss die Augen, ging
weiter. Obwohl sein Gesichtsfeld verschwamm, wusste
er, dass er direkt vor der Säule stand. Er streckte die
Hände aus, berührte ihre Oberfläche. Im selben Augenblick durchzuckten ihn Visionen von Schmerz, Hass,
Blut und Tod. Er brüllte auf und wollte seine Hände
zurückziehen, da erloschen die Bilder. Ein seltsames
Prickeln durchlief ihn und ließ in ihm ein warmes
Leuchten entstehen. Die Empfindung dauerte nur kurz,
dann stieß ihn etwas Weiches zurück, er stürzte zu
Boden, öffnete die Augen. Über sich sah er die Säule.
Sein Blick wurde klar, die Kopfschmerzen waren ver-
schwunden.

Als er Schreie hörte, stemmte er sich hoch und blickte
sich um. Verblüfft stellte er fest, dass die Kämpfer in
Deckung gegangen waren und mit ihren Werfern aufeinander feuerten. In seiner Nähe lagen zwei von ihnen
mit aufgefetzten Leibern, in denen bloßliegende Organe
glänzten. Doch ein sichtbarer Angreifer war nicht auszumachen.

Er wich den Kämpfenden aus und begann, mit jedem
Meter schneller werdend, vom Kampfplatz wegzulaufen.
Vorbei am Kampfflieger lief er in die vor ihm liegende
Ebene. Kräftiger Wind wehte ihm entgegen.

Tarus erwachte durch Schmerzen. Er lag nackt auf einer
Liege, den tastenden Sensoren einer MED-Maschine ausgeliefert.

»Du bist erwacht«, sagte sanft eine künstliche Stimme. »Bleib ruhig liegen, du wirst noch untersucht.«

Ein Scanner fuhr ihm übers Gesicht, leuchtete ihm in die Augen und gab unterschiedliche Lichtimpulse ab. Injektionsschmerz durchzuckte seinen Arm. Ein trockenes Geräusch, und die Greifer fuhren in ihre Ausgangsposition.

»Steh auf!«, wurde ihm von hinten befohlen. Ein MED-Techniker trat neben ihn und schob die Apparatur zur Seite. Tarus erhob sich.

»Du bist gesund«, sagte der MED-Techniker und reichte ihm seine Datenkarte. »Sämtliche Werte entsprechen dem Durchschnitt. Nur bei den psychologischen Tests gab es Differenzen. Sicher hervorgerufen durch den Kontakt mit dem Säulengebilde. Die Werte werden sich bald stabilisieren. Für die nächsten vierundzwanzig Stunden bist du einsatzbefreit.«

Tarus verließ die MED-Station und ging zu den Schlafräumen. Er fühlte sich benommen, konnte sich an kaum etwas erinnern. Deutliche Bilder hatte er nur von seinem langen Marsch über die Ebene, bevor ihn einer der Kampfflieger aufgenommen hatte.

Im Schlafraum traf er Goran, der mit geschlossenen Augen auf einer Liege lag. Sein Gesicht war entspannt.

Er legte sich in seine Nähe und starrte zur Decke. Tarus war Gorans Zurückhaltung bei vergangenen Kampfeinsätzen aufgefallen, und er hatte nicht nur einmal versucht, mit ihm ins Gespräch zu kommen. Aber Goran blieb verschlossen. Auch Garpur hatte ein Auge auf ihn geworfen. In letzter Zeit wurde Goran zu jedem größeren Einsatz geordert.

Die Augen einen Spalt weit geöffnet, sagte Goran plötzlich: »Du bist der einzige Überlebende.«

Tarus drehte sich auf die Seite. »Ich weiß nicht, was passiert ist. Keine Ahnung! Ich will jedenfalls nicht wieder da hin. Aber es wird sich nicht vermeiden lassen, fürchte ich.«

Goran nickte. »Du hast den Feindkontakt überlebt, Garpur muss dich schicken, er kann gar nicht anders.«

»Glaubt Garpur denn, ich könnte einen Feind zur Zurückhaltung veranlassen?«, rief Tarus. »Es war Zufall, dass ich lebend rausgekommen bin.«

»Meinst du? Vielleicht hast du überlebt, weil du nicht wie die anderen bist. Du trainierst nur selten am Schießstand. – Mir ist aufgefallen, dass du ein Tagebuch führst.«

»Sobald wir hier raus sind, versuche ich auszusteigen«, sagte Tarus. »Das solltest du auch!«

»Denkst du, wir kommen hier noch weg?«, fragte Goran leise. »Wir werden so enden wie die im anderen Schiff. Sie haben sich auch nicht wehren können.«

Tarus setzte sich auf und schaute Goran ins Gesicht. Seine Augen blickten müde und wirkten alt. Tarus verstand nicht, wie er in die Flotte geraten konnte. »Hast du unsere Feinde irgendwann einmal gesehen? Nicht auf Bildspeichern oder über die Konditionierungsprogramme, sondern Auge in Auge?«, fragte er. »Ich beginne an ihrer Existenz zu zweifeln.«

Tarus wusste, wie gefährlich seine Frage war, konnte Garpur sie doch jederzeit abhören. Der Informationskanal blieb aber stumm.

»Nein«, erwiderte Goran, »Das ist bei unseren Waffensystemen ja kaum möglich. Viel mehr würde mich das Warum interessieren. Sind dir noch nie Bedenken gekommen? Ich bin auf mehr als einen Widerspruch gestoßen. Der Krieg hat sich selbständig ausgeweitet, sein Beginn liegt schon Generationen zurück.

Die ersten Zweifel kamen mir vor zwei Jahren, als bei einem Einsatz mein Kampfanzug beschädigt wurde und die Konditionierung ausfiel. Wir umkämpften einen Planeten, von dem wir annahmen, dass der Feind ihn unterstützte. Ich stürzte mit einem Kampfflieger ab, irrte mit meinem beschädigten Anzug durch dichte Vegetation und versuchte zu den Kämpfern der Gruppe zurückzufinden. Ich entdeckte sie durch Zufall auf einer Lichtung. Keiner war mehr am Leben. Durch kein Dämpfungsmittel des beschädigten Anzugs geschützt, nahm ich die Bilder ungefiltert in mich auf: zerquetschte Körper, abgerissene Gliedmaßen, Gedärme, Unmengen von Blut. Was mit ihnen geschehen war, konnte ich nicht feststellen. Ich baute den Notsender auf und musste zwei Tage warten, bevor mich ein Rettungsschiff fand. Der Planet wurde später völlig zerstört, und ich in eine neue Einheit versetzt.«

Goran verstummte. Tarus fragte sich, warum er noch nie über diese Dinge nachgedacht hatte.

7

›Gha-ma-Gha‹ sah, dass die Wesen Energieimpulse aufeinander abgaben, bei deren Kontakt sie Lebensenergie verloren. Einige heiße Entladungen trafen den von IHM belegten Boden. Schmerzimpulse durchzogen seinen materiegeformten Körper. ›Gha-ma-Gha‹ unterdrückte einen Teil seiner Empfindungen, verstärkte sie in anderen Bereichen und bemerkte, wie sich eines der Wesen IHM näherte. ›Gha-ma-Gha‹ löste sich vom Geschehen und konzentrierte sich allein auf dieses Geschöpf. Sein Bewusstsein war weit und offen, Erinnerungen lagen in seiner Tiefe. Das Wesen kam näher, streckte einen Taster aus und berührte den Rand SEINES Körpers. ›Gha-ma-Gha‹ spürte Ströme von Empfindungen und Gedanken, die wirr ineinander drangen. ›Gha-ma-Gha‹ nutzte den Kontakt, nahm alles Zugängliche in sich auf und schickte einen Teil der empfangenen Bewusstseinsimpulse zurück. In demselben Augenblick verschloss sich das Wesen. ›Gha-ma-Gha‹ unterbrach den Austausch, löste sich wieder von ihm und entließ das Geschöpf auf die Ebene. Während es sich von IHM entfernte, begann ›Gha-ma-Gha‹ mit einer neuen Körperumformung.

8

Garpur hatte befohlen, den Raum-Kampf-Kreuzer in Nähe der Säule zu bringen. Die Kämpfer schnallten sich an die Sitze, die Verankerung zog sich langsam aus den Tiefen der Erde. Sie wurden von Starterschütterungen durchgeschüttelt, das Schiff hob ab.

Tarus dachte an die Unterhaltung mit Goran, der hinter ihm an einen Sitz geschnallt war. Sie erschien ihm in diesem Augenblick unwirklich, als hätte sie nie stattgefunden.

Die Vibrationen wurden schwächer, mit einem harten Stoß setzte das Schiff auf dem neuen Zielpunkt auf. Tarus löste die Gurte, hastete durch Gänge, bestieg mit den anderen, in Sechsergruppen aufgeteilt, die Bodenfahrzeuge und machte sich zum Ausstieg bereit.

»Wird 'ne heiße Angelegenheit«, rief Villar, einer der Kämpfer, auf die Garpur besonders stolz war, und schaute ihm in die Augen. Tarus senkte den Blick. Es war nicht Villars einzige Provokation in letzter Zeit. Er verspürte keine Lust, sich auch noch auf solch eine Konfrontation einzulassen. Gegen Villar hätte er ohnehin keine Chance gehabt.

»Wieder dieser verdammte Nebel!«, rief der Fahrer, als sie auf die Oberfläche des Planeten rollten. »Ich kann mich nur nach dem Umgebungsecho orientieren.«

»VERTEILT EUCH IN GLEICHMÄSSIGEN ABSTÄNDEN UM DIE SÄULE«, tönte Garpurs Stimme über den Informationskanal. »NEHMT SIE UNTER WERFERBESCHUSS!«

Sie fuhren durch den grauen unförmigen Dunst, bis der Fahrer abrupt stoppte. »Da«, rief er und wies durch den Nebel auf ein schmales, noch sichtbares Stück Boden. »Die Säule ist weg!«

Wo die Säule gestanden hatte, glänzte feucht ein dunkler, kreisrunder Fleck im Durchmesser von dreißig Metern. Sie umfuhren die Stelle zweimal und kehrten zum Kreuzer zurück. Ihr Angriffsziel hatte sich in Nichts aufgelöst.

Garpur musterte Tarus, der seinem Blick standhalten musste.

»Du weißt, warum ich dich herbestellt habe«, sagte er. »Ich möchte wissen, was bei der Säule vorgefallen ist. Du hast als Einziger den Kontakt mit der Säule überlebt. Noch dazu völlig unverletzt. Kannst du mir das erklären?«

Tarus schüttelte den Kopf. »Ich habe bereits berichtet. Warum sollte ich etwas verschweigen?«

Garpur trat näher heran und umfasste hart seine Schultern. »Genau das würde mich interessieren. Für wie naiv hältst du mich? Ich habe dich in den letzten Tagen zusammen mit Goran gesehen. Du solltest mehr nachdenken. Bist du ein Verräter?« Er presste Tarus fest gegen die Tür und trat ins Zimmer zurück. »Verschwinde!«

Tarus lag mit offenen Augen auf der Liege. Wieder brachte sein Bewusstsein Kurzaufnahmen lang zurückliegender Ereignisse zu Tage. Unter seiner Schädeldecke breitete sich angenehme Wärme aus. Erinnerungen kamen und gingen, auch die scheinbar verschütteten Bilder der letzten Ereignisse. Die riesige weißliche Säule, von der ein Gefühl der Geborgenheit ausging, die Kämpfer, die todbringenden Waffen gegeneinander gerichtet, ihre verstümmelten Leiber, Garpurs Stimme, Befehle brüllend.

»Wach auf! Los! Los!« Claes, einer der brutalsten Kämpfer ihrer Gruppe, riss ihn aus seinen Gedanken. Tarus schnellte hoch und wurde von Claes gepackt. »Mir reicht es. Wir verrecken hier, und du bekommst das Maul nicht auf.« Tarus gelang es nicht einmal, die Hände zu heben, als ihn der erste Schlag traf. »Los, erzähl, was du weißt!« Ein neuer Schlag traf ihn, zwischen den schmalen Spalten seiner Gesichtshornplatten trat Blut hervor. Von den Schlägen geschwächt, war er zu keiner Gegenwehr imstande. Er taumelte gegen eine Wand, Claes umfasste seinen Hals, drückte ihm die Luft ab. Mit seiner linken Hand, die er jetzt frei bekam, schlug er Claes gegen den

Kopf. Der verstärkte den Druck um seinen Hals. Tarus würgte, Kälte breitete sich in ihm aus.

»Lass ihn!«, sagte ein anderer. »Vielleicht hat er wirklich keine Ahnung.«

»Wir sollten die Wahrheit aus ihm herausprügeln«, widersprach Claes und lockerte seinen Griff.

»Fangen wir an«, vernahm Tarus nun auch die Stimme von Villar. »Das hat bisher immer geholfen.«

»Ich weiß selbst nicht, was passiert ist«, rief Tarus, nachdem er Luft geholt hatte. »Ich erinnere mich nur, dass die Kämpfer selbst aufeinander geschossen haben.«

Villar schlug ihm in den Magen. »Eine dümmere Geschichte hättest du dir nicht ausdenken können.«

Tarus krümmte sich, sackte zu Boden und zuckte unter brutalen Tritten zusammen.

Mit dem Geräusch der aufgleitenden Tür endeten die Schläge. Tarus schaute auf und erblickte Goran, der ihn entsetzt anstarrte.

»Dein Freund ist von der Liege gefallen«, sagte Claes und näherte sich Goran.

Garpur stand vor dem Zentralmonitor und schaute auf die nun klare Ebene. Sollte sich die Situation in den nächsten zwei Tagen nicht ändern, würde er Befehl geben, den gesamten Planeten auszuradieren. Er war bisher nur einmal in seiner Laufbahn zu einem ähnlichen Vorgehen gezwungen gewesen. Doch er sah in der jetzigen Situation keine andere Möglichkeit.

War da nicht eine Bewegung auf dem Schirm? Schnell holte er sich die Vergrößerung. Einzelne Nebelwolken trieben über den leeren Boden. Ein paar kleine Steine. Seine überreizten Nerven hatten ihm einen Streich gespielt. Er setzte sich und lehnte sich zurück. Er hatte noch nie einer so verzwickten Lage gegenübergestanden. Bisher ließ sich jede Angelegenheit durch den Einsatz seiner Kämpfer lösen. Es gab immer etwas, worauf man schießen konnte. Tarus und Goran komplizierten die Sache zusätzlich. Sie begannen eigene Wege zu gehen, sich seinen Befehlen zu widersetzen. Man hätte die beiden gleich ausmustern oder eine Hirnprägung vornehmen sollen. Zu spät. Er wollte sie loszuwerden.

Wieder erschien es ihm, als würde sich auf der Ebene etwas bewegen; er glaubte sogar die Umrisse von Körpern auszumachen. Diesmal war er sich sicher, irgendetwas ging da vor. Ihn überkam die Gewissheit, dass der Feind kurz davor stand zuzuschlagen. Er schaltete die Außenbeleuchtung ein und suchte mit der Vergrößerung die Umgebung ab. Ein Schatten glitt vorüber, gleich danach ein weiterer. Was war mit der automatischen Überwachung? Panisch griff er nach der Werfersteuerung und jagte Energieimpulse auf die Ebene hinaus. Er sah den Boden sich wie lebendig regen, die Schatten dichter werden. Die Erde wölbte sich an unzähligen Stellen empor und entließ metallisch schimmernde, riesige Kreaturen, die Erdklumpen von sich schüttelten und auf den Raum-Kampf-Kreuzer zuliefen. Garpur feuerte auf die Angreifer, schaltete den Schiffsalarm ein und brüllte auf, als eine der Kreaturen, von einem Energieimpuls getroffen, zerfetzt wurde.

Tarus riss sich los und beobachtete, wie Claes sich Goran griff. Er zwang ihn auf den Boden und schlug auf ihn ein. Tarus wich einem der Kämpfer aus, der versuchte, ihn festzuhalten, lief zur anderen Seite des Zimmers, zog den Handwerfer aus der Wandvertiefung und richtete ihn auf Claes. »Loslassen!«, schrie er.

Claes schaute auf und stockte in seiner Bewegung.

»Aufstehen, oder ich drücke ab!«

Claes erhob sich und schritt langsam auf Tarus zu. »Du musst *jetzt* abdrücken.« Er presste eine Hand gegen die Brust.

Alarm heulte los, Claes blieb stehen. Alles wartete.

»Warum macht Garpur keine Durchsage?«, fragte jemand.

Tarus hörte ein Rascheln neben sich, gleich darauf traf

ihn ein Schlag ins Gesicht. Die Waffe entfiel ihm, als sich Villar auf ihn stürzte, ihn zu Boden riss, sich über ihn wälzte und ihm den Kopf zur Seite drehte. Er sah, wie Claes nach der Waffe griff, sie langsam auf Goran richtete und abdrückte. Goran, mit dem Ausdruck absoluter Verwunderung im Gesicht, wurde gegen die Wand geschleudert. Blut spritzte. Seine Brust war eine einzige Wunde.

Tarus schrie auf und stieß mit äußerster Kraftanstrengung Villar von sich. Im selben Augenblick kam die entstellte, brüllende Stimme von Garpur über den Informationskanal. Erschütterungen liefen durch das Schiff, als würden die Starttriebwerke gezündet. Tarus erhob sich mit zitternden Füßen und rannte humpelnd aus dem Raum.

Er saß in der Aufbewahrungskammer für Kampfanzüge und hatte die Tür verriegelt. Selbst mit einem Handwerfer konnte man hier nicht eindringen. Er wollte jetzt warten, bis der Wahnsinn da draußen vorbei war, die letzten Kämpfer sich gegenseitig umgebracht hatten. Er ahnte Zusammenhänge, begriff, dass sich hier wiederholte, was vor einiger Zeit in dem zerstörten Schiff vor sich gegangen war.

Tarus atmete tief ein. Ihm war übel. Die Kammer war eng und stickig. Er entspannte die Muskeln und machte sich auf eine lange Wartezeit gefasst.

Er erinnerte sich an eine Begebenheit aus seiner Kindheit auf Ghasdar. Eine Horde Zwilter, die es auf die frische Saat auf dem Feld abgesehen hatte, begann ihn plötzlich zu verfolgen. Er flüchtete, rannte ins Maschinenlager und versteckte sich hinter Feldrobotern. Eines der vielgliedrigen Wesen drückte mit seinen schweren Hornzangen die Tür auf und kroch auf ihn zu. Er hatte wie wahnsinnig geschrien und nach einer unter ihm liegenden Eisenstange gegriffen. Eine sinnlose Verteidigungswaffe. Der Zwilter schleppte sich auf ihn zu, schnappte mit der Hornzange und riss ihm die Stange aus der Hand. Da ertönte ein

Schuss, der Zwilter brach zusammen. Rosa Schleim ergoss sich auf den Boden. Den Schuss hatte sein Vater abgegeben, der das Schreien bis ins Haus vernommen hatte und sofort herübergerannt kam. Seltsamerweise empfand Tarus damals Trauer darüber, die Ursache für den Tod des Zwilters gewesen zu sein, der es auf ihn abgesehen hatte.

Er entriegelte vorsichtig die Tür, schob sie einen Spalt weit auf und lauschte. Draußen war es still und dunkel. Mit dem Lichtwerfer des Kampfanzuges leuchtete er in den Gang. Vor der Tür lag der verstümmelte Leichnam eines Kämpfers. Die gegenüberliegende Wand war von Energieladungen geschwärzt und verformt. Er schob den toten Körper beiseite und ging zum Mittelgang. Den Boden nach Hindernissen ausleuchtend, bewegte er sich zum Notausstieg, kam an Garpurs Kabine vorbei und sah, dass die Tür aufgesprengt war. Vorsichtig betrat er das Zimmer. Die Verwüstungen waren hier besonders schlimm. Die gesamte Einrichtung war verkohlt und zertrümmert. Tarus drehte sich um, machte einen Schritt auf die Tür zu und rutschte weg. Er krachte mit dem Helm in eine Blutlache. Vor sich erblickte er den abgerissenen Kopf von Garpur. Blutverklebt starrte der ihn mit weit aufgerissenen Augen an.

Tarus schnellte nach oben, stürmte den Gang entlang, stieß immer wieder gegen leblose Körper und wurde erst ruhiger, als er die Metallstufen an der Außenhülle des Raum-Kampf-Kreuzers hinabkletterte. Er sprang auf den Boden, wandte sich um und erblickte – die Säule.

Tatsächlich, sie war wieder da, aus dem Boden wachsend, immer noch an Höhe und Umfang zunehmend. Was geschah dort?

Um das Zittern seines Körpers zu unterdrücken, setzte er sich. Sein Atem ging schnell, während seine Gedanken darum rangen, eine Überlebensmöglichkeit zu finden.

Nach einer Weile gelang es ihm, sich zu beruhigen. Er erhob sich und ging auf die Säule zu.

Mit den Händen voran drang er in das weiße nachgiebige Gewebe ein, wurde von ihm umschlossen und nach oben getragen. Der Kampfanzug, ein jetzt unnützer Fremdkörper, löste sich auf und wurde von der ihn umgebenden wogenden Masse aufgenommen.

Es war ein langwieriger Prozess.

Nach und nach wurde er eins mit diesem Wesen.

ALASTAIR REYNOLDS

England

Auf der Straße nach Oodnadatta

Er starrte in die Ferne und bemühte sich nach besten Kräften, keine Aufmerksamkeit zu erregen, wollte aber nicht
bloß in der Betrachtung seines Kaffees versunken dasitzen
wie ein *Mestizen*-Junge, der Ärger aus dem Weg ging. Muller kümmerte es nicht besonders, ob er Ärger bekam oder
nicht. Er wollte ihn aber nicht an einem Ort bekommen,
wo ihm die Hackordnung noch fremd war und er nicht
wusste, wem er trauen konnte und wem nicht.

Zum Glück geschah genug, um seinen Blick zu rechtfertigen.

Durch die großen Fenster des Rasthauses sah man
auf dem angrenzenden Flugfeld zweimotorige Propeller-
maschinen landen und starten. Lastwagenzüge kamen auf
ihrer Route zu den Cadman-Viehstationen, die entlang des
Birdsville Tracks aufgereiht waren, oder nach Adelaide im
Süden durch. Bei Tageslicht, Staubfahnen hinter sich her-
ziehend, schienen die Gespanne ewig zu brauchen, um
näher zu kommen und sich wieder zu entfernen, aber
jetzt fiel die Dämmerung ein – der Himmel war purpur-
rot, durchzogen von orangefarbenen Streifen hinter den
Mulga-Bäumen –, und die Autozüge schalteten die Scheinwerfer nur in der Nähe von Siedlungen ein.

»Aufwachen«, sagte der Mann und schnippte vor Mullers Augen mit den Fingern. »Cadman zahlt dich nicht
fürs Tagträumen, Kumpel.«

Der Mann trug einen Hut, seine drahtige Gestalt verschwand beinahe in der karierten Jacke mit Reißverschluss und Pelzkragen.

»Mr. Rawlinson?«

Der Mann leerte Mullers Kaffeesatz in eine Topfpflanze in der Nähe. »Du kannst mich Rawlinson nennen. Du hast dein Zeug mit, nicht wahr? Das Flugzeug wartet auf uns. Ein altes Mädchen ist auf der Straße nach Oodnadatta zusammengeklappt.«

Muller griff nach seiner Tasche und dem Werkzeugkasten unter dem Tisch. »Ein Lastwagenzug?«

»Ja, ein Lastzug. Nicht, dass wir hier draußen sonst viel zu sehen bekommen.« Rawlinson ging zum Abfertigungsschalter und nahm sich einige Auftragsscheine. »Trag dich aus, Kumpel.«

Während ihm Rawlinson über die Schulter blickte, schrieb Muller sorgfältig seinen Namen in das Arbeitsbuch. »Juan Muller«, sagte der große Australier. »Was bist du, eine Art Mischling? Hielt dich für einen Kraut. Sieht aus, als hättest du auch etwas von einem Abo an dir. Nichts für ungut.«

»Ich bin Chilene«, sagte Muller, schon zum tausendsten Mal, schien es ihm, seit seiner Ankunft in Perth. »Viele meiner Landsleute haben deutsche Familiennamen. Und was meine Abstammung angeht, ich bin Mestize, ein halber Indianer.«

Falls etwas davon Rawlinson beeindruckte, ließ er es sich nicht anmerken. »Habt ihr in Chile Lastwagenzüge?«

Sie traten hinaus in die warme Luft der Dämmerung. »Keine Lastwagenzüge«, sagte Muller. »Aber schwere Lastwagen befahren den Pan American Highway. Und Dieselloks auf der Eisenbahn, die Eisenerz und Nitrate nach Santiago bringen. Ich habe mit allen möglichen Fahrzeugtypen gearbeitet, Rawlinson; vielen Arten von Dieseln, Gasturbinen- und Elektromotoren, ebenso mit hydraulischen Geräten, Schaufelbaggern, Containerkränen, Turmdrehkränen und Robot-Clipperschiffen.«

»Ich hab dich nicht nach deinem verdammten Lebenslauf gefragt. Was zählt, ist, ob du es aushältst, hier für Cadman zu arbeiten.«

»Das Büro in Perth war anscheinend dieser Meinung.«

Sie näherten sich einer zweimotorigen Propellermaschine, die mit blinkenden Navigationslampen unter den Flutlichtern der Landebahn stand.

»Hat man dir auch gesagt, dass wir Trans verwenden?«

»Trans?«

Rawlinson öffnete eine Luke an der Seite des Flugzeugs und schleuderte seine Tasche in den Laderaum. »Transitionäre, Kumpel. Sie gehören Cadman, weißt du? Genau genommen nicht Cadman, sondern dem Konglomerat, dem Cadman gehört. Du hast schon mit Transitionären gearbeitet, nicht wahr?«

»Eigentlich nicht.«

»Was heißt das?«

»In Chile sind Transitionäre nicht üblich, Rawlinson. Wir sind noch immer...« Muller zögerte, er wollte nicht, dass er selbst oder seine Landsleute als rückständig dastanden. »Ein konservatives Land.«

»Na komm schon, selbst der Papst hat seine Zustimmung gegeben. Ich war der Meinung, ihr Leute südlich von Panama wärt alle Rosenkranzdreher.«

Muller war nicht in Stimmung für diese Diskussion, jetzt nicht. Darum warf er bloß seine Tasche Rawlinsons Werkzeugkasten hinterher. »Es ist jedenfalls nicht meine Aufgabe, mit Transitionären umzugehen. In Valparaiso habe ich jede Menge Kurse in Mechanik belegt, aber keinen in Psychologie.«

»Das spielt keine Rolle. Hier draußen wurstelt sich ein Bursche einfach durch, bis er den Kniff heraus hat. Erfahrung ist es, was hier zählt, Kumpel. Wie dieser Hut, siehst du?«

Muller besah sich eingehend das dunkle Etwas auf Rawlinsons Kopf. »Wunderschön, als ich ihn gekauft habe. Aber zu steif. Darum ließ ich ihn draußen auf der

Birdsville, bis ein paar Züge darüber gefahren waren. Nachher gefiel er mir gleich viel besser.«

Sie waren in der Luft, bloß sie beide vorn in der Kabine der zweimotorigen Propellermaschine. Rawlinson hatte die Auftragspapiere in den Schlitz gesteckt, und das Flugzeug hatte alles übrige besorgt, hatte sich in die Luft geschwungen, bis es den Punkt erreichte, wo sich die Tragflächen für den horizontalen Flug nach vorn neigten. Dreißig Minuten waren vergangen, und jetzt schien der Mond. Er beleuchtete die endlosen parallelen Dünen, die den Eindruck erweckten, als sei das Flugzeug nur eine Motte, die über einem eisernen Wellblechdach schwebte.

»Fressen Cadmans Kühe Sand?«, fragte Muller.

»Natürlich nicht. Du solltest die Gegend nach einem guten Regen sehen. Über Nacht ein Weizenfeld.« Rawlinson drückte seine Zigarette aus. »Aber hör auf zu gaffen und ruf das Dossier auf. Wir landen in ein paar Minuten.«

Muller klinkte einen zerbeulten Sleevetop auf, öffnete das Programm und ließ die Dateien vorbeilaufen, bis er die fand, welche die Dokumentation über Cadmans Flotte enthielt.

»Hier sind die Papiere«, sagte Rawlinson und übergab ihm die Auftragsunterlagen. Muller las die Nummer ab und ließ dann die Dossierliste abrollen, bis er sie fand. »Mack, nicht wahr?«

»Mitsubishi. Gasturbine.«

»Das hat uns noch gefehlt. Die verdammten japanischen Fabrikate halten dem Staub nicht stand, musst du wissen.«

Die Leitstelle war alarmiert worden, als der Zug auf dem Weg nach Süden mit einer vollen Ladung von Cadman-Rindern nicht in der Station Anna Creek eingetroffen war. Das Navsat-Signal des Zuges zeigte an, dass er 30 Kilometer unterhalb von Oodnadatta stand, aber es gab keinerlei Hinweis, warum er zusammengebrochen war.

»Hoffen wir bloß, dass es eine gebrochene Turbinenschaufel ist«, sagte Rawlinson. »Denn das Letzte, wonach mir zumute ist, ist, mit einer Trans zu streiten.«

»Sie streiten mit ihnen?«

»Red ihnen gut zu. Überrede sie, ihren Job weiter zu machen.« Muller spürte, wie sich die Schnauze des Flugzeugs senkte, es war, als hätte er plötzlich zu viel Wachs in den Ohren. »Manchmal natürlich gebe ich mich nicht damit ab, oder sie verstehen die Botschaft nicht. Aus diesem Grund führen wir hinten im Flugzeug immer ein bisschen Ersatz mit.«

»Ersatz?«

»Andere Trans, Kumpel.« Rawlinson kicherte. »Keine Bange, du wirst dich daran gewöhnen.«

Muller dachte, dass er den zusammengebrochenen Zug irgendwo vorne sehen konnte, am Rand der Straße nach Oodnadatta aufsitzend, über das Wellblech eingeätzt, wie die Schleimspur einer Weinbergschnecke. Auf der Instrumententafel begann ein rotes Licht zu blinken, begleitet von einem durchdringenden elektronischen Ton. Muller blieb nur eine Sekunde, sich darüber Gedanken zu machen, ehe sich Rawlinson herüberbeugte und einen Schalter umlegte, worauf das Licht bernsteingelb wurde und der Lärm aufhörte.

»Nichts Beunruhigendes, Paco«, sagte er. »Bloß der Zug, der uns begrüßt.«

»Begrüßt?«

»Uns überprüft.« Rawlinson holte etwas aus seiner Nase hervor, besah es kritisch, dann wischte er es unter der Instrumententafel ab. »Cadman posaunt es nicht hinaus, aber einige der Züge verteidigen sich selbst, wenn sie sich bedroht fühlen.«

»Wer würde einen Zug angreifen?«

»Die Söhne von Namatjira zum Beispiel.«

Muller nickte. »Ich habe über die Söhne in Perth gelesen. Sie haben etwas gegen Cadman?«

»Sie behaupten, dass sein Land über heiligen Boden verläuft; dass es die Lokalgeister verärgert.«

Muller war einen Augenblick still. »Viele meiner Landsleute würden eine solche Behauptung nicht so einfach abtun, Mr. Rawlinson. Glauben Sie an Geister?«

»Ja, ich glaube an Geister. Geht man in irgendeine Abo-Siedlung, so sieht man Geister, Paco.« Rawlinson holte Luft. »Das Problem ist, sie sind meistens von der Äthanol-Sorte.«

Der Pudel auf dem Schoß von Sapphire war eine Kugel aus rosaroter Zuckerwatte mit Augen und einem Band.

»Mammi geht fort«, sagte sie. »Für lange Zeit. Aber du musst sehr tapfer sein.«

Sie hatte sich fürs Einkühlen entschieden; an jenem Tag, den die intelligente Software des Los Angeles Met-Nets – innerhalb akzeptierter Fehlernormen – den letzten optimalen Tag im Oktober 2008 nannte. Wenn alles gut ging, würde man sie an einem ähnlich optimalen Tag zwei oder drei Jahrzehnte weiter die Zeitlinie entlang empfangen. Bis dahin würde Nanotopia angebrochen sein und jeder Tag würde beinahe so optimal sein, wie man es sich nur wünschen konnte. Das hatte sie zumindest gelesen.

»Ich habe sie angerufen«, sagte Anton und trat aus der Dunkelheit des Hauses auf die helle Veranda heraus. Er war schwimmen gewesen, als sie ihn bat, die Firma anzurufen. Jetzt hing ein schwarzer Mantel um seine bloßen Schultern, die bloßen Füße hinterließen sichelförmige Abdrücke auf der Veranda, das Haar war aus der Stirn in hellen Strähnen zurückgekämmt. Ihre Farbtöne waren in einem neuen sich der Form anpassenden Stil gehalten, was Sapphire ein wenig störte, weil es einem Obsidianblock ähnelte, der in einem passenden Schlitz in seinem Gesicht eingefügt worden war.

»Das Ultralife-Team ist in ein paar Minuten hier«, kündigte er an.

»Hast du den Peripherie-Sicherheitsdienst verständigt?«

»Natürlich. Es wäre nicht tragbar, wenn er den Hubschrauber abschießen würde, nicht wahr?«

Fünfzehn Jahre in LA hatten Antons englischen Akzent nicht völlig geglättet, der noch immer so hart und kantig wie seine Sonnenbrille war. Hubschrauber, sagte er, nie Chopper oder etwas so grob Unpräzises.

»Diese Stinger waren ein guter Kauf«, sagte sie. »Es ist ein Jammer, dass ich nie sehen konnte, wie sie im Ernstfall eingesetzt wurden. Aber Mark hatte Recht. Sie erfüllten ihren Zweck, indem sie bloß hier waren.« Sie starrte in seine Tönungen. »Gratulation. Du hast einen vorzüglichen Geschmack bei der Wahl deiner Boyfriends.«

Anton lächelte. »Ich sprach erst gestern mit Mark über einige ziemlich bösartige Boden-Luft-Dinger, welche die Araber in die Hand bekommen haben. Diese Stinger sind nicht mehr der allerletzte Schrei.«

»Überholt?«

»Hmm. Selbst die Buddhistische Arizona-Miliz hat sie schon. Ich glaube, wir sollten uns überlegen, auf Patriot II aufzurüsten.«

»Wir wollen wirklich nicht, dass uns die Buddhistische Arizona-Miliz überlegen ist, nicht wahr.« Sie nippte an ihrem Möhrensaft. »Wer auch immer, zum Teufel, das ist.«

»Du warst der Mode immer voraus, Sapphire. Hast Sie sogar bestimmt. Es ist eine Schande, das alles jetzt aufzugeben.«

»Hör zu, entschuldige den Anachronismus, aber habe ich es nicht klar gemacht, dass du Blankovollmacht hast, was den Erhalt des Grundstücks angeht. Ich gebe keinen Rattenschiss auf die Vereinbarungen, die ihr und Mark trefft, solange dieses Haus in dreißig Jahren noch immer da ist.« Sie deutete über die Veranda hinaus. »Und ich möchte nicht, dass jemand diese Hügel entwickelt, ehe ich aufwache. Es ist mir egal, wem sie jetzt gehören. Wenn man mich wiederbelebt, so möchte ich exakt auf dieser verdammten Veranda hier erwachen und ich möchte dieselbe verdammte Aussicht haben, verstanden?«

»Absolut.«

»Ja, vielleicht tust du es aber nicht. Lies das.« Sapphire

warf Anton eine der U-Life-Broschüren zu. »Siehst du, was sie behaupten. Es gibt keinen Grund, warum Deanimation und Reanimation nicht so sein sollten wie wenn man ein kleines Nickerchen machte.« Sie beobachtete ihn, als die schwarze Facette seiner Brille über die Hochglanzbroschüre wanderte, wie eine der Überwachungskameras der Security draußen am Zaun. »Man träumt nicht einmal. Es ist bloß wie eine allmähliche Auflösung. Weißt du, was eine allmähliche Auflösung ist, Anton? Wie in dem Video für...« Sapphires Worte verloren sich. Sie hatte keine Promotion mehr gemacht, seit Anton Bettnässer gewesen war, aber manchmal vergaß sie es.

»Deanimation«, sagte er amüsiert. »Wenn man es so nennt, erscheint es so allgemein üblich wie Dickdarmirrigation.«

»Worüber du zweifellos mehr weißt als ich, Liebling. Aber warum sollte man es anders nennen? Aber das ist nicht mehr notwendig, nicht seit 1999.«

Das war natürlich das Jahr, nach dem sich alles geändert hatte. Die kalifornischen Gesetze waren so novelliert worden, dass es für jeden legal nicht mehr nötig war, tot zu sein, ehe man für das »Auskühlen« vorbereitet wurde. Dieser gesetzliche Winkelzug eliminierte selbst die Notwendigkeit, das »t«-Wort in dem Publicity-Material von Ultralife zu erwähnen. Im Jahr 1999 fanden mehr als tausend Deanimationen statt; genügend Umsatz, um 20 Firmenklone von U-Life über Wasser zu halten. Um 2003 – als Tausende von den Reichsten und Mittelreichen des Bundesstaates jährlich diesen Weg gingen – führte die LA Times sogar eine Beilage mit Kryo-Nachrufen ein. Sapphire hatte aber nicht auf diese Massenflucht gewartet, sie hatte vier Jahre zuvor dafür einen Vertrag abgeschlossen – eine der ersten zehntausend, die es taten. Nun war nicht das geringste Abenteuerliche daran. Politiker taten es. Selbst ein paar plastische Chirurgen, die ihr namentlich bekannt waren, und einige Schauspieler, die seit den achtziger Jahren nicht einmal einen Platz in einer Pilotsendung ergat-

tert hatten. Letzten Monat war da dieser Hotelbar-Pianist mit dem komischen Plattenvertrag gewesen, seine Abschieds-Ankündigung war auf dem Gebäude des U-Life-Gebäudes angeschlagen gewesen. Sie hatte ihm die Show gestohlen, ihr erstes öffentliches Auftreten seit zwei Jahren. Der Schlappschwanz von Pianist weinte in sein Pina-Colada und fragte sich, ob er sich in die falsche Party hineingedrängt hatte. Die Wahrheit sah so aus, dass Sapphire, wenn sie sich nicht bereits darauf eingelassen hätte, jetzt bezweifeln würde, ob sie die Deanimation auch nur in Betracht ziehen würde. Bei weitem nicht originell genug.

Es war aber, wie man so sagt, zu spät, um es jetzt noch aufzuhalten.

Sie schob ihre Sonnenbrille tiefer auf die Nase und wartete, bis sie das dumpfe Dröhnen des ankommenden U-Life-Hubschraubers hörte, der sicher über den deaktivierten Kordon der Stinger-Raketen schwebte, über dem geschorenen Rasen und der Bougainvillaea.

Muller sah zu, wie Geschöpfe aus dem wachsenden Schatten des Flugzeugs wegeilten, erstarrt in dem flackernden Licht der rotgrünen Ellipsen, die von den Scheinwerfern geworfen wurden. Neben der Autobahn lag ein totes Beuteltier, ein Reptil tat sich an seinem Leib gütlich. Man nannte sie Goanna. Muller hatte genug davon im Rasthaus gesehen. Sie waren nicht gefährlich, aber sie zischten wie der Teufel und konnten überraschend schnell laufen. Er fragte sich, wie sie schmeckten – und, nach der Küche beim Rasthaus zu urteilen, überlegte er sich, ob er es nicht bereits wusste.

»Bring den Sleevetop«, sagte Rawlinson, sobald sie aufgesetzt hatten. »Steck es in den Zug und sieh zu, dass du herausfinden kannst, warum er gehalten hat. Und kümmere dich nicht um das Mastvieh – sie machen immer Krawall, wenn die Züge anhalten. Sie glauben, es seien die Ställe.«

Muller nickte und sprang hinaus. Er benützte seine Ta-

schenlampe, um seinen Weg entlang der Seite des Last-
wagenzuges 78 zu finden. Die Mitsubishi-Zugmaschine
hatte drei Anhänger, jeder von ihnen ein Gitterkasten,
vollgestopft mit schnaubenden Cadman-Rindern. Muller
wollte den Gitterstäben mit dem Gesicht nicht zu nahe
kommen. Er konnte den Druck der Tiere spüren, ohne sie
zu sehen, als ob alle Kühe in jedem Anhänger zu einer
einzigen aufgegangenen Teigmasse hinter den Stäben zu-
sammengeschmolzen wären. Nahe dem Ende des Anhänger ratterte das Seitengatter, riss mit jedem Hufschlag an
Ketten und Schlössern. Muller kniete jedes Mal nieder,
wenn er an einer der Kupplungen vorbeiging, leuchtete
mit der Stablampe unter das Fahrgestell.

»Die Stromleitung ist hier unterbrochen, Rawlinson«,
sagte er und übertönte mit seiner Stimme die Rinder.
»Könnte das der Grund sein, dass die Bremsen des An-
hängers gegriffen haben?«

»Nee. Wir machen alle Sicherungen ab, ehe sie das
Depot verlassen.« Rawlinson zündete eine Zigarette an.
»Wenn wir das nicht täten, würden sie uns alle paar hun-
dert Meter alles lahmlegen.«

Muller wog seine Worte sorgfältig ab. »Das klingt nicht
besonders sicher, Rawlinson. Wenn das Gefährt plötzlich
anhalten müsste, könnte sich der ganze Zug ineinander
schieben.«

Er dachte an ein legendäres Verkeilen auf der Pan-Ame-
rican, wo sich die Straße in Serpentinen durch das Vor-
gebirge der Atacama wand. Ein Tanker hatte zu hart ge-
bremst, um einem Felsblock auszuweichen, der in der
Mitte der Straße heruntergefallen war. Wegen der kaputten Anhängerbremsen hatte sich die ganze Einheit um
neunzig Grad gedreht, sodass die hintere Hälfte des Tan-
kers über den Straßenrand ragte. Der Tankinhalt war nach
hinten geschwappt, bis das Gewicht den ganzen Lastwagenzug über den Rand zog. Das war im Jahr 2011 gewesen, als die meisten Verbindungen noch immer Fahrer
einsetzten. Damals war neben der Straße ein Erinne-

rungsschrein errichtet worden, ein geduldig gepflegtes Plastikhäuschen mit Plastikblumen.

»Also«, sagte Rawlinson. »Sie sind nur Mastvieh, und vorn ist niemand, um den man sich Sorgen machen müsste.« Er versetzte Muller einen rauen Schlag zwischen die Schulterblätter. »Steck dieses Kästchen jetzt vorn an.«

Der Aufbau saß auf einem sechsrädrigen Fahrgestell, ein keilförmiger Bug gerippt mit gebogenen Stahlstäben. Es gab keine Fenster, nur einen knollenförmigen Vorsprung auf dem Dach, der wie ein Dinosaurier-Horn nach vorn ragte und die Sensorsysteme des Lastwagenzugs und die Navsat-Apparatur enthielt. Es sah bösartig aus, und das Schnaufen der im Leerlauf arbeitenden Turbine klang wie ein anhaltend tierischer Atemzug.

Muller schnippte den oberen Verschluss der Abdeckung auf, wickelte das optische Kabel ab und steckte es ein. Ein paar Augenblicke später rollten die ID und die Kennwerte des Straßenzuges über den Schirm. Die Zahlen waren schwierig zu interpretieren, daher ließ er den Sleevetop eine graphische Darstellung des Motors generieren – direkt per Laser in die Augen eingestrahlt, sodass die Turbine über seinem Sleevetop zu schweben schien. Er hakte die Lampe am Gürtel fest und benutzte die freie Hand, um Teile des Motorenholos verschwinden zu lassen, bis die Turbinenschaufeln sichtbar wurden. Laut technischen Angaben waren sie aus Monokristallen gefertigt, daher war es höchst unwahrscheinlich, dass eine zerbrochen war. Aber wer wusste schon, wozu der Staub hier draußen fähig war oder welche Sicherheitsvorschriften Cadman außer Acht gelassen hatte.

Die Turbinenschaufeln waren jedoch intakt, sie waren nicht einmal heißgelaufen.

Muller überprüfte alles übrige, aber er hatte von dem Augenblick an, da er sie gehört hatte, gewusst, dass die Turbine völlig in Ordnung war. Der einzige Grund, warum sie im Schongang lief, war der, dass der Fahrer angehalten hatte. Außer, rief er sich in Erinnerung, dass es keinen

Fahrer gab, nur Software – und auch das stimmte nicht wirklich.

Rawlinson trat gegen die Reifen, als ihn Muller auf der anderen Seite des Zuges erreichte. »Alles in Ordnung, nicht wahr?«

»Dem Fahrzeug fehlt nichts, Rawlinson. Zumindest nichts Mechanisches. Das wollten Sie vermutlich hören.«

Rawlinson, der im Mondlicht stand, zuckte die Achseln. »Wenn bei diesen Kreuzungen eine Manschettendichtung draufgeht, schicken sie gewöhnlich eine Krankmeldung nach oben an den Navsat. Diesmal gab es keine.«

Muller nickte. Er hatte das unbehagliche Gefühl, dass Rawlinson seine fachliche Kompetenz geprüft hatte. »Wir sollten ihn wieder in Gang setzen können, glaube ich. Die Kühe scheinen nicht sehr gut drauf zu sein. Ihr Australier liebt euer Rindfleisch mehr als die Argentinier.«

»Rindfleisch?« Rawlinson gab ein merkwürdig glucksendes Geräusch von sich, und Müller sah zu, wie das orangefarbene Glühwürmchen seiner Zigarette im Bogen zu Boden fiel. »Man könnte von Glück sagen, wenn man aus dem ganzen Haufen einen Würfel Fleischbrühe herausquetschen könnte.«

Einen Augenblick lang fragte sich Muller, ob er kein Englisch verstünde – oder zumindest Rawlinson nicht. »Wollen Sie damit sagen, dass Cadmans Kühe nicht zur Fleischgewinnung dienen?«

»Diese Lieferung nicht, Paco.« Rawlinson klopfte mit den Knöcheln auf die Gitterstäbe, anscheinend ohne von dem überwältigenden Rindergestank Notiz zu nehmen, der sich zwischen ihnen ausbreitete. »Kommt vielleicht zweimal die Woche herunter. Sieht aus wie alle anderen, abgesehen davon, dass die Seriennummer auf den Frachtpapieren anders ist – und man schickt uns immer mit dem Flugzeug aus, um zuerst einen von diesen zu reparieren, selbst wenn eine reguläre Lieferung inzwischen woanders verschimmelt.«

»Dann führen die anderen Züge alle...« Muller zögerte,

im Bewusstsein, dass das, was er sagen würde, lächerlich klang. »Weibliche Kühe?«

»Ja.«

Muller zögerte, bevor er die nächste Frage stellte, und fragte sich neuerlich, ob ihn Rawlinson prüfen wollte. »Wozu dienen dann diese Kühe, wenn nicht, um gegessen zu werden?«

»Sie sind trächtig.«

»Kurz vor dem Kalben?«

Muller fing Rawlinsons amüsiertes Blinzeln auf. »Ja, Paco, kurz vor dem Kalben. Das ist auch der Grund, warum wir diese japanische Scheiße wieder dazu bringen müssen, dass sie sich bewegt. Wir wollen doch nicht, dass sie vor Adelaide werfen, nicht wahr?«

Muller hörte wieder, wie das Seitengatter rasselte, erstaunt darüber, dass es bis jetzt ohne Bruch gehalten hatte. »Sie glauben, das Problem liegt beim Transitionär, nicht wahr?«

»Man bekommt ein Gespür für diese Dinge«, sagte Rawlinson, was andeutete, dass es eine Fähigkeit war, die Muller wahrscheinlich nie erlangen würde. »Hast du die Unterlagen zur Hand? Ruf die Doku auf.«

Er meinte die Biographie des Transitionärs, der gegenwärtig den Cadmann-Straßenzug lenkte – oder vielmehr nicht lenkte. Muller machte sich am Sleevetop zu schaffen und fand es innerhalb weniger Sekunden. »Was wollen Sie wissen?«

»Zunächst einmal, mit wem wir es zu tun haben.«

Er meinte den Namen des Transitionärs. »Blaine Dubois«, sagte Muller und nickte. »Kennen Sie ihn?«

»Natürlich. Habe ihn selbst versorgt.« Rawlinson schob den Hut in die Höhe und kratzte sich die drahtige Wolle darunter. »Er ging um 2008 herum hinein, nicht wahr?«

»Sie haben ein gutes Gedächtnis, Rawlinson.«

»Einen solchen Namen vergisst man nicht so schnell. Klavierspieler oder sowas. Wahrscheinlich ein Weiberheld. Muss seine Schäfchen ins Trockene gebracht haben.

Jedenfalls stammen die meisten von Cadmans Trans aus dem Jahre '08. In diesem Jahr gab es mehr von ihnen als in den fünf vorher. Natürlich gab es von '09 an fast keine mehr.«

»Das große Jahr«, sagte Muller nachdenklich. »Ich erinnere mich, als Kind davon gehört zu haben, als ich von der Schule in Mendoza heimkam.«

»In eurer Schule lehren sie euch lesen?«

Muller runzelte die Stirn. »Natürlich.«

»Dann drück auf den verdammten Abrollknopf. Möchte nicht die ganze Nacht hier herumstehen.«

Eines war bei U-Life sicher; sie machten Nägel mit Köpfen.

Sapphire sah zu, wie ihr Hubschrauber eine tadellose Landung auf dem Asphalt hinlegte; Mannschaft absetzen und sich sofort aus dem Staub machen, als ob der Pilot Stunden damit verbracht hätte, Infiltrationstrupps im zentralamerikanischen Regenwald abzusetzen. Was gar nicht so unwahrscheinlich war, wie sie annahm. Und wär' das nicht zum Heulen, es war erst zwanzig Jahre her, seit sie ein besonders scheinheiliges Lied für die Platte aufgenommen hatte, die gegen das Engagement der USA in Nicaragua protestiert hatte; das mit dem überproduzierten Singsang-Finale. Der Hubschrauber jetzt war flaschengrün, mit einem ägyptischen Auge auf einer Seite aufgemalt, getarnt als Verkehrsüberwachungshubschrauber einer fiktiven Fernsehstation in LA. Sapphire wusste aber aus der Broschüre, dass der Pilot, falls sie es wünschte, im Cockpit einen Schalter umlegen konnte, und die intelligenten Farbpixel des Hubschraubers würden sich auf der Stelle in das Firmenlogo von U-Life verwandeln. Das hing nur davon ab, wie viel Publicity sie haben wollte.

Keine, lautete die bündige Antwort.

Vielleicht, falls das alles vor einem Jahr oder zwei gewesen wäre... oder wenn ihre schwanzhirnigen Hippie-Eltern noch immer lebten und sie ihnen in der Öffentlichkeit Scherereien machen konnte, oder wenn ihre Karriere nicht in einer Art von endgültigem mächtigem Absturz begriffen wäre...

Der Anführer des Teams strich sich das Haar zurück, das vom Rotorwirbel des Hubschraubers zerzaust worden war. Er war der Einzige, der einen Anzug trug; ein grässliches elektrisierendes Rosa, das sie nicht einmal einem Pudel zugemutet hätte. Sein Kinn sprang vor, sodass es aussah, als bisse er ständig die Zähne zusammen. Vier Kryo-Sanis in grünen Mänteln folgten ihm, ein Paar schob eine Rolltrage, die anderen beiden schleppten schwer an massiven Plastikkisten, von denen Dayglo-Plastikschläuche und digitale Anzeiger ausgingen, die medizinische Beschriftungen trugen. Sie sahen aus wie Kinderspielzeug, das um eine Spur zu groß war. Anton war unten, um sie zu begrüßen, führte sie herein, von der Sonne weg, in die hangarähnliche Kühle des Hauses. Ein paar Augenblicke später hörte sie sie die Treppe heraufstapfen.

Der U-Life-Hubschrauber schwebte jetzt über der Autobahn nach San Bernardino, bloß ein weiteres suspendiertes Schmutzstäubchen im schokoladefarbenen Haarnetz des späten Nachmittagsmogs.

»Ich bin Leitner«, sagte der im Anzug. »Ich freue mich, Sie endlich persönlich kennen zu lernen, Sapphire.«

Sie verzog das Gesicht. Das war der Nachteil, wenn man nur einen einzigen Namen hatte – großartig für ein Product placement, aber keiner konnte einen so ansprechen, dass es nicht so klang, als stünden sie seit Jahren auf vertrautem Fuß. Nicht, außer sie waren außergewöhnlich geschickt in der Verwendung von Nuancen, so wie es hieß, dass bei den Chinesen ein Wort achtzehn verschiedene Bedeutungen haben konnte.

»Natürlich, mein Junge, und ich wette, dass Sie alle meine Platten haben. Können wir diesen Scheiß hinter uns bringen?« Sie spähte über den Rand ihrer Sonnenbrille. »Und habe ich Sie nicht kürzlich irgendwo gesehen?«

Der Bursche fasste das möglicherweise als Kompliment auf. Es war besser, dem armen Würstchen nicht zu verra-

ten, dass es sein kantiges Kinn war, an das sie sich erin-
nerte.

»Ich war auf der Dubois-Party«, sagte Leitner. »Wir ha-
ben auch diese Abschiedsarrangements abgewickelt.«

»Sollen Sie diese Sache ausplaudern?«

»Was gibt es da auszuplaudern? Mr. Dubois hat keine
speziellen Anweisungen gegeben.«

»Vermutlich nicht. Nahm wahrscheinlich das billigste
Arrangement, das Sie im Angebot hatten, habe ich Recht?
Das Spezialbudget.« Sie machte die Bewegung des Halsab-
schneidens. *»Nur der Hals. Oder wie nennt ihr Burschen*
es? Neuralkonsolidierung.« Sapphires Gelächter verhallte
zwischen den Bergen. *»Großartig. Muss mich jedes Mal tot-*
lachen. Wie nennt man jemand ohne Körper? Körperlich
gefordert?«

»Wir machen keine Neuralarrangements«, sagte Leitner
und verbarg seinen Abscheu nicht. *»Sie waren nicht gut*
fürs Geschäft. Zumindest nicht die Art von Geschäft, wie
wir es mögen.« Dann nickte er seinen vier Assistenten zu,
den Burschen mit dem Bett und den Fischer-Price-Ärzte-
Koffern. *»Fangen wir lieber an.«*

Muller überflog den Rest der spärlichen biographischen
Angaben zum Trans, während Rawlinson mit einem Rinderstachelstock durch die Gitterstäbe des hinteren An-
hängers stocherte, was bewirkte, dass das Mastvieh noch
mehr als sonst herumsprang und schnaubte. Wie der
Mann sagte, hatte sich Dubois im Jahr 2008 in kryoge-
nische Aufbewahrung begeben, ein Jahr, ehe das Große
Beben Südkalifornien heimsuchte. Die Firma, die ihn
eingefroren hatte, Ultralife, hatte große Anstrengungen
unternommen, um ihre Kunden gut zu isolieren. Ihre
kryogenischen Gewölbe waren auf elektromagnetischen
schockabsorbierenden Kugellagern montiert worden, um
die schlimmsten Auswirkungen eines Bebens abzufedern,
und jede Einheit war mit einem eigenen Reserveradioiso-
topengenerator ausgerüstet, der imstande war, die Kühl-

einheit sechs Monate lang mit Saft zu versorgen, selbst wenn das übrige LA in den Zustand der Feuersteins zurückkehrte. Was wirklich beinahe der Fall gewesen wäre. Das Beben an sich war schlimm genug gewesen, aber dann war es zur *Tschemorange*-Kernschmelze gekommen.

Trotzdem gab es dort zu viele Immobilien, als dass man aufs Betteln angewiesen gewesen wäre. Schließlich waren es die Groß-Singapuraner gewesen, die den Großteil des Schlamassels aufräumten, und die Groß-Singapuraner, die schließlich die kryogenischen Gewölbe von Ultralife ausgruben. Da sie weder die Rechte der Lebenden noch die Unverletzlichkeit der Toten hatten, war der gesetzliche Status der Eingefrorenen gelinde gesagt recht schwammig gewesen. Während die besten Rechtsexperten, die man für Geld kaufen konnte, im Cyberspace sich die Geweihe abstießen, schafften die Singapuraner ohne viel Worte zu machen die Tiefgefrorenen aus dem Lande.

Ein Jahr später hatte sie jeder vergessen. Aber sie waren nicht verlorengegangen.

Sie warteten in einem Gewölbe eine Meile unter Singapur, bis die Technik und – notwendigerweise – die Wirtschaft so weit fortgeschritten waren, dass sie wiederbelebt werden konnten.

Lange Zeit nahm Sapphire nichts wahr

Es gab keine Empfindung, kein Bewusstsein einer niedrigen Stufe, nicht einmal Träume. Aber irgendwie – als das Nichts endete – kam sich Sapphire vor, als hätte sie etwas überstanden, was länger gedauert hatte, als sie unschwer ausdrücken konnte. Es war, als stecke man eine Kassette in einen Videorecorder und warte durch eine Ewigkeit statischer Geräusche, ehe der Copyright-Hinweis aufrollte, abgesehen davon, dass hier jede Berieselungsmusik fehlte.

Das erste, was sie spürte – und mehrere Jahre lang das Einzige –, war die Zeit. In riesigen roten Lettern dargestellt, wie die Digitalanzeige eines alten Radioweckers. Es schien das Einzige im Universum zu sein; sie schwebte we-

niger in der Schwärze als in einem Fegefeuer von Nichtexistenz. Sie konnte die Uhr weder ignorieren noch den Blick von ihr abwenden, und es war ihr buchstäblich unmöglich, sich etwas hinter der Uhr oder um sie herum vorzustellen. Sapphire war nicht dumm, daher brauchte sie nicht lange, um herauszufinden, dass die Uhr in ihr Gehirn projiziert wurde; alle äußeren Daten wurden sorgfältig aus ihrem Sensorium herausgefiltert.

Einige Zeit lang war sie der Uhr gewahr, ohne wirklich zu registrieren, was sie ihr verriet. Aber allmählich – es war unmöglich abzuschätzen, wie lange es dauerte – nahm Sapphire Notiz davon, was die Uhr ihr mitteilte. Es hätte schockierend sein müssen, aber in ihrem gegenwärtigen Zustand war Sapphire wirklich nicht imstande, schockiert zu werden. Was sie erlebte, war mehr das Gefühl einer geringfügigen Störung.

Sie war im Jahre 2008 eingefroren worden. Jetzt – der Uhr zufolge – schrieb man das Jahr 2024. Sie hatte kaum Zeit, die Irrealität dieses Umstands zu bewältigen, als die letzte Ziffer in der Jahresanzeige um eins zunahm, und es war 2025. Und kurze Zeit später 2026. Die Monate flitzten vorbei, und die beiden Stellen, welche die Tage eines jeden Monats zählten, verschwammen in einem ständigen Wechsel. Es wirkte abgedroschen, wie das alte Film-Klischee der vorbeiflatternden Kalenderblätter oder der rasenden Zugräder.

Außer dass dies wirklich war – zumindest nahm sie es an.

Aber es hatte nicht im Vertrag gestanden, nicht soweit sie sich erinnerte. Ultralifes Publicity-Unterlagen zufolge sollte Sapphire während ihres Gefrierstadiums überhaupt nichts wahrnehmen. Vielleicht ein paar merkwürdige Empfindungen während der unmittelbaren Zeitspanne vor der Wiederbelebung (die Firma sicherte sich damit nur ab, da noch niemand die Technik entwickelt hatte), aber nichts dieser Art.

Jetzt zählte man 2028. Aber verdammt, wenn nicht etwas anders geworden war. Die verwischten Tagesanzeigen veränderten sich noch immer unlesbar schnell, aber die Monate schienen sich nicht mehr so rasch zu bewegen. Mehr noch, der Zwischenraum zwischen den Jahren schien sich auszudehnen, langsam, aber beharrlich. Sapphire sah zu - nicht so sehr fasziniert als völlig hingerissen -, wie das Jahr zu 2029 wurde, und dann - jetzt langsam merklich 2030. Um 2031 verringerte sich das Tempo immer mehr. Sie konnte einzelne Tage ausmachen, sie spürte einen perversen Stich des Verlusts, als ihr Geburtstag ungefeiert vorbeiflitzte.

Bis zum Jahre 2032 kroch die Zeit entschieden dahin. Ende Mai wechselten die Tage im subjektiven Tempo von etwa zehn Sekunden (was immer das zu bedeuten hatte), und das Tempo schien sich stabilisiert zu haben. Anfang Juni veränderte sich die Uhr, gewann an Einzelheiten, die zuvor nicht vorhanden gewesen waren. Sie bestand nicht mehr nur aus einer Abfolge von schwebenden roten Ziffern, sondern hatte materielle Präsenz gewonnen, befand sich in einem Kunststoffbehälter im Holz-Design mit kleinen Klappbeinen. Ein perfekt ausgeführter Wecker, der im Nirgendwo schwebte. Mitte Juni zog sich die Uhr zurück, und die Anzeige hatte nur ein Viertel der früheren Größe. Fließend blühte ein ganzes Zimmer um sie herum auf. Die Uhr lag auf einem Nachtkästchen, neben einer Blumenvase. Herbstliches Sonnenlicht fiel durch das eine Fenster des Zimmers, gebrochen und gefiltert von Bäumen, die sich in einem sanften Windhauch bewegten.

Es sah aus wie das Privatzimmer in einem Krankenhaus; bequem, aber nicht gerade luxuriös. Irgendwie auch altmodisch. Zu Füßen des Bettes stand ein Fernsehgerät auf einer Konsole aus grauem Metall. Der ganze veraltete Apparat steckte in derselben Kunststoffholzimitation wie der Wecker.

Der Fernsehapparat schaltete sich ein.

»Scheiße«, sagte Rawlinson.

Muller hörte, wie die Metallbolzen einer nach dem anderen brachen, es klang wie eine Reihe von Gewehrschüssen, die beinahe zu knapp hintereinander kamen, als dass er sie unterscheiden konnte. Das Jaulen gequälten Metalls war zu hören, als die vergitterte Seite des Zugs nachgab, unter dem Druck des Mastviehs dahinter wie eine berstende Staumauer umgelegt wurde. Was folgte, war eine Gezeitenwelle von zentnerschweren Tieren; Kühe strömten in einem ununterbrochenen braunen Strom heraus. Erst jetzt wurde Muller klar, wie dicht diese Kühe in den Zug gepackt worden waren. Die ersten drei oder vier Tiere hatten keine Zeit, hinunterzuspringen, ehe sie von der Rindvieh-Springflut überrollt wurden. Sie fielen einfach hinaus und verschwanden unter den nur verschwommen auszumachenden Hufen der anderen Kühe. Über dem Widerhall des Donnerns hörte Muller eine Kakophonie des Schnaubens – und – ganz schwach – etwas anderes. Dieses andere war ein Laut, den er von Tieren dieser Art nicht erwartet hätte: eine Art Quieken oder Weinen. Wenn er es nicht besser gewusst hätte, wäre es ihm menschlich vorgekommen.

Rawlinson war den Rindern gerade noch rechtzeitig ausgewichen, und jetzt unternahm er einen vergeblichen Versuch, die Flut mit dem Rinderstachelstock aufzuhalten, ein Tun, dessen einzige Folge die zu sein schien, dass die geflüchteten Tiere noch mehr in Wut und Panik gerieten.

Muller blickte auf seine Armbanduhr. Jetzt, dachte er, war der richtige Augenblick gekommen, das zu tun, wozu er hergekommen war, und die Kühe würden eine ausgezeichnete Ablenkung darstellen.

Er griff in die Jackentasche, holte ein Handy hervor und wählte.

Auf dem Bildschirm war einen Augenblick lang ein Logo sichtbar, aber keines, das Sapphire kannte. Dann blickte sie auf einen Mann im Anzug, der sie von einem Schreibtisch aus ansah, die Hände ernst vor sich verschränkt. Der

Kerl war in den Sechzigern, aber gut erhalten; gute Bräunung. Kannte sie ihn von irgendwoher? Das allgemeine Gehabe von paternalistisch übertriebener Aufrichtigkeit erinnerte Sapphire an eine Präsidentenansprache. Vielleicht schickte sich der Bursche an, ihr zu verkünden, dass ein paar Kerle in Kopftüchern sie mit Atombomben belegt hatten.

»Sapphire«, sagte er. »Mein Name ist Leitner – Sie erinnern sich an mich, nicht wahr? Ich war da, als Sie damals im Jahre '08 eingekühlt wurden.«

»Ja, ich erinnere mich an Sie.« Sie war nur gelinde überrascht, dass ihr das Sprechen so leicht fiel. Für jede andere Einzelheit schien gesorgt worden zu sein, daher wäre es merkwürdig gewesen, wenn sie etwas so Grundlegendes übersehen hätten. »Wann haben Sie sich das Kinn begradigen lassen?«

»Vor langer Zeit, Sapphire.« Er lächelte, es war beinahe als handele es sich eine Übung, um die umgeformte Skelettstruktur seines Kiefers zu demonstrieren. »Und ich würde mit Ihnen gerne über die alten Zeiten plaudern, aber ich fürchte, es gibt da so etwas wie eine...« Leitner zögerte, »oder ist das zu hart?«

»Sagen Sie mir lieber zuerst, worum es geht. Ich bin noch immer eingefroren, nicht wahr?«

»Genau«, sagte Leitner. »Aber es ist nicht so einfach. Es hat einige Veränderungen gegeben, seit Sie ins Eis kamen – Ereignisse, die in keinem der Szenarios vorausgesehen waren.«

»Schießen Sie los.«

»Wir haben nicht genug Zeit, auf Einzelheiten einzugehen.« Der Kerl nickte aus dem Fernsehapparat heraus, auf den Wecker zu. »Es passiert folgendes, Sapphire. Wir lassen ein Modell Ihres Gehirns in einem Supercomputer laufen.«

»Ein Modell laufen lassen?«

»Ihr Gehirn simulieren. Wir haben uns Ihren gefrorenen Kopf vorgenommen und ihn mit so 'nem neumodischen

Zeug gescannt; Zeug, das alle Ihre Gehirnzellen, und wie sie miteinander verbunden sind, aufzeichnen kann. Dann haben wir die ganze Information genommen und sie in einen Computer eingespeist. Mit dem Computer war es möglich, die zeitliche Entwicklung des Modells zu simulieren.«

»Und?«

»Es gibt kein ›und‹, Sapphire. Sie sind es. Sie sind das Modell, genau jetzt.« Leitner lächelte. Hinter ihm rahmte ein Bildfenster der Firma große Wolkenkratzer ein, die sich in der Entfernung zusammendrängten; eine Architektur, so weich und zerfließend wie in der Wärme schmelzende Eisplastiken. »Wir haben Sie im Jahr 2020 gescannt«, sagte er. »Aber bis vor kurzem haben die Computer so langsam gearbeitet, dass es Monate gedauert hat, die Zeit für Sie auch nur wenige subjektive Sekunden in die Zukunft vorlaufen zu lassen. Schließlich hatten wir genug freie Kapazität, um einige Sinnesanregungen in das Modell einzuspeisen, aber es war noch immer verdammt langsam. In den späten zwanziger Jahren beschleunigten sich die Dinge jedoch. Bis zum Jahr 2032 hatten wir Sie in eines der neuen Quantum-Flüssigarchitektur-Systeme transferiert, was bedeutete, dass wir anfangen konnten, Sie mit einem Faktor zu stimulieren, die nur ein paar hundertmal langsamer war als in der Echtzeit; was Computer angeht, eine Kleinigkeit. Bis Juni hatten wir genug freie Kapazität gewonnen, um eine vollständige Umwelt zu simulieren.«

Sapphire hatte das alles irgendwie aufgenommen, aber es war nicht ganz zu ihr durchgedrungen. »Verstehen wir uns recht«, sagte sie. »Was ich jetzt fühle – was ich jetzt denke –, läuft alles irgendwo in einem verdammten Computer ab?«

»In Djakarta, genau gesagt.«

Sapphire rümpfte die Nase. »Ich hätte zumindest erwartet, dass Sie mich irgendwo simulieren, wo ich noch nicht gewesen bin. Es erstaunt mich, dass ich nicht wütender bin. Ich habe schon aus geringerem Anlass Fernsehgeräte aus Hotelzimmern geworfen.«

»Gefühtsreaktionen werden von dem System nicht gut modelliert«, sagte Leitner. »Zu viel dreckige Biochemie. Wir arbeiten daran, aber in diesem Stadium ist alles noch sehr skelettartig. Stellen Sie sich das Gefühl als die Textur ihres modellierten Seelenzustandes vor. Unsere Simulation ähnelt in dieser Hinsicht der frühen virtuellen Realität – sieht alles sehr nach Kunststoffkulissen aus.«

»Mir gefällt Ihre Frisur, Leitner. Und was ist mit meinem gefrorenen Kopf – ich hoffe bei Gott, er ist noch intakt, oder ich verklage eure Ärsche für jeden verdammten… was immer es ist, was man in Djakarta ausgibt.«

»Ihr tiefgefrorener Körper ist…« Leitner hielt inne, betrachtete seine verschränkten Finger. »Gegenwärtig intakt. Aber ich fürchte, das ist auch der Grund, warum ich jetzt mit Ihnen spreche. Die Situation ist nicht optimal.«

»Welche Situation?«

»Der legale Status Ihres Körpers. Nach dem Großen Vorfall hat Ultralife in dem Sinn, in dem Sie es kannten, zu bestehen aufgehört. Ihr gefrorener Körper gehörte wie jener der anderen Kunden zu den Firmen-Aktiva. Nach einer Anzahl von gesellschaftsrechtlichen Transaktionen – alle sehr kompliziert – wurden die Eingefrorenen zum Eigentum von jemand anderem.«

»Ich vermag Ihnen da nicht zu folgen. Was, zum Teufel, war der Große Vorfall?« Sapphire zögerte einen Augenblick. »Nein, geben Sie sich keine Mühe. Ich kann es erraten.«

Leitner hob die Hand. »Sie können sich später über die Einzelheiten informieren – dafür wird genügend Zeit sein. Zuerst müssen wir ein kleines technisches Detail klären.«

Rawlinson zeigte Muller die Klappe an der Seite vom Aufbau des Lastzuges, wo die Transitionären-Module eingeführt wurden. Nachdem die Staubabdeckung zurückgeglitten war, mussten sie eine zehnziffrige Ermächtigung in die Tastatur eingeben und sich dann einem retinalen

Laserscan unterziehen. Daraufhin glitt die Innentür surrend beiseite. Das Modul, das nicht größer war als ein Paket Spielkarten, wurde freigelegt; an einem Ende pulsierte eine Flüssigkristallanzeige.

»Das ist unser Junge«, sagte Rawlinson. »Sieht nicht sehr beeindruckend aus, was?«

»Es funktioniert, nicht wahr?«

»Oh, er ist da drinnen. Er will bloß nicht mehr arbeiten.«

Muller nahm sein Sleevetop ab, bereit, es ihm hinüberzureichen. »Sie haben gesagt, Sie würden versuchen, ihn zu überreden.«

»Habe ich gesagt, stimmt.« Rawlinson hatte den Rinderstachelstock noch immer in der Hand, und Muller gewann den Eindruck, der Mann würde viel lieber zu der Aufgabe zurückkehren, die Tiere anzutreiben. Aber mit einem langgezogenem Seufzen gab er einige weitere Ziffern in die Tastatur ein, worauf ein kleiner Bildschirm neben dem Modul aufleuchtete.

Sie blickten auf einen Mann hinunter.

Der Mann war wie ein Fötus im Fahrersitz des Zugfahrzeugs zusammengerollt, die grelle australische Sonne brannte durch die Fenster herein.

»He, Blaine«, sagte Rawlinson. »Was denken Sie sich eigentlich dabei, diese Lieferung aufzuhalten?«

Lange Zeit erfolgte keine Antwort von dem Mann auf dem Bildschirm. Dann – langsam – streckte er sich aus seiner zusammengerollten Stellung und blickte sie an. Sein Gesicht sah in dem harten Licht zum Erbarmen aus. »Ich kann nicht mehr weiter«, sagte er. »Ich kann nicht mehr, Mr. Rawlinson. Ich kann das nicht mehr machen.«

»Das ist nämlich nicht nur irgendeine Ladung Kühe.«

»Ich kenne die Ladung, Mr. Rawlinson. Das ändert nichts daran. Ich kann es bloß nicht mehr tun.«

»Es gibt ein Wort dafür, Blaine. Verwirkung. Sie wissen, was das bedeutet, nicht wahr.«

»Ganz genau.« Die Stimme des Mannes war ohne jede

Emotion. »Ich trete vom Vertrag für meine Wiederverleiblichung zurück. Und da ich gegenwärtig nicht gerade mit Menschenrechten belastet bin, können Sie mich ganz legal auslöschen.«

Rawlinson nickte zustimmend. »Das ist es im Großen und Ganzen. An diesem Punkt soll ich Sie nur daran erinnern, was auf dem Spiel steht... aber offen gesagt, bekomme ich den Eindruck, dass ich Ihre Zeit und meine verschwenden würde.«

Dann wandte er sich an Muller. »Ich sage dir etwas, Paco. Sieh zu, dass du zu etwas Praxis kommst. Versuch, ob du das alte Mädchen nicht dazu überreden kannst, die Arbeit zu erledigen. Aber schraub deine Hoffnungen nicht zu hoch.«

Als Rawlinson außer Hörweite war, fragte Blaine Dubois: »Ich bin in Sicherheit, nicht wahr? Sie haben mir versprochen, sich um mich zu kümmern.«

»Sie sind in Sicherheit – niemand wird sie löschen.« Muller langte mit einer Hand hinauf, bereit, das Modul auszuwerfen, zögerte dann. »Sie könnten die Arbeit noch immer zu Ende führen, wissen Sie. Es hängt davon ab, wie sehr Sie darauf aus sind, wieder zu leben.«

Zum ersten Mal lachte der Transitionär. »Nicht allzu sehr«, sagte er.

»Weiter«, sagte Sapphire und dachte bei sich, dass Leitner sich anhörte wie einer ihrer alten Buchhalter aus den 90er Jahren, ehe der Software-Ersatz für sie auf den Markt kam.

»Die Firma, die jetzt Ihren kryogenisch gefrorenen Körper betreut, wickelt das anders ab als Ultralife. Und da Ihre gesetzlichen Verbindungen mit dem neuen Provide ...« – Leitner biss sich auf die Unterlippe – »unklar sind, sind sie berechtigt, gewisse grundlegende Regelungen aus dem Vertrag zu streichen.«

»Das heißt im Klartext?«

»Das heißt im Klartext, dass sie Geld sparen wollen,

indem sie auf eine volle neurale Konsolidierung aus sind. Können Sie mir folgen, Sapphire?« Der aalglatte Kerl starrte sie aus dem Fernsehgerät an, als würde er etwas so Harmloses wie eine mäßige Anpassung der Höhe ihrer Tantiemen vorschlagen.

»Ja«, sagte sie. »Ich kann Ihnen folgen. Sie teilen mir mit, dass Sie mir den Kopf abschneiden wollen, richtig?«

»Die Kosten pro Einheit sind billiger als Ganzkörperjobs. Das war natürlich nicht die Art, wie Ultralife die Sache angegangen ist – aber wir unterstehen jetzt einem neuen Management.«

»Ja«, sagte sie. »Und ist das nicht immer dieselbe alte Leier.«

»Wenn es eine andere Möglichkeit gäbe…«

»Offensichtlich gibt es sie nicht, warum bringen Sie es also nicht hinter sich? Zum Teufel, ich weiß nicht einmal, warum Sie sich überhaupt die Mühe gemacht haben, mich um meine Meinung zu fragen! Als ob ich mich weigern könnte!«

»Man nennt es Höflichkeit«, sagte Leitner.

Daher machten sie es natürlich – und Sapphire spürte nichts, weil sie nicht länger mehr in ihrem Kopf war. Sie durfte den Vorgang sogar auf einer visuellen Einspeisung in ihr computersimuliertes Bewusstsein verfolgen. Es war unangenehm, aber nicht deswegen, was sie machten – sondern vielmehr deswegen, was aus ihrem Körper geworden war, seit sie unters Eis ging. Er sah nicht richtig aus; abgeschürft, zusammengeschrumpft und aufgesprungen, wie diese Kerle, die von Zeit zu Zeit in Sibirien ausgegraben wurden, so als wäre sie ein paar tausend Jahre lang in einem Gletscher eingeschlossen gewesen. Sie wusste, dass jede Zelle in ihrem Körper durch die Ausdehnung der Eiskristalle ruiniert worden war und dass, wenn es auch die erforderliche Nanotechnik gab, um jede von ihnen zu reparieren, es viel zu teuer und arbeitsaufwendig war, es tatsächlich durchzuführen.

Als ihr die Firma später mitteilte, man müsste auch

ihren Kopf vernichten, fühlte sie nichts als die Erleichte-
rung, die man daraus beziehen mochte, wenn man den
Dachboden von altem Familienkram leerräumte.
Aber das war noch nicht das Ende, bei weitem nicht.

»Helfen Sie mir mit diesen blutigen Kühen, Sie Mischling«, sagte Rawlinson. Seine Stimme drang durch das Gebrüll und das noch immer anhaltende Quieken wie eine
schlecht geölte Kettensäge. »Wir haben ein paar verloren,
aber wenn wir ein paar der anderen zurück an Bord bringen, verdienen wir uns vielleicht einen Bonus.«

Muller schlenderte zum Ende des Zuges. »Ich musste
den Transitionär löschen«, sagte er und klopfte auf die
Wölbung in seiner Hemdtasche. »Ihre Meinung stimmte.«

»Fehlte ihm an Mumm für den Job«, sagte Rawlinson.
»Das Merkwürdige ist, heutzutage haben ihn immer weniger. Man behauptet, es sei die Geschwindigkeit der neuen
Bauweisen. Ein unbedeutender Job dauert eine lange,
lange Zeit. Hast du den Ersatz-Trans aus dem Flugzeug geholt?«

»Ich wollte mir von Ihnen den Installationsvorgang zeigen lassen.«

»Ist nichts dran. Schieb sie bloß ein und gib ihnen die
Begrüßungsansprache. Wenn sie zu uns kommen, kennen
sie bereits das Grundlegende.« Aber dann verlor sich die
Stimme des Mannes, und sein Blick schweifte auf einer
Seite der Straße nach Oodnadatta über den Horizont.

»Was, zum Teufel, sind diese Lichter?«

»Fahrzeuge, vermute ich«, sagte Muller, aber so leise,
dass ihn Rawlinson nicht hörte.

Jedenfalls brauchte er nicht lang zu warten. Einen Augenblick lang waren die Autos bloß vage dunkle Umrisse
irgendwo hinter dem nächsten Rand von Mulga-Bäumen,
und dann schossen sie heran, mit dröhnenden Motoren,
ihre Quecksilberlampen durchschnitten die Luft und pro-
jizierten helle Ellipsen neben die Gitterseite des Zuges.

»Das sind sie«, sagte Rawlinson.

»Sie?«, fragte Muller, Unwissenheit vortäuschend.

»Die Söhne des verdammten Namatjira. Ich hab dir gesagt, dass sie Cadmans Lastwagenzüge überfallen haben.« Rawling warf den Rinderstachelstock zu Boden und gab damit anscheinend den Plan auf, die übrigen Rinder, die sich losgerissen hatten, wieder einzufangen. Es wäre ohnedies vergeblich gewesen: die meisten der Kühe, die bewegungsfähig waren, waren vor Angst beim ersten Anblick der Autos in die Nacht hinausgestürmt, und die anderen waren entweder tot oder am Verenden. Diejenigen, die bei der ersten Massenflucht zertrampelt worden waren – dunkle Formen um den kaputten Anhänger, wie gestrandete Wale. Aber, dachte Muller, quiekten gestrandete Wale so? Weinten gestrandete Wale? Rawlinson hatte gesagt, dass die Kühe vor dem Kalben stünden... aber konnten selbst Kälber diese entsetzlichen Klagelaute hervorbringen?

Er hatte keine Zeit, sich darüber Gedanken zu machen. Die Fahrzeuge der Söhne von Namatjira hatten einen kreisförmigen Corral um den Straßenzug geformt, schlichen im niedrigen Gang dahin. Die meisten der Fahrzeuge waren Lieferwagen mit quadratisch überstehendem Aufbau aus Stahlstäben.

Rawlinson hatte das Flugzeug erreicht. Er öffnete die Seitenklappe, langte tief hinein und holte etwas heraus, das Muller zunächst für eine Brechstange hielt. Es war aber keine.

Rawlinson wog das Gewehr in der Hand, ließ eine Patrone in den Lauf gleiten und schoss in die Luft.

»Ich bin mir nicht sicher, dass das erlaubt ist«, sagte Muller, während die sie umkreisenden Fahrzeuge hielten.

»Dann verklag mich doch, Paco.«

»Ich bin mir ohnehin nicht sicher, ob die Söhne sehr beeindruckt sind.«

Er hatte Recht. Alles bewegte sich jetzt, obwohl die Verbindung von Düsternis und grellem Schein die Feststellung erschwerte, was genau sich bewegte. Mit Sicherheit

Gestalten – gekleidet in Tarnanzüge und Jacken. Muller erhaschte gelegentlich das Glitzern bleicher Haut. Obwohl die Söhne nominell eine Terroristengruppe der Aborigines waren, hatte er gehört, dass sie unzählige Spezialisten und Beobachter von anderen paramilitärischen Organisationen rund um den Erdball rekrutiert hatten. In dem Stimmengewirr, das durch die Nacht herübergetragen wurde, konnte er deutschen, israelischen und holländischen Akzent ausmachen.

Die Söhne kamen jedoch nicht näher, und für Rawlinsons Elefantenbüchse waren sie zu weit weg. Stattdessen lösten sich dunklere, schlankere Gestalten vom Corral und latschten über das Gelände, vielmehr, so erkannte Muller, sie latschten eigentlich nicht, sondern hüpften, sprangen. Er wusste, was das für Tiere waren. Es waren die Tiere, an denen er die Goanna sich gütlich tun gesehen hatte, als das Flugzeug gelandet war. Beuteltiere. Genauer gesagt: Känguruhs.

Oder das, was einst Känguruhs gewesen waren.

Jedes dieser unglücklichen Tiere war von den illegalen Bioingenieuren der Söhne in ein cybernetisch verstärktes Terroristenwerkzeug verwandelt worden. Muller hatte von diesen Geschöpfen in Perth gehört; dass man sie *Mangaruhs* nannte, weil die bösartigen Bioingenieure meist freche japanische Jungen waren, die zu viele Comics gelesen hatten. Es war natürlich ein schrecklich langer Weg von dem einfachen Nervensystem einer Schabe zu dem verwickelten, dreckigen Gehirn eines Beuteltieres... aber die Bioingenieure brauchten sich auch nicht um Forschungsgelder oder Ethikkommissionen zu kümmern. Es war nur eine Bastlerschuppencybernetik.

Jedes Mangaruh trug Nachtsichtbrillen, Gliedmaßen und Rumpf waren mit Schichten von durch Gelenke verbundenem Kevlar geschützt. Vom Hinterkopf eines jeden Mangaruhs gingen Glasfaserkabel aus und verschwanden in einem mattschwarzen Kontrollrucksack. Die meisten der Tiere trugen eine speziell modifizierte Maschinenpistole, die an einem Vorderglied angeschnallt war. Der andere Arm – oder in einigen Fällen auch beide Arme – liefen in gekrümmten Sensen aus Kohlenstoffstahl aus. Einige der Mangaruhs verfügten sogar über Raketen oder die langen grauen Rohre von Granatwerfern, die über ihr Rückengepäck hinausragten.

Und sie kamen hüpfend näher.

»Möchten Sie die guten oder die schlechten Nachrichten?«, fragte Leitner. »Also, okay, ich sage sie Ihnen. Die gute Nachricht ist, wir können Sie wieder in einen Körper zurückversetzen. Die schlechte ist, jemand muss dafür aufkommen.«

Die Unterredung, die sie jetzt hatten, verlief viel schneller als in Echtzeit. Die Rechengeschwindigkeit hatte bis zu einem Punkt zugenommen, da Sapphires neurale Prozesse viel schneller simuliert werden konnten als die eines Gehirns aus Fleisch und Blut. Hatte das zu bedeuten, dass gewisse Einzelheiten übergangen wurden? Sie wusste es nicht; niemand war bereit, es ihr zu sagen, und nach einiger Zeit machte es ihr auch keine großen Sorgen mehr. Wollte das schließlich nicht jeder?

»Solange es nicht der ist, den Sie bereits aufgetaut haben«, sagte Sapphire. »Und das gilt auch für den Kopf. Das ist ein Modell, das ich eintausche.«

»Sie haben vielleicht vom Klonen gehört«, sagte Leitner. »War in den letzten Jahrzehnten so etwas wie ein Tabu-Thema, obwohl die Grundprinzipien des Klonens von Säugetieren bereits im letzten Jahrhundert aufgestellt wurden. Aber in Anbetracht der jüngsten Umwälzungen…«

»Sie wollen sagen, Sie können aus meinen alten Zellen einen neuen Körper heranbilden, nicht wahr?«

»Das ist der halbe Trick, ja – und möglicherweise in Wahrheit die leichtere Hälfte.« Leitner klang überzeugend, aber es war in Wirklichkeit eine Simulation Leitners, zeitlich so synchronisiert, dass sie Sapphires Rechengeschwindigkeit entsprach. »Schwieriger ist es, sie wieder hineinzu-

bringen – Ihre Nervenmuster. Ziemlich heikles Verfahren –
und auch teuer. Nur etwas weniger kostspielig als Ihren
alten Körper Zelle für Zelle neu aufzubauen.«

»Warum also wird nicht dieses Verfahren angewandt,
wenn die Kosten sich kaum unterscheiden?«

»Weil Sie es nicht wären, nicht wahr? Nicht, außer wir
fänden eine Methode, die es uns erlaubte, Ihnen all die Er-
innerungen zurückzugeben, die Sie angesammelt haben,
seit wir Sie konsolidiert haben. Und wenn wir uns dieser
Mühe unterziehen, können wir genausogut mit einer lee-
ren Tafel beginnen.«

Die Logik leuchtete ihr ein – fast. »Sie wollen sagen, ich
muss warten, bis Sie einen erwachsenen Körper herange-
zogen haben? Leitner, haben Sie eine Vorstellung davon,
wie langsam hier die Zeit vergeht?«

»Tatsächlich«, sagte er, »ist das nicht so ein Problem,
wie Sie vielleicht glauben. Wir können jetzt einen erwach-
senen Körper in Monaten heranziehen – vorausgesetzt na-
türlich, Sie sind bereit, dafür zu bezahlen.«

Die Mangaruhs setzten nie ihre schwersten Waffen ein.
Selbst die Gewehre verwendeten sie mit Besonnenheit: sie
richteten sie auf den letzten Anhänger, den, welchen die
Rinder bereits verlassen hatten. Sie fügten der Zugma-
schine ein paar Löcher zu, aber nicht genug, um ernsthaften Schaden anzurichten, und sie achteten darauf, nicht
zu nahe zu kommen. Muller erinnerte sich an Rawlinsons
Worte, dass die Straßenlastzüge imstande wären, sich
selbst zu verteidigen. Die Verteidigungssysteme waren
von dem Flugzeug neutralisiert worden, und das war auch
der Grund, warum die Söhne imstande gewesen waren, so
nahe zu kommen. Aber offensichtlich – im Hinterkopf –
plagte sie die Furcht, dass die Verteidigungssysteme wieder online gehen würden, hervorgerufen durch einen automatischen Auslöser, der für sie nicht vorhersehbar war.

Rawlinson sagte im Augenblick nicht viel. Er lag vielmehr neben der Straße, stöhnte und hielt sich die Hüfte.

»Ich habe Ihnen gesagt, sie sollen nicht auf sie schießen«, sagte Muller und besah sich die Wunde. »Haben Sie
geglaubt, Sie könnten genügend von ihnen ausschalten,
bis sie Sie erwischt hätten?«

Rawlinson hörte einen Augenblick zu stöhnen auf, wie
ein Radioapparat, der ausgeschaltet wurde. »Wer, zum
Teufel, bist du, Paco?«

»Genau der, der ich sagte. Ich bin ein Chilene, der in
Perth angekommen ist.«

Muller hielt inne, kniete nieder und hob etwas vom
Boden auf – etwas Langes und Metallisches. Einen Augenblick lang hielt er es nur in Händen, aus den Augenwinkeln bemerkte er die näher kommenden Söhne, die sich
im Schutz ihrer tierischen Komplizen anschlichen.

»Du steckst mit diesen Halunken im Bunde«, sagte
Rawlinson. »Du gehörst zu diesen verfluchten Söhnen,
nicht wahr?«

»Nicht wirklich«, sagte Muller und hielt noch immer
den Rinderstachelstock umklammert. »Sie haben mich in
Perth angesprochen und mich gefragt, ob ich ihnen ein
bisschen helfen würde, und dafür würden sie mir eine
gute Stellung an der Westküste verschaffen – etwas, das
meinen Fähigkeiten angemessener wäre als die Arbeit auf
diesen Wracks.«

Jetzt ertönte eine andere Stimme, weiblich und verstärkt.

»Seine Verbindung mit uns war wirklich sehr lose, müssen Sie wissen. Wir möchten es nicht übertreiben.« Der
Sohn, der gesprochen hatte, machte eine Pause, um sich
die Windjacke abzureißen. Sie war schwarz, mit hohen,
königlichen Backenknochen, auf denen sich das Mondlicht fing. Ihren Akzent definierte Muller, als er genauer
auf ihn achtete, als französisch, wenn auch nur schwach.
»Was nicht heißen soll, dass wir nicht dankbar sind.«

»Du hast diesen Zusammenbruch herbeigeführt«, sagte
Rawlinson.

»Sie haben wirklich eine schnelle Auffassungsgabe.

Wie sonst hätten wir in die Nähe eines Ihrer Fahrzeuge kommen können, wenn Sie nicht freundlicherweise die Verteidigungssysteme für uns ausgeschaltet hätten?«

Rawlinson sagte: »Noch einmal, Paco – wie viel hast du gewusst?«

»Weniger als Sie glauben«, sagte die Frau. »Wir richteten es so ein, dass Muller beim Rasthaus eintraf, kurz bevor der nächste Spezialzug nach Adelaide abging. Dann arrangierten wir einen Zusammenbruch. Muller würde garantiert zur Reparaturmannschaft gehören.«

»Ihr habt einen Zusammenbruch arrangiert?«

»Einer unserer Spezialisten hat sich in Ihren Zug eingehackt und hatte einen Schwatz mit Mr. Dubois«, sagte die Frau.

»Dem Trans.«

Muller langte in seine Hemdtasche und warf der Frau das Modul zu. »Ich habe ihm versprochen, ihn nicht zu löschen.«

»Werden wir auch nicht«, sagte sie. »Obwohl wir ihm nichts Besseres bieten können. Dubois war natürlich zur Hilfe bereit. In seinem seelischen Zustand ging er auf Anregungen gern ein. Und er hatte einen persönlichen Groll, den er befriedigen wollte, und bei dessen Befriedigung wir ihm zu helfen versprachen.«

Das war für Muller neu. »Einen Groll?«

»Es betraf eine Frau namens Sapphire. Es war alles ziemlich billig – und es ergab wenig Sinn –, aber es dürfte so sein, dass diese Frau Sapphire seinen Ausstieg von den Lebenden verdarb – ihm bei seiner Abschiedsparty die Show stahl, glaube ich. Er hat seit damals darüber gebrütet, vor allem, als er erfuhr, dass sie in derselben schwierigen Lage war wie er.« Die Schwarze schüttelte den Kopf, als ob das alles keinen Sinn für sie ergäbe und sie bloß den anderen schilderte. »Daher wiesen wir unseren Hacker an, dass Sapphire denselben miserablen Vertrag abarbeiten musste wie Mr. Dubois. Er brachte es nicht übers Herz, für sie etwas Schlimmeres zu fordern, andererseits konnte er aber den Gedanken nicht ertragen, dass sie leicht davonkam.« Jetzt lächelte sie; das Weiß ihrer Zähne blitzte plötzlich in der Dunkelheit. »Es hat alles wunderbar funktioniert. Muller brauchte nur eine Ablenkung arrangieren, damit wir uns unbemerkt nähern konnten, und uns das Signal geben.«

»Ich musste nicht einmal für ein Ablenkungsmanöver sorgen«, sagte Muller. »Sie haben das auf perfekte Weise selbst getan, Rawlinson. Übrigens glaube ich, dass Sie mit dem Leben davonkommen werden – es war nur ein Streifschuss – es sieht schlimmer aus als es ist. Zumindest bin ich dieser Meinung.«

»Leck mich, Paco.«

Die Frau wandte sich an einen der anderen Söhne. »Leg ihm einen Verband an, dann verladet diesen Gentleman in den hinteren Anhänger. Wenn er nach Adelaide kommt, wird ihm all die Aufmerksamkeit zuteil werden, die er braucht – natürlich nur, falls er so lange durchhält.«

Rawlinson schien das als Stichwort zu nehmen, wieder anzufangen zu stöhnen, aber es klang eher wie das Quengeln eines Kindes, das sich beweisen will. Muller spielte mit dem Stachelstock und erwog einen Augenblick lang, das elektrisierende Ende gegen seinen Partner zu richten. Er hatte gesehen, wie wirksam die Stachelstöcke gegen die ausgebrochenen Rinder gewesen waren, und, wenn seine Kenntnisse in Physiologie auch sehr bescheiden waren, nahm er doch an, dass Kuhhaut möglicherweise dicker war als die Haut, die Rawlinson bedeckte. Er fragte sich, welchen Schrei der Mann ausstoßen würde – wenn er überhaupt imstande wäre, einen Laut von sich zu geben.

Und dann erinnerte sich Muller an das andere Geschrei; das Geräusch, das er gehört hatte, als die ersten Tiere aus dem Anhänger gestürzt waren und von den nachfolgenden niedergetrampelt worden waren.

»Was ist das?«, fragte er, an alle Anwesenden gleichermaßen gerichtet. »Dieses Geräusch, wie ein Weinen?«

Daher sagten sie ihr, wie es funktionierte.

Ökonomie – daran lag es. Der eine Aspekt der Welt, der sich überhaupt nicht verändert hatte. Nichts war kostenlos, vor allem aber nicht das Jenseits.

Ihren Körper zu klonen und zum erwachsenen Zustand heranzuziehen, war nicht besonders teuer. Nur ein paar Jahre früher wäre es teuer gewesen, denn selbst wenn die genetische Manipulation erledigt war, musste man immer noch jemanden bezahlen, um die Leihmutter zu spielen, und die Kosten dafür waren in die Höhe geschossen. Künstliche Mutterleibe waren mit nur bescheidenem Erfolg erprobt worden; denn es war unglaublich schwer, die biochemische Umwelt eines lebenden Mutterschoßes auch nur annähernd zu imitieren. Die Frage, Klone in anderen Klonen zur Reife zu bringen, war ein ethisches Minenfeld, das wirklich nur eine einzige Option offenließ.

»Mein Gott«, sagte die Schwarze. »Sie wissen wirklich nicht, warum es bei alledem geht, nicht wahr?« Ihre Stimme zeigte keinen Spott, nur Erstaunen. »Sie wissen wirklich nicht, was mit dieser Lieferung los ist, nicht wahr?«

»Leider nein«, sagte Muller.

Sie wandte sich einem ihrer Leute zu und befahl ihm, zu einem der Lieferwagen zu gehen. Er kehrte mit zwei dunklen Gebilden zurück, die von seinen Händen herabhingen. Als er näher kam, sah Muller im Licht um den Lastzug, was es war. Er trug Benzinkanister.

Die Frau übernahm einen der Kanister selbst und reichte den anderen an Muller weiter. »Ich zeige es Ihnen, wenn Sie wollen. Aber Sie werden es nicht mögen, glaube ich.«

Er wog den Kanister in der Hand. »Wozu dient er?«

»Sie werden sehen.«

Die verbliebene Option, sagte Leitner, bereitete einigen Menschen Unbehagen. Aber sehen Sie es positiv. Es war

*billig. Und das bedeutete, die einzige große Ausgabe bei
dem ganzen Vorgang war die Übertragung ihrer neuralen
Muster zurück ins Klongehirn.*

*»Offenkundig«, sagte Leitner, »muss jemand für die Kos-
ten aufkommen: und der Mensch, der den Vorteil davon
hat, muss logischerweise zahlen.«*

*Sapphire dachte, dass sie es jetzt schnell mitbekam; sie
verstand, was mit der Zukunft los war. »Lassen Sie mich
mal raten. Sie bringen mich ins Leben zurück, und dann
ist es so, dass Ihnen mein Arsch gehört, bis ich die Kosten
abgetragen habe?«*

*»Nun ja«, sagte Leitner. »Sie haben das Wesentliche er-
fasst. Bis auf den zeitlichen Ablauf.«*

*Und dann sagte er, wie Menschen wie sie genannt wur-
den – Menschen, die bloß als neurale Aufzeichnungen
existierten, die irgendwo auf einem Computer liefen; Menschen, die keiner juristischen Definition zufolge Menschen
waren, obwohl sie das Potential hatten, an irgendeinem
Punkt der Zukunft zu Menschen zu werden, wenn sie es
wollten. Dass man sie Transitionäre nannte und dass in
der ganzen Welt, zu jedem Zeitpunkt, Tausende von Transitionären tatsächlich arbeiteten, Tätigkeiten ausübten,
die zu kompliziert für billige Software und zu anstrengend
für die Lebenden waren; und langsam die Kredits ansam-
melten, die sie brauchten, um ihre zukünftige Rückkehr in
die Gesellschaft der lebenden Menschheit abzubezahlen...*

Vielleicht war es der Gestank des Diesels, der es bewirkte,
oder der rote Farbfleck auf seinen Fingern von dem Zu-
satz in der Flüssigkeit, die genau wie Blut aussah, oder
der Geruch, den der Gestank des Diesels verdecken
würde, wie er hoffte, der aber noch immer in der Luft lag.
Vielleicht war es das alles, oder vielleicht war es der Blick,
den er auf dem Gesicht von Blaine Dubois gesehen hatte;
der Blick eines Menschen, dessen Seele man langsam he-
rausgeschnitten hatte.

Oder vielleicht war es das, was er im Schmutz gesehen

hatte, am Ende des Lastzuges, wo der letzte Anhänger aufgebrochen worden war.

Die Schwarze hatte sich nie verstellt, als sie die Länge des Wagenzuges entlanggingen, aber sie hatte sich bemüht, ihn auf das vorzubereiten, was sie sehen würden. Es war, sagte sie, der wahre Grund, warum sie den Lastzug gestoppt hatten. Nicht wegen der Bodenrechte – das war jetzt eine verlorene Sache, und es war jedenfalls nicht *ihr* Kampf. Nein, der Grund, warum sie den Zug aufgehalten hatten, waren die Rinder. Genauer: Wegen dem, was die Rinder trugen.

»Rawlinson behauptete, sie seien trächtig«, sagte Muller. »Er sagte, das wäre der Grund, warum der Zug sie nach Adelaide brächte. Aber mir war die Bedeutung nicht klar.«

»Klone«, sagte die Frau. »Das ist Cadmans Teil in dem großen Unternehmen. Die Körper heranzuziehen, welche die Transitionäre benötigen, wenn sie die Kosten abbezahlt haben.«

Und dann zeigte sie ihm, was sie meinte, und Muller war endlich imstande, das quiekende Geräusch, das er gehört hatte, einzuordnen. Ein Laut, der so sehr nach menschlichem Weinen klang. Er konnte sich nicht vorstellen, was es hätte sonst sein können.

Die Kühe waren vor dem Kalben gestanden, hatte Rawlinson gesagt. Aber nicht ganz. Und diejenigen, die gestorben waren, waren zerrissen; waren aufgeplatzt und hatten eine Leibesfrucht freigegeben, die auszutragen sie nie bestimmt gewesen waren. Eine Leibesfrucht, die sich drehte und wand, bis die Nächste, die am lautesten quiekte, ihr noch nicht ganz ausgebildetes erwachsenes Gesicht Muller zuwandte und die blassen Augen, begleitet von einem Schrei der Angst.

Die Frau erschoss sie mit einer winzigen Pistole, die Muller gar nicht an ihr bemerkt hatte, und als das Geschrei vorbei war, schraubten sie die Benzinkanister auf und leerten sie darüber aus.

Die Vereinbarung war einfach.

Die Firma in Singapur, welche die biotechnischen Patente besaß, mit denen Sapphire ins Leben zurückgerufen werden würde, hatte viele Tochtergesellschaften. Eine von ihnen war Cadman, die Transitionäre zum Lenken ihrer Lastzüge benutzte. Auf irgendeine Weise, über die sich Leitner nicht näher ausließ, war dieser Betrieb ein integrierter Bestandteil des ganzen Prozesses, mit dem die Transitionäre ins Leben zurückgerufen wurden – aber das war nicht wichtig: sie hätte genauso leicht in einer Drohne landen können, die die Abwasseranlagen inspizierte oder eine der Maschinen, welche vom Rumpf von Öltankern Muscheln abschabte. Um ihre Kosten abzubezahlen, würde Sapphire ein Jahr lang einen von Cadmans Zügen lenken müssen. Sie würde das zwanzig Stunden lang am Tag tun müssen – Transitionäre benötigten keinen Schlaf –, aber für die restliche Zeit hätte sie Zugang zu allen Datennetzen der Welt; alle simulierten Erlebnisse, die sie sich nur wünschen konnte.

Nun denn, das schien nicht so schlimm zu sein, nicht wahr?

Schließlich, als ihr die Bedingungen des Vertrages völlig klar gemacht worden waren, stimmte Sapphire zu. Und dann folgte eine seltsame Zeit des Nichts, in der sie von jedwedem Input abgeschnitten war und sich die Rechengeschwindigkeit zu einem Kriechen verlangsamte.

Und dann wachte sie irgendwo in der Wüste auf, in der Nacht. Abgesehen davon, dass sie gar nicht wirklich da war; sie beobachtete bloß, und dieser Bursche, der südamerikanisch aussah und auch so redete, ging wieder höflich alles durch: Er sagte ihr, wie sie die Lieferung übernehmen würde, weil der vorhergehende Transitionär ausgeflippt war oder dergleichen. Und sie hatte darüber gelacht, denn wenn ein Jahr auch eine lange Zeit war, um etwas zu tun, war es doch nicht zu lang, nicht wahr.

Und hinter diesem Burschen sah sie Unmengen von dunklen, gesichtslosen Menschen herumwuseln, die etwas

trugen, was nach Gewehren aussah, und in einem gereiz-
ten Gewirr verschiedener Sprachen redeten, von denen sie
keine einordnen konnte. Und im Vordergrund die seltsamsten Känguruhs, die sie je gesehen hatte.

Willkommen in der Zukunft, dachte Sapphire.

Originaltitel: ›ON THE OODNADATTA‹
Copyright © 1998 by Alastair Reynolds
Erstmals erschienen in ›Interzone‹, Februar 1998
Mit freundlicher Genehmigung des Autors
Copyright © 2001 der deutschen Übersetzung
by Wilhelm Heyne Verlag GmbH & Co. KG, München
Aus dem Englischen übersetzt
von Franz Rottensteiner

FLORIAN F. MARZIN

Deutschland

Die Welt ist eine Wahrscheinlichkeit

1

Ich könnte mich totärgern, dass ich nicht gleich in Innamincka vollgetankt hatte. Einen großen Unterschied würde
es nicht machen, aber immerhin. Fünfhundert Kilometer
waren zu einer Entfernung geworden, die inzwischen nicht
mehr mit einem Druck aufs Gaspedal und fünf oder sechs
Stunden Langeweile zu überbrücken waren. Und dabei war
es ein ganz passabler Tag gewesen. In der Nacht hatte der
Wind die harten, länglichen Blätter der Eukalyptusbäume,
unter denen mein Toyota RV 50 geparkt war, klappern lassen, und kurz nachdem ich hinten auf der Pritsche in meinen Swag gekrochen war, musste ich noch einmal hoch,
um das Feuer, das durch den starken Luftzug wieder ange-
facht worden war, mit Sand zu bedecken. Es war Juli, und
die Nächte hier draußen im Outback von Australien waren
trotz der annehmbaren Tagestemperaturen ziemlich kalt.
Ich sah zu, dass ich wieder in meinen Schlafsack kam. Das
letzte, an das ich mich vor dem Einschlafen erinnerte,
waren die zwischen den Zweigen aufblitzenden Sterne und
der Gedanke, morgen zur Innamincka-Station zu fahren,
zu tanken und ein paar Vorräte einzukaufen.

Der nächste Morgen brach gegen sechs Uhr an, als die
weißen Kakadus in ihren Schlafbäumen erwachten. Zuerst ein vereinzeltes Krächzen, das unwillig beantwortet

wurde, dann wiederholte Rufe, die sich von Ast zu Ast des mit Hunderten von Vögeln besetzten Baumes fortsetzten und schließlich in ein Crescendo einmündete, das mich endgültig aufweckte. Es dauerte noch ein paar Minuten, in denen ich mit offenen Augen vor mich hindöste, bis eine vielflüglige weiße Wolke über mich hinwegrauschte. Mittlerweile war es hell geworden und zwischen den weit auseinander stehenden Bäumen hindurch schimmerte ein blassroter Streifen, der den baldigen Sonnenaufgang ankündigte. Ich öffnete ein Stück den Reißverschluss des Swag und schob mich auf die Ellbogen hoch, bis ich den Rücken an die Fahrerkabine des Pickup lehnen konnte. Die morgendliche Kühle kroch langsam von meinen bloßliegenden Schultern hinunter in den Schlafsack. Genau genommen ist ein Swag eher eine Kombination von Matratze und Schlafsack, und hier im Busch sehr praktisch. Ich griff nach unten und suchte nach meinem Pullover und der Hose. Nachdem ich mich, ohne meine warme Höhle zu verlassen, unter den üblichen Verrenkungen in die beiden Kleidungsstücke gequält hatte, war ich bereit, den Tag zu beginnen. Ich stieg von der Ladefläche, ging zu den Überresten des Lagerfeuers und schob mit dem Spaten den Sand von der Asche. Ein dünner Rauchfaden deutete auf einen Rest von Glut hin. Ich nahm ein Stück Zeitung, knäulte es locker zusammen und wartete darauf, dass es Feuer fing. Als Nächstes wanderten ein paar dünne Zweige in die hochschlagenden Flammen und nach ein paar Minuten war das Feuer in Gang. Ich setzte den kleinen Kessel mit Wasser direkt auf die brennenden Äste und schaute mich um. Weit und breit war niemand zu sehen, aber das überraschte mich nicht. Gestern Nachmittag waren zwar noch zwei Off-Roader an mir vorbeigefahren, die Leute darin hatten kurz gegrüßt, sich aber dann irgendwo weiter oben an den Fluss gestellt. Noch nicht einmal ihre Lagerfeuer hatte ich in der Nacht gesehen. Im Outback ließ man sich nach Möglichkeit in Ruhe. Wahrscheinlich waren sie schon längst wieder aufgebrochen. Ich klappte den Campingstuhl auseinander, stellte den alten hölzernen Klapptisch auf und warf einen ersten Blick in den Kessel. Ein bewachter Topf kocht nicht, fand ich wieder einmal bestätigt. Aus der Küchenkiste nahm ich Teller, Tasse und Besteck, holte die Wurst und den Käse aus der Kühlbox, wo er in dicht verschließbaren Plastikbehältern auf dem Wasser, zu dem die Eiswürfel inzwischen geschmolzen waren, schwamm und fischte die Margarine heraus. Der Kessel gab jetzt deutliche Rauchsignale, und ich hob ihn mit einem Stöckchen, das ich unter den Henkel schob, aus dem Feuer.

Ich genoss gerade meine letzte Tasse Kaffee, als die Fliegen kamen. Wie jeden Morgen und wie immer einem unerklärlichen Zeitgefühl folgend. Die Fliegen sind wirklich eine Plage. Wenn ihre Zeit gekommen ist, dann sind diese Quälgeister durch nichts aufzuhalten oder abzuschütteln. Abends verschwinden sie mehr oder minder mit der Dämmerung und wenn man nicht allzu viel Wert darauf legt zu sehen, was man isst, dann kann man dies nach Einbruch der Dunkelheit unbelästigt tun. Wenn nicht, dann führt man einen von vorne herein aussichtslosen Kampf gegen diese schwarze Flut. Morgens, kurz nach Sonnenaufgang, wenn die Luft sich zu erwärmen beginnt und es richtig gemütlich wird, erscheinen sie von ihren geheimen Schlafplätzen. So wie jetzt. Ich ließ ihnen die Reste meines Frühstücks, rückte ein Stück vom Tisch weg, was aber auch nicht viel half, und deckte meinen Kaffeebecher mit dem Deckel des Kessels zu. Wenn man einige Zeit im Outback zugebracht hat, dann gewöhnt man sich an das beständige Krabbeln von Fliegenfüßen am Hals und im Gesicht, die wegzuscheuchen kaum der Mühe wert und von ebenso wenig Erfolg gekrönt ist.

Aus dem fast niedergebrannten Lagerfeuer stieg noch eine dünne Rauchfahne und die Schatten der Eukalyptusbäume begannen die tägliche Wanderschaft um ihre eigene Achse. Ich hatte mir ein Plätzchen ein paar Meter von meinem Wagen entfernt gesucht und ließ gemütlich die Sonne meinen Körper auf Betriebstemperatur bringen. Irgendwo, ein paar hundert Meter flussaufwärts, musste etwas die Vögel aufgescheucht haben. Kreischend flog ein ganzer Schwarm Galas aus den Bäumen hoch und drehte eine Runde, um sich dann ans andere Flussufer zu verziehen. Ich warf meine Zigarettenkippe ins Lagerfeuer und machte mich daran, meine Sachen zusammenzupacken. Es war viertel nach acht.

Die beiden Männer bemerkte ich erst, als sie mich ansprachen. Sie standen ungefähr zwanzig Meter von mir und meinem Off-Roader entfernt und musterten mich eingehend. Ich zuckte hoch und erwiderte ihren Gruß, den ich allerdings nicht verstanden hatte. Nach einem genaueren Blick war ich mir sicher, die beiden mussten Stockmen sein, die australische Abart des Cowboys. Sie trugen hohe Stiefel, ziemlich zerrissene grobe Hosen, Lederwesten und natürlich, wie auch ich, den unvermeidlichen breitkrempigen Hut gegen die herab brennende Sonne. Sie standen immer noch unschlüssig herum und tuschelten miteinander. Da ich auch nicht wusste, was ich sagen sollte, lehnte ich mich an die Ladefläche meines Pickups, zog eine Zigarette aus dem Päckchen und wartete erst einmal ab. Natürlich stellte sich die Frage, was sie hier zu suchen hatten. Ich befand mich im Nationalpark und da gab es kein Vieh und damit auch keinen Grund für die Anwesenheit von Viehtreibern. Aber vielleicht suchten sie versprengte Rinder, die sich hierher verlaufen hatten. Erst jetzt bemerkte ich, dass beide Waffen trugen. Revolver, die in Gürtelhalftern steckten, und Gewehre. Das war nun schon mehr wie im Film.

»He, Leute, was treibt euch denn hierher?«, rief ich ihnen zu, um endlich die gespannte Stille zwischen uns zu brechen. Ihre Köpfe ruckten in meine Richtung. Die beiden schienen nicht verstanden zu haben.

»He, was macht ihr hier?«, wiederholte ich meine Frage.

Sie zuckten ratlos die Achseln. Der linke, etwas ältere Mann meinte dann: »Wisenschagen.«

»Wie bitte?« Nun hatte ich nichts verstanden. Wahrscheinlich sprachen sie ein Stockmenkauderwelsch, das niemand außer ihnen verstand. Gleichzeitig trat ich ein paar Schritte auf sie zu.

»Wirsen jagen«, bestätigte der jüngere Mann.

Es sollte wohl heißen, wir sind jagen, überlegte ich mir und nickte. »Gutes Wetter zum Jagen«, sagte ich, nur um das Gespräch nicht gleich wieder einschlafen zu lassen. Die beiden nickten und schauten an mir vorbei. Irgendwas sagte mir, dass ich für die beiden von ziemlich untergeordnetem Interesse war. Ihre Blicke hingen wie gebannt an meinem Wagen, und nur weil ich mich bei ihrem Eintreffen direkt daneben befunden hatte, war mir der Fehler unterlaufen, ihr Interesse auf mich zu beziehen. Ich befand mich jetzt genau zwischen den beiden und meinem Toyota, der etwas rechts hinter mir stand. Und dort war auch, gut versteckt unter der Plane, die ich während der Fahrt über die Ladefläche spannte, damit meine Habseligkeiten nicht total verstaubten, mein Gewehr.

»Wo kommsten her«, fragte jetzt der Ältere. Entweder bemühte er sich, deutlicher zu sprechen, oder ich hatte mich schnell an den eigenartigen Dialekt gewöhnt. Wahrscheinlich von beidem etwas. Es war die übliche Frage, die man bei einer Begegnung im Outback stellte. Die Nächste wäre, wo willst du hin und wie ist der Zustand des Tracks von da, wo du herkommst. Damit sind dann die wichtigsten Informationen, die es unter Off-Roadern im Gelände gibt, ausgetauscht.

»Ich bin gestern von Birdsville heruntergekommen«, antwortete ich und fügte dann noch hinzu, »den westlichen Track.« Denn es gab zwei. Einmal von Birdsville Richtung Osten und dann nach knapp hundert Kilometern Richtung Süden, quer durch die Sturt Stony Dessert, woran ich mich lieber nicht erinnern wollte, da dieses verdammte Stück Land seinen Namen zu Recht trägt und ich meinen Wagen durch endlose Steinfelder hatte lenken müssen. Insgesamt vierhundert Kilometer, für die ich über sieben Stunden gebraucht hatte. Der andere führte an Bedoulia vorbei und dann Richtung Süden nach Innamincka, war auf der Karte gut einhundertfünfzig Kilometer länger, konnte aber auf keinen Fall schlechter sein. Das alles waren die notwendigen Informationen, die ich gerade den beiden geben wollte, als der jüngere meinte: »Birdsville, was is'n das?«

Und zur Bestätigung meinte auch der andere. »Wo soll'n das sein?«

Jetzt war ich verblüfft. Birdsville ist für das australische Outback, was Rom für einen guten Katholiken ist. Tausende pilgern jeden September dorthin, um die berühmt berüchtigten Birdsville Races mitzuerleben. Ein Wochenende, an dem die kleine Ansiedlung am Trailhead des Birdsvilletrack Kopf steht. Die Pferderennen spielen dabei nur eine Nebenrolle. Viel wichtiger ist das drei Tage dauernde Besäufnis. Auf großen Kühllastern wird das Bier in den Ort gebracht und kistenweise von der Ladefläche herunter verkauft. Das Birdsville Hotel, in ganz Australien bekannt, ist wohl die einzige Kneipe, die statt eines Parkplatzes eine Landebahn vor der Tür hat, wo die Bewohner der umliegenden Stations mit ihren Kleinflugzeugen einfliegen und direkt in die Kneipe fallen. Und die beiden hier wollten nicht wissen, was Birdsville ist und wo es liegt. Ich lachte kurz auf.

»He, ihr könnt mir doch nicht weiß machen, dass ihr Birdsville nicht kennt?«

Die beiden schüttelten überzeugend den Kopf. Dann meinte der Ältere: »Ist das ein Wasserloch?« Und auf einmal schien er mehr an der Auskunft interessiert als an meinem Wagen. Auch der Jüngere richtete jetzt seinen Blick auf mich, und ich wusste nicht, was ich dazu sagen sollte. Ich machte möglichst unauffällig ein paar Schritte in Richtung meines Pickup, um in Reichweite meines Gewehrs zu kommen. Bedrohlich war die Situation eigentlich nicht, doch irgendwie auch nicht so, wie ich es von einer Begegnung im Outback gewohnt war. Wir sollten jetzt eigentlich schon längst über das Wetter oder andere Nichtigkeiten plaudern, die Wegstrecke, wo man hin wollte, wie lange man schon unterwegs war und bestenfalls die erste Dose Bier aufgemacht haben. Auf keinen Fall sollte man erklären müssen, was Birdsville ist. Vielleicht, wenn es Touristen gewesen wären, aber so sahen die beiden nun wirklich nicht aus. Ihre Hüte waren, wie ich inzwischen feststellen konnte, schon einige Jahre in Gebrauch und nicht nur spazierengetragen worden. Die Klamotten hätten eine Wäsche vertragen können und auch wenn meine eigenen schon zu Fuß in die Wäsche gehen konnten, dann war zwischen denen und ihren noch ein Unterschied wie zwischen Samstagabend in Melbourne und Montagmorgen in Coober Pedy. Ich beschloss davon auszugehen, dass sie wirklich nichts von Birdsville wussten und mich nicht auf dem Arm nehmen wollten.

»Ja, Wasser gibt es auch in Birdsville. Es ist ein kleiner Ort, vierhundert Kilometer von hier. Ungefähr einhundert Einwohner.«

»Sooo.« Und die beiden dehnten unisono den Laut bis zur Grenze des Erträglichen. Ihr Unglaube war deutlich zu spüren. Eigentlich mehr als dies. Ich hatte den Eindruck, sie hielten mich für komplett verrückt. Ich spürte, wie mir der Schweiß den Rücken hinunterlief. Binnen der letzten halben Stunde war es drückend heiß geworden. Die Quecksilbersäule des Thermometers musste gut und gerne auf dem Weg nach oben ein paar Zentimeter überwunden haben.

»Wie weit soll das sein?«, fragte der eine nochmals.

»Na, ungefähr vierhundert Kilometer«, antwortete ich widerwillig, denn ich hatte wenig Lust, mich von den beiden weiter nerven zu lassen.

»Wie viele Meilen sind das denn?«

Aha, dachte ich mir, noch jemand, der immer noch in Meilen und Fuß rechnete, wie ich es bei älteren Australiern schon häufig festgestellt hatte, die sich selbst nach über zwanzig Jahren, die seit der Einführung des metrischen Systems auf dem fünften Kontinent vergangen waren, immer noch nicht daran gewöhnt hatten und durchaus fragten, wie viel Meilen mein Wagen denn mit einer Gallone machte. Nun gut. Ich überschlug schnell im Kopf und meinte dann: »Das sind zweihundertfünfzig Meilen.«

Die beiden schauten sich an und grinsten mir dann ins Gesicht. Sie mussten sich köstlich auf meine Kosten amüsieren. Schließlich meinte der Ältere der beiden zweifelnd: »Un' wo soll dein Birdsville liegen?«

Ich dachte kurz nach und deutete dann über den Cooper Creek grob in Richtung Nordwesten. Die Köpfe der beiden drehten sich in die von mir angegebene Richtung und starrten über den schmalen Wasserlauf in die sich jenseits ausbreitende Ebene, über der inzwischen die Hitze flimmerte. Mein Blick folgte ihrer Kopfbewegung, und ich hatte auf einmal den Eindruck, als wäre der Wasserspiegel im Coppers Creek über Nacht deutlich gefallen. Blödsinn, bescheinigte ich mir sofort, jetzt lass dich durch die beiden nicht verrückt machen. Ich verfolgte, wie zwei Pelikane langsam zwischen den Bäumen hereinschwebten und dann mit einem Plätschern auf der Wasseroberfläche landeten.

»Dort soll ne Stadt liegen? Von da willste gekommen sein.«

»Ja, gestern Abend«, erklärte ich unwirsch, ohne viel Lust, die Unterhaltung fortzusetzen. Ich drehte mich demonstrativ um und ging zu meinem Wagen zurück, um endlich aus der prallen Sonne herauszukommen. Sie folgten mir bis in den Schatten neben dem Pickup. Auf einmal schien die ganze Angelegenheit mit Birdsville bedeutungslos geworden zu sein, denn sie starrten wieder auf den Toyota, als würden sie einen rosa Elefanten oder ein geflügeltes Schwein oder beides zugleich sehen. Ich beschloss, keine Notiz mehr von ihnen zu nehmen und packte weiter meine Sachen zusammen. Sie schlichen um den Off-Roader herum, strichen über das Blech und schüttelten den Kopf. Irgendwie lag die Frage, was dieses

Ding denn sei, in der Luft. Als sie dann endlich kam, überraschte sie mich nicht mehr. Ich hatte gerade die Kiste mit den Küchengeräten eingeräumt und mich für eine Zigarette auf meinen Klappstuhl gesetzt. Die beiden standen vor der Motorhaube und starrten an der Funkantenne, die eine scharfe Trennungslinie zwischen ihnen zog, vorbei zu mir herüber. Ich beschloss so zu tun, als wäre dies eine ganz normale Frage und antwortete darauf, wie man einem Kind antworten würde, das zum wiederholten Male die gleiche Sache erklärt haben möchte.

»Das ist ein Toyota Landcruiser, Modell RV 50 Pickup, vierkommazwei Liter, Sechzylinderdieselmotor.« Ich hätte genausogut eine kabbalistische Beschwörungsformel murmeln können. Es war deutlich zu sehen, dass sie kein Wort verstanden hatten. In diesem Moment kam ich mir ziemlich blöd vor. Der Pickup war das Standardmodell des australischen Outback. So ziemlich jeder Farmer und jede Cattlestation hat mindestens einen von der Art, was nicht zuletzt ein Grund dafür war, warum ich mir dieses Modell für meine Touren in Australien angeschafft hatte. Selbst der letzte Mechaniker in der kleinsten Ansiedlung konnte das Ding reparieren. Ersatzteile bekam man praktisch wie zu Zeiten des Ford T-Modells in Amerika an jeder Tankstelle, ganz abgesehen von den Reifen, die hier im Busch selten länger als ein paar tausend Kilometer hielten. Wenn man Glück hatte. Anscheinend hatte die beiden ein ähnlich mulmiges Gefühl beschlichen wie mich, denn der Jüngere zog seinen Gefährten weg. Sie murmelten mir noch etwas zu und verschwanden dann in die Richtung, aus der sie gekommen waren.

»Machts gut«, rief ich ihnen noch hinterher, doch sie drehten sich nicht einmal mehr um. Die ganze Sache gefiel mir gar nicht. Als erstes zog ich mein Gewehr unter der Plane hervor und legte es griffbereit auf den Beifahrersitz. Wenn die beiden wiederkommen würden, wäre ich zumindest vorbereitet. Aber was heißt das schon. Eigentlich wäre es viel schlimmer, wenn der Ranger vorbeikäme und das Gewehr sehen würde. Schließlich befand ich mich in einem Nationalpark, und da waren Schusswaffen absolut verboten. Ich packte meine restlichen Sachen zusammen, schaufelte Sand auf die Asche des Lagerfeuers und schwitzte schrecklich. Ein Blick auf das am Führerhaus angebrachte Thermometer versetzte mich dann doch in Staunen. Es zeigte knapp vierzig Grad und die Uhr im Wagen zeigte erst viertel nach zehn. Dafür war es wirklich ziemlich heiß. Ich holte hinter der Fahrersitzlehne meine Shorts hervor und tauschte die Jeans gegen sie aus. Es war jeden Tag das gleiche Spiel. In der morgendlichen Kühle begann man mit langen Hosen, einem Pullover über dem T-Shirt und manchmal sogar noch eine Daunenweste. In dem Maße, wie die Sonne den Himmel erkletterte, legte man ein Kleidungsstück nach dem anderen ab, bis man abends den Vorgang in umgekehrter Reihenfolge wiederholte. Hier in den Wüstengebieten des Landesinneren konnte der Temperaturunterschied zwischen Tag und Nacht gut zwanzig bis fünfundzwanzig Grad betragen, aber es war nicht so schwer, sich daran zu gewöhnen. Jetzt wurde es aber wirklich Zeit, mich aufzumachen. An der Station würde ich mich erkundigen, ob irgendwelche Cattlestations mit ihren Stockmen im Nationalpark zugange waren und zur Sicherheit die kommende Nacht in der Nähe der Station campen. Irgendwie war mir nicht nach einer zweiten Begegnung mit den beiden, oder etwaigen Kameraden von ihnen, zumute. Ich setzte als letztes die Kühlbox hinten auf die Ladefläche, klappte die Bordwand hoch und warf einen Blick in die Runde, um mich zu vergewissern, dass nicht noch etwas herumlag. Viel zu schnell vergisst man ein Paar Schuhe, die man wegen der Schlangen und Skorpione auf das Autodach gestellt hat und die dann beim Wegfahren auf Nimmerwiedersehen verschwinden, oder ein Werkzeug, das noch an einen Baumstamm gelehnt vor sich hindämmert. Nichts dergleichen; ich hatte mein Lehrgeld inzwischen gezahlt und hielt leidlich Ordnung. Ich schaute noch einmal in die Richtung, aus der meine beiden Besucher gekommen waren, doch auch dort war nur Busch und kein Anzeichen von menschlichem Leben zu bemerken. Ich nahm das Gewehr wieder vom Beifahrersitz, schob es ganz unten unter meine Sachen und zurrte die Plane fest. Dann stieg ich ein. Die Vorglühkontrolle erlosch, kaum dass sie aufgeleuchtet hatte. Kein Wunder bei der Hitze, und mit einer Drehung des Zündschlüssel erwachten die sechs Zylinder unter der weit ausladenden Motorhaube zum Leben. Das Geräusch des Diesels kam erst stotternd, bis es nach einigen Augenblicken seine vertrauenerweckende Gleichmäßigkeit gefunden hatte. Wenn man sich mit einem Off-Roader über staubige Pisten, steinige Tracks, durch Geröllfelder und Flussläufe quält, dann graben sich in dem Moment, in dem man das Steuerrad umfasst, winzige Fühler aus den Handflächen in das Material des Lenkrads, finden ihren Weg durch die Steuersäule bis in die entferntesten Winkel das Wagens und man weiß sofort, wenn etwas nicht stimmt. Ein besonderes Geräusch des Fahrtwindes, der sich hinten auf der Ladefläche verfängt, flüstert einem zu, dass man besser nachschaut, ob sich nicht gleich ein Ausrüstungsstück verabschiedet, ein besonderes Ruckeln beim Fahren, das neben den Schlägen und Schütteln der Piste auf einmal spürbar wird und die traurige Mitteilung macht, dass wieder mal ein Reifen sein Leben ausgehaucht hat. Ich brauchte keine zehn Meter, um mir dessen sicher zu sein und ordentlich zu fluchen. Ich stellte den Motor ab und stieg aus. Natürlich hoffte ich, mich geirrt zu haben, doch zu deutlich war die Schräglage des Pickup nach hinten links. Wenigstens hatte es mich nicht bei höherem Tempo auf der Piste erwischt, denn dann wäre der Reifen völlig hinüber gewesen. So war er einfach nur platt. Ich trat dagegen, mehr aus Routine denn aus wirklicher Wut. Dann fielen mir wieder meine Besucher vom Morgen ein, was die Phase des Ärgerns auf fast Null verkürzte. Ich machte mich an die Arbeit.

Gut eine halbe Stunde später war ich in Schweiß gebadet, dreckverschmiert und das Rad war gewechselt. Ich wuchtete die Felge mit dem platten Reifen auf die Ladefläche und in die Halterung hinter der Fahrerkabine, sammelte den Wagenheber und das Werkzeug ein und war zur Weiterfahrt fertig, als drei Reiter in schnellem Trab auf mich zukamen. Zwei davon, darauf hätte ich jeden Betrag gewettet, waren bestimmt meine frühmorgendlichen Besucher, die sich anscheinend Verstärkung geholt hatten. Ich zog mit zitternden Händen das Gewehr aus seinem Versteck und legte es griffbereit auf die Ladefläche. Sie gleich mit schussbereiter Waffe in der Hand zu empfangen, schien mir nicht angeraten. Überhaupt sollte der Griff zum Gewehr sowieso nur die letzte Möglichkeit sein, da ich befürchtete, bei einer solchen Konfrontation den Kürzeren zu ziehen.

Die drei Männer brachten ihre Pferde gut zwanzig Meter vor mir zum Stehen. Wie ich vermutet hatte, waren es die beiden Stockmen. Der Neue stieg vom Pferd herab und gab die Zügel dem Jüngeren, der zusammen mit seinem Gefährten im Sattel sitzenblieb, während der Unbekannte mit langsamen Schritten, wobei er wie gebannt auf meinen Wagen starrte, auf mich zukam. Schon seine ersten Worte machten deutlich, dass er ein paar Jahre mehr in der Schule zugebracht haben musste.

»Guten Tag, Sir. Ich bin William Brahe.« Und damit streckte er mir die Hand entgegen. Im ersten Moment war ich zu verdutzt, um etwas darauf zu antworten oder seine Geste zu beantworten. Dann wischte ich mir instinktiv die fettverschmierte Hand an den Shorts ab, ergriff die seine und schüttelte sie, wobei ich ihm meinen Namen nannte. Mein Gegenüber war höchstens einen Meter siebzig groß, hager, hatte eingefallene Wangen, schulterlanges dunkelblondes Haar und einen ziemlich zerfransten Kinnbart. Seine blauen Augen wirkten müde, sein Blick war sorgenvoll und die Hand, die ich schüttelte, war rau, und ich spürte Risse und Narben in der Haut. Er trug lange, helle und ziemlich schmutzige Hosen aus groben Baumwoll-stoff, die in wadenhohen Lederstiefeln steckten. Ein gro-bes Hemd ohne Kragen, darüber eine Lederweste und ein Halstuch. Auf dem Kopf hatte er einen altertümlich spitz zulaufenden Hut mit breiter, runder Krempe. Von der Kleidung her machte er einen genauso abgerissenen Ein-druck wie die beiden anderen. Aber nach meinem Reifen-wechsel sah ich bestimmt auch nicht besser aus.

»Meine beiden Gefährten, Perdy und Jonathan« – dabei deutete er auf die beiden Männer hinter sich, die mir bei der Nennung ihres Namens zunickten, so als ob sie am Morgen nicht ausreichend Zeit gehabt hätten, sich vorzu-stellen – »haben mir erzählt, dass sie hier einen Weißen getroffen haben.«

Das klang so, als ob sie nicht mich, sondern die Pyra-miden entdeckt hätten. Es klang so, als ob ich triftigen Grund für mein Hiersein nennen müsste. Und es klang nach Rassismus. Das Lächeln, was dabei über Brahes Ge-sicht huschte, nahm seiner Bemerkung allerdings etwas an Schärfe. Ich beschloss, dennoch vorsichtig zu sein.

»Was ist daran so ungewöhnlich?«

»Nun«, meinte er zögernd, von meiner Frage etwas überrascht, »wir sind hier weit weg von jeder Ansied-lung...« Und fügte wie zur Verdeutlichung hinzu: »Ver-dammt weit weg.«

Irgendwie stimmte das auch, wenn man einmal von In-namincka-Station absah, wo bestenfalls zehn Personen ständig lebten und man das bestimmt nicht als Ansied-lung bezeichnen konnte. Aber mir war klar, dass er es ganz anders meinte, doch wie, das wusste ich nicht. Wir standen uns wortlos gegenüber. Ich musterte den Mann vor mir und dieser meinen Wagen. Ich schob meinen Akubra in den Nacken und wischte mir den Schweiß von der Stirn. Dann rückte ich den breitkrempigen Hut wieder sorgfältig zurecht und unternahm einen Anlauf, das Ge-spräch in Gang zu bringen.

»Was macht ihr hier? Treibt ihr Vieh zusammen?« Er

schaute mich erstaunt an. Dann schüttelte er den Kopf, so als ob ich ihn gerade verdächtigt hätte, eine Postkutsche überfallen zu wollen.

»Nein. Wir haben unser Lager ein paar Meilen weiter oben am Creek aufgeschlagen und warten auf die Rückkehr von Superintendent Burke und seine Gefährten.«

Polizei, dachte ich, seltsam. Was wollte die hier? Aber unwahrscheinlich war es ja nicht. Vielleicht war das eine Erklärung für die Pferde. Man kam hier in der Wildnis, über Stock und Stein, mit Pferden möglicherweise doch noch besser voran als mit Geländewagen. Kaum hatte ich den Gedanken gefasst, verwarf ich ihn auch gleich wieder. Wenn die drei von der Polizei waren, dann würden sie bestimmt etwas tragen, was man als Uniform identifizieren könnte und ohne Zweifel wüssten sie, wo Birdsville lag. Meine Überlegungen waren keinen Schritt weiter gediehen, als Brahe mit der Frage herausrückte, die ihm deutlich sichtbar schon die ganze Zeit auf der Zunge gebrannt hatte. Er verzog sein Gesicht zu einem Grinsen und überbrückte die paar Schritte zu meinem Wagen. Er ging einmal um den Off-Roader herum und strich vorsichtig, als hätte er Angst, gebissen zu werden, ein paarmal mit der Hand über das Blech.

»Was ist das für ein Ding?«

»Hör mal, willst du mich auf den Arm nehmen?« Ich benutzte extra einen etwas älteren englischen Ausdruck, um den von mir vermuteten Sachverhalt deutlich zu machen, da, auch wenn ich Brahe gut verstand, er doch ein etwas merkwürdiges Englisch sprach. Doch ihm musste wahrscheinlich mein ausgeprägter amerikanischer Akzent genauso merkwürdig vorkommen.

»Nein.« Es klang fast beleidigt. »Erklär mir, was das ist.« Dabei legte er eine Hand auf die breiten Bullbars über der Stoßstange, die dazu geeignet waren, selbst eine Begegnung mit einem Känguruh bei Tempo achtzig unbeschadet zu überstehen.

»Das ist ein...«, begann ich halb gelangweilt, halb gereizt und wollte meine Erklärung wiederholen, die ich schon seinen beiden Kameraden gegeben hatte, doch dann wurde mir klar, dass dies nichts erklären würde. Ich brach ab und dachte nach. Irgendetwas stimmte hier gar nicht, aber im Moment hatte ich keine Zeit, lange darüber nachzudenken. »Das ist ein Geländewagen.«

Er nickte und ich atmete erleichtert auf. Also hatte dieser Hinterwäldler zumindest schon einmal einen Off-Roader gesehen.

»Was ist ein Geländewagen?«

Ich stöhnte auf, schüttelte ungläubig den Kopf und ging die zwei Schritte zu ihm hinüber. »Hört mal zu, Leute«, sagte ich und schloss seine beiden Begleiter, die immer noch auf ihren Pferden saßen, gleich mit ein. »Ich weiß nicht, was hier läuft, aber tut mir einen Gefallen und hört auf, mich zu verarschen. Ich habe nicht so viel Zeit. Ich wollte um die Zeit schon längst in Innamincka sein.«

Es sah nicht so aus, als ob sie allzu viel von dem, was ich gesagt hatte, verstanden hätten. »Also noch einmal. Das ist ein Toyota Landcruiser, den Rest schenke ich mir. Ein Geländewagen, mit dem man sich hier im Outback über die Pisten und Tracks quält, um von einem Ort zum andern zu kommen. Etwas schneller als auf einem Pferd, und ich nehme an, auch etwas bequemer. Und jetzt macht's gut. Nett euch getroffen zu haben.«

Ich ging an Brahe vorbei, riss die Fahrertür auf und stieg ein. Ich drückte zur Sicherheit die Zentralverriegelung. Bevor ich startete, sah ich durch die Windschutzscheibe in das erstaunte Gesicht von Brahe, der immer noch direkt vor der Motorhaube stand und mit großen Augen zu mir hereinstarrte. Ich trat die Kupplung, legte den ersten Gang ein und ließ den Motor an.

In dem Moment, als der Diesel auf Touren kam, passierten einige Dinge gleichzeitig, von denen ich keines erwartet hätte. Die drei Pferde machten einen Satz in die Höhe, schlugen wild aus und warfen dabei natürlich ihre Reiter in den Staub. Ihr wieherndes Aufbäumen überraschte mich so, dass ich von der Kupplung abrutschte, der Wagen einen Satz nach vorne machte und abgewürgt stehenblieb. Brahe sah ich als dunkles Bündel halb zur Seite springen, halb vom Aufprall des Bullbars geworfen, in einem Gebüsch landen. Dann knallte ein Schuss, der aber sein Ziel glücklicherweise verfehlte, und ich wurde gegen das Lenkrad geschleudert. Dann legte sich wieder Stille über die Szene. Als ich vom Lenkrad aufblickte, sah ich Perdy und Jonathan zehn Meter von mir entfernt auf dem Boden knien und ihre beiden Revolver waren auf mich gerichtet. Anscheinend hatte der ältere von beiden, Jonathan, die Geistesgegenwart besessen, kaum dass er abgeworfen worden war, einen Schuss abzugeben. Ich sah, wie er an seiner Waffe wieder den Hahn spannte. Ohne nachzudenken sprang ich aus dem Wagen.

»He, lass den Mist! Hört auf zu schießen! Seid ihr denn verrückt?«

Er drückte dennoch ab. Der Schuss machte ein Geräusch, als ob man eine Kanone abgefeuert hätte. Aus dem Lauf kam eine respektable Stichflamme und der Rückstoß riss ihm die Hand nach oben. Gleichzeitig ertönte ein metallischer Einschlag, danach ein helles Sirren, das ich aber schon platt auf dem Boden neben meinem Wagen liegend hörte. Irgendetwas musste er getroffen haben, etwas ziemlich Hartes, denn sonst könnte die Kugel nicht als Querschläger durch die Gegend zischen.

»He«, brüllte ich noch einmal und hob vorsichtig den Kopf, um an dem rechten Vorderrad vorbei zu sehen, was los war, »was soll das? Hört auf zu schießen!« Als tatsächlich kein weiterer Schuss fiel, stand ich langsam auf und streckte meine Hände deutlich sichtbar weit von mir. Die beiden knieten immer noch da, wo ihre Pferde sie abgeworfen hatten, und ihre Waffen waren immer noch auf meinen Off-Roader gerichtet. Rechts neben mir stöhnte Brahe in dem Busch, der seinen Sturz etwas gemildert hatte.

»Steckt die Waffen weg«, forderte ich die beiden Stock-

men noch mal auf und zögernd kamen sie meiner Aufforderung nach, wobei sie keinen Blick von meinem Wagen
ließen. Ich ging zu Brahe und half ihm auf.

»Alles in Ordnung?«

Er schaute mich an, als ob ich der Canterville Ghost
wäre, ließ sich aber von mir aus dem Dornengestrüpp helfen. Er hatte ein paar Kratzer an den Händen und eine
ziemliche Schnittwunde auf der Stirn, aus der ihm das Blut
in die Augen tropfte. Und er schien einigermaßen benommen zu sein. Er hatte Glück gehabt. Wenn der vorsprin-
gende Off-Roader ihn voll erwischt hätte, dann würde er
jetzt nicht mehr viel spüren. Inzwischen hatten auch seine
beiden Begleiter ihre Bewegungsfähigkeit wiedergewonnen
und kamen zu uns herüber, wobei sie sich beim Laufen
den roten Staub aus den Kleidern klopften. Auch sie er-
kundigten sich bei ihrem Gefährten, ob alles in Ordnung
wäre, der es noch ein bisschen benommen bejahte.

»Ich hole Verbandszeug«, bot ich mich an, »damit wir
die Wunde versorgen können.« Während ich aus der Fahrerkabine den Verbandskasten holte und von der Ladefläche den Wasserkanister, führten Perdy und Jonathan
Brahe zu einem Baum, in dessen dünnem Schatten er sich
niederließ. Als ich bei ihnen ankam, war Jonathan gerade
dabei, mit einem ziemlich dreckigen Taschentuch die Blutung auf Brahes Stirn zu stillen. Ich zog seine Hand mit
dem Lappen weg und meinte: »Lass das lieber. Ich habe
hier saubere Tücher. Wir wollen doch nicht, dass sich die
Wunde infiziert.«

Ich schraubte den großen, halbvollen Plastikkanister
auf, nahm ein sauberes Verbandstuch aus dem Erste Hilfe-
Kasten, machte es nass und reinigte die Risswunde auf
Brahes Stirn. Nachdem das Blut erst einmal weg war, sah
es nicht mehr ganz so schlimm aus. Gut sechs Zentimeter
lang verlief sie von der Nasenwurzel schräg zum Haaran-
satz, war aber nicht besonders tief. Trotzdem sickerte sofort wieder Blut hervor. Es wäre wohl besser, sie auf jeden
Fall zu nähen. Ich bezweifelte, ob es in Innamincka einen

Arzt gab und ob der Flying Doctor Service wegen einer Platzwunde kommen würde. Wahrscheinlich gäbe das ein bleibendes Andenken. Ich nahm das kleine grüne Fläschchen mit der braunen Flüssigkeit zum Desinfizieren von Wunden.

»Leg den Kopf in den Nacken«, forderte ich Brahe auf und drückte ihm dabei mit dem blutigen Tuch gegen die Stirn, damit er meine Aufforderung auch Folge leistete. Dann träufelte ich ihm das Antiseptikum in die Wunde und wartete ab, bis es sich verteilt hatte. Jonathan und Perdy hatten sich zwei Schritte abseits auf den Boden gehockt und verfolgten aufmerksam, was ich machte. Ich nahm eine Mullkompresse aus dem Verbandskasten, zog die Plastikfolie ab und drückte den Mull auf die Wunde.

»Komm her«, forderte ich Jonathan mit einem Kopfnicken auf, »und press das fest gegen seine Stirn.« Er kam zögernd herüber und legte seine schmutzige Hand quer über die Kompresse auf Brahes Stirn. Ich suchte eine Elastikbinde aus dem Verbandskasten und wickelte damit die Mullkompresse fest. Dann stand ich auf und begutachtete mein Werk.

»Es wäre wohl besser, wenn ihr nach Innamincka geht. Bestimmt gibt es da jemanden, der sich besser in Erster Hilfe auskennt. Zumindest können die dort den Flying Doctor anfunken und fragen, was zu tun ist. Ich bin der Meinung, es muss genäht werden, sonst bleibt eine ziemliche Narbe zurück.«

Die drei schauten mich wieder einmal an, als hätte ich ihnen gerade das Prinzip der kalten Fusion erklärt. Brahe betastete vorsichtig den Verband und kam dann langsam auf die Beine. Ich sagte nichts mehr und wartete ab, was als Nächstes passieren würde.

»Was war das?«, fragte Brahe und machte dabei eine unbestimmte Geste in Richtung des Wagens.

»Ich habe meinen Wagen gestartet«, meinte ich lapidar.

»Was ist das, verdammt noch mal, für ein... Ding?«, wollte er wissen und auf einmal nahm ich ihm und seinen

Gefährten ab, dass sie noch nie ein Auto gesehen hatten. Vielleicht gab es ja irgendwo hier im Outback eine Cattle-station oder eine Farm in einer abgeschiedenen Ecke, an der die letzten hundert Jahre spurlos vorbei gegangen waren. Es mussten noch nicht einmal hundert sein. Erst in den dreißiger Jahren des zwanzigsten Jahrhunderts haben sich die ersten Leute mit Autos ins Innere Australiens gewagt. Ziemlich unwahrscheinlich war die Sache schon, aber nicht unmöglich, wenn man bedenkt, dass man noch vierzig Jahre nach Kriegsende versprengte japanische Soldaten auf abgelegenen Pazifikinseln gefunden hatte, die nicht wussten, dass der Krieg schon längst vorbei war. Ich atmete tief durch.

»Hört zu Leute, gehen wir einmal davon aus, ihr wisst wirklich nicht, was das ist«, begann ich und wusste nicht, wie ich weitermachen sollte. Sie schüttelten bestätigend den Kopf. »Dann sagt mir doch einfach mal, wer ihr überhaupt seid.« Dabei grinste ich sie an und holte mein Zigarettenpäckchen aus der Beintasche meiner Shorts. Brahe, so hatte es den Anschein, war wohl der Boss, denn er brachte Jonathan, der etwas sagen wollte, mit einer kurzen Handbewegung zum Verstummen. Ich steckte mir die Zigarette mit dem bunten Plastikfeuerzeug an, das ich vor zwei Nächten im Birdsville-Hotel geschenkt bekommen hatte. Auch bei dieser nebensächlichen Handlung stand meinen Besuchern wieder das Staunen ins Gesicht geschrieben.

»Zigarette?« Ich hielt ihnen das Päckchen hin. Sie schüttelten den Kopf. »Nun«, meinte ich und wollte meine Frage nach ihrer Herkunft beantwortet haben.

»Wir gehören zur Burke Expedition, die letzten August von Melbourne aufgebrochen ist, um durch die Landesmitte zum Golf von Carpentaria vorzustoßen. Jonathan, Perdy und ich, zusammen mit Patton, der im Camp geblieben ist, warten hier auf die Rückkehr von Superindendent Burke, der mit Wills, Gray und King vor drei Monaten Richtung Norden aufgebrochen ist.«

Jetzt war es an mir, erstaunt die Augen aufzureißen. Ganz langsam formte sich in meinem Kopf ein Bild, das nicht stimmen konnte. »Die Burke und Wills Expedition?«, und meine Stimme war kaum lauter als das Säuseln des Windes in den Eukalyptusblättern.

»Wieso Burke und Wills?«, fragte Brahe. »Es ist die Expedition von Superintendent Burke. Wills ist nur sein Stellvertreter.«

»Schon gut«, krächzte ich. Es war schließlich egal, denn gestern hatte ich, keine fünf Kilometer entfernt, am ehemaligen Grab von Burke Halt gemacht, der Ende Juni hier am Cooper Creek gestorben war.

Doch das war vor über hundertdreißig Jahren gewesen.

2

Zuerst glaubte ich, es wäre ein schlechter Scherz, doch es hätte schon einer oscarreifen schauspielerischen Leistung bedurft, wenn die drei nicht von dem überzeugt gewesen wären, was sie mir eben mitgeteilt hatten. Ich musterte sie noch einmal eingehend. Suchte an ihren Handgelenken nach Armbanduhren, doch da waren keine, auch kein verräterischer weißer Streifen wie bei mir, der auf das gewohnheitsmäßige Tragen einer solchen hinwies. Ihre Waffen, ging es mir durch den Kopf, aber ich verstand zu wenig davon, um sagen zu können, ob die Revolver, die sie trugen, in die Zeit passten, aus der sie zu stammen behaupteten oder neueren Baujahrs waren. Sonst gab es nichts, was auf den ersten oder den zweiten Blick ihr Mitwirken in einer Sendung wie Versteckte Kamera oder einer anderen, die Leute hinters Licht führenden Fernseh-Show hingewiesen hätte. Aber so und nicht anders konnte es nur sein. Irgendwann, ich hoffte schon sehr bald, würden ein paar Leute aus dem Gebüsch kommen und die ganze Sache mit einem herzhaften Lachen auflösen. Ich beschloss, mich nicht allzu dämlich anzustellen.

Trotzdem wusste ich nicht so recht, wie ich mich jetzt verhalten sollte. Ich konnte sie zu einer kurzen Fahrt zum Denkmal von Burke einladen, das man an der Stelle errichtet hatte, wo er begraben gewesen war, bis man seine Überreste nach Melbourne überführt hatte und ihnen auf diese Weise klar machen, dass ich den Spaß durchschaut hatte, oder ich konnte ihnen ganz einfach ein Bier anbieten. Ich entschied mich für letzteres und war gespannt, wie sie darauf reagierten, als Menschen einer Zeit, in der der Kühlschrank noch nicht erfunden war.

Während meiner Überlegungen hatten auch sie mich, zwar verstohlen, aber mindestens genauso intensiv wie ich sie, gemustert und leise miteinander gesprochen.

»Jonathan hat mir gesagt, du wüsstest von einem Ort zweihundertfünfzig Meilen von hier, wo Weiße leben. Er sagte, der Name wäre Birdsville...«

Ich nickte und wartete, denn es hatte nicht so geklungen, als ob das schon alles war, was Brahe hatte sagen wollen.

»...und du würdest von dort kommen.«

Ich nickte wieder.

»Wenn du aus dem Norden gekommen bist und es da eine Ansiedlung gibt« – man hörte deutlich, dass er nicht nur an meinen Aussagen zweifelte, sondern sie für absolut unglaubwürdig hielt –, »dann müsste Burke doch auch dort vorbeigekommen sein. Weißt du etwas davon?«

Ich lächelte. Sie spielten ihre Rolle gut, aber jetzt hatte ich genug davon. »Hört zu, Leute. Es reicht! Ihr habt euern Spaß gehabt, aber jetzt könnt ihr dem Team sagen, dass es aus seinem Versteck kommen kann.« Dabei drehte ich mich einmal um die eigene Achse und suchte das ausgedörrte Buschland nach einer Stelle ab, wo sich ein Kamerateam versteckt haben konnte. Das lichte Unterholz bot so gut wie keine Möglichkeit. Die Eukalyptusbäume waren mickrige kleine Gewächse, die Stämme kaum dicker als der Oberschenkel eines durchschnittlichen Mannes und die vereinzelten Koolibahs waren viel zu weit entfernt. Einzig am Flussufer standen ein paar höhere Bäume mit weit ausladenden Kronen und dichtes Gebüsch, das ein halbwegs brauchbares Versteck abgegeben hätte. Doch wenn sich die Fernsehleute dort verborgen hätten, wären kaum brauchbare Aufnahmen herausgekommen. Ich gelangte mehr und mehr zu der Überzeugung, dass meine Fernsehtheorie nicht besonders stichhaltig war, noch nicht einmal für mich selbst.

Aber die Alternative, die sich nun wie ein Buschfeuer bei Windstärke zehn in mir ausbreitete, war noch abenteuerlicher, ganz abgesehen davon, dass sie jedes Naturgesetz, das ich kannte, verletzte und bestimmt auch noch eine ganze Reihe, von denen ich noch nie gehört hatte. Nehmen wir einmal an, und schon dabei musste ich innerlich lachen, die drei warteten wirklich auf Burke, von dessen Expedition im Jahre 1861 ich nicht mehr wusste, als dass sie in einer totalen Katastrophe geendet hatte, dann waren sie ziemlich von ihrem Weg abgekommen. Genau einhundertundfünfundreißig Jahre. Ich schüttelte den Kopf. Das war doch ein unwahrscheinliches Hirngespinst. Aber ihre Reaktion auf das Anlassen meines Wagens war so spontan gewesen, dass ich daran zweifelte, dass sie nur gespielt war. Und warum sollte Brahe für einen Spaß, was immer auch der Hintergrund davon sein sollte, sein Leben riskieren. Er hatte mehr als Glück gehabt, von mir nicht über den Haufen gefahren worden zu sein. Wer konnte denn auch damit rechnen, dass er völlig unbeeindruckt direkt vor der Motorhaube stehenbliebe, wenn er sah, dass ich losfuhr. Ich warf einen Blick auf die Pferde, die, nachdem sie ihren Schrecken wohl überwunden hatten, inzwischen wieder auf Sichtweite herangetrabt waren und neugierig herüberäugten. Auch ihr Scheuen war mehr als ungewöhnlich. Ich hatte Stockmenpferde gesehen, die völlig unbeteiligt neben einem landenden Hubschrauber verharrten, oder sich keinen Deut um knatternde Motorräder, die links und rechts an ihnen vorbeirasten, scherten. Die Reaktion dieser drei Tiere passte auch nicht ins Bild. Ich schob meinen Hut ein Stück zurück und wischte mir mit der Hand den Schweiß von der Stirn.

»Ihr wisst also nicht, was das da ist?«, fragte ich mit zitternder Stimme und deutete auf den Off-Roader.

»Nein, verdammt noch mal«, brach es aus Perdy heraus und Jonathan nickte zur Bestätigung.

»Ich habe so ein... Ding noch nie gesehen«, erklärte Brahe und versuchte, seinen Hut auf den Kopfverband zu stülpen. Deutlich spürte man, wie er nach einer Bezeichnung für den Toyota suchte.

Ich ging hinüber zu meinem Wagen und lehnte mich dagegen. Ich ließ meinen Blick abschätzend von einem zum anderen gleiten, dann sagte ich. »Das ist ein Auto.« Sie konnten damit sichtlich nichts anfangen.

»Ein Automobil, ein Wagen, etwas, womit man fahren kann.«

»Was soll das sein? Etwas, womit man fahren kann?«

»Na, um von einem Ort zum anderen zu kommen«, erklärte ich.

»Ohne Pferde?«, meinte Jonathan erstaunt.

»Wie soll das funktionieren?«, rätselte Brahe.

Ich wollte gerade mit einer Erklärung von Verbrennungsmotoren beginnen, als mir die Dampfmaschine einfiel. Wenn die drei wirklich aus der Mitte des letzten Jahrhunderts stammten, dann mussten sie schon von Lokomotiven gehört haben. Und im Prinzip bestand zwischen einer Lokomotive und meinem Off-Roader ja nur der Unterschied, dass ich keine Schienen brauchte.

»Ihr kennt doch Dampfmaschinen.« Ich schaute von einem zum anderen. Sie nickten und murmelten unisono eine Bestätigung. »Ihr kennt doch sicher auch Lokomotiven.« Ich hoffte, dass zu der Zeit, in der sie behaupteten gelebt zu haben, schon die ersten Eisenbahnlinien in Australien gebaut waren, sicher war ich mir allerdings nicht.

»Ja, natürlich kennen wir Eisenbahnen.« Es klang wie ein leichter Vorwurf gegen jemanden, der sie wohl als

Hinterwäldler ansah. Brahe machte eine wegwerfende Handbewegung. »Aber hier gibt es keine Eisenbahnlinie. Wie willst du also von…« – er suchte nach dem Namen, fand ihn und sprach weiter – »Birdsville hierher gekommen sein?«

Anscheinend hatte er keine Ahnung, worauf ich tatsächlich hinaus wollte. Aber er hatte natürlich nicht Unrecht. Es würde noch einige Jahrzehnte dauern, bis die erste Bahnlinie ins Landesinnere nach Alice Springs gebaut werden würde.

»Habt ihr schon einmal eine Lokomotive gesehen?«, fragte ich unbeirrt, als ob ich es mit kleinen Kindern zu tun hätte. Ich wusste einfach viel zu wenig von ihnen, um einen Eindruck von ihrem Vorstellungshorizont zu haben. Zwei, Jonathan und Brahe, nickten, Perdy schüttelte den Kopf.

»Nun, dann ist es ja ganz einfach«, bereitete ich meinen entscheidenden Schritt vor. »Ein Auto ist nichts anderes als eine Lokomotive.«

Sie sahen mich schweigend an und brachen dann in Lachen aus. Brahe fand als erster seine Sprache wieder.

»Das soll eine Lokomotive sein? Willst du uns auf den Arm nehmen. Für wie dumm hältst du uns? Eine Lokomotive ist viel größer und schwerer. Und wo ist denn das Holz für den Kessel und der Schornstein?«

»Jetzt seid doch nicht so stur. Ich habe nicht gesagt, dies sei eine Lokomotive, sondern so etwas Ähnliches.«

»Wo sind denn die Schienen?«, mischte sich Perdy ein, wahrscheinlich um zu beweisen, dass er auch Bescheid wusste.

»Ich brauche keine Schienen«, entgegnete ich ziemlich patzig und hatte eigentlich keine Lust mehr, mich weiter mit den dreien herumzuärgern. Ich würde ihnen jetzt noch eine beeindruckende Demonstration meines Wagens geben, dann nach Innamincka fahren und dem Ranger dort erzählen, was mir zugestoßen war. Sollte er sich darum kümmern. Wenn er mich nicht für verrückt hielt. Es wäre wohl wahrscheinlicher, oder zumindest glaubhafter, als wenn ich ihm erzählte, ich hätte ein Ufo gesehen.

»Wie soll denn diese Lokomotive fahren, ohne Schienen«, wollte Brahe wissen und man merkte ihm deutlich die Erleichterung darüber an, dass er für das seltsame Ding endlich ein Wort hatte, um es zu bezeichnen. Wahrscheinlich hatte es damit viel von seiner Bedrohlichkeit verloren. Es hatte auch keinen Zweck, weiter mit ihm darüber zu streiten.

»Auf den Rädern«, entgegnete ich kurz angebunden. »Passt auf, ich zeige es euch. Aber bleibt ruhig, wenn ich den Motor anlasse. Es passiert euch nichts. Und vor allen Dingen, lasst die Waffen stecken.«

Sie nickten. Als ich an der Beifahrerseite vorbeiging, sah ich meine Kamera auf dem Sitz liegen. Ich musste ein Bild machen, damit ich zumindest etwas in der Hand hatte. Auch wenn die Beweiskraft für diese Begegnung wahrscheinlich so gut wie Null war. Die nächste Schwierigkeit bestand darin, dieses Bild überhaupt zu machen. Meine Kamera hatte so viel Ähnlichkeit mit den Fotoausrüstungen ihrer Zeit, wie mein Wagen mit einer Lokomotive. Wie sollte ich ihnen erklären, dass sie im Prinzip das gleiche Gerät war – nur eben nach über hundert Jahren technischem Fortschritts. Vielleicht lag darin aber auch meine Chance. Mir musste nur eine gute Ausrede einfallen, was ich mit der Kamera vorhatte, dann brauchte ich ihnen gar nicht zu sagen, dass sie fotografiert würden. Warum sollte ich ihnen überhaupt etwas sagen? Ich öffnete die Beifahrertür, hob vorsichtig meine Kamera vom Sitz, nahm die nötigen Einstellungen vor und drehte mich dann zu ihnen um. Die Kamera ganz unauffällig haltend drückte ich den Auslöser, spannte den Film, ging auf sie zu, drückte den Auslöser und spannte wieder. Bis ich bei ihnen angekommen war, hatte ich fünf Bilder gemacht. Während der ganzen Zeit hatte ich auf sie eingeredet, Fragen gestellt und ihnen unsinnige Erklärungen über die Lokomotive gegeben, die sie doch nicht verstanden, aber es hatte seinen Zweck erfüllt. Die Kamera war völlig unbeachtet geblieben. Ich forderte sie noch einmal auf, zu ihrer eigenen Sicherheit, noch ein paar Schritte zurückzutreten. Dann nahm ich den Wasserkanister und meinen Verbandskasten, die noch unter dem Baum standen, wo ich Brahe verbunden hatte, und ging zum Wagen zurück. Ich verstaute beides auf der Ladefläche.

»Also, jetzt passt genau auf, wie diese Lokomotive ohne Schienen fährt«, sagte ich zu ihnen, die zehn Meter entfernt angespannt beobachteten, was ich machte. Ich ging um den Wagen herum, stieg ein, schaltete die Zündung ein. Dann hielt ich die Luft an und startete. Als der Diesel zum Leben erwachte, zuckte ich zusammen. Irgendwie klang der Motor lauter und bedrohlicher als sonst, doch das war nur eine Täuschung. Ich ließ ihn warmlaufen und schaute zu den drei Männern hinüber, die, so hatte es den Anschein, zum zweitenmal in ihrem Leben das Geräusch eines Verbrennungsmotors hörten. Wie bei allen Dingen setzt mit der Wiederholung die Gewöhnung ein. Das zweitemal ist nicht die Wiederholung des ersten Mals, sondern die Fortsetzung von etwas schon Bekanntem. Wenn die drei zusammengezuckt waren, dann hatten sie sich binnen Sekunden von ihrem Schrecken erholt und schauten jetzt interessiert zu mir herüber. Nur die Pferde waren inzwischen wieder außer Sichtweite galoppiert. Nun, wenn ich weg war, dann wäre das ihr Problem. Ganz sicher würden sie die Reittiere aber in ihrem Camp wiederfinden. Ich legte den ersten Gang ein, ließ langsam die Kupplung kommen, und der Off-Roader ruckte an. Ich hatte erst wieder Gelegenheit in die Gesichter meiner drei Besucher zu blicken, als ich das Lenkrad nach links einschlug und in einem Bogen auf sie zu fuhr. Im ersten Moment sah ich sie gar nicht. Dann aber bemerkte ich, dass sie hinter den dünnen Baumstämmen in Deckung gegangen waren und viel schlimmer, ihre Waffen auf mich, wohl aber eher auf das rollende Ungetüm gerichtet waren. Jetzt hatte ich endgültig genug. Ich steuerte weiter nach links, bog aus ihrer Schussrichtung ab, damit sie sich nicht mehr bedroht fühlten, lenkte den Toyota vorsichtig durch eine felsige Bodenwelle und sah dann ein Stück ebener, freier Fläche vor mir. Ich gab Gas, schaltete in den zweiten Gang und machte mir nicht einmal die Mühe, in den Rückspiegel zu schauen. Viel wäre sowieso nicht zu sehen gewesen, denn auf dem trockenen Boden zog ich eine ordentliche Staubfahne hinter mir her. Jetzt konnte mich noch nicht einmal mehr eine verirrte Kugel treffen. Ich lenkte den Wagen in Richtung der Straße, nicht mehr als ein ausgefahrener Feldweg, auf dem ich gestern von Innamincka-Station zum Cullymurra Waterhole gekommen war. Der Ranger in Innamincka würde nicht schlecht staunen, wenn ich ihm erzählte, dass er Brahe und seine Leute in einem Lager am Cooper Creek antreffen könnte. Gelebte Geschichte. Hautnah. Irgendwie taten mir die vier aber Leid. Sie würden einen ganz schönen Schock bekommen, wenn auf einmal eine Horde von Off-Roadern über sie herfallen würde. Wenn man mir überhaupt glaubte. Aber ich hatte ja noch die Fotos. Vielleicht sollte ich mir besser eine andere Geschichte ausdenken, um die Leute zu dem Lager zu locken, eine, die nicht halb so phantastisch war. Wenn sie erst einmal dort wären, könnten sie dann mit eigenen Augen sehen, was für einen Streich sich das Universum geleistet hatte.

Eine Bodenwelle warf mich fast gegen das Kabinendach. Ich stieg auf die Bremse, schaltete herunter und beobachtete, wie die Staubfahne langsam am Wagen vorbeizog und das Fahrzeug gänzlich einhüllte. Ich atmete ein paarmal tief durch und versuchte mich auf den Weg vor mir zu konzentrieren. Die weit auseinander stehenden, niedrigen Bäume stellten keine ernstzunehmenden Probleme dar, auch nicht die vereinzelten Dornenbüsche. Zwischen ihnen war Platz genug, um den Wagen hindurchzulenken. Unangenehmer waren schon die Ausspülungen und abrupten Abbrüche, die die Regenfälle des letzten Winters hinterlassen hatten. Ich fuhr vorsichtig weiter in die Richtung, in der ich den Strzelecki Track vermutete, der nach Innanyincka führte. Ein Blick in den Rückspiegel zeigte mir, dass ich augenscheinlich nicht verfolgt wurde. Vor mir erhoben sich jetzt die Sanddünen, die parallel zum Cooper Creek grob gesehen in west-östliche Richtung verliefen, und ich bog einfach auf gut Glück nach Westen ab. Aus Gewohnheit stellte ich den Tageskilometerzähler auf Null. Das Gelände war flach und mit dem Off-Roader gut zu befahren, aber irgendwie hatte ich wohl den Strzelecki Track verpasst. Es machte aber keinen Unterschied.

Nach einer halben Stunde und fünfzehn zurückgelegten Kilometern kam ich an die Stelle, wo sich der Cooper Creek in zwei Arme teilte, die in einem weiten Bogen auseinander strebten und sich drei Kilometer weiter flussabwärts wieder vereinigten. Das ist die Stelle, an der die Cordillo Road, auch nicht mehr als eine staubige Buckelpiste, den Fluss überquert. Gegenüber der Furt, auf einem erhöhten Plateau lag die Innamincka-Station. Eine Kneipe, eine Tankstelle mit angeschlossenem Laden für das Nötigste, ein Hotel und weiter draußen eine Landebahn für Buschpiloten. Vielmehr sollte sie dort liegen. Zumindest gestern lag die Station noch da. Heute sah auf einmal alles anders aus. Die Landschaft war noch ziemlich unverändert, doch eigentlich sollten direkt vor mir, am Flussufer, bunte Plastikzelte und einige Autos stehen. Aber vor mir breitete sich nur der Cooper Creek aus und sonst nichts. Es wäre Blödsinn gewesen, wenn ich mir eingeredet hätte, nicht an der richtigen Stelle zu sein. Natürlich konnten alle im Laufe des Vormittags, die Uhr im Armaturenbrett zeigte kurz nach Mittag, abgereist sein, doch das war eher unwahrscheinlich.

Ich stellte den Motor ab und stieg aus. Aus Gewohnheit warf ich einen kurzen Blick auf die Ladefläche; da war alles in Ordnung. Dann richtete ich meinen Blick auf den sanft ansteigenden Hügel, wo eigentlich die niedrigen Gebäude von Innamincka stehen mussten. Er war bis auf ein paar Büsche und einige schmächtige Eukalyptusbäume kahl. Jungfräulich sozusagen; von Menschenhand unberührt. Trotzdem erkannte ich die Stelle, an der ich mich befand, wieder. Hier musste Innamincka sein. Ich steckte mir eine Zigarette an und fluchte. Dann öffnete ich die Beifahrertür und holte die Westprint-Karte vom Bereich Innamincka und den Coongie Lakes heraus. Ich breitete sie auf der Kühlerhaube aus und studierte sie genau. Es gab keinen Zweifel, ich befand mich da, wo ich glaubte mich zu befinden. Zur Sicherheit zog ich auch noch mein Satellitennavigationsgerät zu Rate. Das graue LCD-Display, auf dem sonst bis auf die Bogensekunde genau die Position in Längen- und Breitengraden erschien, zeigte den entmutigenden Schriftzug *No Reception,* was schlichtweg nicht sein konnte. Ich schaltete es aus und wieder an. Mit dem gleichen Erfolg, und mir wurde bewusst, was Murphys Law wirklich bedeutete. Eigentlich nicht sonderlich über den Ausfall des Geräts beunruhigt, steckte ich es wieder in die Halterung am Amaturenbrett. Ich wusste ja, wo ich war. Das Einzige, was ich nicht wusste, war, was, in Teufels Namen, los sein mochte.

Eine halbe Stunde später stand mein Wagen dort, wo eigentlich Innamincka hätte sein müssen, und ich saß im dürftigen Schatten eines Eukalyptus und trank ein Bier. Der naheliegendste Gedanke war mir natürlich auch schon gekommen, aber ich war noch nicht bereit ihn zu akzeptieren, und suchte verzweifelt nach einer anderen Möglichkeit, die Sache zu erklären. Wenn meine drei Besucher heute Morgen wirklich Teilnehmer der Burke und Wills Expedition waren *und* Innamincka Station verschwunden war, dann hatten nicht *sie* sich in der Zeit verirrt, sondern *ich.* Damit gewann dieser schlechte Scherz, von wem auch immer, eine wirklich bedrohliche Dimension. Ich saß hier mitten im Nirgendwo, wie man in Australien sagt, hatte nur noch wenig Sprit für ein Fahrzeug, das mehr als nur ein Antagonismus war, und keine Ahnung, was ich tun konnte. Nicht nur das Auto, sondern so ziemlich alles, was ich mit mir führte, passte überhaupt nicht in die Zeit. Umgekehrt wäre es viel einfacher gewesen. Meine drei Freunde hätten ein bisschen gestaunt, sich aber wahrscheinlich schnell damit abgefunden, dass die Welt, in die es sie verschlagen hatte, etwas weiter entwickelt war. Schließlich wären sie über hundert Jahre in die Zukunft geraten. Die Wissenschaftler hätten wohl auch schnell eine Erklärung für das Phänomen gefunden, die wahrscheinlich sowieso niemand verstanden hätte, aber in Anbetracht der Tatsache, dass heute, wohl eher in einhundertdreißig Jahren, wenn meine Überlegungen zutrafen, selbst der durchschnittliche Fernsehkonsument an die Existenz von Schwarzen Löchern und Quarks glaubte, obwohl er nie das eine oder das andere gesehen hatte, hätte man auch das geschluckt. Zumal der lebende Beweis, für welche Theorie auch immer, in persona präsentiert worden wäre.

So wie der Fall jetzt allerdings lag, war es für mich viel schwieriger, da es noch nicht einmal die Science Fiction gab, die große Teile der Bevölkerung, nicht zuletzt via Hollywood, auf die Möglichkeit eines solchen Ereignisses vorbereitet hatte, ich aber genau das irgendwie tun musste. Nur so ergab die ganze Sache einen Sinn. Wie sollte ein Satellitennavigationsgerät funktionieren, wenn es noch keine Satelliten gab? Und Innamicka konnte auch nur auf diese Art von gestern auf heute verschwunden sein. Ich stand auf und holte mir ein weiteres Bier aus dem Eskin, in dem sich inzwischen nur noch lauwarmes Wasser befand. Ich würde dringend frische Eiswürfel brauchen, doch die gab es an dieser Stelle wahrscheinlich in den nächsten hundert Jahren nicht. Das Bier hatte sich inzwischen der Wassertemperatur angepasst, aber auch daran würde ich mich gewöhnen müssen. Eine Ausweichmöglichkeit stellte noch der Gaskühlschrank dar, aber auch nicht für allzulange. Dann zog ich wieder die Karte zu Rate. Auf der Rückseite waren umfangreiche Informationen zu der Gegend, die sie umfasste, abgedruckt. Unter anderem auch ein längerer Bericht über die Burke und

Wills-Expedition. Den las ich mir als erstes aufmerksam durch, um herauszufinden, mit welcher Situation ich hier eigentlich konfrontiert war.

Nachdem ich ihn zweimal studiert hatte, wusste ich mehr als genug. Bei der Expedition war so ziemlich alles schief gelaufen, und die beiden, nach denen die Expedition benannt worden war, hatten hier am Cooper Creek ihr Leben verloren. Ich erinnerte mich, dass Brahe gesagt hatte, sie würden schon seit über drei Monaten auf Burke warten, der zum Golf von Carpentaria aufgebrochen war. Das bedeutete, dass wir wahrscheinlich Anfang bis Mitte April 1861 schrieben. Nach dem, was hier stand, hatte Brahe mit seinen drei Leuten am einundzwanzigsten April das Lager am Dig Tree, was ungefähr fünf bis sechs Kilometer flussaufwärts von der Stelle lag, an der ich übernachtet hatte, verlassen. Angeblich, aber da waren sich die Verfasser nicht sicher, waren Burke, Wills und King am Abend desselben Tages an dem verlassenen Lager eingetroffen. Ein paar Tage vorher hatten sie den vierten aus der Gruppe, Charles Gray, am Lake Massacre begraben. Alles passte nicht so recht zusammen. Es gab bei den Zeitangaben einige Unstimmigkeiten. Sicher war erst wieder, dass Brahe zusammen mit Wright, den er in Bulloo mit dem Nachschub angetroffen hatte, am achten Mai erneut am Dig Tree war, dort aber keine Spur von Burke und seinen Begleitern fand. Erst ein Suchtrupp im September unter der Leitung von Howitt fand King, mehr tot als lebendig, in der Obhut von Aboriginals und die Gräber von Burke und Wills. Hier saß ich nun und wusste das alles, während am Dig Tree vier Leute auf die Rückkehr ihres Anführers warteten, an dessen Gedenkstein ich gestern gestanden hatte. Ich durfte ihnen auf keinen Fall noch einmal begegnen. Und ich durfte auch keinen Abos begegnen, fiel es mir siedendheiß ein. Abos waren in meiner Zeit, ich wunderte mich selbst, wie geläufig mir dieser Gedanke schon war, in armseligen Hütten wohnende Ureinwohner, die die Landnahme der Weißen und der in ihrem Marschgepäck befindliche Alkohol schon restlos zerstört hatte. Doch hier am Cooper Creek, im Jahre 1861, waren es noch intakte, möglicherweise kriegerische Gemeinschaften, die sich wohl gegen einen einzelnen Weißen zu wehren wussten. Es war aber auch nicht auszuschließen, dass sie schon ihre schlechten Erfahrungen mit den Europäern gemacht hatten. Keine rosigen Aussichten für mich.

Ich vertiefte mich in die Karte. Burke und Wills waren in Melbourne aufgebrochen und über Swan Hill und Menindee bis zum Cooper Creek vorgestoßen. Ich musste jetzt herausfinden, wo ich am schnellsten auf so etwas wie Zivilisation, oder besser gesagt, auf eine menschliche Ansiedlung treffen würde. Nach meiner Straßenkarte war natürlich Birdsville die beste Option, aber die Information in meinem Trackbuch besagte, dass Birdsville erst dreißig Jahre später, 1890, ein erwähnter Punkt auf der Landkarte war. Außerdem wollte ich unter diesen Umständen nicht unbedingt weiter ins Landesinnere. Ich orientierte mich Richtung Süden. Broken Hill wäre eine gute Wahl, doch bis dahin waren es weit über sechshundert Kilometer, und ich bezweifelte, dass die Tracks und Straßen, die in meiner Karte verzeichnet waren, im Jahre 1861 schon existierten. Es war besser, ich ginge davon aus, dass nichts existierte. Eigentlich war es auch egal. Mit oder ohne Track, Broken Hill lag weit außerhalb der Reichweite meines Spritvorrats. Ich überschlug im Kopf, wie viel mir noch zur Verfügung stand. Der Tankanzeiger stand knapp unter viertel voll, sagen wir bestenfalls zwanzig Liter. Zusammen mit den beiden Reservekanistern von je zwanzig Litern hatte ich noch sechzig Liter Diesel zur Verfügung. Das ergab eine Reichweite von ungefähr vierhundert Kilometern. Eher weniger, wenn ich vom Fehlen jeglicher Wege ausging. Ich schaute auf die Karte und schlug anhand des Maßstabs einen Kreis um Innamincka. Den Strzelecki Track hinunter nach Lyndhurst oder südöstlich nach Tibooburra. Ich nahm wieder mein Outback Manual zur Hand und schlug nach. Weder Lyndhurst noch Tibooburra existieren zur Zeit der Burke und Wills Expedition, und der Strzelecki Track schon mal gar nicht. Menindee, am gleichnamigen See, siebenhundert Kilometer südlich von hier und das Basiscamp der Burke Expedition, war wohl der nördlichste Vorposten der Zivilisation. Absolut unmöglich für mich, diesen Punkt zu erreichen. Und selbst dort wäre ich noch ein ganzes Stück von größeren Ansiedlungen wie Adelaide oder Melbourne entfernt. Was ich überhaupt dort wollte, war mir nicht klar, aber eines war sicher, hier in der Wildnis hatte ich keine Chance zu überleben. Hätte ich gleich gestern in Innamincka vollgetankt, wäre Broken Hill, eine Bergbausiedlung, die auch schon zu dieser Zeit existierte und sicher auch Verbindung zur Küste hatte, im Bereich des Erreichbaren gewesen. Aber so... Ich schüttelte ratlos den Kopf und spürte, wie sich eine gehörige Portion Verzweiflung in mir breitmachte. Ganz kurz spekulierte ich darauf, dass dies alles nur ein böser Traum war und ich aufwachen würde – und die Welt wäre wieder so, wie ich sie kannte.

Ein anderes Problem waren die Lebensmittel. Wo es keinen Sprit gab, gab es auch keine Nudeln oder Reis, kein Brot, keine Fisch- oder Gemüsekonserven und ganz bestimmt kein tiefgefrorenes Fleisch. Ich brauchte nicht lange nachzudenken, um zu dem realistischen Ergebnis zu kommen, dass meine Lebensmittel bestenfalls eine Woche reichen würden. Danach konnte ich meine Angel in den Cooper Creek hängen und mit dem Gewehr den Känguruhs nachstellen. Nicht gerade erhebende Aussichten. Zum Glück hatte es mich nicht mitten in der Simpson Dessert erwischt. Wasser würde jedenfalls kein Problem sein. Inzwischen brannte die Sonne auf den Hang, und ich beschloss, mir unten am Fluss ein schattiges Plätzchen zu suchen, wo ich mich für die Nacht und die nächsten Tage einrichten konnte. Als der Motor mit seinem sonst so beruhigenden Dröhnen ansprang, kam mir das Geräusch seltsam fremd in der veränderten Welt vor. Ich suchte mir in dem unebenen Gelände einen Weg hinunter zum Fluss, scheuchte bei meiner Ankunft ein paar Reiher auf und fand schließlich eine schattige Stelle unter ein paar hohen Bäumen, etwa zwei Meter über der Wasserlinie.

Ich hatte weder gut, noch ziemlich viel geschlafen, als es am nächsten Morgen hell wurde. Über mir wölbten sich die graugrünen Kronen der Eukalyptusbäume, zwischen die ich gestern meinen Wagen manövriert hatte, und vereinzelt waren schon die ersten Vogellaute zu vernehmen. Sonst, so schien es, hatte sich leider nichts verändert. Ich lauschte angestrengt auf irgendwelche Laute der Zivilisation. Worte von anderen Campern, Klappern von Kochgeschirr, das Rascheln eines Zeltes oder das Geräusch einer Autotür. Irgendetwas, was mir die Gewissheit gegeben hätte, dass der gestrige Tag doch nur ein Traum, oder zumindest ein einmaliger Fehltritt der Natur war, den sie in der letzten Nacht dankenswerterweise wieder korrigiert hatte. Dem war nicht so. Ich blickte mich um, es war niemand zu sehen. Auch Innamincka-Station war nicht wieder aufgetaucht. Der Hügel lag noch genauso einsam und unberührt da, wie ich ihn gestern verlassen hatte. Ich zog mich an und machte Feuer. Das lenkte mich wenigstens etwas von den Gedanken ab, die mich die ganze Nacht hatten kaum zur Ruhe kommen lassen. Die halbwegs nüchterne Analyse meiner Lage ergab nicht viel Ermutigendes. Ich saß hier augenscheinlich im Jahre 1861 fest. Wie und warum, war so wenig zu klären, wie mir eine Klärung weitergeholfen hätte. Ich hatte noch sechzig Liter Diesel zur Verfügung, die mich mit viel Glück und sparsamer Fahrweise, wenn das unter diesen Bedingungen überhaupt möglich war, vierhundert Kilometer weit bringen würden. Abgesehen davon gab es keine Straßen. Und ein Off-Roader ist nur bedingt dafür geeignet, ohne Straßen auszukommen. Eigentlich braucht ein solches Fahrzeug zumindest die Andeutung eines Weges. Aus eigener Kraft, das heißt natürlich mit der Kraft meines Transportmittels, war ich nicht in der Lage, eine menschliche Ansiedlung zu erreichen. So gesehen blieb mir nur die Alternative zum Dig Tree zu fahren, ins Lager meiner Besucher, und zu hoffen, zusammen mit ihnen in die Zivilisation zurückzukehren. Doch damit fingen die Probleme erst recht an. Wie sollte ich ihnen meine Anwesenheit erklären und selbst wenn mir dazu ein paar triftige Gründe einfielen, wie sollte ich den Wagen und alles andere, was ich besaß, begründen. Ich konnte natürlich meine gesamte Ausrüstung hier irgendwo mitsamt dem Wagen verstecken, oder einfach in den Cooper Creek fahren, doch dazu hatte ich nicht den Mut. Das hieße mich gänzlich in ihre Hände zu begeben.

Mit meinem Wissen über vergangene und einer Menge zukünftiger Ereignisse sollte ich zusehen, wie Burke und seine drei Begleiter starben? Und wenn ich eingriffe, was würde das für den Rest der Welt bedeuten? Eine Reihe von Wissenschaftlern hatten sich darüber Gedanken gemacht und noch mehr Schriftsteller und alle waren sich mehr oder minder einig gewesen, dass so etwas unmöglich sei. Es fiel mir schwer, mich als Unmöglichkeit zu sehen. Ich könnte mich natürlich aus allem raushalten, doch dann hatte ich hier in der Wildnis keine Chane. Vor die Alternative gestellt, ich oder das Universum, fiel mir die Wahl leicht, ohne mich deshalb gleich für einen Egoisten zu halten. Trotzdem war mir nicht wohl bei dem Gedanken. Ohne rechte Überzeugung tröstete ich mich damit, dass vielleicht, wer oder was immer für diese Sache verantwortlich war, genau das im Sinn hatte, was ich keinesfalls tun wollte, nämlich in den Lauf der Geschichte einzugreifen. Nüchtern betrachtet hätte es mehr als genügend einfacherere Mittel gegeben, Burke und Wills zu retten, wenn es denn darauf hinauslaufen sollte. Ich versuchte mich an Brahes Angaben zu erinnern, wie lange sie schon am Cooper Creek waren, um mir auszurechnen, wie viel Galgenfrist ich noch bis zu einer endgültigen Entscheidung hätte. Auch wenn mir meine Vernunft sagte, diese vier Männer am Dig Tree waren meine einzige Überlebenschance, so hatte ich nicht vergessen, dass unsere Begegnung am gestrigen Tag nicht unter dem günstigsten Stern gestanden hatte. Außerdem musste ich mir genau überlegen, was ich ihnen erzählen wollte und auf keinen Fall dürften sie einen Blick auf meine Karten, Handbücher und Reiseführer werfen. Die musste ich irgendwo sehr gut verstecken. Vielleicht, begann ich zu träumen, konnte ich mir mit diesen Unterlagen sogar einen Namen als Entdecker machen. Eher unwahrscheinlich, da in den Karten nirgendwo mein Name verzeichnet war. Doch wenn hier, im Jahre 1861, genau der Punkt war, an dem der Lauf der Geschichte verändert wurde... Ich beschloss, die Sache ruhig angehen zu lassen, und alles in Ruhe zu planen.

Zwei Stunden später war alles das hinfällig geworden. Ich hielt das Steuerrad umklammert und der Wagen tanzte über den steinigen Untergrund, während der Motor bei jeder Bodenwelle gepeinigt aufheulte. Die Scheibe auf der Beifahrerseite war gesplittert und die pfenniggroßen Scherben, in die sich das Sicherheitsglas zerlegt hatte, knirschten unter meinen Schuhen. Der kurze Wurfspeer hatte sich in die Polsterung gebohrt und der abgebrochene Schaft peitschte wie ein Hundeschwanz hin und her. Ich hatte die schwarzen, fast nackten Gestalten erst viel zu spät bemerkt. Sie waren am Ufer des Cooper Creek entlang gekommen, und ich konnte noch nicht einmal behaupten, sie hätten sich angeschlichen. Ich war wohl so in Gedanken versunken gewesen, dass ich selbst einen Elefanten übersehen hätte. Als ich sie schließlich bemerkte, standen sie keine dreißig Meter entfernt und schauten abwartend zu mir herüber, während sie sich mit unverständlichen Lauten unterhielten. Mir rutschte, wie man so schön sagt, das Herz in die Hose, und Panik ist ein viel zu schwaches Wort, um das Gefühl, das über mich hereinbrach, zu beschreiben. Ich stand zum Glück auf der richtigen Seite des Wagens. Ohne lange nachzudenken, warf ich mich auf den Fahrersitz und startete den Motor. Flucht war mein einziger Gedanke, obwohl bis zu diesem Zeitpunkt nichts Bedrohliches passiert war. Die Abos reagierten auf den Wagen wie meine gestrigen Besucher, nur zielten sie mit ihren Speeren viel besser, als diese mit ihren Revolvern. Der erste knallte gegen die Ladefläche und richtete nicht viel Schaden an, doch ich musste zurücksetzen, um an dem einen Baum vorbeizukommen und bot ihnen dadurch meine Flanke dar. Zum Glück nur die Beifahrerseite. Wäre es meine Seite gewesen, hätten sich meine Probleme inzwischen erledigt. So durchschlug der Speer nur das Fenster und blieb in dem Sitz neben mir stecken. Andersherum wäre er jetzt irgendwo zwischen meinen Rippen gewesen. Nach dieser Attacke, besonders wohl wegen deren Wirkungslosigkeit, ergriffen die Abos die Flucht, und ich gab aus den gleichen Gründen Gas. Nur weg von hier. Egal was mich erwartete, es gab nur ein Ziel, das Lager von Brahe und seinen Gefährten. Auch meine zweite Begegnung im Jahre 1861 konnte man nicht unbedingt als Erfolg bezeichnen. Zum Glück hatte ich nichts Wichtiges zurückgelassen. Lediglich einen meiner beiden Campingstühle und einen verrußten Wasserkessel sowie eine Tasse und meinen Zucker. Das würde sich verschmerzen lassen. Durch das unbändige Holpern des Wagens klackten einige Relais in meinem Kopf wieder in die richtige Stellung, und ich war zu einem vernünftigen Gedanken fähig.

Ich stieg auf die Bremse und brachte den Wagen ziemlich hart zum Stehen. Ich fluchte laut, als der Wagen hinten aufsetzte. Wenn jetzt die Achse brach, dann hätte sich mehr für mich erledigt, als mir lieb sein konnte. Ich schaltete in den Leerlauf, zog die Handbremse an und inspizierte durch das Rückfenster die Ladefläche. Alles lag kreuz und quer durcheinander, doch auf den ersten Blick schien nichts Wichtiges zu fehlen. Die Wasserkanister waren noch da, ebenso der Swag und die Werkzeugkiste. Eigentlich hätte ich die Sachen festzurren müssen, doch soweit reichte mein Mut denn doch nicht. Ich orientierte mich kurz. Zu meiner Rechten lagen die Sandridges, die sich zum Mudlankie Hill hinzogen, links, hinter den Bäumen, schlängelte sich der Cooper Creek dahin. Ich musste versuchen, mich immer nahe am Fluss durch das noch von Wagenrädern jeglicher Art unberührte Gelände vorzutasten, dann würde ich zwangsläufig, so hoffte ich zumindest, auf Brahes Lager treffen. Auf keinen Fall war ich mit dem Wagen in diesem Gelände schneller als die Aboriginals, falls diese mich wirklich verfolgten. Doch jetzt, nachdem ich einigen Abstand zwischen sie und mich gebracht hatte, war ich mir ziemlich sicher, dass sie über die Begegnung mindestens genauso erschrocken waren wie ich und nicht an eine Verfolgung dachten. Ich legte den ersten Gang ein und ließ den Off-Roader vorsichtig anrollen. Meine Hände krampften sich um das Steuerrad, und ich versuchte in einer Schlangenlinie der Vorstellung eines geraden Weges zu folgen. Immer wieder musste ich weit nach links oder rechts ausweichen, um einer Abbruchkante oder einem trockenen Bachbett auszuweichen. Mehrmals setzte der Wagen mit einem Knirschen auf und jedes Mal hielt ich in den Minuten danach mit starrem, Unheil befürchtendem Blick auf die Instrumente die Luft an. Es folgte ein erleichtertes Aufatmen, wenn der Öldruck nicht abfiel und die Wassertemperatur keinen Sprung nach oben machte. Der RV50 konnte wirklich etwas vertragen. Nach einiger Zeit, ich hatte nach dem Kilometerzähler ungefähr zwanzig Kilometer zurückgelegt, Luftlinie sicher nicht viel mehr als die Hälfte, hielt ich an. Ich hatte mir während der Fahrt schon einige Gedanken über meinen Auftritt bei Brahe gemacht und musste noch einige Vorbereitungen treffen. Es ließe sich kaum vermeiden, dass er und seine Männer meinen Wagen genau inspizierten, also sollte ich ein paar Dinge besser loswerden und einige andere gut verstecken. Das Funkgerät und das Satellitennavigationsgerät waren absolut überflüssig, andererseits, wenn ich irgendwann eines Morgens aufwachte und wieder im zwanzigsten Jahrhundert war, konnten sie von Nutzen sein. Ich brachte nicht übers Herz, meine irrationale Hoffnung über Bord zu werfen und die beiden Geräte in die flache Grube zu legen, die ich ausgehoben hatte. Wenn meine Hoffnungen irrational waren, dann war es meine Lage ebenfalls. Im Zweifelsfall würde ich ihnen irgendetwas erzählen, was sie sowieso nicht verstanden. Davon gab es schließlich genug. Also konnte ich auch gleich alles behalten. In Gedanken ging ich, auf die Ladefläche des Pickup starrend, meine Besitztümer durch. Am gefährlichsten waren meine Reiseunterlagen, doch ohne die Karten und Wegbeschreibungen, die alle lange Zeit nach Burke und Wills entstanden waren und das Innere Australiens nicht mehr als terra incognita zeigten, sondern von meist mit einem Off-Roader gut befahrbaren Wegen durchzogen präsentierten, wäre ich völlig aufgeschmissen. Ich traf eine halbherzige Entscheidung. Die Karten musste ich einfach behalten. Ich brachte nicht übers Herz, sie zu den Handbüchern und Reiseführern in die Grube zu legen, die ich danach zuschippte und so gut wie möglich jede Spur meiner Handlung verwischte. Ein Versteck für die Karten zu finden, war wesentlich schwerer. Schließlich entschied ich mich, sie einfach in ein altes Handtuch einzuwickeln und im Handschuhfach zu deponieren, das immer abgeschlossen bleiben würde. Es war eigentlich lächerlich, dass ich für diese Nicht-Lösung mehr als eine halbe Stunde Nachdenkens aufgewendet hatte.

3

Zwei Tage später hatte ich mich schon an den Lebensrhythmus in Brahes Lager gewöhnt. Er begann morgens vor Sonnenaufgang, und nicht lange nach Einbruch der Dunkelheit verkrochen sich die vier Männer in ihre Decken. Mein Swag hatte wie alles andere für Aufregung gesorgt, doch nach einem Marathon der unglaublichsten

Lügen, über die selbst ich im Nachhinein staunend den Kopf schüttelte, war meine gesamte Ausrüstung als Produkt englischer Manufakturen erklärt, die ich hier in Australien in aller Heimlichkeit ausprobieren sollte, damit niemand von den bahnbrechenden Erfindungen zu früh erfahren würde.

Den Wagen hatten sie überraschend gut hingenommen, nachdem ich ihn als eine besondere Form einer Lokomotive hingestellt hatte und ich sie schließlich sogar überreden konnte, eine kurze Proberunde mit mir zu drehen. Patton, der vierte Mann, den ich bis zu meiner Ankunft im Lager noch nicht zu Gesicht bekommen hatte, war durch einen Sturz vom Pferd verletzt und konnte sich nur unter Schmerzen und sehr eingeschränkt bewegen. Er hatte im Schatten eines Baumes gesessen, das rechte Bein notdürftig geschient und die Rundfahrten der anderen in meinem Wagen mit misstrauischen Blicken verfolgt. Etwas abseits grasten ein Dutzend Pferde, die auf ihrer Nahrungssuche einen großen Bogen um die sechs Kamele machten, die mit gelangweilten Mundbewegungen wiederkäuend zwischen den Bäumen lagen. Über dem gesamten Ort lag der scharfe Geruch von menschlichen und tierischen Fäkalien, in den sich bei meiner Ankunft noch die Dieselabgase gemischt hatten.

Mittlerweile wusste ich natürlich auch, wo ich herkommen durfte. Ich hatte mich für Sydney entschieden, denn aus meinen Büchern, die inzwischen in ihrem staubigen Grab verschimmelten, wusste ich, dass die Gebiete westlich von Sydney selbst zu diesem Zeitpunkt bereits einigermaßen erschlossen waren. Außerdem musste ich auf jeden Fall vermeiden, auch nur in der Nähe der Route gewesen zu sein, die Burke und Wills von Melbourne aus genommen hatten. Aber soweit es möglich war, wiegelte ich alle weitergehenden Fragen ab, wobei sehr hilfreich war, dass die vier nur über sehr oberflächliche Kenntnisse der Geographie Australiens verfügten und diese selbst auch nur in kleinen Ausschnitten, meist entlang von Flussläufen, überhaupt bekannt war. Eben dies zu ändern waren sie ja unterwegs. In Sydney war keiner von ihnen je gewesen, was mich aufatmen ließ. Also entwarf ich bei meinen Erzählungen das Bild einer Stadt, wie ich es von einigen alten Drucken her kannte, und ich schien damit nicht so falsch zu liegen. Als man mich allerdings nach meiner Schiffspassage von England herüber fragte, war ich aufgeschmissen. Ich hatte keine Ahnung, wie lange man Mitte des neunzehnten Jahrhunderts brauchte, welche Route das Schiff nahm und ob schon Dampfschiffe in Gebrauch waren. Ich murmelte etwas von Seekrankheit und anderer Unbill, die mich die meiste Zeit an mein Bett gefesselt und ich von der Reise nicht viel mitbekommen hätte. Zum Glück stellten sie mir keine Fangfragen, und so konnte ich aus ihren Fragen, zum Beispiel wie lange wir in Kapstadt Aufenthalt gehabt hätten, nach einiger Zeit die Reiseroute in etwa rekonstruieren. Ich musste wohl so an die sechs Monate unterwegs gewesen sein, und sie waren sogar so nett, mir den Schiffsnamen in den Mund zu legen, den ich doch tatsächlich ganz vergessen hatte.

Ich hatte ihnen gesagt, dass ich, den Namen Innamincka nahm ich wohlweislich nicht in den Mund, weiter unten am Cooper Creek auf Aboriginals gestoßen war, die mir einen recht kriegerischen Eindruck gemacht hätten. Sie quittierten das mit einem bestätigenden Kopfnicken und erklärten dann, dass viele Horden Wilder hier durchzögen, da der Cooper Creek die einzige permanente Wasserquelle in der Gegend sei, aber man vor ihnen keine Angst zu haben bräuchte. Dabei deuteten sie auf ihre immer bereit liegenden Waffen. Schwieriger war allerdings ihre Frage zu beantworten, wo ich hinwollte. Um dieses Thema, dem ich versuchte aus dem Weg zu gehen, da ich mir noch keine Gedanken gemacht hatte, außer mich ihnen auf dem Weg zurück in die Zivilisation des neunzehnten Jahrhunderts anzuschließen, drehte sich am ersten Abend immer wieder das Gespräch. Ich hatte schon bald den Eindruck, sie befürchteten, ich könnte ihnen den

Entdeckerruhm streitig machen. Ich glaubte mich auch zu erinnern, dass dabei wohl eine nicht unerhebliche Geldprämie mit im Spiel war, die eine Geographische Gesellschaft für die erste Süd-Nord Durchquerung des Kontinents ausgesetzt hatte. Ein paarmal kam das Gespräch auch auf Birdsville, wobei ich so gut wie möglich versuchte, die Lage des noch nicht existierenden Ortes zu verschleiern und mich herauszureden, aber Perdy und Jonathan hatte in dieser Beziehung ein viel zu gutes Gedächtnis. Deshalb reduzierte ich Birdsville zu einem Wasserloch, was ja nicht falsch war. Eigentlich lag die Stadt ja am Diamentina River, doch wie hätte ich ihnen meine Kenntnisse von einem weitgefächerten Flusssystem im Inneren Australiens erklären können?

Die neugierigen Blicke, die Brahe und seine Gefährten auf die mit der Plane abgedeckte Ladefläche meines Wagen warfen, ignorierte ich. Vielleicht fielen mir ja über Nacht ein paar gute Erklärungen für meine Gasflaschen, den Gaskühlschrank und ein paar weitere Kleinigkeiten wie Taschenlampe, Batterien, Dosenbier, Gemüse- und Fischkonserven sowie die Munition für mein Gewehr ein. Fast alles, was ich bei mir hatte, wäre einem einigermaßen hellen Zeitgenossen nicht erklärbar gewesen, doch ich hoffte, dass diese vier Männer so weit von der Zivilisation entfernt waren, um dieser alles zuzutrauen.

Als Jonathan daranging, das Abendessen zuzubereiten, erfuhr ich, dass es um ihre Vorräte nicht allzugut bestellt war und sie schon lange auf die Ankunft von William Wright warteten, der mit frischem Proviant aus Menindee kommen sollte. Sie hatten noch einen Sack Mehl, Öl, etwas Reis und eine kleine Kiste Schiffszwieback, aber der war, wie man mir versicherte, nur zu genießen, wenn man ihn in Wasser auflöste. Außerdem noch ein paar Kilo Zucker und getrocknetes Fleisch. Die Teevorräte wurden schon so gestreckt, dass das Wasser kaum eine Färbung und noch weniger Geschmack annahm. Man trocknete die verwendeten Blätter in der Sonne und erreichte damit drei Aufgüsse aus einer Ration. Ansonsten trank man das Wasser des Cooper Creek, das man in einem beständig über dem Feuer brodelnden Kessel abkochte und selbst dann verlor es kaum seine braune Färbung. Wenn die drei Glück hatten, dann gelang es ihnen, ein Känguruh zu erlegen und damit den Speiseplan aufzubessern. Versuche von Perdy, den Speisezettel mit Fischen aus dem Cooper Creek anzureichern, waren genauso gescheitert, wie sich die reichlich vorhandenen Vögel als ungenießbar erwiesen hatten.

An diesem ersten Abend gab es Reis und Reste von Känguruhfleisch, die ich aber ablehnte, da das Tier vor einigen Tagen geschossen worden war und ich mir gut vorstellen konnte, wie die Fliegen schon den Platz für ihre Nachkommenschaft darin bereitet hatten. Ich begnügte mich auch mit dem fast geschmacklosen Tee und beschloss, mir am nächsten Tag einen genauen Überblick über meine Vorräte zu verschaffen.

Am nächsten Morgen weckten mich das Klappern der Töpfe und die Geräusche der Männer auf, die einem weiteren, langweiligen Tag in der Wildnis entgegensahen. Ein schon seit über hundert Tagen immer gleicher Ablauf. Unterbrochen erst durch meine Ankunft, die etwas Abwechslung brachte. Mir war es noch gelungen, ganz unauffällig das Datum zu erfahren. Wenn sie sich nicht erheblich verrechnet hatten, aber dafür gab es eigentlich keinen Grund, dann schrieb man den elften April 1861. Plus oder minus von vielleicht einem, höchstens zwei Tagen. Es waren also noch zehn Tage, bis sie nach Menindee aufbrechen und damit das Schicksal von Burke und Wills besiegeln würden. Der müsste jetzt irgendwo in der Gegend von Birdsville sein. Eine Strecke, die ich vor kurzem noch in sechs Stunden zurückgelegt hatte. In fünf Tagen würde Gray sterben und von Burke, Wills und King am Lake Massacre beerdigt werden. Und ich hielt sein und das Schicksal seiner drei Gefährten in meinen Händen. Ich schob den Gedanken beiseite.

Nachdem das Frühstück, Brot mit kaltem Fleisch für

Brahe und seine Leute, nur Brot für mich, ausgestanden war, gingen Perdy und Jonathan, wie wohl jeden Morgen, auf die Jagd. Patton lag fast apathisch im Schatten des großen Koolibahs, und Brahe führte die Pferde an den Cooper Creek, um sie zu tränken. Dazu musste er ziemlich nahe an einem Kamel vorbei, das, als es die Pferde roch, blökend auf die Beine kam und im Unterholz verschwand. Auch die Pferde wurden unruhig, doch Brahe schien das Problem schon zu kennen und schaffte es, die Tiere schnell wieder zu beruhigen. Ich ergriff die Gelegenheit, um Inventur zu machen. Es wäre Unsinn, meine Vorräte zu verheimlichen. Man hatte mich zwar nicht danach gefragt, war möglicherweise auch davon ausgegangen, dass ich keine Nahrungsmittel hätte, aber wenn ich nicht von Reis und Brotfladen leben wollte, musste ich meine verbliebenen Nahrungsmittel der Gruppe zur Verfügung stellen. Ich löste die Plane von der Ladefläche und schaute als erstes in die Kühlbox. Das Wasser darin hatte inzwischen Badewassertemperatur. Die Margarine war noch nicht flüssig, aber viel fehlte nicht mehr, dafür konnte man den Käse in der Plastikbox mit dem Löffel essen. Lediglich die Salami und das Stück Schinken, beides sicher in einer weiteren Box verstaut, erweckten den Anschein, noch einigermaßen genießbar zu sein. Mein erster Gedanke war, den Gaskühlschrank in Betrieb zu nehmen, doch dann überlegte ich mir, wie ich Brahe und den anderen die Funktionsweise dieses Gerätes erklären sollte. Schnell kam ich zu dem Schluss, dass es die Sache nicht wert war. Das Gas würde bestenfalls für ein paar Tage reichen und dann war auch diese Errungenschaft des zwanzigsten Jahrhunderts gänzlich nutzlos. Also was soll's. Nicht in Betrieb war der Kühlschrank einfach eine Kiste, zwar eine etwas seltsame, aber viel unauffälliger. Ich begann meine Habseligkeiten von der Ladefläche zu räumen. Dabei versuchte ich gleich die Dinge auszusortieren, die nur schwer zu erklären waren. Eigentlich waren es gar nicht so viele. Die Töpfe, Schüsseln, Teller und Bestecke in der Geschirrkiste waren unauffällig. Sie konnten, geschwärzt von vielen Lagerfeuern, genausogut aus dem neunzehnten wie aus dem einundzwanzigsten Jahrhundert stammen. Ich blickte kurz in die Werkzeugkiste, auch da gab es nichts Auffälliges. Meine Vorräte, so schmal sie auch waren, stellten schon ein anderes Problem dar, was ich aber nicht umgehen konnte. Ich hatte keine Ahnung, ob diese Leute schon mit Konservendosen vertraut waren, doch es waren Lebensmittel, und die wurden hier dringend benötigt.

Als Brahe die Pferde getränkt hatte, lagen meine Besitztümer neben dem Wagen ausgebreitet. Er kam zu mir herüber geschlendert und studierte zuerst stumm, was da auf dem Boden lag. Schließlich begann das von mir vorausgeahnte und auch befürchtete Frage- und Antwortspiel.

Brahe nahm eine der Gemüsedosen in die Hand und betrachtete sie von allen Seiten. »Was soll das sein?«, fragte er kopfschüttelnd und schob seinen breitkrempigen Hut aus der Stirn. Der ehemals blütenweiße Verband war inzwischen dreckig wie der Rest seiner Kleidung. Ganz offensichtlich hatte sich niemand die Mühe gemacht, den Verband zu wechseln.

»Das sind eingemachte Bohnen«, gab ich zurück und ergänzte auf die anderen Dosen deutend. »Das sind Erbsen, Mais, Tunfisch und noch ein paar Dosen mit Obst.«

Er schüttelte die Konservendose und der Inhalt schwappte hin und her. »Und wie kommen die da rein?« Noch bevor ich antworten konnte, meinte er mit einem Grinsen, »und wieder heraus.«

»Sie werden in einer Lebensmittelfabrik eingekocht und dadurch sind sie lange haltbar«, erklärte ich und hoffte, dass er das im Boden eingestanzte Haltbarkeitsdatum, Mai 2003 nicht bemerkte oder zumindest nicht als das identifizieren würde, was es war. Sein Blick signalisierte Unglauben. »Ich werde es euch heute Abend zeigen. Da essen wir von meinen Vorräten.«

»Was ist das für eine Kiste?«, wollte er wissen und deutete auf den Kühlschrank.

Ich hatte es befürchtet. »Das ist meine Lebensmittelkiste«, antwortete ich und zur Bestätigung klappte ich den Deckel auf. Er trat näher heran und betrachtete die Konstruktion genau. Sein Blick fiel auf die Plastikbehälter mit dem Käse, dem Schinken, der Wurst und der Margarine. Zum Glück hatte ich die Bierdosen, die sich darin befunden hatten, gleich in meiner Reisetasche versteckt, wo sie vor einer Entdeckung wohl ziemlich sicher waren. Gemüsekonserven kann man ja noch einigermaßen erklären, aber wie sollte ich den Leuten klarmachen, was Dosenbier war. Ich ließ es lieber nicht darauf ankommen. Brahe nickte und schien sich über die Behälter aus dem eigenartigen Material nicht weiter zu wundern. Wahrscheinlich trauten sie mir inzwischen ziemlich viel, bestimmt aber zu viel, zu.

Diese vier Männer hier waren sicher nicht in der Lage, die absolute Unmöglichkeit dieser Dinge in ihrer Zeit zu erkennen. Englands Manufakturen waren einen halben Erdball weit entfernt und bis wir in Melbourne wären, gäbe es schon längst keine Beweise mehr für diese Dinge. Ich wollte mich sowieso bei der ersten Gelegenheit aus dem Staub machen, aber das lag noch in weiter Ferne. »Wie gehts eigentlich deinem Kopf?«, fragte ich, nicht nur um einen Versuch zu unternehmen, ihn von meiner Ausrüstung abzulenken. Doch Brahe ging nicht darauf ein.

»Und das ganze Zeug hast du von England herübergebracht?«, fragte Brahe und machte eine unbestimmte Geste, die meine Habseligkeiten sowie den Wagen einschloss.

»Ja!«, gab ich einsilbig zurück.

»Und du bist ganz alleine hier in diese Einöde gezogen, um es zu testen, wie du sagst?«

»Ja.« Mir fiel auf, dass dies ziemlich unwahrscheinlich klang, aber zumindest in diesem Punkt konnte ich nicht von meiner einmal gewählten Darstellung abweichen.

»Wovon wolltest du leben, wenn deine Vorräte verbraucht sind. Du hast nur ein bisschen Reis, ein paar Nudeln und deine Dosen. Das reicht doch nicht länger als ein paar Tage. Was dann?«

In dieser Beziehung war Brahe wirklich nicht dumm. Wenn jemand Mitte des neunzehnten Jahrhunderts ins Innere Australiens zog, dann hatte er zentnerweise Vorräte dabei und spätere Expeditionen führten sogar Vieh mit. Burke hatte darauf verzichtet, da das Vieh die Reisegeschwindigkeit extrem verlangsamte und zudem das Problem der Wasserversorgung noch größer werden ließ. Dass dies eine falsche Entscheidung gewesen war, wusste zu diesem Zeitpunkt nur ich. Meine geringen Vorräte, gemessen an den Vorstellungen Brahes, waren mehr als genug für das ausgehende zwanzigste Jahrhundert, wenn man sich sozusagen an jeder Ecke neu eindecken konnte. Brahe schaute mich erwartungsvoll an. Ich war ihm eine Antwort schuldig.

»Meine Vorräte reichen sicher für knapp eine Woche«, erklärte ich, »und bis Menindee brauche ich mit meinem Wagen nicht mehr als vier Tage. Ich wollte dorthin und dann weiter nach Melbourne.« Es war nicht ganz falsch, was ich ihm da auf die Nase band, doch erstens war ich mir nicht sicher, ob ich die gut siebenhundert Kilometer nach Menindee in vier Tagen geschafft hätte und zweitens reichte mein Sprit bestenfalls für die Hälfte der Strecke. Doch auch das konnte Brahe nicht wissen. Sein erstaunter Gesichtsausdruck wunderte mich nicht, hatten er, Burke und die anderen mehr als einen Monat von Menindee bis zum Cooper Creek gebraucht und auf Wright, der den Nachschub von dort heranführen sollte, warteten sie jetzt schon über zwei Monate.

»Von hier bis Menindee in vier Tagen? Das ist unmöglich«, stellte er kategorisch fest. Und gleichzeitig trat ein Leuchten in sein Gesicht. »Dann könnten wir ja nach Menindee fahren und neue Vorräte holen und wären in einer Woche wieder hier.«

Ich hatte es befürchtet. Wie mein Wagen tatsächlich angetrieben wurde, hatte ich mir natürlich nicht die Mühe gemacht zu erklären, wozu auch, sie hätten es bestimmt nicht verstanden. »Im Prinzip schon«, räumte ich zögernd ein. Es war zum Verrücktwerden. Warum konnte ich nicht einfach sagen: Leute ich komme aus der Zukunft, ich bin hier gestrandet, habe keine Ahnung warum und wieso, aber so ist es nun einmal. Natürlich habe ich ein paar Sachen bei mir, die ihr nicht kennt, trotzdem bin ich ziemlich hilflos. So aber musste ich mir immer neue Begründungen für augenscheinliche Widersprüche einfallen lassen.

»Was heißt das: im Prinzip schon?«, wollte Brahe wissen und warf mir einen misstrauischen Blick zu.

»Hör zu, ich bin sehr froh, dass ich euch getroffen habe, denn ich habe ein paar Probleme.« Ich musste unwillkürlich grinsen, denn Brahe hatte keine Ahnung, in welchen Schwierigkeiten ich wirklich war. »Eine Lokomotive«, strapazierte ich den Vergleich ein weiteres Mal, »wird durch Dampfkraft angetrieben. Mein Wagen funktioniert zwar wie eine Lokomotive, doch um ihn anzutreiben...« – kannte man zu diesem Zeitpunkt schon Benzin? ging es mir durch den Kopf –, »braucht man eine brennbare Flüssigkeit. So wie Petroleum. Und ich habe nur noch sehr wenig davon. Keinesfalls genug, um nach Menindee zu kommen. Ich kann noch ein Stück mit dem Wagen fahren, aber dann ist Schluss. Ich bin also auf eure Hilfe angewiesen.« Ich versuchte ihn überzeugend anzulächeln, glaubte aber nicht, dass es mir gelang.

»Da hast du aber, verdammt noch mal, Glück gehabt«, war Brahes Kommentar.

Wie man's nimmt, dachte ich mir. Hätte ich in Innamincka vollgetankt, hätte ich eine gute Chance gehabt, Menindee zu erreichen. Andererseits, wenn ich ein Jahr früher hier aufgetaucht wäre, dann hätte ich überhaupt keine Chance gehabt.

»Wie weit kannst du denn noch fahren?«

»Ich weiß nicht genau. So ungefähr zweihundertfünfzig Meilen. Höchstens.«

»Nach Menindee ist es aber fast das Doppelte«, stellte Brahe enttäuscht fest.

»Ich weiß«, sagte ich und steckte mir eine Zigarette an. Wenn ich schon nicht in Innamincka vollgetankt hatte, so hatte ich zumindest meinen Zigarettenvorrat in Birdsville aufgestockt. Er würde länger reichen als der Sprit. Trotzdem nahm ich mir vor, mich einzuschränken, was aber ein eher zweifelhafter Vorsatz war.

»Du willst also mit uns nach Melbourne zurückkehren?«

Ich nickte. »Wenn es möglich ist, würde ich mich euch gerne anschließen.«

»Wir müssen hier aber auf die Rückkehr von Superintendent Burke und seiner Gruppe warten. Sie haben versucht, den Golf zu erreichen, und wir sind jetzt schon seit einhundertzwanzig Tagen ohne Nachricht von ihnen. Eigentlich hatte Burke gesagt, sie wären in drei Monaten zurück. Wir haben keine Ahnung, wo sie sind oder was mit ihnen geschehen ist. Wenn Wright allerdings nicht bald mit dem Nachschub kommt, dann müssen wir von hier aufbrechen und versuchen, uns nach Menindee durchzuschlagen.« Er machte eine verzweifelte und sorgenvolle Miene. »Auch Patton ist ein Problem. Seine Verletzung ist ziemlich schwer und will nicht heilen. Er kann nicht mehr lange hier in der Wildnis bleiben. Wir sind nur vier Leute. Ich kann die Gruppe nicht weiter aufteilen. Zwei Leute haben in der Wildnis keine Chance. Weder hier im Lager noch bei dem Versuch, Menindee zu erreichen. Schon gar nicht, wenn einer davon verletzt ist. Die Wilden sind absolut unberechenbar.«

Einige seiner Fragen hätte ich ihm beantworten können, aber was hätte es geholfen. Er würde seine Entscheidung treffen und das Lager am einundzwanzigsten April aufgeben. Doch bis dahin waren noch zehn Tage Zeit.

»Wäre es nicht sinnvoll«, begann ich vorsichtig, »Burke und seinen Gefährten entgegenzureiten?« Kaum hatte ich es gesagt, bereute ich es schon wieder. Ich versuchte, in den Lauf der Geschichte einzugreifen.

»Ja«, gab er nachdenklich zurück, »das habe ich mir auch schon überlegt.« Dann schüttelte er den Kopf und beschrieb mit dem ausgestreckten Arm einen weiten Halbkreis, der das jenseitige Ufer des Cooper Creek einschloss. »Aber wohin? Sie sind nach Norden gegangen. Vor vier Monaten. Aber aus welcher Richtung kommen sie zurück? Vielleicht von dort«, er deutete den Cooper Creek Richtung Westen hinunter, »weil sie weiter flussabwärts auf den Cooper Creek gestoßen sind, oder von dort«, er zeigte in genau die entgegengesetzte Richtung, »weil das Gelände östlich von hier besser passierbar ist?«

Nein, wollte ich schon sagen, sie kommen direkt vom Diamentina herunter, quer durch die Sturt Stony Dessert. Stattdessen zuckte ich nur mit den Achseln und heuchelte Unwissen. »Du hast Recht«, räumte ich beiläufig ein und versuchte, das Gespräch in andere Bahnen zu lenken. »Wie lange wollt ihr hier noch abwarten?«

Brahe zuckte mit den Achseln. »So lange ich es verantworten kann. Patton braucht unbedingt einen Arzt, und Burke ist jetzt schon seit einem Monat überfällig...«

Ich konnte mir den Rest denken. Brahe ging wahrscheinlich davon aus, dass Burke und seine Gefährten schon irgendwo in den unerforschten Weiten, die zwischen dem Cooper Creek und dem Golf von Carpentaria lagen, vor sich hinrotteten, auch wenn er es nicht aussprach. Wissen ist Macht, so sagt man, doch mein Wissen um die tatsächlichen Gegebenheiten machte mich eher hilflos. Was wäre, wenn ich wirklich in die Geschichte eingreifen würde? Könnte ich es überhaupt, oder gäbe es eine übergeordnete Macht, die mich daran hinderte? Und wenn es eine solche Kontrollinstanz wirklich gab, was hatte ich dann überhaupt hier verloren. Meine Existenz im Jahre 1861 hier an diesem Ort und nicht in der Antarktis, wo ich ohne Schaden anzurichten binnen Stunden erfroren wäre, bewies doch eigentlich das Gegenteil. Veränderte sich die Geschichte durch solche Zufälle vielleicht dauernd, und wir mit ihr, ohne es überhaupt zu bemerken? Gab es vielleicht eine Parallelwelt, in der Burke nicht am Cooper Creek gestorben ist und ich derjenige bin, der ihn gerettet hat? Ich hatte genau zehn Tage, um mir darüber klar zu werden. Zum Glück wusste nur ich, dass ich Burke retten konnte. Also war es eine Entscheidung, die ich mit mir und der Geschichte treffen musste.

Die erbosten Schreie der Kakadus schreckten mich aus meinen Überlegungen. Auch mein Gegenüber hatte stumm vor sich hinstarrend die Bahnen seiner Gedanken ausgelotet. Für Brahe war es die Ungewissheit und die Last der Entscheidung, die er in absehbarer Zeit für Patton und gegen das Fünkchen Hoffnung für Burke treffen musste. Perdy und Jonathan kamen von erfolgloser Jagd zurück. Sie ließen sich neben Patton in den Schatten des großen Koolibah-Baums sinken, der in meiner Zeit als Dig-Tree auf den Karten verzeichnet sein würde. Brahe stand auf und ging zu ihnen hinüber, während ich damit begann, meine Habseligkeiten wieder in die Kisten und auf die Ladefläche des Pickups zu verstauen. Ich zurrte die Plane fest, nahm mein Gewehr und gesellte mich zu ihnen. Viel mehr war nicht zu tun.

»Kein Stock Wild da«, hörte ich Perdy sagen, als ich mich ihnen bis auf ein paar Schritt genähert hatte. »Die Wilden müssen alles weggejagt haben.« Keiner der drei anderen sagte etwas dazu. Patton stöhnte leise, wenn er versuchte, seine Haltung zu verändern. Ich hatte mir sein Bein angesehen. Selbst ohne Arzt zu sein, konnte man mit ziemlicher Gewissheit sagen, dass der Knöchel gebrochen war. Das Gelenk war dick angeschwollen und ein böse aussehender Bluterguss zog sich bis fast zum Knie herauf. Zum Glück war der Bruch nicht offen, doch der ebenfalls angeschwollene Fuß, dessen Haut so gespannt war, dass man meinte, sie müsse jeden Moment platzen, würde wahrscheinlich nicht mehr zu retten sein. Ich hatte in meinem Verbandskasten nachgesehen, was in der Ersten Hilfe-Broschüre für diesen Fall vorgesehen war und dann seinen Knöchel mit den ausziehbaren Metallschienen fixiert. Patton hatte zwar versucht, die Zähne zusammenzubeißen, aber nach kurzer Zeit war sein heftiges Stöhnen in einen markdurchdringenden Schrei übergegangen. Danach ging es allerdings besser und ein Übriges taten die zwei Schmerztabletten, die ich ihm gegeben hatte. Sie bewirkten auf jeden Fall mehr als die nassen Lappen, die um seinen Fuß gewickelt wurden. Von diesem Moment an wurde ich von Brahe, dessen Verband ich inzwischen auch erneuert hatte, und seinen Männern respektvoll Doc genannt.

Anscheinend hatte die letzte Tablette ihre Wirkung verloren, denn Patton schaute mich mit trüben Augen an. Er musste nichts sagen. Unglaublich, dass der Mann schon fast zwei Wochen diese Schmerzen ohne jede Möglichkeit der Linderung ertragen hatte. Ich stellte mein Gewehr an den Baum und holte einen weiteren der kleinen, weißen Heilsbringer. Ironie des Schicksals war, dass sie, bei zwei Tabletten täglich, genau bis zum einundzwanzigsten April reichen würden. Ein Datum, das für mich allmählich zum Menetekel wurde. Nachdem ich ihm die Tablette verabreicht hatte, nahm ich den Eimer mit lauwarmem Wasser und den darin befindlichen Tuchfetzen und ging hinunter zum Flusslauf. An einer sandig flachen Stelle watete ich ein Stück in den Creek, wusch die Lappen, mit denen Pattons Bein gekühlt wurde, aus und versuchte so tief wie möglich frisches Wasser zu schöpfen. Als ich mich wieder aufrichtete, sah ich die kleinen, fast schwarzhäutigen Gestalten am anderen Ufer. Sie blickten bewegungslos zu mir herüber. Vor Schreck ließ ich den Eimer fallen, erwischte ihn aber mit einer schnellen Bewegung wieder, bevor er im Fluss versinken konnte. Unter ihren Blicken wich ich Schritt für Schritt zum Ufer zurück und kaum hatte ich festen Boden unter den Füßen, lief ich, den Eimer in der einen, meine Schuhe in der anderen Hand, zum Lagerplatz zurück.

»Abos«, schrie ich mit überschlagender Stimme. »Unten am Fluss.«

Perdy, Brahe und Jonathan sprangen auf. Patton fluchte und griff nach seinem Revolver, der wie immer direkt neben ihm lag. Auch die anderen hatten wie selbstverständlich ihre Waffen in den Händen. Ich stellte den Eimer ab. »Sie sind am anderen Ufer. Eine ganze Menge«, fügte ich hinzu, ohne wirklich zu wissen, wie viele es waren. In meiner Panik hatte ich mir nicht die Mühe gemacht, genau hinzusehen.

Jonathan nickte. »Das müssen die sein, die sich schon seit Wochen hier herumtreiben. Perdy, komm, wir sehen einmal nach.«

Der Angesprochene brachte sein Gewehr in Anschlag und folgte Jonathan langsam in die Richtung, aus der ich gekommen war. Brahe reichte mir mein Gewehr. Es war ein halbautomatisches Repetiergewehr mit einem Magazin von zwanzig Schuss. Er hatte die Waffe zum erstenmal in der Hand und warf einen erstaunten Blick darauf, bevor ich sie ihm abnahm. Auch hier würden einmal mehr die englischen Manufakturen herhalten müssen. Brahe kauerte sich hinter einen Baumstamm, und ich ging hinter einem Busch in Deckung. Wir warteten. Außer dem gelegentlichen Rauschen von Flügeln, den Schreien der Kakadus und meinem eigenen stoßweisen Atem war nichts zu hören. Ich machte mir Gedanken über meinen Munitionsvorrat. Das Magazin im Gewehr war voll, doch die Schachtel mit weiteren fünfzig Patronen lag im Wagen, der gut zwanzig Meter entfernt stand. Dazwischen lag freies Gelände. Es dauerte nicht allzulange, dann kamen Perdy und Jonathan mit ernster Miene zurück.

»Nichts zu sehen«, erklärte Perdy und machte dabei keinen glücklichen Eindruck. »Keine Spur von den Wilden. Wie vom Erdboden verschwunden.«

Brahe stand auf, wobei er seine Waffe schussbereit in der Hand behielt. »Was habt ihr anderes erwartet. Sie tauchen aus dem Nichts auf und verschwinden wieder. Und keiner weiß, was sie eigentlich wollen, oder woher sie kommen.«

Woher sie kamen, war uns auch ein paar Stunden später nicht klar, als acht von ihnen auf einmal in der Abenddämmerung wie aus dem Boden gewachsen aus dem Unterholz auf unsere Feuerstelle zutraten. Wir hatten nichts gehört, oder auf die wenigen Geräusche, die ihr Erscheinen erfahrenen Leuten angekündigt hätte, nicht geachtet. Perdy und Jonathan sprangen auf und brachten sofort ihre Waffen in Anschlag. Anscheinend kannten die Abos die Wirkung dieser unscheinbaren Dinger schon, denn sie blieben sofort stehen und gaben keine Anzeichen, von ihren Bögen und Speeren Gebrauch zu machen. Wie zur Beschwichtigung setzten sie sich auf den Boden. Die untergehende Sonne in ihrem Rücken ließ sie zu schwarzen Silhouetten im Vordergrund unseres Gesichtsfeldes werden. Bewegungslos starrten sie zu uns herüber, und wir, nicht minder unschlüssig, was zu tun wäre, zu ihnen. Fast verbrannte Äste knackten im Feuer zwischen uns und manchmal flogen mit einem lauten Knall die Funken in die Luft. Ich hatte eine Dose Bohnen zwischen meinen Beinen, die ich gerade öffnen wollte. Mein Beitrag zu unserem kargen Abendessen. Wie Rodins Denker, der zu dieser Zeit auch noch nicht existierte, höchstens als vage Vorstellung im Kopf des jugendlichen Künstlers, saß ich auf dem Baumstumpf, in der Bewegung erstarrt, und schielte zu den wie Termitenhügeln aus den Boden gewachsenen Abos hinüber.

»Was wollen die nur?«, stieß Brahe kaum vernehmbar zwischen den Zähnen hervor. Jonathan schüttelte als Ausdruck des Nichtwissens den Kopf. Perdy blickte sich nervös um, so als ob er einen Angriff aus dem Hinterhalt vermutete. Patton, der, wie den ganzen Tag, unverändert an den Dig Tree gelehnt dalag, versuchte ihn mit ein paar Worten zu beruhigen. Ich stellte die Dose, die ich die ganze Zeit zwischen meinen Oberschenkeln gehalten hatte, vorsichtig ab. Mein Gewehr lag außer Griffweite auf meinem Swag.

»Verdammte Wilde«, raunte Perdy, was von Brahe mit einer unwilligen, Ruhe gebietenden Handbewegung quittiert wurde. Die Zeit dehnte sich, die Sonne schien über dem Unterholz stehenzubleiben, und die langgezogenen Schatten lagen wie festgenagelt auf dem sandigen Boden. Meine Hände waren feucht von kaltem Schweiß, und ich wagte nicht, mich zu bewegen. Das Wasser im Kessel kochte über, platschte in die Glut und mit einem erschreckend lautem Zischen, das uns alle zusammenzucken ließ, stieg eine Wolke weißen Wasserdampfs auf.

Einer der Abos erhob sich, seine Waffen blieben dort liegen, wo er gesessen hatte. Er trat ein paar Schritte auf uns zu und begann zu sprechen. Keiner von uns verstand auch nur ein Wort davon. Völlig unvermittelt brach sein Redefluss ab, und er blickte uns wohl in Erwartung einer Antwort an.

»Ihr bleibt, wo ihr seid«, wies uns Brahe an und trat seinerseits einen Schritt vor. Dann redete er auf den Abo mit derselben Selbstverständlichkeit auf Englisch ein, wie dieser es in seiner Sprache mit uns getan hatte. Ich schüttelte unmerklich den Kopf. Das konnte zu nichts führen. Mit vielen Worten erklärte Brahe ihm, wer wir wären und was wir hier täten. Es war so gut wie gewiss, dass der Abo nichts davon verstand. Als Brahe geendet hatte, stand die Partie sozusagen unentschieden. Wir waren keinen Schritt weiter gekommen. Doch der Abo gab nicht auf. Wieder begann er auf Brahe einzureden, doch diesmal verharrte er nicht in seiner starren Haltung wie beim erstenmal, sondern gestikulierte heftig in Richtung meines Wagens. Was er damit allerdings ausdrücken wollte, blieb unklar. Brahe versuchte, den erneuten Redefluss zu unterbrechen und dem Abo mit Gesten zu verstehen zu geben, dass er nichts verstand.

»Was wollen die nur?«, fragte Jonathan niemanden bestimmtes. Ich zuckte die Achseln. So viel war allerdings klar, es ging um meinen Wagen. Ich nahm all meinen Mut zusammen, vergrub meine zitternden Hände in den Hosentaschen und stand langsam auf. Ganz vorsichtig, damit unsere Besucher aus meinen Bewegungen keinesfalls eine Bedrohung ableiten konnten, ging ich zu Brahe und dem Abo hinüber, die sich unschlüssig und ratlos gegenüberstanden.

»Es geht wohl um meinen Wagen«, krächzte ich mit rauer Stimme.

»Glaube ich auch«, gab Brahe zurück. »Doch was er will, ist mir völlig unklar.«

»Habt ihr schon vorher Kontakt mit Abos gehabt?«

»Ja, ab und zu haben wir welche gesehen, aber sie sind nie zu uns gekommen. Und wir haben sie auch in Ruhe gelassen. Mit ihnen ist sowieso nichts anzufangen. Und hinterhältig sind sie auch. Besser man geht ihnen aus dem Weg. Das sind doch nur Wilde. Am besten man treibt sie in den Busch zurück.«

Damit war die Einschätzung der Abos durch die weißen Herren eines Kontinents, von dem diese nicht mehr als ein paar Küstenstriche kannten, deutlich gemacht. Ich zweifelte in diesem Moment nicht daran, dass Brahe, wenn die Überlegenheit seiner Leute gewährleistet gewesen wäre, mit unseren Besuchern kurzen Prozess gemacht hätte. So aber war er vernünftig genug, abzuwarten. Was die Abos wollten, stand in den Sternen. Ihr Wortführer, oder Anführer, oder was immer der mir kaum bis zum Hals reichende tiefschwarze Mann war, begann wieder einen Schwall von Worten von sich zu geben, auf den Brahe und ich mit für ihn hoffentlich interpretierbaren Gesten des Nichtverstehens reagierten. Er deutete dabei mit heftigen Armbewegungen auf meinen Wagen. Die Situation hatte inzwischen einen Großteil ihrer anfänglichen Bedrohlichkeit verloren, und ich forderte den Abo auf, mit mir zu meinem Off-Roader zu kommen. Langsam bewegte ich mich auf den Wagen zu und beobachtete aus dem Augenwinkel, wie der Mann darauf reagierte. Ich war mir inzwischen ziemlich sicher, jene Leute vor mir zu haben, die mich vor drei Tagen am Cooper Creek angegriffen hatten. Aber das war eine andere Geschichte.

Der Abo stieß ein paar Worte hervor, und der Rest der Gruppe erhob sich. Binnen Sekunden hatte ich die denkbar schlechtesten Karten. Weder Brahe noch seine beiden Gefährten hatten auf meine Bewegung reagiert, und so befanden sich zwischen mir und ihnen jetzt die acht Abos, die mich von unserem Lagerplatz abschirmten. Zumindest Brahe erkannte die Situation, konnte aber nichts mehr dagegen unternehmen, ohne möglicherweise einen Zwischenfall heraufzubeschwören. Dennoch beruhigte es mich etwas, als ich das metallische Klicken vernahm, mit dem die vier ihre Waffen spannten. Ich blieb vor meinem Wagen stehen und drehte mich um. Die schwarzen Gestalten bildeten einen respektvollen Halbkreis um mich. In den dunklen Gesichtern glänzten weiß die großen Augäpfel mit den ebenfalls dunklen Pupillen. Sie starrten mich unverwandt an. Von mir unbemerkt hatte die Zeit wieder ihren normalen Ablauf genommen, und der Lagerplatz war inzwischen in ein trübes Dämmerlicht getaucht. Ich wartete ab, in der Hoffnung, dass mir die Abos verständlich machen würden, was sie wollten. Doch nichts geschah. Sie starrten mich und den Wagen an. Ich ging einmal um ihn herum, ohne die bewegungslos dastehenden Gestalten aus den Augen zu lassen. Als ich wieder vor der Beifahrertür, wo ich meine Umkreisung begonnen hatte, angelangt war, hatte ich Zeit genug zum Nachdenken gehabt.

»Also hört zu, Jungs«, begann ich in der sicheren Gewissheit, dass sie kein Wort verstehen würden, »das hier ist wirklich etwas Gutes. Man kann damit fahren, muss sich nicht die Füße wundlaufen, außer ein bisschen Benzin braucht es auch keine Nahrung. Man sitzt bequem und schaut sich die Welt im Vorbeifahren an. Natürlich braucht man dazu einen Führerschein, aber glaubt mir, hier draußen wird euch keiner danach fragen.« Ich machte eine Pause und schaute in Gesichter wie aus Ebenholz geschnitzt. »Prima verarbeitet. Da passiert so schnell nichts«, und bei den letzten Worten haute ich aus Übermut mit der flachen Hand gegen die Beifahrertür, dass es nur so krachte. Die Abos wichen erschrocken ein paar Schritte zurück. »Habt doch nicht solche Angst. Das Ding beißt nicht.« Zur Bestätigung strich ich vorsichtig über die Motorhaube, als würde ich einen alten Hund streicheln. »Kommt her«, forderte ich sie auf, »versucht es nur selbst einmal.« Mit einer Handbewegung verdeutlichte ich meine Worte.

Zögernd kamen sie nach vorne, jederzeit zur Flucht oder zum Angriff bereit. Dann hob einer seinen Speer und stieß mit der steineren Spitze gegen das Blech. »Halt, halt«, rief ich, »so haben wir nicht gewettet. Das ist kein Tier, das ihr erlegen müsst.« Ich hob die Hände, um sie zurückzuhalten, strich dann wieder fast zärtlich über das Blech. »So geht das.«

Zuerst folgte der Wortführer meiner Aufforderung, doch so recht wohl war ihm dabei nicht. Er berührte das Blech des Wagen ganz kurz mit der Handfläche und zog sie sofort zurück. Als nichts Bedrohliches geschah und seine Hand unversehrt blieb, wurde er mutiger. Schließlich umringten alle acht den Wagen, befühlten die Karosserie, die Reifen und die Plane, die über die Ladefläche gespannt war. Ich stand daneben und verspürte Besitzerstolz. Auch die Haltung von Brahe und seinen drei Gefährten hatte sich entspannt. Perdy hatte Holz aufs Feuer gelegt, und die hochlodernden Flammen versprühten einen Funkenregen. Jonathan und Brahe standen zehn Meter von mir entfernt und beobachteten genau, was die Abos machten. Ab und zu flüsterten sie etwas, was ich aber nicht verstehen konnte. Die Abos waren immer noch damit beschäftigt, den Wagen, oder für was immer sie ihn hielten, in Augenschein zu nehmen. Dabei unterhielten sie sich unentwegt in ihrer unverständlichen Sprache.

»Hört mal zu, Jungs«, versuchte ich ihren Redeschwall zu unterbrechen, »ich dreh jetzt mal eine Runde für euch.

Mal sehen, wie euch das gefällt.« Als ich das ankündigte, musste ich vergessen haben, wo ich war, oder besser gesagt, in welcher Zeit ich war. Ich bedeutete den Abos, zurückzutreten und setzte mich hinters Lenkrad. Ich steckte den Zündschlüssel ins Schloss, trat die Kupplung und wartete, bis die Vorglühanzeige erloschen war. Dann startete ich den Motor. In meinem Blickfeld, ein, zwei Meter vor der Kühlerhaube, standen drei Abos. Kaum war der Motor in Gang gekommen sprangen sie zur Seite und danach ging alles blitzschnell. Etwas prallte gegen die Fahrertür, ich hörte Geschrei, kehlige Laute, dazwischen englische Worte, die ich auch nicht verstand. Weitere Gegenstände, Speere, wie sich im Nachhinein herausstellte, prallten gegen den Wagen. Ich stellte den Motor ab, doch zu spät. Brahe und Jonathan schrien sich die Kehle aus dem Leib und feuerten in die Luft. Ich sah, wie sie hinter den Abos her rannten, die in wilder Flucht im Unterholz verschwanden. Ich saß wie versteinert auf dem Fahrersitz und beobachtete die Szene, die wie in Zeitlupe vor mir ablief.

4

Als wenig später die Nacht hereingebrochen war, loderte unser Lagerfeuer hoch, doch die Dunkelheit ließ sich kaum ein paar Meter in den Busch zurückdrängen. Unsere Blicke huschten von einem zum anderen und dann wieder über den Lichtkreis hinaus, ohne in der schwarzen Nacht, die sich jenseits des Feuerscheins um uns gelegt hatte, etwas erkennen zu können. Nachdem die Abos im Busch verschwunden waren, hatten wir erst einmal genug damit zu tun gehabt, die Pferde und Kamele zu beruhigen, die, durch den Lärm aufgescheucht, ihrerseits alles dazu beigetragen hatten, das Chaos zu vergrößern. Die Kamele blökten und versuchten auf die Beine zu kommen, was ihnen, da ihre Vorderläufe aneinander gebunden waren, natürlich nicht gelang, und die Pferde zerrten an ihren Halftern, stiegen auf die Hinterhand oder schlugen nach allen Richtungen aus. Ein Wunder, dass sich keines der Tiere dabei verletzt hatte.

Als wir die Situation wieder einigermaßen im Griff hatten und versuchten, uns einen Reim auf das Erscheinen der Abos zu machen und möglicherweise auch zu ergründen, was uns erwartete, kam ich nicht umhin, den anderen mitzuteilen, dass ich wahrscheinlich schon einmal Kontakt mit dieser Gruppe Abos gehabt hatte. Auch, dass ich oder vielmehr mein Wagen von ihnen angegriffen worden war. Ich versuchte die ganze Sache zu verharmlosen, hauptsächlich um mich selbst zu beruhigen. Was konnten ein paar Abos, die sich auf dem Niveau besserer Steinzeitmenschen befanden, schon gegen uns ausrichten.

»Du solltest besser die Finger von deiner Lokomotive lassen«, stellte Brahe fest und stocherte mit einem Stock im Feuer herum. Keiner von uns hatte die Bohnen, die ich aus meinem Vorrat zur Aufbesserung der Reisportion geopfert hatte, so richtig genießen können. Als wir sicher waren, dass die Abos nicht so schnell zurückkommen würden, hatte jeder sein Essen wortkarg und hastig in sich hineingeschaufelt.

»Glaubt ihr, sie kommen wieder?«, fragte ich in die Runde, ohne auf Brahes Vorwurf einzugehen.

»Keine Ahnung, Doc«, stöhnte Patton vom Baum her. »Ist mir auch egal, solange du mir noch eine von deinen Pillen gibst.«

Ich nickte, und erst als ich aufstand, wurde mir klar, dass ich, um die Schmerztabletten zu holen, in die Dunkelheit musste. Zwar nur ein paar Meter hinüber zu meinem Wagen, doch selbst der war nur ein verschwommener heller Fleck, kaum vom Feuer beleuchtet. Wenn sich die Abos in ihrer lautlosen Art bis dorthin vorgearbeitet hatten, dann hätten wir sowieso keine Chance, ging es mir durch den Kopf. Ich nahm mein Gewehr und stand auf. Kaum war ich aus dem Lichtschein des Feuers herausgetreten, beschleunigte die Angst meine Schritte. Ich riss die

Beifahrertür auf und holte aus dem Erste-Hilfe-Kasten einen Streifen mit Schmerztabletten. Als ich mich umdrehte, um in die Sicherheit des Lagerfeuers zurückzukehren, auch wenn es eine recht trügerische war, wurde mir bewusst, dass der Feuerschein kilometerweit in der durch keinerlei Fremdlicht erhellten Landschaft zu sehen war. Ein hell strahlender Leuchtturm mitten in einer gottverlassenen Gegend. Aber die Abos würden uns auch finden, wenn wir kein Feuer hätten. Ich gab Patton die Tablette, der sie mit einem Schluck Tee herunterspülte.

»Die Schwarzen müssen deinen Wagen für ein absonderliches Tier halten. Sie haben wahrscheinlich schreckliche Angst davor«, meinte Jonathan, als ich mich wieder auf meinem Campingstuhl niedergelassen hatte. Er saß mit dem Rücken an eine leere Proviantkiste gelehnt mir gegenüber. Die Reflexe der Flammen zuckten über sein Gesicht und ließen die Schweißperlen auf seiner Haut glänzen.

»Klar«, stimmte ihm Perdy zu, »als sie zum erstenmal Kamele sahen, haben sie sich genauso angestellt.«

»Hoffentlich«, ergänzte Brahe nachdenklich, »kommen sie nicht auf den Gedanken, sie müssten das Tier töten, weil es irgendeine ihrer...« Er suchte nach einem Wort, gab es dann auf. »Na was immer sie glauben, verletzt.«

»Den Wagen zu töten, wird ihnen schwer fallen«, warf ich ein. »Da werden sie sich mit ihren Speeren, und was sie sonst noch haben mögen, die Zähne ausbeißen.« Ich steckte mir eine Zigarette an. Mein Vorsatz, mit dem mir verbleibenden Vorrat zu haushalten, hatte ich schon längst über Bord geworfen.

»Wollen wir das Beste hoffen.«

»Wieso?« Ich schaute Brahe erstaunt an.

»So dumm, wie du glaubst, sind die Schwarzen nicht«, erklärte er. »Du hast doch gesehen, wie sie deinen Wagen untersucht haben. Erst als du ihn...« Er suchte wieder nach einem Wort für einen Vorgang, der in dieser Zeit eigentlich nicht existieren durfte. Ich kam ihm zu Hilfe.

»...angelassen habe.«

»Angelassen? – Na, wie auch immer. Als das Tier von dir zum Leben erweckt wurde, da haben sie sofort angegriffen.«

»Und weiter?«

»Es ist nicht schwer, den Schluss zu ziehen, dass du Macht über das Tier hast. Das schaffen selbst die Wilden.«

»Wie ein Dompteur, meinst du?« Ich grinste ihn an, was er aber bestimmt nicht bemerkte.

»Wie ein Reiter über ein Pferd oder ein Kamel«, erklärte er von meinem Einwurf gänzlich unbeeindruckt. »Wenn du den Reiter tötest, dann ist das Pferd nichts mehr wert. Kapiert!«

»Du meinst.«

»Möglich ist es«, meldete sich jetzt Patton zu Wort, bei dem die Schmerztablette ihre Wirkung entfaltet zu haben schien. »Wenn die Schwarzen zu dem Schluss kommen, dass sie das Tier, deinen Wagen«, fügte er hinzu, als ob nicht jeder wüsste, was gemeint war, »töten oder unschädlich machen, indem sie dich, wahrscheinlich um sicher zu gehen, uns alle töten, dann kann es hier ziemlich unangenehm werden.«

»Was sollen wir also machen?«, wollte ich wissen, als ich den Kloß in meinem Hals mit einem Schluck Tee hinuntergespült hatte.

»Abhauen!«

Brahe blickte in Perdys Richtung, sagte aber nichts zu dessen Einwurf.

»Wäre vielleicht das Beste«, stimmte Jonathan zu. »Wir gehen zurück nach Menindee. Wir sind schon viel zu lange hier. Unsere Vorräte sind am Ende, und kein Mensch weiß, wo Wright bleibt. Er hätte schon vor Wochen mit dem Nachschub hier sein müssen.«

Ich hatte das Gefühl, diese Diskussion wurde nicht zum erstenmal geführt. In Anbetracht der Tatsache, dass diese vier Leute schon monatelang hier ausharrten, erstaunte es mich nicht.

»Genau«, pflichtete Patton bei. »Lange halte ich sowieso

nicht mehr durch. Ich brauche unbedingt einen Arzt.«
Dann fügte er noch mit einem Blick zu mir hinzu: »Entschuldigung, Doc. Deine Pillen sind gut, doch mein Fuß
wird davon nicht besser.«

Ich nickte bestätigend in seine Richtung. Er würde seinen Fuß auf jeden Fall verlieren, und ich versuchte mir
gar nicht die Prozedur der Amputation vorzustellen. Gab
es in dieser Zeit schon so etwas wie Narkose? Ich bezweifelte es.

»Und was ist mit Burke und den anderen da draußen?«,
fragte Brahe, aber es klang nicht so, als ob es ihm wirklich
ein Anliegen war.

»Die sind doch schon längst tot«, entgegnete Patton.
»Burke hat gesagt, drei Monate sollen wir warten. Die sind
längst vorbei. Also warum unser Leben riskieren?«

»King hat aber von vier Monaten gesprochen«, gab Jonathan zu bedenken.

»Und wenn schon«, widersprach Patton, »auch die sind
längst um. Und Lebensmittel hatten sie auch höchstens
für drei Monate. Glaub mir, die Wüste hat sie gefressen.
Sie sind wahrscheinlich noch nicht einmal bis zum Golf
gekommen.«

Nach dieser Bemerkung starrten alle betroffen ins
Feuer. Sollte dies zutreffen, dann bedeutete es einen kompletten Fehlschlag ihres Unternehmens. Wie Brahe schon
gesagt hatte, gab es für sie auch keine vernünftige Möglichkeit, den vier Vermissten zu Hilfe zu kommen. In dieser Wildnis konnten sie in einer Meile Entfernung aneinander vorbeilaufen, ohne auch nur das Geringste voneinander zu bemerken.

»Wenn wir von hier aufbrechen, dann verurteilen wir
Burke und die anderen wahrscheinlich zum Tode. Sie
haben bestimmt kaum noch Lebensmittel und brauchen
Hilfe, sobald sie hier sind.«

»Ja, sobald sie hier sind«, fiel ihm Patton ins Wort.
»Wenn sie überhaupt zurückkommen. Ich brauch aber
ganz bestimmt Hilfe und zwar schnell.«

Ein Argument, dem sich Brahe nicht verschließen konnte. »Wenn Wright eintrifft, dann ist auch der Arzt dabei«, versuchte er Patton zu beruhigen.

»Ja, wenn Wright...« murmelte Patton und ließ sich gegen den Baumstamm zurücksinken.

»Ja, was ist mit Wright?« Eine Frage, der deutlich anzuhören war, dass sie schon öfter gestellt worden sein musste.

»Ich habe keine Ahnung. Doch ohne Wright schaffen wir es nicht zurück bis Menindee. Auch unsere Vorräte sind fast erschöpft.« Brahe verstummte und begann die Glut aufzustochern. »Er müsste schon längst hier sein.«

»Das erzählst du uns nun schon seit Wochen«, fiel Perdy ein. »Und was ist? Nichts ist.«

»Kannst du mit deinem Wagen nicht nach Menindee und nachsehen, wo Wright bleibt?«, fragte Jonathan.

»Ja, genau, wenn das so ein tolles Gefährt ist, dann kannst du auch gleich Patton mitnehmen.«

Ich erklärte ihnen, wie schon Brahe vorher, warum das nicht ging. Es dauerte etwas länger, aber dann zeigte die Enttäuschung in ihren von dem niedergebrannten Lagerfeuer nur noch spärlich erhellten Gesichtern, dass sie verstanden hatten.

Perdy fluchte und spuckte in die Glut. »Aber wir müssen von hier weg. Das mit den Wilden kann nicht gut gehen. Sie werden uns bestimmt überfallen. Ich habe keine Lust, hier elend zu Grunde zu gehen.«

»Genau...«, keuchte Patton von seinem Lager herüber. Anscheinend tobte gerade wieder einmal der Schmerz durch sein Bein, denn der Rest dessen, was er sagen wollte, ging in einem Stöhnen unter.

Brahes Gesicht nahm einen harten Zug an, und er fixierte Perdy mit starrem Blick. »Wir bleiben noch hier. Morgen werden wir unsere Vorräte überprüfen.« Und mit einem Seitenblick auf mich. »Deine natürlich auch.«

Ich nickte. »Und was machen wir heute Nacht?«

»Wieso heute Nacht?«

»Was machen wir wegen der...?« Ich zögerte, wollte Abos sagen, doch da sich die anderen hartnäckig weigerten, sie so zu bezeichnen, passte ich mich ihren Gebräuchen an und nannte die Ureinwohner Wilde.

»Das Feuer hochhalten und Wache schieben«, meinte Jonathan lakonisch.

»Und hoffen, dass sie nichts im Schilde führen«, ergänzte Brahe.

»Glaubt ihr, das nützt etwas?«

»Nur wenn sie sich dadurch abschrecken lassen. Ansonsten...« Jonathan machte eine eindeutige Geste mit der Handkante am Hals entlang. Er stand auf und holte von dem ein paar Meter entfernt schon im Dunkeln liegenden Holzstapel einen Armvoll Äste, die er in die schon bedenklich kleinen Flammen legte. Kaum hatte das Feuer neue Nahrung erhalten, breitete sich der Lichtkreis wieder weiter in die Dunkelheit hinein aus. Ein paar Minuten starrten wir alle in die Nacht, doch wirklich erkennen konnte man nichts. Trotz der klaren Luft und den unzähligen, hell schimmernden Sternen – das Kreuz des Südens stellte sich bei seinem Weg über das Firmament schon langsam auf den Kopf – und einer schmalen Mondsichel über dem westlichen Horizont, herrschte jenseits des Feuerscheins undurchdringliche Finsternis. Außer dem Knacken der Äste im Feuer war kaum ein Geräusch zu hören. Die Abos, ging es mir durch den Kopf, würden bestimmt auch keins machen. Ab und zu hörte man von den Pferden ein Hufscharren oder ein Grunzen aus Richtung der Kamele.

»Also, dann teilen wir mal die Wache ein«, meinte Brahe. »Doc, du bist der Erste. Es ist jetzt« – er zog umständlich seine Taschenuhr aus der Jackentasche und hielt sie in den Lichtschein des Feuers – »zehn Uhr. Wir lösen uns alle zwei Stunden ab. Nach dir bin ich dran, dann Jonathan, und Perdy als letzter. Danach ist sowieso Zeit aufzustehen.«

»Ich schon wieder«, maulte Jonathan, »Keine vier Stunden Schlaf am Stück. Soll Perdy doch die dritte Wache übernehmen.«

»Morgen trifft es einen anderen. Heute bis du dran.«

Jonathan verzog sich an den Rand des Lichtkreises, dessen verschwimmende Grenze mit dem Auf- und Ablodern der Flammen wie Ebbe und Flut hin und her schwappte. Er wühlte sich in sein Bündel Decken, während Perdy etwas abseits, doch nicht sehr weit, geräuschvoll pinkelte. Ich schaute sehnsüchtig zu meinem Swag, der neben Patton unter dem Dig Tree lag. Brahe zog seine Pfeife aus der Jacke und steckte den Rest des Tabaks, der sich darin befand, mit dem glühenden Ende eines dünnen Zweiges an. Kurz darauf stiegen beißende Qualmwolken aus dem Pfeifenkopf. Ich blickte zum Sternenhimmel hinauf und konnte mich an dem klaren Band der Milchstraße nicht mehr erfreuen, wie noch vor ein paar Tagen. Den Sternen war egal, ob man das Jahr 1861 oder 2001 schrieb. So ziemlich allen, meine neuen Gefährten eingeschlossen, war wahrscheinlich egal, welches Jahr man schrieb. Mir nicht. So wie das Licht der Sterne, obwohl mit kaum vorstellbarer Geschwindigkeit, doch nur über lange Zeiträume durch die unendlichen Weiten zur Erde sickert, hatte auch die Tatsache, dass ich über hundert Jahre in der Vergangenheit gestrandet war, Zeit gebraucht, in mein Bewusstsein zu dringen. Doch jetzt, in diesem Moment vielleicht durch die verhaltene Auseinandersetzung über das, was weiter passieren sollte, war mir meine Lage endgültig klar geworden. Und es war keine Erkenntnis, die mir irgendeine Hoffnung ließ. Ich musste an Pattons Bein denken und den Stand der Medizin im neunzehnten Jahrhundert. Jede kleine Verletzung konnte mein Tod sein. Es gab keine Antibiotika, außer dem kleinen Vorrat, den ich bei mir hatte, dafür Seuchen jeder Art. Hatte ich überhaupt eine Chance zu überleben? Andererseits, konnte ich nicht zum Wohltäter der Menschheit werden? Ein neuer Nostradamus, nur im Unterschied zu diesem, würden meine Prophezeiungen nicht aus vagen, kaum entschlüsselbaren, mehrdeutigen Anspielungen bestehen. Ich könnte den Ausbruch des Krakatau vorhersagen, den Untergang der *Titanic* verhindern, den Ersten Weltkrieg, indem ich Franz Ferdinand vor Sarajewo warnte. Ich könnte Deutschland vor Hitler bewahren und Kennedy vor den Kugeln von Oswald. Mehr fiel mir im Moment nicht ein. Doch so ging es nicht. Wie würde die Welt aussehen, wenn die *Titanic* nicht sank und der Erste Weltkrieg nicht stattfand? Dies zu überlegen blieb noch Zeit genug. Zuerst musste ich selbst überleben, dann könnte ich an Leute denken, die in der Zukunft sterben würden und heute noch nicht einmal geboren waren.

Ich war von meiner Welt genauso abgeschnitten, als ob ich mich irgendwo da oben auf einem Planeten befände, der um einen der weit entfernten Fixsterne kreiste. Ich war noch nicht einmal in der Lage, mich selbst zu retten. Aber ich wusste, dass Brahe und seine Männer überleben würden. Zumindest hatten sie das nach der mir bekannten Geschichte. Doch damals, oder besser heute, hatten sie sich nicht den Zorn der Abos durch einen Toyota Landcruiser zugezogen. War alles, was ich über die Burke-Wills Expedition gelesen hatte, nicht bereits hinfällig geworden? Ich musste mir morgen den Bericht über die Expedition, der sich auf der Rückseite meiner Westprintkarte befand, noch einmal ansehen. Vielleicht stand da schon, dass Wright, als er schließlich zum Dig Tree kam, die Leichen von Brahe und seinen Männern, sowie die eines Unbekannten vorgefunden hatte. Dazu noch ein seltsames metallenes Objekt, mit dem niemand etwas anfangen konnte und das zu schwer war, um es mit zurück nach Menindee zu nehmen.

»Die Nächte hier draußen machen nachdenklich.« Brahe hatte fast geflüstert.

»Ja. Die Sterne sind so hell. Zum Greifen nahe, und die Welt ist so weit weg. Fast unerreichbar weit weg«, gab ich genauso leise zurück, um die Schlafenden nicht zu wecken.

»An was hast du gedacht?«

Es war die Frage aller Liebenden, hier so unpassend wie in jeder anderen Situation. Eine Frage, die man nicht beantworten kann, denn sonst würde man nicht denken, sondern sprechen. Ich versuchte es dennoch mit ein paar Gemeinplätzen, die einleuchtend erscheinen mussten.

»Hast du nicht auch manchmal das Gefühl, hier in der Einsamkeit vergeht überhaupt keine Zeit? Heute ist alles so wie gestern, und morgen wird so sein wie heute?«

»Ich hoffe nicht«, versuchte ich dem Gespräch seinen ernsthaften Charakter zu nehmen. »Ich könnte auf weitere Besuche der Wilden verzichten.«

»Da hast du Recht«, stimmte er mir zu. »Es wäre besser für uns.«

Was genau er damit meinte, war mir nicht klar. Brahe klopfte seine Pfeife aus und stand auf. Er ging zum Holzhaufen hinüber, nahm ein paar Äste und warf sie ins Feuer. Es dauerte nicht lange, dann schossen die Flammen in die Höhe.

»Hier ist meine Uhr. Weck mich um Mitternacht.«

Ich nahm die klobige Taschenuhr und steckte sie in meine Westentasche. Meine eigene Armbanduhr hatte ich zusammen mit den Karten im Handschuhfach versteckt, da ich nicht wusste, ob so ein Gerät in dieser Zeit schon existieren durfte. Und bei solchen Kleinigkeiten wollte ich mir endlose Erklärungen einfach sparen. Brahe verzog sich zu seinem Schlafplatz und ich klammerte mich an meinem Gewehr fest.

Die Zeit verging doch, wenn auch sehr langsam, bis es schließlich Mitternacht war. Ich weckte Brahe und verkroch mich in meinen Swag.

5

Drei Tage später verzehrten wir zum Frühstück die Reste meiner Vorräte. Zuerst hatte ich geplant, meine Nahrungsmittel einzuteilen und sie sparsam als Abwechslung des tristen Speiseplans einzusetzen. Aber einmal auf den Geschmack der Konserven gekommen, waren meine Gefährten nicht zu halten gewesen. In Anbetracht der Tatsachen, dass sie schon seit Wochen nichts annähernd so gut Schmeckendes mehr gehabt hatten, war es auch nicht verwunderlich, und was machte es schon aus, ob wir heute oder in zwei Wochen die letzte Dose Pfirsiche in uns hineinschlangen. Ab morgen wäre auch ich auf das angewiesen, was noch da war, oder was uns das Jagdglück bescherte. Nach dem Frühstück begaben sich Brahe, Jonathan und Perdy an ihre täglichen Verrichtungen, zu denen ich nicht viel beitragen konnte. Zwei Männer, Perdy und Jonathan, genügten vollauf, um die Gegend nach jagdbarem Wild zu durchstreifen, obwohl ihre Ausflüge in den Tagen nach meiner Ankunft nicht von Erfolg gekrönt waren. Brahe kümmerte sich um die Pferde und Kamele, wobei meine anfänglichen Versuche, ihm zur Hand zu gehen, unter den Tieren mehr Verwirrung gestiftet hatten, als eine Hilfe gewesen wären. So war mir die Aufgabe übertragen worden, zusammen mit Patton das Lager zu bewachen. Glücklicherweise hatten sich die Abos nach ihrem Besuch nicht mehr blicken lassen, und wir redeten uns jeden Abend, wenn sich die Nacht über den Busch senkte, ein, die Sache wäre ausgestanden. Wirklich überzeugt davon war aber keiner von uns. Ich saß meist neben Patton und achtete darauf, dass das Feuer nicht ausging. Sammelte Holz und hing meinen Gedanken nach, wenn ich nicht ein schleppendes Gespräch mit Patton führte. Sein Fuß wurde natürlich nicht besser, aber zumindest konnte ich noch keine Anzeichen von Wundfäule erkennen. Gewissenhaft erneuerte ich die feuchten Lappen, holte frisches Wasser und versuchte ihm Hoffnung zu machen. Aber man musste kein Hellseher sein, um seine Verzweiflung, die mit jedem Tag größer wurde, zu bemerken. Er hatte wahrscheinlich eine genaue Vorstellung davon, wie es um ihn stand.

»Was hast du eigentlich vor, wenn du zurück bist?«

Ich zuckte die Achseln und schaute Patton nachdenklich an. »Keine Ahnung«, meinte ich nach einer kurzen Pause nachdenklich.

»Gehst du nicht zurück nach England?«, wollte er wissen.

In dem Moment wurde ich wieder an mein Lügengebäude erinnert, und ich beeilte mich, seine Vermutung zu bestätigen.

»Kriegst du keinen Ärger, wenn du die Lokomotive nicht zurückbringst? Die ist doch bestimmt sehr wertvoll.«

Er konnte einem schon auf die Nerven gehen. Mein Netz der Unwahrheiten war viel zu grobmaschig gestrickt, als dass ich mir über solche, noch in weiter Ferne liegende Fragen Gedanken gemacht hätte. Eigentlich hatte ich mir die ganze Sache recht einfach vorgestellt. Den Off-Roader fahren, bis der Sprit alle war, dann irgendwo so gut wie möglich verstecken. Wenn er dann vielleicht in ein oder zwei Jahrzehnten, vielleicht noch später, wenn ich Glück hatte, gefunden würde, könnten sich die Leute noch genug wundern. Der Rest meiner Ausrüstung verschwände sowieso auf Nimmerwiedersehen in einem tiefen Grab, noch bevor wir von hier aufbrechen würden.

»Das schon«, stimmte ich Patton nachdenklich zu, »doch ohne Kraftstoff bewegt sich der Wagen nicht. Also werde ich ihn wohl zurück lassen müssen. Die Leute in England werden das sicher verstehen.« Dabei musste ich mir ein Grinsen verbeißen. Auch Patton schien nicht davon überzeugt zu sein, denn er schüttelte ungläubig den Kopf. Doch bevor er etwas sagen konnte und mich damit zu weiteren noch unwahrscheinlicheren Lügen zwang, versuchte ich den Spieß des Frage- und Antwortspiels umzudrehen. »Wie bist du eigentlich zu dieser Expedition ge-kommen?«

»Schätze genauso wie die anderen«, gab er lustlos zu-rück.

»Und wie war das?«, hakte ich nach.

»Naja, als Burke in Menindee ankam, hatte er Ärger mit seinen Leuten und musste ein paar von ihnen feuern. Ich bin dann zusammen mit Wright, wir beide waren Stock-men auf der Kinchega Station, von ihm angeheuert wor-den, um ihn hierher zu führen. Der Lohn war besser als auf der Station und deshalb habe ich nicht lange nachge-dacht. Inzwischen sieht das aber ganz anders aus.« Patton spuckte auf den Boden und nahm dann einen Schluck aus seinem Teebecher. »Wenn Brahe nur nicht so verrückt wäre. Er spekuliert noch immer auf den Ruhm und viel-leicht auch einen Teil der Prämie. Es ist Wahnsinn, hier weiter auszuharren. Burke und die anderen drei kommen nicht mehr zurück. Die haben die Dingos schon abge-nagt.«

»Sollte Wright nicht schon längst mit den restlichen Vorräten aus Menindee hier sein?«, brachte ich vorsichtig meine Kenntnisse über den Verlauf der Expedition in die Unterhaltung ein.

»Hör mir auf mit Wright«, meinte Patton abfällig. »Der sitzt bestimmt bequem in Menindee und macht sich einen schönen Tag. Er hätte schon längst hier sein müssen. Und ich bin der Angeschissene.« Dabei blickte er auf seinen Fuß und stieß einen leisen Fluch aus.

»Sag mal ehrlich Doc, meinst du, ich schaffe es?«

Ich schaute Patton lange an und wusste nicht, was ich antworten sollte. Schließlich versuchte ich ihn zu beruhi-gen. »Patton, du kannst mich ruhig Doc nennen, aber ich bin kein Arzt. Ich habe keine Ahnung, wie schlimm deine Verletzung wirklich ist, doch wenn du bis jetzt durchge-halten hast, dann wirst du es auch noch länger schaffen.« So hoffte ich zumindest.

»Brahe kann ja nicht ewig hier bleiben. Wir müssen

demnächst zurück nach Menindee. Ohne Lebensmittel gehen wir alle zugrunde. Es ist fraglich ob wir es überhaupt noch schaffen.«

Sie würden es nicht schaffen, doch bei Bulloo auf Wright treffen, der mit seiner Gruppe in ähnlichen Schwierigkeiten und insgesamt schon über zwei Monate unterwegs war. Ich redete Patton noch ein paar Minuten gut zu und ging dann hinunter zum Fluss, um frisches Wasser zur Kühlung seines Knöchels zu holen. Brahe war gerade dabei, die Kamele zu tränken. Während er sich mit den widerspenstigen Tieren abmühte, versuchte ich herauszufinden, was seine Pläne waren. Auch er war sich über die ziemlich ausweglose Situation im Klaren, doch hoffte er jeden Tag auf das Eintreffen von Wright. Bei dieser Gruppe, dem Tross sozusagen, wäre auch ein Arzt, der sich dann um Patton kümmern konnte.

»Ich weiß«, räumte er nachdenklich ein, »Patton würde am liebsten sofort aufbrechen. Jonathan und Perdy wahrscheinlich auch, doch was ist dann mit Burke, Wills, Gray und King?«

Ich antwortete darauf nichts, nahm den mit frischem Wasser, soweit man bei der lehmgelben Brühe überhaupt davon sprechen konnte, gefüllten Eimer und ging zurück zum Lager. Nachdem ich Pattons Bein wieder in feuchte Tücher gewickelt hatte, ging ich hinüber zu meinem Wagen. Ich öffnete vorsichtig das Handschuhfach und holte die Westprintkarte heraus. Nach Brahes Rechnung, und sie war die Einzige, die mir zur Verfügung stand, schrieben wir den vierzehnten April. Noch sieben Tage bis zum Aufbruch. In drei Tagen würde Gray am Lake Massacre sterben. Ich vergewisserte mich, dass Patton immer noch unter seinem Baum lag und auch von den anderen weit und breit nichts zu sehen war. Dann vertiefte ich mich in die Karte. Bis zum Lake Massacre waren es ungefähr einhundertzwanzig Kilometer. Selbst wenn die Tracks, die in der Karte verzeichnet waren, noch nicht existierten, musste es in zwei Tagen zu schaffen sein. Zumindest für meinen Off-Roader. Es war immer ein Rätsel geblieben, wie Burke, Wills und King diese Strecke nach all den Entbehrungen, die sie zu diesem Zeitpunkt schon hinter sich hatten, in nur vier Tagen hatten überbrücken können. Die gängige Theorie war, dass sich Burke bei seinen Tagebucheintragungen im Datum vertan hatte und erst sehr viel später als angegeben, nämlich erst Mitte Mai, in dem verlassenen Camp am Dig Tree angelangt war. Zu diesem Zeitpunkt waren Brahe und Wright schon längst auf ihrem Weg zurück nach Menindee, nachdem sie Anfang Mai noch einmal hierher gekommen waren und ihre Nachricht für Burke und seine Gruppe unberührt vorgefunden hatten. Was aber, wenn Burke sich nicht geirrt hatte und er zusammen mit seinen verbliebenen beiden Gefährten die Strecke nicht zu Fuß, sondern mit einem Off-Roader zurückgelegt hatten? Doch wenn sie erst am einundzwanzigsten zurückkämen, wäre es zu spät. Mir blieb in jedem Fall nicht mehr viel Zeit. Ich faltete die Karte zusammen und verstaute sie wieder im Handschuhfach.

Den Rest des Tages saß ich ziemlich einsilbig im Lager herum, während Brahe und Jonathan das Känguruh, das ihnen an diesem Morgen vor die Flinte gelaufen war, in einen Braten verwandelten. Das Fleisch war zäh und trocken, aber immerhin genießbar. Der Reis trug auch nicht viel dazu bei, das Mahl schmackhafter zu machen und meine Einsilbigkeit schien auf die anderen abzufärben. Einzelne Versuche, ein Gespräch in Gang zu bringen, scheiterten meist kläglich nach ein paar Sätzen. Schließlich saßen nur noch Brahe und ich am Feuer und starrten abwechselnd in die Flammen und zum Himmel hinauf. Ich hatte mir den ganzen Nachmittag überlegt, wie ihm auf unverdächtige Weise beizubringen wäre, wo er Burke und seine Leute treffen konnte. Aber schon meine vorsichtigen Andeutungen, einen Rettungstrupp auszusenden, hatte er kategorisch mit dem Hinweis auf die Wilden und der Aussichtslosigkeit eines solchen Unterfangens abgelehnt. Natürlich hatte er von seinem Kenntnisstand her Recht. Er wusste ja nicht, dass Burke nur einhundertzwanzig Kilometer entfernt um sein Leben kämpfte. Und es war auch keine gute Idee, seine Gruppe, die aus drei Männern und einem Verletzten, der sich kaum ohne Hilfe bewegen konnte, noch angreifbarer zu machen, indem er sie aufteilte.

»Wie kommst du darauf, dass Burke irgendwo da draußen ist?«, fragte Brahe unvermittelt.

Ich zuckte zusammen. Es vergingen ein paar Sekunden, bis ich mir eine Antwort, die nicht besonders originell war, zurecht gelegt hatte. »Es ist ein Gefühl«, gab ich zurück. »Kennst du das nicht? Man ist sich einer Sache sicher, ohne zu wissen warum.«

»Das mag ganz interessant sein, wenn du in Melbourne bist, aber hier draußen kann das leicht ins Auge gehen. Auf Gefühle sollte man hier nichts geben. Ich habe schon genug Männer sterben sehen, weil sie auf ihr Gefühl vertrauten und im Kreis herumgelaufen sind, bis sie verdurstet waren«, meinte Brahe lakonisch.

»Nun, ich konnte mich immer auf mein Gefühl verlassen«, unternahm ich einen halbherzigen Versuch, ihn doch noch für meinen Plan zu gewinnen.

Mit einer ruckartigen Bewegung wandte er mir sein Gesicht zu. Die eine Hälfte schien im Licht der Flammen ein eigenartiges Eigenleben zu führen, während die andere im Schatten der Nacht lag. »Und wann hat dir dein Gefühl gesagt, dass du nicht mehr genug...« – er suchte nach einem Wort, fand es aber nicht – »nicht mehr genug Zeug für deine Lokomotive hast?«

Ich hätte ihm eine reinschlagen mögen. Aber natürlich hatte er Recht. Ich redete hier groß von Vorahnungen, versuchte ihn, zumindest aus seiner Warte, in ein risikovolles Abenteuer zu treiben, und war doch selbst nur ein Gestrandeter. Wie genau dies allerdings zutraf, ahnte Brahe noch nicht einmal. »Schon gut«, lenkte ich ein, »du hast ja Recht.«

»War auch nicht so gemeint, aber mir scheint, du hast nicht viel Erfahrung hier draußen. Mich wundert, wie du bis jetzt so gut durchgekommen bist. Von Sydney bis hierher. War bestimmt nicht einfach.«

Neben der unüberhörbaren Aufforderung, jetzt endlich mehr über meine Reise durch das Innere Australiens preiszugeben, glaubte ich auch ein deutliches Misstrauen in seiner Stimme zu erkennen. »Nein, einfach war es nicht, doch längst nicht so schwer wie euer Weg«, versuchte ich den Ball wieder Brahe zuzuspielen, doch er ging nicht darauf ein. Wenn er nicht kurz danach aufgestanden wäre, hätte ich ihm die Wahrheit gesagt. Doch er verabschiedete sich mit einem kurzen Kopfnicken, gab mir wieder seine Uhr und die Anweisung, Jonathan nach zwei Stunden zu wecken. Wir waren uns immer noch nicht sicher, was die Abos betraf. Ich nickte und lauschte auf das Rascheln im Gebüsch, dann das Plätschern eines Wasserstroms, der aus Brahes Körper auf den knochentrockenen Boden prasselte. Patton bewegte sich im Halbschlaf und stöhnte. Irgendwo krächzte ein Kakadu. Das beständige Scharren der Pferdehufe nahm ich schon gar nicht mehr wahr. Ich legte ein Stück Holz aufs Feuer und schlug den Kragen meiner Daunenweste hoch. Die Nacht begann kalt zu werden. Ich sank immer tiefer in meinen Stuhl und blickte zu den Sternen hinauf. Was kümmerte es das Universum, ob auf einem kleinen Planeten am Rande einer unbedeutenden Galaxis drei Menschen lebten oder starben? Es ist schlichtweg lächerlich zu glauben, dieser Umstand hätte irgendeinen Einfluss auf ein so großes Gebilde wie das Universum. Dass dem nicht so sein konnte, zeigte schon meine Anwesenheit hier. Auch dies durfte eigentlich nicht sein und war doch so. Ich beschloss, dass das Universum, das Schicksal oder auch die Geschichte mich mal konnte. Als ich nach zwei Stunden Jonathan weckte, hatte ich mir einen Plan zurecht gelegt, der funktionieren könnte.

6

»Das ist doch sinnlos und außerdem noch viel zu gefährlich«, war Brahes Kommentar, als ich ihm am nächsten
Morgen mein Vorhaben erklärt hatte. »Allein hast du hier
draußen keine Chance.«

»Ich bin nicht allein«, gab ich ebenso bestimmt zurück.
»Ich habe meinen Wagen...«

»Blödsinn«, warf Brahe ein.

»Vergiss nicht, dass ich gut damit zurecht gekommen
bin«, brachte ich meine eigene Lügengeschichte wieder
ins Spiel.

»Sooo?« Er dehnte das Wort, und es drückte jetzt den
ganzen Unglauben an meinen Erzählungen aus, auch
wenn er weit davon entfernt war, sich irgendeine andere
Begründung für mein Hiersein vorstellen zu können.

»Was soll das bringen?«, stellte sich Perdy auf die Seite
des Chefs hier im Camp. Jonathan nickte und Patton wartete ab. Von ihm wusste ich ja, dass er Brahe nicht allzu
viel Sympathie entgegen brachte. Wahrscheinlich nicht
erst seit seiner Verletzung.

»Für euch ändert sich doch überhaupt nichts«, versuchte ich ihnen klar zu machen. »Wenn ich nicht hier
wäre, dann wäre die Lage für euch die gleiche. Was ändert
es also, wenn ich mit meinem Wagen losfahre und versuche, Burke zu finden?«

»Nun«, meinte Brahe, »wenn du nicht hier wärest, dann
hätten wir nicht die Wilden auf dem Hals. Dein Wagen
hat sie ziemlich aufgebracht. Ich weiß nicht, ob die Sache
schon ausgestanden ist. Ehrlich gesagt traue ich dem Frieden nicht so recht.« Die anderen drei nickten zustimmend.

»Ein Gewehr mehr ist immer gut«, ließ sich Perdy vernehmen.

»Nehmen wir einmal an«, und dabei konnte ich mir ein
Grinsen nicht verkneifen, »die Wilden kommen wirklich
zurück. Dann ist das Tier nicht mehr hier, also werden sie
euch nichts tun, klar?«

Die drei blickten mich erstaunt an, und es dauerte etwas, bis ihnen die Logik dessen, was ich gesagt hatte, aufging.

»Das stimmt schon«, erklärte Brahe nachdenklich, »doch was ist, wenn sie uns trotzdem angreifen, weil sie einfach nicht so weit denken können?«

»Dann müsst ihr euch halt verteidigen«, stellte ich lapidar fest, denn ich hatte eigentlich erwartet, sie wären von meinem Vorhaben begeistert. Ich hatte beim Frühstück angekündigt, dass ich auf eigene Faust losfahren wollte, um Burke zu suchen, da ich sicher wäre, er befände sich schon irgendwo in der Nähe.

»Dein Gefühl... ist es nicht so?« Brahe sah mich durchdringend an.

»Ja, mein Gefühl«, gab ich zurück.

»Und wenn du nicht mehr zurück kommst? Was ist, wenn Burke inzwischen hier eintrifft? Wir können nicht auf dich warten.«

»Das verlangt ja auch niemand«, beruhigte ich ihn. »Ich werde nicht länger als vier Tage wegbleiben. Dann bin ich wieder zurück. Mit oder ohne Burke.« Ich hatte mir die Sache genau ausgerechnet. Bis zum Lake Massacre bräuchte ich zwei Tage. Dort war die einzig gesicherte Stelle, wo ich Burke und seine Männer treffen konnte. Es war traurig genug, dass für Gray jede Hilfe zu spät käme, aber die anderen drei konnte ich retten. Zwei Tage zurück, dann wäre ich spätestens am zwanzigsten April wieder im Camp. Einen Tag bevor Brahe, der das natürlich noch nicht wusste, aufbrechen würde. »Wann wollt ihr von hier weg?« Es war das erste Mal, dass dieser Punkt offen angesprochen wurde. Jonathan und Perdy schauten mich an, während Pattons Blick zu Brahe ging. Dann schauten wir alle erwartungsvoll auf Brahe.

»Nun«, begann dieser nach einer endlos erscheinenden Pause, »ich denke, Wright...«

»Rechne doch nicht mit Wright«, unterbrach ihn Patton ungehalten.

Brahes Kopf zuckte in Pattons Richtung, doch bevor er eine harsche Antwort geben konnte, schien ihm wieder bewusst zu werden, was der Mann in den letzten zwei Wochen für Schmerzen gelitten hatte.

»Ich glaube nicht, dass Wright noch kommt«, erklärte Jonathan und fügte dann hinzu, »irgendetwas muss da passiert sein, sonst wäre er schon längst hier. Ich bin auch der Meinung, wir sollten nach Menindee zurück, solange wir noch eine Chance haben, dorthin zu kommen.«

Es hatte den Anschein, als ob sich damit die Waage in Brahes Überlegungen endgültig nach einer Seite neigen würde. Halbherzig gab er zu bedenken: »Und was ist, wenn Burke hierher kommt?«

»Glaubst du wirklich daran?« Pattons Stimme merkte man die Verachtung über das Festhalten an dieser vagen Hoffnung deutlich an.

»Er ist immerhin der Leiter dieser Expedition, und ich habe einen eindeutigen Auftrag.« Es war ein Rückzugs- gefecht, was Brahe hier führte.

»Drei Monate hat er gesagt. Und wie lange warten wir jetzt schon auf ihn?« Patton blickte die anderen auffor- dernd an.

»Über vier«, stellte Jonathan fest.

»Und für wie lange hatte er Lebensmittel dabei?« Patton ließ nicht locker.

»Drei Monate, bestenfalls«, führte Jonathan das Frage- und Antwortspiel fort.

»Eher weniger«, bemerkte Patton lakonisch. »Er hat da- rauf vertraut, dass sie sich zu einem Teil von ihren Jagd- künsten ernähren können. Wie es darum bestellt ist, wis- sen wir ja inzwischen zur Genüge. In diesem verdammten Land gibt es kein vernünftiges Wild.«

»Vielleicht oben an der Küste«, gab Brahe zu bedenken.

»Vielleicht, wenn er die überhaupt erreicht hat«, Patton schien nicht bereit, nachzugeben.

»Leute«, schaltete ich mich in die an Schärfe zuneh- mende Diskussion ein, »Leute, das hat doch alles nichts mit meinem Vorhaben zu tun. Also, Brahe, wann willst du nach Menindee aufbrechen?«

Nun war wohl oder übel die Entscheidung fällig, die er schon so lange vor sich hergeschoben hatte. Es war die Entscheidung zwischen den drei Männern hier und seiner Pflicht gegenüber Burke. Er war intelligent genug, um zu erkennen, dass er zumindest Pattons Leben, wenn nicht auch das aller anderen, seines eingeschlossen, aufs Spiel setzte, wenn er noch länger auf Burke wartete. Die Ankunft von Wright war mehr als unwahrscheinlich. Natürlich hätte ich ihm sagen können, dass auch Wright nicht mehr allzuweit entfernt war, doch was hätte das geholfen? Wenn ich Burke und seine zwei noch lebenden Begleiter erst einmal hier ins Lager gebracht hätte, würde die Sache schon ganz anders aussehen.

»Wie lange wirst du unterwegs sein?«, richtete Brahe die Frage an mich.

»Vier Tage, mehr Sprit habe ich nicht für den Wagen. Ich bin spätestens am neunzehnten wieder zurück.«

»Gut«, meinte Brahe. »Dann werden wir sofort nach deiner Rückkehr aufbrechen und versuchen, Menindee zu erreichen. Vielleicht stoßen wir unterwegs auch auf Wright und seine Gruppe mit dem Proviant.«

»Wir brechen auf, ob der Doc die anderen findet oder nicht«, vergewisserte sich Patton noch einmal. Es war halb Frage, halb Feststellung. Brahe nickte.

»Also ist jetzt alles klar?« Ich schaute in die Runde und erntete ein zustimmendes Nicken von allen.

Die Vorbereitungen für meine Abfahrt dauerten knapp eine Stunde. Zuerst leerte ich die beiden Kanister in den Tank, was die Anzeige fast auf dreiviertelvoll brachte, dann ließ ich Jonathan und Perdy die Kanister sorgfältig im Fluss auswaschen und mit Wasser füllen. Davon konnte man nie genug dabei haben. Mit meinen beiden Wasserkanistern hatte ich jetzt achtzig Liter zur Verfügung. Dann nahm ich an Lebensmitteln mit, was die vier entbehren konnten. Viel war es nicht, aber ich musste die Männer ja nur bis zum Lager bringen. Einen Sack Reis, ungefähr zehn Pfund, ein Großteil des Schiffszwiebacks und einen Liter Öl. Ich spannte die Plane über die Ladefläche des Pickup, legte mein Gewehr und die zusätzliche Munition auf den Beifahrersitz und setzte mich hinters Steuer. Als ich losfahren wollte, trat Brahe an die Beifahrertür und steckte den Kopf herein. Im Rahmen steckten noch ein paar Glassplitter, die von der Attacke der Abos zeugten.

»Soll ich nicht besser mitkommen?«

Ich schüttelte den Kopf. »Du hast doch selbst gute Gründe genannt, warum man die Gruppe nicht aufteilen soll. Bleib hier und halte die Stellung.«

»Wenn du meinst...«

Es war nicht zu erkennen, ob er ob meiner Zurückweisung glücklich war, oder wirklich lieber mitgekommen wäre.

»Halt, fast hätte ich noch etwas vergessen.« Ich griff in den Verbandskasten und nahm den Aluminiumstreifen mit den restlichen Schmerztabletten heraus. »Hier sind die Pillen für Patton. Jeden Tag nur zwei. Morgens eine und eine nachmittags. Gib ihm nicht mehr, auch wenn er darum betteln sollte. Sie reichen sowieso nur noch ein paar Tage. Mehr habe ich nicht. Dann muss es ohne gehen. Und jetzt, viel Glück!«

»Viel Glück«, gab er zurück und zog den Kopf aus dem Rahmen. Dann begab er sich in respektvollem Abstand zum Wagen, und ich ließ den Motor an. Den Weg zurück, dort wo eigentlich Innamincka Station sein sollte, kannte ich ja schon. Nach dreißig Kilometern und zwei Stunden mühseligem Vorwärtstasten durch ein Gelände, das zu diesem Zeitpunkt absolut unerschlossen war, befand ich mich wieder dort, wo ich vor ein paar Tagen die Gewissheit erhalten hatte, ein Gestrandeter zu sein. Dieser erste Abschnitt meiner Fahrt war nicht so gut verlaufen, wie ich gehofft, aber wesentlich besser, als ich befürchtet hatte.

Ich fuhr zum Cooper Creek hinunter und hielt an. Widerstrebend stellte ich den Motor ab und versuchte die irrationale Angst in mir zu bekämpfen, dass er vielleicht nicht mehr anspringen würde. Doch ihn laufenzulassen wäre absolute Spritverschwendung. Ich nahm die Karte aus dem Handschuhfach. Dann stieg ich erst einmal aus und sah mich genau um. Die Sonne brannte vom Himmel herab, mein Hemd war schweißnass und die Fliegen krabbelten mir in Ohren und Nase. Weit und breit war nichts zu sehen. Kein schwarzes Gesicht lugte aus dem Buschwerk hervor, was auch nicht zu erwarten gewesen war. Wenn, dann würde ich den Speer erst bemerken, wenn er mich traf. Ein Gedanke, der mich nicht gerade beruhigte. Ich musste irgendwie über den Cooper Creek kommen. In einer anderen Zeit gab es an dieser Stelle eine einfache Holzbrücke, doch bis dahin würden noch ein paar Jährchen vergehen. Ich kletterte zum Flussufer hinab. Gut möglich, dass mein großartiger Rettungsplan schon hier scheiterte. Ich hatte zwar einige Erfahrung im Durchqueren von Flüssen, doch mehr als einen Meter fünfzig Wassertiefe konnte ich meinem Wagen nicht zumuten und auch das würde schon schwierig genug werden. Außerdem musste ich wissen, wie der Untergrund beschaffen war. Ich musterte die gegenüberliegende Uferböschung. Sie war nicht zu steil. Das wäre kein Problem. Auch auf meiner Seite hätte ich keine Schwierigkeiten, den Wagen ins Wasser zu bringen. Also blieb nur noch die Frage nach Untergrund und Tiefe. Ich zog meine Schuhe und Strümpfe aus und stieg die nicht allzu steile Böschung hinab. In Gedanken suchte ich mir schon einen Weg, wie ich dies mit dem Wagen am Besten bewältigen könnte. Ein paar Minuten später, nachdem ich kaum mehr als drei Meter in den Fluss gewatet war, hatte sich diese Frage erledigt. Das Flussbett war so schlammig, dass ich sofort bis zu den Knien darin versank. Es wäre aussichtslos zu versuchen, ein gut zwei Tonnen schweres Gefährt hindurchfahren zu wollen. Ich stapfte fluchend zurück ans Ufer.

Ich vertiefte mich nochmals in die Karte. Ein Stück weiter flussabwärts teilte sich der Cooper Creek in zwei Arme, die sich nach knapp einem Kilometer wieder vereinigten. Vielleicht war diese Stelle besser geeignet. Auf den ersten Blick war sie es auch, wie ich bei meiner Ankunft nach einer weiteren halben Stunde Quälerei durch den Busch feststellen konnte. Das Wasser schien flach, und der Untergrund war felsig. Ich hielt kurz auf der Uferböschung an und studierte den Flusslauf. Auch auf den zweiten Blick sah ich nichts, was mir und meinem Wagen Probleme bereiten könnte. Die Böschung fiel nicht allzu steil ab, die Wassertiefe betrug kaum einen Meter und das Flussbett bestand aus Geröll. Vorsichtig ließ ich den Wagen zum Fluss hinunterrollen und lenkte ihn ins Wasser. Selbst an der tiefsten Stelle reichte es kaum bis zur Motorhaube und die Durchquerung des Cooper Creek erwies sich als Kinderspiel. Etwas kritisch war nur die Ausfahrt auf der gegenüberliegenden Seite, doch mit aufheulendem Motor pflügte ich mich durch den nicht allzu tiefen, feuchten Sand und stand schließlich sicher am anderen Ufer. Ich konnte nur hoffen, dass die Durchquerung des anderen Arms des Cooper Creeks genauso problemlos verlaufen würde. Nach gut zwanzig Minuten wusste ich, dass dem nicht so war. Ich stand vor einer flachen Sandbank und studierte verdrossen das andere Ufer. Der Fluss selbst war nicht das Problem, sondern auf der anderen Seite wieder herauszukommen. Die Böschung stieg steil an, nicht sehr hoch, aber hoch genug, um mir wenig Hoffnung zu lassen. Ich ließ den Wagen stehen und folgte dem Flusslauf auf der Suche nach einer besseren Stelle. Nach einer halben Stunde hatte ich das gesamte Ufer unterhalb der umschlossenen Landzunge abgelaufen. Ich konnte umkehren, dem Cooper Creek weiter Richtung Westen folgen und hoffen, eine bessere Stelle zu finden, doch das würde mich erstens immer weiter von meinem Ziel entfernen und es zweitens noch schwerer machen in einer Gegend, die keine Wegweiser kannte, mein eigentliches

Ziel, den Lake Massacre, zu finden. Nein, ich durfte nicht zu weit von der Route, die Burke und seine Begleiter nehmen würden, abkommen. Also blieb nur noch die andere Möglichkeit, die mich auch nicht gerade in Begeisterung versetzte. Ein Stück weiter unten, nachdem sich die beiden Flussarme schon wieder vereinigt hatten, war vor wer weiß wie langer Zeit durch Hochwasser während eines Regengusses eine Ausspülung in der Böschung entstanden. Zwar hatte ich sie mir bis jetzt erst durch das Fernglas angesehen, trotzdem erschien es mir nicht unmöglich, dort aus dem Fluss herauszukommen. Dazu musste ich aber ein ganzes Stück im Flussbett entlangfahren. Ich beschloss, mir die Sache genauer anzusehen. Auf die Abos verschwendete ich kaum noch einen Gedanken. Ich war viel zu beschäftigt, meinen Rettungsplan umzusetzen, der schon nach ein paar Stunden auf fast unüberwindliche Schwierigkeiten gestoßen war. Ich hatte eigentlich gedacht, am ersten Tag gut die Hälfte der Strecke zurücklegen zu können, doch davon konnte jetzt keine Rede mehr sein. Die Sonne hatte den nördlichsten Punkt ihrer Bahn schon längst passiert und sank langsam aber stetig den Baumwipfeln entgegen. Ich warf die Zigarettenkippe in den Fluss und fuhr los. Der Toyota holperte über die Steine im Flussbett, einmal hinterließ ich einen weißen Lackstreifen, als der Wagen in eine Auswaschung rutschte und mit dem rechten Kotflügel an einem Felsen entlangschrappte, und dann lag die Auswaschung vor mir. Es war eine zerfurchte, steile Rampe, die ich hinauf musste, und ich hatte keinen Platz, um Anlauf zu nehmen. Ich zögerte einen Moment, vergewisserte mich, dass sich der Vierradantrieb in Low Four befand und gab Gas. Ich musste im Winkel von neunzig Grad aus dem Flussbett abbiegen um die Böschung hinaufzukommen, doch ich hatte den Wendekreis des Off-Roaders unterschätzt. Fluchend legte ich den Rückwärtsgang ein, um ein Stück zurückzusetzen und die Kurve im zweiten Anlauf zu nehmen. Gerade als ich genug Platz für das Wendemanöver gewonnen hatte, sackte der Wagen hinten weg, und die Vorderräder drehten freischwebend durch. In einer ersten, panischen Reaktion gab ich Gas, und der Motor heulte auf, ohne dass sich der Wagen auch nur ein Stück bewegte. Ich hörte, wie die hinteren Räder sich in den sandigen Untergrund wühlten, und sah, wie das Wasser von den Vorderrädern hochspritzte. Der Toyota bewegte sich kein Stück. Nachdem das Zittern in meinen Händen etwas nachgelassen hatte, stieg ich aus. Knietief im Wasser watend, schaute ich mir die Bescherung an. Die Hinterräder waren über einen Felssockel im Flussbett in eine Sandkuhle gerutscht und die Vorderräder schwebten gut zwanzig Zentimeter frei über dem Boden. Da half auch der Vierradantrieb nichts mehr, zumal der Wagen kurz vor der Hinterachse auf der Felskante auflag. Ich steckte mir eine Zigarette an, und auf einmal waren, ich wusste selbst nicht warum, die Abos wieder ein Thema. Vielleicht weil ich im Moment absolut hilflos hier festsaß. In diesem Moment bereute ich, Brahes Angebot, mich zu begleiten, nicht angenommen zu haben.

Nachdem die erste Wut und mehr als nur ein bisschen Verzweiflung von der praktischen Vernunft überwunden waren, machte ich mir Gedanken, wie ich aus dieser Lage herauskommen könnte. Die einzige Chance war die Winde. Ich stieg die Auswaschung hinauf und schaute mich nach einem passenden Baum um, an dem ich das Stahlseil verankern konnte. Einen Baum fand ich zwar nicht, aber einen Termitenhügel. Eigentlich nicht das Ideale, aber vielleicht hatte ich Glück, und der poröse Bau hielt lange genug, damit ich mich sozusagen am eigenen Schopf aus dem Dreck ziehen konnte. Ich rollte das Seil von der hinter der vorderen Stoßstange befindlichen Winde ab, schlang es um den Fuß des Termitenhügels und hoffte das Beste. Das Drahtseil nahm eine beachtliche Spannung an, doch der Wagen bewegte sich keinen Meter, schlimmer noch, er geriet ins Schaukeln. Ich hatte keine Ahnung, wie viel Kilopond Zug das Seil aushielt. Ich warf einen Blick auf die Hinterräder. Auch sie hingen jetzt frei und der Wagen balancierte auf dem Rahmen kurz vor der Hinterachse. Ich arretierte die Winde und die Pendelbewegung hörte auf. Lange durfte dieser Zustand allerdings nicht anhalten, da schon abzusehen war, dass der Rahmen diese Belastung nicht endlos ertragen würde. Ich suchte hektisch nach Steinen, die es glücklicherweise in ausreichenden Mengen und allen Größen im Flussbett gab. Mit denen unterfütterte ich die Hinterräder so gut wie möglich und nahm dann die Spannung vom Windenseil. Knirschend setzten sich die Reifen auf die Steine und drückten sie in den weichen Sand. Nicht viel, aber etwas war gewonnen. Ich wiederholte die ganze Aktion. Spannung auf das Windenseil, der Wagen kam hinten ein Stück hoch, Steine unterfüttern, dann das Seil so weit lösen, bis die Hinterräder aufsaßen. Schließlich, nachdem ich diese Prozedur mehrmals wiederholt hatte, hatten die Vorderräder wieder Bodenkontakt und der Wagen selbst eine minimale Bodenfreiheit. Ich startete einen weiteren Versuch, ihn mittels der Winde freizubekommen, der fehlschlug. Der Flusslauf lag inzwischen im tiefen Schatten und die Sonne war nur noch ein rötlicher Ball, der zwischen dem Buschwerk oberhalb der Böschung hindurch schimmerte. Wenn ich nicht die Nacht hier im Fluss zubringen wollte, dann war es jetzt an der Zeit, alles auf eine Karte zu setzen. Ich holte zuerst das Windenseil ein, das sich schon tief in den Termitenhügel gegraben hatte und ihn beim nächsten Versuch bestimmt abgeschert hätte, dann setzte ich mich hinters Steuer. Der Motor heulte auf, die Räder drehten durch, dann machte der Wagen einen Satz nach vorne. Ich blieb weiter auf dem Gaspedal stehen und der Toyota schaffte ächzend und nach allen Seiten bockend die Steigung. Bevor ich gegen den Termitenhügel knallte, dachte ich noch: geschafft. Dann bohrte sich die Stoßstange in das poröse Gebilde und stieß es um. Zum Glück war nicht mehr viel da, was dem Wagen hätte Widerstand bieten können und so ging der Zusammenstoß für meinen Off-Roader ziemlich glimpflich ab. Ich suchte mir einen einigermaßen passablen Lagerplatz und nutzte das letzte Tageslicht, um Feuerholz zu sammeln. Das Bier in den Dosen, die ich aus ihrem Versteck holte, war brühwarm, tat aber seine Wirkung.

7

Nach einer schrecklichen Nacht, in der ich kaum Schlaf fand und immer wieder auffuhr, mein Gewehr umklammerte und in die Nacht hinausstarrte, brach schließlich der Morgen mit den üblichen Geräuschen der Tierwelt an. Ich ging zum Fluss hinunter, um Wasser zu holen, da ich keinen Tropfen meines Vorrats vergeuden wollte, solange mir noch der Cooper Creek zur Verfügung stand. Das Sonnenlicht glitzerte auf dem Wasser, und es wäre ein wunderschöner Tag gewesen, wenn es ein Tag 140 Jahre in der Zukunft gewesen wäre. Aber das wagte ich schon nicht mehr zu hoffen. Dort, wo ich die Bierdosen vor den ungläubigen Blicken von Brahe und seinen Männern versteckt hatte, befand sich auch ein Glas mit löslichem Kaffee. Ich gönnte mir zwei Tassen und zwang mich, ein paar Scheiben Zwieback dazu zu essen. Mein Hunger hielt sich in Grenzen, und Appetit hatte ich schon gar nicht. Außerdem musste ich mich beeilen, soweit das überhaupt möglich war. Bevor ich losfuhr, nahm ich mir aber die Zeit, den Off-Roader bei Tageslicht noch einmal genau zu überprüfen. Meine Gewaltaktion am gestrigen Tage schien außer ein paar Kratzern und Dellen keine schwerwiegenden Schäden nach sich gezogen zu haben. Ich überprüfte, ob das Windenseil ordentlich aufgerollt war, und untersuchte die Reifen nach etwaigen Beschädigungen. Besser, sie jetzt zu finden, als später mit einem total ruinierten Reifen festzusitzen, zumal ich nur noch über einen Reservereifen verfügte. Dann brach ich auf. Ich folgte in groben Zügen, allerdings auch in großem Abstand, dem nördlichen Ufer des Cooper Creek. Je weiter ich mich vom Fluss entfernt hielt, desto einfacher war das Vorankommen, da kaum noch Vegetation meinen Weg durch die Sturt Stony Desert behinderte. Allerdings wuchs damit auch die Gefahr, Burke zu verpassen, denn der würde sich so nahe am Fluss halten wie möglich. Wenn das, was ich über die Expedition wusste, nicht den Tatsachen entsprach, oder Brahe sich mit seiner Zeitrechnung nur um ein oder zwei Tage vertan hatte, dann war mein Unternehmen zum Scheitern verurteilt. Doch daran wollte ich überhaupt nicht denken.

Am Abend hatte ich knapp sechzig Kilometer geschafft und nach meiner Zeitrechnung schrieben wir den sechzehnten April 1861. Bis zum Lake Massacre waren es noch ungefähr 40 Kilometer. Gray würde morgen an dem ausgetrockneten Salzsee von seinen Gefährten begraben werden. Es waren die gleichen Sterne, die in dieser Nacht auf mich, Brahe und seine Leute und auf Burke, Wills, Gray und King herabschienen, doch ich hielt die Fäden des Schicksals für alle anderen in der Hand. Ich war auf einmal zum Herrn über Leben und Tod geworden und fühlte mich gar nicht gut dabei. Einen Mann, Gray, hatte ich durch mein Zögern schon zum Tode verurteilt. Wie war es mit den anderen? Vielleicht hielt ich, ohne mir dessen bewusst zu sein, nur die Fäden meines eigenen Schicksals in den Händen. Viele Autoren haben Zeit und Mühe darauf verwendet, zu beweisen, dass eben das, was ich gerade zu tun versuchte, unmöglich war. Habe ich mit meinem Versuch, Burke und seine Gefährten zu retten, mein Todesurteil unterschrieben? Ein Gedanke, der mir hier alleine am Lagerfeuer immer wahrscheinlicher erschien, aber selbst morgen früh war noch genügend Zeit, umzukehren. Wieder ging mir die Frage nach dem Sinn des Ganzen durch den Kopf, doch auch jetzt, wo ich so kurz davor stand, in den Lauf der Geschichte einzugreifen, gab es keine Antwort. Außer der, dass sich spätestens in zwei Tagen herausstellen würde, ob man – ich, oder irgendjemand, der dafür verantwortlich ist – die Geschichte ändern kann, oder ob die Welt, so wie ich sie bis jetzt kannte, nur eine von vielen Wahrscheinlichkeiten ist. Was würde mit dem Weiterleben von Burke und Wills alles untergehen? Was wäre anders? Löschte ich damit vielleicht die Grundlagen meiner eigenen Existenz aus? Änderte sich die Wüste, wenn man ein Sandkorn daraus entfernte? Noch ein Tag, dann hätte ich den ersten Schritt getan.

Über Nacht waren Wolken aufgezogen. Eine hohe durchgehende Wolkendecke, die aber keinen Regen versprach. Die Wüste lag in einem bleichen, seltsam gedämpften Licht. Ich hatte besser geschlafen als die Nacht davor, dennoch spürte ich die Müdigkeit, aber auch die Anspannung in jeder Faser meines Körpers. Ich brauchte lange, bis ich endlich hinter dem Steuer saß und mir meinen Weg durch die zu diesem Zeitpunkt noch unerforschte Einöde nördlich des Cooper Creek suchte. Ich verfehlte das Cutrabelbo Waterhole, aber vielleicht gab es das im neunzehnten Jahrhundert noch gar nicht. Das einzige verlässliche war mein Kilometerzähler, und nach dem hatte ich um die Mittagszeit dreißig Kilometer zurückgelegt. Die Tankanzeige stand knapp unter Halbvoll, der Sprit sollte also kein Problem sein. Zweifel begannen an mir zu nagen, ob ich den Lake Massacre wirklich finden würde. Zwar konnte ich meiner Karte den genauen Längen- und Breitengrad entnehmen, auf dem der Salzsee lag, doch meine eigene Position war nicht annähernd so genau festzustellen. Die Sanddünen, die quer zu meiner Fahrtrichtung verliefen, gaben mir einige Sicherheit, zumindest grob den richtigen Weg einzuhalten. Mein Kompass zeigte, dass ich ziemlich genau in nordwestlicher Richtung fuhr, was auch in Ordnung war. Jetzt konnte ich nur noch hoffen. Möglicherweise war ja alles viel einfacher, als ich mir vorstellte. Ich verfehlte Lake Massacre und beschloss mein Leben in der Sturt Stony Desert, während Burke und Wills ihr Schicksal am Cooper Creek ereilte. Das alles war hinfällig, als der Toyota wieder einmal den Kamm einer Düne erklommen hatte. Vor mir breitete sich eine weite Senke aus, die wie frisch gefallener Schnee schimmerte. Lake Massacre. Daran bestand kein Zweifel. Ich stellte den Motor ab, nahm mein Fernglas und stieg aus. Die Hitze flirrte über der hellen Fläche. Sie schien zwischen dem Boden und der hohen Wolkendecke förmlich eingeschlossen zu sein. Schon nach ein paar Minuten, in denen ich, die Okulare gegen meine Augen gepresst, mit dem Feldstecher die Gegend absuchte, war ich nach der angenehmen Kühle in der klimatisierten Fahrerkabine von Schweiß durchnässt. Rund um den Lake Massacre wuchs kein Baum, kein Strauch, nur die vereinzelten Krüppelgewächse, die sich auch hier oben gegen den roten Sand behaupteten. Die weiße Salzfläche war, durch die Vergrößerung des Fernglases unnatürlich nah herangeholt, gar nicht so glatt, sondern von Furchen und Abbrüchen durchzogen. Und was ich nach einiger Zeit noch feststellte bzw. nicht feststellen konnte, waren Hinweise auf menschliches Leben. Es gab keine Anzeichen irgendwelchen Lebens. Ich schaute auf meine Armbanduhr, die ich nach Verlassen von Brahes Lager wieder angelegt hatte. Es war vier Uhr nachmittags. Burke und seine Männer sollten eigentlich schon hier eingetroffen sein, doch es war nicht auszuschließen, dass sie in Anbetracht der Hitze tagsüber irgendwo im Schatten lagen und erst in der Abenddämmerung aufbrachen. Bei diesem Gedanken musste ich unwillkürlich grinsen, denn bis zum Horizont war nichts zu sehen, was Schatten versprach. Die weiße Fläche schien sich endlos auszudehnen, doch das war nur eine optische Täuschung. Ich beschloss, auf dem Dünenkamm zu kampieren. Nachts musste mein Feuer meilenweit zu sehen sein und der Gruppe von Burke ein weithin sichtbares Zeichen menschlicher Anwesenheit geben. Allerdings auch umherziehenden Abos, ging es mir durch den Kopf. Dieser letzte Gedanke ließ mich wieder unsicher werden. Auf einmal fühlte sich der Schweiß auf meinem Körper kalt an. Ich schaute mich um, drehte mich mit dem Feldstecher vor meinen Augen einmal um dreihundertsechzig Grad und konnte immer noch kein Anzeichen von Menschen ausmachen. Trotzdem entschied ich, kein Risiko einzugehen und unten am Rande des Salzsees mein Lager aufzuschlagen.

Als die Dunkelheit ein paar Stunden später hereinbrach, wurde es schnell empfindlich kalt. Bald saß ich in meine Daunenjacke gehüllt dicht am Feuer, das ich, um meinen Holzvorrat, den ich vom Cooper Creek mitgebracht hatte, zu schonen, aber auch aus Vorsicht – oder besser gesagt aus Angst vor etwaigen Abos – klein hielt. Es wärmte nicht mehr als meine Füße und bestenfalls die Unterschenkel bis zu den Knien herauf. Mit dem Hereinbrechen der Nacht war die Wolkendecke aufgerissen, und die weiße Fläche vor mir schimmerte im Licht der Sterne, das durch die knapp über dem Horizont stehende Neumondsichel noch verstärkt wurde. Jeden Moment rechnete ich damit, ein paar zerlumpte Gestalten aus der Dunkelheit heraus in den schwachen Lichtschein meines Feuers treten zu sehen. Falls es nicht Burke, Wills, King und Gray wären, stand mein Gewehr griffbereit gegen die Flanke des Off-Roaders gelehnt. Gegen halb elf fielen mir die Augen zu. Nicht lange, dann schreckte ich aus keinem nachvollziehbaren Grund hoch. Das Feuer war nur noch ein glühender Aschehaufen, und es hatte auch keinen Zweck, noch mehr Holz zu verschwenden. Wenn Burke diese Nacht noch kommen würde, dann müsste er mich ohne Leuchtfeuer finden. Mein Wagen gab ja auch eine nicht zu übersehende Silhouette in der ziemlich flachen Ebene rund um den Lake Massacre ab. Ich kletterte auf die Ladefläche und kroch in meinen Swag, das Gewehr griffbereit neben mir. Und dann fiel ich in einen traumlosen Schlaf.

Der nächste Morgen brach unspektakulär an. Die bleiche Helligkeit wich schnell den ersten Sonnenstrahlen, und ein erster Blick zeigte mir keine Veränderung. Ich war allein und es gab keinerlei Anzeichen, dass dies zu irgendeinem Zeitpunkt in der Nacht anders gewesen wäre. Nicht einmal Dingos schienen sich hierher zu verirren. Es war der Morgen des 18. April 1861, und von Burke war nichts zu sehen. Bei einer Tasse Kaffee und ein paar Scheiben Schiffszwieback studierte ich die Karte. Es konnte natürlich sein, dass ich mich gar nicht am Lake Massacre befand, sondern an irgendeinem der anderen ausgetrockneten Seen. Auf meiner Karte waren genügend davon verzeichnet, aber es hatte wenig Zweck, die Richtigkeit meines Standortes jetzt und hier in Zweifel zu ziehen. Wenn ich mich nicht da befand, wo ich glaubte zu sein, dann hatte ich keine Möglichkeit, meinen Irrtum zu korrigieren. Ich hatte meinen Weg bis zum Scrubby Camp so gut ich konnte auf der Karte verzeichnet, und war mir auch sicher, bis zum Wattacupirie Yard in die richtige Richtung gefahren zu sein, obwohl beides Landmarken auf der Karte waren, die im Jahre 1861 noch nicht existierten. Danach hatte ich die Karte exakt mit dem Kompass genordet und war geradewegs auf den Lake Massacre zugefahren. Es hatte mich viel Zeit gekostet, immer wieder meine Richtung zu überprüfen und zu korrigieren, was aber einen Fehler ziemlich unwahrscheinlich machte. Ein Königreich für ein funktionierendes Satellitennavigationsgerät. Als Nächstes nahm ich mir mein Reisetagebuch vor. Unter dem letzten Eintrag von 2001 war ein dicker Strich gezogen und darunter war das neue Datum, 11. April 1861 vermerkt. Das Datum, welches Brahe mir angegeben hatte. Ich ließ die Tage im Lager noch einmal Revue passieren, konnte aber keinen Fehler finden. Es war der 18. April, und von Burke keine Spur. Morgen wollte – oder besser gesagt: musste – ich wieder am Dig Tree sein. Selbst wenn Brahes Zeitrechnung aus irgendwelchen Gründen nicht stimmte, so war sie doch für ihn die einzig gültige. Er würde in drei Tagen aufbrechen. Also hätte ich noch einen, maximal zwei Tage Zeit, auf Burke zu warten. Ich befürchtete zum erstenmal, dass es sich wirklich so verhielt, wie in der Darstellung von

Burkes Expedition vermutet wurde. Burkes Tagebuch wies eine Reihe von Ungereimtheiten auf, die nahelegten, dass auch seine Zeit bzw. Datumsangaben nicht stimmten.

Zwei Tage später war ich mir dessen sicher. Die letzten beiden Tage hatte ich mit Warten, sinnlosen Grübeleien und wieder Warten verbracht. Und natürlich hatte ich Burke, diese gottverlassene Gegend und wer immer für meine Lage verantwortlich war, ausgiebig verflucht. Das einzig Positive war, dass sich auch keine Abos hatten sehen lassen. Warum auch? Es gab wesentlich schönere Plätze als den Lake Massacre. Gestern hatte ich soweit Mut gefasst, dass ich am Rande des Salzfeldes so weit nach Norden gelaufen war, bis ich meinen Wagen gerade noch sehen konnte. Viel Sinn machte diese selbst auferlegte Beschränkung zwar nicht, doch alles in mir sträubte sich, weiterzugehen, als der Toyota nur noch als kleiner, weißer Punkt zu sehen war. Auf dem Rückweg rannte ich fast, war in Schweiß gebadet, als ich am Wagen angekommen war und warf meine guten Vorsätze, mit dem Trinkwasser hauszuhalten, gänzlich über Bord. Ich hatte das Wasser aus den Benzinkanistern versucht. Es schmeckte grauenhaft. Dazu musste man wirklich am Verdursten sein, doch ich befürchtete, dass diese Situation durchaus noch eintreten konnte. Bis dahin hielt ich mich an die Plastikkanister. Den Gedanken, mit dem Wagen den Lake Massacre abzufahren, hatte ich verworfen. Es wäre sinnlose Spritvergeudung, denn ich würde jeden Tropfen noch brauchen. Ich bereute inzwischen meine einsame Entscheidung, Burke und seinen Leuten noch eine Chance zu geben, aber nachdem ich mich einmal dafür entschieden hatte, den Gang der Geschichte zu ändern und dabei auch gleich dem, der für meine Lage verantwortlich war, eins auszuwischen, war ich nicht bereit, so leicht aufzugeben. Ich wusste ja nicht nur, dass Brahe mit seinen drei Gefährten am einundzwanzigsten April aufbrechen würde, ich wusste auch, dass er mit Wright am achten Mai wieder am Dig Tree sein und dort, so besagte zumindest die noch gültige Geschichtsschreibung, seine für Burke hinterlegte Nachricht unberührt vorfinden würde. Ich beschloss, die Sache auszureizen und bis zum fünften Mai hierzubleiben. Vielleicht auch nur bis zum vierten. Mehr konnte ich wirklich nicht tun. Würde ich Brahe und Wright nicht am Dig Tree treffen, könnte ich mir gleich eine Kugel in den Kopf jagen. Wahrscheinlich stimmte, was der Autor des Artikels auf der Karte vermutete. Burke war erst nach dem achten Mai am Dig Tree eingetroffen und hatte Brahe und Wright verfehlt. Die Frage war nur, um wie viele Tage.

Fünf Tage später hatte ich die ersten Halluzinationen. Keine Fata Morgana im eigentlichen Sinne, obwohl nur ein paar hundert Meter von meinem Wagen entfernt das weiße Salzfeld flimmerte und sich bis zum Horizont hinzuziehen schien. Ich starrte wie gebannt darauf, merkte gar, wie ich minutenlang in die gleißende Helle blickte, aus der heraus mehrere Gestalten auf mich zutaumelten. Ich riss das Gewehr hoch, doch da war nichts. Nichts außer heißer Luft, die zum Himmel stieg und den Anschein von Bewegung erweckte. Ich schüttelte den Kopf und nahm einen Schluck brühwarmen Wassers. Ich bemühte mich zwar wenig zu verbrauchen, und kochte meine abendliche Reisportion in Benzinwasser, was dem Geschmack nicht förderlich war, doch meine Vorräte waren für vier Tage berechnet gewesen und nun befand ich mich schon seit einer Woche hier draußen. Ich versuchte, mich so wenig wie möglich zu bewegen und hatte mir aus der Plane der Ladefläche einen notdürftigen Sonnenschutz gebaut. Obwohl ich mit dem Feuerholz genauso sparsam wie mit dem Wasser umging, nahm mein Vorrat von beidem bedenklich schnell ab. Und im schlimmsten Fall hatte ich noch knapp zwei Wochen vor mir. Jeden Tag ließ ich den Wagen für ein paar Minuten laufen, um sicher zu gehen, dass der Motor noch ansprang und ich hier auch wieder fortkäme. Immer wieder überprüfte ich die Eintragungen, die ich jeden Morgen in meinem Tagebuch vornahm, damit mir bei meiner Zeitrechnung nicht ein tödlicher Fehler unterlief. Dann setzte ich mich unter mein Sonnensegel, schwitzte vor mich hin und suchte den Horizont mit dem Fernglas ab. In den ersten Tagen schwankte meine Stimmung zwischen Wut und Hoffnungslosigkeit, lähmender Angst in der Dunkelheit, wenn das kleine Feuer immer weiter herunterbrannte, und der Gewissheit, Burke und seine Leute sicher zum Dig Tree zu bringen. Dann hatte sich meine Gemütslage der Landschaft angepasst, war eintönig und uninteressiert geworden, nur manchmal von dem nagenden Zweifel geplagt, die gleißende Fläche vor mir könnte nicht der Lake Massacre sein. Doch wenn dem so war, dann konnte ich nichts daran ändern. Dann hatte irgendjemand, weit außerhalb meines Vorstellungsbereichs, seinen Fehler korrigiert. Ich hatte auch keine Möglichkeit festzustellen, in welcher Zeit ich mich befand. Nur eines war sicher, es war nicht das angehende einundzwanzigste Jahrhundert, denn mein Satellitennavigationsgerät, das ich jeden Tag anstellte, zeigte konsequent wie seit jenem lang vergangenen Tag: *No Reception*. Ob ich mich allerdings noch im Jahr 1861, wie ich glaubte, oder vielleicht schon ein paar Jahre früher oder später befand, stand in den Sternen, die aber auch keine Antwort gaben. Auch in meiner Zeit war ich schon überfällig. Ich hatte mich bei meinen Freunden in Melbourne das letzte Mal aus Birdsville gemeldet, und wenn der Zeitablauf in der Zukunft und in der Vergangenheit, eine Gegenwart gab es für mich praktisch nicht, in etwa übereinstimmte, dann musste ich seit ungefähr zwei Wochen vermisst sein. Was hatten Graham und Jill inzwischen unternommen? Wurde schon nach mir gesucht? Oder vertrauten sie darauf, dass ich mich noch bei ihnen melden würde? Um die Langeweile zu vertreiben überlegte ich mir, ob ich ihnen eine Botschaft in die Zukunft schicken könnte, wenn ich erst einmal in Melbourne wäre. So wie in dem Film *Zurück in die Zukunft*.

Eher unwahrscheinlich. Genauso unwahrscheinlich wie die Aussicht, Melbourne jemals wiederzusehen und wenn es nur im Jahr 1861 wäre.

Immer wieder hörte man in Australien von Menschen, die spurlos verschwunden waren. Handzettel und selbstgemachte Plakate riefen in Kneipen und auf Campingplätzen die Leute auf, sich zu melden, wenn sie den oder die Gesuchte gesehen hätten. Manchmal noch Jahre nach dem Verschwinden. Da wurden Eltern von ihren erwachsenen Kindern gesucht, Männer, die vom Zigarettenholen nicht zurückgekommen, Brüder, die eben nur mal zur Toilette gegangen waren. Immer waren es Erwachsene, nie Kinder. Wahrscheinlich hatten sich die meisten einfach abgesetzt, aber warum? Ich erinnerte mich an ein solches, schon leicht vergilbtes Plakat am Toilettenblock auf dem Campingplatz in Boulia. Gesucht wurde ein älteres Ehepaar. Warum sollten sich diese beiden mit ihrem Campmobil abgesetzt haben? Natürlich konnten sie einem Verbrechen zum Opfer gefallen sein, aber dazu waren solche Herrschaften meist zu vorsichtig und nichts aus ihrem Besitz, noch nicht einmal ihr dreißig Fuß Motorhome, ist jemals wieder aufgetaucht. Seit einiger Zeit gehörte auch ich zu diesen Menschen. Würde mein Steckbrief auch an Hauswänden und Toilettentüren, an Pinwänden von Bars und auf Polizeiposten im Outback vergilben? Ich reckte die Faust mit dem ausgestreckten Mittelfinger in die Höhe. Eine Geste unerträglicher Hilflosigkeit.

An diesem Abend sprach ich mit Jill und Graham. Natürlich nicht wirklich, aber irgendeine Ablenkung brauchte ich nun mal, also übernahm ich in unserer Unterhaltung sämtliche Rollen. Danach fühlte ich mich besser. Wir hatten in Erinnerungen geschwelgt, Nächte, die wir zusammen im Outback, oder in Kneipen an gottverlassenen Orten zugebracht hatten. Uns die idyllischen Camps in den Flinders und in Lakefield wieder ins Gedächtnis gerufen. Das Baden in verschwiegenen Flussläufen, unter Wasserfällen und eine Zeit, in der es, wenn man morgens aufwachte, ein paar Stunden später und nicht über hundert Jahre früher war. Als ich in meinen Swag kroch und einen letzten Blick auf das sich dem Horizont zuneigende Kreuz des Südens warf, wusste ich, was die Wüste und die Einsamkeit mit einem Menschen anrichten konnten.

8

Ich fuhr aus dem Schlaf hoch. Die Morgendämmerung versuchte gerade sich gegen die Nacht durchzusetzen, hatte damit aber noch nicht viel Erfolg gehabt. Ich griff nach meinem Gewehr und blickte mich um. Da war es wieder. Ein Geräusch, das absolut nicht hierher gehörte. Hätte ich nicht die Tage in Brahes Camp zugebracht, wäre es mir unmöglich gewesen, es einzuordnen. Es war das Blöken eines Kamels. Sehr schwach, aber bevor ich mir einreden konnte, einer Sinnestäuschung erlegen zu sein, hörte ich es wieder. Es klang über die schimmernde Fläche des Salzsees herüber. Ich wühlte mich aus dem Swag. Auf der Ladefläche des Pickup stehend suchte ich mit dem Fernglas den Horizont ab, doch es war einfach noch zu dunkel. Aber wer anders konnte es sein außer Burke und seinen Gefährten. Wenn es so war, dann kamen sie gerade noch rechtzeitig, denn nach meiner Rechnung brach der Morgen des vierten Mai an. Also hatte ich Recht gehabt. Burke reiste nachts. Ich konnte nichts anderes tun als abwarten, bis das Licht besser wurde. Ich sprang von der Ladefläche und machte Feuer. Es war ziemlich kalt, und ich zog mir die Daunenjacke über. Kurze Zeit später brannte das Feuer, der Wasserkessel stand darauf und im Osten zeigte sich der erste blassrosane Streifen. Inzwischen glaubte ich allerdings, einer Halluzination aufgesessen zu sein, denn seit einer halben Stunde hatte ich kein Geräusch mehr gehört. Ich fieberte dem Sonnenaufgang entgegen.

Als es endlich soweit war, suchte ich den Horizont mit

meinem Fernglas ab. Ich hatte nicht allzu viel Zeit. Wenn die Hitze des Tages die Salzfläche erst wieder in ein waberndes, flimmerndes Hitzemeer verwandelt hätte, dann würde nichts mehr zu erkennen sein. Zuerst huschte ich viel zu unruhig mit dem Feldstecher hin und her. Ich setzte ab, atmete tief durch, steckte mir eine Zigarette an und ging mit mehr Ruhe an die Sache. Aber auch dann sah ich nur die hinlänglich bekannten Konturen einer absolut leeren Landschaft. Ich setzte mich auf meinen Campingstuhl und nahm einen Schluck aus dem Becher mit Kaffee. Hatte die Wüste mich endgültig erwischt? Als Nächstes würde ich wahrscheinlich das Motorengeräusch eines Off-Roaders hören und dann den Flying Doctor Service am Himmel fliegen sehen. Und dann... Ich schüttelte den Kopf. Heute würde ich hier abhauen. Die Geschichte ließ sich nun einmal nicht ändern. Was hätte es für einen Sinn, wenn auch ich starb. Burke, Wills und King war damit auch nicht zu helfen, von Gray ganz zu schweigen. Als kurz darauf das Blöken wieder ertönte, achtete ich nicht mehr darauf. Es war nur in meinem Kopf, beruhigte ich mich, nicht wirklich vorhanden. Doch dann war das Geräusch wieder da, zweimal kurz hintereinander, und es kam aus der Richtung der langgestreckten Düne, die sich fast parallel zum Lake Massacre ein paar hundert Meter links von mir entlangzog. Entweder konnte ich mich endgültig von meinem Verstand verabschieden, oder es war tatsächlich Burke. Er zog nicht am Salzsee entlang, was eigentlich auch sinnvoll war, denn die Hitze direkt neben der Salzfläche war unerträglich, sondern hinter der Düne. Ich nahm mein Gewehr und ging auf die Düne zu. Bis ich den Kamm erklommen hatte, hörte ich noch mehrmals die Tiere – es mussten mehrere sein, mindestens aber zwei – ihre rauen Stimmen erheben.

Vorsichtig wie in einem schlechten Western schob ich mich auf Knien soweit vor, dass ich über den Kamm blicken konnte. Was ich sah, übertraf meine schlimmsten Befürchtungen. Dass diese drei Männer überhaupt bis hierher durchgehalten hatten, grenzte an ein Wunder. Es waren wandelnde Leichen. Die beiden Kamele waren abgemagert bis auf die Knochen und stolperten, genauso wie ihre menschlichen Leidensgenossen, durch den weichen Sand. Mensch und Tier hatten den Blick auf den Boden gerichtet. Meine Vorsicht war völlig unbegründet gewesen. Sie hätten mich nicht bemerkt, auch wenn ich in voller Größe auf dem Dünenkamm gestanden hätte. Ich selbst hatte inzwischen zwar auch nicht mehr viel mit einem zivilisierten Menschen gemein, aber gemessen an dem Leiden, das ich da vor mir sah, war ich gepflegt wie ein Bräutigam am Hochzeitstag. Ich richtete mich auf.

»Burke«, hatte ich rufen wollen, doch nur ein heiseres Krächzen kam aus meiner Kehle. Es war noch laut genug, um von den dreien wahrgenommen zu werden. Ihr Köpfe ruckten in meine Richtung. Ich stand ungefähr hundert Meter von ihnen entfernt, die Sonne im Rücken.

»Burke«, wiederholte ich noch einmal deutlicher, nachdem ich ein paarmal geschluckt und mich geräuspert hatte. »Robert Burke!«

Immer noch schienen die drei Gestalten und die beiden bedauernswerten Kamele wie aus Stein gehauen. Dann machte einer von ihnen ein paar unsichere Schritte auf mich zu. Ich ging den weichen Sand der Düne hinunter ihm entgegen. Mein Gewehr hielt ich demonstrativ gesenkt. Dann standen wir uns auf zehn Meter gegenüber. Ich ging davon aus, dass ich Burke vor mir hatte. Ich ging davon aus, dass ich überhaupt einen Menschen vor mir hatte, obwohl nichts an der Gestalt auf den ersten Blick daran erinnerte. Die Kleidung war schmutzig und zerrissen, zwischen dem dichten Bart und dem unter dem zerbeulten Hut hervorquellenden Kopfhaar blickten mich ein Paar eingesunkener Augen trübe an. Burke stützte sich auf seinen langen Stock, und seine Kleider waren einmal für einen Menschen gemacht worden, der gut dreißig Pfund mehr gewogen haben musste. Wir musterten uns wortlos. Ich war sprachlos darüber, dass ich tatsächlich auf die vermisste Expedition getroffen war, er wahrscheinlich genauso erstaunt darüber, hier auf einen Weißen zu treffen. Seine Gefährten verharrten bei den Kamelen, die wieder zu blöken begonnen hatten. Dann bewegten sich seine Lippen, doch kein Laut war zu vernehmen. Ich trat auf ihn zu. Als ich direkt vor ihm angelangt war, vernahm ich ein Krächzen, noch unverständlicher als meine Worte, mit denen ich auf mich aufmerksam gemacht hatte. Ich reichte ihm meine Feldflasche. Burke versuchte sie zu öffnen. Er kannte die Technik des Schraubverschlusses offensichtlich nicht. Ich nahm ihm die Flasche aus der Hand und schraubte sie auf. Nachdem er getrunken hatte, winkte er seine Gefährten zu sich. Jetzt verstand ich auch seine Worte.

»Wer bist du?«

Damit stellte er die am schwersten zu beantwortende Frage zuerst. Ich hatte nun wirklich genug Zeit gehabt, mir eine passende Erklärung für mein Hiersein und wer ich war auszudenken, doch eine solche gab es nicht. Auch hatte ich mir ein paar gute Begrüßungsformeln für ihn ausgedacht, so wie, ›Robert Burke, nehme ich an.‹ Doch in diesem ersten Moment, in dem es tatsächlich passierte, war alles ziemlich hinfällig. Jetzt war allerdings schon der zweite Moment, und ich musste auf seine Frage antworten.

»Ich bin die Kavallerie«, gab ich mit einem Lächeln auf meinen aufgeplatzten Lippen zurück.

Natürlich begriff Burke nicht. Seine fast zugeschwollenen Augen schauten mich ratlos an.

»Man nennt mich Doc«, fügte ich hinzu, »zumindest haben mich Brahe und seine Leute so genannt.«

»Brahe?«, fuhr Burke auf. »Wie weit sind wir noch vom Lager am Cooper Creek entfernt?«

»Ungefähr achtzig Meilen«, sagte ich, »eher mehr.« Es war nicht Enttäuschung, was sich auf den Gesichtern der drei Männer breit machte, sondern das blanke Entsetzen. Ich weiß nicht, was achtzig Meilen wirklich für sie bedeuteten, aber ich konnte es mir ziemlich gut vorstellen.

»Achtzig Meilen«, murmelte jetzt einer von Burkes Begleitern. »Genausogut könnten wir eintausend entfernt sein!«

Burke war bemüht, auch hier in der Wildnis noch Reste zivilisierten Verhaltens zu zeigen. »Ich bin, wie du ja anscheinend weißt, Robert O'Hara Burke, Leiter der Expedition zum Golf von Carpentaria. Das ist mein Stellvertreter William John Wills und das John King, ehemaliger Soldat Ihrer Majestät, Königin Victoria.« Dabei hatte er zuerst auf den einen, dann auf den anderem seiner beiden Gefährten gezeigt. Sie befanden sich in demselben bedauernswerten Zustand wie er selbst. Ich nickte und verbiss mir die Frage nach Gray, denn ich wusste, dass es Auseinandersetzungen über die Aufteilung der Lebensmittel gegeben hatte und Gray wohl vor ein paar Tagen verstorben war.

»Der vierte Mann«, begann jetzt aber Burke und brachte das Gespräch selbst auf den heiklen Punkt, »Gray, ist leider gestorben. Wir haben ihn vor zwei Tagen am Rande des Salzsees begraben.«

Wenn meine Informationen stimmten, dann war das nach Burkes Tagebuch der siebzehnte April gewesen, also schrieb man für ihn jetzt den neunzehnten. Nach meiner Rechnung, zumindest der von Brahe, war heute aber der vierte Mai. Damit schien ich mit meiner Einschätzung der tatsächlichen Ereignisse Recht zu haben.

»Wie kommst du hierher? Hat Brahe dich uns entgegen geschickt?«

»Ja, ich bin von Brahes Lager aus aufgebrochen, um euch entgegenzu...« Ich vollendete den Satz nicht, denn was sollte ich sagen: reiten, fahren, reisen? »Naja, jedenfalls bin ich jetzt hier.«

»Hast du Wasser, Vorräte, Nahrungsmittel, Reittiere?« Hoffnung schwang in Kings Stimme mit. Er reichte mir die leergetrunkene Feldflasche.

»Nicht viel«, antwortete ich, »aber es wird schon reichen, um zum Lager zurückzukommen.«

»Bist du ganz allein?« Burke schaute mich auf einmal misstrauisch an.

»Nicht ganz. Ich habe meinen Wagen dabei.« Dabei benutzte ich absichtlich das altmodische Wort, das so viel wie Kutsche bedeutete. Die Reaktion war die erwartete.

»Du bist... mit einer Kutsche hier?«, meinte Wills und schüttelte ungläubig den Kopf. Auch Burke hielt es für einen Scherz.

Die Sonne war inzwischen ein ganzes Stück in Richtung Zenit gewandert und brannte wie üblich erbarmungslos herab. Der Schweiß lief mir übers Gesicht, und ich wollte unbedingt so schnell wie möglich unter meinen Sonnenschutz am Auto. Es hatte auch wenig Sinn, hier herumzustehen. »Mein Lager ist dort hinter der Düne. Eine halbe Meile entfernt. Dort habe ich Wasser und auch ausreichend zu essen.«

Der Gedanke an Wasser und Lebensmittel schien erst einmal alle Fragen nach dem Warum und Wieso meines Hierseins in den Hintergrund zu drängen. Ich drehte mich um und gab Burke und seinen Begleitern zu verstehen, mir zu folgen. Bald darauf hatte ich eine Vorstellung, welchen Strapazen die drei Entdeckungsreisenden wirklich unterworfen gewesen waren. Es hatte über eine halbe Stunde gedauert, die beiden Kamele über den Dünenkamm und zu meinem Lager zu bringen. Immer wieder hatten sich die Tiere aufgebäumt, waren zur Seite ausgebrochen oder waren einfach stehengeblieben. Schläge halfen manchmal, Tritte auch, gutes Zureden überhaupt nicht. Das Blöken hallte mir immer noch in den Ohren, auch als die Packsättel, die so gut wie nichts mehr enthielten, abgeladen waren und die abgemagerten Tiere in weitem Bogen um den Off-Roader herumstreiften. Vielleicht fanden sie in dem niedrigen Gestrüpp tatsächlich etwas Genießbares. Wir hatten uns in dem schmalen Schatten meines Sonnensegels niedergelassen und nachdem Burke, Wills und King ausgiebig getrunken hatten, warteten sie nur noch darauf, dass der Reis in dem Topf über dem Feuer gar war. Die Beantwortung aller Fragen, und deren gab es zahllose, hatte ich auf einen späteren Zeitpunkt verschoben, wenn sich meine Gäste gestärkt hätten. Anstelle dessen hatte ich ihnen einen ausführlichen Bericht über die Situation in Brahes Lager gegeben, dabei leider aus Unachtsamkeit das richtige Datum genannt.

»Du meinst also, dass wir heute nicht den neunzehnten April haben, sondern den vierten Mai?«, vergewisserte sich King noch einmal.

Ich nickte, sagte aber nichts weiter dazu.

»Das ist unmöglich«, erklärte Wills mit einem Seitenblick auf Burke. »Wir haben doch genau Buch geführt«, und er schlug mit der Hand auf das dicke Reisetagebuch, das er wohl zusammen mit Burke geführt hatte.

Ich zuckte die Achseln. Ich war absolut nicht der richtige Mann, in diesem Datumsstreit eine Entscheidung zu treffen. Für mich war sowieso ein anderes Datum gültig, oder auch nicht mehr, wie ich in Gedanken einräumte: »Ich bin am fünfzehnten April aus Brahes Lager aufgebrochen und war am siebzehnten hier...«

»Achtzig Meilen in zwei Tagen! Unmöglich!«, widersprach King.

»Und das auch noch ohne Pferde«, fügte Wills hinzu.

»Ich habe meinen Wagen«, erklärte ich und machte eine flüchtige Kopfbewegung Richtung Führerhaus. »Aber das erkläre ich euch später. Also am siebzehnten war ich hier, und seitdem warte ich auf euch. Ich habe mich bei meiner Buchführung bestimmt nicht geirrt. Heute ist der vierte Mai und wir müssen am achten am Cooper Creek sein.«

»Warum?«, wollte Burke wissen.

Das war wieder eine dieser Fragen, die ich nicht beantworten konnte, oder besser gesagt nicht wahrheitsgemäß beantworten konnte. Also log ich. »Am achten will Brahe endgültig aufbrechen, da Wright nicht mit den Vorräten gekommen ist und Pattons Verletzung unbedingt ordentlich versorgt werden muss.« Ich hoffte, in der zu erwar-

tenden Wiedersehensfreude würden diese kleinen Ungereimtheiten keine Rolle mehr spielen. Dann war der Reis
fertig, und die Männer stürzten sich auf die lange ent-
behrte Nahrung. Für einige Zeit war ich damit den unan-
genehmen Fragen entronnen und schaute zu, wie sie die
unter anderen Umständen bestimmt als ungenießbar ein-
gestufte Pampe hinunterschlangen. Sie fühlten sich inzwischen gerettet, nachdem noch vor ein paar Stunden ihre
Aussichten auf einen glücklichen Ausgang ihres Unternehmens, bei aller Zähigkeit, die sie in den letzten fünf
Monaten an den Tag gelegt hatten, mehr als gering gewesen waren. Zumindest hatten sie sich wohl sehr viel näher
am Cooper Creek geglaubt, als es tatsächlich der Fall war.
Diese Haltung und ihre Hoffnung konnte ich nicht so
recht teilen. Mich beschlich auf einmal das Gefühl, dass
nicht alles, was hier passierte, in meiner Hand lag. Zu viel
konnte sich noch ereignen, bevor wir am Dig Tree wären,
und wenn wir dort nicht bis zum achten ankämen, hätte
ich keinen Tropfen Sprit mehr im Tank, während Brahe
und Wright schon über alle Berge waren. Und ich würde
das Schicksal von Burke und Wills teilen. Wenn ich Glück
hätte, vielleicht das von King und überleben. Gleich morgen früh mussten wir aufbrechen, und dann konnte ich
nur noch hoffen.

Nach einem Tag und einem Abend unzähliger Erklärungen und einer Demonstration meines Wagens, die bei
Burke und seinen Gefährten ähnliche Reaktionen wie zuvor bei Brahe ausgelöst hatte, brach dann schließlich der
Morgen des fünften Mai 1861 an. Wir ließen alles, was
überflüssig war, einschließlich der beiden Kamele am Lagerplatz zurück. Sie würden wahrscheinlich hier verdursten, dachte ich mir, aber vielleicht hatten sie auch Glück.
Wir hatten noch knapp dreißig Liter Wasser, bei dem
ich den leichten Benzingeschmack schon gar nicht mehr
wahrnahm, und ausreichend Reis, um es bis zum Dig
Tree zu schaffen. Burke nahm auf dem Beifahrersitz Platz,
während King und Wills sich so gut wie möglich auf der

Ladefläche einrichteten. Dann startete ich den Diesel und fuhr langsam los. Es dauerte einige Zeit, bis sich Burke, den ich aufmerksam von der Seite beobachtete, an diese Art der Fortbewegung gewöhnt hatte. Manchmal hörte ich von der Ladefläche her einen deftigen Fluch, wenn der Wagen wieder einmal über eine tiefe Bodenwelle geholpert war. Ansonsten herrschte Stille, wenn man angesichts des Dröhnens eines Sechzylinderdieselmotors und dem in den Federn ächzenden Wagen von Stille reden konnte. Da ich das Gelände jetzt kannte und grob meinen eigenen Fahrspuren folgen konnte, kamen wir wesentlich besser voran als auf der Hinfahrt. Als die Sonne nur noch eine Handbreit über dem Horizont stand und wir einen einigermaßen passablen Lagerplatz gefunden hatten, waren auf dem Tageskilometerzähler siebzig gefahrene Kilometer abzulesen. Weit mehr als ich auf der Hinfahrt geschafft hatte. Und noch immer hatte uns kein Blitz der Mächte des Schicksals getroffen.

»Und dieses Wunderwerk sollen englische Manufakturen entworfen und hergestellt haben?«, fragte Wills ungläubig. Sein Blick war an dem hell leuchtenden Feuer vorbei auf mich gerichtet.

»Ja«, gab ich kurz angebunden zurück. Allmählich hatte ich genug von diesen endlosen Frage- und Antwortspielen.

»Von so etwas habe ich noch nie gehört. Geschweige denn etwas Ähnliches gesehen«, zweifelte auch Burke. »Es hätte unsere Expedition mehr als einfach gemacht. Wir hätten uns nicht mit störrischen Kamelen herumplagen müssen und jede Menge Proviant mitnehmen können. Und bequem reisen kann man mit deiner Lokomotive auch noch.«

Ich hatte es hier eindeutig mit einem anderen Kaliber von Leuten zu tun als in Brahes Lager. Burke mochte wohl seine Expedition schlecht geplant haben und organisatorisch eine Niete sein, ganz zu schweigen von seinen Fähigkeiten als Leiter eines solchen Unternehmens, aber auf den Kopf gefallen war er nicht. Schnell hatte ich an seiner Miene gemerkt, dass er nur die Hälfte von dem glaubte, was ich ihm und den anderen beiden versuchte auf die Nase zu binden. Wahrscheinlich hatte er es nur hingenommen, weil es seine einzige Chance war, mit dem Leben davonzukommen. Da fragt man auch mal nicht so genau nach. Das alles würde anders werden, wenn wir erst am Dig Tree auf Brahe und Wright gestoßen wären. Bis dahin hatte ich noch drei Tage Zeit.

Andererseits erfuhr ich nun aus erster Hand, was ich nur aus einer kurzen Darstellung auf der Rückseite einer Landkarte wusste. Es war bewundernswert, was diese ehemals vier Männer auf sich genommen hatten, nur um in letzter Konsequenz doch zu scheitern. In der Geschichte, wie sie im Moment noch Bestand hatte, hatten drei von ihnen ihren Entdeckerdrang mit dem Leben bezahlt. Zumindest das sollte sich ändern. Burke hatte den Golf von Carpentaria zwar erreicht, aber das Meer nicht gesehen. Sie waren bis zu einem Flusslauf gelangt, dessen dichte Mangrovenwälder ein weiteres Vordringen unmöglich gemacht hatten. Doch an dem Wasserstand des Flusses konnten sie eindeutig Gezeitenwirkung feststellen, also mussten sie sehr nahe an der Küste sein. Doch der endgültige Triumph war ihnen versagt geblieben. Sie hatten weder, wie Reverend Storie auf dem Bankett anlässlich ihrer Abreise gesagt hatte, im Inneren des Kontinents eine Wüste wie die Sahara gefunden noch ausgedehnte Seen. Es war wie es war, ein gottverlassenes, unwirtliches Stück Land ohne wirkliche Naturschönheiten. Sie hatten ein paar Flusssysteme entdeckt, deren Verlauf sie nicht erforschen konnten, und hatten sich noch nicht einmal die Mühe gemacht, ihnen Namen zu geben. Ihre Unkenntnis über klimatische Zusammenhänge und eine viel zu optimistische Beurteilung ihrer Reisezeit hatten sie im Norden im Schlamm der Regenperiode versinken lassen. Ein Wunder, dass sie es überhaupt so weit geschafft hatten. Aus Wills und Burkes Aufzeichnungen ging hervor, dass

sie manchmal nur ein paar Meilen am Tag vorwärts gekommen waren. Irgendwo in dieser Unbill hatten sich
dann, so vermutete ich, die Fehler in der Datierung eingeschlichen. Allen drei merkte man, als sie jetzt ihre Reise
für mich Revue passieren ließen, die Enttäuschung über
ihren Misserfolg an. Es war wohl das erste Mal, dass
ihnen dieser Umstand richtig zu Bewusstsein kam. In den
Wochen vorher hatte die Angst um das nackte Überleben
keinen anderen Gedanken zugelassen.

9

Am nächsten Tag hatten wir nicht so viel Glück. King
klagte über Bauchschmerzen und Burke verstauchte sich
beim Feuerholzsammeln den Knöchel, sodass er nur noch
humpeln konnte. Kings Bauchschmerzen kamen wahrscheinlich von den Unmengen Reis, die er in sich hinein-
geschlungen hatte und an die sein Magen schon längst
nicht mehr gewöhnt war. Das alles verzögerte unsere Abfahrt um mehr als eine Stunde. Als Nächstes verfuhr ich
mich. Vielleicht war ich, weil bis zu diesem Zeitpunkt
eigentlich alles gut geklappt hatte, unaufmerksam geworden, vielleicht hatte Burke, der neben mir saß, auch den
Kompass nicht richtig beachtet, jedenfalls merkte ich irgendwann, dass die Sanddünen nicht mehr parallel zur
Fahrtrichtung verliefen, sondern sich quer in die Fahrspur
schoben. Ich hielt an und blickte mich um. Die Landschaft hatte auf meiner Hinfahrt nicht viele markante
Punkte gehabt, doch jetzt kam mir alles ziemlich fremd
vor. Also blieb mir nichts anderes übrig, als zu wenden
und meiner Fahrspur bis zu dem Punkt zu folgen, wo wir
die falsche Richtung eingeschlagen hatten. Erst jetzt kam
mir das Märchen von Hänsel und Gretel in Erinnerung. Zu
spät. Ich hätte auf meinem Weg vom Cooper Creek zum
Lake Massacre ein paar Wegweiser für die Rückfahrt
aufstellen sollen. Nach zwei Stunden war ich mir sicher,

meine alte Fahrspur wiedergefunden zu haben. Ich ermahnte Burke, einen Mann, der sich mehrere tausend Kilometer durch unbekanntes Gebiet geschlagen hatte, auf den Kompass und die nur schwer auszumachende Fahrspur zu achten, und musste innerlich darüber grinsen.

Als Nächstes war ein Radwechsel fällig, den meine Fahrgäste neugierig und mit gespannten Mienen verfolgten. Der Anblick der beiden platten Reifen in ihren Halterungen auf der Ladefläche trug nicht gerade zu meiner Beruhigung bei. Zwar hatte ich noch Ersatzschläuche und Flickzeug, aber eine solche Komplettreparatur würde unangenehm viel Zeit kosten. Ich hoffe, dass dies die letzte Reifenpanne war. Während ich noch mit dem Radwechsel beschäftigt war, begann King zu stöhnen und sich den Bauch zu halten, dann übergab er sich. Vielleicht war es gar nicht die Menge an Essen, sondern er vertrug die Fahrt auf der schwankenden und ruckelnden Ladefläche des Pickup nicht. Burke konnte kaum noch laufen, so stark war sein Knöchel angeschwollen, von dem ich nur hoffte, dass er nicht gebrochen war. Nun, zumindest würde er schneller Hilfe erhalten als Patton. Die beiden Vorfälle kosteten uns allerdings so viel Zeit, dass an ein Erreichen des Dig Tree an diesem Abend nicht mehr zu denken war. Doch zumindest bis zum Cooper Creek wollte ich es noch schaffen. Nach meiner Rechnung, ich überprüfte noch einmal meine Aufzeichnungen, durften es nicht mehr als zehn Kilometer bis dorthin sein. Auch die Vegetation deutete darauf hin. Die Büsche standen dichter und zahlreicher, vereinzelte Bäume fristeten ihr recht knorriges Dasein, und große Spinnifexflecken deuteten auf Wasser hin. Ein Stück weiter vorn erhob sich ein riesiger Termitenhügel, an den ich mich noch genau erinnern konnte. Ich lenkte den Wagen rechts daran vorbei, rutschte aber dennoch mit dem rechten Hinterrad in die glücklicherweise nicht allzutiefe Auswaschung, die ich auf meiner Hinfahrt hatte umgehen können. Neben mir stöhnte Burke auf, denn er war bei meinem heftigen Lenkmanöver und dem abrupten Gasgeben, um den Wagen aus dem Loch herauszubekommen, nach vorne gerutscht und mit dem verletzten Fuß gegen den Schalthebel gestoßen. Von der Ladefläche hörte ich Geräusche und Fluchen, die darauf hindeuteten, dass King sich wieder einmal erleichterte. Ich fummelte mir mit einer Hand eine Zigarette aus dem Päckchen, das vor mir auf dem Amaturenbrett lag, und steckte sie mir an. Als Nächstes überflog ich die Instrumente. Alles war in Ordnung. Lediglich die Tankanzeige bewegte sich immer mehr auf den roten Bereich am unteren Rand zu. Aber darauf hatte ich beim besten Willen keinen Einfluss. Entweder der Sprit reichte, oder wir würden zu Fuß weiter müssen.

»Wie weit ist es noch bis zum Lager?« Burke hatte diese Frage an den letzten beiden Tagen in regelmäßigen Abständen wiederholt.

»Ich denke, so um die dreißig Meilen«, gab ich langmütig zurück.

»Wann werden wir da sein?«

»Heute nicht mehr«, antwortete ich. »Wir haben zu viel Zeit verloren. Bei Nacht zu fahren hat keinen Zweck. Ich kann dann nichts sehen, und wir würden uns nur noch einen Platten einhandeln.«

Er schaute mich verständnislos an.

»Noch einmal das Rad wechseln, weil es kaputt ist«, erklärte ich ihm, ohne mir die Mühe zu machen, ihn auf den Umstand hinzuweisen, dass ich kein intaktes Reserverad mehr hatte. »Wir fahren noch bis zum Cooper Creek und übernachten dort. Dann ist es morgen nur noch ein kurzes Stück, das wir ohne Probleme schaffen.«

Burke nickte, wobei ich nicht sagen konnte, ob es ihm nun passte, oder ob er sich nur in das Unvermeidliche fügte.

Nachdem wir mit der untergehenden Sonne den Cooper Creek erreicht hatten, war es nicht schwer, meinen alten Lagerplatz zu finden. Während ich mich um das Feuer und das Abendessen kümmerte, stürzten sich Wills und King ins Wasser und tollten wie die Kinder darin herum. Da wurde mir zum erstenmal bewusst, dass diese ausgemergelten Greise junge Männer Mitte zwanzig waren. Auch Burke, der auf einer Baumwurzel am Ufer saß und seine Füße im Wasser kühlte, war gerade erst vierzig Jahre alt.

Wenigstens verdursten würden wir jetzt nicht mehr. Nachdem das Feuer brannte und der Topf mit dem Reis auf der Kochstelle stand, gönnte auch ich mir ein Bad. Es war herrlich. Danach leistete ich mir frische Wäsche und gab den anderen an Kleidung, was ich entbehren konnte. Das Prinzip des Reißverschlusses erwies sich als erklärungsbedürftig. An diesem Abend nahm das eigentlich selbstmörderische Unternehmen, das zudem noch mehr Naturgesetzen widersprach als meine drei Geretteten kannten, die Form eines gemütlichen Picknicks an. King schwärmte schon von Melbourne und wie er bei seiner glücklichen Rückkehr dort die Bars unsicher machen würde, Wills dachte daran, nach England zu fahren und die Fabrik zu besuchen, wo Wagen wie der meine hergestellt würden. Ich lächelte, was man im unsteten Flackern der Flammen aber nicht bemerken konnte. Nur Burke hielt sich aus der allgemeinen Ausgelassenheit heraus. Er blickte stumm in die Nacht. Ich konnte mir denken, was ihn beschäftigte. Seine Mission war ein Misserfolg, und das wusste er. Vielleicht nicht in aller Konsequenz, aber er hatte keines seiner angestrebten Ziele erreicht und würde den Leuten, die sein Unternehmen finanziert hatten, einige Fragen beantworten müssen.

»Und was wirst du machen, wenn wir wieder zurück sind, Doc?« King beugte sich zu mir herüber. Er hatte sich an diesem Abend beim Essen zurückgehalten, und das schien ihm wesentlich besser zu bekommen. Zumindest befand es sich noch in seinem Magen.

»Zurück«, wiederholte ich langsam. Wo war zurück für mich? Nun, zuerst einmal der Dig Tree. Dann hätte ich schon einiges geschafft. Weit mehr als die drei hier sich vorstellen konnten. Aber weiter? Zurück in meine Zeit? Darauf hoffte ich schon längst nicht mehr.

»Nun sag schon, Doc«, meinte jetzt auch Wills ungeduldig.

»Ja, sag es uns«, erwachte Burke aus seiner Erstarrung.

»Zurück nach England«, antwortete ich, mein Lügengebäude aufrecht erhaltend.

»Das meine ich nicht. Ich meine, wenn wir zum erstenmal wieder in der Zivilisation sind. In Melbourne.«

»Zivilisation«, gab ich zweifelnd und ein bisschen sarkastisch zurück. »Ihr wisst doch gar nicht, was das ist. Hier...« – und dabei deutete ich hinter mich auf meinen Off-Roader –, »das ist ein Stück Zivilisation. Kaltes Bier, das ist Zivilisation...«

»Da gebe ich dir Recht«, fiel King ein. »Ach, was gäbe ich jetzt für ein kaltes Bier.«

»Narkose, das ist Zivilisation. Und ein richtiges Bad oder zumindest eine Dusche. Aspirin. Eine Pizza beim Italiener und ein Glas Chianti dazu. Computer, Kinos und Fernsehen. Telefon, Arzeneimittel, Kanalisation, Strom...« Ich brach ab, denn ein Blick in die Gesichter der drei zeigte mir, dass ich von Dingen sprach, die für sie unverständlich waren. Ja, die sie sich noch nicht einmal vorstellen konnten. »Ach, vergesst es«, fügte ich hinzu und machte eine wegwerfende Handbewegung, doch damit war es nicht getan.

»Was sind das für Dinge, von denen du gesprochen hast?«, fragte King interessiert.

»Nichts Wichtiges«, versuchte ich abzuwiegeln. »Nichts von wirklicher Bedeutung. Wichtig ist, dass wir morgen das Lager erreichen.« Morgen wäre der siebte Mai und übermorgen würde Brahe mit Wright zurückkehren. Nur das war wichtig.

»Sind wohl alles Dinge in England? So wie dein Wagen da?« King ließ nicht locker.

»Ja, genau«, beschritt ich die goldene Brücke, die er mir ungewollt gebaut hatte. »Das sind alles Dinge, die sehr weit entfernt sind und an die zu denken keinen Sinn hat. Lassen wir es dabei bewenden. Irgendwann werden sie auch mal in Australien heimisch sein. Aber das dauert noch.« Viel länger als ihr leben werdet, fügte ich für mich noch in Gedanken hinzu. Dann stand ich auf und ging aus dem Lichtschein des Feuers hinaus ein paar Schritte in die Dunkelheit, um jeder weiteren Frage auszuweichen. Ich blickte auf den Cooper Creek, der leise plätschernd vorbeizog, und gab mir keine Mühe, das Gemurmel der anderen zu verstehen, die sich leise am Feuer unterhielten. Man brauchte kein Hellseher zu sein, um zu vermuten, dass meine Person wohl Gegenstand der Unterhaltung war. Mir war es gleich. Bei meiner willkürlichen Aufzählung der Dinge, die ich im Jahr 1861 vermissen würde, war mir mit aller Deutlichkeit bewusst geworden, wie verlassen ich tatsächlich war. Ich würde mich nie mehr unbefangen mit jemandem unterhalten können, würde jedes Wort auf die Goldwaage legen müssen, um nicht endlose Erklärungen nachfolgen zu lassen. Und ich musste so schnell wie möglich verschwinden. Burke, Brahe und die anderen hatten zu viel von den Unwahrscheinlichkeiten, die mich umgaben, mitbekommen. Und ich musste so schnell wie möglich den Off-Roader verschwinden lassen, und zwar so, dass er in den nächsten hundert Jahren nicht gefunden wurde. Wenn wir erst einmal am Dig Tree angekommen wären, hätte er sowieso seine Schuldigkeit getan. Bestenfalls bliebe noch Sprit für hundert Kilometer, eher weniger, und darauf kam es dann auch nicht mehr an. Besser ich richtete mich schon einmal darauf ein, die knapp zweitausend Kilometer bis Melbourne auf dem Rücken eines Pferdes zurückzulegen. Ein schrecklicher Gedanke. Meine Reiterfahrungen beschränkten sich auf ein paar kürzerere Ausritte bei irgendwelchen Touristenveranstaltungen und selbst danach hatte mir mein Hintern jedes Mal scheußlich wehgetan. Andererseits hatte ich natürlich keine Wahl. Ein Rascheln im Unterholz ließ mich herumfahren. Ich erwartete eine schwarze, fast nackte Gestalt zu sehen, die mir einen Speer zwischen die Rippen stieß. Mein Gewehr hatte ich natürlich am Feuer zurückgelassen. Es war Wills, der in ein paar Metern Abstand an mir vorbeiging und mir zunickte. Dann hörte ich das Plätschern eines Wasserstrahls, der auf den ausgetrockneten, knüppelharten Boden traf.

Kurze Zeit später begab auch ich mich wieder in den heimeligen Schein des Feuers. Wills und King hatten sich schon in ihre Decken verkrochen, nur Burke saß noch nach vorne gebeugt, die Ellbogen auf den Knien abgestützt, auf einem Stein und blickte in die Flammen, die noch aus den letzten, fast aufgezehrten Holzstücken hervorzüngelten. Ich wollte mich in meinen Swag auf der Ladefläche des Pickup verziehen und den nächsten Morgen herbeischlafen, doch ein deutliches Räuspern hielt mich zurück.

»Doc«, leise und unsicher, halb Frage, halb Aufforderung folgte dem Räuspern. »Wer bist du wirklich?«

»Ich würde sagen, jemand, dem ihr euer Leben verdankt.« Dabei blickte ich ihm direkt in die Augen und ließ keinen Zweifel daran, dass ich es absolut ernst meinte.

Burke überlegte einen Moment lang und nickte dann. »Gut. Ich sehe das auch so. Aber woher kommst du? Wie hast du uns gefunden, wo wir selbst noch nicht einmal genau wussten, wo wir waren? Und warum ist Brahe nicht bei dir? Was ist mit ihm passiert?«

»Ziemlich viele Fragen auf einmal«, versuchte ich auszuweichen.

»Haben dich die Leute in Melbourne geschickt?«

»Nein. Ich bin zufällig hier vorbeigekommen.«

»Niemand kommt hier zufällig vorbei«, erklärte Burke in einem Tonfall, aus dem man heraushören konnte, dass er es als Beleidigung auffasste, wenn ich seine Intelligenz wirklich soweit unterschätzte.

»Gut«, lenkte ich ein, »sagen wir, glückliche oder auch unglückliche Umstände, je nachdem, wie man es sieht, haben mich zu diesem Zeitpunkt an diesen Ort geführt.«

»Ich habe mir dein Gewehr angesehen«, bekannte er unvermittelt. »Über deinen Wagen kann ich nichts sagen, höchstens, dass ich niemanden kenne, der je so ein Gefährt zuvor gesehen oder auch nur davon gehört hätte. Aber dein Gewehr...«

»Was ist damit?«, fragte ich unwirsch und griff nach meinem Gewehr, das neben Burke an einem Baumstamm lehnte.

»Eine solche Waffe habe ich noch nie gesehen. Und ich habe viele Waffen in meiner Dienstzeit gesehen, das kannst du mir glauben. Und bei Gewehren kenne ich mich aus.«

Natürlich, ging es mir durch den Kopf. Burke war ja Polizeioffizier gewesen und hatte wahrscheinlich auch eine militärische Ausbildung. »Mein Gewehr ist genauso eine Neuentwicklung wie dieser Wagen«, versuchte ich meine Tarnung aufrecht zu erhalten, kam aber nicht viel weiter, denn Burke unterbrach mich ziemlich schroff.

»Blödsinn. Wieso ist dann an der Unterseite des Laufes eingraviert ›Wilson und Söhne, Adelaide‹? Ich kenne zwar diese Büchsenmacher nicht, aber Adelaide liegt eindeutig in Australien. Also lüg mich nicht an.«

Wenigstens hatte die Firma darauf verzichtet, das Herstellungsdatum auch noch einzugravieren, tröstete ich mich, was aber nichts daran änderte, dass ich mich in ziemlichen Schwierigkeiten befand. »Interessant«, murmelte ich. »Das ist mir noch gar nicht aufgefallen. Vielleicht ist es im Auftrag dieser Firma in England hergestellt worden. Ich habe keine Ahnung.« Und zur Bestätigung zuckte ich die Achseln, was Burke aber bestimmt nicht sehen konnte.

»Lassen wir es dabei«, meinte er dann. »Ich kann mir keinen Reim darauf machen, und im Moment gibt es Wichtigeres. Wie schon gesagt, ohne dich wäre es sehr schwer für uns geworden, aber sobald wir im Lager bei Brahe sind, müssen wir uns einmal intensiv unterhalten und dann lasse ich keine Ausflüchte mehr zu.« Sein Tonfall ließ nichts Gutes ahnen. Zu deutlich war der Polizist herauszuhören. Ein Polizist, der in einem Land groß geworden war, das nichts anderes als ein großes Gefängnis war. Hielt er mich für einen entflohenen Sträfling? Das konnte ich nun wirklich nicht auf mir sitzen lassen.

»Was soll das Ganze?«, fragte ich jetzt in leicht drohendem Ton. »Ich rette euch aus der Wüste und du behandelst mich wie einen Verbrecher.«

»Und, bist du einer?«

Jetzt war wohl heraus, was er schon die ganze Zeit gedacht hatte. Ich musste ganz schnell umdenken. Aus dem wenigen, was ich über Burke gelesen hatte, war ich zum Schluss gekommen, er sei ein ziemlicher Idiot gewesen. Doch das sollte ich schnell wieder vergessen. Er war eher an den ungünstigen Verhältnissen gescheitert und an Umständen, die er aus den Kenntnissen seiner Zeit heraus nicht besser beurteilen konnte. Auf keinen Fall durfte ich diesen Mann unterschätzen und schon gar nicht mit Brahe oder Jonathan in einen Topf werfen.

»Wenn ich ein Verbrecher wäre«, gab ich deshalb zurück, »warum sollte ich mir die Mühe machen, hier aufzutauchen?«

»Vielleicht war es Zufall...«

»Ziemlich weit abseits für einen Zufall. Findest du nicht?«

»Ja, das stimmt.«

Ich überlegte kurz, ob ich ihm vielleicht die Wahrheit, oder Teile der Wahrheit sagen sollte, wobei ich keine Ahnung hatte, wie sich meine Wahrheit in Teile zerlegen ließ. Doch diesen Gedanken verwarf ich schnell wieder.

»Aber genau da liegt der Hase im Pfeffer«, meinte Burke. Die altertümliche Ausdrucksweise klang sehr fremd in meinen Ohren. »Unsere Begegnung ist so unwahrscheinlich, dass sie entweder ein unglaublicher Zufall ist, oder du musst wesentlich mehr wissen, als du zugibst. Du musst gewusst haben, wann wir zurückkehren. Woher? Wir sind über einen Monat zu spät dran. Brahe sollte sich nach drei

Monaten nach Menindee zurückziehen, zum Hauptlager. Du hättest ihn gar nicht mehr antreffen dürfen...«

»Und ihr wäret in den sicheren Tod gegangen«, unterbrach ich ihn, um ihm diesen Umstand wieder einmal ins Bewusstsein zu rufen. Ich hatte dieses Gespräch ziemlich satt. Eigentlich war ich davon ausgegangen, Burke und seine Männer wären einfach nur glücklich über ihre Rettung und würden nicht so viele Fragen stellen.

Wir saßen noch eine Weile stumm nebeneinander, bis die letzte Glut zu Asche geworden war. Schließlich sagte ich mit gemischten Gefühlen »Gute Nacht« und erhielt ein Murmeln, das wohl das gleiche bedeuten sollte, zur Antwort.

Schließlich brach der nächste Morgen nach einer unruhigen Nacht an, in der ich noch lange wach gelegen und nachgedacht hatte. Eigentlich konnte ich immer noch nicht glauben, dass wir es wirklich schaffen würden. Doch was sollte jetzt noch passieren? Wir waren bestenfalls vierzig Kilometer vom Dig Tree entfernt, eine Strecke, die wir in der uns noch verbleibenden Zeit zur Not auch zu Fuß schaffen könnten. Burkes verstauchter Fuß wäre vielleicht ein Problem, aber notfalls könnte man ihn mit King oder Wills zurücklassen und später dann von Brahe mit den Pferden holen lassen. Die ausreichende Versorgung mit Nahrungsmitteln und Wasser hatten bei den dreien Wunder gewirkt und die Aussicht, schon bald ihre Kameraden wiederzusehen, tat ein Übriges. Die Stimmung während des Frühstücks und dem Packen unserer Ausrüstung war dementsprechend – zumindest bei King und Wills. Burke hielt sich abseits, und ich kümmerte mich einsilbig um meinen Off-Roader.

Als Nächstes mussten wir durch den Fluss. Ohne große Probleme fand ich die Stelle wieder, an der ich mich die Böschung hinaufgequält hatte. Ich ließ den Wagen oben an der steilen Abfahrt stehen und schaute mir die steile Rampe unter den jetzt umgekehrten Bedingungen genau an. Manchmal ist es viel schwerer eine Auffahrt hinunter zu kommen als hinauf. Burke stieg auch aus, und die beiden anderen kletterten von der Ladefläche. Ich versuchte erst gar nicht ihnen die Schwierigkeiten, die auf mich und meine Fahrkünste warteten, begreiflich zu machen. Nachdem ich alles genau untersucht hatte, im Fluss hin- und hergewatet war, um mir über die Wassertiefe und die Beschaffenheit des Untergrunds ein Bild zu machen, wies ich Wills an, sich genau an die Abbruchkante zu stellen, die mir bei meiner ersten Durchquerung fast zum Verhängnis geworden wäre. Den anderen beiden sagte ich, sie sollten schon einmal zu der Insel weiter vorne laufen und dort auf mich warten.

Schließlich saß ich wieder hinter dem Steuer und schaltete den Vierradantrieb in Low Four. Gut sechs Meter unter mir – von meiner Position erschien die Rampe in den Fluss fast senkrecht abzufallen – stand Wills bis zu den Hüften im Wasser und schaute mit zusammengekniffenen Augen zu mir herauf. Wahrscheinlich war es um seine Sehkraft nicht allzugut bestellt, doch auch Brillen in passender Stärke oder gar Kontaktlinsen waren etwas, was ich bei meinem Plädoyer für die Zivilisation des ausgehenden zwanzigsten Jahrhunderts vergessen hatte. Vorsichtig ließ ich die Kupplung kommen. Ich lenkte den Wagen an die Kante und tastete mich dann zentimeterweise nach vorne. Kaum war der Off-Roader mit seinen gut zwei Tonnen auf der Schräge, schob das Gewicht ihn dem Wasser entgegen. Ich presste den Fuß auf die Bremse, doch die blockierten Räder rutschten weiter über den harten Untergrund. Ich schlug ein, um die Kurve zu kriegen, doch der Wagen glitt weiter geradeaus. Ich musste von der Bremse und Gas geben. Blockierte Räder lassen sich nicht lenken. Der Motor heulte auf und der Wagen machte einen Satz nach vorne in die falsche Richtung. Ich riss das Steuer herum, um ihn abzufangen. Das Heck brach aus, und ich rutschte fast quer auf das Flussbett zu. Die Karosserie ächzte und ein ekelhaft metallisches Knirschen sagte mir, dass etwas nicht in Ordnung war. Ich trat wieder auf die Bremse, doch ich hätte genausogut versuchen können, den Wagen mit meiner Muskelkraft aufzuhalten. Ich kurbelte wie wild am Lenkrad, ohne einen Widerstand zu spüren. Aus dem Augenwinkel bekam ich noch mit, wie Wills mit panischen Bewegungen versuchte sich zu retten, doch das hüfttiefe Wasser ließ seine Versuche eher komisch denn effektiv wirken. Dann war es vorbei. Zum Glück lief der Motor noch. Ich nahm den Gang raus und gab kurz Gas. Der Motor lief rund. Darum zumindest brauchte ich mir keine Gedanken zu machen. Wenn der Motor ausginge und Wasser durch den Auspuff in den Motor eindränge, dann hülfe nichts mehr. Oder zumindest in meinem Fall, denn es wäre ein neuer Motor fällig. Der Wagen hatte Schlagseite nach links, zur Beifahrerseite hin und das Wasser stand da knapp unter der Fensteröffnung. Ein Teil unserer Habseligkeiten war über die Bordwand der Ladefläche gekippt und mein Swag schwamm gerade an der Kühlerhaube vorbei. Ich öffnete die Wagentür und sprang heraus. Wills bemühte sich, wieder hochzukommen. Außer einem gehörigen Schreck schien er nichts abbekommen zu haben. Undeutlich hörte ich das Rufen der beiden anderen. Ich hechtete hinter meinem Swag her und bekam ihn zu fassen. Wills mühte sich ab, die Proviantkiste am Versinken zu hindern, während der Kühlschrank wie ein altes Wrack neben dem Wagen dümpelte. Es dauerte nur kurze Zeit, dann war zuerst King und Burke, der stark humpelte, bei uns und halfen mit, die Ausrüstung wieder zusammenzusammeln. Der Schaden hielt sich in dieser Beziehung in Grenzen. Anders sah es mit dem Off-Roader aus. Ich war quer zur eigentlichen Fahrtrichtung in den Fluss geraten und konnte von Glück sagen, dass der Wagen nicht umgekippt war. Jetzt hing er der Länge nach auf der Abbruchkante. Die linke Seite war darübergerutscht und die Räder saßen auf, während die beiden rechten Räder frei in der Luft, oder besser gesagt, im Wasser schwebten. Ich betrachtete mir die Bescherung von allen Seiten, und sie gab zu wenig

Hoffnung Anlass. Doch irgendwie hatte ich so etwas erwartet. Es war meine persönliche Auseinandersetzung mit dem Universum, und es hatte sich etwas einfallen lassen. Natürlich hatten die anderen keine Vorstellung, in welcher Art von Schwierigkeiten wir uns befanden. Deshalb überraschte mich Kings Frage auch überhaupt nicht.

»Und, warum fährst du nicht weiter? Gibt es Probleme?«

Ich hatte meine Ellbogen auf die Bordwand der Ladefläche gelegt und blickte ihn, der auf der anderen Seite im flachen Wasser stand, mit einem spöttischen Grinsen an. »Nein, wir haben überhaupt keine Probleme. So fahre ich immer in eine Parklücke mitten im Fluss.« Er verstand kein Wort davon.

»Können wir dir bei irgendetwas helfen?«, fragte Burke, der wohl den Ernst der Lage spürte.

»Ich muss nachdenken«, wiegelte ich erst einmal ab, denn eigentlich hatte ich keine Vorstellung, was ich tun konnte. Sobald ich losfuhr, konnte sehr gut passieren, was bis jetzt noch nicht eingetreten war, nämlich dass der Wagen einfach umkippte. Die Winde konnte ich auch nicht benutzen, da kein Haltepunkt für das Seil in erreichbarer Nähe war und selbst wenn, hätte auch dabei die Gefahr des Umkippens bestanden. Die einzige Möglichkeit war, irgendwie die beiden Räder auf der Fahrerseite wieder auf den Boden zu bekommen und mit einem schnellen Versuch den Wagen erst einmal aus diesem Loch zu kriegen.

»Hört zu«, begann ich und erklärte Burke und den beiden anderen, was ich vorhatte. Sie sollten sich auf der Fahrerseite an den Wagen hängen, und ich hoffte, dass ihr Gewicht ausreichen würde, die Räder auf den Boden zu bekommen. Es klappte nicht. Sie waren alle drei keine Schwergewichte und auch der Hebelarm, den wir zur Verfügung hatten, reichte nicht aus. Blieb also nur noch der große Wagenheber. Ein sogenannter High Lifting Jack, mit dem man einen Wagen gut einen Meter anheben konnte, aber halt nur an einem Punkt. Das heißt, die ganze Sache würde ein Vabanquespiel werden, denn der Toyota würde bei der kleinsten Vorwärtsbewegung sofort vom Wagenheber kippen. Es waren Bruchteile von Sekunden, die entscheiden würden, ob es klappte oder nicht. Und ich bezweifelte, dass ich eine zweite Chance hätte, so die erste überhaupt eine wäre.

Nach einer Stunde hatten wir unser Bestes getan. Nach mehreren Versuchen hatten wir endlich einen Punkt gefunden wo der Wagenheber ziemlich stabil stand, und der Wagen saß jetzt mit den anderen beiden Rädern auf, während Vorder- und Hinterrad der Beifahrerseite frei im Wasser, allerdings höher als die Abbruchkante, schwebten. Was nun idealerweise passieren sollte, war ein kurzer Ruck des Wagens nach vorne, der zumindest das zweite Vorderrad auf sicheren Grund bringen musste. Burke und seine beiden Gefährten hatten sich auf meine Anweisung hin ein Stück zurückgezogen, und ich zögerte noch, den entscheidenden Versuch zu unternehmen. Ich hatte von Low Four in High Four geschaltet, um etwas mehr Beschleunigung zu bekommen. Der Motor lief hochtourig und mein zitternder Fuß hielt die Kupplung durchgedrückt. Vorsichtig suchte ich den genauen Druckpunkt. Dann gab ich noch einmal Gas, der Motor heulte im Leerlauf auf, dann war das Kupplungspedal über dem Druckpunkt. Ich klammerte mich an das Lenkrad und der Wagen machte einen Satz nach vorne. Selbst durch das Wasser gedämpft hörte ich noch das protestierende Aufkreischen irgendwelcher Metallteile. Es kümmerte mich nicht. Ich gab weiter Gas. Die Aufhängung des linken Hinterrads schrappte bedenklich lange am Fels entlang und kam dann mit einem Ruck, der mich fast gegen das Dach der Fahrerkabine warf, hoch. Ich hatte es geschafft. Ich trat auf die Bremse, und der Off-Roader kam zum Stehen. Ich nahm den Gang raus und atmete durch. Jetzt erst hörte ich das begeisterte Gebrüll von Burke, Wills und King.

Der Rest war zwar kein Kinderspiel, aber zu bewältigen.

Ich stieß vorsichtig zurück und so weit die Rampe wieder hinauf, dass ich ohne Probleme die Kurve schaffte. Langsam fuhr ich durch das Flussbett zu der Insel, wo ich auf die anderen drei wartete. Burke setzte sich wieder neben mich und King kletterte mit Wills auf die Ladefläche. Dann nahm ich den bekannten Weg über die Insel und die sichere Passage auf der anderen Seite durch den Flussarm und die sanfte Böschung hinauf. Erst dann gönnte ich mir eine Pause. Während ich eine Zigarette rauchte und den Wagen genau inspizierte, ordneten Wills und King unsere Ausrüstung auf der Ladefläche.

Verloren hatten wir nichts, nur war einiges nass geworden, besonders mein Swag und die Schlafrollen der anderen. Auch die restlichen Vorräte, viel war es ja nicht mehr, sahen nicht allzu gut aus, aber da wir an diesem Abend im Lager sein würden, bereitete uns auch das keine Kopfschmerzen. Ich wusste zwar, dass Brahe nicht dort sein würde, doch ich wusste auch, wo er das Verpflegungsdepot angelegt hatte.

Meine Inspektion des Toyota fiel befriedigend aus. Kratzer und Dellen, wen kümmerte das schon, aber keine ernsthafte Beschädigung. Einzig der Spritvorrat hatte bedenklich gelitten, denn der Motor war gut eine Stunde völlig nutzlos gelaufen. Nutzlos deshalb, weil wir keinen Meter Strecke gemacht hatten. So wie es aussah, würde ich wohl so ziemlich mit dem letzten Tropfen am Dig Tree ankommen. Es konnte der allerletzte sein, wenn wir nur dort ankommen würden. Es war kurz nach Mittag, als wir den Cooper Creek hinter uns ließen.

Vier Stunden später waren wir am Dig Tree. Deutlich konnte man die Überreste von Brahes Lager sehen, doch genauso deutlich, dass es verlassen war. Ich hatte mit nichts anderem gerechnet, doch die Enttäuschung von Burke und seinen Leuten kannte keine Grenzen. Ich stellte den Wagen in den Schatten des großen Coolibah-Baumes, unter dem Patton gelegen hatte.

Wir fanden – wie hätte es mit meinem Wissen um die

Ereignisse auch anders sein können – Brahes Nachricht von seiner Abreise und den Hinweis auf die in einer Kiste vergrabenen Nahrungsmittel. Getrocknetes Fleisch, Reis, und Mehl. Zumindest war unsere Verpflegung damit erst einmal gesichert. Die Nachricht von Brahe besagte, dass er sich entlang ihrer Route hierher zurück zum Darling River, also nach Menindee, begeben wollte, da bis zum einundzwanzigsten April kein Nachschub eingetroffen war und es Patton immer schlechter ging. Ich wusste natürlich, dass er auf dem Weg dorthin auf Wright stoßen und morgen wieder hier eintreffen würde. Das konnte ich Burke aber nur vage andeuten, doch auch dies schien sein Misstrauen mir gegenüber nur noch weiter zu schüren.

Am Abend herrschte dann, obwohl wir gut gegessen hatten, gedrückte Stimmung. Niemand wusste so recht, wie es weitergehen sollte. Konnte man wirklich davon ausgehen, wie ich meinte, dass Brahe mit Wright zurückkommen würde. Die drei Entdecker zweifelten daran, und ich konnte ihnen diesen Zweifel auch nicht in letzter Konsequenz nehmen.

»Dann fahren wir doch einfach mit deinem Wagen Brahe hinterher«, schlug Wills vor.

»Ja, lass uns gleich morgen aufbrechen«, stimmte ihm King zu. Burke sagte zwar nichts, schaute mich aber mit einem hoffnungsvollen Blick an. Darüber hatten wir natürlich noch nicht gesprochen, denn sie waren ja davon ausgegangen, dass Brahe bei ihrer Ankunft hier im Lager wäre.

Ich schüttelte den Kopf. »Das geht nicht. Ich habe keinen Sprit mehr. Ich habe nichts mehr von der Flüssigkeit, die den Motor antreibt«, fügte ich dann auf ihre verständnislosen Blicke hin an.

»Und wie sind wir dann hierher gekommen?«

Es war eine selten dumme Frage, die King da stellte. Dennoch musste ich sie beantworten. »Hört zu, ich bin mir sicher, dass Brahe zurückkommt. Er hat es mir versprochen. Aber mit eigener Kraft, das heißt mit meinem

Wagen, können wir Menindee nicht erreichen. Bis dorthin sind es bestimmt vierhundert Meilen«, ich wusste es nicht genau, hoffte aber, dass diese Zahl zutraf, »vielleicht sogar mehr. Ich habe noch für ein paar Meilen Sprit im Tank, dann ist es aus. Dann bleibt der Wagen stehen und niemand kann ihn wieder in Bewegung setzen.« Zumindest nicht in den nächsten fünfzig Jahren, fügte ich in Gedanken hinzu.

King stieß einen derben Fluch aus. »Ein Mistwagen ist das.«

»Sooo?«, meinte ich gedehnt.

»Ist ja schon gut«, lenkte er ein. »Aber jetzt sind wir kaum besser dran als zu dem Zeitpunkt, wo du uns aufgesammelt hast. Da hatten wir wenigstens noch unsere Kamele. Nun haben wir gar nichts mehr.«

»Eure Kamele hätten euch nicht mehr weit gebracht. Ihr hättet sie höchstens essen können, wie die anderen vorher und Burkes Pferd. Nahrung haben wir erst einmal genug.«

»An dieser ganzen Katastrophe bist doch nur du schuld, Doc«, fiel Wills jetzt ein. Burke hielt sich zurück, was mich nicht wunderte. Vielleicht ließ er die Dreckarbeit von seinem zweiten Mann erledigen.

»Wenn wir dich nicht getroffen hätten – dich und deinen Wagen –, dann hätten wir jetzt nicht nur unsere Tiere, sondern auch noch unsere Ausrüstung, die wir am Salzsee zurücklassen mussten.«

»Jetzt passt mal auf. Habt ihr schon vergessen, in welchem Zustand ich euch aufgesammelt habe. Ihr wart mehr tot als lebendig. Hattet kaum noch Wasser und noch weniger Nahrungsmittel. Wir sind in drei Tagen« – ich rechnete schnell die Kilometer in Meilen um und schlug, um die Zahl dramatischer erscheinen zu lassen, noch ein paar drauf – »einhundertunddreißig Meilen gefahren. Wie lange, glaubt ihr, hättet ihr dazu gebraucht?«

»Vier Tage«, war die trockene Antwort von Burke. Mein Kopf ruckte automatisch in seine Richtung. »Wir haben pro Tag dreißig Meilen zurückgelegt«, erklärte er bestimmt und klopfte dabei auf sein Tagebuch. Genau das wurde in dem Bericht, den ich über die Expedition gelesen hatte, bezweifelt, und wenn man Burke und seine Gefährten am Lake Massacre gesehen hatte, dann hatte der Schreiber dieser Zeilen verdammt Recht gehabt.

»Dreißig Meilen?« Ich lachte trocken auf. »Dreißig Meilen! Ihr habt noch nicht einmal zehn geschafft.« Trotzdem hatten sie den Dig Tree erreicht, aber viel später als am achten Mai. Und das war in der Geschichte, die inzwischen keine Gültigkeit mehr hatte, ihr Verderben gewesen. »Und wenn ihr hier angekommen wärt, was hättet ihr dann gemacht?«

»Wir hätten versucht, nach Menindee zu kommen«, warf King trotzig ein.

Gerade das hatten sie aber in jener anderen Welt nicht gemacht. Sie waren den Cooper hinuntergezogen, hatten dann versucht, Mount Hopeless zu erreichen, waren, ob der Unmöglichkeit dieses Unterfangens, enttäuscht und nahezu ohne Vorräte umgekehrt. Burke und Wills waren dann Ende Juni hier irgendwo gestorben.

»Über vierhundert Meilen?« Meine Stimme klang sarkastischer, als ich eigentlich beabsichtigt hatte. »Ihr habt ja keine Ahnung. Ihr hattet ja schon keine Ahnung, als ihr von Melbourne losgezogen seid. Die ganze Expedition war doch ein einziges Desaster.« Ich hatte inzwischen irgendwie die Nase voll. Eigentlich konnten sie ja nichts dafür, aber dieser ständige Seiltanz zwischen dem, was ich wusste, und dem, was ich davon mitteilen konnte, ließ meine Nerven blank liegen. Am liebsten hätte ich ihnen einfach gesagt, hört zu, ich weiß aus den Geschichtsbüchern genau, was passiert ist, denn ich stamme aus der Zukunft. Ich weiß, dass Brahe morgen hier eintreffen wird, und dass ihr ohne mich schon so gut wie tot wärt.

»Was heißt hier Desaster?«, fragte Burke aufgebracht. »Wir haben als erste den Kontinent durchquert und den Golf von Carpentaria erreicht. Wir werden in die Geschichtsbücher eingehen als die Männer, die Austra-

lien erschlossen haben. Uns werden Denkmäler gesetzt
werden.«

Eitel war er auch noch und vielleicht hatte er sogar
Recht. Zumindest in dieser neuen Variante. »Warum streiten wir uns?«, fragte ich nach einer Weile des Schweigens
resignierend. »Wir müssen mit der Situation fertigwerden,
wie sie ist.« Und auf einmal kam mir der Gedanke, dass
die Sache noch nicht ausgestanden war. Was wäre, wenn
Brahe nicht kam und sich das Universum einen ganz ge-
meinen Trick ausgedacht hatte? »Warten wir ab, was der
morgige Tag bringt«, meinte ich mehr erschöpft als ver-
söhnlich. »Ich leg mich jetzt aufs Ohr.«

Als ich in meinem Swag lag, der immer noch ziemlich
feucht von dem Bad im Fluss war, hörte ich Burke und
seine Gefährten noch lange Zeit mit gedämpften Stimmen
reden, bevor ich endlich einschlief.

10

Der nächste Tag brachte nicht viel, außer dass wir um-
herschlichen und die drei Männer Pläne für ihr weiteres
Vorgehen schmiedeten, die mich nicht miteinschlossen.
Nachdem sie wohl akzeptiert hatten, dass mein Wagen
nicht weiter von Nutzen war, hatte wohl auch ich meine
Schuldigkeit getan. Ich hielt mich abseits und hoffte auf
Brahe, doch als die Sonne an diesem unendlich bleiernen
Tag im Zenit stand, schmolz meine Hoffnung dahin. Immer wieder ging mir der Gedanke durch den Kopf, was
für ein Idiot ich gewesen war, mich mit dem Gang der Geschichte anlegen zu wollen. Wäre ich hier im Lager geblieben und mit Brahe zurück nach Menindee gegangen,
hätte ich zumindest mein eigenes Leben gerettet. Jetzt
würden wir alle zusammen hier draußen sterben. Alle bis
auf King, korrigierte ich mich. Er würde es mithilfe irgendwelcher Abos schaffen. Ich musste durchhalten bis
zum September. Dann würde eine Rettungsmannschaft

unter der Führung von Alfred Howitt hier eintreffen. Auf keinen Fall durfte ich mich auf das aussichtslose Unternehmen, die Polizeistation am Mount Hopeless, mehr als einhundertfünfzig Meilen von hier, zu erreichen. Und ich musste versuchen, auch die anderen davon abzubringen. Doch immer wieder kreisten meine Gedanken um Brahe und Wright. Mein Kalender entsprach genau dem von Brahe, was aber, wenn dieser nicht mit dem tatsächlichen Datum übereinstimmte und in den späteren Darstellungen, so wie ich sie kannte, diese Ungenauigkeiten einfach angeglichen worden waren? Es gab keine Möglichkeit, sich darüber Gewissheit zu verschaffen. Wenn Brahe sich nur um zwei Tage geirrt hatte und statt heute zu kommen schon vorgestern hier gewesen war, dann konnte ich mir am Besten gleich eine Kugel durch den Kopf jagen.

Ich hatte meine Augen müde geschlossen, spürte aber auf einmal einen Schatten auf mein Gesicht fallen. Ich blinzelte und sah Burkes Gestalt direkt vor mir stehen.

»Wir haben eine Entscheidung getroffen«, teilte er mir mit.

»Und?«, gab ich müde und nicht sonderlich interessiert zurück.

»Wir brechen morgen früh von hier auf. Länger zu warten hat keinen Sinn, denn warum sollte Brahe zurückkehren, wenn er sich entschlossen hat, zurück zum Darling zu gehen?«

Die Frage war ganz eindeutig auf mich abgezielt. Vielleicht ein letzter Versuch von ihm, mir Informationen zu entlocken, warum ich so sicher war, Brahe würde hierher zurückkehren.

»Und was habt ihr vor?«

»Wir folgen dem Cooper Creek Richtung Westen und versuchen dann nach Süden zum Mount Hopeless zu kommen. Das ist der nächste Punkt, den wir erreichen können. Dort gibt es einen Polizeiposten. Wir müssen dazu aber alle Vorräte mitnehmen. Du kannst dich uns anschließen, oder hierbleiben. Ganz wie du willst.«

Es war eine Wahl, die eigentlich keine war. Wenn sie die Vorräte mitnahmen, musste auch ich mit. Die Chance, mich hier ernähren zu können, war gering. Jagdbares Wild gab es so gut wie keines, und ich traute mir nicht zu, einen Fisch aus dem Fluss zu kriegen, wenn dort wirklich welche vorhanden waren. Ich nickte.

»Das sind über einhundertfünfzig Meilen«, gab ich zu bedenken. »Und ihr habt keine Packtiere.«

»Wenn wir dreißig Meilen pro Tag schaffen, dann sind das fünf Tage. Dafür können wir unsere Vorräte selbst tragen. Und Wasser brauchen wir nur für vier Tage, denn den ersten Tag sind wir ja am Fluss. Außerdem gehe ich davon aus, dass wir zwischen dem Cooper Creek und Mount Hopeless Wasser finden werden.«

»Und wenn nicht?«

»Das schaffen wir schon. Wir haben Schlimmeres durchgestanden.«

Die drei Tage Ruhe und ausreichend Verpflegung hatten Burke wieder mutig gemacht. Jetzt war er wieder ganz der Mann, der im Vorfeld und während seiner Expedition viele gute Ratschläge ausgeschlagen hatte, so zum Beispiel seine gesamte Expedition per Raddampfer von Melbourne nach Menindee bringen zu lassen, was Zeit und Kräfte gespart hätte. Der Abmarsch in Melbourne wäre dann allerdings weniger spektakulär ausgefallen.

»Warum folgt ihr nicht Brahe nach Menindee?«

»Zu weit. Wir gehen nach Mount Hopeless. Dort können wir in höchstens sechs Tagen sein. Solange reichen die Vorräte allemal.«

Seine Überlegungen waren nicht so falsch. Er überschätzte nur völlig seine und die Kräfte seiner Kameraden und zog nicht in Betracht, dass noch niemand die Gegend zwischen Mount Hopeless und hier durchquert hatte. Er ging wahrscheinlich davon aus, zwischen dem Cooper Creek und dem Polizeiposten Wasser zu finden. Nun, ich hätte ihm sagen können, dass es keines gab. Natürlich konnte Burke auch nicht wissen, dass Wright inzwischen den Bulloo erreicht hatte und nur knapp einhundertzwanzig Meilen von hier entfernt war. Er musste davon ausgehen, dass es zwischen hier und Menindee keine Hilfe gab.

»Dann lass uns wenigstens noch zwei Tage warten, wenn Brahe heute nicht kommt«, schlug ich vor.

»Das ist sinnlos. Wir verbrauchen nur nutzlos Vorräte, die uns dann fehlen werden.« Er sagte das in einem Ton, der keinen Widerspruch erlaubte. Dennoch versuchte ich es.

»Nun, darauf kommt es wirklich nicht an. So viel haben wir bestimmt. Außerdem können wir dann noch ein bisschen ausruhen und uns erholen.«

Burke schien einen Moment nachzudenken, schüttelte dann aber den Kopf. »Nein. Wir brechen morgen früh bei Sonnenaufgang auf. Wenn du mitkommen willst, Doc, dann bist du besser bereit.«

»Ich denke darüber nach.« Damit war unser Gespräch beendet.

Als sich die Abenddämmerung über das Lager senkte, war dies alles hinfällig. Brahe war mit Wright und drei Packpferden gegen vier Uhr eingetroffen und hatte mich aus meinen Zweifeln erlöst. Burke, Wills und King ließen sich als die großen Entdecker feiern, die sie jetzt bestimmt auch waren, denn mit der Nachricht, dass der so dringend benötigte Nachschub nur gut hundert Meilen entfernt in Bulloo auf sie wartete, kam der Rückweg nach Melbourne einer Landpartie gleich. Natürlich fragte man mich, warum ich so sicher an die Rückkehr von Brahe geglaubt hatte. Ich tat es mit dem Hinweis auf ein untrügliches Gefühl und dem Wissen um Brahes Verantwortungsbewusstsein ab.

Die Männer hatten sich viel zu erzählen, vom dem ich das meiste allerdings schon aus erster Hand von den jeweils Beteiligten kannte. Brahe berichtete von der eintönigen Wartezeit hier am Cooper Creek, dem Unfall Pattons, der die Lage immer prekärer hatte werden lassen, und dem Ausbleiben Wrights. Der wiederum führte all die

Schwierigkeiten auf, mit denen er in Menindee und auf dem Weg hierher zu kämpfen gehabt hatte. Natürlich nahm der Bericht von Burke und Wills die längste Zeit in Anspruch.

Ich begab mich zu meinem etwas abseits stehenden Off-Roader und wollte mir, unbeobachtet von den anderen, einen Überblick über die Sachen verschaffen, die aus dem Jahr 1861 zusammen mit dem Wagen selbst verschwinden mussten, und solchen, deren Existenz ich jederzeit begründen konnte. Als ich meine Reisetasche durchwühlte, stieß ich auf meinen Fotoapparat. Den hatte ich ganz vergessen. Ich hielt ihn unschlüssig in den Händen. Viel war damit nicht mehr anzufangen, denn in absehbarer Zeit wäre die Batterie leer und damit auch dieses Erzeugnis des beginnenden einundzwanzigsten Jahrhunderts wertlos. Ich blickte zu den Männern hinüber, die um das Lagerfeuer standen. Vorsichtig hob ich die Kamera über die Bordwand der Ladefläche und drückte auf den Auslöser. Das Geräusch des Verschlusses und des Filmtransports klang viel zu laut in meinen Ohren, doch außer mir schien niemand es bemerkt zu haben. Ich machte eine weitere Aufnahme. Warum, wusste ich selbst nicht. Niemand würde den Film entwickeln können – oder vielleicht doch? Vielleicht brauchte das Universum ja ein bisschen Zeit, um sich den neuen Verhältnissen anzupassen?

Während des Abends bemerkte ich, wie Burke Brahe zur Seite nahm. Sie gingen ein Stück aus dem Lichtkreis des Feuers hinaus, und ab und zu drangen Wortfetzen zu mir herüber. Man musste kein Hellseher sein, um zu ahnen, dass ich der Gegenstand des Gesprächs war. Mir war es egal. Burkes Rettung bedeutete auch meine Rettung, und über Melbourne machte ich mir noch keine Gedanken. Morgen würde ich mir ein gutes Plätzchen für meinen Off-Roader suchen und ihm einen Abschiedskuss geben. Dann gab es nichts mehr, was an die Zukunft erinnerte, außer meiner Erinnerung. Irgendwann – das Kreuz des Südens hatte schon bedenklich Schlagseite – krochen wir alle in unsere Decken und versuchten zu schlafen. Ich lag noch einen Moment lang wach auf der Pritsche des Toyota und starrte durch die Zweige des Coolibah-Baums in den sternenklaren Himmel. Mein letzter Gedanke, bevor ich beruhigt einschlief, war: Ich hatte dem Universum in den Arsch getreten.

Genauso beruhigt erwachte ich am nächsten Morgen, doch dieses Gefühl hielt nur solange an, bis ich mich aufgerichtet und einen Blick auf den Lagerplatz geworfen hatte. Da war niemand mehr, auch keine Spuren eines Lagers. Es war nicht einfach so, dass mich die anderen am Dig Tree zurückgelassen hätten, nein, noch nicht einmal der Dig Tree war da. Ich befand mich genau an dem Punkt, wo die ganze Sache begonnen hatte. In Windeseile war ich aus meinem Swag heraus und lief ratlos ein paar Meter in die, dann ein paar Meter in eine andere Richtung. Dann setzte sich mich auf den Campingstuhl, der dastand, wie ich ihn an jenem weit entfernten Abend zurückgelassen hatte, und starrte auf meine Feuerstelle vom Abend zuvor. Nach zwei Zigaretten war ich wieder einigermaßen in der Lage nachzudenken. Wo – oder besser gesagt wann – befand ich mich jetzt. Oder hatte ich nur geträumt. Einen entsetzlich realistischen Traum, der mich in das Jahr 1861 versetzt hatte? Ich musterte meinen Off-Roader. Er trug noch alle Spuren meiner Erlebnisse vor hundertvierzig Jahren. Die Seitenscheibe war immer noch kaputt und auch die Schrammen, die ich mir bei der Flussdurchquerung geholt hatte, waren noch da. Hinten auf der Ladefläche befanden sich zwei platte Reifen.

Ich musste wissen, in welchem Jahr ich mich befand. Am Besten wäre, so schnell wie möglich nach Innamicka zu fahren. War ich in meiner Zeit, dann gab es dort die Station, und ich konnte endlich tanken. Mir fiel das Satellitennavigationsgerät ein. Ich holte es hervor und schaltete es ein. Zwei kurze Piepser, danach erschien im Display:

140° 36' 00'' Östliche Länge; 27° 17' 30'' südliche Breite. Ich brauchte nicht lange nachzugrübeln, das war in etwa der Punkt, wo ich sein sollte. Wichtiger war, dass ich mich wieder in einer Zeit befand, wo Satelliten am Himmel ihre Bahn zogen. Ich holte meine Westprintkarte aus dem Handschuhfach. Mit zitternden Fingern breitete ich sie auf der Kühlerhaube aus und überflog den Artikel über die Burke/Wills-Expedition. Keine Veränderung. Alles stand noch so da, wie ich es fast schon auswendig kannte. Trotzdem, mein Satellitennavigationsgerät funktionierte und die Beschädigungen an meinem Off-Roader sagten mir deutlich, dass ich nicht nur geträumt haben konnte. Ich wollte so schnell wie möglich wieder unter Menschen meiner Zeit kommen. Ich verstaute meine Sachen auf der Ladefläche und setzte mich hinters Steuer. Nachdem ich die Zündung eingeschaltet hatte, warf ich einen kurzen Blick auf die Tankuhr. So gut wie leer. Nun, die gut fünfzehn Kilometer bis nach Innamincka würde ich schon noch schaffen und fuhr los. Nach ein paar hundert Metern befand ich mich auf der Piste nach Innamincka. Ich machte mir nicht die Mühe, den Vierradantrieb auszuschalten, dazu wäre auf der Station genug Zeit. Endlich konnte man wieder richtig fahren. Anders, als sich im Schritttempo durch absolut unerschlossenes Gebiet zu quälen. Als ich mir überlegte, zuerst noch am Burke-Denkmal vorbeizuschauen, hatte ich die Abfahrt wahrscheinlich schon verpasst. Kurze Zeit später sah ich die Gebäude der Station links der Straße liegen. Ein weitläufiges Karree, vorne das eigentliche Stationsgebäude, halb Museum, halb Rangerstation, das auf dem Fundament des ehemaligen Hospitals errichtet worden ist. Rechtwinklig dazu standen die einfachen Flachbauten des Hotels, der Bar und des Ladens. Davor die Zapfsäulen für den Sprit, den ich so dringend benötigte, und in der Mitte des freien Platzes ein überdimensionales Denkmal. Ich umrundete das Areal und fuhr durch das offene Gatter am oberen Ende direkt neben dem Toiletten- und Duschhäuschen vorbei auf das Gelände der Innamincka Station. An den Zapfsäulen standen ein paar andere Off-Roader, manche mit langen, mächtigen Kurzwellenantennen. Landcruiser, Pickups wie der meine und ein alter Landrover. Die Leute standen herum und unterhielten sich. Ich parkte meinen Wagen etwas abseits und ging zu dem Denkmal hinüber. Daran konnte ich mich nicht erinnern. Der Sockel war gut zwei Meter im Durchmesser und ebenso hoch. Darauf befand sich die Statue von zwei Männern, die hocherhobenen Hauptes nach Norden blickten. Zu ihren Füßen lagen Satteltaschen und einer stützte sich auf ein altertümliches Gewehr. Ich musste nicht zweimal hinsehen, um mir sicher zu sein, dass diese beiden Burke und Wills sein sollten. Im Sockel war eine Bronzeplatte eingelassen, auf der stand:

In Erinnerung an die großartige Leistung bei der Erforschung des Inneren Australiens. Die Burke und Wills-Expedition zum Golf von Carpentaria
1860–1861
Robert O'Hara Burke 1821–1883
William John Wills 1834–1874

Hatten sie ihnen also doch noch ein großes Denkmal gesetzt. Ich starrte auf die Tafel und dann wurde mir klar, was nicht stimmte. Das Todesdatum. Nach meiner Karte, die ich vor kurzem noch aufmerksam studiert hatte, lautete das Todesdatum für beide 1861. Anscheinend hatte sich nichts durch meine Anwesenheit in der Vergangenheit geändert. Nun wurde ich eines Besseren belehrt. Ich war mir sicher, dass bei meinem ersten Besuch auf der Station dieses Denkmal nicht hier gestanden hatte. Es gab nur ein kleines Steinmal weiter unten am Cooper Creek, das ich mir angesehen hatte. Ich hatte die Abzweigung dorthin auf meinem Weg hierher doch nicht verpasst. Es gab sie in dieser Welt nicht.

Ich ging hinüber zum Laden. Dort hatte ich bei meinem ersten Besuch die Westprintkarte dieser Gegend gekauft, auf deren Rückseite sich auch der Artikel über die Burke und Wills-Expedition befand. Im Laden standen einige Leute, die mit dem Besitzer über nichtige Dinge wie das Wetter oder die Straßenverhältnisse sprachen, in den Regalen herumsuchten oder ihren Sprit bezahlten. Ich ging direkt auf den Ständer mit den Karten zu. Mit zitternden Fingern zog ich die entsprechende Karte aus der Plastikhülle, schlug sie auf und begann zu lesen. Ich konnte keinen Unterschied zu meinem Exemplar erkennen. Meine Augen huschten zum Schluss des Artikels und da stand es.

Als Brahe zusammen mit Wright am 8. Mai zum Dig Tree zurückkehrte, fanden sie dort Burke, Wills und King in recht guter Verfassung vor. Die zurückgelassenen Lebensmittel hatten die von Entbehrungen ausgezehrten Männer gerettet.

Einen Monat später folgte der triumphale Einzug in Melbourne, wo ihnen eine Menge von weit über zehntausend Menschen zujubelte. Burke und Wills, die unter unglaublichen Strapazen und oftmals dem Tod nahe als erste den Kontinent in Süd-Nord-Richtung durchquert hatten, wurden die Ehren des Empire zuteil. Zwar wurden schon damals einige Stimmen laut, die trotz des Erfolges Burkes Führungsqualitäten infrage stellten und meinten, es wäre nur überaus glücklichen Umständen zu verdanken gewesen, dass das Unternehmen nicht gescheitert sei, aber sie konnten nichts an der Hochachtung, die den Entdeckern entgegengebracht wurde, ändern

Das weitere Schicksal von Burke war leider sehr tragisch. Nachdem sich die Begeisterung über seine Bravourtat etwas gelegt hatte, zog er sich auf seine Farm in der Nähe von Adelaide zurück und lehnte jedes Angebot eines öffentlichen Amtes ab. Nicht lange, und es kamen die ersten Gerüchte, die Zweifel an seiner geistigen Gesundheit laut werden ließen, auf. Er beschäftigte sich angeblich mit der Konstruktion eigenartiger Fahrzeuge, aus denen niemand klug wurde und behauptete, diese würde es in England schon lange geben. Am Ende lachten ihn die Leute aus und er starb, längst in Vergessenheit geraten, am 21. Oktober 1883 im Irrenhaus von Adelaide.

Wills reiste mehrere Jahre durch die Städte Australiens und versuchte aus seiner Berühmtheit Kapital zu schlagen, was aber nicht recht gelang, denn in den folgenden Jahren brach eine Vielzahl von Entdeckern ins Innere des Kontinents auf, die mit immer neuen Nachrichten aus unbekannten Gebieten zurückkamen. Auch Wills fühlte sich zu neuen Taten berufen und schloss sich 1874 der Expedition von John Forrest an, die von Geraldon aus die großen Wüsten Westaustraliens nach Adelaide durchquerte. Er starb am 13. Juni 1874 in einer Auseinandersetzung mit feindlich gesonnen Aboriginals.

Wenn es einen Beweis für meine Erlebnisse gab, dann stand er hier. Burke und Wills waren nach Melbourne zurückgekehrt. King war wohl zu unwichtig gewesen, um an dieser Stelle Erwähnung zu finden. Ich faltete die Karte wieder zusammen, trug sie zur Kasse und bezahlte. Dann ging ich direkt in die danebenliegende Bar und ließ mir eine eiskalte Dose Thoohey Red geben. Noch bevor der Barkeeper mein Wechselgeld vor mir auf den Tresen gelegt hatte, war die Dose nur noch ein leeres, unnützes Ding. Ich bestellte eine weitere, und während ich darauf wartete, fiel mein Blick auf die Reproduktion eines alten, verblichenen Fotos, sepiabraun, das an der Wand zwischen den Schnapsflaschen hing. Unzweifelhaft zeigte es den Dig Tree. Davor brannte ein Lagerfeuer. Um das Feuer herum standen fünf Männer, die untypisch für die Zeit nicht bemerkt hatten, dass sie fotografiert worden waren. Deutlich waren Burke, Wills und King zu erkennen, wie sie gestern noch vor mir gestanden hatten. Und natürlich Brahe und Wright. Ich musste nicht lange nachdenken, wie dieses Bild entstanden war. Es war im Jahre 1861 mit einer Kamera des einundzwanzigsten Jahrhunderts aufgenommen worden.

Als der Barkeeper die neue Bierdose vor mich hinstellte, fragte ich nicht nach dem Bild, sondern trug sie zu einem der Resopaltische und setzte mich auf einen Stuhl. Mit einer Zigarette in der einen und der Bierdose in der anderen Hand starrte ich vor mich hin und ließ mir den Text auf der Karte noch einmal durch den Kopf gehen. Er unterschied sich, soweit ich das beurteilen konnte, nur in Bezug auf das weitere Schicksal von Burke und Wills, nachdem ich sie gerettet hatte. Ich selbst wurde mit keinem Wort erwähnt. Kein Hinweis auf einen unheimlichen Unbekannten. Und bis auf ein Denkmal hatte sich die Welt nicht verändert. Das Schicksal des Einzelnen ist so wichtig wie ein Sandkorn am Strand, dachte ich resigniert. Aber warum das alles? Ich ließ meinen Blick durch die Bar gleiten. Alles sah so aus wie in jeder beliebigen Bar im Outback Australiens. Trotzdem zweifelte ich, ob ich mich wirklich wieder in der Welt befand, die ich gestern verlassen hatte.